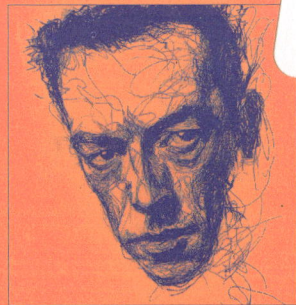

알베르 카뮈 Albert Camus

1913년 11월 7일 알제리의 몽도비에서 태어났다. 포도 농장 노동자였던 아버지가 전쟁에 징집되어 목숨을 잃은 뒤, 가정부로 일하는 어머니와 할머니 아래에서 가난하게 자랐다. 학교에서는 선생님의 각별한 총애를 받으며 재능을 키우다 장학생으로 선발되어 대학교에 갈 기회를 얻는다. 알제 대학교 철학과 재학 시절, 생계를 위해 여러 일을 전전하면서도 창작의 끈을 놓지 않는데, 무엇보다 이 시기에 장 그르니에를 만나 그를 사상적 스승으로 여긴다. 1934년 장 그르니에의 권유로 공산당에 가입하지만 내면적인 갈등을 겪다 탈퇴한다. 교수가 되려고 했으나 건강 문제로 교수 시험에 응시하지 못하고, 진보 일간지에서 신문기자로 일한다. 1942년에『이방인』을 발표하면서 이름을 널리 알렸으며, 철학적 에세이『시지프 신화』, 희곡「칼리굴라」등을 발표하며 왕성한 작품 활동을 한다. 1947년에는 칠 년여를 매달린 끝에『페스트』를 출간하는데, 이 작품은 즉각적인 선풍을 일으키고 카뮈는 '비평가상'을 수상한다. 마흔네 살의 젊은 나이로 노벨 문학상을 수상하지만, 그로부터 삼 년 후인 1960년 1월 4일 미셸 갈리마르와 함께 파리로 떠났다가 자동차 사고로 목숨을 잃는다.

**정의의
사람들**

정 의 의
사 라 들

THE ESSENTIAL **KEYWORD**

알베르 카뮈, 김화영 옮김

민음사

차례

인트로   연극 「계엄령」 상연 화보   5
        알베르 카뮈 「계엄령」 일러 두는 말   23
        김화영 역자 서문   27

1부   계엄령   39

2부   페스트   203

3부   산문들
      알베르 카뮈의 『안과 겉』 서문   621
      부조리한 인간   645
      반항하는 인간   675
      시지프 신화   695
      허무주의를 넘어서   705
      수수께끼   717

아웃트로   알베르 카뮈 연보   731

연극 「계엄령」 상연 화보

"나는 아름다움을, 행복을 사랑해!
그렇기 때문에 독재를 미워하는 거야.
혁명, 물론 해야지! 그러나 그것은 삶을 위한 혁명,
삶에 기회를 주기 위한 혁명이야."

— 알베르 카뮈

「계엄령(L'État de siège)」은 1948년 알베르 카뮈가 집필한 희곡이다. 2차 세계대전 직후 집필된 이 작품은 전체주의 정권의 작동 방식을 비판하면서, 두려움을 이용한 복종의 메커니즘을 '페스트'로 의인화하여 비판한다. 카뮈는 히틀러의 독재를 염두에 두었지만, 무엇보다 1975년까지 지속된 프랑코 정권을 주요 대상으로 삼았다. 실제로 연극의 배경은 안달루시아의 카디스이며, 카뮈는 스페인 황금시대 연극에서 많은 영감을 받았다. 장루이 바로에게 헌정된 이 연극은 1948년 10월 27일 '마들렌르노 장루이 바로 극단'에 의해 마리니 극장에서 처음으로 공연되었다.

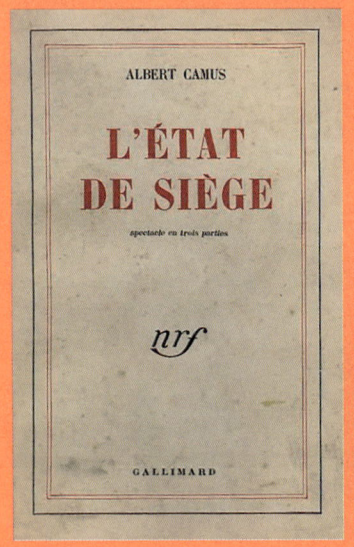

1948년 갈리마르에서 출판한 알베르 카뮈 「계엄령(L'État de siège)」 초판과 피에르 루이 레이가 편집한 1949년 특별판. 1951년 출간한 『반항하는 인간』에 대한 신문 기사를 읽는 카뮈. 장루이 바로의 요청으로 집필한 이 작품은 카뮈의 소설 『페스트(La Peste)』의 각색이 아닌 새로운 창작 희곡이다. 여기서 페스트는 은유적인 긴 독백을 통해 말하는 존재로 등장하며, 젊은 독재자의 모습으로 표현된다. 카뮈는 일찍부터 자신의 작품의 커다란 윤곽을 수첩에 다음과 같이 적어 두었다. 1. 거부(부조리): 이방인, 칼리굴라, 오해, 시지프 신화-방법론적 회의. 2. 긍정(반항): 페스트, 정의의 사람들, 계엄령, 반항하는 인간 3. 사랑: 지금 계획 중, 집필 중. 부조리, 반항, 사랑은 카뮈가 평생 천착한 주제다. 카뮈가 자살과 부조리를 중심으로 시작했던 성찰이 『이방인』과 『시지프 신화』이며, 반항의 문제는 『페스트』와 『반항하는 인간』에 녹아들어 있다.

1948년 초연된 「계엄령」에서 연출과 디에고 역을 맡은 장루이 바로와 빅토리아 역을 맡은 마리아 카사레스, 스태프들과 대화 중인 카뮈. 무대와 객석을 오가며 연극의 초연 준비로 분주한 카뮈의 모습. 장루이 바로는 앙토넹 아르토, 카뮈와 친분을 쌓은 전위적인 실험극 연출가이자 배우이며, 프랑스의 유명 배우인 마리아 카사레스(María Casares, 1922~1996)는 카뮈의 여러 희곡 작품에서 주인공 역을 맡았으며, 카뮈와 생전 1000여 통이 넘는 편지를 주고받는 벗이었다.

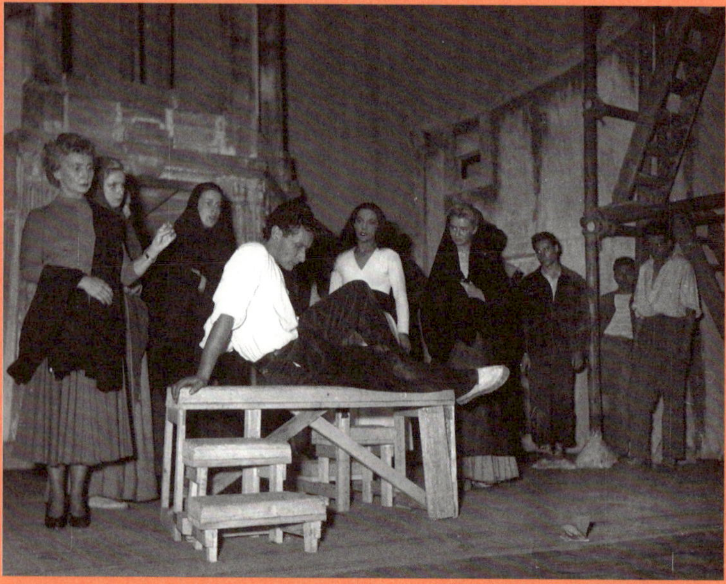

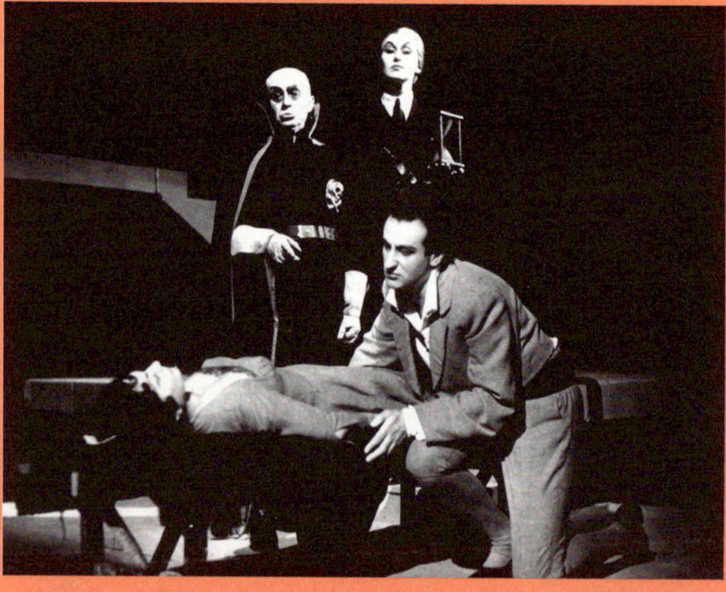

1948년 10월 27일 마리니 극장에서 처음으로 공연된 「계엄령」 무대 장면들. 장 루이 바로가 연출한 이 연극에는 지금은 전설이 된 예술가들의 이름이 특히 눈에 띈다. 이 작품의 무대 및 의상을 맡은 폴란드 태생의 화가 발튀스는 어떤 유파에도 속하지 않고, 전통적 범주의 회화를 20세기 회화에서 독특한 화풍으로 되살렸다는 평가를 받은 거장 미술가이며, 음악을 맡은 아르튀르 오네게르는 '프랑스 6인조'의 한 사람으로서 유명한 현대음악가이다.

장루이 바로는 「계엄령」에서 페스트에게 침탈당한 민중의 참혹한 상황과 비애감을 팬터마임으로 형상화했는데, 이 작품에서 '죽은 자들을 운반하는 자'를 맡은 배우는 오늘날 대중에게도 친숙한 마르셀 마르소다. 그는 2차 세계 대전 시 레지스탕스로 활동했으며, 1944년 파리 해방 이후에는 3000여 명의 군인들 앞에서 처음으로 공연을 가졌다. '광대 비프'이자 '몸으로 시(詩)를 쓴 어릿광대'로도 알려진 마르셀 마르소는 팬터마임의 거장으로서 20세기 이후 행위예술에 크게 기여했다.

L'État de siège

CRÉATION AVEC
SERGE MAGGIANI, HUGUES QUESTER, ALAIN LIBOLT

* 화보 출처

L'Etat de siège 2017 : mise en scène Emmanuel Demarcy-Mota à l'Espace Cardin_https://www.radiofrance.fr/franceinter/l-etat-de-siege-d-albert-camus-par-emmanuel-demarcy-mota-du-8-mars-au-1er-avril-au-theatre-de-la-ville-5178713

L'Etat de siège 2006 : mise en scène Charlotte Rondenez, Théâtre de la Jonquière_https://www.theatredepoche-montparnasse.com/spectacle/etat-de-siege/

알베르 카뮈의 희곡 「계엄령」은 지금까지 전 세계 유수 극단에서 다양한 해석과 연출로 재상연되었다. 대표적인 재공연은 1964년 롤랑 모노드가 샬롱쉬르손 페스티벌에서 선보인 연극 「계엄령」, 1999년 에밀리앙 우르바흐 연출의 연극 「계엄령」, 2017년 에마뉘엘 드마르시 모타가 연출하여 테아트르 드 라빌에서 상연한 연극 「계엄령」 등이며, 가장 최근으로는 2023년 에마뉘엘 베노가 연출한 「계엄령」을 꼽을 수 있다. 카뮈의 이 작품이 오늘날에도 끊임없이 읽히고 무대에 오르는 이유는 무엇일까. 부조리와 반항, 그리고 그에 저항하는 '정의의 사람들'이 여전히 이 시대와 함께 호흡하기 때문일 것이다.

알베르 카뮈 「계엄령」
일러 두는 말

"나는 아름다움을, 행복을 사랑해!
그렇기 때문에 독재를 미워하는 거야.
혁명, 물론 해야지! 그러나 그것은 삶을 위한 혁명,
삶에 기회를 주기 위한 혁명이야."

—『정의의 사람들·계엄령』중에서

1941년, 장루이 바로는 페스트라는 신화와 관련된 공연물을 무대에 올려 보겠다는 생각을 하게 되었다. 앙토냉 아르토 역시 이런 것을 시도한 바 있었다. 그 후 여러 해가 지나자 그의 생각으로는 차라리 다니엘 디포의 명작 『페스트 시절의 기록』을 각색하는 편이 더 간단할 것 같아 보였다. 그래서 그는 연출을 위한 초안을 만들었다.

그런데 나 역시 같은 주제의 소설을 발표하려 한다는 말을 듣게 된 그는 자신의 초안을 토대로 다이얼로그를 써 줄 수 있겠냐고 제안해 왔다. 나에게는 다른 생각이 있었다. 특히 나는 다니엘 디포 쪽은 없던 것으로 하고 바로가 처음 구상했던 주제로 되돌아오는 것이 더 좋겠다고 생각했다.

요컨대 1948년의 모든 관객들이 이해할 수 있는 어떤 신화를 상상해 보자는 것이었다. 「계엄령」은 이와 같은 시도의 구현인데 나는 이것이 사람들의 관심을 끌 만한 가치가 있다고 본다.

그러나

첫째, 누가 뭐라고 하든, 「계엄령」은 결코 내 소설을 각색한 것이 아니라는 점을 분명히 해 둘 필요가 있다.

둘째, 이것은 전통적인 구조의 연극이 아니라 하나의 스펙터클(공연물)이다. 또 그 명백한 의도는 서정적인 독백에서 군중극에 이르기까지 무언극, 단순한 대화, 소극(笑劇), 코러스 등을 포함하는 모든 연극적 표현 양식들을 혼합해 보자는 데 있다.

셋째, 내가 모든 텍스트를 쓴 것은 사실이지만 그래도 장루이 바로의 이름이 내 이름과 같은 자격으로 함께 명시되어야 옳을 것이다. 그러나 실제로는 그렇게 되지 못했는데 거기에는 존중해야 할 몇 가지 이유가 있었다. 그러나 나로서는 장루이 바로에게 큰 힘을 입었음을 분명히 말해 두고 싶다.

1948년 11월 20일
알베르 카뮈

김화영 역자의 서문

나는 반항한다,
그러므로 우리는 존재한다

"프로메테우스의 모범을 따라 반항하는 인간은
전적인 자유를 요구하지 않는다.
그는 오히려 전적인 자유를 고발한다.
한계와 절도가 곧 반항의 힘이며
반항이 내포한 비타협적 속성이다."

"코로나19의 긴 터널을 빠져나오자 계엄령이었다."

가와바타 야스나리의 소설 『설국』의 첫 문장을 곁눈질해 본 이 한마디는 우리가 최근 오 년간 살아낸, 그리고 현재 진행 중인 나쁜 꿈처럼 길고 괴이한 드라마의 요약인 동시에 우리 모두의 자화상이다. 이 책은 문학의 형식을 빌린 신화에 오늘 우리의 삶을 비추어 성찰해 보려는 시도의 하나다.

2019년 11월 17일 중국 우한에서 시작된 신종 감염병 코로나19는 이듬해 1월 20일 국내로 전파되었다. 그로부터 삼 년 오 개월이 경과한 2023년 5월 5일 세계보건기구는 마침내 코로나19의 국제적 공중보건 비상사태 해제를 발표했다. 그동안 무려 6억 8700만 명 이상의 확진자와 약 690만 명의 사망자(국내 누적 확진자 3000만 명, 사망자 3만 4376명)를 기록하며 "마스크 인류"에게 전대미문의 "고강도 거리 두기"와 죽음의 방역 공포와 저항, 타자와의 만남에 대한 갈증을 경험하게 한 뒤였다.

다시 일 년 반이 지난 2024년 12월 3일 10시 25분, 대한민국의 대통령은 "자유 헌정질서를 지키기 위해" 비상계엄을 선포했다. 155분이 지난 다음 날 새벽 긴급 소집된 국회는 비상계엄 해제 요구 결의안을 통과시켰고 4시 20분 대통령은 계엄령을 해제, 계엄군을 철수시켰다. 그 뒤 국회의 탄핵소추 결의, 내란죄 고소로 자리를 비운 대통령의 은둔, 체포, 구금, 재판, 변론, 군중의 대규모 찬반 시위 등 거대한 사회적, 정치적 혼란의 드라마는 여전히 진행 중이다.

역사는 지루하게 되풀이되는 것일까? 인간의 삶은 몇 가지 단순하고 거대한 주제 혹은 상징들을 중심으로 인물과 시간과 무대를 바꾸어 변주하고 신화를 새롭게 해석하는 것일까?

*

1944년부터 1948년까지 알베르 카뮈는 나치 독일 점령군으로부터 해방된 전후 파리에서 미처 연극 무대에 관심을 기울일 여유가 없을 만큼 분주했다. 그가 드디어 무대로 돌아왔다. 그 계기가 바로 연극 「계엄령」이었다. 당시 유명한 배우이며 극단장이었던 장루이 바로는 앙토냉 아르토가 「연극과 페스트」에서 "연극은 페스트와 마찬가지로 집단적으로 종양을 터뜨려 짜내기 위하여 만들어진", 다시 말해서 있는 그대로의 인간의 진정한 모습을 발견하게 하는 예술이라는 주장에 매혹되어 여러 해 전부터 페스트를 주제로 한 연극을 무대에 올리고 싶어 했다. 그래서 그 자신도 그 방향으로 극 작품을 구상하고 있었다. 1947년에 카뮈가 소설 『페스트』를 발표하여 큰 성공을 거두자 바로는 카뮈에게 희곡 작품을 주문했다. 카뮈는 자신의 소설은 완전히 잊어버리고 전혀 다른 형식의 극작품을 구상했다. 그의 소설 『페스트』와 이 연극의 공통점은 무서운 죽음과 전체주의, 다시 말해 악의 상징 페스트라는 주제, 그리고 그 위협과 공포의 공간적 배경뿐이다.

전염병 유행으로 돌연 봉쇄된 바닷가의 도시 오랑과 카디스는 이제 막 겪고 난 2차 세계 대전 점령 시대의 상징인 동시에 부조리한 인간 조건 그 자체다. 카뮈와 장루이 바로를 다 같이 매혹했던 앙토냉 아르토는 말했다. "신화를 창조하는 것, 이것이 바로 연극의 진정한 목표다. 삶을 만인 공통의 보편적이고 거대한 신화로 번역해 보이고 거기서 우리들 자신의 모습을 발견할 수 있는 이미지들을 추출해 내는 것이 바로 연극이다." 카뮈는 그의 작품 「계엄령」에서 "1948년의 모든 관객들이 몸으로 실감할 수 있는 어떤 신화"를 형상화하려 했다. 그리스 비극처럼 보편적인 "총체극"을 지향했던 이 연극에서 우리는 프랑스 사람들이 "passion"(정열, 격정, 열광, 흥분, 정욕, 집착, 감동, 그리고 그리스도의 수난 등의 의미가 복합적으로 혼합된 에너지의 분출과 그 억압이라는 의미를 지닌다.)이라는 말로 지칭하는 어떤 "정념"이 쇄도하는 모습을 목격한다. "황금빛 오렌지가 익어 계절이 절정을 향해 솟구쳐 오르는" 풍요로운 여름의 한편에서는 무기력한 일상과 무반성한 습관이 되풀이되는 도시 카디스. 문득 "페스트"라는 이름의 공포와 죽음이 덮쳐와 도시가 봉쇄된다. 독 안에 든 쥐처럼 갇힌 인간들은 혼란과 억압, 죽음으로 내몰린다. 영합, 도피, 반항이 이어진다. 마침내 속죄양의 희생을 거쳐 두려움을 극복한 사람들의 도시는 해방된다. 프랑코, 무솔리니, 히틀러로 이어지는 파시즘과 국가 사회주의, 스탈린의 전체주의의 압제와 폭력, 강제 수용, 살인, 그리고 동시에 팬데믹의 상징인 '페스트' 등 모든 종류의 악을 주제로 한 거대한 정념의 변주, 이것이 바로 「계엄령」이다.

막이 열리면 무대는 묵시록적 분위기. 초연 당시 무대 장치와 의상은 발튀스가 맡았다. 스페인 남쪽 바닷가 도시 카디스. 저물어 가는 밤하늘을 배경으로 육중한 성벽의 총안들과 하늘을 쳐다보는 군중의 실루엣. 연극의 신화적 성격으로 보아 시대와 장소는 특정되지 않은 보편성을 지닌다. 등장인물도 마찬가지다. 군중, 목소리, 코러스, 어부, 군인, 전령, 거지, 배우, 점성술사, 집시, 그리고 차츰 전면에 등장하는 시장, 총독, 판사, 신부, 술주정뱅이, 마법사, 연인들 모두가 무심하면서도 나름의 행복을 찾는 보통 사람들이다. 암흑 속에서 경보 사이렌을 연상시키는 오네게르 작곡의 음악이 기다림과 불안과 공포를 자아내는 가운데 한줄기 혜성이 하늘을 가로지른다. 전쟁, 역병, 죽음의 징조다. 어떤 목소리가 "세상의 종말"을 암시한다. 젊은 주인공 디에고는 연극의 핵심을 요약한다. "진실의 시간은 바로 죽음의 시간이야!" 그리고 그 자신도 죽는다. 과연 카뮈의 거의 모든 작품은 죽음으로 마감되고 그 죽음 속에서 "진실"이 모습을 드러낸다. 『이방인』이 그렇고 『페스트』, 「정의의 사람들」, 『칼리굴라』, 『오해』가 그렇다.

"습관의 왕" 총독이나 시장, 판사 모두가 "아무 일도 일어나지 않는" 일상의 습관 속에 매몰되어 있다. 그때, 가설 무대에서 한 배우가 무언극을 연기하다가 쓰러져 죽는다. 소설 『페스트』의 도시 곳곳에서 발견되는 죽은 쥐들처럼 죽음의 신호다. 신부는 "천벌"이라고 한다.

마침내 이름 그 자체가 상징인 "페스트"가 "제복" 차림으로 여비서와 함께 등장하고 "계엄령"이 선포된다. 공포 분위기 속에서 인간들의 비열함이 노출된다. 판사가 말하듯 "모두가 다 공포에 질려 모두를 배신한다. 순수한 사람은 아무도 없다." 코러스가 요약한다. "죽음 밖에 아무것도 진실하지 않다." 몸과 마음으로 겪는 구상적인 삶이 '추상'의 차원으로 옮겨져 인식, 통제, 조직, 통계 처리된다. 시민들 모두가 유죄다. 그들은 모두 감염, 오염의 위험을 지닌 수상쩍은 존재로 등록 번호가 매겨져 수첩 속에 등재된다. 질서와 절차, 명령, 고발, 조직, 격리, 강제 수용, 제거의 대상이다. 수첩에 기록된 이름이나 번호에 줄을 그어 지우면 해당된 사람은 즉시 세상에서 "삭제"된다. 우리 모두에게 익숙한 팬데믹 혹은 계엄령의 세계다.

그러나 이 극의 진정한 주제는 반항이다. 젊은 주인공 디에고는 시민들을 독려하며 소리친다. "오! 거룩한 반항이여, 살아 있는 거부여, 민중의 자존이여! (……) 공포를 이겨야 한다. 깨어나라 스페인이여!" 그의 반항을 뒷받침하는 힘은 페스트의 '추상적' 시스템을 거부하고 '구체적'인 삶을 지키고 몸의 감각과 마음으로 실감하는 행복에의 의지다. "너희는 만사를 숫자와 서류로 보면 된다고 믿었어! 그러나 너희의 그 잘난 사전에는 들장미와 하늘의 징조와 여름의 표정, 바다의 우렁찬 목소리와 고뇌의 순간, 그리고 인간들의 분노 같은 것은 다 빠져 있단 말이야! (……) 우리에게는 너희가 아무리 때려도 부술 수 없는 힘이, 두려움과 용기가 한데 섞인, 무지하면서도 영원히 승리하는 해맑은 광기가 있어." 페스트의 명령을 그대로 실시하는 여비서도 이 반항의 힘을 부정하지 못한다. "단 한 사람의 인간이 공포를 극복하고 반항하기만 해도 기계는 삐걱거리기 시작하는 것이었어요."

그러나 페스트라는 '기계'에 대한 공포의 극복, 거부, 반항으로 모든 문제가 해결되고 행복은 얻어지는 것일까? 계엄령의 주제는 「정의의 사람들」과 『반항하는 인간』의 성찰로 이어진다. 반항은 인간이 자신의 존재와 세계에 의미를 부여하는 과정이다. 반항은 부정과 긍정, 거부와 동의를 동시에 내포한다. 반항하는 인간은 참을 수 없는 억압에 맞서 "아니다."라고 말하며 자신의 존엄을 긍정, 옹호하려는 사람이다. 이때의 존엄은 개인의 존재를 넘어서 만인에게 공통된 가치다. "인간의 내부에 지켜 간직해야 할 항구적인 진실이 전혀 없다면, 무엇 때문에 반항한단 말인가?" 이리하여 반항은 보편적 가치, 즉 인간의 본성을 긍정함으로써 인간 상호 간의 연대성을 정당화한다. 개인의 문제가 만인의 문제로 옮아가고 시간 속에서 변화하는 인간의 삶 속에 불변의 가치와 본성이 발견된다. 카뮈는 말한다. "나는 반항한다, 고로 우리는 존재한다."

이제 반항과 관련하여 남는 중요한 문제는 정의와 자유의 상관성이다. 카뮈는 반항이 무제한적일 수는 없다고 경고한다. 반항이 지나치게 극단적일 경우 그것은 결국 폭력이나 독재적인 권력, 살인으로 변질될 수 있다. 이것은 허무주의의 세계다. 이름 자체가 "무(無)"를 의미하는 나다(Nada)는 이 세상에도 하늘나라에도 "믿을 것이 아무것도 없다."라고 선언한다. 이때 필요한 것이 한계와 절도의 개념이다. 절대적 자유는 정의를 무시한다. 절대적 정의는 자유를 부정한다. 이 두 관념이 충돌하지 않고 생산적이 되려면 상대 속에서 자신의 한계를 발견해야 한다. 헬레니스트인 카뮈는 말한다. "그리스인들은 그 어느 것도 극단까지 밀고 가지 않는다. 그들은 가장 극단적인 대담성을 드러낸 경우에도, 자신들이 신성시하는 그 한계에 충실했다." 네메시스 신의 세계다. 프로메테우스의 모범을 따라 반항하는 인간은 전적인 자유를 요구하지 않는다. 그는 오히려 전적인 자유를 고발한다. 반항하는 노예는 주인이 금지된 경계선을 침범하도록 허용하는 무제한의 권력을 거부한다. 한계와 절도가 곧 반항의 힘이며 반항이 내포한 비타협적 속성이다.

그래서 「계엄령」의 막이 내리기 직전 "수많은 정권들은 지나가지만 경찰은 남도다. 그러니 한 가지 정의는 있는 셈이지."라는 나다의 말에 코러스는 결론을 내리듯 경고한다. "아니다. 정의는 없다. 그러나 한계가 있다. 규칙이란 없다고 소리치는 자들이나 만사에 규칙만 적용하려는 자들이나 다 같이 한계를 넘어서고 있다." 「정의의 사람들」에서 젊은 테러리스트 칼리아예프는 그가 살해하려 한 대공의 마차 안에 예상치 않았던 어린아이가 함께 타고 있는 것을 보자 폭탄을 던지지 않고 돌아온다. 반면 "한계 따위는 없다."라고 굳게 믿는 혁명가 스테판은 그를 단호하게 질책한다. "살인자의 손으로라도 정의가 실현되면 그만이지." 부정과 긍정을 함께 지닌 반항의 조건에 충실한 반항인 칼리아예프는 그의 진정한 자유가 살인에 대한 자유가 아니라 "자기 자신의 죽음에 대한 자유"라는 것을 희생으로 증명한다. 두 번째 시도에서 대공을 살해한 그는 "교수대의 같은 밧줄이 두 존재를 결합시킨다."라고 믿으며 사면을 거부하고 기꺼이 사형대로 나아간다. 뫼르소, 칼리굴라 등 카뮈의 모든 주인공들처럼 그는 "자신이 결국 살인을 하게 된다면 그는 죽음을 받아들여야 한다."라는 "형이상학적 명예"를 믿는다.

*

 알제리 전쟁으로 테러와 살륙이 이어지던 1957년 12월 12일 목요일 오후 5시 30분, 스톡홀름대학교 학생회관에서 그해 노벨문학상 수상자 알베르 카뮈는 젊은 대학생들의 질문에 답하는 시간을 가졌다. 그때 한 알제리인이 연단에 올라와 알제리 전쟁에 대해 입장을 분명히 하지 않은 카뮈를 비난했다. 카뮈는 지식인의 개입으로 양 진영 상호 간의 증오가 격화되고 급기야 테러로 이어지는 상황이므로 그런 개입이 필요 없게 되는 날을 기대하며, 두 민족이 평화롭고 평등하게 살아가는 정의로운 알제리를 지지한다고 대답했다. 사실 그는 지난 일 년 팔 개월 동안 공식적으로는 침묵을 지켜 왔다. 그러나 그는 "행동마저 하지 않은 것은 아니었다."라고 못 박고 이렇게 말을 이었다. "저는 언제나 테러를 비난해 왔습니다. 가령 알제의 거리에서 무차별적으로 행해지는, 그래서 어느날 저의 어머니와 가족들을 해칠지도 모르는 그런 테러에 대해서도 저는 마찬가지로 비난하지 않을 수 없습니다. 저는 정의를 믿습니다. 그러나 저는 정의에 앞서 저의 어머니를 먼저 보호하겠습니다."

 이 무렵 카뮈의 글 속에는 빈번히 "사랑"과 "정의"가 불가분의 '안과 겉'을 이루며 등장했다. 그리고 1961년 1월 4일 불의의 교통사고로 사망하기 전 그는 자신의 젊은 날의 산문집 『안과 겉』에 붙인 서문에서 이렇게 썼다. "하나의 언어를 구축하고 신화들에 생명을 불어넣으려는 그토록 많은 노력에도 불구하고 만약 내가 어느 날엔가 『안과 겉』을 다시 쓰는 데 성공하지 못한다면 나는 결국 아무것에도 성공하지 못한 것이나 마찬가지다. 이것이 나의 막연한 신념이다." 그리고 이렇게 다짐한다. "한 어머니의 저 탄복할 만한 침묵, 그리고 그 침묵에 어울릴 수 있는 정의, 혹은 사랑을 찾으려는 한 사나이의 노력을 다시 한번 더 그 작품의 중심으로 삼아 보리라."

2025년 3월 3일

솔마에서

김화영

계엄령

"너희는 이미 패배한 거야.
왜냐하면 인간에게는 너희가 아무리 해도 때려 부술 수 없는 힘이,
두려움과 용기가 한데 섞인, 무지하면서도 영원히 승리하는,
해맑은 광기가 있기 때문이야.
바로 그 힘이 이제 막 솟아 오르려 하고 있어."

─「계엄령」중에서

장루이 바로에게*

---

* 「계엄령(L'État de siège)」은 1948년 10월 27일 '마들렌 르노 장루이 바로 극단'에 의해 마리니 극장에서 처음으로 공연되었다.

음악: 아르튀르 오네게르*
무대장치 및 의상: 발튀스**
연출: 장루이 바로***

* Arthur Honegger(1892~1955). 프랑스의 작곡가. '프랑스 6인조'의 한 사람. 취리히 및 파리 음악원에서 공부하고 당디에게서 배웠다. 대위법과 불협화음을 사용하여 많은 현대 음악 작품을 발표했다.

** Balthazar Klossowski de Rola(1908~2001). 폴란드 태생으로 프랑스에서 활동한 유명한 화가. 정규 미술 과정을 거치지 않았던 그의 그림은 입체파적이며, 동시에 초현실주의적이다. 어떤 유파에도 속하지 않고, 전통적 범주의 회화를 20세기 회화에서 독특한 화풍으로 되살렸다는 평가를 받았으며, 개성적이고 환각적인 상상력이 담긴 작품들로 초현실주의로 분류되기도 한다. 고양이를 즐겨 그려 '고양이의 왕'이라 불리기도 했다.

*** Jean-Louis Barrault(1910~1994). 프랑스의 연출가. 뒤랭의 아트리에 극단에 들어가 팬터마임의 도쿠루라든가 앙토냉 아르토와 알게 되어 1935년 이후 전위적인 팬터마임, 또는 소설의 각색에 의한 다양한 실험극을 선보였다.

배역

페스트: 피에르 베르탱
어비서: 마들렌 르노
나다: 피에르 브라쇠르
빅토리아: 마리아 카자레스
판사: 알베르 므디나
판사 부인: 마리 엘렌 다스테
디에고: 장루이 바로
총독: 샤를 마이외
시장: 레지스 우탱
마을 여자들: 엘레오노르 이르트, 시몬 발레르, 지네트 드자이, 크리스티안 클루제, 자닌 방사르
마을 남자들: 장 드자이, 자크 베르티에, 보샹, 가브리엘 카탕, 장 피에르 그랑발, 베르나르 데랑, 장 주이아르
민병대원: 롤랑 말콤, 윌리엄 사바티에, 피에르 소니에, 자크 갈랑
시체 운반인: 마르셀 마르소*

---

* Marcel Marceau(1923~2007). 프랑스의 마임 배우이며, '광대 비프'라는 무대 인물로 알려져 있다. 2차 세계 대전 시 레지스탕스로 활동했으며, 1944년 파리 해방 이후 3000여 명의 군인들 앞에서 처음으로 공연을 가졌다. '몸으로 시(詩)를 쓴 어릿광대'로도 알려진 그는 팬터마임의 거장으로서 20세기 이후 행위예술에 크게 기여했다.

1부

프롤로그

경보 사이렌을 연상케 하는 요란한 주제의 서곡.
막이 오른다. 무대는 완전한 암흑의 상태.
서곡이 끝나도 경보의 주제는
멀리서 들리는 울림처럼 남아 있다.
문득 무대 안쪽 우측에서 혜성 하나가 나타나
천천히 무대 좌측으로 이동한다.
요새화된 스페인 마을의 성벽들과 관객들에게 등을
돌리고 있는 여러 인물들의 실루엣이
혜성의 빛을 받아 드러난다.
인물들은 꼼짝도 않고 서서
목을 길게 내뻗어 혜성을 쳐다보고 있다.
4시를 치는 소리가 들린다.
사람들이 웅얼대며 주고받는 소리는
무슨 말인지 거의 알아들을 수 없다.

― 세상의 종말이다!

― 그럴 리 없지!

― 이 세상이 멸망한다면…….

― 그럴 리 없어! 세상은 망해도 스페인은 망하지 않아!

― 스페인까지도 망할걸.

― 무릎을 꿇어!

― 불길한 혜성이다.

― 스페인은 망하지 않아, 스페인은 안 망해!

두세 사람이 고개를 돌린다.

한두 사람이 조심스럽게 이동한다.

그리고 모든 것이 다시 정지 상태로 되돌아간다.

그러자 웅얼대는 소리가 더욱 뚜렷해지면서

날카로운 소리로 변하고, 무슨 위협적이고 알아들을 수

있을 듯한 말소리처럼 음악적으로 발전한다.

그와 동시에 혜성이 엄청나게 커진다.

갑자기 끔찍스러운 여자의 비명 소리가 터져 나오면서

음악이 뚝 그치고 혜성은 다시 보통 크기로 줄어든다.

여자가 헐떡거리며 도망친다. 광장이 소란스러워진다.

주고받는 말소리가 한층 또렷해져서

전보다는 좀 더 잘 들리지만

여전히 말뜻을 알아들을 수 없다.

― 이건 전쟁이 터질 징조다!

— 틀림없어!

— 징조는 무슨 징조.

— 보기 나름이지.

— 그만해 둬. 더위 때문이야.

— 카디스의 더위니까.

— 그쯤 해 둬.

— 소리가 너무 요란해.

— 귀청이 찢어지겠어.

— 이 마을에 저주가 내리는 거야!

— 아, 카디스! 너한테 저주가 내린다!

— 쉿! 조용히!

사람들이 다시 혜성을 뻔히 쳐다본다. 그러자 이번에는 뚜렷하게 민병대 장교의 목소리가 들려온다.

민병대 장교   자, 모두들 돌아가시오! 볼 것은 다 보았을 테니 이제 그만 됐어요. 아무것도 아닌데 공연히 소란만 피운 거요. 떠들썩하기만 했지 결국 아무 일도 없었잖아요. 결국 카디스는 언제나 변함없이 카디스인걸요.

목소리   그렇지만 이건 무슨 징조라고요. 징조란 공연히 나타나는 게 아녜요.

목소리   아, 위대하고 무서운 신이여!

목소리   곧 전쟁이 터지는 거다, 이게 바로 그 징조야!

목소리	지금 세상에 징조 같은 것을 믿는 놈이 어디 있어. 꼴도 보기 싫다! 다행히 우리는 머리가 깬 사람들이라서 그런 것은 안 믿어.
목소리	그래, 바로 그러다가 큰코 다치는 거야. 돼지 같은 바보가 인간이니까. 돼지란 목을 따서 피를 내라고 생긴 거 아닌가!
장교	모두들 돌아가시오! 전쟁은 우리가 하는 일이니 당신들이 참견할 게 아니오.
나다*	아이고! 그랬으면 얼마나 좋겠어! 천만의 말씀, 장교 나리들은 따뜻한 침대 속에 누워서 죽고 전쟁은 바로 우리 차지가 되는 거야!
목소리	나다다, 나다가 왔다, 그 바보 녀석이!
목소리	나다, 너 같으면 알겠지, 이건 도대체 무슨 징조지?
나다	(그는 불구자다.) 내 말 같은 건 듣고 싶지 않을 텐데. 그냥 웃어 넘기잖아. 저기 학생에게 물어 보게나, 곧 박사가 될 양반이니까. 나는 그저 이 술병한테나 수작을 붙일 테니.

나다가 술병을 입에 갖다 댄다.

---

* 뒤에 명시되듯이 나다(Nada)라는 이름은 스페인어로 '무(無)'를 뜻한다.

목소리 디에고, 도대체 이건 무슨 영문인가?

디에고 아무러면 어떤가? 그저 마음만 단단히 먹고 있으면 되는 거야.

목소리 민병대 장교님께 물어보지그래?

장교 민병대가 볼 때 당신들은 공공 질서를 문란케 하고 있는 겁니다.

나다 민병대는 팔자도 좋군. 생각이 저렇게 단순하니.

디에고 저것 보세요. 또 시작이에요.

목소리 아, 위대하고 무서운 신이여.

다시 그 웅얼대는 소리가 들려온다.
두 번째 혜성이 지나간다.

— 그만, 그만!
— 이제 됐으니 그만!
— 카디스!
— 카디스가 소리를 낸다!
— 저건 저주의 소리…….
— 이 도시를 향해서…….
— 쉿, 조용히!

5시를 치는 소리가 들린다.
혜성이 사라지고 있다. 날이 밝아온다.

나다   (경계 표석 위에 올라앉아서 비웃는 투로 말한다.)
자, 여러분! 이제부터 이 나다는, 배움과 학식 면에서 이 마을의 빛이요. 세상 만사를 우습게 알고 명예 따위를 헌신짝같이 여긴다는 점에서 취한 주정뱅이요, 경멸의 자유를 고집하는 탓으로 세상의 웃음거리인 이 나다는, 이제 불꽃놀이를 끝내고 그대들에게 무료로 경고해 주고자 한다. 내 그대들에게 때가 왔음을 알리노라. 점점 더 그때가 가까워지고 있도다.
하기야. 이미 오래전부터 때가 되어 있었다. 그러나 한 주정뱅이가 말해 주고 나서야 비로소 그것을 알아차리게 된 것이다. 그렇다면 우리는 지금 어떤 지경에 놓여 있는 것인가? 그것을 알아맞히는 것은 정신이 말짱한 그대들의 몫이다. 나의 생각은 이미 오래전에 정해져 있었고, 삶은 마땅히 죽음에 이르는 것이니 인간이란 화형 때 지피는 장작이라는 내 믿음의 원칙은 확고하다. 내 분명히 말해 두거니와 그대들은 머지않아 큰 화를 당할 것이다. 저 혜성은 좋지 못한 징조다. 그대들에게 보내는 경고란 말이다!
믿어지지 않는다고? 그렇게들 나올 줄 알았지. 하루 삼시 세 끼의 밥을 먹고, 여덟 시간 노동하고, 처첩 둘을 거느렸으니 만사형통이라 믿겠지. 천만의 말씀, 만사형통이 아니라 그대들은 지금 줄을 서고 있는 거다. 태연한 얼굴로 줄을 맞추고 서 있으니 그대들은 이제 재난을 맞을 준비가 된 것이다. 자, 그러면 여러분, 이것으로 경고를 끝냈으니 나는 이제 양심에 거리낄 것이 없다. 나머지 일은 걱정할 필요 없다. 저 위에서 다 알아서 해 줄 테니까. 그러면 어찌되는지 그대들도 잘 알겠지. 결코 만만한 상대가 아니다.

판사 못된 소리 그만하지. 나다, 하느님께 함부로 굴어 댄 것이 벌써 언제부터냐.

나다 내가 언제 하느님이라는 말을 입 밖에 냈었나, 판사님? 하느님이 하시는 일이라면 나는 어차피 찬성인걸. 나 역시 나름대로 판사 노릇을 하고 있다고. 책에서 읽었지만, 신의 제물이 되기보다는 차라리 신과 한패가 되는 쪽이 낫다더라. 그리고 도무지 이건 하느님과 관계된 문제가 아닌 것 같은데. 인간들이 저희끼리 나서서 유리창과 머리통을 깨부수기 시작하면 알다시피 사정이 사정인지라 하느님은 그저 옆에서 굿이나 보는 거야.

판사 너같이 하느님을 믿지 않는 망나니들이 하늘의 경고를 자초하는 거야. 이건 하늘의 경고임에 틀림이 없으니까 말이다. 그러나 경고는 마음이 타락한 모든 사람들 머리 위에나 떨어지는 법이다. 더 무서운 결과가 뒤따르지 않도록 모두가 두려워하며 지은 죄를 용서해 달라고 하느님께 비는 것이 좋겠다. 자, 모두들 무릎을 꿇어! 꿇고 빌라니까!

나다를 제외하고 모두들 무릎을 꿇는다.

판사 두려워하라, 나다, 두려운 줄 알고 꿇어라.
나다 무릎이 꾸부러지지 않아서 그럴 수가 없네. 두려워하라지만, 나는 이미 모든 것을 각오하고 있어. 아니. 그보다 더한 것도 각오했지. 자네의 그 알량한 훈계 말씀 말이야.
판사 몹쓸 놈! 그렇다면 너는 아무것도 믿지 않는다는 건가?
나다 이 세상엔 믿을 게 아무것도 없어, 술만 빼고. 또 하늘나라에도 믿을 게 없기는 마찬가지고.
판사 하느님. 이자를 용서하여 주옵소서, 무얼 지껄이고 있는지 저 자신도 모르는 놈입니다. 그리고 제발 이 도시를, 당신의 아들 딸들을 재난에서 지켜 주시옵소서.
나다 이리하여 미사는 드디어 끝났도다. 야, 디에고, 술 한 병 사 다오. '혜성' 상표가 붙은 것으로다. 그리고 참, 요즘 자네 연애 행각은 어찌 되어 가고 있는지 좀 말해 보지그래.

디에고 나다, 나는 판사님의 딸과 결혼하기로 되어 있어. 그러니 앞으로는 그녀의 아버지 되는 분을 모욕하지 말라고. 그건 곧 나를 모욕하는 거나 마찬가지니까.

나팔 소리. 민병대 위병들에 둘러싸여 전령이 등장한다.

전령 총독부 명령. 각자는 즉시 물러가서 맡은 바 임무에 복귀할 것. 좋은 정부란 무릇 그 통치하에 아무 일도 일어나지 않는 정부를 말한다. 그런데 종전과 다름없이 앞으로도 좋은 정부가 되도록 그 통치하에 아무 일도 일어나지 않아야 한다는 것이 바로 총독의 뜻이다. 그러므로 친애하는 카디스의 주민 여러분에게 분명히 밝히거니와 오늘은 아무 일도 일어나지 않았으므로 놀라거나 걱정할 필요가 조금도 없다. 그런 까닭에 각자는 새벽 6시 이후 혜성이 이 도시의 하늘에 출현했다는 소문은 완전히 그릇된 오보로 간주할 의무가 있다. 이 결정을 위반하는 자, 과거 또는 미래의 단순한 천체 현상으로서 언급하는 것을 제외하고, 혜성에 관한 유언비어를 퍼뜨리는 자는 예외 없이 의법 처단하게 될 것임.

나팔 소리. 전령이 퇴장한다.

나다 자! 디에고, 어떻게 생각하나? 절묘하게 생각해 낸 아이디어 아닌가!

디에고 어리석은 소리야! 거짓말하는 것은 언제나 어리석은 짓이야.

나다 아니지. 그게 바로 정치라는 거지. 나는 찬성이야. 정치의 목표는 모든 것을 다 지워 버리는 데 있으니까. 아! 정말 훌륭하신 총독 각하시지! 재정이 적자면 적자를 지워 없애 버리고, 마누라가 바람이 나면 그 사실을 부정해 버리는 거야. 오쟁이를 져도 자기 마누라가 정숙하다고 하고, 중풍에 걸려도 걸을 수 있다고 하는 거야. 눈먼 자들이여, 보라, 진리의 시간이 왔도다!

디에고 그런 불길한 소리 말아. 마귀 같으니라고! 진리의 시간이란 바로 죽음의 시간이야.

나다 바로 그거야. 이 세상을 아주 끝장내야 해! 작은 두 눈은 증오에 불타고, 빨간 콧등에는 더러운 침이 질질 흐르는 채로 네 다리를 부르르 떠는 투우처럼 정말 이 세상이 송두리째 내 앞에 놓여 있다면! 아, 얼마나 뿌듯한 순간이 될 것인가! 비록 늙은 팔이지만 주저하지 않고 단칼에 정수리를 내려치는 거야. 그러면 놈의 육중한 덩치가 그야말로 시간이 다할 때까지 무한한 공간으로 끝없이 추락하겠지!

디에고 나다, 너는 모든 것을 지나치게 경멸하는 버릇이 있어. 그 경멸을 좀 아껴 두지그래. 필요할 때가 있을 테니까.

나다 나는 필요한 게 아무것도 없어. 죽는 날까지 경멸뿐이야. 이 세상의 그 무엇도, 왕도, 혜성도, 도덕도 결코 나를 누를 수 없어!

디에고 그만 진정해! 너무 높이 올라가지 않는 게 좋아. 그럴수록 남들이 덜 좋아할 텐데.

나다 나는 만물의 머리 위에 있단 말이야, 이제 나는 아무것도 바라는 게 없어.

디에고 그 누구도 명예를 무시하지는 못하지.

나다 이 사람아, 그 명예라는 것이 뭐지?

디에고 사람을 똑바로 서게 하는 것이지.

나다 명예란 과거나 미래의 천체 현상에 불과해. 없애 버리자고.

디에고 좋아, 나다. 그러면 나는 이제 가 봐야겠네. 그녀가 기다리고 있어. 그래서 나는 자네가 예언하는 재난 같은 것을 믿지 않는 거야. 나는 행복해지는 일에 정신을 쏟아야겠어. 그건 정말 오래 걸리는 작업이지. 도시와 농촌이 골고루 평화로워야 되는 일이거든.

나다 이 햇병아리야, 내 이미 말하지 않았나, 우리는 이제 오도 가도 못하게 되었단 말이야. 아무런 희망도 안 갖는 게 좋을 걸세. 연극이 곧 시작될 거야. 세계가 드디어 끝장나는 것을 기념해서 장터 거리로 달려가 한잔했으면 좋겠는데, 과연 그럴 짬이 있을지 모르겠군.

모든 조명이 꺼진다.

프롤로그의 끝

조명이 들어온다. 전반적인 활기.
사람들의 동작이 더 활발해지고
움직임의 속도가 한층 빨라진다.
음악. 무대 전면이 트이면서 상인들이 점포의 덧문을 연다.
장터 거리의 광장이 나타난다.
어부들이 인도하는 민중의 코러스가
차츰 기쁜 노랫소리로 광장을 가득 채운다.

코러스 아무 일도 없다. 앞으로도 없을 것이다. 자, 싱싱한 것이 왔습니다. 싱싱한 것을 드세요! 재난이 아니라 풍요로운 여름이다! (환희의 외침) 봄이 지나가자 어느새 재빨리 하늘로 내달은 여름의 황금빛 오렌지가 계절의 절정을 향해 솟구쳐 오르더니 익을 대로 익어 터지면서 스페인의 머리 위에 흐드러지게 꿀 같은 즙을 쏟는다. 그동안 끈끈한 단물이 든 포도 알맹이, 버터색 멜론, 붉은 피 가득한 무화과, 불타는 듯한 살구, 세상의 모든 여름의 모든 과일이 한꺼번에 우리들 시장의 진열대로 쏟아져 들어온다. (환희의 외침) 오, 과일들이여! 먼 시골에서 시작한 그 길고 분주한 질주가 여기 버들가지 광주리 속에서 끝나는구나. 처음 시골에서 과일들은 더위에 푸른 물이 든 목장 위, 햇빛에 젖은 무수한 샘물들이 시원스레 솟아나는 가운데 물기와 단맛으로 묵직해지기 시작했고, 솟아오르는 샘물들이 차츰 한 줄기 젊은 물로 합쳐지면서 뿌리와 줄기들에 빨아들여져 과일들의 심장 속으로 인도되더니 마침내 그 심장에서 젊은 물은 다할 줄 모르는 꿀의 샘처럼 천천히 흘러 과일들을 살찌게 하며, 더욱더욱 무겁게 만드네.

무겁게, 더욱더욱 무겁게! 드디어 무거움을 견디지 못해 과일들은 하늘의 깊은 물속으로 흐르고, 우거진 풀들 사이로 굴러가기 시작하고, 강물에 실려 떠나고, 모든 길을 따라 굽이돌고, 세상의 방방곡곡에서 기쁨에 넘치는 백성들의 아우성 소리와 여름의 나팔 소리의 환호를 받으며 (짧은 나팔 소리) 무리 지어 인간들의 도시로 들어오면서 대지는 정답고 자양을 대어 주는 하늘은 변함없는 풍요의 약속을 지켜 준다고 증언하네. (일제히 환희의 외침) 그렇다, 아무 일도 없다. 보라, 지금은 여름, 하늘에 바치는 헌납이 있을 뿐 재난은 없다. 겨울은 먼 훗날의 일, 굳어 버린 빵을 먹는 것도 나중의 일! 지금은 도미, 정어리, 바닷가재, 잔잔한 바다에서 잡아온 싱싱한 생선, 치즈, 로즈메리로 양념한 치즈의 계절! 빨래처럼 거품이 이는 산양의 젖, 그리고 대리석의 식탁 위에는 흰 종이 장식 아래 아직도 피가 흐르는 고깃덩어리, 거여목의 향기를 뿜는 고깃덩어리가 인간에게 피와 즙과 일광을 동시에 맛보이려고 한다. 자, 맛을 보세요. 자, 모든 것을 잊을 때까지 취하도록 마십시다. 앞으로도 아무 일 없을 테니까!

환호하는 소리. 기쁨의 외침. 나팔 소리. 음악 소리.
시장의 구석구석에서 여러 가지 광경이 벌어진다.

거지 1   적선하세요, 나리. 할머니, 적선하세요!
거지 2   안 주시는 것보다 빨리 주시는 게 좋습니다.
거지 3   귀가 있으면 우리의 말을 들으셨을 텐데요?
거지 1   아무 일도 없었다는 거지, 그렇고말고.

거지 2   그러나 무슨 일이 일어날지도 모르지.

그는 행인의 손목시계를 훔친다.

거지 3   그래도 역시 적선은 하셔야죠. 조심은 하면 할수록 좋은 겁니다.

생선 시장에서.

어부   카네이션같이 싱싱한 도미가 있습니다! 바다의 꽃 같은 생선인데 무엇이 불만이십니까?
노파   도미는커녕 내 눈에는 마치 상어 같구먼!
어부   뭐, 상어라고! 미친 노파 같으니라고. 당신이 나타나기까지 이 가게에 상어 같은 것은 들여놓은 적이 없는데.
노파   예끼, 이 망할 놈 같으니라고! 내 이 흰머리를 보고 말해!
어부   꺼져 버려, 늙은 혜성 같은 할망구야!

모두들 멍하니 손가락을 입에 댄 채 움직이지 않는다.
빅토리아의 방 창가. 창살을 사이에 두고
저쪽에 빅토리아, 이쪽에 디에고가 있다.

디에고   정말 오랜만인데!

빅토리아 미쳤어, 아침 11시에 헤어지고서!

디에고 응, 그렇지만 그때는 네 아버지가 있었잖아.

빅토리아 아버지는 좋다고 하셨어. 절대로 안 된다고 하실 줄 알았는데.

디에고 아버지께 곧장 가서 정면으로 승부하기를 잘했지.

빅토리아 그래, 맞아. 아버지가 깊이 생각하시는 동안 나는 눈을 꼭 감고서 내 속에 저 멀리서 달음박질해 오는 소리에 귀를 기울이고 있었어. 그 소리가 점점 더 빨리, 더 떠들썩하게 가까워 오면서 나중에는 내 몸 전체가 부들부들 떨렸어. 이윽고 아버지가 승낙하셨어. 그래서 나는 눈을 떴지. 세상의 첫 아침 같았어. 우리가 있던 방 한구석에 사랑의 검은 말들이 있었어. 아직도 온몸을 떨고 있었지만 그때부터는 조용해졌어. 그 말들은 우리를 기다리고 있었던 거야.

디에고 나도 귀로 듣고 눈으로 보고 있었어. 그런데도 귀에 들리는 것은 내 피가 달콤하게 솟구쳐 오르는 소리뿐이었어. 기쁨이 문득 차분하게 가라앉았어. 오, 빛의 도시여, 마침내 너를 일생 동안 나에게 맡겨 주었구나, 대지가 우리 두 사람을 불러들일 때까지. 내일이면 우리는 함께 떠나는 거야, 같은 말 안장 위에 타고서.

빅토리아 그래, 우리만의 언어로 이야기해 줘. 남들이 미쳤다고 해도 상관없어. 내일이 되면 당신이 내 입술에 키스해 주겠지. 당신의 입술을 보고 있으면 내 뺨이 뜨겁게 불타올라. 이건 남쪽에서 불어오는 바람 탓일까?

디에고 그래, 남풍 탓이야. 그래서 내 몸도 뜨겁게 타올라. 이 불길을 식혀 줄 샘물이 어디 있지?

디에고가 가까이 다가간다. 빅토리아는
창살 너머로 팔을 뻗쳐 그의 어깨를 껴안는다.

빅토리아 아! 아프도록 당신을 사랑해! 더 가까이 와.
디에고 너는 어쩌면 그렇게 아름답지!
빅토리아 당신은 어쩌면 그렇게 힘차지!
디에고 도대체 무엇으로 씻기에 얼굴이 편도알처럼 하얗지?
빅토리아 맑은 물로 씻지. 그러면 사랑이 더 곱게 만들어 줘.
디에고 네 머리칼은 캄캄한 밤처럼 신선하구나!
빅토리아 밤이면 밤마다 창가에서 당신을 기다리니까.
디에고 네 몸에 레몬 향기가 감도는 것은 맑은 물과 밤 때문일까?
빅토리아 아냐, 당신이 보내는 사랑의 바람이 단 하루 만에 나를 꽃으로 덮어 줘서 그런 거야.
디에고 꽃들은 시들어 떨어져!

빅토리아 그러면 다음에는 열매들이 기다리고 있지!
디에고 겨울이 올 텐데!
빅토리아 그러나 당신과 같이 있는걸. 당신이 처음 나에게 불러 준 노래 아직도 기억하고 있어? 그건 언제나 변함없는 거지?

디에고 나 죽은 지 백년이 지나면
대지는 내게 묻겠지
내가 마침내 너를 잊었느냐고
그러면 나는 대답하리
아니 아직은 잊지 않았노라고!

빅토리아는 말이 없다.

디에고 왜 말이 없지?
빅토리아 너무나 행복해서 목이 막혀서.

점성술사의 천막 속.

점성술사 (어떤 여자에게) 그래서 말이지, 네가 태어날 때 태양이 천칭궁을 가로지르니 그것은 곧 네가 금성에 속한다고 봐도 무방하다는 뜻이야. 너를 지배하고 있는 별은 금우궁이지만 다 알고 있다시피 그 역시 금성의 지배하에 있다 그 말씀이야. 그래서 너의 천성은 감동 잘하고 정에 약하며 상냥한 것이야. 기분 좋아할 만해. 다만 금우궁은 대개 독신으로 지낼 운이고, 지금 말한 그 귀중한 장점들이 써보지도 못한 채 무용지물이 될 염려가 있어. 거기에다가 금성과 토성의 결합운이 보이는데 이건 결혼과 자식 복을 위해선 안 좋은 거야. 또 이 결합 때문에 이상하고 괴팍스러운 취미를 가지게 되고 배 아픈 병에 걸릴 염려가 있어. 그렇지만 그런 것에 너무 마음 쓰지 말고 태양을 찾으려고 애써야 해. 태양은 마음과 도덕심을 튼튼하게 해주고 설사에는 특효약이니까. 친구를 고를 때는 금우궁 가운데서 골라야 하는 거야, 알겠어? 아무튼 네 운수는 좋은 쪽으로 가고 있어서 평탄하고 순조로운 쾌이니 덕분에 늘 즐겁게 지낼 수 있다는 걸 명심해. 자, 그럼 6프랑만 받지.

점성술사가 돈을 받는다.

여자 고마워요. 지금 말씀하신 것 전부 틀림없는 거죠?
점성술사 물론, 틀림없고말고! 하지만 똑똑히 알아 둬! 오늘 아침, 아무 일도 없었다 하는 것 말이야.

그렇지만 아무 일도 없었다는 것, 그것이 내 점을 어지럽게 할 수가 있단 말씀이야. 나로서는 일어나지 않았다는 것에 대해서는 책임을 질 수가 없어.

여자가 퇴장한다.

점성술사 자, 점을 보세요! 과거, 현재, 미래, 모두가 항성이 점지하는 데 따라 보증됩니다! 분명히 말하지만, 항성이 보증하는 거요! (혼잣말로) 혜성들이 끼여들면 이 장사는 못 해 먹어. 그러면 도리 없이 총독이나 되어야지.

집시들 (다같이)
행운을 빌어 주는 친구……
오렌지 향기 나는 갈색 머리 아가씨……
마드리드까지 머나먼 여행……
아메리카가 물려준 유산을…….

남자 집시 (혼자서) 금발 머리 친구가 죽고 난 다음 너는 갈색 편지를 받을 텐데.

무대 안쪽 가설 무대 위에서 울리는 북소리.

배우들 자, 자, 여러분, 아름다운 눈들을 크게 떠 주세요, 우아하신 부인네들. 저쪽에 계신 나리들.

잠시 귀를 기울여 주세요! 여기 있는 배우들은 스페인 왕국에서 가장 훌륭하고 가장 유명한 분들로 제가 궁정에서 간신히 뽑아내어 이 시장 거리로 모셔 왔습니다. 그럼 여러분들을 즐겁게 해 드리기 위하여 이제부터 저 불멸의 작가 피에르 드 라리베의 성스러운 일막극 「유령들」*을 보여 드리도록 하겠습니다. 여러분이 깜짝 놀라자빠질 이 연극은 천재의 날개를 타고 단번에 세계적 걸작의 최고 정점에 올라선 작품입니다. 그 멋들어진 줄거리를 우리 국왕 폐하께서 어찌나 좋아하셨는지 하루에 두 번씩이나 상연토록 하신 바 있고 지금 이 순간에도 한 번 더 보시겠다는 것을, 제가 이 비할 바 없는 극단에 각별한 관심을 보임과 동시에 이 장터 거리에도 한시바삐 그들을 소개하여 스페인 전국에서 가장 개명한 카디스의 관중을 교화하는 데 이바지해야 한다는 점을 역설한 나머지 빼내 올 수 있었던 것입니다.

자, 그러면 가까이들 오십시오. 이제 곧 막이

---

* 카뮈는 1940년경 피에르 드 라리베(Pierre de Larivey, 1549~1619)의 희극 「유령들」(1579)을 각색했는데 그 텍스트는 갈리마르사가 펴낸 플레야드 전집 『연극, 이야기, 단편 소설』의 443~519쪽에 실려 있다. 마키아벨리의 원작에, 당대 사회의 위선과 어리석음을 풍자하는 내용을 담았다.

올라갑니다!

실제로 연극이 시작되지만 시장의 소란스러운 소리들 때문에 연기자의 목소리가 들리지 않는다.

― 자, 싱싱한 것이 왔어요, 싱싱한 것이 왔어요!
― 여자 바닷가재요, 바닷가재! 반은 여자고, 반은 생선이오!
― 기름에 튀긴 정어리요, 기름에 튀긴 정어리!
― 자, 여기는 탈옥의 명수, 이 세상 어느 감옥도 누워서 떡 먹기!
― 예쁜이 아가씨. 이 토마토를 보세요. 아가씨의 심장처럼 매끄러워요!
― 혼수요. 예복과 레이스요!
― 이를 빼려거든 이 페드로한테 맡겨 주세요. 아프지도 않고 허풍도 아니오.

나다 (술집에서 취해 나온다.) 닥치는 대로 밟아 버려. 토마토도 심장도 죽이 되도록 으깨 버려! 탈옥의 명수는 감옥에 처넣고 페드로의 이빨은 부러뜨려 버려! 이런 것도 예측 못한 점쟁이는 사형에 처해 버려! 바닷가재는 먹어 없애고 나머지도 몽땅 쓸어 없애 버려! 마실 것만 남겨 두고 몽땅 없애 버려!

옷을 잘 입은 외국 상인 한 사람이
여인들로 들끓고 있는 시장 안으로 들어온다.

상인   자, 구경들 하세요. 혜성 무늬가 찍힌 리본을 사세요!

일동   쉿! 쉿!

그들은 상인에게 가까이 다가가서
그가 지금 하고 있는 짓이 미친 짓이라는 것을
소곤소곤 귀띔해 준다.

상인   자, 구경들 하세요. 항성 무늬가 찍힌 리본을 사세요!

모두들 리본을 산다. 환성이 터져 나온다.
음악. 총독이 부하들을 거느리고 시장에 들어온다.
모두들 자리를 잡는다.

총독   여러분, 모두들 안녕하셨습니까. 평소와 다름없이 이곳에 모여서 각자의 생업에 열중하고 있는 여러분을 대하니 정말 흐뭇합니다. 그렇게 함으로써 카디스의 번영과 평화가 이룩되는 것이니까요. 그렇습니다. 분명 아무것도 변한 것이 없습니다. 응당 그래야 될 일이지요.

나는 변화를 좋아하지 않아요. 나는 습관을 좋아하는 사람입니다.

민중의 한 사람   여부가 있겠습니까, 총독 나리. 정말이지 변한 것은 아무것도 없습죠. 우리 가난뱅이들은 분명히 그렇게 말할 수 있습죠. 월말까지 겨우 빠듯하게 견딥지요. 양파나 올리브나 빵 정도로 간신히 연명하는 형편이고, 닭찜 요리 같은 거야 우리 아닌 딴사람들이나 일요일마다 먹는 거죠. 세상은 그런 거려니 하고 단념하니까 마음이 편안해지기도 합니다. 오늘 아침에는 도시 안에서, 그리고 도시의 머리 위에서 무언지 떠들썩했습죠. 솔직히 말해서 좀 무서웠다고요. 뭐가 바뀌는 것이 아닌가 하고 말입니다. 혹시나 우리 같은 가난뱅이들이 갑자기 억지로 초콜릿이라도 먹게 되는 게 아닌가 하는, 그런 걱정까지도 했습죠. 그러나 말입니다. 총독 나리, 나리께서 애쓴 보람이 있어 아무 일도 없었죠. 우리가 잘못 들었다는 것을 알았죠. 그 순간 우리도 나리와 같이, 정말 안도의 한숨을 쉬었는뎁쇼.

총독   총독으로서도 매우 기쁩니다. 도대체 새로운 것이란 쓸 만한 게 하나도 없단 말이지요.

막료들   각하께서 정말 지당한 말씀을 하셨습니다! 새로운 것이란 쓸 만한 게 하나도 없고말고요. 지혜와 경험으로 각하를 보필하는 막료로서 저희 역시 이 선량한 빈민들이 빈정대는 표정을 보인 것은 결코 아니라고 믿고 싶습니다. 빈정댄다는 건 파괴적인 미덕이니까요. 훌륭한 총독은 그런 것보다는 오히려 건설적인 악덕을 더 좋아하는 법입니다.

총독　지금 당장은 아무것도 움직이면 안 돼! 나는 아무것도 움직이지 않는 부동의 왕이니까!

술집의 취객들　(나다를 둘러싸고) 암, 암, 그렇고말고! 안 되지 안 돼, 안 되고말고. 제발 아무것도 움직이지 않게 해 주시오, 총독 각하! 우리 주위에서는 모든 게 빙빙 돌고만 있으니 이건 정말 괴로워 죽을 지경이야! 우린 옴짝달싹하지 않는 걸 원해! 움직이는 건 모두 멈추어야 해! 모두 다 없애 버려, 술과 광란만 빼고.

코러스　변한 것은 아무것도 없다! 아무 일도 일어나지 않고 있고, 일어난 적도 없다! 계절과 계절은 그 축을 따라 돌고 있고 그윽한 하늘에는 얌전한 별들이 운행하고 있나니, 그 차분한 기하학은 궤도를 벗어나 미쳐 날뛰는 저 별들을 단죄하네. 불붙은 듯한 머리칼로 하늘의 목장에 불을 지르고, 요란한 경보음으로 유성들의 감미로운 음악에 훼방을 놓고, 질주하며 일으키는 바람으로 영원한 인력의 법칙을 파괴하고, 성

좌들의 광채를 교란하고, 하늘의 교차로마다 별들의 불길한 충돌을 예비하는 저 발광한 별들을. 사실은 모든 것이 변함없이 질서정연하고 세계는 균형을 유지하고 있다네! 지금은 일년의 정오, 요지부동의 드높은 계절! 행복하도다! 행복하도다! 지금은 여름! 그 밖의 것들이야 아무려면 어떤가, 행복만이 우리의 자랑.

막료들 하늘에도 습관이라는 것이 있다면, 그건 총독 각하께 감사드릴 일이다. 총독은 습관의 왕이시니까. 각하께서도 미친 듯이 헝클어진 머리는 좋아하지 않으신다. 각하의 왕국은 어디 가나 잘 빗은 머리 같으니!

코러스 얌전해야지! 우리도 얌전해야지, 아무것도 변하지 않을 테니까. 바람에 머리칼을 휘날리며 불타는 듯 핏발 선 눈으로 입으로는 찢어질 듯 고함을 질러 본들 무엇 하겠는가? 우리는 딴사람들의 행복을 자랑으로 삼으리!

취객들 (나다를 둘러싸고) 움직이는 것은 없애 버려, 없애 버리라고! 움직이지 마, 우리도 움직이지 말자! 그냥 시간이 흘러가도록 내버려두는 거야, 그러면 이 세상은 무사태평한 세상이 될 테니까! 요지부동의 계절이 우리네 마음의 계절인 걸. 왜냐하면 제일 무더운 계절, 마시지 않고는 못 배기는 계절이니까!

그러나 한참 전부터 나직하게
울려 오고 있던 경보의 주제가
갑자기 날카로운 음향으로 변함과 동시에
둔탁하고 요란한 소리가 꽝꽝 두 번 울린다.
가설 무대 위에서 한 배우가 팬터마임을 계속하며
관객 쪽으로 걸어 나오다가 비틀거리며 쓰러진다.
금방 그의 주위로 군중이 모여든다.
누구 한 사람 입을 열지 않고,
누구 한 사람 몸을 움직이지 않는다.
완전한 침묵만이 흐른다. 부동의 몇 초가 흐른다.
그러다가 모두가 일제히 부산해진다.
디에고가 군중을 가르며 나타나자
사람들이 서서히 물러나고
쓰러진 남자의 모습이 보인다.
의사 두 명이 나타나서 남자의 몸을 진찰하더니
한옆으로 비켜나서 흥분된 표정으로 의논에 열중한다.
한 청년이 의사 한 명에게 설명을 구하지만
의사는 아니라고 손사래를 친다.
청년이 대들며 군중의 응원을 얻어 대답을 재촉하고,
의사의 몸을 잡아 흔들면서 애원하듯이 매달리다 못해
마지막에는 입술과 입술이 서로 부딪칠 정도로 다가선다.
숨을 들이마시는 소리. 그리고 청년은
의사의 입에서 무슨 말 한마디를 얻어 낸 듯하다.
청년은 의사에게서 떨어지더니 마치 그 말이

자신의 입에 담기에는 너무나 벅차고
오랫동안 애쓰지 않고는
입 밖에 낼 수 없다는 듯 간신히 입을 뗀다.

— 페스트.

순간, 모두가 털썩 주저앉으면서 저마다 그 말을
점점 더 높고 점점 더 빠른 목소리로 되풀이하는가 하면,
단상에 다시 올라선 총독을 에워싸고
모두가 무대 위에 커다란 원을 그리며
사방으로 흩어져 달아난다.
움직임이 더욱 빠르고 격렬해지며
드디어 광란 상태로 변하다가
결국은 늙은 신부의 목소리가 들리자
사람들은 이곳저곳에 무리를 지으며 동작을 멈춘다.

신부 성당으로 모이시오, 성당으로! 드디어 천벌이 내렸습니다. 해묵은 역병이 이 마을을 덮쳤습니다! 오랜 옛날부터 하느님이 극악의 대죄를 죽음으로 벌하시기 위하여 타락한 마을에 보내셨던 것이 바로 이 역병입니다. 아무리 소리쳐도 거짓말밖에 모르는 여러분의 입 안에서 그 소리는 뭉개질 뿐, 불처럼 뜨거운 낙인이 여러분의 심장에 찍히고 말 것입니다. 자, 이제는

정의의 신 앞에 무릎을 꿇고 제발 저희의 죄를 잊고 용서해 주십사고 빌어야 합니다. 자. 모두들 성당으로 들어가시오, 자. 성당으로 들어가시오!

몇 사람이 성당 안으로 급히 뛰어 들어간다.
다른 사람들은 오직 기계적으로 우왕좌왕하는데
죽음을 알리는 종소리가 울린다.
무대의 저 안쪽 깊숙한 곳에서 점성술사가
총독에게 보고라도 하듯 극히 자연스러운 어조로 말한다.

점성술사 천체도에 불길한 결합이 나타났어요. 서로 적의를 품은 유성들이 결합했어요. 이건 누구에게나 가뭄과 기아와 페스트가 덮쳐들 점괘인데…….

그러나 한 무리의 여자들이 요란하게 떠들어 대는
바람에 딴소리는 아무것도 들리지 않는다.

— 그 사람의 목에 커다란 벌레가 하나 붙어 있었어. 소리 나게 벌컥벌컥 피를 빨아먹고 있었어!
— 그건 거미였어, 아주 크고 시커먼 거미였다니까!
— 그게 아니라 녹색이었어, 녹색이었다니까!
— 아냐, 그건 바다 도마뱀이었어!

— 도대체 뭘 본 거야! 그건 낙지였어, 젖먹이 애만큼이
나 큰 놈이었어.
— 디에고, 디에고는 어디 있지?
— 죽은 사람이 너무 많아서, 살아남아 그들을 묻어 줄
사람이 아무도 없을 거야!
— 아, 차라리 어디로 떠나 버렸으면!
— 떠나야 해, 떠나야 해!
빅토리아 디에고, 디에고는 어디 있어?

이러는 동안에 온갖 징조들이 온통 하늘을 뒤덮고,
경보를 연상케 하는 소리가 점점 더 커지면서
전반적인 공포 분위기를 자아낸다.
한 남자가 하늘의 계시라도 받은 듯한 얼굴로
소리치면서 어떤 집에서 뛰어나온다.
"앞으로 40일이면 이 세상은 끝장난다!"
그러자 다시 공포 분위기가 계속되고
사람들은 각자 되풀이한다.
"앞으로 40일이면 이 세상은 끝장난다!"
민병대원들이 달려와서 계시받은 사내를 체포하지만
반대편에서 어떤 여자 마법사가 나와 약을 나누어 준다.

여자 마법사   향수 박하, 박하, 샐비어. 로즈메리, 백리
향, 사프란, 레몬 껍질, 아몬드 페이스트……
잘 들어요. 똑똑히 들어요. 이 약의 효력은 절

대 확실합니다.

그러나 한 줄기 찬바람 같은 것이 일어나면서
해가 저물기 시작하고 사람들이 머리를 쳐든다.

여자 마법사   바람이다! 드디어 바람이 인다! 이 재앙
은 바람을 무서워해. 두고들 보시오, 모든 게
잘되어 갈 테니!

그와 동시에 바람이 뚝 멎고 또다시 윙윙거리는 소리가
날카로운 소리로 변하고 둔탁한 음향이 쾅쾅 두 번,
귀청이 떨어져 나갈 만큼 요란스럽게
더 가까이에서 울려 온다.
군중이 모여든 거리 한복판에서
두 남자가 픽 하고 쓰러진다.
모두들 놀라 무릎을 휘청거리며
뒷걸음쳐 물러나기 시작한다.
오직 여자 마법사만이 그 자리에 남아 있는데
그녀의 발밑에 쓰러져 있는 두 남자의
사타구니와 목에 선명한 자국이 보인다.
두 병자는 몸을 뒤틀면서 두서너 번 꿈틀대다가 죽는다.
한편 그사이에 군중은 시체를 무대 중앙에
남겨 놓은 채 밖으로 계속 이동한다.
어둠. 성당에 조명. 왕궁에 스포트라이트.

판사의 집에 조명. 그 장면이 서로 교체된다.

궁전에서

시장 각하, 역병이 급속도로 만연하여 구조의 손을 쓸 수 없는 상태에 이르고 있습니다. 각 지역이 생각보다 훨씬 더 심하게 전염되어 있으므로 상황을 숨기고 주민들에게는 무슨 일이 있어도 진상을 알리지 않는 것이 상책이라고 사료됩니다. 사실 지금 당장 병마는 주로 빈민들이 밀집해 있는 외곽 지역들에서 번져 가고 있습니다. 이 점만은 적어도 불행 중 다행이라고 하겠습니다.

동감이라는 듯 맞장구치는 속삭임 소리가 들린다.

성당에서

신부 이리들 가까이 와서 각자 자기가 저지른 사악한 죄를 여러 사람들 앞에서 고백하세요. 저주받은 자들이여, 여러분의 마음속을 열어 보이세요. 각자 자신이 저지른 죄악과 마음속으로 획책했던 죄악을 서로서로 고백하세요. 그러지 않으면 죄의 독기가 숨을 틀어막고, 문어처림 휘감는 페스트의 마수처럼 여러분을 지옥으로 데리고 갈 것입니다……. 나도 먼저 나 자신의 잘못을 뉘우칩니다. 자비심을 베푸는 데 인색했던 것이 한두 번이 아니었나이다…….

세 사람의 고해가 말없는 몸짓으로만 계속되는 동안 다음과 같은 대화가 이어진다.

궁전에서

총독 모든 일은 잘 되어갈 것이다. 난처하게도 나는 사냥 약속이 있도다. 무슨 중대한 용무가 있을 때면 꼭 이런 골칫거리가 생긴단 말이야. 자, 그러니 이 일을 어찌한다?

시장 모범을 보여 주신다는 견지에서도 사냥은 예정대로 떠나시지요. 난국에 처해서도 각하께서 얼마나 의연하신가를 시민들에게 보여 주셔야 합니다.

성당에서

일동 신이여, 우리가 저지론 일. 또 우리가 저지르지 않을 모든 일을 용서하여 주소서!

판사의 집에서

판사가 가족들에게 둘러싸인 가운데 「시편」을 읽는다.

판사 "주님은 나의 은신처요, 나의 성채로다. 나를 지켜 주시는 이 주님뿐이로다, 새 사냥꾼의 함정으로부터. 그리고 저 살인적인 페스트로부터!"

부인 카사도, 밖에 나가면 안 되나요?

판사 당신은 평소에도 외출이 너무 잦았소. 그건 우리 집안의 행복에 도움이 되지 못했소.

부인 빅토리아가 아직 안 돌아왔어요. 그 애가 무슨 변이라도 당하지 않을까 걱정이 돼서 그래요.

판사 당신 스스로가 변을 당하는 걱정은 도무지 하지 않더니. 그러다가 결국 망신을 당하고 말았던 거요. 환난의 와중에는 그저 가만히 집 안에 붙어 있는 게 좋아. 모든 것을 다 미리 짐작하고 준비해 놓았지. 페스트가 퍼지는 동안 문 꼭 닫고 집 안에 틀어박혀 끝날 때까지 기다리는 거야. 신의 은총으로 우리는 아무 해도 입지 않을 거야.

부인 당신 말이 옳아요, 카사도. 하지만 이 세상엔 우리만 사는 게 아니잖아요. 딴사람들이 고통받고 있어요. 어쩌면 빅토리아가 위험한 지경에 빠져 있는지도 모르고요.

판사 딴사람들 일은 놔두고 집안 걱정이나 하라고. 가령 아들아이 생각이나 좀 하지그래. 그리고 힘 자라는 한 필요한 식량을 모두 구해 놓도록 해. 값은 달라는 대로 줘요. 아무튼 힘 자라는 대로 긁어모아서 쌓아 두는 거야. 그득히 쌓아 두는 거야! 지금이야말로 긁어모아 쌓아 둘 때란 말이야! (그는 읽는다.) "주님은 나의 은신처요, 나의 성채로다……."

성당에서

사람들이 그다음 구절을 이어 노래한다.

코러스 "그대는 두려워할 게 없느니라.
밤에 찾아드는 갖가지 공포도,
백주에 날아드는 화살들도,
어둠 속에서 퍼지는 페스트도,
한낮에 기어드는 역병도."

목소리 오, 위대하고 무서운 신이시여!

광장에 조명. 스페인 민요의 리듬에 발맞추어 민중이 왔다 갔다 하고 있다.

코러스 "너는 모래 위에 서명하였으니,
　　　　　너는 바닷물에 글을 썼으니,
　　　　　남는 것은 오로지 고통뿐이로다."

빅토리아가 등장한다. 광장에 라이트.

빅토리아 디에고, 디에고는 어디 있지?
한 여자 환자들 옆을 지키고 있어. 소리치며 그를 부르는 사람들을 치료해 주는 중이지.

빅토리아가 무대 끝으로 뛰어가다가
페스트 치료 의사들의 마스크를 쓴 디에고와 부딪친다.
그녀는 깜짝 놀라 소리를 지르며 뒷걸음친다.

디에고 (부드러운 음성으로) 아니 내가 그렇게 무서워, 빅토리아?
빅토리아 (소리친다.) 아니, 디에고, 드디어 당신을 찾았군요! 그런 마스크는 벗어 버리고 나를 꼭 껴안아 줘. 당신 품에 꼭. 그러면 아마 이 괴로움에서 벗어날 수 있을 거야!

디에고는 움직이려 하지 않는다.

빅토리아 왜 그래, 디에고, 우리 사이에 뭐가 변한 거지?

벌써 몇 시간째 당신을 찾아다니던 중이야. 어쩌면 당신도 재난을 당했을지 모른다고 생각하니 소름이 끼쳐서 마을 구석구석을 정신없이 헤매고 다녔단 말이야. 그런데 당신이 이런 고통과 질병의 마스크를 쓰고 있다니. 그거 벗어, 제발 벗어. 그리고 나를 꼭 껴안아 줘, 응! (디에고가 마스크를 벗는다.) 당신의 두 손을 보면 입 속의 침이 마르는 것 같아. 자, 어서, 키스해 줘!

디에고는 움직이려 하지 않는다.

빅토리아 (더 나직한 목소리로) 자, 어서 키스해 줘, 목이 말라 죽겠어. 우린 바로 어제 약혼한 몸이란 걸 벌써 잊었어? 나는 밤새도록 기다렸어. 당신이 힘껏 키스해 줄 오늘을. 자, 어서 빨리, 어서…….
디에고 사람들이 불쌍해, 빅토리아!
빅토리아 나도 그래. 그렇지만 내겐 우리가 불쌍해 보여. 그래서 이 골목 저 골목에서 소리치면서 당신을 찾아다닌 거야. 두 팔 벌리고 당신을 향해 뛰어가서 내 팔을 당신 팔에 감고 싶어서!

그녀가 디에고에게 다가간다.

디에고 나를 건드리지 마, 물러나 있어!

빅토리아 왜?

디에고 난 더 이상 뭐가 뭔지 모르겠어. 상대가 인간일 때는 한 번도 겁을 먹어 본 일이 없어. 그런데 이건 나도 어쩔 수가 없어. 명예 같은 건 아무 소용이 없어. 나 자신이 손을 들어 버린 느낌이야. 어쩔 줄을 모르겠어. (빅토리아가 또 다가선다.) 내 몸에 손대지 마. 어쩌면 나도 이미 병에 걸렸을지 몰라. 그렇다면 너한테 옮길 가능성이 있어. 조금만 기다려. 숨을 좀 돌리게 해 줘. 꼭 한 대 얻어맞은 것처럼 숨이 막혀. 저 사람들을 어떻게 안아서 어떻게 침대에 뉘어야 하는 건지, 그것조차도 모르겠단 말이야. 무서워서 두 손이 이렇게 떨리고 저 사람들이 너무나 가엾어서 눈 뜨고 볼 수가 없어. (외치는 소리들, 신음하는 소리들) 그런데도 저렇게 나를 부르고 있단 말이야, 저 봐, 들리지. 가 봐야겠어. 아무튼 너도 몸 조심해, 우리 두 사람을 위해서 말이야. 끝나는 날이 올 거야, 반드시!

빅토리아 아니, 가지 마.

디에고 언젠가 반드시 끝날 거야. 난 아직 너무나 젊어. 그리고 너를 너무나 사랑해. 죽음은 끔찍해.

빅토리아 (디에고에게 매달릴 듯이 달려들며) 난 살아 있어, 살아 있다고!

디에고   (뒤로 물러서며) 부끄러워, 빅토리아, 이건 부끄러운 일이야.

빅토리아 부끄럽다니, 왜 부끄럽다는 거야?

디에고   겁을 집어먹은 것 같아서.

신음하는 소리가 들린다. 디에고가 그쪽으로 달려간다.
스페인 민요의 리듬에 맞추어서
군중이 왔다 갔다 하고 있다.

코러스   "도대체 누가 옳고
　　　　　누가 그른 것일까?
　　　　　생각해 보라
　　　　　이 세상 모든 것이 거짓일 뿐
　　　　　죽음밖에는 아무것도 진실하지 않음을."

성당과 총독궁에 라이트.
성당에서는 「시편」을 노래하는 소리와 기도 소리.
총독궁에서 시장이 민중에게 말을 한다.

시장   총독부 명령. 금일 이후, 다 같이 당하는 환난에 대하여 속죄하는 뜻에서, 또한 감염의 위험을 미연에 방지하기 위하여 일체의 집회를 금하며, 오락도 모두 삼가도록 함. 그와 동시에 또한…….

한 여자 (군중 한복판에서 소리치기 시작한다.) 저기, 저기서 시체를 감추고 있다! 안 되지, 그러면 다 썩어 버릴 텐데! 부끄러운 인간들! 땅속에 갖다 묻어야지!

사방에 혼란. 남자 두 사람이 그 여자를 끌고 퇴장한다.

시장 그와 동시에 또한 총독은 이 마을을 덮친 불의의 재난의 진전 상황에 대하여 충분히 대처할 것임을 시민 여러분께 분명히 해 두는 바이다. 모든 의료진의 견해에 따르면, 해상에서 바람이 불어오면 페스트는 물러갈 것으로 판단됨. 전능하신 하느님의 가호로…….

그러나 두 번의 요란하고 둔탁한 소리가
쾅쾅 울리면서 시장의 말이 끊어진다.
이어 또 두 번 다른 소리가 울리는 가운데
죽은 사람을 조상하는 종소리가 요란하게 울려 퍼지고
성당에서는 기도하는 소리가 들린다.
공포에 질린 침묵만이 무대 위를 가득 채우는데
그 속으로 낯선 두 남녀가 등장하자
모두의 시선이 두 사람을 좇는다.
남자는 살찐 편이고 모자는 쓰지 않았다.
무슨 제복 같은 것을 입고 훈장을 달고 있다.

여자도 제복을 입고 있다.

흰색의 칼라와 소매가 달린 옷이다.

그녀는 손에 수첩을 들고 있다.

두 사람은 총독궁 아래에까지 와서 인사를 한다.

총독   무슨 용건이신지, 타관 사람들 같아 보이는데?

남자   (정중한 말투로) 당신의 자리를 넘겨받고자 합니다.

일동   아니, 뭐라고? 뭐라고 하는 거지?

총독   농담도 때를 가려 하는 법, 그런 무례를 범하면 비싼 대가를 치르게 될 수도 있소. 그러나 어쩌면 내가 잘못 들은 것인지도 모르지. 당신은 대체 누구요?

남자   알아맞힐 수 있다면 용한 일이지요.

시장   무엇 하는 놈인지는 모르지만, 네 이놈, 네 최후가 어떻게 될 것인지는 잘 알겠다!

남자   (매우 침착한 태도로) 오, 아주 겁나게 나오시는군. (같이 온 여자에게) 어떻게 하면 좋을까, 그렇다면 내가 누군지 밝혀야겠지?

여비서   보통 우리는 좀 더 여유를 가지고 대하는데요.

남자   그러나 저분들이 워낙 조급해하니 말이야.

여비서   아마 나름대로 이유가 있어서겠죠. 하기야 우리는 어디까지나 손님이니까 이곳의 관례를 따르는 것이 좋겠습니다.

남자 그럴 법한 말이야. 그렇지만 이 선량한 사람들이 좀 당황해하지 않을까?

어비서 실례를 범하는 것보다는 좀 당황하게 하는 편이 낫겠죠.

남자 그것도 그럴 법한 말이야. 그렇지만 아직도 몇 가지 마음에 걸리는 게 있는데…….

어비서 둘 중 하나겠죠…….

남자 말해 보지…….

어비서 즉 신분을 밝히시든가, 안 밝히시든가 둘 중 하나죠. 밝히시면 저들이 곧 알게 되겠지요. 만약 밝히지 않으시면 자기들이 알아내겠지요.

남자 아주 명쾌한 논리야.

총독 어쨌든 이제 그만해! 적절한 조치를 취하기 전에 마지막으로 내 다시 묻겠다. 너는 대체 누구며, 원하는 게 무엇인가?

남자 (여전히 태연한 태도로) 나는 페스트요. 그럼 당신은?

총독 페스트?

남자 그렇소. 그래서 나는 당신의 자리가 필요한 거요. 정말 안됐습니다. 하지만 내겐 이제부터 해야 할 일이 많습니다. 어떻겠습니까, 두 시간의 여유를 드린다면? 그 정도면 나에게 모든 권력을 인계하는 데 충분하겠죠?

총독 듣자 듣자 하니 도가 지나치군! 그런 터무니없

	는 소리를 하면 벌을 받아 마땅하다. 야, 위병!
남자	잠깐! 나는 그 누구에게도 강요할 생각은 없습니다. 신사적으로 대하는 것을 원칙으로 삼고 있으니까요. 내 행동이 의외여서 놀랐다는 점 충분히 이해합니다. 아무튼 당신은 나라는 사람을 잘 모르고 있으니까요. 그러나 내가 구태여 실력 행사에 들어가도록 만들지 말고 곱게 당신의 자리를 인계해 주시기를 간곡히 부탁드리고자 합니다. 어떻습니까, 내 말을 액면 그대로 믿어 줄 수는 없으실는지?
총독	더 이상 허송세월할 시간이 없다. 벌써 농담이 너무 길어졌어. 이자를 체포하라!
남자	그렇다면 할 수 없죠, 단념할 수밖에. 그러나 일이 이렇게 되니 정말이지 난처하군요. 그렇다면 비서, 말살 절차를 밟도록 할까?

남자가 민병대원 한 명에게 팔을 내민다.
여비서가 보라는 듯이 수첩에 쓰인
무엇인가를 줄을 그어 삭제한다.
둔탁한 소리가 난다. 문제의 민병대원이 쓰러진다.
여비서가 쓰러진 시체를 검사한다.

여비서   모두가 규정대로입니다, 각하. 세 가지 표시가 나타나 있습니다.(딴사람들을 향해서, 친절하게)

표시가 하나면 그 사람이 수상쩍다는 뜻이고, 둘이면 감염되었다는 뜻이고, 셋이면 말살이 결정되었다는 뜻입니다. 더할 수 없이 간단하죠.

남자 아 참, 깜빡했군, 이 사람이 바로 내 비서입니다. 이미 여러분은 이 사람을 알고 계셨겠지만 만나는 사람들이 워낙 많다 보니······.

여비서 그러니 무리도 아니죠! 결국에는 제가 누군지를 다들 알아보게 되지만요.

남자 천성이 낙천적인 사람이죠, 안 그렇습니까? 명랑하고 불평이 없고, 또 단정하고 깨끗해서······.

여비서 그런 것이 무슨 자랑거리라고요. 싱싱한 꽃이나 웃음에 둘러싸여 있으면 일하기가 훨씬 편하거든요.

남자 훌륭한 원칙이야! 그러면 이제 본론으로 돌아가 볼까요. (총독에게) 어떻습니까, 내가 농담을 하고 있는 것이 아니라는 게 충분히 증명되었나요? 아무 할 말이 없는 겁니까? 좋습니다, 당연히 놀라셨겠죠. 그러나 이건 정말 나로서도 본의가 아닙니다. 이 점은 믿어 주셔야겠습니다. 나도 가능한 한 타협적으로 해결했으면 싶었죠. 즉 상호간의 신뢰를 바탕으로, 당신과 나와의 약속을 보증 삼아, 이를테면 명예 협정 같은 것이 되었으면 했습니다. 하기야 지금도 늦지 않았으니 잘할 수 있습니다. 어떻습니까, 두 시간의 여유라면 충분하다고 생각하시는지요?

총독은 부정의 뜻으로 고개를 좌우로 흔든다.

남자 (여비서를 돌아다보며) 이거 정말 불쾌한 일이군!
여비서 (고개를 내저으며) 고집통이에요! 이 무슨 뜻밖의 말썽이람!
남자 (총독에게) 그렇지만 나는 꼭 당신의 동의를 얻어야 되겠습니다. 당신의 찬성 없이는 아무 일도 하고 싶지 않습니다. 그것은 내 원칙에 어긋나는 일이니까요. 따라서 내가 제의하는 이 작은 개혁을 당신이 기꺼이 찬성해 주실 때까지 내 비서가 필요한 만큼의 말살 절차를 밟게 될 것입니다. 그럼 비서, 준비되었나?
여비서 연필을 깎을 동안만 잠시 기다려 주시죠. 그러고 나면 모든 일이 척척 잘되어 갈 것입니다.
남자 (한숨을 쉰다.) 정말이지 자네의 낙천주의가 아니었다면 내 일이 너무나도 힘들었을 거야.
여비서 (연필을 깎으며) 완벽한 여비서라면 만사가 늘 좋게 해결될 거라는 확신을 갖는 법이죠. 어떤 계산 착오가 있다 하더라도 결국은 바로잡을 수 있게 마련이고, 약속을 못 지켰다 해도 대개의 경우는 다시 만날 수 있다고 굳게 믿거든요. 불행한 일에도 반드시 좋은 일면이 있답니다. 전쟁 그 자체도 나름대로 효용이 있게 마련이고, 심지어 공동묘지까지도 영구 사용 허가권이 십 년마다 파기되기만 하면 아주 좋은 돈벌이가 될 수 있지요.

남자　이야말로 명언이군……. 그럼 이제 연필은 다 깎았나?

어비서　네. 시작해도 좋습니다.

남자　좋아, 시작하지!

남자는 때마침 앞으로 나선 나다를 손가락질한다. 그러나 나다는 술에 취해 깔깔대고 웃는다.

어비서　이자는 아무것도 믿지 않는 종류의 인간이죠. 우리에게는 이런 종류의 인간이 쓸모가 있지 않을까요?

남자　맞는 말이야. 그러면 막료들 가운데서 하나를 골라 볼까.

막료들은 공포에 사로잡힌다.

총독　잠깐!

어비서　좋은 징조 같습니다, 각하!

남자　(점잖게) 무엇을 도와드릴까요, 총독 각하?

총독   만약 내가 당신에게 자리를 양보한다면 나와 내 가족들, 그리고 막료들의 생명은 보장받을 수 있는 것인가?

남자   아, 보장하고말고요! 그러는 것이 관례입니다.

총독은 막료들과 협의하고 나서 민중을 향해 돌아선다.

총독   카디스 시민 여러분. 확신하거니와 이제는 모든 상황이 바뀌었다는 것을 여러분도 잘 알고 있을 것입니다. 여러분 자신의 이익을 위해서 지금 이곳에 등장한 새로운 세력에 이 도시를 인계하는 것이 합당할 것 같습니다. 내가 상대측과 체결한 협정에 의해 아마도 최악의 사태는 막을 수 있을 것이며, 이렇게 해서 여러분은 언젠가 여러분에게 도움이 될 수 있는 정부가 이 마을의 성벽 밖에 엄연히 존재하고 있다는 믿음을 가질 수 있게 될 것입니다. 구태여 밝힐 필요도 없는 일이겠지만, 나는 결코 나 개인의 안전만을 걱정해서 이렇게 말하는 것이 아니고, 오로지…….

남자   잠깐, 말씀 도중에 죄송합니다만…… 당신은 이 유익한 조치에 자진해서 동의한다는 것. 그러니까 물론 이것은 자유 의사에 따른 합의라는 것을 분명히 공표해 주셨으면 합니다.

총독이 두 사람 쪽을 바라본다.
그때 여비서가 연필을 입으로 가지고 간다.

총독   물론, 나는 자유로운 입장에서 이 새로운 협약을 맺은 것입니다.

총독은 혼잣말로 뭐라고 중얼대다가 뒷걸음쳐 도망친다.
모두들 일제히 도망가기 시작한다.

남자   (시장에게) 잠깐, 그렇게 성급하게 도망가지 말라고! 나에게는 민중의 신임을 얻을 수 있는 사람이 하나 필요해. 가능하면 그 인물을 통해서 나의 의사를 전달하고 싶으니까 말이야. (시장은 망설인다.) 물론 자네가 그 일을 맡아 주겠지……. (여비서에게) 이봐, 비서…….
시장   아, 물론입죠, 큰 영광입니다…….
남자   좋아. 그렇다면 자, 비서, 자네가 우리의 여러 가지 규칙들을 시장에게 일러 주게나. 그것을 민중에게 알려서 규칙에 따라 생활하도록 해야 하니까 말이야.
여비서 시장 및 시의회의 제안에 따라 공포된 명령…….
시장   저는 아직 아무런 제안도 한 바 없는데요…….
여비서 우리가 그런 수고를 대신해 드리는 거죠. 또 당신도 과히 기분이 나쁘지는 않을 겁니다. 우리

	쪽에서 고생해서 만든 것에 영광스럽게도 당신이 서명을 하게 되는 거니까요.
시장	그렇긴 합니다만, 그러나…….
어비서	따라서 이 명령은 전적으로 경애하는 우리 최고권자의 뜻에 따라 공포된 훈령으로서의 효력을 가지며, 병균에 감염된 시민들의 통제와 구호 활동을 규정하고 그에 관한 모든 규칙 및 감시원, 관리인, 집행인, 장의사 등 주어진 명령을 엄격히 실행할 것을 서약하는 모든 요원들을 지정하고 있다.
시장	도무지 무슨 말씀이신지 못 알아듣겠는데요.
어비서	민중이 다소 애매모호한 것에 길이 들도록 하기 위해서 그러는 겁니다. 이해하기 어려우면 어려울수록 말을 더 잘 듣는 법이니까요. 아시겠어요? 그러면 이 명령들을 하나하나 도시 전체에 큰 소리로 고지시키도록 하시죠. 머리가 아주 둔한 자들까지도 쉽게 터득할 수 있도록 말이에요. 저기 전령들이 오는군요. 얼굴이 모두 상냥하게 생긴 것을 보니 저들의 입에서 나오는 말들은 기억 속에 잘 새겨질 것 같군요.

전령들 등장.

민중	총독이 도망친다, 총독이 도망친다!

나다 　　당연한 권리야, 당연한 권리라니까. 국가가 곧 총독인걸. 국가를 보호해야지.

민중 　　국가가 곧 총독이었지. 그렇지만 이젠 아무것도 아냐. 그놈이 도망치고 난 이 마당에서는 페스트가 곧 국가야.

나다 　　그게 어쨌다는 거야? 페스트든 총독이든 국가는 국가야.

민중은 우왕좌왕하며 도망칠 구멍을 찾고 있는 듯.
그 가운데서 전령 한 사람이 앞으로 나선다.

전령1 　　병균에 오염된 모든 가옥은 대문 중앙에 '우리는 모두가 형제다'라고 써 붙이고 반경 1피트의 검은색 별을 그려 표시할 것. 해당 가옥의 폐쇄 명령이 해제되기 전에 별을 지울 경우에는 법에 따라 엄벌에 처함.

전령 1 물러난다.

목소리 　　법이라니 무슨 법?
다른 목소리 　　물론 새로운 법이지.
코러스 　　높은 사람들은 늘 입버릇처럼 우리를 지켜 주겠노라고 했지. 그런데 지금은 우리만 외롭게 남았네. 마을 구석구석에 끔찍한 안개가 짙어지기 시작하며 과일 냄새, 장미꽃 향기를 조금씩 몰아내고 계절의 광채를 희미하게 퇴색시키고 여름의 환희를 짓눌러 버리네. 아, 카디스, 바다의 도시! 어제까지만 해도 해협 저 너머 아프리카의 정원들을 쓰다듬고 지나와서 더욱 짙어진 사막의 바람에 우리 마을 아가씨들의 전신이 혼곤해지더니, 그러나 이제 그 바람은 잠들어 버렸네. 마을을 정화시켜 줄 수 있는 것은 오로지 그 바람뿐이었는데. 높은 사람들은 절대로 아무 일 없을 것이라고 입버릇처럼 말하곤 했지. 그런데 다른 사람들 말이 맞았어. 지금 무슨 일이 일어나고 있다네. 마침내 일이 벌어지고 말았네. 도시의 성문이 열려 있을 때 어서 도망쳐야겠네. 일단 성문이 잠기면 불행의 도가니 속에 갇혀 버리겠네.

전령 2 모든 필요 불가결한 식료품은 차후 당국이 관리한다. 다시 말해서 새로운 체제에 충성하는 모든 자들에게 최소한의 공평한 몫을 배급할 예정이다.

제1의 성문이 닫힌다.

전령 3 오늘 밤 9시를 기해서 일제히 소등한다. 여하한 개인도 당국의 정식 통행증 없이는 공공의 장소에 머물거나 도로를 통행할 수 없다. 통행증은 언제나 자의적인 결정에 따라 극소수에게만 발행한다. 이상의 조치를 위반하는 자는 예외 없이 법에 정해진 바에 따라 엄벌에 처한다.

군중의 소리   (점점 세게)

— 대문이 닫힌다.

— 대문이 모두 닫혔다.

— 아니, 전부 닫힌 것은 아니다.

코러스   아! 아직 열려 있는 문으로 달려가자! 우리는 바다의 아들 딸들. 그곳으로 가야 한다. 성벽도 없고 대문도 없는 곳으로. 모래는 입술처럼 신선하고 전망은 눈이 피곤할 만큼 광대한 그 고장으로 가야 한다. 바람을 맞이하러 달려가자! 바다로! 드디어 바다로, 자유의 바다로! 물이 씻어 주고 바람이 해방시켜 주는 그곳으로!

군중의 소리   바다로! 바다로!

다급한 탈출 소동.

전령 4   병균에 감염된 자에 대한 일체의 구조 행위는 엄격하게 금지한다. 환자가 발생한 경우에는 즉시 당국에 고발하여 처리를 의뢰한다. 특히 동일 가족 간의 고발을 장려하는 바이며, 그 경우 이른바 양민 배급이라고 하여 일상적 식량 배급의 두 배를 할당하여 보상한다.

제2의 성문이 닫힌다.

코러스 바다로! 바다로! 바다가 우리를 구해 줄 것이다. 질병도 전쟁도 바다에는 손대지 못하네. 숱한 정부가 세워지고 멸망하는 것을 바다는 보았다네! 바다는 오직 붉게 타오르는 아침빛과 초록으로 저물어 가는 저녁 빛을 보여 주고, 저녁에서 아침까지 별들이 쏟아지는 밤 동안 그칠 줄 모르고 철썩이는 파도 소리를 들려 줄 뿐!

오, 고독이여, 사막이여, 소금의 세례여! 바다 앞에, 바람을 받으며 태양을 마주 보고 혼자서 보자. 묘지처럼 굳게 닫힌 저 도시들로부터, 공포에 빗장 질린 저 인간들의 얼굴로부터 마침내 해방되도다! 어서 가자! 어서 가자! 인간과 그의 공포에서 누가 나를 구해 주랴? 일 년의 절정에서, 잘 익은 과일들과 변함없는 자연, 너그러운 여름 속에 던져진 나는 행복했네! 나는 세계를 사랑하고 있었네. 거기에 스페인과 내가 있었네. 그러나 이제는 파도 소리가 들려오지 않는구나. 오직 저 떠들썩한 소음과 공포와 모멸과 비열함뿐. 땀과 고통으로 천근만근이 된 내 형제들, 이제는 너무 무거워 들어 올릴 수도 없는 내 형제들뿐. 누가 나에게 돌려주려나, 망각의 바다를, 난바다의 저 고요한 물을, 굽이굽이 흐르는 강길, 숨어 버린 그 물살의 행로를? 바다로! 바다로! 성문이 닫히기 전에 바다로!

목소리 자, 빨리! 송장 옆에 있었던 그자에게 손대지 마!
목소리 벌써 표시가 되어 있다!
목소리 저리 비켜, 비키라니까!

그들이 그 남자를 때려눕힌다. 제3의 성문이 닫힌다.

목소리 아, 위대하고 무서운 신이시여!
목소리 자, 빨리! 필요한 것만 가지고 가, 매트리스와 새장을! 개 목걸이를 잊지 말아! 시원한 박하 항아리도 잊지 말아! 바다로 가는 동안 그걸 씹어야지!
목소리 도둑이야! 도둑이야! 저놈이 수놓은 테이블보를 훔쳤다. 내 결혼식 때 받은 것인데.

도둑을 쫓는다. 붙잡아서 때려눕힌다.
제4의 성문이 닫힌다.

목소리 감춰, 그건 감추라니까! 우리가 먹을 식량을 감춰!

목소리 길 떠날 준비를 전혀 못해 놨어, 빵 한 조각만 줘, 우리는 형제들이 아닌가. 그 대신 자개 박은 내 기타를 줄게.

목소리 이 빵은 어린것들에게 줄 거야, 알았나? 형제라고 나서는 사람들한테 줄 것이 아냐. 친척에도 촌수가 있거든!

목소리 빵 좀 줘, 있는 돈 전부를 줄 테니 빵 한 조각만!

제5의 성문이 닫힌다.

코러스 자, 빨리! 열린 성문은 하나뿐이다! 재난은 우리보다 걸음이 빠르다네. 재난은 바다를 싫어하네, 우리가 바다로 가는 것을 원치 않는다네. 밤은 고요하고 돛대 저 위로 별들이 흘러가네. 여기서 페스트가 무얼 하겠는가? 페스트는 우리를 제 밑에 두고 싶어 한다네. 제 나름대로 우리를 사랑하고 있는 거야. 페스트도 우리의 행복을 바라지만, 그것은 우리가 원하는 행복이 아니라 페스트가 원하는 행복인 거야. 그것은 강요받은 즐거움, 차가운 삶, 영원한 행복이라네. 모든 것이 고정되어, 우리의 입술에 지난날 같은 선선한 바람을 느낄 수 없다네.

목소리 신부님, 우리를 버리고 가지 마세요, 우리는 신부님의 가난한 사람들입니다.

신부가 도망간다.

가난뱅이 신부님이 도망간다! 신부님이 도망간다! 제발 옆에 데리고 있어 주세요! 저를 보살펴 주는 것이 신부님의 일이 아닌가요! 저는 신부님을 잃으면 마지막입니다!

신부는 도망쳐 사라진다.
가난뱅이는 길에 쓰러지며 소리친다.

가난뱅이 스페인의 기독교도들이여, 그대들은 이제 버림받았소!
전령 5 (또박또박 잘라서 분명히 말한다.) 자, 끝으로. 명령의 요약이다.

페스트와 여비서가 시장 앞에서 미소를 지으며
서로 축하한다는 듯이 고개를 끄덕인다.

전령 5 공기를 통한 일체의 전염을 피하기 위하여, 말하는 것 자체도 감염의 수단이 될 가능성이 있으므로. 시민 각자는 초(醋)를 먹인 솜을 항상 입 속에 물고 다닐 것을 명령한다. 이 조치는 질병을 예방할 뿐만 아니라 시민들의 분별 있는 언동과 침묵을 유도하는 데 그 목적이 있다.

이 순간부터 사람들은 저마다 입 속에 손수건을 틀어넣고
사람들의 목소리와 오케스트라의 음량이 다 같이 줄어든다.
여러 사람의 목소리로 시작되었던 코러스가
단 한 사람의 목소리로 변하더니
결국은 불룩해진 사람들의 입이 봉해진 가운데
완전한 침묵 속에서 마지막 팬터마임이 진행된다.
마지막 성문이 쾅 하고 닫힌다.

코러스   아, 비참하도다! 비참하도다! 우리만이 페스트와 함께 의롭게 남았으니! 마지막 성문도 닫혀 버렸네! 아무 소리도 들려오지 않네. 이제 바다는 너무 멀어졌다네. 이제 우리는 고통 속에 잠기고 나무도 물도 없는 이 좁은 마을 안에서 맴돌 수밖에 없구나. 잡을 곳 하나 없이 높고 미끄러운 문들은 굳게 잠기고 울부짖는 군중만 소용돌이치고 있다네. 마침내 카디스는 살육의 의식이 치러질 검은색과 붉은색의 투우장이 되었구나. 형제들이여, 우리가 지은 죄보다 우리가 받는 고난이 너무 가혹하구나. 이 같은 감옥살이를 할 만큼 죄 지은 기억이 없으니! 우리의 마음이 순결하지는 않았지만 우리

는 세계와 여름을 사랑하였네. 그것만으로도 구원받을 만하지 않은가! 이제 바람은 그쳐 버렸고 하늘은 텅 비었구나! 우리는 오래오래 입 다물고 살아야겠네. 그러나 공포의 재갈이 우리의 입을 틀어막기 전에 마지막으로 다시 한 번 사막 한복판에서 외치리라.

울부짖는 소리들, 그리고 침묵.
오케스트라는 잦아들고 종소리만 남아 울린다.
다시 나지막한 혜성의 소리가 들린다.
총독궁에 페스트와 여비서가 다시 모습을 나타낸다.
여비서가 앞으로 나오며 한 발짝씩 옮길 때마다
한 사람씩의 이름을 지우고 그 몸짓 하나하나마다에
타악기가 박자를 맞춘다.
나다의 낄낄대고 비웃는 소리가 들리고
시신들을 실은 첫 짐수레가 삐걱거리며 지나간다.
페스트가 무대 배경의 가장 높은 곳에 버티고 서서
무슨 손짓을 한다. 움직임과 소리,
모든 것이 멈춘다. 페스트가 입을 연다.

페스트 이제 내가 지배자다. 이건 엄연한 사실이며 따라서 당연한 권리다. 그러나 이것은 이론의 여지가 없는 권리이므로 제군들은 오로지 복종할 뿐이다.

더군다나 오해가 있어서는 안 되겠다. 나는 지배하는 것도 내 방식으로 지배한다. 그러므로 내가 기능한다고 말하는 편이 더 적절할 것이다. 여러분 스페인 사람들은 다소 공상적인 데가 있어서 나를 암흑의 왕이나 아니면 무슨 화려하게 차려입은 벌레쯤으로 보려고 할지도 모른다. 제군들은 꼭 무언가 비장한 것이 있어야 직성이 풀리는 것이다. 그건 이미 널리 알려진 사실이다! 그러나 천만의 말씀! 나는 왕홀도 지니지 않았고 그저 무슨 하사관 같은 모습을 하고 있다. 이것이 제군들의 기분을 상하게 만드는 나만의 방식이다. 사실 제군들은 좀 기분을 상해 봐야겠다. 이제부터 배워 둘 것이 한두 가지가 아니다. 제군들의 왕은 손톱에 때가 까맣게 끼었고 엄격한 제복 차림이다. 이 왕은 옥좌에서 군림하는 게 아니라 의자에 앉아 근무한다. 그의 궁전은 막사요, 그의 사냥막은 법정이다. 계엄령이 발효 중인 것이다.

그러므로 똑똑히 들어라, 내가 나타나면 비장미 따위는 자취를 감춘다. 행복을 갈구하는 저 우스꽝스러운 초조감, 연인들 특유의 저 얼빠진 낯짝, 풍경을 음미하는 이기적 취미, 버르장머리 없는 풍자 같은 것들은 물론, 비장미를 엄금한다. 그 대신에 나는 조직을 제공하겠다.

처음에는 다소 거북하게 느껴질지 모르나 결국 탁월한 조직이 돼먹지 않은 비장미보다 낫다는 것을 깨닫게 될 것이다. 따라서 이 훌륭한 사상의 모범을 보이기 위하여 우선 남자와 여자를 분리하는 것부터 시작한다. 이것은 법률과 동등한 효력을 갖는다.

민병대 위병들이 지시대로 한다.

제군들의 그 허식은 이제 끝이다. 이제는 좀 진지해질 때다! 내 말을 이미 잘 알아들었으리라고 믿는다. 오늘 이후로 제군들은 질서 있게 죽는 것을 배우는 거다. 지금까지 제군들은 스페인식으로 닥치는 대로, 이를테면 어림짐작으로 적당히 죽었다. 매우 덥다가 갑자기 추워져서 죽었고, 혹은 노새가 발을 헛디디는 바람에 죽었고, 혹은 피레네 산맥의 능선이 푸르게 변해서 죽었고, 봄의 과달키비르강이 외로움 타는 자에게 매력적으로 보여서 죽었다. 논리의 쾌감을 위해 사람을 죽이는 것이 한결 더 고상한 일인데도 불구하고 이익이나 명예 같은 것을 위해서 사람을 죽이는 상스러운 자들이 있기 때문에 죽었다. 그렇다, 제군들은 제대로 죽는 것을 모르고 죽었다. 여기서 죽고 저기서 죽고, 이자는 침대에서 죽고, 저자는 투우장에서 죽었다. 정말이지 제멋대로였다. 그러나 다행스럽게도 이런 무질서를 이제부터는 관리하게 된다. 모든 사람이 정해진 명단의 순서에 따라 꼭 한 방식으로 죽게 된다. 각자 자신의 카드를 갖고 있어서 더 이상 아무렇게나 닥치는 대로 죽는 일은 없을 것이다. 이제부터는 운명이 현명해져서 사무실을 차린 것이다. 제군들은 장차 통계 속에 포함되어 드디어 무엇엔가 쓸모 있게 될 것이다. 왜냐하면 말해 두는 것을 깜빡 잊었는데, 제군들도 죽는다. 물론이다. 그러나 죽고 난 뒤에, 혹은 그전에 화장될 것이다. 그 편이 훨씬 더 깨끗하고 또 계획의 일부이기도 하다. 스페인 지역부터 그렇게 하기로 정했다!

제대로 죽기 위하여 줄 맞추어 정렬한다. 바로 이것이 중요하다! 그 대가로 나는 제군들에게 특혜를 베풀겠다. 그러나 사리에 안 맞는 생각을 하거나, 제군들의 표현처럼 머릿속에 광란을 일으키거나, 사소한 열정으로 큰 반항을 초래하는 일이 없도록 조심하는 것이 좋다. 나는 그런 자의 발전을 제거해 버리고 논리로 대체했다. 나는 별나게 굴거나 이성에 어긋나는 것은 질색이다. 따라서 오늘부터 제군들은 합리적이 되는 것이다. 즉 배지를 다는 것이다. 사타구니에 표시가 나타난 자는 누구에게나 보일 수 있도록 겨드랑이 밑에 가래톳 표시의 별을 달아야 한다. 그래야 말살시켜야 할 대상이라는 표시가 되는 것이다. 그 외의 사람들, 아무 관련이 없다고 확신한 나머지 일요일에 투우장에 가서 줄을 서는 자들은 너희 수상한 용의자들을 멀리할 것이다. 그러나 너무 섭섭하게 생각할 것은 없다. 그 사람들도 관련이 없는 것은 아니다. 그들도 이미 내 명단에 올라 있으므로 나는 어느 한 사람도 빠뜨리는 법이 없다. 모두가 용의자다. 이만하면 훌륭한 시작이다.

더군다나 이런 모든 것 때문에 감정이 메말라 버리는 것은 아니다. 나도 새들과 첫물의 바이올렛과 여인들의 신선한 입술을 사랑한다. 때로는 그런 것이 기분을 상쾌하게 해 주니까. 사실 나는 이상주의자다. 내 속마음은……. 아니 내가 좀 감상적이 된 것 같다. 이 정도로 해 두는 게 좋겠다. 그러면 지금까지의 이야기를 간단히 요약해 보자. 나는 제군들에게 침묵과 질서와 절대적인 정의를 제공한다. 내게 고마워하라고 요구할 생각은 없다. 내가 제군들을 위해서 하는 일은 극히 당연한 것이다. 그 대신에 나는 제군들의 적극적인 협력을 요구하는 바다. 내 직무는 이제 시작된 거다.

— 막 —

2부

카디스의 광장. 무대 좌측에는 묘지 문지기의 집이 있고,
우측에는 부두가 있다. 그 가까이에 판사의 집.
막이 오르면 죄수복을 입은 무덤 파는 인부들이
시체들을 거두고 있다. 무대 뒤에서 짐수레가
삐걱거리며 굴러오는 소리가 들린다.
짐수레가 들어와 무대 중앙에서 멈춘다.
죄수들은 거기에 시체들을 싣는다.
그리고 짐수레가 문지기 집 쪽으로 간다.
짐수레가 묘지 앞에 멈춘 순간, 군악이 울려 퍼지고
문지기 집의 벽 일부가 관객석을 향해 열린다.
문지기 집은 학교의 체육관과 흡사하다.
여비서가 그곳에 버티고 앉아 있고,
그보다 약간 낮은 곳에 식량 배급권을 교부하는 데
쓰이는 듯한 탁자가 몇 개 놓여 있다.
그중 한 탁자의 뒤편에 흰 수염을 기른 시장이
직원들에 둘러싸여 있다. 음악 소리가 더 커진다.

반대쪽에서는 위병들이 민중을 몰아서 문지기 집 앞으로, 안으로 남녀별로 따로 데리고 간다. 무대 중앙에 조명. 궁전 꼭대기에서 페스트가 인부들을 지휘하고 있다. 인부들이 무대 주변에서 움직이고 있다는 것이 느껴질 뿐 모습은 보이지 않는다.

페스트 자, 제군들, 빨리빨리 해야지. 정말 이 마을에서는 일의 속도가 나지 않는군. 이자들은 부지런히 일할 줄을 몰라. 한가하게 놀기만 좋아하는 게 뻔해. 나는 손 놓고 쉬는 것은 군대 막사에서나 줄을 서서 순번을 기다릴 때밖에 생각할 수 없단 말이야. 그렇게 쉬는 거야 좋지. 마음도 손발도 비어 있으니까. 즉 목적 없는 휴식이니까. 자, 빨리들 움직여! 내 탑을 세우는 작업을 끝내야 해, 감시 체계가 서질 않았어. 마을 주위에 뾰족뾰족한 울타리를 치는 거다. 저마다 나름대로의 봄이 있는 법. 나의 봄은 쇠붙이 장미꽃이 피는 거다. 자, 불가마에 불을 지펴라, 우리의 환희의 불이다. 야, 민병! 내가 눈독 들이고 있는 집들에 별 표시를 붙여라. 그리고 비서, 자네는 명단을 준비해서 존재 증명서들을 작성하도록 하게!

페스트가 반대쪽으로 퇴장한다.

어부 (합창대장 역이다.) 존재 증명서라니, 뭣에 쓰는 겁니까?

어비서 무엇에다 쓰냐고? 아니, 신분 증명서도 없이 어떻게 살아 나가죠?

어부 그런 것 없이도 지금까지 잘 살아 왔는데요.

어비서 지금까진 통치를 받지 않고 살았으니까 그렇지요. 그러나 이제부터는 통치를 받는 겁니다. 그리고 지금 정부의 방침은 언제나 증명서가 반드시 필요하도록 한다는 거예요. 빵이나 마누라는 없이 지낼 수 있지만, 정식 증명서, 무엇이든 증명하는 증명서 없이는 지낼 수 없지요.

어부 우리 집은 삼대에 걸쳐 그물 던지는 일을 하며 살아왔고 일도 빈틈없이 잘만 했죠. 그까짓 글씨 적힌 종이 조각 같은 것 없이도 말입니다, 아시겠어요?

목소리 우리 집은 대대로 고깃간으로 벌어먹고 살아왔지. 양을 잡는 데 증명서 같은 것은 필요 없었다고.

어비서 당신네들은 무정부 상태에서 살아온 것이다 이겁니다! 사실 우리는 도살장 일에 대해 반대하는 것은 절대로 아닙니다. 그 반대죠! 다만 거기에다 완벽한 장부 기장을 추가한 것뿐이죠. 그 점이 바로 우리의 장점이죠. 그리고 그물 던져 잡는 일이라면 우리도 상당한 실력이

	라는 것을 알게 될 겁니다.
	시장님, 서류 양식은 가지고 계신가요?
시장	네, 여기 있습니다.
어비서	민병! 저분 좀 이리로 데리고 와요!

민병이 어부를 앞으로 나서게 한다.

시장	(읽는다.) 성명, 직업.
어비서	그건 다 아는 것이니 좋아요. 빈칸은 나중에 본인이 메우도록 해요.
시장	이력.
어부	무슨 말인지?
어비서	당신의 생애에서 중요한 사건들을 거기 다 적는 거예요. 당신이 어떤 사람인지 알게 해 주는 한 방법이죠!
어부	내 인생은 내 것인데요. 사적인 것일 뿐 딴사람하고는 전혀 상관없는 일이에요.
어비서	사적인 일! 그런 말은 우리에게는 안 통해요. 중요한 것은 물론 당신의 공적인 생활이죠. 더군다나 당신에게 허용된 유일한 생활이 바로 그겁니다. 시장님, 차례로 물어보세요.
시장	결혼은?
어부	1931년에 했죠.
시장	결혼의 동기는?

어부	동기라니! 성질나서 못 참겠네!
여비서	그런 항목이 들어 있어요. 개인적인 것으로 남겨 두지 않고 공적인 사실로 만드는 좋은 방법이지요.
어부	사내로 태어나면 누구나 다 그러니까 나도 마누라를 얻은 거죠.
시장	이혼했나?
어부	아니, 상처했습니다.
시장	재혼했나?
어부	아뇨.
여비서	왜요?
어부	(격한 어조로) 아내를 사랑했으니까요.
여비서	이상하네! 왜요?
어부	뭐든 다 설명할 수 있는 건 아니잖아요?
여비서	조직적인 사회에서라면 설명할 수 있지요!
시장	전과는?
어부	그건 또 뭐요?
여비서	유죄 판결을 받은 적이 있나요, 절도, 위증, 강간 같은?
어부	전혀!
여비서	아주 깨끗한 분이군요, 그럴 줄 알았어요! 시장님, 이렇게 기입하세요. 요감시 대상.
시장	시민 정신은?
어부	언제나 마을 사람들을 위해서 한다고 했죠. 가

난한 사람이 오면 생선 한 마리라도 주었지 빈손으로 돌려보내진 않았다고요.

어비서 그런 식의 대답은 안 돼요.

시장 아, 그거라면 내가 설명해 주죠! 시민 정신으로 말할 것 같으면, 아시다시피 그건 내 전문이죠! 잘 듣게, 질문의 요지는, 자네가 현존하는 질서를, 단지 그것이 존재한다는 이유만으로 지키는 인간이냐 아니냐 이걸세.

어부 그게 옳고 도리에 맞는 것이라면야 지키죠.

어비서 수상쩍은데! 시민 정신은 수상쩍다고 적어 넣으세요! 그러면 마지막 질문을 읽어 주시죠.

시장 (간신히 판독하여 읽는다.) 존재 이유는?

어부 에이, 빌어먹을! 그런 뚱딴지 같은 잡소리를 나더러 어떻게 알아먹으란 말이오!

어비서 그간 당신이 어떤 이유로 살고 있는지 말해 보라는 겁니다.

어부 이유라니요! 사람이 사는 데 무슨 이유가 있다는 거요!

어비서 그것 보세요! 시장님, 잘 기억해 두세요. 이자는 자기의 존재가 정당화될 수 없다는 것을 스스로 인정하고 있어요. 따라서 우리 쪽에서는 유사시에 일을 처리하기가 아주 쉽게 된 겁니다. 그러니까 당사자인 당신도 지금 발급하는 존재 증명서가 왜 임시의 시한부 증명서인지

　　　　더 잘 이해하게 된 겁니다.
어부　임시든 아니든 간에 빨리 내 주기나 하시구려. 어서 집으로 돌아가고 싶으니. 식구들이 기다리고 있어요.
어비서　물론이죠! 그러나 그전에 건강 증명서를 제출해야 돼요. 그 서류는 몇 가지 수속 절차를 거쳐 2층의 서무부 유예과 분국에서 교부합니다.

어부 퇴장. 그 사이에 시체를 실은 짐수레가
묘지 입구에 도착하여 시체 내리는 작업이 시작된다.
그러나 술에 취한 나다가 고함을 지르며
짐수레에서 뛰어내린다.

나다　난 죽지 않고 살아 있다니까!

인부들이 나다를 다시 짐수레에 실으려 한다.
나다는 뿌리치고 빠져나와서 문지기 집으로 들어간다.

나다　아니. 왜들 이러는 거야! 죽었는지 살았는지는 보면 알 거 아냐! 오! 실례!
어비서　괜찮아요. 이리 와 보세요.
나다　저 친구들이 나를 짐수레에다가 주워 담은 거예요. 단지 술이 좀 과했을 뿐인데! 그저 말살하고 보자는 거지!

아비서 말살하다니, 무엇을?

나다 뭐든 다지, 이 예쁜이야! 말살하면 말살할수록 일은 잘되거든. 모조리 다 말살해 버린다면 그야말로 천국이지! 예를 들어서, 저기 좀 봐요, 사랑을 속삭이는 한 쌍의 연인! 난 저런 건 딱 질색이야! 저런 게 눈앞을 지나가면 난 침을 뱉어 버려. 물론 뒤에서. 앙심 품는 것들도 있거든! 그리고 저 애새끼들 좀 봐요, 거지 같은 것들! 그리고 저 멍청한 몰골의 꽃들이며 늘 그 턱인 저 강들! 암, 말살해야지, 말살해야 해! 그게 나의 철학이야! 신은 이 세계를 부정하지만 나는 신을 부정한다고! 허무여, 만세! 유일하게 존재하는 건 허무뿐이야!

아비서 하지만 그 모든 것을 어떻게 다 말살하죠?

나다 마시는 거지, 죽어 없어질 때까지 마시는 거지.

아비서 그건 안 좋은 방법인데요! 우리가 하는 방식이 훨씬 나아요! 그런데 당신의 이름은?

나다 무(無).

아비서 뭐라고?

나다 무.

아비서 이름이 뭐냐니까.

나다 그게 내 이름이야.

아비서 아, 그래! 그런 이름의 소유자라면 우린 함께 할 일이 무척 많겠는데! 자, 이쪽으로 와 봐. 우리 왕국의 관리로 쓰겠어.

어부 등장.

여비서 시장님, 우리 친구 무씨에게 잘 좀 가르쳐 주시죠. 그동안에 거기 민병들, 당신들은 우리 배지를 팔도록 하세요. (그녀는 디에고가 있는 곳으로 다가간다.) 안녕하세요, 이 배지 하나 사 주시겠어요?

디에고 무슨 배지죠?

여비서 페스트의 배지지 뭐겠어요. (잠시 후) 사실, 안 사도 상관은 없어요. 강제적인 것은 아니니까요.

디에고 그렇다면 안 사겠소.

여비서 좋아요. (빅토리아에게 가까이 간다.) 당신은?

빅토리아 나는 당신을 알지도 못하는데요.

여비서 좋아요. 하지만 분명히 말해 두지만 이 배지를 달지 않겠다는 사람은 반드시 다른 휘장을 달고 다닐 의무가 있어요.

디에고 그건 또 뭡니까?

여비서 배지를 달고 다니기를 거절한 사람들의 배지죠. 이렇게 해 두면 한눈에 당장 상대가 어떤 사람인지 알 수 있죠.

어부 잠깐 실례합니다만……

여비서 (디에고와 빅토리아를 돌아보며) 그럼 또 만나요.

	(어부에게) 또 무슨 일이죠?
어부	(점점 더 화를 내며) 지금 막 2층에 갔더니 다시 여기 와서 존재 증명서를 받아 오라고 합니다. 그게 없으면 건강 증명서를 줄 수가 없다고.
어비서	그야 당연하죠.
어부	당연하다니, 그게 무슨 소립니까?
어비서	그것 봐요, 그걸 보면 이 마을이 정상적으로 통치되고 있다는 것을 알 수 있어요. 확신하거니와 당신네들은 모두 유죄예요.* 제멋대로 통치를 받았다는 바로 그 죄죠. 물론 당신네들 스스로가 유죄라는 것을 자각해 줘야겠지만. 그런데 당신네들은 지칠 대로 지쳐서 녹초가 되기 전에는 스스로 유죄라고 생각하지 않거든요. 그러니까 이쪽에서 당신들을 지쳐 빠지게 해 주는 거죠. 당신네들이 지칠 대로 지치면 그다음은 저절로 잘 되어 나갈 테니까요.
어부	아무튼 그 존재 증명선가 뭔가 하는 건 받을 수 있는 건가요?
어비서	원칙적으로는 안 되죠. 존재 증명서를 받자면 우선 건강 증명서가 필요하니까. 아무리 봐도 뾰족한 수가 없네.
어부	그렇다면 어떻게 되는 거죠?

---

* 칼리굴라 황제는 "내게는 죄인들이 필요해."라고 말했었다.(1막 11장)

여비서 그렇다면 이젠 이쪽의 기분 여하에 달려 있는 거죠. 하지만 기분이란 게 다 그렇듯이 이쪽의 기분도 단기적이죠. 그러니까 특별히 봐 줘서 그 증명서를 발부해 주겠어요. 단 일주일밖에 유효하지 않아요. 일주일 뒤에는 또 그때 가서 보기로 하고.

어부 그때 가서 보다니, 뭘요?

여비서 기한 연장이 가능한지 어떤지를.

어부 연장이 안 된다면요?

여비서 당신의 존재가 더 이상 보장되지 못하니까 아마 말살의 수속을 밟게 되겠죠. 시장님, 이 증명서를 열세 통 작성해 주세요.

시장 열세 통이나요?

여비서 그래요! 본인에게 한 통, 사무 처리에 열두 통이 필요하니까요.

무대 중앙에 조명.

페스트 자, 필요 없는 대공사를 시작하도록 하지. 비서, 자네는 추방 대상자와 강제 수용 대상자의 수를 적당히 안배해 주게. 가용 인력이 충분하도록 무죄인 놈들을 자꾸 유죄로 만들어야 해. 중죄범들은 추방하고! 장차 일손이 모자라게 될 것이 분명해! 조사, 등록 작업은 어느 정도 되었나?

어비서 지금 하고 있어요. 모든 것이 순조롭게 진행되고 있습니다. 착한 이 동네 사람들도 이제 제 마음을 이해한 것 같아요.

페스트 자네는 금방 마음이 물러지는 게 탈이야. 툭하면 사람들이 마음을 이해해 주기를 바란단 말씀이야. 우리의 직업이 직업인지라 그런 태도는 결점이 돼. 자네 말마따나 그 착한 자들은 물론 아무것도 이해하지 못했어. 그러나 그런 것은 중요한 게 아냐! 중요한 건 그자들이 이해하는 게 아니라 실시하는 거야. 아니 이건 정말 의미심장한 표현인데, 안 그런가?

어비서 무슨 표현 말씀이신지?

페스트 실시한다*는 표현 말이야. 자, 너희들은 실시하는 거다. 실시! 알았지! 멋진 표현인걸!

어비서 정말 멋져요!

페스트 정말 멋지지! 모든 의미가 다 들었거든! 우선 사형 집행인데 이 얼마나 흐뭇한 이미지인가. 다음은 처형당하는 자가 스스로 자기의 처형에 협력한다는 의미니,** 이거야말로 모든 훌

---

* 프랑스어의 s'exécuter는 '실시한다'는 뜻과 동시에 '자기 자신을 처형한다.'라는 뜻을 지니고 있다.

** "요컨대 수형자는 정신적으로 협력을 하지 않으면 안 된다. 모든 것이 탈없이 진행되는 것이 그에게 이로운 것이다."(알베르 카뮈, 김화영

류한 정부의 목적이며 강화 수단이 아닌가!

무대 안쪽에서 떠드는 소리.

페스트 저건 뭔가?

여자들의 코러스가 술렁거린다.

어비서 여자들이 법석을 떨고 있는 거예요.
코러스 이 여자가 할 말이 있답니다.
페스트 앞으로 나와요.
여자 (앞으로 나온다.) 제 남편은 지금 어디에 있죠?
페스트 아, 그거였군! 소위 인간적 마음이라는 거군! 무슨 일이 있었나, 남편에게?
여자 집에 돌아오지 않았어요.
페스트 흔히 있는 일이지. 걱정할 거 없어. 벌써 좋은 보금자리를 찾은 거겠지.
여자 그이는 남자답고 자신을 존중할 줄 아는 사람이에요.
페스트 물론 불사조 같은 사내겠지! 비서, 한번 조사해 보게.
어비서 이름!

옮김, 『이방인』(책세상, 2012), 146~147쪽.)

여자 성은 갈베스, 이름은 안토니오.

여비서는 수첩을 들여다보고 나서 페스트에게 귓속말을 한다.

여비서 아이고, 생명에는 지장 없으니 안심하세요.
여자 생명이라니 무슨?
여비서 호화판 별장 생활이죠!
페스트 그렇지, 시끄럽게 떠들어 대서 다른 녀석들과 함께 추방해 버렸지. 목숨은 살려 뒀어.
여자 (뒤로 물러서며) 무슨 짓을 한 거예요?
페스트 (몹시 화가 난 듯 신경질적으로) 한 곳에 집단 수용했지. 지금까지 그자들은 뿔뿔이 흩어져가지고 경박하게, 말하자면 좀 희박하게 살아왔거든! 이젠 좀 더 단단하게, 집중적으로 생활을 하게 된 거야!
여자 (코러스 쪽으로 도망친다. 코러스는 대열을 풀어서 여자를 안으로 맞아들인다.) 아, 비참해요, 내게 왜 이런 비참한 일이!
코러스 아, 비참해라, 우리에게 왜 이런 비참한 일이!
페스트 조용히 해! 그렇게 우두커니 서 있지만 말고 무엇이든 일을 해! 하는 일이 있어야지! (꿈을 꾸듯이) 저들은 자신들을 집행한다, 열심히 일한다, 자신들끼리 한 곳에 집중한다. 문법이란 좋은 거야, 골고루 써먹을 수 있거든!

문지기 집에 불이 켜진다. 거기 나다가 시장과
같이 앉아 있다. 그의 앞에는 민원인들이 줄을 서 있다.

한 남자 생활비가 올라서 월급 가지고는 턱도 없다니까요.
나다 우리도 알고 있어. 그래서 새 급여표를 만들었어. 이제 막 작성이 끝났다고.
남자 몇 퍼센트나 올랐는데요?
나다 (읽는다.) 아주 간단해! 급여표 제108호. "각 직업 간의 급여 재조정에 관한 법령. 본 법령은 기본급의 폐지와, 예상되는 최고 급여액에 도달할 자격을 가진 변동 직급의 무조건 자유화를 규정한다. 급여표 제107호에 의거하여 명목상 승인된 가산액을 공제한 경우, 변동 직급에 대해서는 실질적인 재조정 조항과 관계없이, 여전히 앞서 폐지된 기본급에 의거하여 산출한다."
남자 그렇다면 얼마가 증액되는 셈입니까?
나다 증액은 나중 문제야. 지금은 급여표만 정한 거지. 급여표를 한 장 늘렸을 뿐이야.
남자 도대체 그 급여표를 가지고 뭘 한다는 겁니까?
나다 (소리를 질러 댄다.) 그거나 먹으라는 거지! 자,

다음 사람. (다른 남자가 앞으로 나온다.) 가게를 열어 볼 생각이라고. 참 좋은 생각이야, 좋다고. 그러면 우선 이 서류를 작성하지. 손가락에 잉크를 찍고. 여기, 여기에다 눌러. 됐어.

남자 손은 어디서 씻죠?

나다 손을 어디서 씻는다? (서류를 뒤져 본다.) 씻는 데는 없어. 그런 것은 규정에 없어.

남자 그렇지만 그냥 이러고 있을 수는 없잖습니까?

나다 왜? 사실 그런 거야 아무러면 어떤가. 어차피 네겐 마누라를 건드릴 권리도 없는데. 또 너한테는 오히려 잘된 거지.

남자 어째서 잘됐다는 거죠?

나다 그래, 욕이 되니까 잘되었다는 거야. 다시 가게 문제나 얘기해 보지. 너는 어느 쪽 규칙을 적용받고 싶나? 일반 규정 제5조와 관련한 제16호 공문 제62장 제208조인가, 아니면 특별 규정과 관련한 제15호 공문 제207조 제27항인가, 어느 쪽이야?

남자 이쪽도 저쪽도 나는 모르겠는데!

나다 물론! 알 리가 없지, 이 친구야. 나도 모르니까. 그래도 좌우간 결정은 해야 하니까, 너한테는 양쪽을 다 적용해 보기로 하지.

남자 정말 고마워요, 나다.

나다 고마워하기에는 아직 일러. 왜냐할 것 같으면,

한쪽 조문을 적용하면 너는 가게를 열 권리를 얻게 되지만 다른 한쪽 조문을 따르게 되면 가게에서 물건을 팔 권리를 잃게 되니까.
남자 그건 또 무슨 영문이죠?
나다 명령이야!

한 여자가 얼빠진 표정으로 들어온다.

나다 무슨 일이지?
여자 우리 집이 징발되었어요.
나다 그럴 수도 있지.
여자 무슨 관청 사무실로 만들어 버렸어요.
나다 당연하지!
여자 그렇지만 나는 길바닥에 나앉고 말았어요. 대신 집을 하나 준다고는 했지만요.
나다 그것 보라고, 다 생각이 있어서 그러는 것 아닌가!
여자 네, 그렇지만 신청서를 내서 그것이 통과되어야 한대요. 그때까지는 어린애들이 길바닥에 나앉아 있어야 한단 말이에요.
나다 그럴수록 신청서를 내야지. 이 서류를 기입하라고.
여자 (서류를 집어 들고) 곧 해결될까요?
나다 긴급을 요한다는 증명만 있으면 곧 될 수도 있지.

여자 그게 뭔데요?

나다 더 이상 길바닥 생활을 않도록 하는 것이 너로서는 긴급을 요한다는 일종의 증명서지.

여자 내 어린것들이 당장 길바닥에 나앉아 있으니 그것들에게 집을 얻어 주는 일보다 더 긴급한 일이 어디 있겠습니까?

나다 어린애들이 길바닥에 나앉았다는 것만 가지고는 집을 못 주지. 증명서가 있어야 집을 주는 거야. 그건 별개의 문제라고.

여자 그런 말은 생전 처음 들어 보네요. 악마나 하는 말이지 원, 그걸 알아들을 사람은 아무도 없어요.

나다 당연하지. 같은 나라 말을 하면서도 서로 알아듣지 못하게 하려는 거니까. 내 말 알아듣겠나, 잘 들어 두라고. 우리는 지금 완벽한 순간에 다가가고 있어. 모두가 다 지껄여 대지만 아무 응답도 없는 그런 순간, 한 마을 안에서 서로 맞붙어 씨우는 두 가지 말이 어찌나 지독하게 서로서로를 파괴하는지 결국 모든 것이 침묵과 죽음이라는 최후의 완성 단계를 향해서 나아갈 수밖에 없는 그런 순간 말이야.

여자 (모두 함께 말한다.) 정의라는 것은 어린아이들이 배불리 먹고 추위에 떨지 않는 것. 정의라는 것은 우리의 어린것들이 살아 나가는 것. 나는 그 아이들을 환희의 땅에 낳아 놓았네. 바다는 그들에게 세례의 물을 주었네. 그 아이들에게 다른 재화는 필요 없다네. 어린아이들을 위해서 내가 바라는 것은 일용할 빵과 가난한 사람들의 잠뿐이라네. 하찮은 그것마저 당신은 거절하네. 당신이 불행한 사람들에게 빵마저 거절한다면 그 어떤 사치로도, 그 어떤 멋진 말로도, 그 어떤 신비스러운 약속으로도 당신의 그 죄는 용서받지 못하리.

나다 (모두 함께 말한다.) 서서 죽는 것보다는 차라리 무릎 꿇고 사는 쪽을 택하는 거다. 그러면 세계는, 교수대처럼 직각을 이룬, 조용한 죽음들과 이제부터 얌전해질 개미 떼들이 함께 누리는 질서를 찾게 된다. 목장도 없고 빵도 없는 이 청교도의 천국에서는, 서류와 영양가 있는 서식들로 포식한 행복한 족속들이 만물의 파괴자며 너무나 감미로웠던 지난날의 광란을 지우느라 정신없는 훈장 단신 앞에 엎드린 가운데 대문자의 날개를 단 경찰 천사들이 돌아다닌다.

나다 허무 만세! 이젠 아무도 서로를 이해할 수가 없게 되었으니 드디어 완벽한 순간이로구나!

무대 중앙에 조명.

오막살이집들, 철조망, 망루,

그리고 기타 여러 가지 적대적인 시설들이

부각되어 보인다. 마스크를 쓴 디에고가

쫓기는 듯한 걸음걸이로 등장한다. 그 시설들과

민중들 그리고 페스트의 모습이 그의 눈에 띈다.

디에고 (코러스를 향하여) 스페인은 어디로 갔나? 카디스는 어디로 갔나? 어쩌면 이 세상 어느 곳에서도 볼 수 없는 이런 꼴이 되었단 말인가! 사람이 살 수 없는 딴세상이 되었구나! 왜 너희는 말이 없느냐?

코러스 무섭도다! 아, 바람이라도 일었으면…….

디에고 나도 무서워. 무서우면 무섭다고 소리치는 것이 좋다. 자, 소리 높이 외쳐 보라. 그러면 바람이 대답할 것이다.

코러스 우리는 전에는 나라의 백성이었는데 지금은 오합지졸에 지나지 않는구나! 전에는 부탁받고 살았는데 지금은 소집당한 신세! 전에는 빵과 우유를 서로 바꾸었는데 지금은 배급받는 신세! 우리는 제자리에서 맴돌고 있다네! (발을 구른다.) 우리는 발을 구르며, 아무도 남을 돕지 못한다고, 제자리에서, 남이 정해 준 자리에서 기다릴 수밖에 없다고 말하네! 고함친들 무슨 소용이 있나? 우리의 여자들은 욕망을 자아내던 그 꽃 같은 얼굴들을 잃어버렸네. 이제 스페인은 사라져 버렸네! 우리 모두 발을 구르며 제자리에서 맴돌고 있구나! 아, 괴로워라! 우리는 스스로를 짓밟고 있네! 굳게 닫힌 마을 속에서 숨이 막히네! 아, 정말 바람이라도 일었으면······.

페스트   이제 좀 영리해졌군. 자, 이리 와, 디에고, 이제는 알았겠지?

하늘에서 사람을 말살하는 소리.

디에고   우리는 죄가 없다!

페스트가 껄껄대며 웃는다.

디에고   (고함친다.) 무죄란 말이다! 이 살인자야, 내 말 알아들었어, 무죄란 말을?
페스트   무죄라! 그런 건 몰라!
디에고   그렇다면 이리 와 봐. 어느 쪽이든 강한 쪽이 죽이는 거다.
페스트   제일 강한 거야 물론 나지, 이 무죄 놈아. 똑똑히 봐.

페스트가 위병들에게 손짓하여 디에고에게
덤벼들게 한다. 디에고는 도망친다.

페스트 뒤를 쫓아! 놓치면 안 돼! 도망치는 놈은 모두
우리 거다! 표시를 하라.

위병들이 디에고의 뒤를 쫓는다.
이중 무대 위에서 추적의 팬터마임.
호루라기 소리, 경보 사이렌.

코러스 한쪽은 도망치네. 무서워서, 무섭다고 말하네.
자제력을 잃고 광란 상태에 빠졌다네! 그러나
우리는 얌전해졌네. 우리는 통치받는 신세. 그
러나 사무실의 고요 속에서 우리는 억지로 참
고 견디는 기나긴 외침에 귀를 기울인다네. 그
것은 강제로 이별당한 사람들의 마음의 울부
짖음이니 정오의 햇빛 쏟아지는 바다, 저녁놀
이 질 때 풍겨 오는 갈대의 향기, 우리네 여자
들의 싱싱한 팔에 대해 말해 주는 외침이라네.
우리의 표정은 굳게 봉인되고, 한 걸음 한 걸음
세어서 걷고 시간도 일일이 정해져 있다네. 그
러나 우리의 가슴은 침묵을 거부하네. 명단도,
등록 번호도, 끝없이 긴 성벽도, 유리창에 씌
운 쇠창살도, 총부리가 삐죽삐죽 솟는 신새벽

도 거부하네. 우리의 마음도 어둠과 숫자뿐인 이 무대 장치를 벗어나 집에 닿으려고, 그래서 마침내 몸을 숨길 은신처를 되찾으려고 뛰어가는 사람처럼 거부하네. 그러나 유일한 은신처는 바다뿐인데 이 성벽이 가로막고 있다네. 바람아 불어 다오, 그러면 우리도 마침내 숨쉴 수 있을 텐데…….

과연 디에고가 어느 집 안으로 뛰어 들어간다.
위병들이 문 앞에서 보초를 서고 있다.

페스트 (고함치며) 그놈에게 표시를 해! 그놈들 전부에게 표시를 하라! 그놈들이 입 밖에 내지 않은 말도 들릴 수 있어! 놈들은 이제 항의하지 못하게 되었지만 놈들의 침묵이 이를 가는 소리를 내고 있단 말이야! 그놈들의 주둥아리를 으스러뜨려라! 주둥아리에 재갈을 물리고 우리의 슬로건을 가르쳐 줘라! 노상 똑같은 말만 되풀이하면서 드디어 우리가 필요로 하는 착한 시민이 될 때까지 말이다.

그때 무대의 천장으로부터 일련의 슬로건이
마치 확성기를 통해 나오듯이 진동하는 소리로 쏟아진다.
그 소리는 반복될수록 더욱 커져서

입을 다물고 있는 코러스를 압도하다가,
결국에는 소리가 끊기고 완전한 침묵이 가득 찬다.

페스트 페스트도 하나, 백성도 하나!
집합하라! 실시하라! 할 일에 몰두하라!
자유 둘보다 훌륭한 페스트 하나가 낫다!
추방해라, 고문해라, 그래도 여전히 무엇인가는 남는다!

판사의 집에 조명.

빅토리아 안 돼요, 아버지. 비록 전염되었다 해도 그 늙은 하녀를 인계해서는 안 돼요. 저를 키워 주었고, 한마디 불평도 없이 아버지의 시중을 들어 준 사람이란 것을 잊으셨어요?
판사 내가 한번 정한 일에 누가 감히 간섭해?
빅토리아 아버지가 모든 것을 다 결정할 수는 없어요. 고통에게도 결정권이 있는 거예요.
판사 나의 역할은 이 집을 지키고 병의 침입을 막는 데 있다. 그리고······.

갑자기 디에고가 들어온다.

판사 누구 허락을 받고 여기에 들어왔나?

디에고   무서워서, 얼떨결에 들어왔습니다! 페스트에게서 도망쳐 오는 길입니다.

판사   페스트를 피하지는 못해! 넌 벌써 그 표시를 달고 있어. (판사는 디에고의 겨드랑이 밑에 달려 있는 표시를 가리킨다. 침묵이 흐른다. 멀리서 두세 번 호루라기 부는 소리가 들린다.) 당장 이 집에서 나가.

디에고   저를 여기 좀 있게 해 주세요! 여기서 내쫓으면 놈들은 저를 다른 환자들 속에 섞어 놓을 거예요. 그렇게 되면 함께 시체더미가 되고 말아요.

판사   나는 법에 몸 바친 사람이다. 너를 받아 줄 수는 없어.

디에고   옛날 법에 몸 바치셨죠. 그건 새로운 법과는 아무 상관이 없어요.

판사   내가 법을 지키는 것은 법의 내용 때문이 아니야, 그것이 법이니까 지키는 거다.

디에고   그러나 그 법이 범죄라면요?

판사   범죄가 법이 되면 그건 더 이상 범죄가 아닌 거다.

디에고   그렇다면 미덕을 벌해야 하겠군요!

판사   그래, 그걸 벌할 수밖에. 그것이 감히 법의 정당성을 문제 삼는다면.

빅토리아   아버지, 아버지가 그러시는 것은 법 때문이 아니라 두려움 때문이에요.

판사 이 젊은이도 두려워하고 있어.

빅토리아 그러나 이 사람은 아직 아무것도 배반하지 않았어요.

판사 장차 배반하게 된다. 누구나 다 배반하지, 누구나 다 두려우니까. 누구나 다 두려워하지, 순수한 사람은 아무도 없으니까.

빅토리아 아버지, 저는 이 사람의 것이에요, 아버지도 승낙해 주셨어요. 어제 이 사람을 저에게 주셨는데 오늘 저에게서 빼앗아 가실 수는 없어요.

판사 나는 너의 결혼을 승낙한 게 아니다. 네가 집을 나가는 것을 승낙한 거지.

빅토리아 아버지가 저를 사랑하지 않는다는 것은 알고 있었어요.

판사 (빅토리아를 바라보며) 여자란 누구든 다 질색이야.

누군가 난폭하게 문을 두드린다.

위병 (밖에서) 수상한 자를 숨긴 죄로 이 집을 봉쇄한다. 이 집의 모든 거주자는 감시 대상이다.

디에고 (큰소리로 웃는다.) 보시다시피 법이란 정말 좋은 것이군요. 그렇지만 이건 좀 새로운 법이라서 명판사인 당신도 잘 모르셨겠죠. 이제 드디어 판사도 피고들도 증인들도 모두 다 한통속이 되고 말았군요!

판사 부인, 어린 아들, 그리고 딸이 들어온다.

부인　　대문을 봉쇄해 버렸어요.
빅토리아　우리 집은 폐쇄되었어요.
판사　　이 사람 때문이야. 그러니까 이 사람을 고발해야겠다. 그러면 봉쇄를 해제해 주겠지.
빅토리아　아버지, 명예를 위해서도 그렇게는 못 하십니다.
판사　　명예란 남자들 사이의 문제야. 그런데 이제 이 마을에는 남자라곤 없어졌어.

호루라기 소리가 나고 달음박질하는 소리가
차츰 가까이 들려온다.
디에고가 귀를 기울이고 있다가 겁에 질린 눈으로
사방을 두리번거리더니 갑자기 어린 소년을 붙잡는다.

디에고　　똑똑히 보시오, 법관 나리! 조금이라도 움직였다가는 당신 아들의 입에다가 이 페스트 자국을 문질러 버리겠소!
빅토리아　디에고, 그건 비겁해요.
디에고　　비겁한 자들만 사는 이 도시에서는 무슨 짓을 해도 비겁하지 않아.

부인 (판사에게 매달리며) 약속하세요, 카사도! 이 미친 사람이 원하는 대로 하겠다고 하세요.

판사의 딸 안 돼요, 아버지, 이건 우리와는 관계없는 일이에요.

부인 얘가 하는 말은 듣지 마세요. 제 동생을 미워하고 있는 애니까요.

판사 얘 말이 옳아. 이건 우리와는 관계가 없어.

부인 당신도 마찬가지예요, 내 아들을 미워하고 있어요.

판사 맞아, 당신 아들이지.

부인 오! 남자답지 못해요, 옛날에 용서한 일을 지금에 와서 또 끄집어내다니.

판사 난 용서한 적 없어. 법에 따라 남들 눈에 이 아이의 아버지 노릇을 했을 뿐이야.

빅토리아 그게 정말이에요, 어머니?

부인 너도 나를 경멸하는구나.

빅토리아 아네요. 그렇지만 모든 것이 한꺼번에 무너지는 것 같아서, 마음의 중심을 잡을 수가 없어요.

판사가 문을 향해 한 걸음 내디딘다.

디에고 마음은 갈팡질팡해도 법이 지탱해 주는 것 아니겠어요, 판사님? 우리는 모두 형제들이죠! (그는 소년을 자신의 앞에 세운다.) 너도 마찬가지야. 그러니까 형제의 키스를 해 주지.

부인 잠깐, 디에고, 제발 부탁이야! 저이처럼 모질게 행동하진 말아 줘, 저이도 누그러질 거야. (문쪽으로 달려가서 판사 앞을 가로막고 선다.) 양보하시는 거죠, 그렇죠?

판사의 딸 왜 양보를 해야 하나요? 거추장스럽기만 한 이 사생아가 아버지와 무슨 상관이에요!

부인 입 닥쳐! 샘이 나서 못살더니 앙심만 남았구나. (판사에게) 늙어서 죽을 날이 머지않은 당신이니 잘 알고 있겠지요. 이 세상에서 바랄 것이라곤 편안한 잠과 마음의 평화뿐이라는걸. 이대로 모른 체하고 있다가는 외로운 잠자리에 혼자 남아 눈도 붙이지 못한다는 걸 알잖아요.

판사 내 곁에는 법이 있어. 내겐 법만이 휴식이야.

부인 당신의 법에 침이라도 뱉고 싶군요. 나에게도 권리는 있어요. 사랑하는 사람들끼리 서로 떨어지지 않을 권리, 죄지은 사람이 용서받을 권리, 뉘우친 사람이 명예를 되찾을 권리가 있단 말이에요! 그래요, 당신의 법에는 침이라도 뱉고 싶어요. 전에 그 대위의 결투 신청에 당신이 비겁한 구실을 대며 도망쳤을 때에도, 거짓말을 하고서 징병을 피했을 때에도 법이 당신 편에서 주던가요? 못된 고용주의 학대에 못 이겨 당신을 찾아온 여인을 당신 침대에 끌어들이려고 했을 때에도 법이 당신 편에 서 주었나요?

판사 닥쳐, 이 여편네야!

빅토리아 어머니!

부인 아니다, 빅토리아, 입 다물지 못하겠다. 오랜 세월 동안 나는 입 다물고 살아왔다. 그것도 나의 명예를 위해서, 하느님의 자비를 위해서 그랬다. 그러나 이제 명예 같은 것은 없어졌어. 그래서 내 아들의 머리칼 하나가 내겐 하느님보다도 더 소중하단 말이다. 나도 이젠 입 다물지 않겠어. 이 사람에게 적어도 이 말만은 해 두어야겠다, 당신 같은 사람은 절대로 권리의 편이 아니라고. 알겠어요, 카사도? 권리는 고통받고 신음하며 살아가면서도 희망을 버리지 않는 사람들의 편에 있는 거예요. 그건 약삭빠르게 계산하여 재물을 쌓는 사람들 편에 있지도 않고, 있을 수도 없어요.

디에고가 소년을 놓아준다.

판사의 딸 그런 건 간통의 권리에 지나지 않아요!

부인 (소리치며) 물론 나도 내 잘못을 부정하진 않는다. 차라리 온 세상 사람들에게 내 잘못을 소리쳐 말하겠다. 그렇지만 비참한 삶을 통해서 배웠어, 육체는 과오를 저지르지만 마음은 범죄

　　　　　　를 저지른다는 것을 말이다. 사랑의 정열을 못
　　　　　　이겨 저지르는 과오는 동정받아 마땅한 거야.
판사의 딸　암캐들이야 동정하고말고요!
부인　　그래! 암캐들에게는 즐기라고, 새끼를 치라고
　　　　　배가 있는 거니까!
판사　　이 사람아! 그런 변론은 성립될 수 없어! 이런
　　　　　말썽을 일으킨 이자를 고발하겠어! 이중의 만
　　　　　족을 위해 고발하겠어, 법과 증오의 이름으로.
빅토리아　딱하기도 하세요. 드디어 실토를 하셨군요. 지
　　　　　　금까지 오로지 증오심으로 판결해 놓고는 법
　　　　　　의 이름으로 장식을 하셨죠. 가장 좋은 법도
　　　　　　아버지의 입에서는 쓴맛이 나요. 아무것도 사
　　　　　　랑해 본 일이 없는 사람의 그 쓰디쓴 입이니까
　　　　　　요! 아, 정말 구역질이 나고 숨이 막혀요! 자,
　　　　　　디에고, 우리를 모두 그 팔에 안아 줘. 모두 다
　　　　　　같이 썩어 버리는 거야. 그러나 아버지만은 그
　　　　　　대로 사시게 놔둬, 사는 것이 벌이니까.
디에고　건드리지 마, 이런 꼴이 된 우리 모두가 부끄
　　　　　러워.
빅토리아　나도 부끄러워요, 부끄러워서 죽을 지경이야.

디에고가 갑자기 창문을 넘어 뛰어나간다.
판사도 달려간다.
빅토리아는 숨겨진 문을 통해 도망쳐 나간다.

부인   곪은 데가 터질 때가 왔구나. 하긴 우리만의 일이 아니지, 도시 전체가 같은 열병에 걸려 있는걸.

판사   개 같은 년!

부인   저런 사람이 판사라니!

암전. 문지기 집에 조명.
나다와 시장이 나갈 채비를 한다.

나다   전 지역의 모든 지휘관들에게 명령이 내렸어. 관할 주민들에게 새 정부에 대한 지지를 묻는 투표를 실시하라고.

시장   쉬운 일이 아닌데. 몇몇은 반대 투표를 할 가능성이 있으니까!

나다   아냐, 적당한 원칙을 세워서 실시하면 돼.

시장   적당한 원칙?

나다   적당한 원칙에 따른다면 투표는 자유야. 다시 말해서, 정부를 지지하는 표만이 자유롭게 표명된 것으로 간주되는 거지. 선택의 자유가 암암리에 구속을 받는 일이 없도록 하기 위하여, 그 밖의 표들은 선취 방식으로 계산에서 제외하는 거야. 즉 제외된 표의 3분의 1에 비례해서, 분할 연기명 투표를 기권표 지수에 연동시키는 거야. 확실히 알겠지?

시장 확실하긴 한데…… 아무튼 알 것 같네.

나다 훌륭해요, 시장님. 알든 모르든 간에 요것만은 잊지 말아야 해. 즉 이 방법을 실시함으로써 정부에 반대하는 표는 모두 무효로 계산해야 된다는 것 말이야.

시장 그렇지만 투표는 각자 자유라고 했잖아?

나다 사실 자유지. 단 반대표는 자유가 보장된 투표가 아니라는 원칙에서 출발할 뿐이야. 그런 것은 모두 감정적인 표니까, 결국 광적인 정열의 제약을 받은 거다, 이런 말씀이야.

시장 거기까지는 생각 못했는데!

나다 그건, 자유란 무엇인지에 대해서 당신이 똑바로 알고 있지 못했기 때문이야.

무대 중앙에 조명.
디에고와 빅토리아가 달려와 무대 전면으로 나온다.

디에고 도망치고 싶어, 빅토리아. 마땅히 해야 할 의무가 무엇인지 알 수가 없어. 뭐가 뭔지 모르게 되고 말았어.

빅토리아 내 곁에서 떠나지 말아 줘. 해야 할 의무는 사랑하는 사람 곁에 있는 거야, 단단히 마음먹어.

디에고 그러나 나 자신에게 실망한 채 너를 사랑하는 것은 자존심이 허락하질 않아.

빅토리아 누가 너 자신에게 실망하게 만들었는데?

디에고 항상 빈틈없는 너지 누구야.

빅토리아 우리 자신을 위해서도 그런 식으로 말하지 마. 그러지 않으면 나는 당신 앞에 쓰러져서 내 비열한 면을 다 보여 주고 말 것 같아. 당신 말은 틀렸어. 난 그렇게 강하지 못해. 허점투성이야. 당신에게 나를 다 맡기고 있었던 때를 생각하면 기운이 다 빠져나가. 금방이라도 쓰러질 것 같아. 당신 이름만 들어도 가슴속이 차오르던 그 시절은 어디로 갔지? 당신 모습이 보이기만 하면 마음속에서 '대지의 신'이라고 외치는 목소리가 들리는 것 같던 그 시절은 어디로 갔지? 그래, 나는 마음이 약해, 비겁하게 후회만 하고 있어. 지금 이렇게 쓰러지지 않고 있는 것은 사랑의 충동이 나를 앞으로 떠밀어 주기 때문이야. 만약 당신이 내 눈앞에서 사라지고 이 질주가 멈춘다면 나는 그냥 콱 쓰러지고 말 거야.

디에고 아, 너를 꼭 껴안을 수만 있다면, 이 손발을 너의 손발에 얽어매고 끝없는 잠속으로 깊이 빠져들 수만 있다면!

빅토리아 어디 그렇게 해 봐.

디에고가 천천히 그녀 쪽으로 걸어간다.
빅토리아도 그에게로 다가선다.

두 사람은 상대에게서 시선을 떼지 않는다.
서로 껴안으려는 순간 그들 사이에
여비서가 불쑥 나타난다.

여비서   무슨 짓을 하고 있는 거예요?
빅토리아 (소리친다.) 사랑을 하고 있어요, 보면 몰라요!

하늘에서 끔찍한 소리.

여비서   쉿! 입 밖에 내면 안 되는 말이 있어요. 그런 말은 금지라는 걸 알고 있을 텐데. 이걸 좀 봐요.(여비서는 디에고의 겨드랑이 밑을 탁 쳐서 두 번째 표시를 찍는다.) 지금까지는 그냥 혐의 정도였지만 이젠 완전히 감염된 겁니다. (디에고의 얼굴을 쳐다본다.) 안됐네요, 미남인데. (빅토리아에게) 미안해요. 그러나 난 여자보다는 남자가 더 좋아요. 남자들과는 어딘가 통하는 데가 있거든요. 자, 그럼 안녕.

디에고는 또다시 자신의 몸에 찍힌 새로운 표시를
끔찍하다는 듯이 바라본다.
미친 듯한 눈초리로 주위를 돌아보더니
빅토리아에게 달려들어 힘껏 껴안는다.

디에고 아, 너의 그 아름다운 모습이 미워. 내가 죽은 뒤에도 여전히 그대로 남아 있을 테니까! 딴놈들 좋은 일이나 해 줄 그 아름다움이 저주스러워! (빅토리아를 으스러지도록 껴안는다.) 봐! 이제부터 난 혼자가 아니야! 나와 함께 썩어 없어지는 게 아니라면 너의 사랑인들 무슨 소용이 있겠어!

빅토리아 (발버둥친다.) 아, 아파! 나 좀 놔줘!

디에고 아! 내가 무서워? (미친 사람처럼 웃는다. 빅토리아를 흔들며) 그 사랑의 검은 말(馬)은 어디로 갔지? 좋은 일이 있을 때는 사랑해 주고 불행해지면 줄행랑을 치나! 제발 나와 같이 죽어다오!

빅토리아 죽겠어, 당신과 같이! 그렇지만 당신과 적이 되어 죽는 건 싫어! 지금 그 두려움과 증오의 얼굴이 나는 싫어! 이걸 놔줘! 당신 속에서 옛날의 다정했던 모습을 스스로 찾게 해 줘. 그러면 내 마음도 다시 입을 열 거야.

디에고 (그녀를 반쯤 놓아주며) 혼자 죽기 싫어! 이 세상에서 내게 가장 소중한 것이 고개를 돌리고 나를 따라오지 않으려고 해!

빅토리아 (디에고에게 몸을 내맡기며) 아! 디에고, 꼭 가야 한다면 지옥에라도 가겠어! 당신의 모습이 되살아났어……. 내 다리가 당신 다리에 닿아 이렇게 떨리고 있어. 자, 내 몸의 저 밑에서 솟아오르는 이 외침을 틀어막게 키스해 줘, 터져 나오려고 해, 아, 나와…… 아!

디에고는 열광적으로 키스한다.
이윽고 그녀에게서 떨어져,
떨고 있는 그녀를 무대 중앙에 혼자 남겨놓는다.

디에고   나를 봐! 아냐, 괜찮아, 당신은 아무렇지도 않아! 아무런 표시도 없어! 이런 광란이 언제 끝나는 걸까!

빅토리아   돌아와. 난 지금 추워서 떨고 있어! 조금 전까지만 해도 당신의 가슴이 내 손을 뜨겁게 달구고 내 온몸의 피가 불꽃같이 타오르고 있었는데! 그런데 지금은…….

디에고   안 돼! 나 혼자 있게 내버려둬. 이 고통에 정신을 집중해야 돼.

빅토리아   돌아와 줘! 내가 바라는 것은 오직 한 가지뿐이야. 당신과 같은 열병에 걸려 녹초가 되고, 같은 상처를 아파하며 한목소리로 외치고 싶은 거야!

디에고   안 돼! 이제부터 나는 다른 사람들과 사는 거야. 표시를 가지고 있는 사람들과 말이야! 그들의 고통은 생각만 해도 끔찍스럽고 추악해서 지금까지는 손도 대기 싫었어. 그런데 결국 나도 그들과 똑같은 불행 속에 빠져 버렸어. 그들은 이제 나를 필요로 해.

빅토리아 당신이 죽게 된다면 내겐 당신의 몸을 묻어 줄 흙까지도 부러워질 거야.

디에고 너는 딴세상 사람이야, 살아 있는 사람들의 편이니까!

빅토리아 나를 오랫동안 꼭 껴안아 주기만 하면 나도 당신과 함께 있을 수 있어!

디에고 놈들은 사랑을 금지해 버렸어! 나는 있는 힘을 다해서 널 그리워하고 있어!

빅토리아 안 돼, 안 돼, 제발! 저들이 무얼 원하는지 알았어. 한사코 사랑을 불가능하게 만들려는 거야. 그렇지만 나는 꼭 이겨 내고 말 테야.

디에고 나는 아무래도 이겨 낼 수가 없어. 너와 함께 나누고 싶었던 건 패배가 아닌데!

빅토리아 나는 아직 온전해! 나는 내 사랑밖에는 모르는 여자야! 이젠 아무것도 무섭지 않아. 당신 손만 꼭 쥐고 있으면 하늘이 무너진다 해도 난 행복을 외치며 스러지겠어!

울부짖는 소리가 들린다.

디에고 다른 사람들도 저렇게 외치고 있어!

빅토리아 내 귀에는 죽음의 소리조차 안 들려!

디에고 저걸 봐, 저기!

시체를 실은 짐수레가 지나간다.

빅토리아 내 눈에는 이제 아무것도 안 보여! 사랑에 눈이 멀어 버렸어.

디에고 그러나 하늘에 가득 찬 고통이 우리를 짓누르고 있는걸!

빅토리아 내 사랑을 떠메고 있기에도 나는 너무 바빠. 그런 와중에 다른 사람들의 고통까지 짊어질 수는 없어! 그런 건 남자나 할 일이야. 쓸모도 없고, 소득도 없으면서 한사코 고집하는 그런 일! 당신네 남자들은 그런 일에 매달리느라고 진정으로 힘든 투쟁은 외면하잖아. 유일하게 자랑스러워할 만한 승리일 텐데 말야.

디에고 우리가 당하고 있는 이 억울한 고통 외에 이 세상에서 극복해야 할 것이 뭐가 또 있어?

빅토리아 당신 속에 있는 바로 그 불행! 그것만 극복한다면 나머지는 저절로 해결되는 거야.

디에고 나는 혼자야. 혼자 힘으로 감당하기에는 너무 엄청난 불행이야.

빅토리아 내가 옆에 있잖아, 무기를 손에 들고!

디에고 너는 어쩌면 그렇게 아름다우냐! 겁에 질리지만 않았으면 너를 힘껏 사랑해 줄 텐데!

빅토리아 나를 사랑할 의지만 있다면 그렇게까지 겁에 질리지는 않을 텐데!

디에고 너를 사랑해. 그러나 나는 어느 쪽이 옳은 건지 모르겠어.

빅토리아 겁에 질리지 않는 쪽이 옳아. 내 마음엔 겁이 없어! 내 마음은 밝고 드높은 오직 한 줄기 불꽃으로 타오르고 있어. 우리네 산사람들이 서로 신호할 때 쓰는 저 봉화처럼. 내 마음도 그 봉화처럼 당신을 부르고 있어……. 아! 오늘이 바로 요한 성인의 축제일이야!

디에고 시체 더미 한복판의!

빅토리아 시체 더미 속이든 초원이든 내 사랑만 있으면 되잖아? 적어도 사랑은 그 누구에게도 해를 입히지 않아, 사랑은 너그러워! 당신의 그 광기, 그 보람 없는 헌신은 도대체 누구를 위한 거지? 어쨌든 나를 위한 건 아냐, 아니고말고. 나는 당신의 한마디 한마디에 단도로 찔리는 것같이 가슴이 아파!

디에고 그렇게 울지 말아, 정신 차려! 오, 기가 막혀! 어쩌다가 이런 불행이 닥쳤을까! 옛날 같으면 그 눈물을 내가 다 마셨을 텐데. 그 쓴맛에 입이 타도록. 올리브나무에 달린 나뭇잎들만큼 많은 키스를 네 얼굴에 퍼부어 주었을 텐데.

빅토리아 아, 이제야 옛날의 당신으로 되돌아왔군! 바로 그거야. 당신이 잃어버렸던 언어가 바로 그거야! (두 손을 내민다.) 어디 봐, 옛날의 당신이 되살아났는지…….

디에고는 뒷걸음치며 몸에 붙은 표시를 손으로 가리킨다.
빅토리아는 손을 앞으로 내민 채 주저한다.

디에고 너 역시 무서워하고 있는 거야…….

빅토리아가 표시들에 손을 갖다 댄다.
디에고가 놀라 뒤로 물러선다.
빅토리아가 두 팔을 내민다.

빅토리아 어서 이리 와! 이젠 무서워할 게 전혀 없어!

그러나 신음 소리와 저주의 소리가 점점 더 높아진다.
디에고는 정신 나간 사람처럼
주위를 한 번 훑어보더니 도망쳐 사라진다.

빅토리아 아, 외로워!
여자들의 코러스 우리 여자들의 할 일은 지키는 일! 이번 일은 우리 힘에 너무나 벅차. 이 일이 어서 끝나기를 기다려야지. 겨울이 올 때까지, 자유의 시간이 찾아올 때까지 우리의 비밀을 지키려네. 남자들의 울부짖는 소리가 그치는 날에는 그들이 우리에게 돌아와, 없으면 살 수 없는 것들을 달라고 하겠지. 자유로운 바다의 추억들, 구름 한 점 없는 여름의 하늘, 사랑의 변함없는 향기들 같은 것을. 9월의 소낙비를 맞는 낙엽들처럼 우리는 기다리네. 낙엽은 한순간 공중을 날다가 이윽고 물에 젖어 무거워져 땅바닥에 넙죽 엎드리고 말지. 우리도 지금은 땅바닥에 엎드려 지내지. 등을 굽히고, 저 모든 싸움터의 절규가 숨가빠 잦아들기를 기다리면서, 우리의 내면 저 밑바닥에서 행복한 바다의 느린 파도가 부드럽게 신음하는 소리에 귀를 기울이네. 잎 떨어진 편도나무에 서리꽃이 덮이면 첫 번째 희망의 바람기를 느끼며 슬그머니 몸을 일으키려네. 머지않아 두 번째 봄이 돌아오면 허리를 펴리. 우리가 사랑하는 이들이 우리를 향해 걸어오리. 그들의 발소리가 가까워질수록, 소금과 물때로 끈적거리는, 진한 향기 가득 실은, 무거운 나룻배가 밀물져 오는 파도에 떠들려 마침내 짙은 바닷물 위로 떠오르듯이 우리도 마침내 일어서리라. 오, 바람아 일어라, 바람아 일어라…….

암전. 부두에 조명. 디에고가 등장하여 저 멀리,
바다가 있는 쪽에서 사람 기척을 발견하고 소리쳐 부른다.
무대 안쪽에 남자들의 코러스.

디에고   야호, 야호!
어떤 목소리   야호, 야호!

한 뱃사공이 나타난다.
그의 머리만이 부두 위로 솟아나 보인다.

디에고   무얼 하고 있나?
뱃사공   식량을 운반하고 있습니다.
디에고   마을로?
뱃사공   아뇨. 마을의 보급은 원칙적으로 관청에서 하고 있지요. 물론 배급권으로. 나는 빵과 우유를 공급합니다. 저기 앞 바다에 배가 몇 척 닻을 내리고 있는데, 몇 가족이 감염을 피해서 거기 틀어박혀 있어요. 나는 그 사람들의 편지를 가지고 왔다가 돌아갈 때는 식량을 운반해다 주죠.
디에고   그렇지만 그런 일은 금지되어 있을 텐데.
뱃사공   관청에서는 못 하게 하지만 나는 글씨를 읽을 줄 모르고, 또 전령들이 새로운 법을 알릴 때 나는 멀리 바다에 나가 있었죠.

디에고   나를 좀 데려다주게.

뱃사공   어디로요?

디에고   바다로, 그 배가 있는 곳으로.

뱃사공   그건 금지되어 있는뎁쇼.

디에고   그러나 자네는 그 법을 읽을 줄도 모르고 듣지도 못했잖나.

뱃사공   아! 관청이 아니라 배에 있는 사람들이 금지한다고요. 당신은 안심할 수 없는 사람이니까요.

디에고   어째서 안심할 수 없다는 거지?

뱃사공   결국 당신은 그걸 지니고 있을지도 모르거든요.

디에고   지니다니 무엇을?

뱃사공   쉿! (주위를 살펴본다.) 뭐는 뭐예요, 씨앗이지! 당신이 그 씨앗을 지니고 올지도 모른다는 거죠.

디에고   필요한 돈은 내겠네.

뱃사공   자꾸 그렇게 밀어붙이지 마세요. 마음 약해지잖아요.

디에고   돈은 얼마든지 있네.

뱃사공   정말 약속하는 거죠, 양심을 걸고?

디에고   물론이지.

뱃사공   자, 그러면 타세요. 물길은 좋습니다.

디에고가 뛰어오르려 한다.
그러나 그 순간 등 뒤에 여비서가 나타난다.

어비서   안 돼요! 그 배에 타지 말아요.

디에고   뭐라고?

어비서   예정에 없는 일이에요. 그리고 또 난 당신이 누군지 알아요, 도망칠 사람이 아니죠.

디에고   그 누구도 내가 떠나는 것을 막진 못해요!

어비서   내가 마음먹으면 못할 것이 없어요. 난 당신을 붙들어야겠어요, 당신에게 용무가 있거든요. 내가 누군지는 잘 알죠?

그녀는 마치 디에고를 끌어당기려는 듯이
약간 뒤로 물러선다. 디에고가 그녀를 따른다.

디에고   죽는 것은 아무렇지도 않아. 그렇지만 더럽게 죽는 것은…….

어비서   그 기분 잘 알아요. 사실 나는 그저 단순히 명령에 따라 실시하는 것뿐이에요. 그렇지만 동시에 당신에 대해서는 몇 가지 권한을 부여받고 있어요. 말하자면 일종의 거부권이라고나 할까요.

그녀는 수첩을 뒤적인다.

디에고   나 같은 종류의 사람들은 다만 이 대지의 아들일 뿐이에요!

여비서 나도 바로 그 말을 하고 싶었던 거예요. 어떤 의미에서는, 당신은 내 것이란 말이에요! 어떤 의미에서만 그렇다는 말입니다. 어쩌면 내가 바라는 그런 의미에서는 아니겠지만…… 이렇게 당신을 바라보고 있으면 말이에요. (꾸밈없는 태도로) 사실 난 당신이 맘에 들어요. 하지만 내겐 받은 명령이 있는지라.

그녀는 수첩을 만지작거리며 장난을 한다.

디에고 당신의 웃는 얼굴을 보는 것보다는 차라리 미움을 받는 것이 낫겠어요. 나는 당신을 경멸합니다.
여비서 좋으실 대로. 사실, 이렇게 당신하고 이야기를 나누는 것은 규칙에 어긋나는 일이죠. 너무 지친 나머지 내가 좀 감상적이 된 모양이죠. 늘 골치 아픈 계산만 하다 보면, 오늘 저녁 같은 때는 자신도 모르는 사이에 좀 긴장이 풀려 버리기도 해요.

그녀는 손가락으로 수첩을 빙빙 돌린다.
디에고가 그것을 가로채려고 한다.

여비서 안 돼요, 정말. 억지 쓰지 말아, 이 사람아. 대체 그 속에 뭐가 적혀 있을 것 같아요? 그냥 수첩이라고요. 그걸로 충분하거든요. 정리 노트라고나 할까, 반은 메모장이고 반은 파일철 같은 거죠. 다이어리도 있고. (웃는다.) 개인용 메모장에 불과하다 이거예요!

마치 애무라도 하려는 듯이
그녀는 한쪽 손을 그에게 내민다.
디에고가 깜짝 놀라 뱃사공 쪽으로 물러선다.

디에고   아! 벌써 가 버리고 없네!
여비서   저런, 정말 갔네! 자기 딴에는 자유로운 몸이라고 생각하는 모양이죠. 다른 사람들과 마찬가지로 이미 다 등록되어 있는데.
디에고   당신이 하는 말은 앞뒤가 안 맞아요. 아시다시피 남자들이 못 참는 것이 바로 그런 거예요. 제발 집어치워요.
여비서   그러나 이건 지극히 간단한 일이죠. 나는 사실만 말하고 있는 거예요. 어떤 도시든 다 그곳에 해당하는 파일이 만들어져 있어요. 이건 카디스 거죠. 빈틈없는 조직이라서 누락된 사람이 단 한 명도 없다는 것을 알아두세요.
디에고   한 사람도 누락되지 않았다지만 전부 다 도망치고 있잖아요.

어비서 (화가 나서) 천만에, 무슨 말을 하는 거예요! (생각에 잠기며) 그렇지만 예외가 있기는 하죠. 가끔 한 사람쯤은 빠뜨릴 수도 있을 거예요. 그러나 그 사람도 결국에 가서는 꼬리를 잡히고 말아요. 사람들은 나이가 백 살이 넘으면 자랑 삼아 떠들고 다니죠. 바보같이. 그러면 곧 신문에 나요. 이쪽은 가만히 기다리고만 있으면 돼요. 아침에 신문을 받아 훑어보면서 거기 난 이름들을 체크해요. 우리 용어로 원본 대조를 하는 거죠. 그러니까 한 사람도 놓치는 일이 없는 거예요.

디에고 그러나 그 사람들은 백 년 동안이나 당신들의 존재를 거부한 거예요. 이 도시 전체가 당신들을 부정하고 있듯이.

어비서 백 년쯤은 아무것도 아니에요! 너무 근시안적으로 보니까 뭐 대단한 것이나 되는 것 같죠. 나는 말이에요, 전체를 본다 이겁니다, 아시겠어요. 37만 2000명이나 되는 이름이 적힌 파일 속에서 단 한 사람쯤, 그게 어떻다는 거예요. 비록 백 살을 먹은 사람이라 하더라도 말입니다! 더욱이 이쪽은 나이 스무 살을 넘지 않은 사람들로 벌충하고 있는데. 그러면 평균이 되는 거죠. 조금 일찍 말살하는 것뿐이에요. 이렇게……

그녀는 수첩에 적혀 있는 어떤 이름을 줄을 그어 지운다.
순간 바다에서 울부짖는 소리가 들리고
물속으로 사람이 빠지는 소리.

남자　　어머나, 내가 생각도 안 해 보고 그냥 줄을 그었네! 아, 그 뱃사공이군요! 우연이죠!

디에고는 벌떡 일어서서
혐오와 공포에 가득 찬 눈으로 그녀를 쳐다본다.

디에고　속이 뒤집혀 못 참겠군! 당신 정말 질색하겠어.
여비서　불쾌한 직업이란 거 알고 있어요. 진력이 나는 때도 있지만, 그러다가 또 열중하게 되죠. 가령 처음에는 좀 엉겼어요. 그러나 이제는 숙달되었답니다.

그녀가 디에고에게 가까이 간다.

디에고　가까이 오지 말아요.
여비서　머지않아 더 이상 실수는 없게 될 겁니다. 비결이 있죠. 그야말로 완벽한 기계 같은 거죠. 두고 보면 알 거예요.

그녀는 한마디 한마디 할 때마다 디에고에게 다가가더니

그의 몸에 닿을 듯한 거리에 선다.
디에고는 분노에 떨며 그녀의 멱살을 잡는다.

디에고 집어치워요, 그런 더러운 연극은 집어치우라고! 자, 뭘 망설이는 거야? 할 일을 빨리 하라고, 너보다 한결 우월한 나를 더 이상 놀리지 말고. 어서 나를 죽이라니까. 정말 그것만이 절대로 우연을 허락하지 않는다는 그 알량한 체제를 구하는 유일한 방법이잖아. 아! 오직 전체적 시각에서만 본다고 했던가! 십만 명, 그 정도는 되어야 흥미를 끈다 이거지. 그건 통계 숫자고, 통계 숫자는 말이 없어! 그걸로 곡선을 그리고 그래프를 만들지, 안 그래! 몇 세대에 걸친 수많은 사람들을 다루는 거야, 그게 더 쉽거든. 일은 조용하고 한가한 잉크 냄새 속에서 진행되지. 그러나 똑똑히 알아둬, 고립된 딱 한 사람의 인간, 이건 좀 귀찮은 존재야. 자신의 희로애락을 큰 소리로 나타내거든. 나만 해도, 목숨이 붙어 있는 한 마구 떠들어 대며 너희의 그 알량한 질서라는 것을 교란시키잖아. 나는 너희를 거부해, 내 존재를 송두리째 걸고 너희를 거부해!

아버서 여보!

디에고 닥쳐! 나는 생명 못지않게 죽음도 명예로워야

한다고 믿어 온 사람이야. 그런데 당신의 주인
들이 나타난 이래로 사는 것과 죽는 것이 모두
치욕이 되고 말았어…….

여비서 그랬죠…….

디에고 (여비서의 멱살을 잡아 흔들어 대며) 그랬어, 너희
는 지금 거짓말을 하고 있고, 앞으로도 이 세
상이 끝나는 날까지 계속 거짓말을 일삼을 거
야! 틀림없어! 나는 너희의 수법이 뭔지 다 알
았어. 저들에게 굶주림과 이별의 고통을 주어
서 반항할 틈이 없도록 하는 거야. 모두들 지
칠 대로 지치게 만들고, 시간과 정력을 소모시
켜가지고 분노할 여유도 충동도 생겨날 수 없
게 만드는 거야! 저들은 제자리걸음을 하고 있
으니 흐뭇하시겠어! 수는 많지만 군중 한 사람
한 사람은 혼자야. 마치 내가 혼자인 것처럼.
우리들 각자는 다른 사람들의 비겁함 때문에
혼자인 거야. 나도 그들처럼 노예가 되었고 그
들과 함께 짓밟히고 있지만, 그래도 너희에게
말해 두는데, 너희는 아무것도 아냐. 까마득할
정도로 끝없어 보이는 이 권력도 땅 위에 던져
진 그림자에 지나지 않아. 한줄기 성난 바람만
불어도 순식간에 사라져 버리고 말아. 너희는
만사를 숫자와 서류로 보면 된다고 믿었어! 그
러나 너희의 잘난 사전에는 들장미와 하늘의

징조와 여름의 표정, 바다의 우렁찬 목소리와 고뇌의 순간, 그리고 인간들의 분노 같은 것은 다 빠져 있단 말이야! (여비서가 웃는다.) 웃지 마, 웃지 말라고, 바보 같은 것아! 분명히 말해 두지만, 너희는 파멸이야. 가장 명백해 보이는 승리의 한복판에서 너희는 이미 패배한 거야. 왜냐하면 인간에게는, 나를 똑똑히 봐, 너희가 아무리 해도 때려 부술 수 없는 힘이, 두려움과 용기가 한데 섞인, 무지하면서도 영원히 승리하는, 해맑은 광기가 있기 때문이야. 바로 그 힘이 이제 막 솟아오르려 하고 있어. 그렇게 되면 너희도 깨달을 거야, 너희의 승리가 한낱 연기(煙氣)에 불과하다는 것을.

여비서가 웃는다.

디에고   웃지 마, 웃지 마!

여비서가 웃는다. 디에고가 그녀의 뺨을 후려친다.
그와 동시에 코러스의 남자들이 입을 막고 있던
재갈을 걷어내고 오래도록 환성을 올린다.
그러나 디에고가 흥분하여 몸에 난 표시를
뭉개 버리게 된다. 그는 거기에 손을 대면서
그 손을 물끄러미 바라보고 있다.

어비서 아주 멋져요!

디에고 이게 뭐요?

어비서 화를 내니까 정말 멋진데요! 한결 더 마음에 들어요.

디에고 이게 어찌 된 일이오?

어비서 보시다시피 표시가 없어졌어요. 계속해요, 제대로 되어 가고 있는 거예요.

디에고 그럼 나는 이제 다 나은 건가?

어비서 작은 비밀을 하나 가르쳐 주죠……. 당신 말이 맞아요, 그 사람들의 수법은 그야말로 탁월해요. 그렇지만 그 완벽한 기계에도 한 가지 결함은 있어요.

디에고 그게 무슨 말이오?

어비서 한 가지 결함이 있다니까 그러네. 내가 기억하는 한, 단 한 사람의 인간이 공포를 극복하고 반항하기만 해도 기계는 삐걱거리기 시작하는 것이었어요. 기계가 아주 멈춰 버린다는 말은 아녜요. 그럴 리 없죠. 하지만 아무튼 삐걱거리기 시작해요. 때로는 아주 마비되어 버리는 경우도 있어요.

침묵.

디에고 왜 나에게 그런 말을 하는 겁니까?

여비서   사실 말이지, 이런 일을 하고 있다고는 하지만 마음 약해질 때가 왜 없겠어요. 게다가 당신 혼자서 그걸 발견했으니까 용하죠.

디에고   만약 내가 당신을 때리지 않았어도 나를 눈감아 줄 셈이었나요?

여비서   아니죠. 나는 당신을 처치하러 온 거니까요, 규칙대로.

디에고   그렇다면 내가 더 센 거로군?

여비서   아직도 공포심을 느껴요?

디에고   아니오.

여비서   그렇다면 이제 나는 당신을 전혀 건드릴 수 없게 됐네요. 그것도 규정에 있어요. 그러나 분명히 말해 두지만, 내가 이 규정에 찬성한 것은 이번이 처음이에요.

여비서가 조용히 퇴장한다.
디에고는 자기 몸을 만져 보고 다시 한번 손을 들여다본다.
그리고 갑자기 신음 소리가 나는 쪽으로 고개를 돌린다.
조용한 가운데 그는 재갈이 물린 어떤 환자 쪽으로 간다.
무언의 장면. 디에고는 손을 내밀어 재갈을 벗긴다.
다름 아닌 앞서 등장했던 어부다.
두 사람은 말없이 서로 쳐다본다. 이윽고.

어부   (힘들게) 안녕하시오, 형제. 너무 오랫동안 말을 못 했소.

디에고가 그에게 미소를 지어 보인다.

어부　(하늘을 쳐다보며) 아니, 저게 뭐지?

과연 하늘이 훤해져 있다. 가벼운 바람이 일면서
어떤 성문을 흔들고, 천 조각을 몇 개 펄럭이게 한다.
재갈을 벗은 민중이 이제 두 사람을 둘러싸고
하늘을 쳐다본다.

디에고　바닷바람이 이는군······.

— 막 —

3부

카디스의 주민들이 광장에서 활발하게 움직이고 있다.
그들보다 조금 높은 곳에 버티고 서서
디에고가 작업을 지시한다.
눈부신 빛을 받아 페스트가 세운 건조물이 드러난다.
그러나 이전보다는 더 체계가 잡혀서
오히려 무시무시한 느낌이 덜하다.

디에고   별 표시를 전부 없애 버려요!

사람들이 표시를 없앤다.

디에고   창문들을 열어요!

창문들이 열린다.

디에고   바람을 쐬요! 바람을! 환자들을 한곳으로 모으고.

사람들의 움직임.

디에고 이젠 더 이상 겁낼 것 없어요. 그게 제일 중요해요. 일어설 수 있는 사람은 모두 일어서요! 왜 꽁무니를 빼요? 자, 모두 얼굴을 들어요. 자랑스러운 순간입니다! 재갈을 팽개쳐 버리고 나와 함께 다 같이 소리쳐 봅시다. "이젠 아무것도 무섭지 않다." (양팔을 쳐든다.) 오! 거룩한 반항이여, 살아 있는 거부여, 민중의 자존이여! 재갈에 입이 막혔던 저 사람들에게 그대의 절규하는 힘을 주라!

코러스 형제여, 우리는 그대의 말에 귀를 기울이네. 이제 희망이 싹트기 시작하도다. 올리브와 빵만 먹고 살며, 당나귀 한 마리가 전 재산이라 일 년에 겨우 두 번, 생일날과 결혼식 날에야 포도주를 입에 대는 우리네 가난뱅이들에게도 이제 희망이 싹트기 시작하도다! 그러나 아직도 해묵은 두려움이 마음에서 떠날 날이 없구나. 올리브와 빵이 생명에 맛을 보태나니. 비록 가진 것은 없어도 생명과 함께 모든 것을 잃을까 두려워라!

디에고 만사를 될 대로 되라고 버려둔다면 그대들은 올리브와 빵과 생명을 잃으리라! 빵만이라도 간직하려거든 그대들은 오늘 공포를 이겨야 한다. 깨어나라! 스페인이여, 깨어나라!

코러스 우리는 가난하고 무지하도다. 그러나 듣건대 페스트는 일 년의 절기를 따른다고 하였네. 페스트에도 싹이 터서 돋아나는 봄이 있고 열매가 맺는 여름이 있다네. 겨울이 오면 페스트도 어쩌면 죽어 없어지리. 그런데 형제여, 지금이 겨울인가, 분명 지금이 겨울인가? 지금 일기 시작한 바람은 정녕 바다에서 불어오는가! 우리는 언제나 가난의 금전으로 대가를 치렀네. 우리는 정녕 피의 금전으로 대가를 치러야 하는가?

여자들의 코러스 또다시 남자들의 사업 이야기! 우리네 여인들이 찾아와 간곡히 이르노니, 부디 상기하시라, 허심탄회의 순간을, 빛나는 날들의 카네이션을, 순한 양의 검은 털을, 스페인의 향기를! 우리는 약해서 뼈대 굵은 그대들과 맞서서는 아무것도 못하지. 그러나 그대들이 무슨 일을 하든, 그 어둠의 난투극 속에서도 우리네 꽃 같은 살을 부디 잊지 마시라!

디에고 우리의 몸에서 살을 깎아내는 것도 페스트요, 사랑하는 연인들을 갈라놓고 빛나는 날들의 꽃을 시들게 하는 것도 페스트다! 그러므로 무엇보다 먼저 페스트와 싸워야지!
코러스 지금이 정녕 겨울인가? 숲속의 떡갈나무에는 여전히 반드럽고 작은 열매들 주렁주렁 열려 있고, 줄기에는 벌떼가 자욱하구나! 아니지, 아니야! 아직은 겨울이 아니야!
디에고 그러나 노여움의 겨울을 건너 질러야지!
코러스 그러나 우리는 이 길의 끝에서 희망을 만날까? 아니면 절망하여 죽어야 하나?
디에고 누가 절망을 말하는가? 절망은 재갈이다. 포위당한 이 도시의 침묵을 찢는 것은 오직 희망의 천둥 소리, 행복의 번갯불이니. 자, 일어서라, 벌떡 일어서라! 빵과 희망을 지키려거든 증명서 따위는 찢어 버려라. 관공서의 유리창을 때려 부숴라! 공포의 행렬에서 벗어나 온 하늘에 메아리치도록 자유를 외쳐라!
코러스 우리보다 더 가난한 자 어디 있더냐! 희망은 우리의 유일한 자산, 어찌 희망 없이 살아가리요? 형제여, 우리는 모두 이 재갈을 벗어던지자! (해방의 함성) 아, 메마른 대지 위에, 더위로 갈라진 균열 사이로 이제야 처음으로 단비가 내리네! 모든 것 푸르게 되살아나는 가을, 바다에서 신선한 바람이 불어오네. 희망이 파도처럼 우리를 밀어 올리누나.

디에고 퇴장.

디에고와 같은 높이의 반대편에서 페스트 등장.

여비서와 나다가 그 뒤를 따라 나온다.

여비서　대체 이게 어떻게 된 거야? 이젠 멋대로 지껄여 대는 거야? 자, 여러분, 다시 재갈을 물어요!

무대 중앙의 몇 사람이 재갈을 다시 문다.

남자들은 디에고 주위에 모여 일사분란하게 움직인다.

페스트　저들이 꿈틀거리기 시작하는군.

여비서　네, 늘 하는 짓인걸요!

페스트　그렇다면 좀 더 엄하게 다루어야겠는걸!

여비서　그렇다면 좀 더 엄하게 하죠!

여비서는 수첩을 펴서 뒤적거린다. 좀 따분하다는 표정.

나다　자, 확 해치웁시다. 방향은 제대로 잡았으니까요! 규칙대로 하느냐, 규칙을 무시하느냐, 바로 여기에 모든 도덕이 있고 모든 철학이 있는 겁니다! 그러나 각하, 내 생각으로는 좀 더 화끈하게 해치웠으면 싶은데.

페스트　말이 많다!

나다　화끈한 성격이라서 그래요. 형씨들과 같이 일하면서 배운 게 많아요. 말살과 숙청, 이게 바로 내 성경 말씀입니다. 그러나 지금까지는 그럴듯한 이유를 찾지 못했죠. 이제는 규칙대로 한다는 이유가 생긴 거죠.

페스트 규칙만 가지고 뭐든 다 말살하는 건 아니야. 넌 딴 길로 새고 있어, 조심해!

나다 사실, 형씨들이 오기 전에 여러 가지 규칙이 먼저 있었다고요. 단지 어디에나 통용되는 일반 규칙이 없었을 뿐이죠. 즉 전체 회계의 잔액을 뽑고, 전 인류를 블랙 리스트에 올리고, 생활 전체를 목록화하고, 전 우주를 항시 징발 가능하게 대기시켜서, 하늘과 땅을 마침내 평가 절하하는 일이 남아 있었는데…….

페스트 가서 네 일이나 해, 이 주정뱅이야. 비서, 그럼 시작하지!

여비서 무엇부터 시작할까요?

페스트 그냥 닥치는 대로, 그래야 더 충격 효과가 있거든.

여비서가 이름 둘을 말소한다. 둔탁한 경고음.
두 사내가 쓰러진다. 군중이 주춤한다.
작업 중이던 사람들이 깜짝 놀라 멈춘다.
페스트의 위병들이 들이닥쳐서
집집마다 문전에 십자 표시를 달고,

창문들을 닫고, 시체를 마구 들쑤신다.

디에고 (무대 저 안쪽에서 침착한 어조로) 자, 죽음의 신이여 멋대로 해 봐라. 그 정도는 무섭지 않아!

군중이 밀린다. 사람들은 다시 작업을 시작한다.
위병들 퇴각. 같은 팬터마임이
이번에는 반대로 되풀이된다.
민중이 앞으로 나아가면 바람이 불고,
위병들이 반격을 해 오면 바람이 잦아든다.

페스트 저놈을 지워!
여비서 불가능합니다.
페스트 왜?
여비서 이젠 무서워하지 않는걸요.
페스트 그래? 음, 놈이 아는 걸까?
여비서 대강 눈치를 챈 것 같아요.

여비서가 말소 작업을 한다. 연이어 둔탁한 소리.
다시 군중이 밀린다. 앞과 같은 장면이 되풀이된다.

나다 멋있군! 마치 파리 떼처럼 쓰러지는구나! 그냥 이 지구를 통째로 날려 버렸으면!
디에고 (조용한 목소리로) 쓰러지는 사람들을 모두 구해요.

다시 군중이 밀린다. 앞과 반대되는 팬터마임.

페스트 저놈, 너무 지나친데.
어비서 과연 대단하군요.
페스트 왜 그런 맥 빠진 어조로 말하는 거야? 설마 그 자에게 가르쳐 준 것은 아니겠지.
어비서 아뇨. 아마 자기 힘으로 깨달았을 거예요. 요컨대 선천적인 자질이 있는 거예요.
페스트 선천적인 자질이 있는지 모르지. 그렇지만 난 나대로 수가 있어. 다른 방법을 써야 돼. 이번엔 자네 차례야.
코러스 (재갈을 벗고) 아! (안도의 한숨) 처음으로 상대가 물러서누나. 압박이 좀 느슨해지고, 하늘이 긴장을 풀고 숨을 돌리네. 페스트의 검은 태양 때문에 바닥이 말랐던 샘에 다시 물소리가 돌아왔네. 여름이 가네. 이젠 포도 시렁의 포도도, 멜론도, 푸른 콩도, 신선한 야채도 얻지 못하리. 그러나 희망의 샘물이 넘쳐나 모진 지표를 부드럽게 적시며 우리에게 약속하네, 겨울의 안식을, 따끈한 군밤을, 아직도 알이 푸른 첫 옥수수를, 비누 맛이 풍기는 호두를, 난롯가에 앉아서 마실 우유를……

여자들	우리는 무지몽매한 여인들입니다. 그러나 이 풍부한 것들이 너무 비싸서는 안 되죠. 이 세상 어디에서 어떤 주인을 섬기든, 언제나 손 뻗치면 구할 수 있는 신선한 과일만은 있는 법. 가난한 사람 몫의 포도주, 마른 포도나무 가지로 지핀 모닥불은 있는 법, 그 모닥불가에서 모든 것이 지나가기를 기다려야지요…….

판사 집에서 판사의 딸이 창문으로 뛰쳐나와
여자들 속으로 달려가 숨는다.

어비서	(민중들 쪽으로 내려간다.) 이건 꼭 무슨 혁명이라도 일어난 것 같잖아! 여러분도 잘 알다시피 그런 상황은 아닌데. 더군다나 이젠 민중이 혁명을 일으키는 시대가 아니에요. 그런 건 완전히 시대 착오라고요. 이젠 혁명에 민중 봉기 따위는 안 어울려요. 지금은 만사에 경찰이면 족해. 심지어 정부를 전복하는 일조차도. 따지고 보면 그 편이 낫잖아요? 민중이 그냥 편안히 쉬고 있으면 훌륭한 지도자들이 그들 대신 생각도 해 주고 그들에게 적당한 양의 행복도 결정해 주니 말이에요.

어부	당장 가서 저 빌어먹을 곰치의 배때기를 갈라 놔야겠어!

여비서 이봐요, 여러분, 그 정도로 해 두는 것이 좋지 않을까요! 일단 어떤 질서가 수립되고 난 뒤 그걸 바꾸자면 항상 비싼 대가가 수반되는 겁니다. 비록 그 질서가 도저히 견딜 수 없는 것으로 보인다 해도 어쩌면 어느 정도 타협의 여지가 있을지도 모르는 일이지요.

한 여자 타협이라니 어떻게?

여비서 내가 어떻게 알겠어요! 그러나 여성 여러분이 모를 리 없지요, 혼란에는 반드시 희생이 따르는 법이니 막대한 손해가 따르는 승리보다 때로는 현명한 타협이 더 낫다는 걸 말이에요.

여자들이 여비서 옆으로 다가간다.
몇몇 남자가 디에고의 그룹에서 멀어져 나온다.

디에고 저 여자의 말을 들으면 안 돼요. 상투적인 말뿐이라고요.

여비서 뭐가 상투적이에요? 나는 도리에 맞는 이야기를 했을 뿐이에요.

한 남자 당신이 말하는 타협이란 게 뭔데······.

여비서 물론 잘 생각해야 될 문제죠. 그러나 예를 들어서, 당신네들과 함께 위원회를 결성해가지고 거기서 누구와 누구를 말살할지를 다수결로 결정할 수도 있지 않을까요. 즉 이 수첩이 가지는 말살의 기능을 위원회가 완전히 장악하는 거죠. 물론 이것은 어디까지나 예를 들어 본 것에 불과하지만…….

여비서가 수첩을 흔들어 보인다.
한 남자가 그것을 빼앗는다.

여비서   (화를 내는 척하며) 그 수첩 이리 돌려줘요! 그게 얼마나 중요한 것인지 알면서 그래요. 거기에 적힌 당신네 이름들 중 어느 한 이름을 지우기만 하면 그 사람은 즉시 죽고 말아요.

남자들과 여자들이 그 수첩을 든 사람을 에워싼다.
흥분된 분위기.

— 이제 됐군!
— 이제 아무도 죽지 않게 되었어!
— 이제 살았다!

그런데 갑자기 판사의 딸이 나타나서
수첩을 거칠게 빼앗아가지고 한구석으로 달려가더니,
재빨리 수첩을 훑어보다가 어딘가에 줄을 긋는다.
판사의 집에서 비명 소리와 더불어
어떤 사람의 몸이 퍽 하고 쓰러지는 소리가 난다.

한 무리의 남녀가 판사의 딸에게 급히 달려간다.

소리　　아, 망할 것! 말살해야 할 것은 바로 너야!

누군가의 손이 그녀에게서 수첩을 빼앗아 간다.
모두가 책장 전체를 넘긴다. 그녀의 이름을 발견하자
어떤 손이 그 이름에 줄을 긋는다.
비명도 내지 못한 채 딸이 쓰러진다.

나다　　(고함친다.) 나가자! 전원 합심하여 말살에 매진! 이제 중요한 것은 남을 말살하는 것이 아니라 우리 서로를 말살하는 것이다! 바야흐로 우리는 모두 다 손에 손잡고 억압하고 억압당하도다! 자, 나가자, 투우여! 모두를 깨끗이 싹 쓸이하자!

나다가 나간다.

한 남자　　(덩치가 큰 사람으로, 수첩을 손에 쥐고 있다.) 맞는 말이야, 약간의 청소가 필요해! 너무나 좋은 기회야! 우리가 배고파 죽을 지경이었을 때 단물만 빨고 있던 망할 놈들을 때려눕혀야 돼!

다시 페스트가 모습을 나타내더니

한바탕 너털웃음을 터뜨린다.
그동안 여비서는 페스트 옆의 자기 자리로
다소곳이 되돌아간다. 모든 사람이 고개를 쳐들고
움직이지 않은 채 2층 무대에서 기다리고 있다.
한편 페스트의 위병들은 사방으로 흩어져서
페스트의 무대 장치와 표시들을
전과 같이 복원시켜 놓는다.

페스트 (디에고에게) 이렇다니까. 저 작자들이 시키지 않아도 일을 다 해 주는군! 그래도 너는 저놈들을 위해 수고할 보람이 있다고 생각하는 거야?

그러나 2층 무대로 뛰어 올라간 디에고와 어부는
수첩을 든 남자에게 달려들어 따귀를 때리고
그를 땅바닥에 쓰러뜨린다.
디에고가 수첩을 집어서 찢어 버린다.

남자 소용없어. 복사본이 하나 있으니까.

디에고가 남자들을 반대편으로 밀친다.

디에고 어서 일을 해야 합니다! 당신들은 놀림감이 되고 있는 거예요.
페스트 저들은 자신들을 위해서 겁을 내지만 미워할

　　　　　때는 남들만 미워하잖아.
디에고　(페스트 앞으로 되돌아오며) 공포도 없고 미움도 없다. 이것이 바로 우리의 승리다!

디에고편 남자들의 기세에 밀려
위병들이 조금씩 후퇴한다.

페스트　조용히 해! 나한테 걸리면 술은 초가 되고 과일은 시들어 버려. 열매가 달리려고 할 때 포도 넝쿨이 말라 죽고, 말라서 불쏘시개로 쓸 만해지면 다시 푸르게 되살아나지. 난 너희의 그 단순 소박한 기쁨 같은 건 질색이야. 부자도 못 되면서 자유롭다고 우쭐대는 놈들의 나라가 나는 싫어. 감옥도, 사형 집행인도, 권력도, 피도 내 손 안에 있는 거야! 이 도시를 싹쓸어서 없애 버릴 거야. 그 잔해 위에서, 완벽한 사회들의 멋진 침묵 속에서 드디어 역사가 종언을 고하게 될 거야. 그러니 조용히 하라고, 그러지 않으면 모든 것을 다 짓밟아 버리고 말 테다.

무시무시한 소란 속에서 투쟁의 팬터마임,
주리를 트는 막대기의 마찰 소리. 웅얼거리는 소리,
말살당하여 쓰러지는 소리. 물결처럼 밀려오는 구호 소리.
그러나 투쟁이 점차 디에고 측에 유리하게 전개되면서

차츰 소음은 잦아들고 아직 다소 불분명한 채로나마
코러스가 페스트의 소리를 뒤덮어 버린다.

페스트 (광기 어린 몸짓으로) 아직 인질들이 내 손에 남아 있어!

그가 신호를 한다.
페스트의 위병들이 무대를 떠나는 한편
다른 사람들이 무리를 짓는다.

나다 (궁전 꼭대기에서) 항상 뭔가는 남아 있는 법이지. 모든 것이 계속하지 않기를 계속하는 거야. 내 관공서들 역시 계속 돌아가지. 도시가 무너지고 하늘이 폭발하고 인간들이 이 지상에서 모습을 감추어도 관공서는 여전히 정각에 문을 열고 허무의 세계를 관리할 것이다! 영원은 바로 나야, 이 나다야. 그리고 내 천국은 오랜 고문서와 스탬프와 압지가 구비된 관공서야.

나다 퇴장.

코러스 놈들이 도망친다. 승리 속에서 여름이 끝나고 있다. 결국 인간이 승리하는 날이 오는구나! 그리하여 승리는 사랑의 비를 맞는 우리네 여자들의 육체의 모습으로 오는구나. 보라, 행복에 겨워 빛을 발하는 뜨거운 육체는 마치 벌들이 잉잉대는 9월의 포도송이처럼 탐스러워. 그 배의 언저리에는 포도밭에서 거둬 들인 수확물들이 쏟아지네. 취기 어린 젖가슴의 저 꼭지에서는 포도 따기가 한창일세. 아아, 나의 사랑이여, 욕망이 잘 익은 과일처럼 터진다. 마침내 육체의 영광이 흘러 넘친다. 하늘 구석구석에서 신비로운 손들이 꽃을 건네고 황금의 술이 다할 줄 모르는 샘처럼 솟는구나. 이제 승리의 향연이다. 우리의 여인들을 맞으러 가자!

침묵 속으로 들것이 운반되어 들어오고
거기에는 빅토리아가 누워 있다.

디에고 (달려가서) 아아, 이렇게 된다면 차라리 죽이든가 죽든가 해야겠구나! (그는 이미 숨이 끊어진 듯한 시체 옆으로 다가선다.) 아아, 찬란하고 의기양양하고 사랑처럼 야성적인 이여, 내게 얼굴 좀 돌려 봐! 돌아와 줘, 빅토리아! 내가 쫓아갈 수 없는 저세상으로 가 버리지 말아 다오! 내 곁을 떠나지 말아, 흙 속은 차가워. 오, 내 사랑, 오, 내 사랑! 아직 우리가 살고 있는 이 땅의 가장자리를 놓지 말고 꼭 잡아! 떠내려가면 안 돼! 내가 살날이 아득한데 그대가 죽는다면 대낮도 캄캄할 텐데!
여자들의 코러스 이제 우리는 진실 속에 섰네. 지금까지는 전담이 아니었네. 그러나 이 시간, 눈앞에 남은 것은 고통하며 몸부림치는 육체로구나. 저 끝없는 절규, 가장 아름다운 언어, 만세 부르는 죽음. 이윽고 몸소 찾아온 죽음이 사랑하는 여인의 목젖을 쥐어뜯는구나! 그제야 사랑이 되살아나네, 이미 때는 늦었는데.

빅토리아가 신음한다.

디에고 아직 늦지 않았어, 다시 일어날 거야. 한 번 더 나를 똑바로 봐, 검은 불꽃처럼 타오르는 머리칼, 사랑으로 빛나는 그 얼굴로 횃불처럼 꼿꼿하게. 나는 투쟁의 어둠 속까지 눈부신 그 얼굴을 지니고 갔었지. 그렇고말고, 나는 너를 지니고 그 어둠 속으로 갔었지. 마음만 먹으면 못할 게 없었어.
빅토리아 당신은 나를 잊어버리겠지, 디에고. 반드시 잊고 말 거야. 당신의 마음만으론 내 부재를 막지 못해. 마음만으론 불행을 감당 못해. 아아, 잊히는 걸 알면서 죽는 것은 너무나 가혹한 형벌이에요.

빅토리아가 얼굴을 돌린다.

디에고   난 당신을 잊지 않아. 나의 기억은 나의 삶보다 더 명이 길 거야.
여자들의 코러스   아아, 고통하는 육신이여, 지난날 그토록 탐나던, 대낮의 빛처럼 당당하던 육신이여! 남자는 불가능을 이루겠다고 절규하고 여자는 온갖 괴로움을 다 당하네. 몸을 굽혀, 디에고! 너의 고통을 외치고 스스로 책망하라. 뉘우칠 때가 왔어! 도망친 자여! 내 육신이 너의 고향이었는데 이 육신 없이는 너는 아무것도 아닌데! 기억만으로는 아무것도 되찾지 못해!

페스트가 가만히 디에고의 곁으로 다가온다.
그들을 갈라놓고 있는 것은 빅토리아의 육신뿐이다.

페스트   그래, 단념하는 거야?

디에고는 절망적으로 빅토리아의 시신을 바라본다.

페스트   힘이 모자라지! 겁에 질린 눈이야. 내 눈을 보라고, 흔들림 없는 힘찬 눈이지.
디에고   이 여자를 살려 놓고 대신 나를 죽여라!
페스트   뭐라고?

디에고 교환하자는 거야.

페스트 무슨 교환?

디에고 이 여자 대신 내가 죽고 싶단 말이다.

페스트 피로해지면 그런 생각을 하게 되지. 이것 보라고, 죽는다는 것은 그리 기분 좋은 일이 못 돼. 이 여자를 위해서 할 수 있는 가장 큰 일은 이미 다한 거야, 그 정도로 해 둬.

디에고 이건 가장 피로할 때가 아니라 가장 강할 때 하게 되는 생각이야!

페스트 나를 보라고, 나야말로 힘 그 자체란 말이야!

디에고 제복을 벗어 보지.

페스트 무슨 소리를 하는 거야!

디에고 옷을 벗으란 말이야! 힘을 자랑하는 인간이 제복을 벗으면 얼마나 꼴불견인가 보시지.

페스트 그럴지도 모르지. 그러나 그들의 힘은 제복을 고안했다는 데 있어!

디에고 나의 힘은 그 제복을 거부하는 데 있어. 내가 제시한 조건을 다시 한번 생각해 봐.

페스트 잘 생각해 보고 말해. 살아 있다는 것은 좋은 거야.

디에고 내 인생 따위는 아무것도 아니야. 소중한 것은 내가 살아가는 이유란 말이야. 나는 개와는 달라.

페스트 그렇다면 처음으로 피우는 담배의 맛, 그러면

그것도 별것 아니란 말인가? 한낮에 매립지에 감도는 먼지 냄새, 저녁 무렵의 비, 미지의 여인, 두 잔째의 포도주, 이런 것들도 별것 아니라고 할 텐가?

디에고   별것 아닌 건 아니지. 그러나 이 여인이 나보다 더 훌륭하게 살 거야.

페스트   안 돼! 네가 다른 사람들 일에 참견하지 않는다고 약속하면 몰라도.

디에고   일이 이쯤 되면 이젠 그만두고 싶어도 그만둘 수가 없어. 너라고 봐줄 수는 없어!

페스트   (어조를 바꾸어) 이것 봐. 이 여자 대신에 네가 생명을 내놓겠다니 부득이 승낙할 수밖에 없군. 이 여자는 구제될 거야. 그러나 나에게도 흥정할 것이 하나 있어. 이 여자의 생명을 네게 돌려주고 두 사람이 도망치게 해 줄 테니 이 도시를 내 마음대로 처리할 수 있도록 맡겨 주겠나?

디에고   안 돼. 나는 내 힘이 어떤 것인지 알고 있어.

페스트   그렇다면 솔직히 털어놓고 얘기하자. 내게 중요한 것은 모든 것을 다 지배하느냐 아니면 아무것도 지배하지 못하느냐다. 네가 내 손아귀에서 빠져나가면 이 도시 전체도 빠져나가는 거다. 그게 법칙이야. 어디서 난 것인지는 모르지만 옛날부터의 법칙이야.

디에고   나는 알아! 그 법칙은 해묵은 세월의 공동(空洞) 속에서 나오는 것이야. 그것은 너보다 위대하고 너의 교수대보다 더 높은 자연의 법칙이야. 우리가 승리한 거야.

페스트   아직 단정하긴 일러! 나는 이 여인의 몸을 인질로 잡고 있으니까. 이 인질은 내 마지막 카드야. 잘 봐. 한 여자가 생명의 얼굴을 가질 수 있다면 그건 바로 이 여자야. 이 여자는 살아 있을 가치가 있고 너도 살리려고 애쓰고 있어. 나도 이 여인을 돌려주지 않을 수 없는 입장이야. 그러나 너의 생명이나 이 도시의 자유와 바꾼다는 조건에서야. 자, 한쪽을 선택해.

디에고는 빅토리아를 응시한다.
무대 저 안쪽에서 재갈 물린 사람들의 신음 소리.
디에고는 코러스 쪽을 돌아본다.

디에고   죽는다는 것은 괴로운 거야.

페스트   그야 괴롭지.

디에고   그러나 누구에게나 다 괴로운 거야.

페스트   당찮은! 이 여인을 사랑하는 십 년은 저 사람들이 누리는 백 년 동안의 자유와는 전혀 다른 가치가 있는 거야.

디에고   이 여인에 대한 사랑은 나만의 왕국이야. 그러므로 내 마음대로 해도 좋아. 그러나 저 사람들의 자유는 저들의 것이야. 그러니 내 마음대로 할 수는 없는 거야.

페스트 남에게 해를 끼치지 않고 행복해질 수는 없지. 그것이 이 세상의 공평한 정의야.

디에고 그런 정의를 인정하려고 내가 이 세상에 태어난 것은 아냐.

페스트 누가 인정하라고 했나! 이 세상의 질서는 네가 바라는 대로 변하는 것이 아냐! 그걸 바꾸고 싶으면 너의 꿈 같은 것은 버려 두고 현존하는 것들만 고려해서 생각해.

디에고 싫어. 그런 수법쯤은 나도 잘 알고 있어. 살인을 없애려면 남을 죽이지 않을 수 없다, 불의를 고치기 위해서는 무리한 방법을 쓰지 않을 수 없다, 이미 수백 년 동안 이런 식의 논리가 계속되어 온 거야. 이미 몇백 년 동안 너와 같은 지배자들은 세상의 상처를 치료한다는 구실로 그 상처를 곪게 만들면서도 그 비법을 여전히 자랑해 왔어. 왜? 그들의 코앞에서 비웃어 주는 사람이 아무도 없기 때문이야!

페스트 내가 행동으로 보여 주니까 아무도 비웃지 못하는 거야. 나는 능률적이야.

디에고 물론 능률적이지. 실용적이기도 하고. 도끼처럼.

페스트 아무튼 인간들을 유심히 살펴보기만 하면 돼.

그러면 그 어떤 정의도 그들에게는 쉽게 통한다는 걸 알 수 있어.

디에고   이 도시의 성문이 모두 닫히고부터 나는 언제나 그들을 살펴볼 수 있었어.

페스트   그럼 이젠 알겠군. 그들이 앞으로도 너를 여전히 외톨박이로 남겨 두리란 것을. 그런데 혼자 남은 자는 망하게 되어 있어.

디에고   아니, 그렇지 않아! 만약에 내가 혼자뿐이었다면 만사가 쉬웠을 거야. 그러나 싫든 좋든 그들은 나와 함께해.

페스트   사실 알량한 양 떼지. 그러나 더러운 냄새가 나는 양 떼야.

디에고   그들이 순수하지 않다는 것은 나도 알아. 나도 마찬가지로 순수하지 못해. 그리고 나도 그들 가운데서 태어났어. 나는 나의 도시를 위해서, 나의 시대를 위해서 살아가는 거야.

페스트   노예들의 시대지!

디에고   자유인들의 시대야!

페스트   어이가 없군. 눈 닦고 찾아봐도 없던데. 자유인이 대체 어디 있지?

디에고   너의 도형장과 납골당에 있지. 노예들이 왕좌에 앉아 있으니까.

페스트   그 자유인이라는 사람들에게 한번 내 경찰 제복을 입혀 봐. 그들의 꼴이 어떻게 되는지 알게 될 거야.

디에고   사실 그들도 비열하고 잔혹한 인간이 될 수는 있어. 그렇기 때문에 그들 역시 너와 마찬가지로 권력을 가질 권리가 없지. 어떤 인간도 절대 권력을 가져도 좋을 정도의 미덕을 갖출 수는 없어. 그러나 또한 그렇기 때문에 그 사람들은 너와는 달리 동정받을 권리가 있는 거야.

페스트   비열함이란 바로 그들이 지금 살고 있는 그런 삶을 말하는 거야. 째째하고 옹색하고 늘 어중간한 삶 말이야.

디에고   그 어중간한 높이에서 나는 그들과 통하는 거야. 만약 내가 그들과 나누어 가진 가난한 진리에 충실치 못하다면 내 속에 지닌 더 위대하고 더 고독한 것에 어떻게 충실할 수 있겠어?

페스트   내가 아는 단 하나의 충실함은 바로 경멸이야. (안뜰에 의기소침하여 서 있는 코러스를 가리킨다.) 저기를 좀 봐! 경멸할 만하잖아.

디에고   내가 경멸하는 것은 가해자들뿐이야.* 네가 무슨 짓을 하든 저 사람들은 너보다 위대해질 수 있어. 그들이 어쩌다가 살인을 저지른다 해도 그것은 일시적으로 머리가 돌아서 그러는 거

---

* 카뮈는 「독일인 친구에게 보내는 편지」 이탈리아판 서문에서도 "내가 경멸하는 것은 가해자들뿐이야."라고 말했었다.(플레야드판, 『에세이』, 219쪽)

야. 그런데 너는 법칙과 논리에 의해서 몰살시키고 있어. 머리를 푹 숙이고 있는 저들의 모습을 비웃지 말아. 수백 년 전부터 공포의 혜성이 그들의 머리 위를 지나고 있잖아. 겁먹은 저들의 모습을 비웃지 말아. 수백 년 전부터 그들은 죽어 가고 있고 그들의 사랑은 갈기갈기 찢기고 있어. 그들이 범한 가장 무거운 죄에도 언제나 변명이 있지. 그렇지만 어느 시대에나 그들에게 저질러진 죄악에는, 결국 네가 너의 독특하고 비열한 질서에 따라 법칙화하겠다고 착상해 낸 그 죄악에는 변명의 여지가 없어. (페스트가 디에고 쪽으로 걸어간다.) 나는 시선을 떨구지 않겠어!

페스트 떨구지 않겠지, 보면 알아! 자, 솔직히 말해 주지, 너는 이제 막 최후의 시련을 이겨 냈어. 만약 네가 이 도시를 양보했다면 너는 이 여인을 잃을 뿐 아니라, 너 자신도 함께 파멸했을 거야. 지금 당장 이 거리가 자유를 찾을 가능성은 충분히 있어. 아무튼 너 같은 무모한 작자가 하나 있어서……. 무모한 자는 물론 죽는다. 그러나 조만간에 나머지는 구원을 받게 되는 거야. (우울하게) 그 나머지란 건 구원받을 가치가 없는데 말이야.

디에고 무모한 자는 죽는다…….

페스트 왜! 이젠 자신이 없어졌나? 그게 아니겠지. 주저의 순간, 바로 그런 거겠지! 결국 긍지를 버릴 수는 없는 거야.

디에고 나는 명예에 굶주리고 있었어. 그런데 이제 명예를 되찾을 수 있는 곳은 죽은 사람들의 세상뿐인가!

페스트 내 말이 바로 그 말이었다니까. 결국은 긍지가 그들을 죽이는 거야. 그러나 나 같은 늙은이에겐 이것도 무척 피곤한 일이야. (모진 목소리로) 준비하시지 .

디에고 준비는 되어 있어.

페스트 보라고, 표시가 생기지 않았나. 상당히 아플 거야. (디에고는 자신의 몸에 또다시 나타난 표시들을 끔찍하다는 듯 노려본다.) 여기야! 죽기 전에 좀 괴로워하라고. 적어도 그게 내 규칙이야. 미칠 지경으로 증오심이 끓어오를 때 남의 괴로움은 감미로운 이슬 같은 거야. 좀 신음해 보라고, 좋았어. 이 도시와 작별하기 전에 네가 괴로워하는 꼴이나 좀 구경해 보기로 하지. (여비서를 돌아보며) 자! 이제부터는 자네가 할 일일세!

여비서 필요하다면 해야죠.

페스트 벌써 피곤해졌나?

여비서가 고개를 끄덕이며 수긍한다.
순간 그녀의 모습이 돌변하여,
죽은 사람의 가면을 쓴 노파가 되어 버린다.

페스트   벌써부터 그렇게 생각하고 있기는 했지만 아무래도 자네에겐 증오심이 좀 부족한 것 같아. 그러나 나의 증오에는 새로운 제물이 필요해. 자, 빨리 서둘러. 그리고 장소를 바꾸어서 다시 시작해야지.

여비서   사실 저는 증오만으로 몸을 지탱할 수는 없어요. 그건 제 할 일이 아니니까요. 하지만 그건 어느 정도 당신 탓이기도 해요. 카드만 들여다보며 일을 하다 보니 별로 정열이 일지 않아요.

페스트   그런 건 다 말에 불과해. 그리고 의지할 힘이 필요하다면……. (무릎을 꿇고 털썩 주저앉는 디에고를 가리키며) 저자를 처치하면서 파괴의 즐거움이나 맛보지그래. 그게 자네의 역할 아닌가.

여비서   그렇다면 파괴해 보죠. 그러나 아무래도 마음이 편하지 않네요.

페스트   대체 무엇 때문에 내 명령에 이유를 다는 거지?

여비서   기억 때문이지요. 저에게는 옛날의 추억이 몇 가지 있어요. 당신을 만나기 전에 저는 자유로웠고 우연과 손을 잡고 있었어요. 당시엔 저를 싫어하는 사람이 아무도 없었어요. 저는 모든 것에 끝손질을 하는 여자, 여러 가지 사랑을 고정시키고 모든 운명에 어울리는 형태를 부여하는 여자였어요. 전 그야말로 안정감 그 자체였어요. 그러나 당신이 나타나서 저를 논리와 규칙에 몸 바치는 신세로 만들었어요. 전에는 남을 돕는 수단이었던 이 손을 망쳐 놓고 말았어요.

페스트 대체 누가 자네한테 도움을 청하는데?

어비서 불행을 이길 힘이 없는 사람들이죠. 다시 말해서 거의 모든 사람들이요. 그 사람들과 함께 의기투합하여 일을 하기도 했죠. 저는 저 나름대로의 방식으로 존재했어요. 그런데 오늘날 그들에게 폭력을 가하는 입장이 되고 보니 모두가 마지막 숨을 거두는 순간까지 저를 거부해요. 아마도 그렇기 때문에, 저는 당신이 죽이라는 저 사람을 좋아했던 것 같아요. 저 사람은 저를 자유롭게 선택해 주었어요. 자기 나름대로 제게 동정을 느낀 거죠. 저는 만날 약속을 해 주는 사람들을 좋아해요.

페스트 내 기분을 건드리면 어떻게 되는지 알지? 우리에게 동정이란 필요 없어.

어비서 그 누구한테도 연민을 느끼지 않는 사람들 말고 대체 누가 동정 따위를 필요로 하겠어요! 제가 저 남자를 좋아한다는 것은 저 남자를 부러워한다는 뜻이에요. 우리네 정복자들 세계에서는 사랑이란 그야말로 비참한 모습이에요. 당신도 그걸 잘 알고 있어요. 그런 점에서 우리가 남들에게서 동정을 받을 만하다는 것도 알고 있어요.

페스트 그만해, 명령이야!

어비서 당신도 그걸 잘 알고 있고, 또 남들을 죽이기만 하다 보면 자신의 손에 죽는 사람들의 결백함이 부러워진다는 것도 알고 있어요. 아, 오직 한순간만이라도 이런 끝없는 논리를 중지하고, 마침내 어떤 사람의 품에 기대고 있다는 꿈에 잠겨 보고 싶어요. 저는 어둠의 그림자들이 싫어요. 그래서 저 모든 비참한 사람들이 부러워 죽겠어요. 그래요, 지금 저기 있는 저 여자까지도 (빅토리아를 가리킨다.) 부러워요. 생명을 되찾아 살아나 봤자 경악한 나머지 짐승처럼 소리나 내지를 것이 뻔한 저 여자까지도! 적어도 저 여자는 자신의 고통에 기댈 수는 있을 테니까요.

디에고가 거의 쓰러지려고 한다.
페스트가 그를 안아 일으킨다.

페스트 이봐, 일어서라고! 저 여자가 해야 할 일을 하지 않는 한 끝은 오지 않아. 보다시피 저 여자는 지금 한창 감정 놀음에 빠져 있어. 그러나 걱정할 건 없어. 할 일은 반드시 할 테니까. 그러는 것이 규칙이고 임무야. 잠시 기계가 좀 삐걱거리고 있을 뿐이지. 그 기계가 아주 멎어 버리기 전에, 이 바보야, 너에게 이 도시를 돌려주마!

환희를 외치는 코러스.
페스트가 코러스 쪽으로 돌아선다.

그렇지, 나는 이만 가겠다. 그렇다고 너무 의기양양해하지 말라고. 나는 만족하고 있으니까. 여기서도 우리는 일을 잘해 냈어. 내 이름이 유명해졌으니 좋은 일 아닌가. 너희가 결코 나를 잊지 못한다는 것을 난 분명히 알고 있다. 내 얼굴을 잘 봐 둬. 이 세상의 유일한 권력을 마지막으로 다시 한번 잘 봐 두라고!
너희의 진정한 주권자의 모습을 분명히 알아보고 두려움을 배워야 해. (웃는다.) 지금까지 너희는 신과 우연을 두려워한다고 했지. 그렇지만 너희의 신은 만사를 분간할 줄 모르는 아나키스트였어. 그는 권력자이면서도 착할 수 있다고 생각했지. 그러다 보니 앞뒤가 맞지 않고 솔직하지도 못하게 된 거야. 사실이 그런걸. 반면에 나는 오직 권력만을 택했어. 즉 지배하는 것만을 택한 거야. 이젠 그게 지옥보다 더 확실한 것임을 너희도 알잖아.

수천 년 전부터 나는 너희의 도시와 들판을 시체더미로 뒤덮었어. 리비아와 검은 에티오피아의 사막은 내 시체들로 비옥해졌어. 페르시아도 내 시체들의 땀으로 기름진 옥토가 되었지. 나는 아테네를 정화의 불로 가득 채웠고, 그 해변을 무수한 화형의 장작불로 밝혔고, 그리스의 바다를 회색빛이 될 정도로 인간들의 재로 뒤덮었어. 신들조차도, 저 한심한 신들조차도 그걸 보고 마음속으로 진저리를 쳤지. 그리고 신전이 있던 자리에 기독교의 대사원들이 들어서게 되자 우리의 흑기사들은 그 대사원들을 절규하는 인간의 몸뚱어리들로 메워 놓았어. 오대륙 구석구석까지, 몇 세기에 걸쳐서 나는 쉬지도 않고, 초조해하지도 않고 오로지 살육만을 계속해 왔어. 그 정도면 물론 괜찮은 성적인 셈이지. 일리 있는 착상이기도 했고. 그러나 아주 만족할 만한 착상은 못 되는 것이었어……. 나 자신의 소신을 굳이 밝히라면 이렇게 말하겠어. 사람 하나 죽이는 것, 그건 속 시원한 맛은 있지만 실속이 없어. 결과적으로 그건 노예 하나만 한 가치도 없거든. 가장 이상적인 것은 선택된 소수의 죽음을 통해서 다수의 노예들을 손에 넣는 것, 바로 그거야. 오늘에야 비로소 그 기술이 완성 단계에 이르렀지. 바로 그 덕분에 우리는 필요한 만큼의 인간들만 죽이고 욕보인 다음에 민중 전체를 무릎 꿇게 만드는 거야. 그 어떤 아름다움도, 그 어떤 위대함도 우리를 거역하지 못해. 우리는 모든 것을 다 이기게 되는 거야.

어비서 모든 것을 다 이기죠. 단 긍지만은 예의죠.

페스트 긍지 역시 결국은 힘이 빠지고 말걸……. 인간은 생각보다 영리한 존재거든. (멀리서 소란스러운 움직임, 나팔 소리) 잘 들어 봐! 마침내 내가 다시 개입할 기회가 왔어. 이제야 너희의 옛 주인놈들이 되돌아왔지만 두고 보라고, 남의 상처는 보지 못하는 소경이고 손끝 하나 까딱하지 않은 채 망각에 젖어 있을 테니. 바보 같은 주인놈들이 싸우지도 않고 승리에 도취한 꼴을 보면 너희는 결국 진력이 나고 말 거야. 잔혹한 것을 보면 반항심이 생기지만 어리석은 것을 보면 용기가 꺾여 버리는 법이야. 우매한 놈들에게 영광 있으라. 바로 그들이 내 길을 열어 주지 않는가! 그들이 내게 힘을 주고 희망을 주도다! 언젠가는 모든 희생이 헛되다고 느껴진 나머지 마침내 너희의 그 돼먹지 못한 반항의 끝없는 절규가 침묵할 날이 올 것이야. 그날이면 노예의 결정적인 침묵 속에서 나의 참된 지배가 시작될 것이다. (웃는다.) 어때, 이건 그저 집요하게 밀어붙이기만 하면 되는 문제 아니겠어? 그러나 걱정할 건 없어. 나는 고개를 푹 숙인 채 오래 버틸 수 있는 놈이니까.

페스트가 무대 안쪽으로 걸어간다.

여비서 저는 당신보다 더 많이 살았으니 알아요. 저들의 사랑도 그에 못지않게 고집스럽다는 것을.
페스트 사랑? 그게 뭔데?

페스트 퇴장.

여비서 자, 여인이여, 일어나라! 이제 나는 지쳤어. 끝을 내야겠어.

빅토리아가 일어선다. 그와 동시에 디에고가 쓰러진다.
여비서는 어둠 속으로 잠시 숨는다.
빅토리아가 디에고에게 달려간다.

빅토리아 아, 디에고, 우리의 행복을 어떻게 한 거야?

디에고 잘 있어, 빅토리아. 나는 이대로 만족이야.

빅토리아 그런 말 말아, 내 사랑. 남자들이나 하는 그런 말, 남자들이나 하는 그 끔찍한 말. (운다.) 죽는 것에 만족해하다니, 누구에게도 그럴 권리는 없어.

디에고 나는 만족해, 빅토리아. 할 일을 다했으니까.

빅토리아 아냐. 하늘을 거역해서라도 당신은 나를 택해야 했어. 이 세상 전부보다 나를 택해야 했어.

디에고 나는 죽음과 계산을 끝낸 거야. 그것이 나의 힘이야. 그러나 그 힘은 다른 모든 것도 다 먹어치우는 힘이야. 그래서 행복이 끼어들 자리가 없는 거야.

빅토리아 당신의 힘이 나와 무슨 상관이야? 내가 사랑한 것은 한 남자야.

디에고 이 투쟁 속에서 나는 다 소진되어 버렸어. 나는 이제 더 이상 남자가 아니야. 그러니 죽는 것이 낫지.

빅토리아 (디에고에게 몸을 던지며) 그럼 나도 데리고 가줘…….

디에고 안 돼, 이 세상은 너를 필요로 해. 여자들이 있어야 어떻게 살아야 하는지 배우지. 우리 남자들이 할 줄 아는 것은 죽는 것뿐이야.

빅토리아 아, 침묵 속에서 서로 사랑하고 괴로워해야 할 것을 괴로워하는 것이 오히려 훨씬 더 간단했는데, 안 그래? 겁을 내던 당신이 더 나았어.

디에고 (빅토리아를 바라본다.) 나는 혼을 다 바쳐 너를 사랑했어.

빅토리아 (소리친다.) 그것만으로는 부족했어. 아, 안 돼! 그것만으로는 아직 부족했던 거야! 당신의 혼만 가지고 무엇 하게!

여비서가 디에고의 몸에 손을 대려 한다.
단말마의 마임이 시작된다.
여자들이 빅토리아 쪽으로 달려가서 그녀를 에워싼다.

여자들 이 사람에게 화 있으라! 우리 여인들의 몸을 버리고 가는 남자에게 화 있으라! 무엇보다도 남자들을 보내고 혼자 남은 우리 여인들, 남자들이 오만하게도 개조하겠다던 이 세상을 오랜 세월 두고두고 무거운 짐처럼 혼자 지고 가는 우리 여인들 비참해라! 아아, 모든 것을 다 구하지는 못하는 것이니 적어도 사랑의 집이라도 지키는 것을 배우세! 페스트여 올 테면 오라, 전쟁이여 올 테면 오라, 모든 창을 닫아 걸고 그대들 곁에서 우리가 다함께 최후까지 방어하리라. 그렇게 하면 생각만 가득하고 말로만 살이 찐 이런 고독한 죽음이 아니라 사랑의 처절한 포옹 속에 그대들과 우리가 다 같이 하나가 된 죽음을 알게 되리라! 그러나 남자들은 관념이 더 좋은 모양. 어머니로부터, 연인으로부터 도망쳐 나가서 모험을 찾아 쏘다니다가 자국도 없는 상처를 입고 찔리지도 않고 죽임을 당하네. 망령을 뒤쫓는 고독한 사람들아, 대답 없는 하늘 아래서 불가능한 결합을 부르짖으며 고독에서 고독으로 방황하다가 최후의 고립, 사막 속의 죽음을 향해 걸음을 재촉하는 외로운 사냥꾼들아!

디에고가 죽는다.
여자들의 탄식 속에 바람이 점차 거세어진다.

어비서 여러분, 울지 마세요. 대지를 좋아하던 사람이었으니 대지도 다정하게 맞아 줄 거예요.

여비서 퇴장. 빅토리아와 여자들이
디에고를 떠메고 무대 한쪽으로 간다.
그런 가운데 무대 뒤의 여러 가지 소리가 더욱 또렷해진다.
지금까지와는 다른 음악이 울려 온다.
성벽 위에서 나다의 울부짖는 소리가 들린다.

나다 이제들 왔군! 옛날 것들이 왔군. 예전에 있었던 자들, 화석이 된 자들, 무사태평한 자들, 안

락만 일삼는 자들, 궁지에 몰린 자들, 꼼꼼한 자들, 요컨대 말쑥하게 면도하여 윤택한 낯짝으로 단단히 자리를 틀고 앉은 전통이 돌아왔군. 한결같이 안도의 한숨, 이제 다시 시작하게 되었다네. 물론 제로에서 다시 시작한다네. 자, 허무의 재단사가 왔구나, 그대들 모두 치수에 맞는 옷을 지어 입겠네. 그러나 법석 떨지 말라, 저들의 것이 더 나은 방법. 자기 불행을 외쳐 대는 자들의 입을 막는 대신 놈들은 자신의 귀를 막는구나. 지금까지 우리는 벙어리였는데 이제부터는 귀머거리가 되려 하네. (군악 연주) 주의하라! 역사를 쓰는 자들이 돌아온다. 이제 영웅들을 좀 돌봐야겠네. 그들을 서늘한 곳에 넣어 차게 해야지. 무덤 돌 밑에 묻어야지. 그걸 가지고 불평하진 말게, 무덤 돌 저 위에는 너무나 복잡한 사람들의 사회. (무대 저 안쪽에서 공식적인 식전이 팬터마임으로 전개된다.) 저기 좀 보라고. 저들이 도대체 무엇을 하고 있을 것 같은가? 서로 훈장을 달아 주고 있는 거야. 증오의 향연이 여전히 벌어지고 있고, 지친 대지는 교수대의 죽은 기둥들로 뒤덮여 있으며, 이른바 정의로운 투사들의 피가 아직도 세상의 담벼락을 장식하고 있는데 저들은 무엇을 하고 있는가? 서로 훈장을 달아 주고 있다네. 즐거워하라, 이제 곧 상받는 자들의 연설이 시작되리라. 그러나 연단이 마련되기 전에 내 너희에게 내 연설을 간단히 요약해 주마. 본의 아니게 나도 좋아했던 이 사내는 개죽음을 당했단 말이다. (어부가 나다에게 달려든다. 위병이 그를 제지한다.) 보아라, 어부야, 수많은 정권이 지나가지만 경찰은 남도다. 그러니 한 가지 정의는 있는 셈이지.

코러스 아니다, 정의는 없다, 그러나 한계가 있다. 규칙이란 없다고 소리치는 자들이나 만사에 규칙만 적용시키려는 자들이나 다 같이 한계를 넘어서고 있다네. 성문들을 활짝 열어라, 바람과 소금기가 이 도시의 더러움을 씻어 가도록.

성문들이 열리자 바람이 점점 거세게 불어온다.

나다 한가지 정의는 있다. 구역질 나는 정의 말이야. 그렇지, 너희는 또다시 시작하겠지. 그러나 그것은 내 알 바 아니야. 내게 기대할 생각은 마라. 완벽한 죄인을 대 줄 생각은 없다. 이 몸은 슬퍼하는 성미가 아니라네. 오, 낡은 세상이여, 이제 그만 떠나야지, 그대의 형리들은 이제 지쳐 버렸어. 그들의 증오심은 식은 지 오래라네. 이 몸은 너무 많이 알고 있어. 경멸마저도 이제는 과거사. 그러면 여러분, 안녕히. 그대들도 언젠가 알게 될 때가 있으리라. 인간은 아무것도 아니고 신의 얼굴은 끔찍한 모습임을 뻔히 알면서 제대로 살기는 틀렸다는 것을.

폭풍이 되어 거세게 부는 바람 속에서
나다는 방파제 쪽으로 달려가 바다에 몸을 던진다.
어부가 뒤를 쫓아왔다.

어부 빠져 버렸구나. 미쳐 날뛰는 파도가 그를 후려치며 성난 갈기로 목을 감아 조이네. 거짓말밖에 모르던 저 입도 소금이 가득 차면 드디어 다물어지겠지. 보라! 성난 바다는 아네모네 빛. 바다가 우리에게 보복하네. 바다의 노여움은 우리의 노여움. 바다는 소리친다. 모든 바다 사람들이 한데 뭉쳐서 고독한 자들 한덩어리 되라고. 오, 파도여, 오, 바다여. 반항하여 일어서는 자들의 조국이여, 굴복을 모르는 그대의 백성들이 여기 있다. 쓰디쓴 소금물에 절여져 깊은 바닥에서 솟구치는 거대한 파도가 그대들의 끔찍한 도시들을 단숨에 쓸어가리라.

— 막 —

페스트

"내가 확실히 알고 있는 것은,
사람은 제각기 자신 속에 페스트를 지니고 있다는 것입니다.
왜냐하면 세상에서 그 누구도 그 피해를 입지 않는
사람은 없기 때문입니다."

—『페스트』중에서

1부

 이 연대기가 주제로 다루는 기이한 사건들은 194×년 오랑에서 발생했다. 일반적인 의견에 따르면, 흔히 볼 수 있는 경우에서 좀 벗어나는 사건치고는, 그것이 일어난 장소가 어울리지 않는다는 것이었다. 언뜻 보기에 오랑은 사실 하나의 '평범한 도시'로서 알제리 해안에 면한 프랑스의 한 도청 소재지에 불과하다.

 솔직히 말해서 도시 자체는 못생겼다. 일견 한가로워 보이는 이 도시가 전 세계 각지에 있는 수많은 상업 도시들과 어디가 다른지를 알아차리자면 시간이 걸린다. 가령, '비둘기도 없고 나무도 없고 공원도 없어서 새들이 날개 치는 소리도 나뭇잎 흔들리는 소리도 들을 수 없는 도시, 요컨대 중성적인 장소'일 뿐인 이 도시를 어떻게 설명하면 상상할 수 있을까? 여기서는 계절의 변화도 하늘을 보고 읽을 수 있을 뿐이다. 봄이 온다는 것도 오직 바람결이나 어린 장사꾼들이 변두리 지역에서 가지고 오는 꽃 광주리를 보고서야 겨우 알 수 있다. 말하자면 시장에서 파는 봄인 것이다. 여름에는, 아주 바싹 마른 집에 불을 지를 듯이 해가 내리쬐서 벽이란 벽은 모두 흐릿한 재로 뒤덮인다. 그래서 덧문을 닫고 그 그늘 속에서 지내는 수밖에 없다. 가을에는 그와 반대로 진흙의 홍수다. 맑은 날씨는 겨울이 되어야 비로소 찾아온다.

어떤 한 도시를 아는 편리한 방법은 거기서 사람들이 어떻게 일하고 어떻게 사랑하며 어떻게 죽는가를 알아보는 것이다. 우리의 이 자그마한 도시에서는 기후의 영향 때문인지는 모르겠으나 그 모든 것이 다 함께, 열광적이면서도 무심하게 이루어진다. 다시 말해서 여기서는 사람들이 권태에 절어 있으며 여러 가지 습관을 붙여 보려고 기를 쓰고 있는 것이다. 우리 시민들은 일을 많이 하지만, 그건 한결같이 부자가 되겠다는 욕심에서 하는 일이다. 그들은 무엇보다도 장사에 관심이 있다. 그들 자신의 표현대로 우선 사업을 하는 데 골몰해 있는 것이다. 물론 단순한 즐거움에 대한 취미도 없지 않아서, 여자와 영화와 해수욕을 좋아한다. 그러나 대단한 분별력이 있어서 그런 재미는 토요일과 일요일을 위해 아껴 두고 주중의 다른 날들에는 돈을 많이 벌려고 애를 쓴다. 저녁때 직장을 나서면 그들은 일정한 시간에 카페에 모여 앉거나 늘 같은 대로를 거닐거나 그러지 않으면 자기 집 발코니에 나와 앉는다. 아주 젊은 패들의 욕망은 격렬하면서도 한순간의 짧은 것인데 비해서, 나이 많은 축들이 빠지는 취미란 기껏해야 공굴리기 모임이나 친목회 회식이나 트럼프 놀음에 돈을 듬

뿍 거는 서클의 선을 넘어서지 않는다.

 아마 사람들은, 그 정도라면 우리 도시에서만 유별나게 볼 수 있는 모습이 아니라 우리 시대 사람들은 누구나 다 그런 식이라고 말할 것이다. 아마도 오늘날, 사람들이 아침부터 저녁까지 일을 하고 그다음에는 개인 생활로 남은 시간을 카드놀이나 카페에서의 잡담으로 허송하고 있는 모습을 보는 것 이상으로 자연스러운 것은 없을 터이다. 그러나 어떤 도시들이나 어떤 고장들에서는 사람들이 이따금씩 다른 것의 낌새를 느끼기도 한다. 일반적으로 말해서 그것 때문에 삶에 변화가 생기는 것은 아니다. 다만 낌새를 느꼈을 뿐이다. 그것만으로도 득이라면 득이다. 그와 반대로 오랑은 아무리 보아도 낌새가 없는 도시, 즉 완전히 현대적인 도시다. 따라서 우리 고장에서는 사람들이 어떤 방식으로 사랑을 하는지 구태여 설명할 필요가 없다. 남자들과 여자들은 이른바 성행위라고 하는 것 속에 파묻혀서 짧은 시간 동안에 서로를 탕진해 버리거나 아니면 둘만의 기나긴 습관 속에 얽매이는 것이다. 그 두 가지 극단 사이에서 중간이라곤 찾아보기 어렵다. 그것도 역시 독특한 것은 못 된다. 다른 곳에서와 마찬가지로 오랑에서도 시간이 없고 깊이 생각할 여유가 없어서 사람들은 사랑이 무엇인지 알지도 못한 채 사랑할 수밖에 없는 것이다.

 우리 도시에서 보다 더 독특한 점이 있다면 그것은 죽음에 이르러 겪는 어려움이다. 사실 어려움이라는 말은 적절한 표현이 못 된다. 불편함이라고 하는 편이 더 정확할 것이다. 병을 앓는 것이 기분 좋을 적은 결코 없지만 어떤 도시나 고장은 병을 앓는 동안에 의지가 되어서, 거기서는 이를테면 마음을 푹 놓을 수 있는 것이다. 병자란 부드러움을 필요로 하며 무엇엔가 기대기를 좋아한다. 그것은 아주 자연스러운 일이다. 그러나 오랑에서는 지나치게 거센 기후, 거기서 거래하는 사업의 중요성, 순식간에 지나가 버리는 황혼, 쾌락의 특질 등 모든 것이 한결같이 건강한 몸을 요구한다. 이곳에서 병을 앓는 사람은 아주 외롭다. 같은 도시에 살고 있는 모든 사람들이 바로 그 시간에 전화를 붙잡고서, 혹은 카페에 앉아서 어음이니 선하증권이니 할인이니 하는 이야기를 주고받고 있는데, 더위로 불꽃이 튀기는 듯한 수많은 벽들 뒤에서 덫에 걸린 채 다 죽어 가는 사람을 상상해 보라. 비록 현대적인 것이라 할지라도 어떤 메마른 고장에 죽음이 그처럼 들이닥칠 때 그 불편함이 어떠할 것일지는 이해가 갈 것이다.

이상의 몇 가지 암시들만으로도 아마 우리들의 도시에 대한 윤곽을 파악하기에 충분할 줄로 안다. 그렇긴 하지만 과장은 금물이다. 마땅히 강조해 두었어야 할 것은 도시와 일상생활의 평범한 모습이다. 그러나 사람이란 일단 습관을 붙이고 나면 그날그날을 힘들이지 않고 지낼 수 있는 법이다. 우리의 도시가 바로 그런 습관 붙이기를 조장하는 터이고 보면 만사형통이라고 해도 좋겠다. 이런 각도에서 본다면 삶이란 아주 흥미진진한 것은 못 된다. 적어도 우리 고장에서는 무질서라는 것을 모르고 지낸다. 솔직하고 붙임성 있고 활동적인 우리 주민들은 여행자들의 마음속에 늘 지각 있는 사람들이라는 느낌을 남겨 준다. 눈길을 끌 만큼 특이한 것도 없고, '초목도 없고 넋도 없는' 이 도시는 마침내 푸근한 인상을 주기에 이르러, 결국 사람들은 거기서 잠이 들어 버린다. 그러나 이 도시는 완벽하게 선을 그어 놓은 듯한 만에 면해 있고 빛 밝은 언덕들에 둘러싸인 채 헐벗은 고원 한가운데, 비길 데 없는 경치와 접하고 있다는 사실도 덧붙여 지적해 두는 것이 옳으리라. 다만 이 '도시가 그 만을 등지고 있으며, 그래서 바다를 바라볼 수가 없기 때문에 일부러 찾아가야만 바다를 볼 수가 있다는 점은 유감이라고 하겠다'.

이쯤 이야기하고 났으니, 이곳 시민들로서는 그해 봄에 발생한 말썽거리들, 나중에서야 깨닫게 된 일이지만, 실은 이 연대기로 상세히 기록하고자 하는 일련의 중대한 사건들의 첫 신호였던 말썽거리들을 꿈에도 예상하지 못했으리라는 것을 어렵지 않게 납득할 것이다. 이런 사실들이 어떤 사람들에게는 아주 당연하다고 여겨질 것이고 또 어떤 사람들에게는 터무니없다고 여겨질 것이다. 그러나 어쨌든 연대기의 서술자란 그러한 모순들을 참작할 수가 없다. 그의 임무는 다만 그런 일이 실제로 일어났으며 그것이 한 민중 전체의 삶과 관계되는 일이고, 또 그리하여 그가 하는 말이 진실임을 마음속으로 인정해 줄 수 있는 증인들 수천 명이 있다는 사실을 알고 있을 때 '이런 일이 일어났다'고 말하는 것뿐이다.

더군다나, 때가 되면 언제건 그가 누구인지를 알아차릴 기회가 있겠지만, 이 연대기의 서술자는 어떤 우연으로 얼마만큼의 진술 내용들을 수집할 수 있는 입장이 되었고, 또 어떻게 하다 보니 그가 이제 이야기하려고 하는 그 모든 일에 휩쓸려 들긴 했지만, 만약 그렇지 않았더라면 이런 종류의 일에 착수해 보겠다고 할 만한 명분은 찾을 수 없었을 것이다. 바로 그러한 명분으로 그는 역사가로서의 과업을 수행하게 된 것이다. 물론 역사가는 비록 아마추어라 할지라도 항상 자료를 가지고 있는 법이다. 이 이야기의 서술자도 그러므로 자료를 가지고 있다. 즉 우선 자기 자신의 증언과 다음으로는 다른 사람들의 증언 — 왜냐하면 그는 자신이 맡고 있는 직분 때문에 이 연대기에 나오는 모든 인물들이 털어놓는 내막 이야기를 모두 다 수집하게 되었으니까 — 그리고 마지막으로 마침내는 그의 수중에 들어오게 된 서류들이 그것이다. 그는 적절하다고 판단될 때는 그것들을 기록의 토대로 삼아 마음 내키는 대로 이용할 생각이다. 그리고 또 그의 계획으로는……. 그러나 아마도 이제는 주석이나 머리말은 이 정도로 그치고 이야기의 본론으로 들어갈 때인 성싶다. 처음 며칠 동안의 경위는 좀 상세한 설명을 요한다.

4월 16일 아침, 의사 베르나르 리유*는 자기의 진찰실을 나서다가 층계참 한복판에서 죽어 있는 쥐 한 마리를 목격했다. 당장에는 특별한 주의도 하지 않은 채 그 동물을 발로 밀어 치우고 층계를 내려왔다. 그러나 거리에 나서자 쥐가 나올 곳이 아닌데 하는 생각이 들어서 발길을 돌려 수위에게 가서 그 사실을 알렸다. 미셸 영감의 반응을 보자 자기가 발견한 것이 예삿일이 아니라는 것을 더한층 실감했다. 쥐가 죽어 있다는 것이 그에게는 그저 괴이하게 보였을 뿐이지만 수위에게는 빈축을 살 만한 난리였던 것이다. 아닌 게 아니라 수위의 입장은 단호한 것이어서 이 건물 안에는 절대로 쥐가 없다는 것이었다. 이 층 층계참에 한 마리가 있는데 필경 죽은 것 같다고 의사가 분명히 말했지만 아무 소용 없이 미셸 씨의 신념은 조금도 흔들리지

---

* Bernard Rieux. 외래어 표기법에 따르면 '베르나르 리외'가 되어야 옳겠지만, 그 소리의 어색함을 피하기 위해 '리유'로 한다.

않았다. 건물 안에는 쥐가 없으니, 그렇다면 누가 밖에서 그 쥐를 가져왔을 것이다. 요컨대 이건 누군가의 장난이라는 것이었다.

바로 같은 날 저녁, 베르나르 리유는 건물 복도에 서서 자기 집으로 올라가려고 열쇠를 찾다가, 복도의 어둠침침한 저 안쪽에서 털이 젖은 큰 쥐 한 마리가 불안정한 걸음으로 불쑥 나타나는 것을 보았다. 그 짐승은 멈춰 서서 몸의 균형을 잡는 듯하더니 의사를 향해 달려오다가 또다시 멈추어 섰고 작게 소리를 내지르며 제자리에서 한 바퀴 돌다가 마침내는 빠끔히 벌린 주둥이에서 피를 토하면서 쓰러져 버렸다. 의사는 한동안 그 광경을 바라보다가 자기 집으로 올라갔다.

그가 생각하는 것은 쥐가 아니었다. 쥐가 피를 토하고 죽었다는 것이 아무래도 마음에 걸렸던 것이다. 일 년째 병석에 누워 있는 그의 아내는 이튿날 어느 산중에 있는 요양소로 떠나기로 되어 있었다. 아내는 그가 시킨 대로 침실에 누워 있었다. 거처를 옮기는 데 따르게 될 피로에 그런 식으로 대비하고 있었던 것이다. 아내는 미소를 지어 보였다.

"기분이 아주 좋아요." 하고 그녀는 말했다.

의사는 침대 머리맡의 불빛을 받으며 그에게로 돌리고 있는 아내의 얼굴을 바라보았다. 나이 서른에다가 병색이 뚜렷했지만 그 얼굴이 그래도 리유에게는 항상 청춘 시절의 얼굴로만 보였다. 아마도 다른 모든 생각들을 말끔히 씻어 주는 듯한 그 미소 때문인 것 같았다.

"가급적 자도록 해요." 하고 그가 말했다. "간호사가 11시에 올 테니 그때 12시 기차를 타도록 데려다 주리다."

그는 약간 땀이 난 이마에 입을 맞췄다. 아내의 미소가 방문까지 그를 배웅했다.

그 이튿날인 4월 17일 8시에 수위는 지나가는 의사를 붙들고 어떤 짓궂은 장난꾼들이 죽은 쥐 세 마리를 복도 한복판에 갖다 놓았다고 푸념을 했다. 쥐들이 피투성이인 것을 보면 필경 커다란 쥐덫으로 잡은 것 같다는 것이었다. 수위는 쥐들의 다리를 그러쥔 채 한동안 문턱에 서서, 범인들이 혹시나 비웃듯이 낄낄대면서 나타나지나 않을까 하고 기다리고 있었다.

"아! 나쁜 놈들, 놈들을 기어코 잡고 말겠어." 하고 미셸 씨가 말했다.

불안한 기분으로 리유는 그의 환자들 중에서 제일 가난한 사람들이 사는 변두리 지역부터 회진을 시작하기로 했다. 그 지역에서는 훨씬 늦게야 쓰레기를 거둬 가는 까닭에, 똑바르고 먼지가 잔뜩 뒤덮인 그 동네의 길을 따라 자동차를 달리다 보면 포장도로 가에 내놓은 쓰레기통들을 스치며 지나치게 된다. 그렇게 지나가던 어떤 골목에서 의사는 채소 쓰레기와 더러운 걸레 조각들 위에 팽개쳐진 쥐를 십여 마리나 보았다.

그가 제일 먼저 찾아간 환자는 거리에 면한, 침실 겸 식당으로 쓰이는 방의 침대에 누워 있었다. 얼굴이 깡마르고 움푹 팬 늙은 스페인 사람이었다. 그는 자기 앞 이불 위에 완두콩이 가득 담긴 냄비 두 개를 놓아두고 있었다. 의사가 들어가자 일어나 침대에 앉아 있던 환자는 몸을 뒤로 눕히면서 늙은 해수병자 특유의 고르지 못한 숨을 몰아쉬어 댔다. 그의 아내가 세숫대야를 가지고 왔다.

"한데, 선생님." 하고 주사를 놓는 동안에 그가 말했다. "그놈들이 나오는데, 보셨지요?"

"정말이에요." 그의 아내가 말했다. "옆집에서는 세 마리나 쓸어 냈대요."

노인은 손을 비비며 말했다.

"막 나온다고요. 쓰레기통마다 안 보이는 데가 없는걸요. 배가 고픈 거예요."

그 후 리유는 온 동네가 쥐 이야기를 하고 있다는 것을 쉽게 확인할 수 있었다. 회진을 마치고 그는 집으로 돌아왔다.

"선생님께 전보가 왔기에 갖다 놓았습니다." 하고 미셸 씨가 말했다.

의사는 그에게 혹시 또 쥐를 보았느냐고 물었다.

"아! 천만에요." 하고 수위가 말했다. "제가 지키고 있단 말씀이에요. 그래서 그 나쁜 놈들이 감히 가져오질 못하는 겁니다."

전보는 그 이튿날 그의 어머니가 오신다는 전갈이었다. 며느리가 병으로 집을 비우는 동안에 아들의 집안일을 돌보러 오시는 것이었다. 의사가 집 안으로 들어갔을 때 간호사는 이미 와 있었다. 리유는 아내가 자리에서 일어나 정장을 하고 화장까지 한 채 있는 것을 보았다. 그는 아내에게 미소를 지었다.

"좋아요." 하고 그가 말했다. "아주 좋아요."

잠시 후 역에 도착한 그는 아내를 침대차에 데려다 앉혀 주었다. 그녀는 찻간을 돌아보았다.

"우리 형편에는 너무 비싼 좌석이잖아요?"

"필요한 건 해야지." 하고 리유가 말했다.

"그 쥐 이야기는 대체 뭐예요?"

"나도 모르겠어. 해괴한 일이지만 지나가겠지, 뭐."

그리고 그는 빠른 어조로 용서를 빌면서 아내를 좀 더 잘 돌봐 주었어야 하는 건데 너무 소홀히 했다고 말했다. 아내는 그만 입을 다물라는 듯이 고개를 저었다. 그러나 리유는 이렇게 덧붙여 말했다.

"당신이 돌아올 때는 모든 일이 다 좋아질 거요. 그때 새 출발을 합시다."

"그래요." 하고 눈을 반짝이며 그녀가 말했다. "새 출발 하기로 해요."

잠시 후 그녀는 남편에게 등을 돌리고 유리창 밖을 내다보았다. 플랫폼에서는 사람들이 서둘러 오가며 서로 부딪치고 야단들이었다. 기관차가 증기를 내뿜는 소리가 그들에게까지 들려왔다. 리유는 아내의 이름을 불렀다. 돌아보는 아내의 얼굴이 눈물에 젖어 있었다.

"이러지 마요." 하고 그가 부드럽게 말했다.

눈물 젖은 두 눈에 다소 경련하는 듯한 미소가 되살아났다. 아내는 심호흡을 했다.

"이제 가 보세요. 모든 일이 잘될 거예요."

그는 아내를 꼭 껴안아 주었다. 이제 플랫폼으로 내려온 그에게는 유리창 너머 그녀의 미소밖에는 보이는 것이 없었다.

"제발 몸조심하도록 해요." 하고 그가 말했다.

그러나 아내에게는 그의 말이 들리지 않았다.

리유는 출구 근처의 플랫폼에서 어린 아들의 손을 잡고 있는 예심판사 오통 씨와 마주쳤다. 의사는 그에게 여행을 가느냐고 물었다. 키가 크고 머리가 검은 오통 씨는, 반은 옛날에 흔히 사교계 인사라고 부르곤 했던 인물의 인상이었고 반은 장의사 일꾼 같은 인상이었는데, 친근한 목소리로, 그러나 짤막하게 대답했다.

"시댁에 인사차 갔다 오는 오통 부인을 기다립니다."

기관차가 뺙 하고 기적을 울렸다.

"쥐들이……." 하고 판사가 말했다.

리유는 기차 쪽으로 발을 옮겼다가 다시 출구 쪽으로 돌아섰다.

"네." 하고 그가 말했다. "별거 아녜요."

그 순간 그가 유심히 보아 둔 것은, 오로지 죽은 쥐들로 가득 찬 상자 하나를 겨드랑이에 낀 역부가 지나간다는 사실뿐이었다.

바로 그날 오후 진찰이 시작될 무렵에 어떤 사람이 하

나 찾아왔다. 리유는 신문기자인 그가 이미 아침에 한 번 다녀갔다고 들은 바 있었다. 그의 이름은 레몽 랑베르라고 했다. 키가 작달막하고 어깨가 딱 벌어지고 결단성이 있어 보이는 얼굴에 눈이 맑고 총명해 보이는 랑베르는 활동적인 옷차림이었는데 살아가는 태도에 있어서 자유분방한 인물 같았다. 그는 대뜸 본론으로 들어갔다. 그는 파리에 있는 어떤 큰 신문사에 근무하는 기자로서 아랍인들의 생활 조건을 취재하는 중인데, 그네들의 보건 상태에 대해 기삿거리를 얻고자 한다는 것이었다. 리유는 보건 상태가 좋지 못하다고 대답했다. 그러나 더 깊이 들어가기 전에 그는 그 신문기자가 과연 진실대로 말할 수 있는 입장인지를 알고 싶다고 말했다.

"물론입니다." 하고 상대는 말했다.

"내 말은, 철저하게 고발할 수 있느냐는 말입니다."

"철저하게는 못 한다고 해야 옳겠지요. 그렇지만 그런 식의 고발은 근거가 없을 것 같은데요."

부드러운 어조로 리유는 사실 그러한 고발이란 근거가 없는 것이겠지만 그런 질문을 통해 랑베르의 증언이 과연 에누리 없는 것이 될 수 있느냐 아니냐를 알고자 했을 뿐이라고 말했다.

"나는 에누리 없는 증언 이외에는 용납하지 않습니다. 따라서 내가 당신의 증언을 위해서 기삿거리를 제공할 수는 없다는 말입니다."

"그야말로 생쥐스트식 발언이군요." 하고 신문기자는 미소를 지으며 말했다.

리유는 언성을 높이지 않은 채, 자기로서는 그런 것에 대해서는 전혀 아는 바 없으나, 그것은 자신이 몸담아 살고 있는 세상에 대해 지쳐 버렸으면서도 동류에 대한 관심은 여전히 있으며, 또 자기 딴에는 불의와의 타협을 거부하기로 결심한 한 인간의 발언이라고 말했다. 랑베르는 목을 움츠리며 의사를 물끄러미 바라보았다.

"무슨 말씀인지 알 것 같습니다." 하고 마침내 자리에서 일어서며 그가 말했다.

의사는 그를 문까지 바래다주면서 말했다.

"그렇게 생각해 주시니 감사합니다."

랑베르는 약이 오른 것 같았다.

"네." 하고 그가 말했다. "알겠습니다. 폐를 끼쳐서 죄송합니다."

의사는 그와 악수를 하고 나서 지금 이 도시에서 발견되고 있는 수많은 죽은 쥐들에 대해서 취재해 보면 흥미 있는 르포를 만들 수 있을 것이라고 말했다.

"아, 그래요!" 하고 랑베르가 소리치듯 말했다. "그거 재미있군요."

오후 5시에 새로운 왕진을 시작하려고 밖으로 나서다가 의사는 계단에서 육중한 체격에 얼굴이 큼직하면서도 홀쭉하고 눈썹이 짙은, 아직은 젊은 축인 한 젊은이와 마주쳤다. 그는 그 남자를 가끔 건물의 맨 꼭대기 층에 살고 있는 스페인 무용가들의 집에서 만난 적이 있었다. 장 타루는 열심히 담배를 빨아대면서 층계 위의 자기 발 앞에서 뻗어 가고 있는 쥐 한 마리의 마지막 경련을 들여다보고 있었다. 그는 회색 눈을 들어 침착하지만 다소 뜻이 담긴 시선으로 의사를 바라보더니, 인사를 건네면서 쥐들이 이런 식으로 출현하는 것은 기묘한 일이라고 말했다.

"그렇죠." 하고 리유가 말했다. "하지만 끝내 성가신 일이 되고 말 겁니다."

"어떤 의미에서는요, 선생님. 오직 어떤 의미에서만 그렇다 이겁니다. 우리가 전에는 이런 일을 한 번도 본 적이 없다는 것뿐이죠. 그렇지만 나는 흥미 있는 일이라고 봅니다. 그럼요, 단연 흥미 있는 일이지요."

타루는 손으로 머리를 쓰다듬어 뒤로 넘기면서 이제는 꼼짝도 않고 있는 쥐를 다시 한 번 바라보다가 이윽고 리유에게 미소를 지어 보였다.

"하지만 선생님, 이런 건 요컨대 수위가 걱정할 일이지요."

바로 그때 의사는 집 앞 대문 옆 벽에 등을 기댄 채, 평소에는 늘 벌겋게 상기되어 있던 그 얼굴에 피로의 기색을 감추지 못하고 있는 수위를 발견했다.

"네, 압니다." 쥐가 또 나타났다고 알려 주자 그는 리유에게 말했다. "이젠 아주 두세 마리씩이나 나타나는군요. 하지만 다른 집들도 마찬가지예요."

그는 낙담한 듯이 보였고 근심이 가득해 보였다. 그는 기계적인 동작으로 목덜미를 쓰다듬었다. 리유는 그에게 몸은 괜찮으냐고 물었다. 수위는 물론 몸이 좋지 않다고 말할 수는 없지만 어딘지 개운치가 못하다고 했다. 자기 생각으로는 정신적으로 괴로운 것 같다고 했다. 그 쥐라는 놈들이 그에게 타격을 주었는데 그놈들만 없어지면 모든 것이 훨씬 나아질 것이었다.

그러나 이튿날인 4월 18일 아침에 역에 가서 그의 어머니를 모시고 온 의사는 미셸 씨의 얼굴이 좀 더 팬 것을 보았다. 지하실에서 다락방에 이르기까지 계단에 쥐들이 여남은 마리나 널브러져 있었던 것이다. 이웃집들의 쓰레기통은 온통 쥐들로 가득 차 있었다. 의사의 모친은 그 소식을 듣고도 놀라지 않았다.

"그럴 수도 있는 일이지."

그녀는 눈이 까맣고 부드러운 은발의 키 작은 부인이었다.

"너를 보니 반갑구나, 베르나르." 하고 그녀는 말했다. "쥐가 몇 마리 나왔기로서니 대수로운 일이겠느냐."

아들도 동감이었다. 사실 어머니만 있으면 무슨 일이건 다 수월하게 여겨지는 것이었다.

그래도 리유는 시청의 쥐잡이 담당과에 전화를 걸었다. 그 과장을 그는 알고 있었다. 수많은 쥐들이 떼를 지어 밖으로 나와서 죽는다는 이야기를 들었는지? 메르시에 과장은 그런 이야기를 듣기도 했지만, 부둣가에서 그리 멀지 않은 곳에 있는 자기네 사무실에서만도 쉰여 마리나 발견됐다는 것이었다. 그러면서도 그는 그 일이 심각한 것인지 아닌지 의문이라고 했다. 리유는 자기도 그 점은 단정을 내릴 수 없지만 쥐잡이 담당과에서 나서야 할 문제 같다고 말했다.

"그럼." 하고 메르시에가 말했다. "지시가 있어야겠지. 만약 자네 생각에 정말 그럴 필요가 있다고 한다면 지시가 내려지도록 노력할 수도 있지……."

"그럴 필요야 당연히 있지." 하고 리유는 말했다.

그의 가정부가 와서 말하기를, 자기 남편이 일하는 큰 공장에서는 죽은 쥐를 수백 마리나 쓸어 냈다는 것이었다.

어쨌든 우리 시의 시민들이 불안감을 느끼기 시작한 것은 대충 그 무렵부터였다. 과연 18일부터 공장들과 창고들이 수백 마리씩 되는 쥐의 사체들을 게워 냈으니 말이다. 어떤 경우에는, 죽음의 고통이 너무 오래 계속되었기 때문에 아예 놈들의 명을 끊어 주지 않으면 안 될 때도 있었다. 그러나 도시의 외곽 지대에서부터 시내 중심지에 이르기까지 리유가 지나가는 곳이면 어디나, 특히 우리 시민들이 모여 있는 곳이면 어디나, 쥐들이 쓰레기통 속에 쌓인 채, 아니면 도랑 속에 길게 열을 지은 채 기다리고 있는 판이었다. 석간신문은 그날부터 이 사건을 도맡아서, 과연 시 당국은 행동을 개시할 용의가 있는가 없는가, 또 구역질 나는 쥐 떼들의 침해로부터 시민들의 안전을 보장하기 위해 어떤 긴급 대책을 세우고 있는가를 추궁했다. 시 당국은 아무런 제안도 마련한 것이 없었고 전혀 아무런 대책도 세운 것이 없었지만, 우선은 문제를 토의하기 위한 회의를 열기로 했다. 매일 아침 새벽에 죽은 쥐들을 수거하라는 지시가 쥐잡이 담당과에 내려왔다. 쥐들을 한데 다 수거해 놓으면 담당과의 차 두 대가 와서 그것들을 화장장으로 운반해다가 태워 버리기로 되어 있었다.

그러나 그 후 며칠이 지나자 사태는 점점 더 심각해졌다. 죽은 쥐들의 수는 날로 늘어만 갔고 그 수집의 양은 매일 아침 더욱 많아졌다. 나흘째 되는 날부터 쥐들은 떼를 지어서 거리에 나와 죽었다. 집 안의 구석진 곳으로부터, 지하실로부터, 지하 창고로부터, 수챗구멍으로부터 쥐들은 떼를 지어 비틀거리면서 기어 나와 햇빛을 보면 어지러운지 휘청거리고, 제자리에서 맴을 돌다가 사람들 곁에 와서 죽어 버렸다. 밤이면 복도나 골목길에서 그놈들이 찍찍거리는 최후의 작은 소리가 역력하게 들려오곤 했다. 아침에 변두리 지역에서는 뾰족한 주둥이에 작은 꽃 같은 선혈을 묻힌 채, 어떤 놈은 퉁퉁 부어서 썩어 가고 또 어떤 놈은 빳빳이 굳은 몸에 아직도 수염만은 꼿꼿이 세워 가지고 그냥 개천 바닥에 즐비하게 나자빠져 있는 모습을 볼 수 있었다. 시내에서조차도 층계참이나 안마당에 무더기무더기로 사람 눈에 띄는 것이었다. 그것들은 또 행정 관서의 홀에서, 학교의 체육관에서, 때로는 카페의 테라스에서 한 마리씩 따로따로 죽어 있기도 했다. 시민들은 시내의 가장 왕래가 많은 장소에서 그것들이 나타나는 것을 보고는 질색을 하곤 했다. 아름 광장, 간선도로, 프롱드 메르 산책로 같은 곳도 점점 그것들로 더러워졌다. 새벽이면 죽은 쥐들을 말끔히 치워 없애건만 낮 동안 시가지에서는 그것들의 수가 차츰차츰 늘어났다. 밤에 보도 위를 산책하던 사람이, 죽은 지 얼마 되지도 않은 사체의 그 물컹한 덩어리를 밟는 일도 심심치 않게 일어났다. 마치 그 광경은 우리의 집들이 자리 잡고 서 있는 땅 자체가 그 속에 고여 있던 고름을 짜내고 지금까지 안으로 곪고 있던 응어리와 악혈을 표면으로 내뿜고 있는 것만 같았다. 마치 건강한 사람의 짙은 피가 돌연 역류하기 시작하는 것처럼, 여태껏 그렇게도 고요하기만 했다가 불과 며칠 사이에 발칵 뒤집혀 버린 이 자그마한 도시의 아연실색이 어느 정도일 것인가를 상상만이라도 해 보라!

사태가 어디까지 갔는가 하면, 랑스도크 통신은 무료로 제공되는 라디오방송을 통해 25일 단 하루 동안에 쥐 6231마리가 수거, 소각되었다고 알릴 정도였다. 이 도시에서 매일같이 눈으로 보고 있는 광경의 분명한 의미가 무엇인지를 말해 주는 그 숫자는 마음속의 혼란을 더욱 가중했다. 지금까지만 해도 사람들은 그저 좀 불쾌한 사건이라고 투덜거리는 정도였다. 그런데 이제는 아직 그 전모를 분명히 헤아릴 수도 없고 그 원인도 규명할 수 없는 형편인 그 현상에 어딘가 무시무시한 구석이 있어 보였다. 오직 천식 환자인 스페인 영감만은 여전히 양손을 비비면서 "나온다, 나와." 하고 늙은이 특유의 유쾌한 어조로 되풀이해 말하고 있었다.

그러나 4월 28일에 랑스도크 통신이 약 8000마리의 쥐를 수거했다는 뉴스를 발표하자 도시의 불안은 그 절정에 달했다. 사람들은 근본적인 대책을 세우라고 요구했고 바닷가에 집을 가진 일부 사람들은 벌써부터 그리로 피난 갈 생각을 하고 있었다. 그러나 그 이튿날 통신사는, 그 현상이 돌연 멎었고 쥐잡이 담당과에서 수거한 죽은 쥐의 수는 무시해도 좋을 정도로 감소했다고 보도했다. 시민들은 안도의 한숨을 내쉬었다.

그런데 바로 그날 정오에 의사 리유가 자기 집 건물 앞에서 차를 세우는데, 길 저쪽 끝에서 수위가 고개를 푹 숙인 채 팔다리를 뻗쳐 벌리고 허수아비처럼 어색한 자세로 힘겨워하며 걸어오는 것이 보였다. 그 노인은 의사도 알고 있는 어떤 신부의 팔을 붙들고 걸어왔다. 파늘루 신부였다. 리유도 전에 가끔 만난 적 있는 박식하고 열렬한 예수회 신부로, 종교 문제에 대해 무관심한 사람들 사이에서까지도 대단한 존경을 받고 있는 인물이었다. 그는 두 사람을 기다렸다. 미셸 영감의 눈이 번뜩거렸고 숨소리가 거칠었다. 도무지 몸이 가뿐하지가 않아서 바람을 쐬러 나왔다는 것이었다. 그러나 목과 겨드랑이와 사타구니에 통증이 어찌나 심한지 하는 수 없이 돌아오다가 파늘루 신부에게 도움을 청하지 않을 수 없었다고 했다.

"종기가 났나 봐요." 하고 그는 말했다. "과로했던 모양이에요."

자동차의 창문 밖으로 팔을 내밀어 리유는 이쪽으로 뻗친 미셸 영감의 목 밑을 손가락으로 더듬거려 보았다. 일종의 나무옹이 같은 것이 거기에 맺혀 있었다.

"가서 누우십시오. 그리고 체온을 재 보세요. 오후에 가서 봐 드릴 테니."

수위가 가고 나자 리유는 파늘루 신부에게 쥐 사건을 어떻게 생각하느냐고 물었다.

"오!" 신부가 말했다. "아마 유행병일 겁니다." 그렇게 말하며 그는 둥근 안경 너머로 눈웃음을 쳐 보였다.

리유가 점심을 먹고 나서, 아내가 잘 도착했다는 요양소의 전보를 다시 읽고 있으려니까 전화벨 소리가 들렸다. 그의 옛 환자들 중 한 사람인 시청 서기에게서 온 전화였다. 오랫동안 대동맥 협착증으로 고생한 사람인데 가난하기 때문에 리유가 무료로 그를 치료해 준 적이 있었다.

"네." 하고 그가 말했다. "저를 기억하시는군요. 그런데 이번엔 딴 사람 때문에 전화드렸어요. 빨리 좀 와 주십시오. 이웃집 사람에게 일이 생겼습니다."

숨 가쁜 목소리였다. 리유는 수위 생각이 났으나 나중에 보기로 마음먹었다. 몇 분 후, 그는 변두리 지역에 있는 페데르브 거리의 나지막한 집으로 들어섰다. 선선하고 악취가 풍기는 계단 중턱에서 그는 마중하러 내려온 서기 조제프 그랑을 만났다. 오십 대 남자로 노랑 콧수염을 길고 동그랗게 길렀고 어깨가 좁으며 팔다리가 가느다란 사람이었다.

"이제 좀 나아졌어요." 하고 그는 리유에게 다가오며 말했다. "그렇지만 아까는 그 사람이 꼭 죽는 줄만 알았습니다."

그는 자꾸만 코를 풀곤 했다. 마지막 층인 삼 층 왼편

문 앞에 이르자 리유는 거기에 붉은색 분필로 쓴 글씨를 볼 수 있었다. '들어오시오. 나는 목매달았소.'

그들은 안으로 들어갔다. 테이블을 한구석에 치워 놓고, 방 한가운데 뒤집힌 의자 위로 천장에서부터 밧줄이 늘어뜨려져 있었다. 그러나 밧줄에는 아무것도 매달려 있지 않았다.

"때마침 제가 와서 끌러 주었지요." 하고 가장 간단한 표현들만을 쓰면서도 언제나 적당한 말을 찾고 있는 것 같은 그랑이 말했다. "마침 저도 외출을 하려는 참이었어요. 그때 소리가 들렸어요. 문에 써 놓은 글씨를 보았을 때는 뭐랄까요, 장난으로 그랬거니 했어요. 그런데 저 사람이 이상한, 아니 심지어 음산하다고도 할 수 있는 신음 소리를 내는 거예요."

그는 머리를 긁적거리고 있었다.

"제 생각에는, 그 과정이 고통스러웠을 것 같아요. 물론 저는 안으로 들어갔죠."

그들은 어떤 문을 하나 떠밀어 열고는 밝기는 하지만 살림살이가 초라한 방의 문턱으로 들어섰다. 얼굴이 둥글고 작달막한 한 남자가 구리 침대에 누워 있었다. 그는 숨을 가쁘게 쉬고 있다가 충혈된 눈으로 그들을 바라다보았다. 숨 쉬는 사이사이로 쥐가 우는 소리들이 들리는 것 같았다. 그러나 방구석에는 아무것도 움직이는 것이 없었다. 리유가 침대 쪽으로 갔다. 그 사내는 아주 높은 곳에서 떨어진 것도, 너무 급하게 떨어진 것도 아니었기 때문에 척

추는 성했다. 물론 다소의 질식 증상은 있었다. 엑스레이를 찍을 필요가 있을 것 같았다. 의사는 강심제 주사를 한 대 놓아 주고 나서 며칠 후면 회복될 것이라고 말했다.

"고맙습니다. 선생님." 하고 사내는 숨 막힌 목소리로 말했다. 리유는 그랑에게 경찰서에 신고를 했느냐고 물었다. 그러자 서기는 낭패한 표정으로, "아뇨." 하고 말했다. "오! 아닙니다. 제 생각에 보다 급한 것은……."

"물론이죠." 하고 리유가 말을 막았다. "그럼 내가 신고를 하죠."

그러나 그 순간 환자가 꿈틀하더니 침대 위에서 벌떡 일어나, 자기는 아무렇지도 않으니 그럴 필요가 없다고 항의했다.

"진정하세요." 하고 리유가 말했다. "뭐 대수로운 일도 아녜요. 안심해요. 나로서는 신고를 하지 않으면 안 돼요."

"아이고!" 하고 사내가 소리쳤다.

그러더니 그는 뒤로 벌떡 자빠지면서 훌쩍훌쩍 울어 댔다. 아까부터 콧수염을 만지작거리고 있던 그랑이 그의 곁으로 다가왔다.

"이봐요, 코타르 씨." 하고 그는 말했다. "생각을 좀 해 보세요. 의사에게는 책임이 있다고 볼 수가 있어요. 가령 말이에요, 당신이 혹시나 또 그런 짓을 할 마음을 먹는 경우……."

그러나 코타르는 눈물 어린 목소리로 다시는 그런 짓을 안 할 터이고 그건 다만 순간적으로 정신이 나가서 그랬던 것이고, 자기로서는 그저 가만 놔두어 주기만 바랄 뿐이라고 말했다. 리유는 처방전을 썼다.

"알았습니다." 하고 그가 말했다. "그 일은 그냥 그대로 두기로 합시다. 이삼일 후에 다시 오지요. 그러나 실없는 짓은 하지 마시오." 층계참에서 그는 그랑에게, 자기로서는 신고를 하지 않을 수 없는 입장이지만 형사에게 조사는 이틀 후에나 해 달라고 부탁할 생각이라고 말했다.

"오늘 밤에는 저 사람을 좀 지켜야겠는데, 가족은 있나요?"

"가족은 모르겠는데요. 하지만 저라도 지킬 수 있습니다."

그는 머리를 저었다.

"저는 사실 저 사람과 잘 아는 사이라고는 할 수 없습니다. 하지만 서로 돕고 살아야지요."

복도에서 리유는 기계적으로 구석진 곳들에 시선을 던지면서 그랑에게 그 동네에서는 쥐들이 완전히 없어졌느냐고 물었다. 시청 서기는 전혀 아는 바 없다고 했다. 그런 이야기를 듣기는 했지만 그는 동네 소문에는 별로 관심이 없다는 것이었다.

"저는 마음 쏟는 데가 따로 있어서요." 하고 그가 말했다.

리유는 벌써 그랑과 악수를 하고 있었다. 아내에게 편지를 쓰기 전에 수위를 보아 줄 일이 급했던 것이다.

석간신문을 파는 가두판매원들이 쥐들의 침해는 완전히 끝났다고 외치고 있었다. 그러나 리유는 환자가 상반신을 침대 밖으로 내민 채, 한 손은 배에 또 한 손은 목덜미에 대고 대단히 힘을 쓰면서 불그스름한 담즙을 오물통에

다 게우고 있는 것을 보았다. 오랫동안 애를 쓴 끝에 거의 숨이 막힐 지경이 되어서 수위는 다시 자리에 누웠다. 체온이 삼십구 도 오 부였고 목의 멍울과 사지가 부어올랐으며 옆구리에 거무스름한 반점 두 개가 번져 나오고 있었다. 이제 그는 배 속이 아프다면서 끙끙거리는 것이었다.

"막 쑤셔요." 하고 그는 말했다. "이 망할 놈의 것이 마구 쑤셔 댄다고요."

악취가 풍겨 대는 입에서는 말이 잘 나오지 않았다. 그는 골치가 아파서 눈물이 글썽글썽해진 채 툭 불거져 나온 두 눈을 의사에게로 돌렸다. 수위의 아내가 아무 말도 않는 리유를 불안한 듯 보고 있었다.

"선생님, 대체 뭘까요?" 하고 그 여자가 물었다.

"여러 가지로 볼 수 있지요. 그러나 아직 확실히 알 수 있는 것은 아무것도 없습니다. 오늘 저녁까지는 굶기고 정혈제를 쓰도록 하지요. 물을 많이 마셔야 합니다."

마침 수위는 갈증이 나서 견딜 수 없는 지경이었다.

집으로 돌아오자 리유는 시내에서 가장 유력한 의사 중 한 사람인 리샤르에게 전화를 걸었다.

"아뇨." 하고 리샤르는 말했다. "특별하다 싶은 경우는 전혀 보지 못했는데요."

"국부적인 염증을 동반한 열 같은 것도 없었나요?"

"아! 그러고 보니 염증이 아주 심한 멍울이 생긴 환자가 둘 있더군요."

"비정상이다 싶을 만큼요?"

"에 또, 정상이다 아니다 하는 문제란……." 하고 리샤르가 말했다.

하여간 그날 저녁 수위는 헛소리를 해 댔고 열이 사십 도나 오르는 가운데 쥐를 원망하고 있었다. 리유는 고정 농양 치료를 시도해 보았다. 테레빈이 들어가자 살이 타는 듯한 통증 때문에 수위는 고함을 질렀다. "아! 이 망할 것들 때문에!"

멍울은 전보다 더 크게 부어 있었고 손으로 만져 보니 딱딱했고 목질이 박혀 있었다. 수위의 마누라는 걱정이 되어 넋을 잃고 있었다.

"밤새 잘 지켜보세요." 하고 마누라에게 의사가 말했다. "그리고 무슨 일이 있거든 나를 부르시오."

그 이튿날인 4월 30일에는 벌써 훈훈한 미풍이 푸르고 눅눅한 하늘에 불고 있었다. 거기에 실려 가장 먼 교외 쪽에서 꽃향기가 풍겨 왔다. 거리에서 들려오는 아침의 소음은 여느 때보다도 더 활기차고 유쾌하게 느껴졌다. 일주일 동안 겪었던 그 막연한 걱정에서 벗어나 홀가분해진 이 조그만 도시에서 그날이야말로 새로운 날이었다. 리유 자신도 아내의 편지를 받고 안심이 되어 아주 경쾌한 마음으로 수위의 방으로 내려갔다. 그런데 과연 아침이 되자 열은 삼십팔 도로 떨어져 있었다. 쇠약해진 환자가 침대에 누운 채 미소를 지었다.

"좀 나은 것 같아요. 그렇죠, 선생님?" 하고 수위의 마누라가 말했다.

"더 두고 봅시다."

그러나 정오가 되자 열은 대번에 사십 도로 올라갔고 환자는 끊임없이 헛소리를 해 댔고 다시 구토가 시작되었다. 목의 멍울은 건드리기만 해도 아파서 수위는 될 수 있는 대로 목을 몸에서 멀리 두고 싶어 하는 듯했다. 마누라는 침대 발치에 앉아서, 두 손을 이불 위에 놓고 환자의 두 발을 지그시 누르고 있었다. 그 여자는 리유를 바라다보았다.

"이것 보세요." 하고 리유가 말했다. "환자를 격리해 특수 치료를 해야겠습니다. 내가 병원에 전화를 걸 테니 구급차로 옮기도록 합시다."

두 시간 후 구급차 속에서 의사와 마누라는 환자를 굽어보고 있었다. 갈증이 풀린 환자의 입에서 말이 토막 져서 튀어나오곤 했다. "쥐들!" 하고 그는 내뱉었다. 푸르죽죽해진 입술은 촛농 같았고 눈꺼풀은 무겁게 아래로 처지고 숨은 단속적으로 짧아지고 멍울의 통증 때문에 사지가 찢기는 듯하고, 자기 몸 위로 이불을 끌어 덮고 싶어 하는 듯, 아니면 땅속 저 깊은 곳에서 무엇인가가 그를 끊임없이 불러 대기라도 하는 듯, 수위는 자리 속 깊이 몸을 쪼그리고 그 어떤 보이지 않는 무게에 짓눌려 숨 막혀 하는 것 같았다. 마누라가 울고 있었다.

"이제 그럼 가망이 없는 건가요, 선생님?"

"죽었습니다." 하고 리유가 말했다.

수위의 죽음은 영문 모를 징조들만 난무하던 한 시기에 종지부를 찍고, 초기의 뜻하지 않은 놀라움이 차츰차츰 뚜렷한 낭패감으로 변해 가는, 상대적으로 더 어려운 다른 한 시기의 시작을 점찍어 놓은 것이라고 말할 수 있으리라. 시민들은, 이제부터는 차차 깨닫겠지만, 하필이면 우리의 이 자그마한 도시가 쥐들이 밖으로 기어 나와 죽고 수위가 괴상한 병으로 목숨을 잃는 도시로 특별히 지정될 수 있으리라고는 결코 한 번도 생각해 본 적이 없었다. 그런 점에 있어서 시민들은 요컨대 착오를 일으킨 셈이어서 그들의 생각은 수정되어야 할 것이었다. 만약 모든 일이 거기에 그쳤더라면 아마도 그 일은 습관 속에 묻히고 말았을지도 모른다. 그러나 시민들 중에서 그 밖에도 몇몇 사람들이 그것도 반드시 수위나 가난뱅이가 아닌 사람들이, 미셸 씨가 먼저 밟은 길을 따라가야만 했던 것이다. 공포가, 그리고 공포와 함께 반성이 시작된 것은 바로 그때부터였다.

그러나 이 새로운 사건들의 자세한 내용을 이야기하기

전에 서술자는 지금까지 설명한 시기에 대해 또 다른 한 사람의 증인이 생각하는 견해를 소개하는 것이 도움이 되리라고 믿는다. 이 이야기의 서두에서 이미 만난 적이 있는 장 타루는 몇 주일 전부터 오랑에 와서 자리를 잡고 그때 이후 시내 중심가에 있는 한 호텔에서 살고 있었다. 보아하니 그는 자기 수입으로 살기에 꽤 넉넉한 형편인 것 같았다. 그러나 그의 얼굴은 오랑 시에서 점차로 익숙해지고 있었지만 그가 어디서 온 사람인지, 왜 그곳으로 온 것인지를 아는 사람은 아무도 없었다. 그는 모든 공공장소에 얼굴을 드러냈다. 봄이 되면서부터 바닷가에서, 자주, 그것도 상당히 즐기는 빛이 역력한 채로 수영을 하는 그의 모습을 볼 수 있었다. 호인이고 항상 웃는 낯인 그는 정상적인 쾌락이면 무엇이고 다 좋아하는 듯했지만 그런 것의 노예가 되지는 않았다. 사실 사람들이 알고 있는 그의 유일한 습관이라고는, 우리 도시에 있는 수많은 스페인 무용사와 악사 들 집에 열심히 드나들고 있다는 것뿐이었다.

하여간, 그가 수첩에 적고 있는 기록들 역시 그 견디기 어려운 시기에 대한 일종의 연대기를 구성하고 있었다. 그러나 그것은 별 의미도 없는 자질구레한 일들에만 관심을 두기로 작정한 듯한 아주 유별난 연대기라고 할 수 있겠다. 언뜻 보기에는 타루가 사람이나 사물을 어느 정도 초연한 시선으로 바라보려고 애쓴다는 느낌을 받을 수도 있을 것이었다. 그 전반적인 혼란 속에서 요컨대 그는 아무 이야깃거리도 되지 못하는 것에 대해 기록하는 역사가가 되려고 고심하고 있었던 것이다. 아마도 우리는 그와 같은 고의적인 태도를 개탄스럽게 여기고 그것이 혹시나 메말라 버린 그의 마음의 발로가 아닐까 하는 의혹을 품을 수도 있으리라. 그러나 뭐니 뭐니 해도 그 수첩들이 그 시기에 대한 연대기를 구성하는 데 있어서 나름대로 중요성을 지닌 수많은 부차적 디테일들을 제공할 수 있다는 것은 말할 나위도 없으려니와, 그 디테일들은 그것이 지닌 기묘한 면 때문에 이 흥미로운 인물에 대해 성급한 판단을 내리지 못하도록 만들 것이다.

장 타루가 적은 초기 기록들은 그가 오랑에 도착한 날부터 시작되었다. 그 기록들을 보면 그가 초장부터 그렇게도 못생긴 도시에 와서 지내게 된 것을 이상하게도 매우 만족스럽게 여기고 있음을 알 수 있다. 거기서 우리는 시청에 장식으로 만들어 놓은 청동 사자상 두 마리에 대한 자세한 묘사, 시내에 나무 한 그루 없다는 점이라든가 볼품없는 집들이라든가 이치에 맞지 않는 도시의 짜임새 따위에 대한 호의적인 평가를 읽을 수 있다. 타루는 또한 전차 칸이나 거리에서 얻어들은 사람들의 대화 내용도 거기에 섞어서 적어 넣고 있지만 그것에 대해서 자신의 주석은 붙이지 않았다. 다만 나중에 캉이라는 사람과 관련된 대화 내용에 대해서만은 예외적으로 주석을 달아 놓았다. 타루는 전차 승무원 두 사람이 서로 주고받는 이야기를 듣게 되었다.

"자네도 캉을 잘 알지, 왜." 하고 그중 하나가 말했다.

"캉? 키가 크고 검은 수염이 난 사람 말인가?"

"맞았어. 전철(轉轍) 담당이었지."

"그래, 생각나."

"그런데 그 사람이 죽었어."

"저런! 언제 그랬어?"

"쥐 소동이 난 다음이지."

"허, 거참! 아니 어쩌다가?"

"몰라, 열병이래. 그런데 그 사람 몸도 튼튼하진 못했어. 겨드랑이에 종기가 났는데, 그만 이기지 못했던 모양이야."

"그래도 보기엔 다른 사람들과 다를 게 없었는데."

"아냐. 그는 폐가 약했지. 그랬는데도 관악대에서 나팔을 불었거든. 줄곧 나팔을 불어 대면 안 좋거든."

"거참!" 나중 사람이 말끝을 맺었다. "아플 때는 나팔을 불면 안 되지."

이런 내용을 기록하고 난 다음 타루는 캉이 왜 가장 명백한 자신의 이해관계를 거슬러 가며 관악대에 들어갔으며 일요일 시가행진을 위해 자신의 생명을 걸도록까지 그를 이끌어 간 깊은 이유가 대체 무엇인가 하는 의문을 던지는 것이었다.

다음으로, 타루는 자기 집 창문과 마주 보고 있는 발코니에서 가끔 벌어지는 어떤 장면에 호의적인 인상을 받은 듯했다. 사실 그의 방은 어떤 작은 뒷골목에 면해 있었는데 거기서는 고양이들이 벽의 그늘을 찾아 낮잠을 자고 있었다. 그러나 매일같이 점심 식사가 끝난 후 도시 전체가 더위 속에서 꾸벅거리며 졸고 있는 시간이면 길 건너편 집 발코니 위에 키가 자그마한 노인이 한 사람 나타나는 것이었다. 흰머리에 빗질을 단정히 한 데다가 군대식으로 재단한 복장을 갖춘, 자세가 꼿꼿하고 성격이 엄격한 그는 냉담하면서도 부드럽게 "나비야, 나비야." 하고 고양이를 불렀다. 고양이들은, 아직 몸은 움직이지 않은 채, 졸음에 겨워 흐리멍덩한 눈을 쳐드는 것이었다. 노인이 고양이들의 머리 위로 거리에 잘게 찢은 종잇조각들을 뿌리면, 고양이들은 비처럼 떨어지는 그 흰 종잇조각 나비들에 이끌려 길 한복판으로 걸어 나와 마지막으로 떨어지는 종잇조각들을 향해 주춤거리는 한쪽 발을 내밀었다. 그때 키 작은 노인은 고양이들 머리 위에다 세차고 정확하게 가래침을 탁 뱉는 것이었다. 그 가래침들 중 하나가 목표물에 맞으면 그는 신이 나서 웃어 댔다.

결국 타루는 그 외관과 활기와 심지어는 쾌락들까지도 영리적 필요에 따라 좌우되고 있는 것 같아 보이는 이 도시의 상업적 성격에 결정적으로 매혹된 모양이었다. 그 특이성(이 말은 그의 수첩 속에서 사용된 표현이다)은 타루에게 찬양의 대상이었고 그의 찬사로 가득 찬 평가들 중 하나는 심지어 '드디어!'라는 감탄사로 끝맺고 있었다. 그것은 당시 그 여행자의 기록이 개인적인 성격을 띠는 듯이 보이는 유일한 대목이다. 다만 그 말이 뜻하는 의미가 무엇인지, 그 말이 얼마만큼 진지한 것인지 판단하기는 어렵다. 호텔의 회계원이 죽은 쥐를 한 마리 발견하고는 계산서를 잘못 적는 오류를 범하게 되었다는 사실을 기록하고 나서 타루는 평소보다 좀 무딘 글씨로 다음과 같이 덧붙여 놓았다. '물음: 시간을 허비하지 않으려면 어떻게 해야 하나? 답: 시간의 길이를 구체적으로 체험할 것. 방법: 치과 병원 대기실에서 불편한 의자에 앉아 여러 나절을 보낼 것. 일요일 오후를 자기 방 앞의 발코니에서 보낼 것. 이해하지 못하는 외국어로 하는 강연을 경청할 것. 가장 길고 가장 불편한 철도의 코스를 골라 가지고 물론 입석으로 여행할 것. 공연장의 매표구 앞에 줄을 서서 기다렸다가 차례가 오면 표를 사지 말 것 등등.' 그러나 이러한 언어 혹은 사색의 일탈에 바로 이어서 수첩은 우리들 도시의 전차, 그것의 조각배 같은 형상, 그 어정쩡한 색깔, 일관된 불결함에 대한 상세한 묘사들로 시작해 아무런 설명도 되지 못하는 '그것은 주목할 만한 일이다'라는 말로 관찰을 끝맺고 있다.

어쨌든, 쥐 사건에 대해 타루가 적어 놓은 것은 다음과 같다.

'오늘은 맞은편 집의 작은 늙은이가 난처해졌다. 고양이가 없어진 것이다. 거리에서 수없이 발견되는 쥐들 때문에 자극을 받았는지 과연 고양이들이 사라져 버렸다. 내가 보기에 고양이들이 죽은 쥐들을 먹는다는 것은 생각도 할 수 없는 일이다. 우리 집 고양이가 그걸 아주 질색하던 기억이 난다. 그러건 말건 고양이들은 필경 지하실에서 쫓아다니고 있을 터이니 키 작은 늙은이는 난처할 수밖에 없다. 노인은 머리에 빗질도 전처럼 하지 못한 채 좀 풀이 죽은 것 같았다. 불안한 기색이 역력했다. 잠시 후에는 안으로 들어가 버렸다. 그러나 일단 허공에다 대고 가래침을 탁 뱉고 나서야 들어갔다.

호텔의 야근 담당자는 믿을 만한 사람인데, 자기는 그 많은 쥐들로 해서 결국은 무슨 흉한 일이 생길 것 같은 예감이 든다고 내게 말했다. "쥐들이 배를 떠나면……." 나는 그에게, 배에서라면 그런 걱정이 들겠지만 도시에서도 마찬가지로 그렇다는 증거는 전혀 없었다고 대답했다. 그러나 그의 믿음은 확고했다. 나는 그에게, 당신 의견으로는 어떤 흉한 일이 생길 것 같으냐고 물었다. 흉한 일이란 미리 알 수 없는 것이므로 자기는 모른다는 것이었다. 그러나 그것이 지진이라 할지라도 뜻밖이라는 생각은 들지 않을 것 같다고 했다. 내가, 하기야 그럴 수도 있는 일이라고 인정을 했더니 그는 내게 그것 때문에 불안하지 않으냐고 물었다.

"내게 관심 있는 것은 꼭 한 가지뿐인데." 하고 내가 그에게 말했다. "그건 바로 마음의 평화를 얻는 일이랍니다."

그는 내 마음을 충분히 알겠다고 했다.

호텔 식당에는 아주 재미있는 한 가족이 있다. 아버지는 검은색 양복에 빳빳한 칼라를 단 깡마른 사람이다. 머리통 한가운데가 벗어지고 좌우에 흰머리가 한 움큼씩 덮여 있다. 작은 두 눈은 동글동글하며 모질고 코는 홀쭉하고 입은 한일자로 다물고 있어서 가정교육이 잘된 올빼미 같은 인상이다. 그는 언제나 앞장서서 식당 문 앞에 나타나서는 옆으로 비켜서면서 까만 생쥐처럼 작달막한 자기 아내를 들여보내고, 그다음에야 똑똑한 개처럼 옷을 입힌 아들과 딸을 꽁무니에 달고 들어간다. 자기네 식탁에 이르면 그는 아내가 자리를 정하고 앉기를 기다렸다가 자기도 앉는다. 그제야 그 두 강아지들도 마침내 자기들의 의자에 올라가 앉을 수가 있는 것이다. 그는 아내와 아이들에게 존댓말을 쓰고 아내에게는 예의 바른 편잔을 던지고 자식들에게는 딱 부러진 말들을 쏘아붙인다.

"니콜, 임자는 극도로 불쾌하게 구시는구먼요!"

그러면 딸아이는 눈물이 글썽글썽해진다. 마땅히 그래야만 한다.

오늘 아침에 어린 아들놈이 쥐 이야기를 듣고 와서 온통 흥분해 있었다. 그래서 아들은 식탁에 앉자 그 이야기를 꺼내고 싶어졌다.

"밥상 앞에서 쥐 이야기를 하는 거 아니에요, 필리프. 앞으로는 절대로 그런 건 입 밖에 내지 않도록 해요."

"아버지 말씀이 옳아요." 하고 까만 생쥐가 말했다.

두 강아지들은 밥그릇에 코를 박았고 올빼미는 별 뜻도 없는 고갯짓으로 감사하다는 시늉을 했다.

이런 모범적인 몸가짐도 없지는 않았지만, 시내에서는 쥐 이야기가 온통 사람들의 입에 오르내렸다. 신문도 거기에 한몫 거들었다. 평소에는 매우 다양한 내용으로 꾸며지는 지방 소식 난이 이제는 시 당국에 대한 공격으로 꽉 차버렸다. "우리 시 당국자들은, 이 쥐 떼의 썩은 사체들이 가져 올 수도 있는 위험을 깨닫고나 있는 것인가?" 호텔 지배인은 이제 딴 이야기는 할 줄 모르게 되었다. 그러나 그것은 속이 상해서 그러는 것이기도 했다. 도대체 점잖은 호텔의 엘리베이터 속에서 쥐가 발견되다니 그에게는 상상도 할 수 없는 일이었던 것이다. 그를 위로하려고, 나는 그에게 "누구나 다 당하는 일인데요." 하고 말했다.

"바로 그 말씀입니다." 하고 그가 대답했다. "우리는 이제 누구나와 마찬가지 꼴이 되었다 이겁니다."

사람들이 염려하기 시작한 그 문제의 돌발적인 첫 사례들을 내게 말해 준 사람이 바로 그 지배인이었다. 자기네 호텔의 하녀 한 사람이 그 열병에 걸렸다는 것이었다.

"그러나 물론 전염성은 아닙니다." 하고 그는 황급히 못을 박았다. 나는 그에게 전염성이건 아니건 내겐 마찬가지라고 말했다.

"아! 알겠습니다. 선생님도 저와 같으시군요. 선생님은 운명론자세요."

나는 그런 말을 한 적이 없었다. 게다가 나는 운명론자가 아니다. 나는 그에게 그렇게 말해 주었다.'

사람들 사이에서 불안의 대상이 되고 있는 그 원인 불명의 열병에 대해서 타루의 수첩이 좀 더 자세하게 이야기를 하기 시작하는 것은 여기서부터다. 쥐들이 자취를 감추면서부터 그 키 작은 늙은이는 고양이들을 다시 보게 되어 끈기 있게 조준하며 가래침 사격을 해 대고 있다는 기록과 함께, 타루는 그 열병에 걸린 환자의 수가 이미 십여 명을 헤아리기 시작했으며 그중 대부분이 치명적이었다고 부기하고 있다.

참고 자료가 될 수도 있으므로, 끝으로 여기에 타루가 묘사한 의사 리유의 모습을 옮겨 적어 두어도 무방할 것이다. 서술자의 판단으로는 상당히 충실한 묘사라고 볼 수 있다.

'서른다섯 살쯤 되어 보인다. 중키, 딱 벌어진 어깨, 거의 직사각형에 가까운 얼굴, 색이 짙고 곧은 두 눈이지만 턱뼈는 불쑥하게 튀어나왔다. 굳센 콧날은 고르다. 아주 짧게 깎은 검은 머리, 입은 활처럼 둥글고, 두꺼운 입술을 거의 언제나 굳게 다물고 있다. 햇볕에 그은 피부, 검은 털, 한결같이 짙은 색이지만 그에게는 잘 어울리는 양복 색 같은 것이 어딘가 시칠리아 농부 같은 인상을 준다.

그는 걸음걸이가 빠르다. 그는 걸음걸이를 바꾸는 법도 없이 보도를 걸어 내려가지만 세 번이면 두 번은 가볍게 껑충 반대편 보도로 올라간다. 자동차를 운전할 때는 방심하기 일쑤여서, 길모퉁이를 회전하고 난 뒤에도 깜빡이를 끄지 않은 채 가고 있다. 늘 모자를 쓰지 않은 맨머리다. 세상사를 훤히 다 꿰뚫어 보고 있는 듯한 표정.'

타루의 숫자는 정확했다. 의사 리유는 그 점에 대해 좀 알고 있었다. 수위의 시체를 격리하고 난 다음, 그는 겨드랑이에 생기는 열병에 관해서 물어보려고 리샤르에게 전화를 걸었다.

"전혀 모를 얘기인데요." 하고 리샤르가 대답했다. "사망자가 둘인데 하나는 마흔여덟 시간 만에, 다른 하나는 사흘 만에 죽었어요. 나중 사람은 어느 날 아침에 보니 꼭 다 나아가는 것만 같아서 가만 놔두었더랬죠."

"또 다른 사례가 생기거든 알려 주세요." 하고 리유가 말했다.

그는 또 다른 몇몇 의사들에게 전화를 걸었다. 이런 식으로 조사해 본 결과 그는 며칠 동안에 유사한 사례가 약 스무 건이 발생했다는 것을 알게 되었다. 거의 전부가 치명적인 경우였다. 그래서 그는 오랑 시 의사회 회장인 리샤르에게 새로운 환자들의 격리를 요구했다.

"하지만 나로서는 어쩔 수가 없어요." 하고 리샤르가 말했다. "도청의 조치가 있어야 할 겁니다. 더군다나 전염의 위험이 있다는 확증도 없지 않습니까?"

"확증이야 없지만 나타나는 증세가 불안스럽습니다."

그렇지만 리샤르는 '자기에겐 그럴 자격이 없다'고 판단하는 것이었다. 자기가 할 수 있는 일이란 그저 도청의 지사에게 말해 보는 것뿐이라고 했다.

그러나 사람들이 말을 하고 있는 동안 날씨가 악화되어 갔다. 수위가 죽은 다음 날에 짙은 안개가 하늘을 뒤덮었다. 억수 같은 소나기가 이 도시에 퍼부었다. 그러고는 그 갑작스러운 폭우에 이어서 푹푹 찌는 더위가 계속되었다. 바다까지도 그 짙은 푸른빛을 잃은 채 안개 낀 하늘 아래서 은빛으로, 혹은 무쇠빛으로 눈이 아플 지경으로 번뜩거렸다. 이러한 봄의 습기 섞인 더위보다는 차라리 한여름의 뜨거운 열기가 그리웠다. 높은 언덕바지에 달팽이 모양으로 건설되어서 바다와는 거의 등을 지고 있는 이 도시는 음울한 허탈감에 짓눌려 있었다. 진흙을 바른 기나긴 벽으로 둘러싸인 가운데 먼지가 자욱이 내려앉은 진열장들이 늘어선 거리거리에서, 칙칙한 황색의 전차 속에서, 사람들은 저마다 하늘 아래 감금당한 죄수가 된 느낌이었다. 오직 리유의 그 늙은 환자만이 천식을 이겨 내고 그러한 날씨를 즐기고 있었다.

"푹푹 찌는군." 하고 그는 내뱉곤 했다. "기관지에는 좋은 날씨야."

아닌 게 아니라 푹푹 찌고 있었다. 그러나 열병보다 더

하지도 덜하지도 않은 더위였다. 도시 전체가 열병을 앓고 있었다. 적어도 코타르의 자살 미수 사건에 대한 조사에 입회하려고 페데르브 거리로 가던 날 아침 의사 리유의 머리를 떠나지 않고 따라다니던 느낌은 그랬다. 그러나 생각해 보면 그런 인상은 당치 않은 것이었다. 자신의 마음을 사로잡고 있는 신경과민 상태와 걱정 때문에 그러려니 싶었다. 그러므로 무엇보다 먼저 머릿속을 가다듬는 것이 급선무라는 생각이 들었다.

그가 도착했을 때 형사는 아직 와 있지 않았다. 그랑이 층계참에서 기다리고 있었다. 그들은 우선 그랑의 집으로 들어가서 문을 열어 놓은 채 기다리기로 했다. 시청 서기는 방 두 개짜리 집에 살고 있었는데 가구가 지극히 단출했다. 눈에 띄는 것이라고는 사전 두어 권이 꽂혀 있는 흰색 나무 선반과 칠판 하나뿐이었는데 거기에는 반쯤 지워졌으나 그래도 알아볼 수는 있도록 '꽃이 핀 오솔길들'이란 글씨가 쓰여 있었다. 그랑의 말에 따르면, 코타르는 지난밤에 잠을 잘 잤다는 것이었다. 그러나 아침에 깨면서부터 머리가 아프고 아무런 반응도 느낄 수 없는 상태가 되었다고 했다. 그랑은 피곤하고 신경이 예민해진 것 같았다. 그는 방 안을 이리저리 거닐면서 탁자 위에 놓여 있는, 손으로 쓴 원고가 가득 든 두툼한 서류철을 열었다 닫았다 했다.

그러면서 의사에게 자기는 코타르를 잘 모르지만 재산이 좀 있는 것 같다고 말했다. 코타르는 좀 괴상한 사람이

어서 그들 두 사람 사이의 관계는 오랫동안 기껏해야 계단에서 마주치면 인사나 하는 정도가 고작이었다고 했다.

"그 사람하고는 꼭 두 번 얘기를 나누었을 뿐이에요. 며칠 전에 제가 분필 상자 한 통을 집으로 가지고 오다가 층계참에서 그만 뒤집어엎었어요. 붉은색과 푸른색 분필이 들어 있었지요. 그러자 마침 코타르가 층계참으로 나오더니 줍는 것을 도와주더군요. 그는 이렇게 여러 가지 색깔의 분필을 무엇에 쓰느냐고 물었어요."

그래서 그랑은 라틴어를 다시 좀 공부해 볼까 한다고 그에게 설명해 주었다. 고등학교를 마친 뒤로 실력이 점점 줄어들고 있었던 것이다.

"그럼요." 하고 그는 의사에게 말했다. "불어 단어의 뜻을 좀더 똑똑히 알려면 라틴어를 하는 게 유익하다는 말을 들었거든요."

그래서 그는 칠판에다 라틴어 단어들을 써 놓은 것이었다. 격변화와 활용 법칙에 따라서 단어의 변하는 부분은 붉은색 분필로 썼다.

"코타르가 제 말을 제대로 알아들었는지는 모르겠지만 흥미가 있는지 붉은색 분필을 하나 달라고 하더군요. 저는 좀 의외여서 놀랐지만 어쨌든……, 그런데 물론 그것이 그런 일에 사용되리라고는 저로서는 예측하지 못했어요."

리유는 두 번째로 나눈 대화의 내용이 어떤 것이었는지 물었다. 그러나 형사가 서기를 대동하고 와서 우선 그랑의 진술을 듣겠노라고 말했다. 의사는 그랑이 코타르의 이야기를 하면서 항상 그를 '그 절망한 사람'이라고 지칭한 다는 점을 주목했다. 심지어 한번은 '숙명적인 결단'이라는 표현까지 사용했다. 그들은 자살의 동기에 대해 의견을 주고받고 있었는데 그랑은 어휘의 선택에 일일이 신경을 썼다. 마침내 '말 못 할 고민'이라는 표현으로 낙착이 되었다. 형사는 혹시 코타르의 태도에서 '나의 결심'이라고 스스로 이름 붙인 그 일을 하게 만드는 무언가를 발견하지 못했느냐고 물었다.

"그 사람이 어제 내 방문을 두드리더니." 하고 그랑이 말했다. "성냥을 좀 빌려 달라고 하더군요. 그래서 갑째로 줬지요. 서로 이웃 사이니까 운운하면서 실례한다더군요. 그러고는 곧 돌려주마고 다짐을 하기에 나는 아주 가지라고 했어요."

형사는 시청 서기에게 혹시 코타르가 좀 이상해 보이지 않느냐고 물었다.

"이상하게 보이는 점은, 자꾸 말을 걸고 싶어 하는 눈치였다는 거였어요. 그렇지만 나는 일을 하는 중이었어요."

그랑은 리유 쪽으로 고개를 돌리면서 어색한 표정으로 말했다.

"개인적인 일이었지요."

형사는 어쨌든 환자를 만나 보겠다고 했다. 그러나 리유는 우선 만나 보기 전에 코타르로 하여금 마음의 준비를 하도록 하는 것이 낫겠다고 판단했다. 리유가 방 안에 들어갔을 때, 코타르는 흐릿한 회색 플란넬 잠옷만 입은 채로 침대에서 일어나 앉아서 불안한 표정으로 문 쪽을 향하고 있었다.

"경찰이군요, 네?"

"그렇소." 하고 리유가 말했다. "당황할 것 없어요. 두세 가지 형식적인 조사만 하면 더 이상 귀찮은 일은 없을 테니까요."

그러나 코타르는 그런 건 다 소용없는 짓이고, 자기는 경찰이라면 질색이라고 대답했다. 리유가 쏘아붙였다.

"나도 경찰이 좋은 건 아니오. 문제는 그들이 묻는 말에 신속하고 똑똑하게 대답을 해야 번거롭지 않게 한 번만으로 끝낼 수 있다는 말이오."

코타르는 입을 다물었다. 그래서 의사는 문 쪽으로 돌아섰다. 그러나 그 키 작은 사내는 리유를 불렀다. 리유가 침대 옆으로 오자 그는 손을 잡으면서 말했다.

"아픈 사람을, 목을 매달았던 사람을 건드리지는 못하겠죠, 그렇죠, 선생님?"

리유는 한동안 그를 물끄러미 바라보다가 마침내, 그런 걱정은 전혀 할 필요가 없으며, 또한 환자를 보호하려고 내가 와 있는 것이니 안심하라고 말했다. 그제야 좀 코타르가 마음을 놓는 듯해 보였으므로, 리유는 형사를 들어오게 했다.

형사는 코타르에게 그랑의 증언 내용을 읽어 주고 나서 그가 했던 행동의 동기를 밝힐 수 있느냐고 물었다. 그는 형사를 보지도 않은 채 다만 "말 못 할 고민, 그거 딱 맞는 말이에요."라고 대답했다. 형사는 또다시 그런 짓을 하고 싶은 심정인지 어떤지 분명히 말하라고 다그쳤다. 코타르는 흥분한 표정으로 그럴 생각은 없고, 그저 건드리지 말고 가만두어 주기만 했으면 좋겠다고 대답했다.

"분명히 말해 두지만." 하고 형사가 좀 짜증이 난 어조로 말했다. "지금 사람들을 귀찮게 구는 쪽은 바로 당신이오."

그러나 리유가 눈짓을 했기 때문에 그쯤에서 그쳤다.

"아시다시피." 밖으로 나오면서 형사가 한숨을 내쉬며 말했다. "그 열병 때문에 말썽이 생긴 이후론 그러잖아도 할 일이 태산 같은데……."

그는 의사에게 사태가 심각한 것이냐고 물었고 리유는 전혀 알 수 없다고 대답했다.

"날씨 때문이에요, 그뿐입니다." 하고 형사가 결론짓듯이 말했다.

어쩌면 날씨 때문인지도 모를 일이었다. 하루의 해가 높이 떠오름에 따라 모든 것이 손에 쩍쩍 달라붙는 것이었다. 그래서 리유는 한 집 한 집 회진을 해 나갈수록 불안이 더욱 짙어지는 것을 느꼈다. 바로 그날 저녁, 교외에 있는 늙은이 환자의 이웃 사람 하나가 사타구니를 움켜쥐고 헛소리를 해 대더니 구토를 했다. 멍울들은 수위의 것보다 더 컸다. 그중 하나는 곪기 시작했고 이내 썩은 과일처럼 쩍 갈라졌다. 집으로 돌아온 리유는 도청의 약품 제작소에다가 전화를 걸었다. 그런데 다른 곳에서도 이미 비슷한 증세의 환자들이 왕진을 청해 왔다. 곪은 데를 째야만 했다. 필연적이었다. 메스로 열십자를 그어서 째니까 멍울에서는 피가 섞인 고름이 쏟아져 나왔다. 환자들은 피를 흘리면서 사지를 비틀었다. 그러나 배와 다리에 반점이 돋아나면서 어떤 멍울들은 더 이상 곪지 않게 되었다가 또다시 부어올랐다. 대개의 경우 환자는 끔찍한 악취를 풍기며 죽었다.

쥐들의 사건을 가지고 그렇게 떠들어 대던 신문이 이제는 아무 소리도 없었다. 쥐들은 눈에 띄는 거리에 나와 죽었지만 사람들은 방 안에서 죽기 때문이었다. 그런데 신문은 오직 거리에서 일어나는 일에만 관심이 있었다. 그러나 도청과 시청에서는 의문을 느끼기 시작했다. 의사들이 제각기 기껏 두세 가지 경우 정도만 알고 있을 때에는 누구 하나 움직이려 들지 않았더랬다. 그러나 결국 그 모두를 한데 합해 본다는 데 생각이 미치기만 하면 충분히 깨달을 수가 있는 것이다. 합계는 경악할 만한 것이었다. 불과 며칠 동안에 사망 건수가 몇 배로 불어났으니 그 해괴한 병에 깊이 마음을 쓰고 있는 사람들에게는 그것이 진짜 유행병이라는 사실이 명백해졌다. 리유와 같은 의사이지만 그보다 훨씬 나이가 많은 카스텔이 리유를 만나러 찾아온 것은 바로 그 무렵이었다.

"물론." 그는 리유에게 말했다. "당신은 이게 뭔지 알고 있겠죠?"

"분석 결과를 기다리고 있습니다."

"나는 그 결과를 알아요. 분석을 해 볼 필요도 없어요.

나는 한때 중국에서 의사 생활을 한 경험이 있고 파리에서도 몇몇 경우를 겪었어요. 이십여 년 전의 일이죠. 다만 당장에는 그것에다가 감히 병명을 붙일 엄두가 나지 않았을 뿐이었지요. 여론이란 무서운 것이니까 경거망동은 금물이죠. 무엇보다도 경거망동만은 안 돼요. 그리고 어떤 동료 의사 말마따나 '있을 수 없는 일이다. 서양에서는 그것이 아주 자취를 감추었다는 것쯤은 누구나 다 알고 있다' 이거예요. 그래요. 누구나 다 그것은 알고 있었어요. 죽은 사람만 빼고는. 자, 리유. 당신도 나와 마찬가지로 이게 무슨 병인지 잘 알고 있어요."

리유는 깊은 생각에 잠겨 있었다. 그는 자기 사무실의 창문 저 너머 멀리 물굽이 쪽으로 등을 돌리고 있는 낭떠러지 바위의 등성이를 바라보고 있었다. 하늘은 푸른빛이기는 했지만 해가 기울어 감에 따라 그 흐릿한 광채는 점점 부드러워졌다.

"그래요, 카스텔." 그가 말했다. "거의 믿기지 않는 일이오. 그렇지만 이건 페스트인 게 확실한 것 같습니다."

카스텔은 자리에서 일어나 문 쪽으로 갔다.

"사람들이 우리보고 뭐라고 대답할지 알고 있겠죠." 하고 늙은 의사가 말했다. "'그건 온대 지방에서는 벌써 여러 해 전부터 없어졌는걸요.' 하고 말할 겁니다."

"없어졌다는 것에 무슨 뜻이 있겠어요?" 하고 어깨를 으쓱하며 리유가 대답했다.

"그래요. 파리에서도 약 이십 년 전에 그 병이 돌았다는 걸 잊지 마시오."

"좋습니다. 지금이 그때보다는 덜 심한 것이기를 바랍시다. 그렇지만 정말 믿을 수가 없는 일이군요."

처음으로 '페스트'라는 말이 이제 막 사람들의 입 밖에 나왔다. 베르나르 리유가 그의 사무실 창 너머 저쪽에 앉아 있는 이야기의 이 대목에서, 서술자가 그 의사의 의아해하고 놀라워하는 심정에 충분한 근거가 있다고 지적하는 것을 허락해 주기 바란다. 왜냐하면 몇몇 뉘앙스에 있어서는 다소 차이가 있겠지만 그가 보이고 있는 반응은 바로 우리 시민들 대부분의 반응 그대로였기 때문이다. 사실 재앙이란 모두가 다 같이 겪는 것이지만 그것이 막상 우리의 머리 위에 떨어지면 여간해서는 믿기 어려운 것이 된다. 이 세상에는 전쟁만큼이나 많은 페스트가 있어 왔다. 그러면서도 페스트나 전쟁이나 마찬가지로 그것이 생겼을 때 사람들은 언제나 속수무책이었다. 따라서 그의 망설임도 그렇게 이해해야 한다. 또한 그가 불안과 믿음 사이에서 엉거주춤하고 있었던 것도 그렇게 이해해야 할 것이다. 전쟁이 일어나면 사람들은 말한다. "오래가지는 않겠지. 너무나 어리석은 짓이야." 전쟁이라는 것은 필경 너무나 어리석은 짓임에 틀림이 없을 것이다. 그러나 그렇다고 해서 전쟁이 오래가지 않는다는 법도 없는 것이다. 어리석음은 언제나 악착같은 것이다. 만약 사람들이 늘 자기 생각만 하고 있지 않는다면 그 사실을 깨달을 수 있을 것이다. 그런 점에서 우리 시민들은 다른 모든 사람들과 마찬가지로 자기네들 생각만 하고 있는 셈이다. 다시 말해서 그들은 휴머니스트들이었다. 즉 그들은 재앙의 존재를 믿지 않았다. 재앙이란 인간의 척도로 이해할 수 있는 것이 아니다. 그래서 사람들은 재앙이 비현실적인 것이고 지나가는 악몽에 불과하다고 여긴다. 그러나 재앙이 항상 지나가 버리는 것은 아니다. 악몽에서 악몽을 거듭하는 가운데 지나가 버리는 쪽은 사람들, 그것도 첫째로 휴머니스트들인 것이다. 왜냐하면 그들은 대비책을 세우지 않았기 때문이다. 우리 시민들이 딴 사람들보다 잘못이 더 많아서가 아니었다. 그들이 겸손할 줄을 몰랐던 것뿐이다. 그래서 자기에게는 아직 모든 것이 다 가능하다고 믿었으며 그랬기 때문에 재앙이란 있을 수 없는 일이라고 추측했던 것이다. 그들은 사업을 계속했고 여행을 떠날 준비를 했고 제각기 의견을 지니고 있었다. 미래라든가 장소 이동이라든가 토론 같은 것을 금지해 버리는 페스트를 어떻게 그들이 상상인들 할 수 있었겠는가? 그들은 자신들이 자유롭다고 믿고 있었지만 재앙이 존재하는 한 그 누구도 결코 자유로울 수는 없는 것이다.

심지어 의사 리유는 자기 친구 앞에서, 여기저기에서 발생한 몇몇 환자들이 아무 예고도 없이 이제 방금 페스트로 사망했다는 사실을 인정하고 났으면서도 그에게 있어서 위험은 여전히 현실적으로 믿어지지 않는 상태였다. 다만 직업이 의사인지라 고통에 대한 나름대로의 개념과 남보다 약간 더 풍부한 상상력이 있었을 뿐이다. 아무것도 변한 것이 없는 시가지 풍경을 창문 밖으로 내다보면서 의사는 흔히들 불안이라고 이름 붙이는 미래에 당면하여 가슴속에 가벼운 구토증이 일어나는 것을 느낄 듯 말 듯했다. 그는 그 병에 관해서 자신이 알고 있는 바를 머릿속에서 종합해 보려고 애를 썼다. 숫자들이 그의 기억 속에서 뱅뱅 돌았다. 그는 역사상 알려진 약 서른 차례에 걸친 대규모 페스트가 일억에 가까운 인명을 빼앗아 갔다고 마음속으로 생각하고 있었다. 그러나 일억의 사망자가 과연 무엇인지 알 듯 말 듯해져 버리는 것이다. 그리고 죽은 사람이란 그 죽은 모습을 눈으로 보았을 때에만 실감이 나는 것이어서, 오랜 역사에 걸쳐서 여기저기 산재하는 일억의 시신들은 상상 속의 한 줄기 연기에 불과한 것이다. 의사는 콘스탄티노플에서 있었던 페스트의 기억을 더듬었다. 프로코프에 따르면 하루 동안에 희생자가 일만 명이 났다는 것이다. 사망자 일만 명이라면 커다란 영화관을 가득 채운 관중의 다섯 곱이다. 바로 이런 식으로 생각을 해 보아야 한다. 똑똑히 이해를 해 보자면 극장 다섯 군데에서 구경을 마치고 나오는 사람들을 한데 모아서, 그들을 시내의 큰 광장으로 데리고 간 다음 모두 죽여서 무더기로 쌓아 놓는다는 식으로 상상해 볼 필요가 있는 것이다. 이렇게 해서 이름 모를 시체들의 더미 위에 낯익은 사람들의 얼굴을 올려놓을 수 있을 것이다. 그러나 이것은 물론 실현 불가능한 일이고 또 누가 만 명씩이나 남의 얼굴을 알고 있단 말인가? 더군다나 프로코프 같은 사람들이 수를 헤아릴 줄 모른다는 건 널리 알려진 일이다. 칠십 년 전 중국 관동에서는 재앙이 주민들에게까지 미치기도 전에 사만 마리의 쥐가 페스트에 걸려 죽었다. 그러나 1871년에는 쥐를 헤아리는 방법이 없었다. 모두들 주먹구구로 대강 계산했고 오차가 생길 수 있는 가능성이 매우 컸다. 그렇지만 쥐 한 마리의 길이를 삼십 센티미터로 칠 때 사만 마리를 잇대어 줄지어 놓는다면······.

그러나 의사는 조바심이 났다. 그는 될 대로 되라고 보고만 있었는데 그래서는 안 될 일이었다. 몇 가지 사례만 보고 유행병이라 할 수는 없는 것이니 예방책만 세운다면 충분할 것이다. 마비와 탈력(脫力) 증세, 눈의 충혈, 입의 오염, 두통, 가래톳, 격심한 갈증, 정신착란, 전신에 돋는 반점, 내면적 갈등, 그리고 마침내는······, 자기 눈으로 보아서 알고 있는 이런 것들의 확인으로 그쳐야만 했다. 그러고는 그 끝에 가서 어떤 한마디 말이 리유의 머릿속에 되살아났다. 바로 그가 읽은 의학 서적 속에서 그런 증세들을 열거하고 난 다음에 결론을 내리듯 맺은 말이었다. '맥박이 실낱같이 미약해지면서 겨우 몸을 약간 움찔하다가는 숨이 끊어져 버린다.' 그렇다. 그러한 증세들이 나타나고 난 끝에 환자는 마치 실오라기에 매달린 형국이 되고 그들 중 4분의 3은 — 이것이 정확한 숫자였다 — 자신들의 죽음을 재촉하는 그 어렴풋한 몸짓을 어서 빨리 하고 싶다는 듯 애를 쓰는 것이었다.

의사 리유는 여전히 창밖을 내다보고 있었다. 유리창의 저편에는 봄의 신선한 하늘이 떠 있었고 그 이편에는 아직도 방 안에서 반향하고 있는 '페스트'란 한마디 말이 있었다. 그 말은 과학이 그 속에 담고자 하는 내용뿐만 아니라, 일련의 예외적인 이미지들을 내포하고 있었다. 그런데 그 이미지들은 이 시간이면 적당하게 활기를 띠면서 요란스럽다기보다는 오히려 낮게 윙윙거리는 그 도시, 그리고 만약에 인간이 행복하면서 동시에 침울할 수 있는 것이라면 결국 행복하다고도 볼 수 있는 그 누렇고 뿌연 도시와는 어울리지 않았다. 도시의 그토록 평화스럽고 무심한 고요를 보고 있노라면 그 무서운 전염병의 해묵은 이미지들은 손쉽게 지워져 버리는 것이었다. 페스트에 휩쓸려 새 한 마리 볼 수 없게 된 아테네, 말없이 죽음의 고통에 몸부림치고 있는 사람들만 가득한 중국의 도시들, 썩은 물이 뚝뚝 떨어지는 시체들을 구덩이에 처넣고 있는 마르세유의 도형수들, 페스트의 광란하는 바람을 막기 위해 프로방스에 건설한 거대한 성벽, 자파와 그 도시의 끔찍스러운 거지들, 콘스탄티노플 병원의 진흙 바닥에 납작하게 깔린 채 썩어 가는 축축한 침상들, 흑사병이 창궐하는 동안 갈고리에 찍혀서 끌려 나가는 환자들, 마스크를 쓴 의사들의 카니발, 밀라노의 공동묘지에서 벌어진 산 사람들의 성교, 공포에 질린 런던 시의 시체 운반 수레들, 그리고 도처에서 항시 끊이지 않는 인간들의 비명으로 넘쳐 나는 밤과 낮. 아니다. 그런 모든 것도 그 한나절의 평화를 없애 버리기에는 충분하지 못했다. 유리창 저편으로부터 문득 보이지 않는 전차의 경적 소리가 울리면서 순식간에 그 잔혹함과 고통을 부정해 버리는 것이었다. 흐릿한 바둑판처럼 펼쳐진 집들의 저 끝에서 오직 바다만이 이 세상 속에 있는 불안하고 결코 휴식하지 못하는 그 무엇을 증언해 주고 있었다. 그때 리유는 물굽이를 바라보면서 루크레티우스가 말한 바 있는, 페스트에 휩쓸린 아테네 사람들이 바다 앞에 드높이 세워 놓았다는 화장터의 장작더미들을 생각했다. 사람들은 밤에 그곳으로 시체들을 옮겼는데 자리가 모자라서 산 사람들은 서로 자기들이 아끼는 이들의 시신을 그곳에 갖다 놓으려고 횃불을 휘두르며 다투었고, 자기들의 시체를 포기하느니보다는 피투성이가 되면서라도 싸워 이기려고 했다. 고요하고 어둠침침한 바다 앞에서, 벌겋게 타오르는 모닥불 화장대, 가만히 굽어보고 있는 하늘로 빽빽이 솟아오르는 독기 서린 김과 불꽃으로 번뜩이는 어둠 속에서의 횃불 싸움, 이런 것을 누구나 상상할 수 있었다. 그리고 더욱 두려운 것은······.

그러나 이 현기증 나는 상상도 이성 앞에서는 계속되지 못했다. '페스트'라는 말이 입 밖에 나온 것도 사실이고, 바로 이 순간에도 재앙이 희생자 두서넛을 후려쳐서 쓰러뜨리고 있는 것도 사실이었다. 그러나 그거야 뭐 중지될 수도 있는 일이었다. 마땅히 해야 할 일은, 인정해야 할 것이면 명백하게 인정해, 드디어 쓸데없는 두려움의 그림자를 쫓아 버린 다음 적절한 대책을 세우는 것이다. 그런 다음에야 비로소 페스트가 멎을 것이다. 왜냐하면 페스트가 머릿속에서의 상상, 머릿속에서의 그릇된 상상이 아니게 될 터이기 때문이다. 만약 페스트가 멎는다면 — 그것은 가장 가능성이 있는 일이었다 — 모든 일은 잘될 것이다. 그 반대의 경우라면, 우리는 페스트가 어떤 것인지를 알게 될 것이고, 우선은 그에 대비하는 조처를 취하고 다음으로는 그것과 싸워서 이기는 방법이 있는지 어떤지를 알게 될 것이다.

의사는 창문을 열었다. 그러자 시가의 소음이 대뜸 커졌다. 이웃에 있는 어떤 공장에서 기계톱의 짧고 반복되는 소리가 싸각싸각 들려왔다. 리유는 머리를 흠칫하며 정신을 가다듬었다. 저 매일매일의 노동, 바로 거기에 확신이 담겨 있는 것이었다. 그 나머지는 무의미한 실오라기와 동작에 얽매여 있을 뿐이었다. 거기서 멎을 수는 없는 일이었다. 중요한 것은 저마다 자기가 맡은 직책을 충실히 수행해 나가는 일이었다.

의사 리유의 생각이 거기에 이르렀을 무렵 조제프 그랑이 찾아왔다. 시청 직원으로서 거기서 맡은 직책이 아주 여러 가지이긴 했지만 그는 정기적으로 통계과라든가 호적과에도 불려 가서 일을 했다. 그리하여 그는 사망자의 집계를 맡게 되었다. 또 그는 천성이 싹싹한 사람인지라 집계 결과의 사본 한 벌을 리유에게 갖다 주기로 약속했더랬다.

 의사는 그랑이 자기 이웃인 코타르와 함께 들어오는 것을 보았다. 그 시청 직원은 종이 한 장을 흔들며 내밀었다.

 "숫자가 불어 가고 있어요, 선생님." 하고 그가 말을 꺼냈다. "사십팔 시간 동안에 사망이 열한 명꼴이니까요."

 리유는 코타르에게 인사를 하고 좀 어떠냐고 물었다. 그랑은 코타르가 한사코 의사 선생님께 감사를 드리고, 자기 때문에 폐를 끼쳐 드린 것을 사과드리고 싶어 했다고 설명했다. 그러나 리유는 통계표를 들여다보고 있었다.

 "자." 하고 리유가 말했다. "이제는 더 이상 피하지 말고 이 질병을 제 이름대로 부를 결심을 해야 될 것 같군요. 이제까지 우리는 제자리걸음만 했어요. 어쨌든 나하고 같이 갑시다. 검사소에 가는 길이니까요."

"맞습니다. 정말 그렇습니다." 하고 그랑이 의사의 뒤를 따라 계단을 내려가면서 말했다. "무엇이고 간에 제 이름대로 불러야죠. 대체 그 이름이 뭡니까?"

"말해 드릴 수가 없습니다. 그리고 설사 안다 하더라도 도움이 되지는 못할 겁니다."

"거 보세요." 하고 서기는 미소를 지었다. "그게 그렇게 쉬운 일이 아니거든요."

그들은 아름 광장 쪽으로 향했다. 코타르는 내내 말이 없었다. 길에는 사람들이 가득 차기 시작했다. 이 고장의 짧은 황혼은 벌써 어둠에 밀려서 물러나고 아직은 선명한 지평선에 첫 저녁 별들이 돋아나고 있었다. 잠시 후, 거리거리에 가로등이 켜지면서 온 하늘이 어둑해졌고 사람들의 주고받는 말소리가 한 음정 높아지는 것 같았다.

"죄송합니다." 하고 아름 광장의 한 모퉁이에 이르자 그랑이 말했다. "한데 저는 전차를 타야겠습니다. 제 저녁 시간은 신성불가침이거든요. 저희 고향 사람들 말마따나 '결코 다음 날로 미루지 말라'가 신조예요."

리유는 이미 그랑의 묘한 버릇에 주목한 바 있었다. 몽텔리마르 출생인 그는 자기 고향 문자를 들먹거리고 거기에다가 '꿈 같은 날씨'라든가 '선경(仙境) 같은 불빛' 따위의 출처 불명인 진부한 문구들을 덧붙이는 버릇이 있었다.

"아!" 하고 코타르가 말했다. "정말 그래요. 일단 저녁만 먹었다 하면 아무도 저 사람을 집 밖으로 불러낼 수가 없어요."

리유는 그랑에게 시청에서 하는 일 때문에 그러느냐고 물었다. 그랑은 그게 아니라 자기 개인 일을 하느라고 그런다고 대답했다.

"아!" 하고 리유는 무슨 말이건 해야겠기에 말했다. "그래 잘 진척되어 가나요?"

"일을 한 지 여러 해째니까 당연히 그렇죠. 또 어느 의미에서 보면 별로 진전이 없다고 할 수도 있지만요."

"그래, 요컨대 어떤 일인데요?" 하고 리유가 걸음을 멈추고 말했다.

그랑은 그의 커다란 두 귀가 있는 데로 둥근 모자를 눌러 고쳐 쓰면서 알아듣기 어려울 만큼 빨리 말했다. 그러자 리유는 그것이 인격 계발에 관한 그 무엇이라는 것을 아주 막연하게나마 알아차릴 수 있었다. 그러나 서기는 벌써 그들과 멀어지면서 마른 거리의 무화과나무 밑을 총총걸음으로 거슬러 올라가고 있었다. 검사소 문턱에서 코타르는 리유에게 한번 찾아가서 충고 말씀을 들어 보았으면 한다고 말했다. 호주머니 속에 손을 넣은 채 통계표를 만지작거리고 있던 리유는 그에게 진찰 시간에 찾아오라고 권했다가 곧 생각을 바꾸어서, 자기가 이튿날 그 동네에 갈 일이 있으니 오후 늦게 들르겠다고 말했다.

코타르와 헤어지면서 의사는 자기가 그랑 생각을 하고 있다는 것을 깨달았다. 그는 페스트의 와중에 휩쓸려 있는 그랑을 상상해 보았다. 그것도 별로 대단한 것은 아닐 듯한 지금의 페스트가 아니라 역사상의 어떤 대대적인 페스트 한복판에 있는 그랑을 말이다. '그런 경우에도 살아남을 수 있는 종류의 인간이야.' 그는 페스트가 체질이 허약한 사람들은 가만히 놓아두고 특히 건장한 사람들을 쓰러뜨린다는 기록을 읽은 생각이 났다. 그리하여 그 생각을 계속하다 보니 리유는 그랑에게서 어떤 자그마한 신비의 한구석을 발견한 듯한 느낌을 받았다.

얼른 보기에 사실 조제프 그랑은 그 행동거지가 그저 시청의 하급 서기에 지나지 않는 인물이었다. 후리후리하고 마른 몸매에, 옷은 커야 오래 입을 수 있다는 자기 나름의 생각에서 언제나 지나치게 큰 옷만 골라 사 가지고는 너펄너펄 걸쳐 입고 있었다. 아래 잇몸에는 대부분 이가 그대로 있었지만 그 대신 위턱에는 이가 하나도 없었다. 웃을 때는 입술이 유난히 당겨 올라가서 무슨 유령의 입 같았다. 이런 초상화에다 신학교 학생 같은 몸가짐이며 벽을 쓸듯이 딱 붙어 걸어가서는 문 안으로 살짝 들어가 버리는 솜씨며 지하실과 연기 냄새, 온갖 무의미가 다 드러나 있는 표정, 이런 것들을 덧붙여 보면, 시내의 공중목욕탕 요금을 검토한다든가 하는 일에 골몰한 채 사무실 책상 앞에 쭈그리고 있는 모습으로밖에는 그 인물을 상상할 수가 없다는 것을 시인하게 되리라. 선입견 없이 보더라도 그는 일당 육십이 프랑 삼십 상팀으로 시청의 임시직 보조 서기의 화려하지는 못하지만 그래도 없어서는 안 될 직책을 수행하기 위해 이 세상에 태어난 사람이라는 인상을 주었다.

사실 그 일당 이야기는 그랑 자신의 말인데, 사령장의 '호봉'란에 기재되어 있다는 것이었다. 이십이 년 전에 대학을 졸업했을 때 돈이 없어 더 이상 공부는 할 수 없고 해서 그 직책을 맡기로 했는데 빠른 시일 안에 '정식 발령'을 받을 수 있으리라는 암시를 받았다고 그는 말했다. 우리 시의 행정상에 생기는 미묘한 문제들을 처리하는 데 있어서 그의 능력이 어떨지를 시험해 보자는 것이었다. 그런 다음에는 넉넉한 생활을 할 수 있는 문서 기안직으로 틀림없이 올라갈 수 있다고 확언을 하더라는 것이었다. 물론 야심 때문에 움직이는 조제프 그랑은 아니라며 그는 우울한 미소를 띠면서 장담하는 것이었다. 그러나 정직한 방법으로 생활의 경제적인 문제를 보장할 수 있다는 전망, 그럼으로 해서 자기가 즐기는 일에 거리낌 없이 몰두할 수 있으리라는 가능성이 그에게 미소 지으며 다가오고 있었다. 그가 자기에게 마련된 자리를 받아들인 것은 바로 그런 명예로운 이유에서였다. 이를테면 어떤 이상에 대한 충실성 때문이었던 것이다.

그러한 임시적인 상태가 여전히 계속되어 어느덧 오랜 시일이 지났다. 물가는 어처구니없는 비율로 올랐는데 그랑의 봉급은 몇 번 전반적인 인상이 있긴 했지만 여전히 미미한 수준이었다. 그는 리유에게 그 사정을 하소연했더랬다. 그러나 아무도 그 문제를 생각해 주는 것 같지는 않았다. 그랑의 특이한 점, 혹은 적어도 그런 특이점의 기미는 바로 거기에 있었다. 사실 그는 떳떳하게 권리를 내세우기까지는 못하더라도 적어도 애초에 자기가 받은 약속에 대해서는 자기의 뜻을 주장할 수 있었을 것이다. 그러나 우선 그를 채용해 준 국장이 오래전에 죽은 데다가 채용된 장본인부터가 처음 채용되었을 때 약속받은 정확한 말이 무엇이었는지를 기억할 수가 없었다. 요컨대, 그리고 무엇보다 먼저, 조제프 그랑은 자기가 해야 할 말을 도무지 찾아낼 수가 없는 것이었다.

그러한 특징이야말로 리유의 눈에도 띄었듯이 우리의 시민 그랑의 면모를 가장 잘 나타내 주는 점이었다. 또 바로 그 특징 때문에, 그가 곰곰이 생각하고 있는 청원서를 써 보낸다든가 사정이 허락하는 데 따라 필요한 운동을 한다든가 하는 일을 언제나 망설이는 것이었다. 그의 말에 따르면, 언제나 확고한 자신을 갖기 어려운 '권리'라는 말이라든가, 자기 몫을 요구하고 또 그렇게 함으로써 자기가 맡고 있는 보잘것없는 직책과는 어울리지도 않는 당돌한 성격을 지니게 될지도 모르는 '약속'이라는 말 같은 것은 아무래도 사용할 수 없을 것 같다는 것이었다. 한편 '호의', '청원', '감사' 같은 용어들은 자기의 인격적인 자존심을 손상하는 것이라 생각되어서 사용하지 못하겠다는 것이었다. 그처럼 적절한 용어가 생각나지 않아서 우리의 이 시민은 나이가 지긋이 들어서까지도 그의 보잘것없는 직책을 계속 수행했다. 게다가, 이것도 여전히 그가 리유에게 한 말이지만, 그는 결국 자기의 재력에 맞추어서 분수껏 지출을 하면 되는 것이므로 자신의 물질생활은 충분하게 보장되어 있다는 것을 습관을 통해서 깨달았다. 이리하여 그는 우리 시의 시장이 즐겨 쓰는 말들 중 하나가 얼마나 적절한 것인가를 인정하게 되었다. 우리 시의 대사업가인 시장은 결국(그는 자기 이론의 전 중량이 실려 있는 이 '결국'이라는 말에도 힘을 주었다), 그러니까 결국, 여태껏 한 번도 배가 고파서 죽는 사람은 본 적이 없다고 강력히 단언하는 것이었다. 어쨌든 간에 조제프 그랑이 영위하고 있는 거의 고행에 가까운 생활은 실제로 그런 계통의 근심에서 그를 해방해 주었다. 그는 여전히 자기의 말을 찾고 있었다.

어느 의미에서 그의 생활은 모범적이었다고 할 수 있다. 그는 다른 곳에서건 우리 도시에서건 마찬가지로 드문 경우지만, 항상 자기의 착한 마음씨에서 오는 용기를 간직하고 있는 사람들 중 하나였다. 그가 자기 자신에 관해서 실토한 그리 많지 않은 내용들은 사실 오늘날 사람들이 감히 고백하지 못하는 선의와 애착의 증언이었다. 그는 자신에게 남아 있는 유일한 친척이며 이 년에 한 번씩 프랑스로 찾아가서 만나는 조카들과 누이를 사랑하고 있다고 얼굴 하나 붉히지 않은 채 시인하는 것이었다. 그가 아직 젊었을 때 죽은 양친 생각을 하면 슬퍼진다는 것이었다. 그는 또 오후 5시쯤이면 부드럽게 울리는 자기 동네의 종소리를 듣는 것을 무엇보다도 좋아한다고 시인했다. 그러나 그렇게도 단순한 감정을 표현하기 위한 아주 작은 한마디 말을 골라내는 것도 그에게는 엄청나게 힘이 드는 것이다. 결국은 그런 어려움이 그의 가장 큰 근심거리가 되고 있었다. "아! 선생님." 하고 그는 말했다. "마음먹은 것을 시원하게 표현할 수 있는 법을 배웠으면 좋겠어요." 그는 리유를 만날 때마다 그런 말을 하곤 했다.

그날 저녁 의사는 그 시청 서기가 돌아가는 뒷모습을 보면서 문득 그랑이 무슨 말을 하고 싶어 했던 것인지를 깨달을 수 있었다. 그는 아마도 책을 한 권, 아니면 적어도 그와 비슷한 것을 쓰고 있는 것이었다. 마침내 검사소에 다 와서까지도 그 사실은 리유에게 안도감을 주었다. 그 느낌이 어리석다는 것은 알았지만, 이처럼 명예로운 괴벽에 열중하고 있는 겸손한 관리들을 찾아볼 수 있는 도시에 정말로 페스트가 퍼진다는 것을 그는 아무래도 믿을 수가 없었다. 더 정확하게 말해서 페스트의 와중에 그런 괴벽이 들어앉을 여유를 그는 상상할 수가 없었다. 그래서 페스트가 우리 시민들 가운데서는 사실상 명이 길지 못하다고 판단하는 것이었다.

그 이튿날, 적절하지 않다는 말을 들어 가면서도 고집을 세운 덕분으로 리유는 도청에 보건 위원회를 소집하는 데 성공했다.

"시민들이 불안해하고 있는 건 사실입니다." 하고 리샤르가 시인했다.

"그런 데다가 입방아를 찧어 대는 바람에 모든 게 과장되었어요. 지사가 나더러 '원하신다면 빨리 서두릅시다. 그러나 말이 안 나게 조용히 해야 돼요.'라고 그러더군요. 어쨌든 지사도 공연히 놀라서 법석을 떠는 거라고 굳게 믿고 있어요."

베르나르 리유는 도청으로 가려고 카스텔을 자기 차에 태웠다.

"도청 관내에 혈청이 하나도 없다는 건 알고 있나요?" 하고 그가 리유에게 말했다.

"압니다. 의약품 저장소에 전화를 했죠. 소장이 깜짝 놀라더군요. 파리에서 가져오도록 조처해야 돼요."

"오래 걸리지 않았으면 좋겠는데."

"제가 이미 전보는 쳤습니다." 하고 리유가 대답했다.

지사는 친절했으나 신경질적이었다.

"시작합시다, 여러분." 하고 그가 말했다.

"사태를 요약해서 말씀드릴 필요가 있을까요?"

리샤르는 그럴 필요가 없다는 의견이었다. 의사들은 사정을 다 알고 있었다. 다만 문제는 어떤 조치를 취하는 것이 적절할지 알아내는 데 있었다.

"문제는." 하고 카스텔 노인이 대놓고 말했다. "페스트냐 아니냐를 알아내는 데 있어요."

의사 두세 명이 탄성을 올렸다. 다른 사람들은 망설이고 있는 것 같았다. 한편 지사로 말하면, 그는 펄쩍 뛰더니 기계적으로 문 쪽을 향해 몸을 돌렸다. 마치 어처구니없는 말이 복도로 새어 나가지 않도록 문은 잘 닫혀 있는지 확인이라도 하려는 것 같았다. 리샤르가, 자기 생각으로는 흥분하지는 말아야 할 것 같다고 말했다. 문제는 사타구니의 병발증을 동반한 열병으로서 우리가 아는 것은 이것만이 전부이고, 과학에 있어서나 생활에 있어서나 가상이라는 것은 언제나 위험한 것이라는 요지였다. 누런 코밑수염을 씹고 있던 카스텔 노인이 그 맑은 눈빛을 리유에게로 던졌다. 그러고는 정다운 눈길로 참석자들을 한 바퀴 둘러보면서 자기는 그것이 페스트라는 사실을 잘 알지만, 물론 그 사실을 공식적으로 시인하고 나면 무자비한 조치를 취하지 않을 수 없을 것이라고 말했다. 그는 자기 동료들이 꽁무니를 빼는 것도 사실은 그런 점에 있다는 것을 잘 알고 있으므로, 따라서 그들이 안심할 수 있도록 페스트가 아니라고 인정하고 싶은 심정이라는 것이었다. 지사는 흥분해서, 어쨌든 간에 그것은 온당한 논리가 못 된다고 말했다.

"중요한 것은." 하고 카스텔이 말했다. "그게 온당한 논리냐 아니냐에 있는 것이 아니라 그 논리가 우리로 하여금 깊이 생각해 보지 않을 수 없게 만든다는 데 있어요."

리유가 아무 말도 하지 않고 가만히 있었기 때문에 사람들은 그의 의견을 물었다.

"이건 장티푸스 같은 성격의 열병이지만 멍울과 구토증을 동반하고 있습니다. 저는 멍울을 수술했습니다. 그래서 그것의 분석 실험을 요청했는데, 그 결과 연구소에서는 굵직한 페스트균 같은 것을 발견할 수 있었다고 합니다. 그러나 엄밀하게 말씀드리자면 균의 어떤 특수한 변화 형상들이 과거의 전통적인 설명과는 일치하지 않는다는 것을 지적해야겠습니다."

리샤르는 바로 그 점 때문에 주저하게 되는 것임을 강조하고, 적어도 여러 날 전부터 시작한 일련의 분석 실험의 통계 결과를 기다릴 필요가 있다고 말했다.

"어떤 세균이." 하고 잠시 동안 가만히 있던 리유가 말했다. "사흘 동안에 비장의 용적을 네 곱절로 불어나게 하고 장간막의 임파선이 오렌지 크기만큼 커지고 죽처럼 물컹물컹해지게 만들어 놓는다면 이건 그야말로 일말의 주저도 허락하지 않는 사태라고 보아야 합니다. 전염된 가정의 수는 날로 증가하고 있습니다. 병이 퍼지고 있는 추세로 보아서는, 이 상태가 중지되지 않는 한 이 개월 내에 이 도시의 반수가 생명을 잃게 될 위험이 있습니다. 그러므로 그것을 페스트라 부르건 지혜열이라 부르건 그건 별로 중요한 게 아닙니다. 다만 중요한 것은 시민들의 반수가 목숨을 잃는 것을 저지하는 일입니다."

리샤르는, 무엇이건 어두운 쪽으로만 보아서는 안 되는 것이며, 게다가 자기 환자들의 가족이 아직 무사한 것을 보면 사실 전염성도 확실하지는 않다고 말했다.

"그렇지만 딴 사람들은 죽었는걸요." 하고 리유가 지적했다. "그리고 물론 전염성이란 결코 절대적인 것은 아니에요. 그렇지 않았다가는 무한한 산술적 증가와 무시무시한 인구 감소가 생겼을 테지요. 절대로 어두운 쪽으로만 보자는 게 아닙니다. 예방 조치를 취하자는 것이지요."

그렇지만 리샤르는 병을 방지하기 위해서는, 병 자체가 저절로 멈추지 않는 한 법률에 규정된 중대한 예방 조치를 취해야 한다는 것, 그렇게 하자면 그 병이 페스트라는 사실을 공식적으로 인정해야 하는데 그에 대한 확증이 절대적이지 않은 이상 심사숙고가 필요하다는 것 등을 지적함으로써 사태를 요약하려는 생각이었다.

"문제는." 하고 리유가 고집했다. "법률에 규정된 조치가 중대하냐 아니냐가 아니라, 이 도시 인구의 반수가 목숨을 잃는 것을 막기 위해서 그 조치를 내려야 하느냐 아니냐를 알자는 것입니다. 그 밖의 것은 행정적인 문제인데, 바로 그런 문제를 해결하라고 현행 제도는 도청의 지사직을 만들어 놓는 것입니다."

"그럴지도 모릅니다." 하고 지사가 말했다. "그러나 우선 여러분이 공식적으로 그것을 페스트라는 유행병으로 인정해 주실 필요가 있습니다."

"만약에 우리가 그것을 인정하지 않는다 해도." 하고 리유가 말했다. "역시 그것은 시민의 반수를 죽일 위험성이 있습니다."

리샤르는 약간 짜증을 내면서 말을 가로막았다.

"사실은 저 동업자는 페스트라고 생각하고 있거든요. 아까 들은 병발 증상의 설명이 그걸 증명하는 거예요."

리유는 자기가 병발 증상을 설명한 것이 아니라 자기 눈으로 본 것을 말한 것이라고 대답했다. 그런데 그가 눈으로 본 것이란, 멍울과 반점과 헛소리가 나올 정도의 고열과 마흔여덟 시간 이내의 임종이었다. 그러니 대체 리샤르 씨는, 이 유행병이 엄중한 조치 없이도 종식될 것이라고 단언할 만큼 책임을 질 수 있다는 말인가?

리샤르는 주저하다가 리유를 건너다보았다.

"솔직하게 당신 생각을 말해 주시오. 당신은 이것이 페스트라고 확신합니까?"

"질문을 잘못하셨습니다. 이건 어휘 문제가 아니고 시간 문제입니다."

"선생의 생각은 결국." 하고 지사가 말했다. "이것이 설령 페스트가 아니라 해도, 페스트가 발생했을 때 취하는 예방 조치가 적용되어야 한다는 것이겠군요."

"기어코 제 의견을 필요로 하신다면 사실 제 의견은 그겁니다."

의사들은 서로 의견을 주고받았다. 마침내 리샤르가 말했다.

"그러므로 우리는 마치 그 병이 페스트인 것처럼 대응하는 책임을 져야 합니다."

그 표현은 열렬한 동의를 얻었다.

"당신도 같은 의견이시죠, 동업자 양반?" 하고 리샤르가 물었다.

"표현에는 관심이 없습니다." 하고 리유가 말했다.

"다만 시민의 반수가 죽음의 위협을 받고 있지 않는 것처럼 행동해서는 안 된다는 것을 말해 둘 필요가 있습니다. 머지않아 실제로 그렇게 될 테니까요."

모두가 상을 찌푸리고 있는 가운데 리유는 물러 나왔다. 잠시 후 튀김 기름 냄새와 지린내가 풍기는 변두리 동네에서 사타구니가 피투성이인 채로 어떤 여인이 나 죽는다고 소리치면서 그를 쳐다보았다.

회의가 열린 다음 날 열병은 좀 더 확산되었다. 그것은 신문에까지 났지만 가벼운 논조였다. 열병에 대한 몇 가지 암시를 하는 데 그쳤으니 말이다. 어쨌든 리유는 그 다음 다음 날 도청에서 시내의 가장 으슥한 골목골목에 재빨리 갖다 붙여 놓은 작은 흰색 벽보들을 볼 수가 있었다. 그 벽보를 보고 당국이 사태를 정면에서 직시하고 있다는 증거를 찾아내기는 어려웠다. 취해진 조치는 준엄한 것이 아니었고 여론을 불안한 쪽으로 자극하지 않으려는 생각이 앞서고 있다는 것이 역력했다. 포고문의 머리말은 과연 다음과 같이 알리고 있었다. 즉 아직까지는 전염성이라고 말할 수 없는 악성 열병이 오랑 시에 몇 건 발생했다. 그 증상들은 현실적으로 우려할 만큼 특징이 규명된 상태가 아니며, 또한 시민들이 냉정을 잃지 않으리라는 것을 믿어 의심치 않는 바이다. 그러나 시민 각자가 다 이해할 수 있는 일이지만, 신중을 기한다는 뜻에서 지사는 몇 가지 예방적인 조치를 취하기로 했다. 의당 그래야 할 만큼 깊이 이해하고 협조해 준다면 그 조치들로 유행병의 위협을 철저히 저지할 수 있을 것이다. 따라서 지사 개인의 노력에 대해서 시민 여러분이 가장 헌신적인 협조를 해 줄 것으로 굳게 믿는다는 요지였다.

이어서 벽보에는 전반적인 대책들이 적혀 있었다. 그중에는 하수구에 독가스를 주입하는 과학적 쥐잡기라든가 음료수 사용에 있어서의 철저한 경계라든가 하는 조항이 들어 있었다. 시민들에게는 극도의 청결을 요구했고, 몸에 벼룩이 있는 사람들은 시립 병원에 출두하라고까지 되어 있었다. 한편 의사의 진단이 내려진 경우 가족들은 의무적으로 신고를 해야 하며 그 환자들을 병원의 특별 병실에다가 격리하는 데 동의해야 한다는 것이었다. 그 병실들은 또한 가장 짧은 기간 동안에 최대한 완치 가능성이 있도록 설비를 갖추고 있다는 것이었다. 몇 가지 부가 조항에는 환자의 방과 운송 차량의 의무적인 소독을 명하고 있었다. 나머지는 환자 주위의 사람들에게 위생상의 주의를 하도록 권고하는 데 그치고 있었다.

의사 리유는 벽보를 보다가 몸을 휙 돌리고 자기 진료실을 향해 걸어갔다. 조제프 그랑이 그를 기다리고 있다가 그를 보자 두 팔을 쳐들었다.

"그래요." 하고 리유가 말했다. "숫자가 증가하고 있지요, 압니다." 전날 밤에 시내에서 환자 십여 명이 쓰러져 죽었던 것이다. 의사는 그랑에게 자기는 코타르를 찾아가 볼 생각이니 저녁때나 만나자고 했다.

"잘 생각하셨어요." 하고 그랑이 말했다. "그 사람한테는 선생님이 약이에요. 벌써 좀 나아진 것 같다니까요."

"뭐가 나아졌어요?"

"예절 발라졌거든요."

"전에는 그렇지 않았어요?"

그랑은 주저했다. 코타르가 예절 바르지 않았다고 말할 수는 없었다. 그런 표현은 적절하지 않았으니까 말이다. 그는 늘 틀어박혀서 지내고 말이 없는, 어딘지 산돼지 같은 모습의 사내였다. 자기 방, 실비 식당, 상당히 수상쩍은 외출, 그것이 코타르 생활의 전부였다. 표면적으로 그는 포도주와 리쾨르의 대리점을 하는 것으로 되어 있었다. 이따금씩 그의 고객인 듯한 사람이 두서너 명 찾아오는 일이 있었고 저녁때 가끔 자기 집 맞은편에 있는 영화관에 가곤 했다. 시청 서기는 코타르가 갱 영화를 좋아한다는 것까지도 눈여겨보았다. 언제나 그 대리점원은 외톨이였고 의심이 많았다.

그런 모든 것이, 그랑의 말에 따르면, 많이 변했다는 것이었다.

"뭐라고 말로 할 수는 없지만, 제가 보기엔 말씀이죠, 그는 사람들과 타협을 하려고 애쓴달까, 모든 사람을 자기편으로 끌어들이려는 것 같은 인상을 주거든요. 나한테 말도 자주 걸고 같이 나가자고 부르기도 하죠. 번번이 거절할 수도 없더군요. 더군다나 저도 그 사람에게 흥미가 있습니다. 요컨대 제가 그의 목숨을 구해 준 것이니 말이에요."

그때의 자살미수 사건 이후로는, 아무도 코타르를 찾아오는 사람이 없었다. 거리에서나 거래처에서나 그는 남의 동정을 받으려고 줄곧 애를 썼다. 식료품 가게 주인들과 이야기를 할 때 그렇게 사근사근한 사람도 없었고 담배 가게 여주인의 이야기를 그렇게 흥미진진하게 들어 주는 사람도 없었다.

"그 담배 가게 여자는." 하고 그랑이 설명했다. "그야말로 진짜 독사예요. 코타르에게 그 말을 해 주었지만 그는 내가 잘못 봤다면서 그 여자에게도 알아주어야 할 좋은 면이 있다고 대답하더군요."

그리고 코타르는 그랑을 두세 번 시내의 호화로운 식당과 카페에 데리고 간 일이 있었다. 과연 그는 그런 곳을 자주 드나들기 시작했던 것이다.

"여기 오면 기분이 좋거든요." 하고 그는 말하곤 했다. "그리고 또 이런 데 오면 출입하는 손님들의 수준이 높고요."

그랑은 그 집 종업원들이 그 대리점원에게 각별한 대접을 하고 있다는 것을 주목했는데 그가 놓고 가는 지나치게 많은 팁을 보고서 그 이유를 알았다. 코타르는 팁을 받은 대가로 베풀어 주는 친절에 상당히 흐뭇해하는 것 같았다. 어느 날 지배인이 그를 배웅 나와서 외투 입는 것을 거들어 주자 코타르는 그랑에게 이렇게 말한 적이 있다.

"괜찮은 친구예요. 그만하면 증인이 되어 줄 수 있는데."

"증인이라니, 무슨 증인요?"

코타르는 주저했다.

"아니, 그저 내가 나쁜 사람이 아니라는 것을 말입니다."

게다가 그는 기분이 돌변하는 일도 있었다. 어느 날 식료품 가게 주인이 좀 덜 친절했다고 그는 엄청나게 골이 나서 집에 돌아왔다.

"딴 놈들하고 한패가 되었단 말이야, 그 망할 자식이." 하고 몇 번씩이나 말했다.

"딴 사람들이라뇨?"

"딴 놈들 모두하고 말이에요."

그랑은 그 담배 가게 여주인이 있는 데서 기이한 장면을 목격한 적도 있었다. 한참 신바람이 나서 이야기를 주고받는데, 그 여자가 알제에서 한창 떠들썩하던 당시의 어떤 체포 사건 이야기를 했다. 그것은 어떤 상사의 젊은 사무원이 바닷가에서 한 아랍인을 죽인 사건이었다.

"그런 상놈들을 모조리 감옥에 처넣는다면." 하고 여주인이 말했다. "정직한 사람들이 숨 좀 쉬고 살 수 있을 거예요."

그러나 돌연 흥분해서 이렇다는 말 한마디 없이 가게 밖으로 뛰어나가 버리는 코타르를 보고 그 여자는 하던 말을 뚝 그치지 않을 수 없었다. 그랑과 여주인은 그저 그가 사라지는 모습을 멍하니 보고만 있었다는 것이다.

그 뒤에, 그랑은 그 밖에도 코타르의 또 다른 성격 변화를 리유에게 알려 주었다. 코타르의 의견은 언제나 아주 자유주의적이었다. 그가 즐겨 쓰는 '작은 놈은 항상 큰 놈에게 먹히게 마련이다'라는 말이 그것을 잘 증명해 주는 것이었다. 그러나 얼마 전부터 그는 오랑의 온건파 신문밖에는 사 보지 않게 되었고, 게다가 공공장소에서 읽는 것을 어딘지 우쭐해하고 있다고 생각하지 않을 수 없게까지 되었다. 또한 병석에서 일어나고 며칠 후, 그는 우체국에 가려던 참인 그랑에게, 멀리 떨어져 사는 자기 누이동생에게 매달 보내고 있는 백 프랑짜리 우편환을 좀 부쳐 달라고 부탁한 일이 있었다. 그러나 그랑이 막 나가려는 순간, "이백 프랑을 보내 주세요." 하고 코타르가 부탁했다. "그렇게 하면 그 애가 좋아서 깜짝 놀랄 거예요. 내가 제 생각을 통 안 해 준다고 생각하는 애니까요. 그러나 사실은 나도 그 애를 몹시 사랑하고 있어요."

마침내 그는 그랑과 묘한 대화를 나눈 일이 있었다. 그랑은, 자기가 저녁마다 붙들려 있는 별것 아닌 일이 무엇인지 궁금해하는 코타르의 질문들에 대답을 안 할 수가 없었다.

"알았어요." 하고 코타르가 말했다. "책을 쓰시는군요."

"그렇게 생각해도 괜찮겠지만, 그보다 좀 더 복잡한 거예요."

"아." 하고 코타르가 외쳤다. "나도 그런 일을 해 봤으면 좋겠어요."

그랑이 좀 의외다 싶어 놀란 표정을 하자 코타르는 예술가가 된다면 아주 여러 가지 문제들이 해결될 텐데 하고 더듬거리며 말했다.

"왜요?" 하고 그랑이 물었다.

"그거야, 예술가는 딴 사람들보다 더 많은 권리가 있으니까 그렇죠. 누구나 다 아는 일인걸요. 예술가한테는 여러 가지가 허용되거든요."

"하기야." 하고 벽보가 나붙은 날 아침에 리유는 그랑에게 말했다. "쥐 사건 때문에 머리가 돈 모양이군요. 그런 사람이 많으니까요. 그저 그뿐이겠죠. 그렇지 않다면 그 사람도 열병에 걸릴까 봐 겁을 내고 있나 보지요."

그랑이 대답했다.

"그런 것 같진 않아요, 선생님. 제 생각을 말씀드리자면……."

쥐 청소차가 엔진 소리를 요란하게 내면서 창문 앞을 지나갔다. 리유는 자기의 말소리가 그랑에게 들릴 수 있을 때까지 입을 다물고 있다가, 그냥 무심히 그랑의 생각이 어떤 것인지 물어보았다. 그는 심각한 표정으로 리유를 쳐다보았다.

"그이는." 하고 그가 말했다. "뭔가 마음속에 가책을 느끼고 있는 사내예요."

의사는 어깨를 으쓱했다. 형사가 한 말마따나, 그런 것 말고도 신경 써야 할 일이 태산 같았던 것이다.

리유는 오후에 카스텔과 의논을 했다. 혈청이 도착하지 않고 있었다.

"그런데." 하고 리유가 물었다. "그게 과연 쓸모 있는 걸까요? 이 세균은 괴상한 것인데요."

"오!" 하고 카스텔이 말했다. "나는 선생과는 생각이 달라요. 그놈의 세균이란 것은 매번 유별난 것이다 싶은 법이거든요. 그러나 결국은 같은 것이에요."

"적어도 그게 선생이 짐작하는 바겠죠. 그런데 사실에 있어서 우리는 그것에 대해서 아무것도 아는 게 없어요."

"물론 그건 내 짐작일 뿐이지요. 하지만 누구나 그 정도에서 그치고 있기는 마찬가지예요."

하루 종일, 의사는 페스트 생각을 할 때마다 매번 일어나는 가벼운 현기증이 점점 더 심해지는 것을 느꼈다. 결국 그는 자신이 겁을 먹고 있다는 것을 인정했다. 그는 사람들이 가득 들어찬 카페에 두 번이나 들어갔다. 그 역시 코타르처럼 인간의 훈훈한 체온이 아쉬웠던 것이다. 리유는 그게 어리석은 생각이라는 것을 잘 알고 있었다. 그러나 그 바람에 자기가 그 대리점원을 찾아가 주겠다고 약속한 적이 있다는 것을 기억해 낼 수 있었다.

저녁에 의사가 찾아갔을 때 코타르는 그의 집 식당의 식탁에 앉아 있었다. 의사가 들어서서 보니 식탁 위에는 탐정소설 한 권이 펼쳐져 있었다. 그러나 저녁이 깊어서 어둠이 깔리는 중이라 책을 읽는 것은 곤란했을 것 같았다. 차라리 코타르는 조금 전까지도 어둠침침한 방 안에 앉아서 생각에 잠겨 있었을 것이다. 리유는 그에게 좀 어떠냐고 물었다. 코타르는 자리에 앉으면서 몸은 괜찮고, 제발 남들이 자신에게 신경을 쓰지 않아 준다면 더욱 좋아질 것 같다고 중얼거렸다. 리유는 인간이란 언제나 저 혼자서만 살 수는 없는 법이라고 깨우쳐 주었다.

"오! 그런 게 아닙니다. 제 말씀은, 남에게 참견을 해 대면서 귀찮게 구는 사람들 이야기입니다."

리유는 입을 다문 채 잠자코 있었다.

"제 얘기는 아니란 걸 분명히 말씀드립니다만, 하여튼 저는 이 소설을 읽고 있었지요. 어떤 불쌍한 사내가 글쎄 어느 날 아침에 갑자기 체포를 당한 겁니다. 사람들이 그의 일에 참견을 하고 있었는데 그는 전혀 몰랐지요. 사무실에서는 그에 대한 이야기를 해 댔고 장부에 그의 이름이 올랐어요. 그런 짓을 하는 게 옳다고 생각하세요? 한 인간에 대해 남들이 그런 짓을 할 권리가 있다고 생각하세요?"

"경우에 따라 다르지요." 하고 리유가 말했다. "어떤 의미에서는 사실 그럴 권리가 전혀 없지요. 그러나 그런 것은 지엽적인 문제예요. 너무 오랫동안 죽치고 들어앉아만 있는 것은 좋지 않습니다. 외출을 좀 해야 돼요."

코타르는 짜증이 난 듯, 자기는 외출밖에 하는 게 없으며 만약 필요하다면 온 동네 사람들에게 그런가 어떤가를 물어봐도 된다고 말했다. 심지어 동네 밖에도 아는 사람이 없지 않다는 것이었다.

"리고 씨를 아십니까? 건축가 말씀이에요. 그 사람도 제 친구입니다."

방 안에는 어둠이 짙어져 왔다. 이 변두리 거리가 활기를 띠고, 밖에서는 둔탁하면서도 안도감 섞인 탄성이 들리면서 가로등에 불이 켜졌다. 리유는 발코니로 나섰다. 코타르도 그의 뒤를 따라 나갔다. 그 주변의 모든 동네들로부터, 우리 시에 저녁이 올 때마다 볼 수 있듯이, 가벼운 미풍이 사람들의 웅성대는 소리와 불고기 냄새와 떠들썩한 젊은이들에게 점령된 거리에 점점 더 부풀어 가는 자유의 유쾌하고도 향기로운 소음을 실어 오고 있었다. 어둠, 보이지 않는 선박들의 요란한 아우성, 바다와 흐르는 군중들로부터 올라오는 웅성거리는 소리, 리유가 익히 잘 알고 있으며 전에는 퍽 좋아했던 이 무렵의 시간이 오늘은 그가 아는 그 모든 일들 때문에 마음을 무겁게 짓누르는 것 같았다.

"불을 켤까요?" 하고 코타르가 말했다.

불이 들어오자 그 작은 사내는 눈을 깜박거리며 그를 바라보았다.

"그런데 말이죠, 선생님. 만약 제가 병이 들면 선생님 병원에 입원시켜 주시겠어요?"

"가능한 일이죠."

그러자 코타르는 진료소나 병원에 입원한 사람을 체포해 간 전례가 있느냐고 물었다. 리유는 그런 일이 있기는 있었지만 그건 환자의 병세에 달린 것이라고 대답했다.

"저는," 하고 코타르가 말했다. "선생님을 믿습니다."

그러고 나서 그는 의사에게 시내까지 차를 좀 태워 줄 수 있겠느냐고 물었다.

도심에 나오자 벌써 지나다니는 사람이 드물어졌고 불도 많이 꺼져 있었다. 아이들은 아직도 문 앞에서들 놀고 있었다. 코타르가 부탁을 하자 의사는 그 아이들이 무리

지어 놓고 있는 앞에 차를 멈추었다. 아이들은 소리를 지르면서 돌차기 놀이를 하고 있었다. 그중에서 검은 머리를 착 붙이고 가르마를 반듯이 탔지만 얼굴이 더러운 한 아이가 맑고 겁먹은 듯한 눈길로 리유를 빤히 쳐다보았다. 의사는 눈길을 돌렸다. 코타르는 인도 위로 내려서서 의사의 손을 잡았다. 그 대리점원은 목이 쉬어 가까스로 나오는 소리로 말을 했다. 두 번 세 번 그는 뒤를 돌아보았다.

"사람들이 유행병 얘길 하고 있어요. 그게 정말인가요, 선생님?"

"사람들이야 늘 떠들어 대지요. 당연한 일입니다." 하고 리유가 말했다.

"옳은 말씀입니다. 그래 가지고 한 열 명만 죽으면 이 세상 끝장이라도 난 듯이 떠들어 댑니다. 꼭 필요한 건 그런 게 아니지요."

벌써 자동차 모터 돌아가는 소리가 부르릉거렸다. 리유는 기어의 손잡이를 붙잡고 있었다. 그러나 그는 다시, 심각하면서도 침착한 표정으로 그에게서 눈길을 떼지 않고 있는 어린아이를 바라보았다. 그런데 문득, 밑도 끝도 없이 그 어린아이가 치열을 드러내면서 그에게 활짝 미소를 짓는 것이었다.

"그럼 꼭 필요한 것은 어떤 것일까요?" 하고 의사는 그 어린아이에게 미소를 던지며 물었다.

코타르는 갑자기 자동차 문의 손잡이를 꽉 잡더니 눈물과 분노로 가득 찬 목소리로 외치고는 달아났다.

"지진입니다. 진짜 지진 말입니다."

그러나 지진은 일어나지 않았고, 리유에게 있어서 그다음 날은 다만 환자 가족들을 붙들고 담판을 하고 또 환자 자신들과 옥신각신하면서 시내를 이리저리 쫓아다니느라고 다 지나가 버렸다. 그전까지는 환자들이 그가 하는 일의 힘을 덜어 주었고 자신들의 몸을 그에게 완전히 맡겨 왔다. 그런데 처음으로 의사는, 환자들이 어딘가 좀 꺼리는 눈치를 보이면서 일종의 불신에서 오는 놀라움 때문에 병(病) 속에 깊이 파묻힌 채 숨어 있는 듯한 느낌을 받았다. 그로서는 아직 습관을 들이지 못한 싸움인 것이다. 그래서 그날 밤 10시쯤 회진의 마지막 차례로 들른 그 늙은 해수병 환자의 집 앞에 차를 세웠을 때 리유는 좌석에서 몸을 일으키기가 무척 힘이 들었다. 그는 어두운 거리와 캄캄한 밤하늘에 나타났다 사라졌다 하는 별들만 쳐다보면서 가만히 앉아 멈칫거렸다.

늙은 해수병자는 자기 침대 위에 일어나 앉아 있었다. 호흡이 전보다 나아진 것 같은 그는 콩을 이 냄비에서 저 냄비로 옮겨 담고 있었다. 그는 반가운 얼굴로 의사를 맞이했다.

"그래, 선생님, 콜레라인가요?"

"어디서 그런 말을 들었어요?"

"신문에서 그리고, 또 라디오에서도 그러던데요."

"아녜요, 콜레라가 아닙니다."

"하여튼." 하고 노인은 몹시 흥분해서 말했다. "해도 너무 해요, 높은 양반들 말이에요!"

"쓸데없는 생각 마요." 하고 의사가 말했다.

그는 노인의 진찰을 마치고 이제는 그 가난한 집 부엌 한가운데에 앉아 있었다. 그렇다. 그는 겁이 났다. 바로 이 교외 지역에서도 이튿날 아침에는 환자들 십여 명이 몸에 난 멍울 때문에 허리를 구부정하게 한 채 자기를 기다리고 있으리라는 것을 그는 알고 있었다. 오직 두서너 건만이 멍울 절개 수술로 효과를 보았을 뿐이었다. 그러나 대다수의 사람들에겐 입원 지시가 내려질 것인데 가난뱅이들에게 입원이 무엇을 의미하는지 그는 잘 알았다. "의사들의 실험 재료가 되기는 싫어요."라고 어떤 환자의 아내가 그에게 말한 적이 있었다. 그 환자는 의사들의 실험 재료가 된 것이 아니라 죽어 가고 있었을 뿐이다. 사태에 대비해 세운 대책들이 불충분하다는 것은 보나마나 아주 빤한 일이었다. '특수 시설을 갖춘' 병실들이란 것이 어떤 것인지 리유는 잘 알고 있었다. 부랴부랴 다른 입원 환자들을 옮긴 다음 창문들을 밀폐하고 주위에 위생 차단선을 쳐 놓은 병동 두 개가 고작이었다. 유행병이 제풀에 그치지 않는 한 당국이 생각해 낸 조치들로 다스려질 일이 아니었다.

그런데도 저녁때 나온 공식 발표는 여전히 낙관적이었다. 이튿날 랑스도크 통신은 도청 당국의 조치들이 평온한 가운데 시달되었으며, 이미 환자들 삼십여 명이 발병 신고를 해 왔다고 보도했다. 카스텔이 리유에게 전화를 걸어 왔다.

"분관 병동에는 병상이 몇 개나 되나요?"

"여든 개입니다."

"시내에는 환자가 물론 서른 명 이상이겠죠?"

"겁이 나서 신고를 하지 않는 사람들이 있겠고, 나머지 대부분이 그렇듯이 그럴 겨를이 없는 사람들이 있겠지요."

"사망자를 매장하는 문제에는 신경을 쓰고 있나요?"

"아뇨. 내가 리샤르에게 전화를 했어요. 말만 하고 있을 게 아니라 완전한 조치가 필요하며, 유행병을 차단할 수 있는 진짜 방벽을 치든가 아주 그만두든가 해야 한다고 말입니다."

"그랬더니 뭐랍디까?"

"자기는 권한이 없다고 하더군요. 내 생각에는 점점 심해질 것 같아요."

과연 사흘 만에 병동 두 개가 가득 차 버렸다. 리샤르는 당국이 어느 학교를 접수해서 보조 병원으로 개조할 것 같다고 했다. 리유는 백신이 도착하기를 기다리면서 멍울 수술을 하고 있었다. 카스텔은 옛날에 보던 책들을 다시 꺼내 펼쳐 보기도 했고 도서관에 가서 오랫동안 처박혀 있기도 했다.

"쥐들은 페스트 또는 그와 대단히 흡사한 병으로 죽었습니다." 하고 그는 결론을 내리는 것이었다. "그 쥐들은 수만 마리의 벼룩을 퍼뜨려 놓아서 제때에 그걸 막지 않는다면, 그 벼룩들이 기하급수적으로 병을 전염시킬 것입니다."

리유는 아무 말도 않고 있었다. 그 무렵에는 시간이 정지한 것만 같았다. 태양은 지난번에 내린 소나기로 생긴 웅덩이의 물을 펌프질하듯 빨아올리고 있었다. 노란 광선이 넘쳐흐르는 아름다운 푸른 하늘, 이제 막 시작되는 더위 속에서 붕붕대며 날아가는 비행기들, 계절의 온갖 모습이 한결같이 고즈넉한 분위기를 자아내고 있었다. 그러나 불과 나흘 동안에 열병은 네 단계에 걸친 비약을 보였다. 사망자가 열여섯 명에서 스물넷, 스물여덟, 서른둘로 불어났다. 그때까지 농담 속에 자신들의 불안감을 숨겨 왔던 시민들은 거리에서 한층 더 낙담한 표정이 되었고 한층 더 말이 없어져 버렸다.

리유는 지사에게 전화를 걸기로 결심했다.

"이번 조치들로는 불충분합니다."

"숫자를 보고받았는데 과연 우려할 만한 상황입니다." 하고 지사는 말했다.

"우려할 정도가 아니라 명백한 숫자들입니다."

"총독부에 명령을 요청하겠습니다."

리유는 카스텔이 보는 앞에서 전화를 끊었다.

"명령을 기다리다니! 융통성이 좀 있어야지."

"그래, 혈청은 어떻게 되었나요?"

"이번 주 중으로 도착할 것입니다."

도청에서는 리샤르를 통해서, 명령을 내려 주도록 식민지 수도에 보낼 보고서를 리유에게 작성해 달라고 의뢰해 왔다. 리유는 거기에다가 임상적인 진술과 숫자들을 기재

했다. 같은 날 약 마흔 명의 사망자가 생겼다. 지사는 자기 말대로, 자신의 책임 아래 당장 그 이튿날부터 이미 공표한 조치들을 한층 더 강화하기로 결정했다. 의무적인 신고와 격리는 여전히 계속되었다. 환자가 생긴 집들은 폐쇄 소독되었고, 가족들은 안전 격리 조치에 따라야 했으며, 매장은 장차 결정될 조건에 따라 시 당국이 맡아 하기로 되었다. 하루가 지나자 혈청이 비행기 편으로 도착했다. 현재 치료 중인 환자들에게는 충분했다. 만약에 유행병이 더 퍼진다면 부족한 숫자였다. 리유가 친 전보에 대해, 구급용 재고는 바닥이 났고 새것은 제조에 착수했다는 답이 왔다.

그동안에 인접한 교외 지역들로부터 봄은 여러 시장들에 속속 도착하고 있었다. 장미꽃 수천 송이가 인도를 따라 나앉은 꽃 장수들의 바구니 속에서 시들어 가면서 그 달콤한 향내가 온 시가지에 감돌고 있었다. 겉으로는 아무것도 변한 것이 없었다. 러시아워가 되면 전차는 여전히 만원이었다가 낮이 되면 텅 비고 더러운 모습을 드러냈다. 타루는 그 작달막한 노인을 관찰하고 있었고 그 노인은 고양이들에게 가래침을 뱉어 댔다. 그랑은 그의 신비한 일을 위해 저녁마다 집으로 돌아가곤 했다. 코타르는 쳇바퀴 돌듯 맴돌고 있었고 예심판사인 오통 씨는 여전히 그의 구경거리 동물원을 이끌고 다녔다. 늙은 해수병자 노인은 콩을 옮겨 담고 있었고, 태연하면서도 호기심이 많은 표정인 신문기자 랑베르도 가끔 눈에 띄었다. 저녁때면 변함없는 인파가 거리거리를 가득 메우고 있었고 영화관 앞에는 사람들이 줄을 지어 모여들었다. 아닌 게 아니라 유행병이 수그러져 가는 듯싶었다. 며칠 동안 사망자의 수는 불과 십여 명밖에 되지 않았다. 그러더니 갑자기 병이 급속도로 퍼져 나가기 시작했다. 사망자의 수가 다시 서른 명으로 늘어난 날, 베르나르 리유는 "저들이 겁을 먹었소." 하며 지사가 내미는 전보 공문을 받아 읽었다. 전보에는 '페스트 사태를 선언하고 도시를 폐쇄하라'고 적혀 있었다.

2부

 그때부터 페스트는 우리들 전체의 문제가 되었다고 말할 수가 있다. 그때까지는 그 이상한 사건들이 빚어 놓은 놀라움과 불안에도 불구하고, 시민들은 각자가 평소와 마찬가지로 맡은 자리에서 그럭저럭 일을 계속하고 있었다. 그리고 아마도 그 상태는 그대로 이어질 것이었다. 그러나 시의 문들이 폐쇄되자 그들은 모두(서술자 자신도 포함해) 같은 독 안에 든 쥐가 되었으며 거기에 그냥 적응하지 않을 수 없었다. 그래서 가령 사랑하는 사람과의 이별 같은 개인적인 감정도, 처음 몇 주일부터 당장 모든 사람들 전체의 감정이 되었고, 공포심이 가세하면서 저 오랜 귀양살이 시절의 주된 고통거리가 되었다.

 시의 문을 폐쇄함으로써 생긴 아주 중요한 결과들 중 하나는, 아무런 마음의 준비도 없이 당한 사람들이 맞이할 돌발적인 이별이었다. 어머니들과 자식들, 부부들, 애인들, 며칠 전에 그저 잠깐 동안만의 이별이거니 하고 생각하면서 우리 도시의 역 플랫폼에서 몇 마디 당부를 일러 주고는 서로 키스를 주고받았으며, 며칠 혹은 몇 주일 후에는 다시 보게 되리라고 확신한 채 저 어리석은 인간적 믿음에 사로잡힌 나머지 그 작별로 말미암아 평소에 마음을 사로잡던 근심들도 잠시 잊었던 그들은 단번에 호소할 길도 없이, 멀리 떨어진 채 만나거나 소식을 주고받을 수도 없이 헤어지고 말았던 것이다. 왜냐하면 폐쇄는 도청의 명령이 공표되기 몇 시간 전에 실시되었고, 당연한 일이지만 특수한 경우를 참작하는 것은 불가능했기 때문이다. 말하자면 이 질병의 무지막지한 침범은, 그 첫 결과로서 우리 시민들을 마치 사적인 감정 같은 것은 느끼지 않는 사람처럼 행동할 수밖에 없도록 만들어 놓은 것이다. 명령이 실시된 날 처음 몇 시간 동안, 도청은 진정인들 무리로 골치를 앓았다. 그들은 전화로 혹은 계원들을 찾아와서 한결같이 절실하고 또 동시에 한결같이 거절할 수 없는 사정들을 호소하는 것이었다. 사실, 우리가 타협의 여지가 없는 형편에 놓여 있으며, '타협'이라든가 '특전'이라든가 '예외'라든가 하는 말이 더 이상 의미를 지니지 못하게 되어 버렸다는 사실을 납득하기까지는 여러 날이 걸렸다.

우리는 편지를 쓴다는 사소한 기쁨마저 거부당했다. 사실, 한편으로 이 도시는 평상시의 통신 방법으로는 나머지 다른 지역과 연락을 취할 수 없게 되었으며, 다른 한편으로는 편지가 전염의 매개물이 되는 것을 피하기 위해 각종 서신 교환을 금지하는 새로운 명령이 내려졌던 것이다. 초기에 몇몇 특권층들은 시(市) 문에서 보초병들과 접촉함으로써 그들이 외부로 가는 편지를 통과시켜 주기도 했다. 아직은 이 유행병의 초기였고 보초병들이 동정심의 충동에 꺾이는 것도 무리가 아니라고 생각될 시기였기에 가능한 일이었다. 그러나 얼마가 지나서, 바로 그 보초병들마저 사태의 중대성을 충분히 납득하게 되자, 그 결과가 어디까지 파급될지 예측할 수도 없는 그런 일에 대해 책임지기를 거부했다. 시외전화가 초기에는 허가되었지만 공중전화 박스나 회선이 너무나 혼잡해졌기 때문에 며칠 동안은 전적으로 중지되었고, 나중에는 사망이라든가 출산이라든가 결혼 같은 긴급한 일에만 허용하는 방향으로 엄격히 제한되었다. 그러니 전보만이 우리의 유일한 수단이었다. 이해와 정과 살로써 맺어졌던 사람들이, 이제는 겨우 열 마디 정도가 고작인 전문(電文)의 대문자 속에서 그 옛정의 흔적을 더듬어 보게끔 되었다. 그리고 사실, 전보에서 쓸 수 있는 문구들은 곧 바닥이 드러나고 말기 때문에, 오랫동안의 공동생활이라든가, 공통으로 품고 있는 애욕 같은 것들이 '잘 있소, 당신을 생각하며, 사랑하오.' 같은 상투적인 문구의 정기적인 교환으로 급속히 축소되고 말았다.

우리들 중 몇몇은 그래도 악착같이 편지를 써 가지고 외부와 통신을 하려고 끊임없이 여러 가지 수단을 궁리해 보았으나 결국은 실없는 짓이었음을 깨닫고 마는 것이었다. 비록 우리가 생각해 낸 방법 중 몇 가지가 성공했다손 치더라도, 답장을 받을 길이 없으니 우리는 아무것도 모를 수밖에 없었다. 여러 주일 동안, 우리들은 같은 편지를 끊임없이 다시 쓰고, 똑같은 호소의 말을 다시 베껴 쓸 수밖에 없게끔 되었다. 그래서 어느 정도 시간이 지나자 우리의 마음에서 솟아 나와 피가 뜨겁도록 흐르던 말들이 의미를 잃어버린 채 텅 빈 것이 되고 마는 것이었다. 그러니 우리들은 기계적으로 그것들을 베끼고, 그 뜻이 죽어 버린 말들로 우리의 고달픈 삶의 신호를 나타내 보려고 애쓰고 있었다. 그리고 마침내는 아무 반향도 없는데 기를 쓰고 내뱉는 독백이나, 벽에다 대고 주고받는 그 무정한 대화보다는, 전보문의 판에 박은 듯한 호소가 차라리 낫게 여겨지는 것이었다.

그런데 며칠이 지나서, 아무도 이 도시에서 벗어날 수 없다는 것이 확실해지자, 사람들은 전염병이 발생하기 전에 시외로 나갔던 사람들의 귀가는 허락되는지를 알아보려는 생각을 했다. 며칠 동안 고려한 뒤에, 도청은 그럴 수 있다는 답변을 했다. 다만 일단 복귀한 자는 어떤 경우에도 다시 시에서 나갈 수가 없으며, 들어오는 것은 자유지만 다시 나가지는 못한다는 것을 명백히 했다. 그런데도 역시, 수는 적지만 몇몇 가정에서는 사태를 대수롭지 않게 생각한 나머지 모든 조심성보다 가족을 만나고 싶다는 욕심을 앞세워, 나간 가족들에게 이 기회를 이용하라고 권했다. 그러나 페스트의 포로가 되어 버렸던 사람들은 자칫하면 자기네 가족을 위험 속에 몰아넣게 된다는 것을 곧 깨닫고, 이별을 참아 내기로 결심했다. 질병이 가장 심각한 지경에 달했을 때 고문하는 듯한 죽음의 공포보다 인간적인 감정이 더 강했던 예는, 한 건을 제외하고는 볼 수가 없었다. 그것은 흔히 우리가 기대하듯, 고통을 초월해서 서로가 서로에게 사랑만을 쏟아붓는 애인들의 경우가 아니었다. 그것은 오히려 아주 오랜 세월 동안 결혼 생활을 해 온 늙은 의사 카스텔과 그 부인의 경우였다. 카스텔 부인은, 그 전염병이 돌기 며칠 전에 이웃 도시에 갔더랬다. 그 가정은 세상 사람들에게 모범적인 행복의 예를 보여 주는 그러한 가정 중 하나도 아니었다. 그러므로 모든 가능성으로 보아서, 그 부부는 여태껏 자기들의 결혼이 만족스럽다는 확신조차 없이 살아왔다고 서술자는 자신 있게 말할 수 있다. 그러나 갑작스럽게 시작된 별거 생활이 끝날 줄 모른 채 연장되면서부터 그들은, 서로 떨어져선 살 수 없으며, 백일하에 문득 드러난 그 진실에 비긴다면 페스트 같은 것은 하찮은 것임을 확신하게 된 것이었다.

그것은 하나의 예외였다. 대부분의 경우, 별거 상태는 분명히 그 전염병이 사라져야 비로소 끝날 모양이었다. 그래서 우리들 전체에게 있어서, 우리들의 생활을 이루고 있던 감정, 더구나 우리가 잘 안다고 생각했던 감정(오랑 시민들은, 이미 말한 바 있듯이 단순한 정열의 소유자들이다)이 전에는 몰랐던 새로운 면모를 드러내 보이기 시작했다. 배우자를 퍽 끔찍하게 믿어 오던 남편들이나 애인들이 문득 질투심에 사로잡혀 버리는 것이었다. 사랑을 가볍게 여긴다고 스스로도 인정하던 남자들이 다시 성실해졌다. 어머니와 같이 살면서도 거의 어머니를 쳐다보지도 않은 채 무관심하게 살던 아들들이, 그들의 기억 속에 되살아나는 어머니 얼굴의 주름살 하나에도 자기들의 모든 불안과 후회를 떠올리는 것이었다. 어처구니없고 뚜렷한 앞날도 보이지 않는 그 급작스러운 이별에 우리들은 망연자실한 채 아직 그토록 가까우면서도 어느새 그토록 멀어져 버린, 그리고 지금은 우리들 하루하루의 삶을 가득히 차지하고 있는 그 존재의 추억을 뿌리칠 능력도 없어진 형편이었다. 사실 우리는 이중의 고통을 겪고 있었다 — 우선 우리 자신의 고통과, 다음으로는 집에 없는 사람들, 즉 자식이며, 아내며, 애인이 겪으리라고 상상되는 고통이었다.

사실 딴 경우라면, 우리 시민들은 좀 더 외부적이고 좀 더 적극적인 생활 속에서 탈출구를 발견할 수도 있었으리라. 그러나 동시에 페스트로 말미암아 시민들은 아무 할 일이 없어졌고, 그 침울한 도시 안에서 맴돌면서, 하루하루 추억의 부질없는 유희만 되풀이할 수밖에 없었다. 목적 없는 산책에서, 그들은 항상 같은 길을 또 지나가게 마련이었으며, 또 그렇게도 작은 도시였으니만큼 대개의 경우 그 길은 지난날, 이제는 곁에 없는 사람과 같이 돌아다니던 바로 그 길이었다.

이처럼, 페스트가 우리 시민들에게 가장 먼저 가져다준 것은 귀양살이였다. 서술자가 느꼈던 것이 동시에 수많은 우리 시민들이 느꼈던 것인 만큼, 서술자는 자신이 그때에 느낀 바를 모든 사람의 이름으로 여기에 써도 무방하다고 굳게 믿는다. 그렇다. 그때 우리가 끊임없이 마음속에 지니고 있었던 공동(空洞), 과거로 돌아가고만 싶은, 혹은 그 반대로 시간의 흐름을 재촉하고만 싶은 구체적 감정, 어이없는 요구, 저 불타는 화살과도 같은 기억, 그것이 바로 귀양살이의 감정이었다. 이따금 우리는 상상이 뻗어 가는 대로 마음을 맡긴 채, 집에 돌아오는 사람의 초인종 소리라든가 계단을 올라오는 귀에 익은 발소리를 심심풀이로 기다려 보기도 하고, 그러는 동안에는 기차 운행이 정지되었다는 것을 잊어버리기로 마음먹기도 하고, 그리하여 저녁 급행으로 온 여객이 우리 동네에 도착함 직한 시간에는 밖에 나가지 않고 집에서 기다리고 있도록 맞춰 놓아 보기도 했지만, 물론 그런 장난이 오래갈 리는 없었다. 기차가 오지 않는다는 사실을 확실히 깨닫는 순간이 반드시 오고 마는 것이었다. 그래서 우리들은 우리의 이별이 앞으로도 계속될 운명에 있으며, 시간과 더불어 해결을 보도록 노력해야만 된다는 것을 깨달았다. 그때부터 우리는 결국 우리의 감금된 상태로 되돌아와서 오로지 지나온 과거만 바라보고 지내는 수밖에 없었다. 그러니 우리들 중 몇몇이 미래를 내다보며 살고자 하는 유혹을 느끼는 일이 있다 해도, 그들은 공연한 상상을 믿었다가 급기야는 입고야 말 상처의 쓰라림을 느끼고서, 되도록 빨리 그런 유혹을 뿌리쳐 버리는 것이었다.

특히 모든 우리 시민들은 이별의 기간이 얼마나 될지 헤아려 보던 습관을 아주 빨리, 심지어 공공연하게 떨쳐 버리고 말았던 것이다. 왜 그랬을까? 왜냐하면, 가장 비관적인 사람들이, 예를 들어서 그 기간을 육 개월로 정하고서 장차 그 육 개월간에 닥쳐올 모든 고초를 미리 다 맛볼 대로 맛보고 나서, 가까스로 그러한 시련의 경지에 걸맞도록 용기를 키우고, 그토록 오랜 세월에 걸친 고통 속에서도 꺾이지 않고 버티기 위해 마지막 힘을 다하고 있다가도, 어쩌다 우연히 만난 친구라든가, 신문에 실린 전망이라든가, 근거 없는 의혹이라든가, 혹은 불현듯이 생기는 통찰이라든가 하는 것 때문에 결국은 그 유행병이 육 개월 이상 가지 말라는 법도 없으며, 아마 일 년, 또는 그 이상 갈지도 모른다는 생각을 하게 되니까 말이다.

그럴 때에 그들의 용기, 의지, 그리고 인내는 너무나도 급작스럽게 붕괴해서 그들은 영원히 그 수렁에서 다시 기어 나올 수 없을 것만 같아 보였다. 그래서 그들은, 자기들이 해방될 날의 기한을 결코 생각지 않고 이제는 더 이상 미래를 바라보지도 않은 채 항상, 말하자면 두 눈을 내리깔고 지내려고 무척 애쓰고 있었다. 그러나 당연한 일이지만, 고통을 숨기려는, 그리고 투쟁을 거부하기 위해 경계를 포기하는 그러한 조심성과 방법은 과히 신통한 보람을 얻지 못했다. 그들은 어떠한 대가를 치르고라도 피하고자 했던 그러한 붕괴를 모면할 수는 있었지만 그와 동시에, 앞으로 있을 재회를 마음에 그려 봄으로써 페스트를 잊을 수 있는, 사실상 자주 가질 수 있는 그 순간들을 갖지 못하게 되고 말았다. 그럼으로 해서 그들은 그 수렁과 절정의 중간 거리에 좌초하여, 갈 바 없는 그날그날과 메마른 추억 속에 버림받은 채, 고통의 대지 속에 뿌리박기를 수락하지 않고서는 힘을 얻을 수 없는, 방황하는 망령으로, 산다기보다는 차라리 둥둥 떠다니고 있었다.

이와 같이 아무 소용도 없는 기억을 간직하고 살아가는 모든 죄수들과 모든 유형수들의 깊은 고통을 그들은 맛보고 있었다. 그들이 끊임없이 되씹곤 하는 그 과거조차도, 후회의 쓴맛밖에는 남은 것이 없었다. 사실 그들은 지금 자기들이 기다리고 있는 그 남자, 또는 그 여자와 아직은 할 수 있었을 때 하지 못했던 것이 애석하게만 여겨지는 모든 것을, 가능하다면 그 과거에 덧붙여 보고만 싶었을 것이다 — 또한 감옥이나 다름없는 자신들의 모든 생활환경, 상대적으로 보면 즐거운 것이라고도 할 수 있는 환경에다가도, 그들은 현재 자기 곁에 없는 사람들을 섞어 넣어 생각하고 있었다. 그때 그대로의 상태로는 아무래도 만족할 수가 없었던 것이다. 자기 자신들의 현상에 진저리가 나고, 과거와도 원수가 되고, 미래마저 박탈당한 우리들은, 마치 인간적인 정의나 증오 때문에 철창 속에 갇힌 신세가 되어 버린 사람들과 똑같았다. 결국 그 견딜 수 없는 휴가에서 벗어나는 유일한 방법은, 상상을 통해서 다시 기차를 달리게 하고, 악착같이 침묵만 지키고 있는 초인종을 연거푸 울림으로써 기간을 가득 채우는 길뿐이었다.

그러나 비록 그것이 귀양살이이기는 했지만, 대개의 경우 그것은 바로 자기 집에서의 유적(流謫)이었다. 그리고 서술자는 모든 사람들에게 공통된 귀양살이밖에는 겪어

보지 못했지만, 이와 반대로 가령 신문기자 랑베르나 그 밖의 사람들 같은 경우를 잊어서는 안 된다. 페스트의 내습을 받고 이 도시에 억류된 여행자인 그들은 만나 볼 수 없는 사람뿐만 아니라 자기들의 고장과도 동시에 멀리 떨어져 있게 됨으로써, 이별의 고통이 더욱 확대되었던 것이다. 전반적인 귀양살이 속에서도, 그들은 가장 사무친 유형수였다. 왜냐하면 그들은 모든 사람들과 마찬가지로 시간이 야기하는 특유의 고통에 시달리고 있으면서, 동시에 공간에도 또한 얽매인 채, 페스트에 감염된 그 객지와, 잃어버린 그들의 고향 땅을 갈라놓는 그 벽에 쉴 새 없이 부닥치고 있었던 것이다. 먼지투성이의 시가지를 종일토록 헤매고 다니면서 자기들만이 아는 저녁과 자기들 고장의 아침을 소리 없이 외쳐 부르고 있는 사람들은 필경 그런 사람들일 것이다. 제비 떼가 나는 모습이며, 해 질 녘에 영그는 이슬방울이며, 또는 간혹 인적 없는 거리에 태양이 뿌려 놓는 그 야릇한 광선들처럼, 뜻을 헤아릴 수 없는 여러 가지 징조들과 난처한 메시지들로 그들의 고뇌는 날로 커 가고 있었다. 항상 모든 것으로부터 구원해 줄 수 있는 것이 바깥 세계인데 그들은 오히려 바깥 세계에는 눈을 감은 채 너무나도 생생하게만 느껴지는 꿈만을 어루만지고, 그 어떤 광선과 언덕 두세 개와 마음에 드는 나무와 여자들의 얼굴이 그들에게는 그 무엇으로도 대치될 수 없는 풍토를 이루고 있는 고향 땅의 영상에 한사코 매달리기만 하는 것이었다.

끝으로 가장 흥미 있고, 또 아마도 서술자가 이야기하기에 가장 적절한 입장에 있는 애인들에 관해서 좀 더 구체적으로 이야기하고자 한다. 그들은 다른 여러 가지 고민들로 괴로워하고 있었는데, 그 고민 중 하나가 후회라고 하겠다. 사실 그때 형편이 형편이었던 만큼 그들은 자기들의 감정을 일종의 열에 들뜬 객관성을 유지하고 고찰할 수 있었던 것이다. 그리고 그런 기회를 통해서 자신의 실수들이 그들 자신의 눈에도 뚜렷하게 드러나 보이지 않는 경우란 거의 드물었다. 그들은 무엇보다도 지금 자기 곁에 없는 사람의 행동거지를 정확히 상상하기가 곤란하다는 사실에서 자신의 실수를 깨닫는 첫 기회를 만날 수 있었다. 그래서 그들은 사랑하는 사람이 시간을 어떻게 보내는가를 모르기 때문에 슬픔을 느꼈다. 그들은 그런 것을 물어보는 것을 게을리했고, 사랑하는 사람에게 있어서 자기 애인의 소일거리가 모든 기쁨의 원천은 아닌 것처럼 가장했던 경솔함을 스스로 책망하는 것이었다. 거기서부터 자신들의 사랑의 역사를 거슬러 올라가서, 그것이 불완전했던 점을 검토하는 것이 그들에게는 쉬운 일이었다.

평상시에 우리들은 누구나 의식적이건 무의식적이건 간에 사랑이란 예상 밖의 위력을 발휘할 수 있다는 것을 알고 있었지만 또한 우리들의 사랑이 보잘것없다는 것도 다소 담담한 태도로 인정하고 있었다. 그러나 추억이란 더 까다로운 것이다. 그리고 극히 당연한 결과지만, 외부로부터 우리에게 달려들어서 도시를 강타했던 그 불행은, 우리로서는 분노를 금치 못할 그 부당한 고통을 우리에게 끼치는 데만 그치지 않았다. 그것은 또한 우리들로 하여금 스스로 괴로워하도록, 그리하여 우리 스스로 그 고통에 동의하도록 만들어 버렸던 것이다. 그것이 바로 우리의 관심을 딴 곳으로 돌리면서 그 저의를 은폐하는 이 질병의 상투적인 수단들 중 하나였다.

이처럼 우리들 각자는 그날그날 하늘만 마주 보며 고독하게 살아가기를 감수해야만 했다. 그 전반적인 포기 상태는 결국에 가서는 사람들의 성격을 단련할 수도 있었으련만 오히려 사람들을 줏대 없게 만들어 놓기 시작했다. 예를 들어서 몇몇 시민들은, 해가 나거나 비가 오면 그에 따라 마음이 변하는 또 하나의 노예 상태에 빠져 버렸다. 그들의 표정을 보면, 그들은 생전 처음으로, 그리고 직접적으로 날씨에 대해 반응을 보이는 것 같았다. 그들은 그저 황금빛 햇빛이 비치기만 해도 희희낙락했으며, 반대로 비 오는 날이면 그들의 표정과 생각은 두꺼운 베일에 싸이는 것이었다. 몇 주일 전만 해도 그들은 그러한 허약함이나 어처구니없는 노예 상태에서 벗어날 수 있었는데, 그것은 자기들 혼자만이 고독하게 세계와 대면하고 있는 것이 아니라 어떤 의미에서는 그들과 함께 살아가는 사람이 그들의 우주 앞에 자리 잡고 있었기 때문이었다. 그와 반대로 이제부터 그들은 아무리 보아도 하늘의 변덕에 좌우되는 형편이 되고 만 것 같았다. 즉, 그들은 까닭 없이 괴로워하거나 까닭 없이 희망을 품는 것이었다.

그러한 극도의 고독 속에서 결국 아무도 이웃의 도움을 바랄 수는 없었고 제각기 혼자서 저마다의 근심에 잠겨 있었다. 만약 우리들 중 누가 우연히 자기 내심을 털어놓거나 모종의 감정을 말해도, 그 사람이 받을 수 있는 대답은 어떤 종류건 간에 대개는 마음을 아프게 하는 대답이었다. 그래서 그 사람은 상대방과 자기가 서로 딴 이야기를 하고 있었다는 것을 알게 되는 것이었다. 사실 그는 오래 두고 마음속에서만 되씹으며 괴로워하던 끝에 그 심정을 표현한 것이었으며, 그가 상대방에게 전달하고자 한 이미지는 기대와 정열의 불 속에서 오래 익힌 것이었다. 그와 반대로 상대방은 습관적인 감동이나 시장에 가면 살 수 있을 상투적인 괴로움이나, 판에 박힌 감상 정도로 상상하는 것이었다. 호의에서건 악의에서건 그 응답은 언제나 빗나가는 것이었기 때문에 단념하는 수밖에 없었다. 그렇지 않으면 적어도, 더 이상 침묵을 견딜 수 없게 된 사람들의 경우, 남들이 정말 마음에서 우러나오는 말을 쓸 줄 모르게 된 이상, 자기들도 결국 시장에 굴러다니는 말을 쓰고, 그들도 역시 상투적인 방식으로, 단순한 이야기나 잡보, 이를테면 일간지 기사 비슷한 말투로 이야기하고 마는 것이었다.

그 경우에도 가장 절실한 슬픔이 흔해 빠진 대화의 상투적 표현으로 변해 버리기 일쑤였다. 페스트의 포로가 된 사람들은 바로 그러한 대가를 치르고서야 겨우 아파트 수위의 동정이나 옆 사람들의 관심을 끌 수가 있었던 것이다.

그러나(이 점이 가장 중요한 것이지만) 그 고뇌가 아무리 쓰라린 것이었다 하더라도, 텅 비어 있으면서도 무거운 그 마음이 아무리 견디기 어려운 것이었다 하더라도, 그 유형수들은 페스트의 제1기에서는 그래도 특권층에 속한 셈이었다. 사실 시민들이 냉정을 잃기 시작한 바로 그 순간에 그들의 생각은 완전히 자기들이 기다리는 사람에게로만 쏠려 있었다. 전반적인 낙담 속에서 사랑의 이기주의가 그들에게 방패막이가 되어 주었다. 또 페스트 생각을 하기는 했지만 그것은 단지 페스트로 말미암아 자기들의 이별이 끝도 없이 계속될까 봐 염려된다는 점에 한한 것이었다. 이처럼 그들은 전염병이 한창 기승을 부리는 가운데서도, 자칫 냉정함이라고 착각이 들 정도로 건전한 여유 같은 것을 누리고 있었던 것이다. 그들의 절망감은 그들을 공포로부터 건져 주었고, 그들의 불행에는 좋은 점도 있었다. 예를 들면, 그들 중 누가 병으로 목숨을 잃는다고 해도, 대개의 경우 본인은 그것을 깨달을 시간적 여유도 없이 그리된 것이었다. 눈앞에 있지도 않는 그림자 같은 존재를 상대로 계속해 온 기나긴 마음속 대화로부터 끌려 나오는 즉시 그는 다짜고짜로 가장 무거운 침묵만이 전부인 흙 속으로 내던져지는 것이었다. 그는 앞뒤 돌아볼 시간의 여유가 전혀 없었던 것이다.

우리 시민들이 그 갑작스러운 귀양살이와 타협해 보려고 노력하는 동안에, 페스트는 문마다 보초병을 세웠고, 오랑을 향해서 항해 중이던 선박들의 뱃머리를 돌리게 했다. 시의 폐쇄 이후로 한 대의 차량도 시내에 들어온 일이 없었다. 그날부터 자동차들은 시내에서 맴을 도는 듯한 인상을 주었다. 신작로의 높은 곳에서 바라다보는 사람들의 눈에는 항구도 이상한 모습으로 보였다. 그곳을 연안에서 가장 번화한 항구의 하나로 만들어 주던 종래의 활기는 갑자기 사라지고 없었다. 검역 중인 선박들이 아직도 거기에 있는 것이 보였다. 그러나 부두에는 일손을 놓은 커다란 기중기들, 뒤집어 놓은 소화물 운반차, 한적하게 쌓여 있는 술통이며 열을 지어 놓인 부대 자루 같은 것들이, 무역도 역시 페스트로 죽어 버리고 말았다는 사실을 역력히 말해 주고 있었다.

  그런 서먹서먹한 광경에도 불구하고, 우리 시민들은 자기들에게 닥쳐오고 있는 것이 무엇인지를 잘 이해하지 못하고 있음이 분명했다. 이별이라든가 공포라든가 하는 공통된 감정은 있었지만, 사람들은 여전히 개인적인 관심사를 무엇보다도 더 중요하게 여기고 있었다. 아직 아무도 그 질병을 현실적으로 받아들인 사람은 없었다. 대부분은 자기들의 습관을 방해하거나 자기들의 이해관계에 영향을 끼치는 것에 대해서 특히 민감했다. 그래서 그들은 애도 태우고 화도 내고 했지만, 그런 것이 결코 페스트와 맞설 수 있는 감정은 되지 못했다. 예를 들어서, 그들의 최초의 반응은 행정 당국에 대한 비난이었다. 신문이 여론을 반영해 '강구된 조치의 완화를 고려할 수는 없을까?' 하는 비판을 제기하자 그에 대해 지사가 내놓은 답변은 자못 예상외의 것이었다. 지금까지 신문들이나 랑스도크 통신사는 병세에 관한 통계의 공식적인 통보를 받지 못했다. 이제 지사는 통계를 매일매일 통신사에 알려 주면서, 매주 그것을 보도해 달라는 부탁을 해 왔다.

그러나 거기에 대해서도, 역시 일반의 반응은 즉각적으로 나타나지 않았다. 사실 페스트가 발생한 지 삼 주일 만에 302명의 사망자가 났다는 보도는 사람들의 상상력에 큰 호소력을 발휘하지 못했다. 한편으로 생각하면, 아마 그 모두가 페스트로 죽은 것은 아닐 것이다. 또 한편, 여느 때 그 도시에서 한 주에 몇 사람이 사망하는지를 아는 사람이라곤 아무도 없었다. 그 도시의 인구가 20만이나 되니 말이다. 사람들은 그 정도의 사망률이 정상적인 것인지 아닌지도 알지 못했다. 그것은 뚜렷한 이해관계가 걸려 있는데도 결코 사람들이 정확하게 알려고 관심을 기울이는 법이 없는, 바로 그런 성질의 것이다. 대중들은 말하자면 비교의 기준치가 없었던 것이다. 한참 지난 뒤 그동안의 사망자 수의 증가가 확실해졌을 때에는 비로소 여론도 진실을 깨닫게 된 것이다. 제5주에는 321명, 제6주에는 345명의 사망자가 나왔다. 적어도 그 증가율은 사태를 웅변적으로 말해 주고 있었다. 그러나 그러한 사망자의 증가도 충분하지는 못했는지 시민들은 그 불안의 한복판에서도, 그것은 필시 가슴 아픈 사건임은 틀림없지만, 그래도 결국은 일시적인 것이라는 인상을 버리지 못했다.

그리하여 이들은 여전히 거리로 나와 돌아다녔고, 카페 테라스에 나앉아 있곤 했다. 전체적으로 말해서, 그들은 겁쟁이가 되지는 않았고, 한탄보다는 농담을 더 많이 주고받았으며, 일시적인 게 분명한 그 불편을 자연스럽게 받아들이자는 그런 눈치였다. 체면은 세울 수 있게 된 것이다. 그러나 월말이 가까워지자, 그리고 좀 더 나중에 얘기할 기도 주간 동안에, 더 심각한 여러 가지 변화들이 우리 시의 모습을 바꾸어 놓았다. 무엇보다도 먼저 지사는 차량 운행과 식량 보급에 관한 조치들을 취했다. 식량 보급은 제한되고, 휘발유는 배급제가 되었다. 심지어 절전까지도 실시되었다. 생활필수품만은 육로 또는 공로로 오랑에 반입되었다. 이렇게 하여 차량 운행은 점차로 줄어들다가 드디어는 거의 전무 상태가 되었고, 사치품 가게들은 나날이 문을 닫았고, 딴 가게들도 진열창에 품절되었다는 쪽지를 붙였지만, 각 가게의 문 앞에는 손님들이 줄을 지어 늘어서 있었다.

 이처럼 오랑 시는 이상한 모습으로 변했다. 보행자들의 수는 현저하게 늘었으며, 심지어 대낮의 한산한 시간에도 가게의 휴업이나 몇몇 사무실들의 휴무로 할 일이 없어진 많은 사람들이 거리와 카페에 득실거리고 있었다. 아직까지는 그들은 실업자가 아니라 당분간 휴가 중이었다. 그래서 예를 들어서, 오후 3시경에, 그리고 밝은 하늘 밑에서 오랑 시는, 공개적인 행사를 벌이느라고 교통을 차단하고 가게 문을 닫은 채 시민들이 거리를 메우며 쏟아져 나와 즐거운 잔치에 참가하고 있는 축제의 도시와도 같은 착각을 불러일으키고 있었다.

 당연한 일이지만, 영화관들은 그 전반적인 휴가를 이용해서 큰돈을 벌었다. 그러나 도내에 들어오던 필름 배급이 중단되었다. 두 주일 후에는 영화관들이 필름을 서로 교환할 수밖에 없었고, 또 얼마 후에는 마침내 영화관마다 항상 똑같은 영화를 상영하게 되고 말았다. 그래도 영화관의 수입은 감소하지 않았다.

 끝으로, 포도주와 알코올음료의 매매가 으뜸가는 자리를 차지하는 도시이고 보니, 전부터 비축되었던 상당수의 재고품 덕분으로 카페들 역시 손님들의 수요를 충족시킬 수 있었다. 사실, 사람들은 마시기도 많이 마셔 댔다.

 어느 카페에서, '양질의 술은 세균을 죽인다'라는 광고문을 써 붙이자, 알코올이 전염병을 예방해 준다는 것이 세간에 이미 상식처럼 여겨져 오던 차라, 그런 생각은 더욱 확고하게 사람들의 뇌리에 박혔다. 매일 밤 2시쯤 되면 카페에서 쏟아져 나오는 상당히 많은 주정꾼들이 거리거리를 가득 메우면서 서로 낙관적인 얘기들을 주고받는 것이었다.

그러나 이 모든 변화들은, 어떤 의미에서는 너무 유별났고, 또 너무나 재빨리 이루어진 까닭에, 그것이 정상적이고 지속성 있는 것이라고 생각하기란 쉬운 일이 아니었다. 그 결과 우리는 여전히 우리의 개인적인 감정들을 제일의 관심사로 여기고 있었다.

시의 문들이 폐쇄된 지 이틀 후, 의사 리유는 병원에서 나오는 길에 코타르를 만났는데, 그는 리유에게 매우 만족한 표정을 지어 보였다. 리유는 그에게 안색이 좋다고 치하했다.

"그래요, 요새는 건강이 아주 좋습니다." 하고 그 작은 사내는 말했다. "그런데 선생님, 그놈의 페스트가 거참! 점점 심각하게 되어 가는데요."

의사는 그렇다고 시인했다. 그러나 코타르는 거의 유쾌해하는 듯한 어조로 단정을 내렸다.

"이제 와서 가라앉을 리가 없습니다. 모든 것이 뒤죽박죽이 될걸요."

그들은 잠시 함께 걸어갔다. 코타르는 자기 동네의 어떤 큰 식료품상이 비싸게 팔아먹을 생각으로 식료품을 매점하고 있었는데, 발병한 그 사람을 병원으로 데려가려고 사람들이 왔다가 침대 밑에 쌓여 있는 그 통조림 깡통들을 발견했다는 얘기를 하는 것이었다. "그 친구는 병원에서 죽었지요. 페스트에 걸려들면 밑천도 못 건지죠." 이처럼 코타르는 사실인지 거짓말인지는 모르나 전염병에 관한 이야기를 많이 했다. 예를 들면, 시내 중심가에서 어느 날 아침에 페스트 증세를 보이는 어떤 남자가 병 때문에 머리가 이상해졌는지 밖으로 뛰쳐나가 무턱대고 처음 만나는 여자에게 달려들더니 그 여자를 꼭 껴안으면서, 자기는 페스트에 걸렸다고 외치더라는 것이었다.

"그럼요!" 그러한 단정과는 어울리지 않는 상냥한 어조로 코타르는 지적하는 것이었다. "우리는 모두 미치고야 말 거예요. 틀림없어요."

또 바로 그날 오후에, 조제프 그랑이 마침내 자기의 개인적인 속내 이야기를 의사 리유에게 털어놓고 말았다. 그는 의사의 책상 위에 있는 리유 부인의 사진을 보더니 의사를 쳐다보았다. 리유는 자기 아내가 시외의 딴 곳에서 요양 중이라고 말해 주었다. "어떤 의미에서," 그랑은 이렇게 말했다. "차라리 다행입니다."

의사는 그게 어쩌면 다행일지도 모르며, 그저 아내의 쾌유를 비는 도리밖에 없다고 대답했다.

"아!" 그랑이 말했다. "이해가 갑니다."

그러고는 리유가 그를 알게 된 후 처음으로, 그는 흉금을 터놓고 이야기하기 시작했다. 여전히 용어를 선택하느라고 애를 쓰는 눈치였지만, 그는 자신이 하고 있는 이야기를 오래전부터 생각해 두기나 했던 것처럼 거의 그때그때마다 적합한 말들을 용케 찾아내는 것이었다.

그는 이웃에 사는 처녀와 아주 젊어서 결혼을 했다. 공부를 집어치우고 취직을 하게 된 것도 바로 결혼을 하기 위해서였다. 잔도 그도 전혀 자기 동네 밖으로 나가 본 일이 없었다. 그는 잔을 보러 그녀의 집을 찾아가곤 했었고, 잔의 양친은 이 말 없고 서투른 구혼자를 약간 비웃곤 했다. 그 여자의 아버지는 역부였다. 일이 없을 때는 항상 역 한구석에 앉아, 큼직한 두 손을 허벅다리에 척 얹고 생각에 잠긴 채 거리의 움직임을 바라보고 있었다. 어머니는 언제나 살림에 매달려 있었고, 잔이 어머니를 거들었다. 잔은 어찌나 몸이 가냘프던지, 그랑은 그녀가 길을 건너갈 때면 아슬아슬해서 볼 수가 없었다. 그럴 때면 차량들이 비정상적일 만큼 커 보였다. 어느 날, 크리스마스 선물을 파는 가게 앞에서 진열창을 바라보면서 잔은 감탄한 나머지 "참 아름다워!" 하면서 그랑에게 몸을 기대었다. 그는 그녀의 손목을 꼭 쥐었다. 이렇게 해서 그들의 결혼이 결정되었다.

그랑의 말에 따르면, 나머지 이야기는 아주 단순한 것이었다. 모든 사람의 경우가 다 그렇다. 즉 결혼하고, 계속해서 또 조금 사랑하고 일을 한다. 사랑한다는 사실을 깜박 잊어버릴 정도로 일을 한다. 잔도 일을 해야만 했다. 국장이 그랑에게 한 약속이 이행되지 않았기 때문이었다. 그 대목에서 그랑이 말하고자 하는 바를 이해하려면 어느 정도 상상력이 필요했다. 피로해진 탓도 있고 해서 그는 무심한 사람이 되었고, 점점 더 말이 적어졌으며, 젊은 아내가 자기는 사랑을 받고 있다는 생각을 하게끔 계속 이끌어 나가지 못했다. 일하는 남자, 가난, 서서히 막혀 가는 장래, 식탁에 앉아도 할 말이 없는 저녁때의 침묵, 그러한 세계에 정열적 사랑이 파고들 여지란 없다. 필시 잔은 고민했을 것이다. 그래도 그 여자는 떠나지 않고 머물러 있었다. 고통을 고통인 줄도 모른 채 오랫동안 괴로워하는 일이 사람에겐 흔히 있는 법이니 말이다. 몇 해가 지났다. 그 후 그 여자는 떠나고 말았다. 물론 그 여자가 혼자서 떠나간 것은 아니었다. '나는 당신을 무척 사랑했어요. 그렇지만 이제는 나도 피곤해요. 떠나는 것이 기쁘지는 않아요. 꼭 기뻐야만 새 출발을 하는 것은 아니니까요.' 이것이 대략, 그 여자가 그랑에게 써 보낸 편지의 내용이었다.

이번에는 조제프 그랑이 고민했다. 리유가 그에게 일깨워 주었듯이 그도 역시 새 출발을 할 수 있었을 것이다. 그러나 문제는 자신이 없다는 점이었다.

다만 그는 여전히 아내 생각만 하고 있었다. 그가 바라는 것이 있다면, 그것은 편지나 한 장 써 보내서 변명을 해 보고 싶다는 것이었다. "그러나 그게 어렵더군요." 하고 그가 말했다. "그런 생각을 한 지는 오래됩니다. 서로 사랑하고 있을 때는 말을 안 해도 서로를 이해할 수 있었어요. 그러나 사람이란 항상 사랑하지는 못하죠. 적당한 시기에 아내를 붙들어 둘 수 있는 좋은 말들을 생각해 냈어야 했는데 그러질 못했습니다." 그랑은 체크무늬가 새겨진 손수건 비슷한 헝겊에 코를 풀었다. 그러고는 콧수염을 닦았다. 리유는 그를 쳐다보고 있었다.

"실례했습니다, 선생님." 그렇게 그 늙은이는 말했다. "하지만 뭐랄까요? …… 나는 선생님을 믿습니다. 선생님한테는 이야기를 할 수 있습니다. 그래서 흥분이 되는군요."

분명히 그랑은 페스트와는 천 리나 멀리 떨어져 있었다.

그날 저녁 리유는 아내에게, 시가 폐쇄되었으며 자기는 잘 있고, 계속 몸조리를 잘하길 바라며, 그리고 그녀를 생각하고 있노라는 전보를 쳤다.

시의 문들이 폐쇄된 지 삼 주일 후에, 리유는 병원에서 나오다가 자기를 기다리고 있는 어떤 젊은 남자를 만났다.

"아마 저를 알아보실 걸로 생각하는데요." 하고 그 젊은 이는 말했다.

리유는 알 것 같기도 했지만 머뭇거렸다.

"이런 일이 있기 전에 찾아왔지요." 하고 그는 말했다. "아랍인들의 생활 상태에 관한 말씀을 들어 보려고 말입니다. 제 이름은 레몽 랑베르입니다."

"아! 그렇군요." 하고 리유가 말했다. "그러면, 이제는 훌륭한 특종 기삿거리를 얻은 셈이겠군요."

그 사나이는 초조해 보이는 표정이었다. 사실은 기삿거리 때문이 아니라 의사 리유에게 한 가지 부탁을 하러 왔다는 것이었다.

"죄송합니다." 하고 그는 말을 덧붙였다. "하지만 저는 이 도시에 아는 사람이라고는 아무도 없고, 우리 신문사의 주재원은 불행하게도 멍텅구리예요."

리유는 시내 중심가에 있는 어떤 진료소까지 같이 걸어가자고 권했다. 몇 가지 지시 사항을 전할 일이 있었기 때문이다. 그들은 흑인들이 사는 동네의 골목길을 걸어 내려갔다. 저녁때가 가까워 오고 있었으나, 전 같으면 이맘때에는 그렇게도 떠들썩하던 시내가 기이하게도 적적해 보였다. 아직도 황금빛으로 물들어 있는 하늘에 울려 퍼지는 나팔 소리만이 군인들이 직무를 수행하고 있다는 기색을 말해 주고 있었다. 그러는 동안 가파른 길을 따라 무어식 가옥들의 푸른 벽, 붉은 벽, 자주색 벽 사이를 걸어가면서, 랑베르는 몹시 흥분해서 말을 했다. 그는 파리에 아내를 두고 온 것이었다. 사실인즉 정식 아내는 아니었지만, 아내나 마찬가지였다. 시가 폐쇄되자 그는 곧 아내에게 전보를 쳤다. 처음에는 그저 일시적인 것이려니 하고 편지 왕래나 할 방도를 궁리하고 있었던 것이다. 오랑의 동료 기자들은 자기들로서는 아무 방도가 없다고 말했고, 우체국에서는 상대도 하지 않았고, 도청의 한 여자 서기는 그에게 콧방귀를 뀌었다. 마침내 그는, 두 시간이나 줄을 서서 기다린 끝에 '만사 순조로움. 곧 다시 봅시다.'라고 쓴 전보를 한 장 접수할 수가 있었다.

그러나 아침에 잠자리에서 일어났을 때, 얼마 동안이나 이 사태가 계속될는지 알 수가 없다는 생각이 문득 머리에 떠올랐다. 그는 떠나기로 결심했다. 그는 소개장을 갖고 있었으므로(직업이 기자이고 보니 여러 가지 편의가 있다) 도청의 비서실장과 접촉을 할 수가 있어서, 그에게 자기는 오랑과는 아무런 관계도 없으며, 여기에 머물러 있을 일도 없고, 우연히 여기에 있게 되었으며, 일단 나가서 격리 수용되는 한이 있더라도 어쨌든 퇴거를 허가해 주는 일이 마땅하리라고 말했던 것이다. 비서실장은 이에 대해서, 잘 알아듣겠으나 예외를 만들 수는 없다, 검토는 해 보겠지만 요는 사태가 중대하니만큼 선뜻 어떤 결정도 내릴 수는 없다고 대답했다는 것이다.

"그러나 어쨌든." 랑베르는 말했다. "나는 이 도시와 아무 상관이 없습니다."

"아마 그렇겠죠. 그러나 어쨌든 전염병이 오래 계속되지 않기를 피차에 바랄 뿐입니다."

결국 그는 랑베르를 위로하면서, 오랑에서 흥미 있는 기삿거리를 얻게 될지도 모르는 일이고, 무슨 일이든 간에 잘 살펴보면 반드시 좋은 면이 있는 법이라고 말해 주었다. 랑베르는 어깨를 으쓱 추켜올렸다. 그들은 시가의 중심지에 도착했다.

"어리석은 일입니다, 선생님. 저는 기사를 쓰려고 세상에 태어난 것은 아닙니다. 그보다는 오히려 어떤 여자하고 살기 위해서 세상에 태어난 것 같습니다. 그쪽이 더 어울리는 얘기가 아닙니까?"

어쨌든 그쪽이 더 이치에 맞을 것 같아 보인다고 리유는 말했다.

중심가의 대로에는 여느 때와 같은 군중은 없었다. 몇몇 통행인들이 먼 집을 향해서 서둘러 가고 있었다. 아무도 웃는 사람은 없었다. 그것은 그날 발표된 랑스도크 통신사의 보도가 가져온 결과라고 리유는 생각했다. 스물네 시간이 지나면 우리 시민들은 다시 희망을 품기 시작할 것이다. 그러나 당일에는, 그들의 기억 속에 너무나 생생한 통계 숫자들이 지워지지 않고 남아 있었던 것이다.

"그 여자와 나는." 하고 랑베르가 밑도 끝도 없이 말했다. "만난 지 얼마 안 됐지만 서로 마음이 잘 맞았거든요."

리유는 아무 말도 하지 않았다.

"선생님께 관심도 없는 얘기를 늘어놓았군요." 랑베르가 말을 이었다. "저는 단지 선생님께, 제가 그 고약한 병에 걸리지 않았다는 것을 확인하는 증명서를 한 장 써 주실 수 없는지 여쭈어 보고 싶었던 것뿐입니다. 그렇게 해 주신다면 도움이 될 것 같습니다."

리유는 고개를 끄덕거렸다. 그는 자기 다리 사이로 뛰어든 어느 사내아이를 안아서 사뿐 일으켜 세워 주었다. 두 사람은 다시 발걸음을 옮겨서 연병장까지 왔다. 무화과나무와 종려나무 가지들이, 먼지가 쌓여 더러워진 공화국의 여신상 주변에 역시 먼지를 푹 뒤집어쓴 채 조용히 늘어서 있었다. 그들은 그 기념상 아래에 멈추어 섰다. 리유는 뿌연 먼지로 뒤덮인 신발을 한 짝씩 차례로 땅에 탁탁 치며 털었다. 그는 랑베르를 바라보았다. 펠트 모자를 좀 뒤로 젖혀 쓰고, 넥타이 아래 와이셔츠 칼라의 단추를 풀어 헤친 채 수염도 제대로 깎지 않은 그 신문기자의 표정은 무뚝뚝하고 뿌루퉁해 보였다.

"심정은 이해합니다." 하고 마침내 리유가 말했다. "그러나 선생의 말은 옳지 않습니다. 나는 그 증명서를 해 드릴 수가 없습니다. 왜냐하면 사실 나는 선생이 병에 걸려 있는지 어떤지도 모를 뿐더러, 비록 안다고 하더라도 내 진찰실을 나가는 순간부터 도청에 들어가는 순간까지 전염이 안 된다고 증명할 수는 없으니까요. 게다가 비록……"

"게다가 비록?" 랑베르가 말했다.

"게다가 비록 내가 그 증명서를 써 드린다 해도 아무 소용이 없을 것입니다."

"왜요?"

"왜냐하면 이 도시에는 선생과 사정이 비슷한 사람들이 수천 명이나 있고, 그런데도 당국은 그 사람들을 내보내 주지 않으니까요."

"페스트에 안 걸린 사람들도요?"

"그것은 충분한 이유가 못 됩니다. 참 어리석은 이야기지요. 나도 잘 압니다. 그러나 그것은 우리 모든 사람들에게 관계되는 문제입니다. 현실을 있는 그대로 감수해야만 합니다."

"하지만 나는 이 고장 사람이 아닌데요!"

"지금부터는 유감입니다만, 선생은 이 고장 사람입니다. 다른 모든 사람들처럼 말입니다."

그 사람은 흥분했다.

"이건 그야말로 인도적인 문제입니다. 서로 마음이 잘 맞아서 살고 있는 두 사람에게 이러한 이별이 어떤 것인지를 아마 선생님께서는 이해하지 못하실 겁니다."

리유는 곧바로 대답하지 않았다. 그러다가 그는, 자기도 그걸 잘 이해한다고 말했다. 그는 랑베르가 아내와 다시 만나고, 서로 사랑하는 사람들 모두가 다시 결합하기를 진심으로 원하는 바이지만, 포고와 법률이 있고 페스트가 있으니, 자기의 역할은 마땅히 해야 할 일을 완수하는 것이라고 말했다.

"아니지요." 입맛이 쓰다는 듯이 랑베르가 말했다. "선생님은 이해하지 못하세요. 선생님 말씀은 이성에서 나오는 말씀이지요. 선생님은 추상적이십니다."

의사는 공화국의 여신상 위로 눈을 치켜떴다. 그러고는 자기의 말이 이성에서 나오는 것인지 어떤지는 모르지만, 어쨌든 자기는 자명한 이치에서 나오는 말을 하는 것이며, 그 양자가 반드시 같은 것은 아니라고 말했다. 신문기자는 자기의 넥타이를 바로 맸다.

"그러면 달리 어떻게 해 보란 말씀이신가요? 하지만." 하고 그는 도전적인 어조로 말을 이었다. "나는 이 도시에서 나가고 말 것입니다."

의사는 그 심정 역시 이해할 수는 있지만 그런 일은 자기와는 무관하다고 말했다.

"아니에요, 관계가 있지요." 갑자기 큰 소리로 랑베르가 외쳤다. "내가 선생님을 찾아뵌 것도, 이번에 취해진 결정에 선생님의 역할이 컸다는 말을 들었기 때문입니다. 그래서 나는 적어도 한 건쯤이야, 스스로 만들어 놓으신 일인 만큼 좀 손을 써 주실 수 있으리라고 생각했어요. 그러나 선생님은 마이동풍이시군요. 남의 일은 생각해 본 적도 없으시군요. 생이별을 한 사람들에 대해서는 생각해 보지도 않으셨어요."

리유는, 어떤 의미에서는 그 말이 사실이고, 그런 것들을 고려해 보려고 하지 않았다는 것을 인정했다.

"아! 알겠어요." 랑베르가 말했다. "공적인 일이라는 말씀이죠. 그러나 공공복지도 개개인의 행복으로 성립되는 것입니다."

"글쎄." 의사는 딴생각을 하다가 깨어난 듯이 말했다. "그런 점도 있고 또 다른 점도 있지요. 속단해선 안 됩니다. 그러나 그렇게 화내시는 것은 온당치가 못합니다. 만약 선생이 이 난관에서 벗어날 수 있다면 나는 정말로 기쁘겠습니다. 단지 나로서는 직무상 해서는 안 될 일이 있으니까요."

참지 못해서 랑베르는 머리를 흔들었다.

"그렇죠, 화를 낸 것은 잘못입니다. 그리고 이렇게 시간을 너무 끌어서 죄송합니다."

리유는 앞으로 랑베르가 하는 일이 어떻게 되어 가는지 알려 줄 것과 자기를 원망하지 말아 줄 것을 당부했다. 그들이 서로 일치할 수 있는 면이 확실히 있다는 것이었다. 랑베르는 갑자기 어색해진 모양이었다.

"저도 그렇게 생각합니다." 하고 얼마 후에 그는 말했다. "저 자신이나 선생님이 제게 말씀하신 모든 것에도 불구하고 그러리라는 생각이 듭니다."

그는 망설였다.

"그러나 선생님에게 찬동할 수는 없습니다."

그는 펠트 모자를 이마 위로 푹 눌러쓰고 총총걸음으로 가 버렸다. 리유는 장 타루가 묵고 있는 호텔로 그가 들어가는 것을 보았다.

잠시 후, 의사는 고개를 흔들었다. 그 신문기자의 행복에 대한 조바심에도 일리가 있었다. 그러나 리유에 대한 그의 비난은 정당했던가? '선생님은 추상적입니다.' 페스트가 더욱 성해져서 일주일에 사망 환자 수가 평균 오백 명에 달하고 있는 병원에서 보낸 그날들이 정말로 추상적이었을까? 그렇다, 불행 속에는 추상적이고 비현실적인 일면이 있다. 그러나 추상이 우리를 죽이기 시작할 때에는 정신을 바짝 차리고 그 추상과 대결해야 한다. 다만 리유는 그것이 그리 쉬운 일이 아니라는 것을 알고 있었다. 예를 들어서, 그가 책임을 맡고 있는 그 임시 병원(이제는 셋이 됐다)을 관리하기란 쉬운 일이 아니었다. 그는 진찰실이 마주 보이는 방에다가 접수실을 꾸몄다. 땅을 파서 크레졸 액을 탄 물을 채워 못을 만들고, 그 가운데에는 벽돌로 작은 섬을 만들어 놓았다. 환자가 그 섬으로 운반되면 재빨리 옷을 벗기고 옷은 물속에 떨어지는 것이었다. 몸을 씻고 물기를 거두고 껄껄한 병원용 내의로 갈아입은 환자는,

리유의 손으로 넘어왔다가 다음에는 병실로 운반되는 것이었다. 부득이 어떤 학교의 실내 체육관까지 이용하지 않을 수 없었는데, 지금 그 속에 갖추어 놓은 모두 오백 개나 되는 침대는 거의 전부가 환자로 차 있었다. 리유 자신의 지휘 아래 진행되는 오전의 환자 접수와 백신 주사나 종기 수술을 마친 다음 리유는 다시 통계를 검토하고 나서 오후의 진찰을 위해서 자기 병원으로 돌아오는 것이었다. 저녁나절에야 마침내 왕진을 갔다가 밤늦게야 집에 돌아왔다. 그 전날 밤에 리유의 어머니는 며느리에게서 온 전보를 그에게 건네주다가 아들의 손이 떨리는 것을 보았다.

"네, 떨리는군요." 하고 그는 말했다. "그러나 참고 견디다 보면 마음이 진정되겠죠."

그는 튼튼하고 강단이 있었다. 그리고 실상 아직 피곤을 느끼지는 않았다. 그러나 일례를 들어서, 왕진 같은 것은 지긋지긋했다. 유행성 열병이라는 진단을 내리는 것은 곧 그 환자를 당장 끌려가도록 만드는 일이 되었다. 그럴 때면 정말 추상과 난관이 시작되는 것이었다. 왜냐하면 병자의 가족들은 환자가 완치되거나 죽기 전에는 다시 만날 수 없다는 것을 알고 있었으니 말이다. "동정해 주세요, 선생님!" 타루가 묵고 있는 호텔에서 일하는 청소부 여자의 어머니인 로레 부인이 그렇게 말했다. 그것은 무슨 뜻이었던가? 물론 의사는 동정을 했다. 그러나 그것은 아무에게도 도움이 되질 못했다. 전화를 걸지 않을 수 없었다. 그러면 이내 구급차의 사이렌이 울리는 것이었다. 초기에는 이웃 사람들이 창문을 열고 내다보았다. 얼마 후엔 부리나케 문을 닫아 버리는 것이었다. 그러면 결국 싸움과 눈물과 설득, 요컨대 추상이 시작되는 것이었다. 신열과 불안으로 과열된 아파트 속에서 여러 가지 난장판이 벌어지는 것이었다. 그러나 병자는 끌려간다. 그제야 리유는 그 자리를 뜰 수 있었다.

처음 몇 번은 전화를 거는 것으로 그치고, 구급차가 오기를 기다리지 않은 채 다른 환자들에게로 달려가곤 했다. 그러나 가족들이 이제는 그 결과가 뻔한 이별보다는 차라리 페스트와 마주 앉아 있는 것이 낫다고 생각하는지 문을 닫아걸고 열어 주지 않는 것이었다. 아우성이 일어나고 명령이 내려지고 경찰이 개입하고, 그런 연후에는 무력으로 환자를 탈취하고 만다. 초기의 몇 주일 동안 리유는 구급차가 오기를 기다리는 수밖에 없었다. 그 후 왕진하는 의사 한 명에 자원봉사 감독관이 한 사람씩 따르기로 되자 리유는 한 환자로부터 다른 환자에게로 달려갈 수 있었다. 그러나 초기에는 매일 저녁이 그가 로레 부인 집에 들어갔던 날 저녁과 비슷했다. 부채와 조화로 장식해 놓은 조그만 아파트 방에 들어갔을 때, 환자의 어머니가 어정쩡한 미소를 지으면서 그를 맞아들이며 이렇게 말했다.

"설마 요새 한창 떠들썩한 열병은 아니길 바라요."

그래서 그는 홑이불과 속옷을 들추고, 배와 넓적다리에 생긴 붉은 반점과 부어오른 임파선들을 들여다보았다. 그 어머니는 자기 딸의 넓적다리를 들여다보고 있다가 참지 못하고 소리를 지르는 것이었다. 매일 저녁 어머니들은 여러 가지 치명적인 징후를 띤 노출된 배를 앞에다 놓고 추상적으로 변해 버린 표정으로 그렇게 소리치는 것이었고, 매일 저녁 사람들의 팔이 리유의 팔을 붙들고 늘어졌고, 무용한 말들, 약속들, 그리고 눈물이 쏟아져 나왔고, 또 매일 저녁 구급차의 사이렌은 모든 고통과 마찬가지로 헛된 감정의 발작을 불러일으키는 것이었다. 그리고 언제나 비슷한 모습으로 계속되기만 하는 저녁들을 오래 겪고 나자, 리유는 끝없이 되풀이되는 비슷한 광경의 기나긴 연속 이외에는 아무것도 기대할 수가 없었다. 그렇다, 페스트는 마치 추상처럼 단조로운 것이었다. 단 한 가지 달라진 것이 있다면 그것은 바로 리유 자신이었다. 그는 그날 저녁 공화국의 여신상 밑에서, 오직 마음속에 차오르기 시작한 벅찬 무관심만을 의식하면서, 랑베르가 들어간 호텔의 문을 바라보다가 그것을 느꼈다.

기진맥진한 그 몇 주일이 지나간 후, 모든 시민들이 거리로 쏟아져 나와 제자리에서 맴돌기만 하는 저 모든 황혼 녘들이 지나간 후, 리유는 이제 더 이상 동정심과 싸울 필요가 없다는 것을 깨닫게 되었다. 동정이 아무 소용이 없다면 동정하는 것도 피곤해지는 법이다. 그리고 의사는 서서히 닫혀 가는 그 마음의 감각 속에서밖에는 온몸이 으스러지는 듯한 그날들의 위안을 찾을 길이 없었다. 그는 자기의 임무가 그것으로 말미암아 수월해지리라는 것을 알고 있었다. 그렇기 때문에 그는 그렇게 된 것을 기뻐했다. 새벽 2시에 아들을 맞아들이면서 그의 어머니는 자기를 바라보는 아들의 눈빛이 공허한 것을 안타까워했지만 그때 그녀는 바로 리유가 받을 수 있는 유일한 위안을 한탄하고 있는 것이었다. 추상과 싸우기 위해서는 추상을 약간은 닮을 필요가 있다. 그러나 어찌 랑베르가 그것을 느낄 수 있겠는가? 랑베르가 볼 때 추상이란 자기의 행복을 가로막는 모든 것이었다. 그리고 사실, 리유는 어떤 의미에서는 그 신문기자가 옳다는 것도 알고 있었다. 그러나 그는 추상이라는 것이 행복보다 더 힘센 것으로 나타날 수도 있으므로 그런 경우, 반드시 그런 경우에만, 추상을 고려해야 된다는 것을 또한 알고 있었던 것이다. 그런 경우는 랑베르에게 장차 닥쳐올 것이었고 리유는 나중에 랑베르가 들려준 속사정 이야기들을 통해서 자세하게 그 사실을 알게 되었다. 그리하여 리유는 꾸준히, 그리고 새로운 각도에서, 개개인의 행복과 페스트라는 추상과의 사이에서 벌어진 그런 종류의 우울한 투쟁을, 그 기나긴 기간 동안에 걸쳐 우리 도시의 삶 전체를 지배했던 그 투쟁을 계속 추적할 수가 있었다.

그러나 어떤 사람들의 눈에 추상으로 보이는 것이 또 다른 사람들의 눈에는 진리로 보이는 것이었다. 페스트가 발생한 첫 달이 다 갈 무렵엔, 사실 병세의 현저한 재연(再燃)과 미셸 영감이 처음 발병했을 때 도와주었던 예수회 파늘루 신부의 열렬한 설교로 분위기가 암담해졌다. 파늘루 신부는 오랑 지리학회 회보에 자주 기고를 하여 이미 그 이름이 알려져 있었는데, 그의 금석문(金石文) 고증은 권위가 있었다. 그러나 그는 근대 개인주의에 관한 일련의 강연회를 통해서, 연구의 전문가로서보다도 더 많은 청중을 모은 일이 있었다. 그는 강연을 통해서 근대의 방종이나 지난 여러 세기 동안의 몽매주의와는 다 같이 거리가 먼 일종의 까다로운 기독교의 열렬한 옹호자로 자처했다. 그때 그는 청중들에게 혹독한 진실들을 가차 없이 털어놓았다. 그래서 그의 명성은 자꾸 높아만 갔다.

그런데 그달 말경에, 우리 시의 고위 성직자 측에서는 집단 기도 주간을 설정함으로써 그들 특유의 방법으로 페스트와 싸우기로 결정했다. 대중의 신앙심을 나타내는 이 행사는 일요일에 페스트에 걸렸던 성(聖) 로크에게 드리는 장엄한 미사로 끝맺음하기로 되어 있었다. 그 기회에 파늘루 신부는 설교를 위촉받았던 것이다. 파늘루 신부는 성 아우구스티누스와 아프리카 교회에 대한 연구로 해서 그의 교단에서 각별한 지위를 얻고 있었는데 약 두 주일 전부터 그 연구에서도 간신히 손을 빼낼 수 있었다. 성미가 급하고 열정적인 천성을 지닌 그는 위촉받은 그 사명을 굳은 결의로 받아들였던 것이다. 그 설교 이야기는 예정된 날의 훨씬 전부터 벌써 사람들의 입에 오르내렸고, 이 시기와 역사에 그것 나름대로의 중요한 날짜를 기록해 놓았던 것이다.

기도 주간에는 수많은 군중들이 모여들었다. 그것은 평소에 오랑 시민들의 신앙심이 특별히 두터워서가 아니었다. 일례를 들건대, 일요일 아침엔 해수욕이 미사에 대해서는 심각한 경쟁 대상이었다. 그렇다고 무슨 돌발적인 개종(改宗)으로 그들이 계시를 얻었기 때문은 더더욱 아니었다. 그것은 한편으로는 시가 폐쇄되고 항구는 차단되어 해수욕이 불가능해진 탓과, 다른 한편으로는 시민들이 갑자기 닥쳐오는 여러 가지 우발적인 사건들을 아직 마음속 깊이 인정하지는 못하면서도 분명히 어떤 변화가 생긴 것만은 절실히 느끼고 있는 아주 특이한 정신 상태에 빠져 있기 때문이었다. 그래도 많은 사람들은 여전히 질병이 곧 멈출 것이고, 가족들과 함께 무사히 모면하리라는 희망을 품고 있었다. 그래서 그들은 아무런 조바심도 느끼지 않았다. 그들에게 있어서는 페스트가 어느 날엔가는 사라져 버릴 불쾌한 방문자로밖에는 보이지 않았다. 왜냐하면 그것은 일단 찾아왔으니까 말이다. 겁은 났지만 절망은 하지 않았으며, 페스트가 그들의 생활 형태처럼 보이기까지 하고 또 그때까지 영위할 수 있었던 생활 방식 자체를 잊어버리기까지 하는 시기는 아직 오지 않았다. 요컨대 그들은 기대를 품고 있었다. 종교에 대해서도, 여러 가지 다른 문제들과 마찬가지로, 페스트는 그들에게 야릇한 정신 상태를 가져다주었다. 그것은 열성과도 거리가 멀고 무관심과도 거리가 먼 '객관성'이라는 말로 충분히 정의할 수 있는 그런 정신 상태였다. 기도 주간에 참가한 사람들의 대부분은, 예를 들어서 의사인 리유 앞에서 어떤 신자 한 사람이 "어쨌든 해가 되지는 않을 테니까요."라고 한 말을 자신의 심정 표현으로 삼을 수도 있었을 것이다. 타루 자신도 자기 수첩에 적어 놓기를, 이런 경우 중국인들은 페스트 귀신 앞에 가서 북을 두드릴 것이라고 한 다음에, 실제로 북이 각종 의학적 예방 조치보다 나은 효력을 발휘할는지는 결코 알 수 없는 일이라고 지적했다. 그는 다만 그 문제를 해결하자면 우선 페스트 귀신의 존재에 대한 지식이 있어야 할 것이며, 그 점에 관한 우리들의 무지는 우리들이 생각할 수 있는 모든 의견을 무의미하게 만들어 버린다고만 덧붙였다.

어쨌든 우리 시의 대성당은 기도 주간 동안 줄곧 신자

들로 거의 가득 찼다. 처음 며칠 동안은 많은 시민들이 성당 문 앞에 늘어서 있는 종려나무와 석류나무 숲에 앉아서 거리에까지 흘러나오는 온갖 축원과 기도 소리에 귀를 기울이고 있었다. 차츰차츰 그 청중들은 앞사람들을 따라 성당으로 들어가서, 덩달아 회중들의 답창에 어색한 목소리로 끼어들었다. 그래서 일요일에는 상당수의 군중이 성당의 중앙 홀을 가득 메우고 앞뜰과 마지막 층계에까지 넘쳐 났다. 그 전날부터 하늘이 컴컴해지더니 비가 억수로 쏟아졌다. 밖에 서 있는 사람들은 우산을 펼쳐 들고 있었다. 향로와 축축한 옷에서 나는 냄새가 성당 안에 감도는 가운데 파늘루 신부가 설교단에 올라갔다.

그는 중키에 몸이 딱 바라졌다. 그가 그 큰 두 손으로 나무틀을 붙들고 설교단의 가장자리를 꽉 짚고 섰을 때, 사람들의 눈에 그는 강철 테 안경 밑의 불그레한 양쪽 볼이 두 개의 얼룩처럼 튀어나온 두텁고 시커먼 하나의 형체로밖에는 안 보였다. 그의 목소리는 멀리까지 울렸으며 힘차고 정열적이었다. 그래서 그가 "여러 형제들, 여러분은 불행을 겪고 계십니다. 여러 형제들, 여러분은 그 불행을 겪어 마땅합니다."라고 격렬하고 단호한 한마디로 청중을 후려쳤을 때, 일종의 소용돌이가 군중을 헤치고 성당 앞뜰까지 파문을 일으켰다.

논리적으로 그다음 말은 그 비장한 전제와 일치하는 것 같지는 않았다. 그것은 다만 시민들로 하여금 신부가 교묘한 웅변술로 그 설교 전체의 주제를, 마치 한 대 후려치듯이, 단숨에 제시하는 것임을 알아차리게 만드는 일련의 수사였다. 과연 파늘루 신부는 그 말 바로 다음에, 애굽에서 있었던 페스트와 관련해 '출애굽기'의 한 구절을 인용해서 이렇게 말했다. "이 재앙이 처음으로 역사상에 나타났을 때, 그것은 신에게 대적한 자들을 쳐부수기 위해서였습니다. 애굽 왕은 하느님의 영원한 뜻을 거역하였는지라 페스트가 그를 굴복시켰습니다. 태초부터 신의 재앙은 오만한 자들과 눈먼 자들을 그 발아래 꿇어앉혔습니다. 이 점을 잘 생각하시고 무릎을 꿇으시오."

밖에서는 비가 더 심하게 퍼부어 댔고, 절대적인 침묵 가운데에서 던져진 그 마지막 한마디는 유리창을 두드리는 빗소리 때문에 더한층 심해지면서 강하게 메아리치는지라 그 서슬에 몇몇 청중들은 잠시 머뭇거리다가 의자에서 미끄러져 내려와서 기도대 위에 무릎을 꿇는 것이었다. 딴 사람들도 진정 그 본을 따라야만 한다고 생각한 나머지 차례차례로, 간혹 의자가 삐걱거리는 소리가 날 뿐, 딴 소리라고는 없이 이내 청중들이 모두 다 무릎을 꿇고 말았다. 그때에 파늘루 신부가 다시 몸을 일으키고 깊이 숨을 들이쉬더니 점점 더 강한 어조로 말을 이었다. "오늘 페스트가 여러분에게 관여하게 된 것은 반성할 때가 왔기 때문입니다. 올바른 사람들은 조금도 그것을 두려워할 필요가 없습니다. 그러나 사악한 사람들이 떠는 것은 당연한 일입니다. 우주라는 거대한 곳간 속에서 가차 없는 재앙은 짚과 낟알을 가리기 위해서 인류라는 밀을 타작할 것입니다. 낟알보다는 짚이 더 많을 것이며, 선민들보다는 부름을 받은 사람들이 더 많을 것입니다. 그런데 이 불행은 신이 원하신 것은 아닙니다. 너무나 오랫동안 이 세상은 악과 타협해 왔습니다. 너무나 오랫동안 이 세상은 성스러운 자비 위에서 안식하고 있었습니다. 회개하는 것으로써 충분했고, 모든 것은 허용되었습니다. 그리고 회개라면 모든 사람들이 다 자신 있다고 생각했습니다. 때가 오면, 사람들은 틀림없이 회개를 하고 싶은 심정이 될 것이기 때문입니다. 그때가 오기 전에는 가장 쉬운 길은 그냥 제멋대로 살아가는 것이요, 그 밖의 것은 신의 자비로 해결될 것이었습니다. 그런데 말입니다! 그런 식으로 오래 계속될 수는 없었습니다. 참으로 오랫동안 이 도시의 사람들 위로 그 연민의 얼굴을 보여 주시던 신께서도, 기다림에 지치고 그 영원의 희망에서 실망하사, 마침내 외면을 하신 것입니다. 신의 광명을 잃고 우리는 바야흐로 오랫동안 페스트의 암흑 속에 빠지고야 말았습니다!"

장내에서 어떤 사람이 마치 성난 말처럼 콧바람 소리를 냈다. 잠깐 동안 멈추었다가, 신부는 더 낮은 목소리로 계속했다. "『황금 전설』에 이런 이야기가 있습니다. 롬바르디아의 홈베르트 왕 시대에, 이탈리아는 페스트에 침노되었는데, 어찌나 맹렬했던지 산 사람들을 다 해도 죽은 사람들을 매장하기 어려웠으며, 그 페스트는 특히 로마와 파비아에서 맹위를 떨쳤습니다. 그런데 한 선(善)의 천사가 눈에 띄게 나타나서 악의 천사에게 명령을 내리면, 산돼지 사냥에 쓰는 창을 가진 악의 천사는 집집이 문을 두드리는 것이었습니다. 그리고 그 두드린 수효대로 그 집에서는 사망자가 났다고 합니다."

파늘루는 여기서 그 짤막한 두 팔을 마치 비를 맞아 펄럭이는 휘장 뒤의 그 무엇인가를 가리키듯이 성당 앞뜰 쪽으로 뻗었다. "형제들!" 하고 그는 힘차게 말했다. "바로 그와 똑같은 죽음의 사냥이 오늘날 우리 시의 거리거리에서 이루어지고 있습니다. 보십시오. 루시퍼처럼 아름답고 악의 권화처럼 찬란한 저 페스트의 천사를 보십시오. 여러분의 집 지붕 위에 서서, 오른손에는 붉은 창을 머리 높이까지 쳐들고 왼손으로는 여러 집들 중 하나를 가리키고 있습니다. 지금 이 순간에 아마도 그의 손가락이 당신의 문을 향해서 뻗치고 창은 나무 대문을 두드리고 있을지도 모릅니다. 또 이 순간에, 여러분의 집에 들어간 페스트가 당신들의 방에 앉아서 당신들이 돌아오기를 기다리고 있을지도 모릅니다. 페스트는 참을성 있게, 그리고 조심스럽게, 마치 이 세상의 질서 그 자체처럼 태연자약하게 거기에 있습니다. 여러분에게 뻗칠 그 손은, 지상의 그 어떤 힘도, 그리고 똑똑히 알아 두십시오, 저 공허한 인간의 지식조차도 여러분으로 하여금 그것을 피하게 할 수는 없습니다. 그리고 피비린내 나는 고통의 타작마당에서 두들겨 맞아, 여러분은 짚과 함께 버림받을 것입니다."

여기서, 신부는 더한층 풍부한 표현을 빌려서 재앙의 비장한 이미지를 계속 소개했다. 그는 거대한 나무토막이 이 도시의 하늘에서 소용돌이치다가 닥치는 대로 후려갈기고 피투성이가 되어 다시 솟아올라, 마침내 '진리의 수확을 준비하는 파종을 위하여' 인류의 피와 고통을 뿌리는 광경을 상기시켰다.

파늘루 신부는 그 기나긴 이야기를 끝마치자, 머리카락을 이마 위에 내려뜨리고 그의 양손을 통해 설교대 위까지 전달될 정도로 온몸을 부르르 떨면서 말을 멈추었다가 더 낮은 음성으로, 그러나 힐책하는 어조로 다시 말을 이었다. "그렇습니다. 반성할 때가 온 것입니다. 여러분은 주일에 하느님을 찾아뵙기만 하면 나머지 시간은 자유라고 생각했던 것입니다. 서너 번 무릎을 꿇는 것으로 여러분의 그 죄스러운 무관심에 대한 대가를 하느님께 갚은 것이라 생각했던 것입니다. 그러나 하느님은 미지근하지는 않으십니다. 그처럼 드문드문 찾아뵙는 관계 정도로는 하느님의 넘쳐흐르는 애정을 만족시킬 수가 없었던 것입니다. 하느님은 여러분을 더 오래 보고 싶으셨던 것입니다. 그것이 여러분을 사랑하시는 하느님의 방식이며, 그리고 사실을 말하자면, 그것만이 사랑하는 유일한 방식입니다. 이리하여, 여러분이 찾아뵙는 것을 기다리다가 지치신 하느님은, 인류의 역사가 시작된 이래 재앙이 죄 많은 모든 도시를 찾아들었듯이, 여러분에게도 찾아들게 하신 것입니다. 카인과 그 자손들이, 노아의 대홍수 이전의 사람들이, 소돔과 고모라의 사람들이, 애굽의 왕과 욥, 그리고 또한 모든 저주받은 사람들이 그것을 알았듯이, 이제 여러분은 죄가 어떤 것인가를 알 것입니다. 그리고 이 도시가 여러분과 재앙을 벽으로 둘러싸고 가두어 버린 그날부터, 여러분은 그네들이 모두 그러했듯이, 새로운 눈으로 모든 존재와 사물들을 바라보고 있는 것입니다. 여러분은 이제야, 마침내 근본적인 것으로 돌아와야 한다는 사실을 깨달은 것입니다."

이제는 축축한 바람이 대성당의 중앙부까지 불어 들어오고 있었으며, 큰 촛대의 불꽃이 쪼그라들면서 한쪽으로 쏠리며 찌지직거렸다. 촛농의 짙은 냄새와 기침 소리, 어떤 사람의 재채기 소리가 파늘루 신부에게까지 들려왔다. 신부는 높이 평가를 받은 바 있는 그 교묘한 말솜씨를 발휘하면서 다시 자기의 논조로 돌아와, 조용한 음성으로 말을 이었다.

"여러분 중 대다수는, 도대체 내가 어떠한 결론에 도달할 것인지를 궁금해하실 줄 압니다. 나는 여러분을 진리로 이끌어 가고자 하며, 여러 가지 말한 그 모든 것에도 불구하고 여러분이 기쁨을 누릴 수 있는 길을 가르쳐 드리고자 합니다. 충고나 우애의 손길이 여러분을 선으로 밀어 주는 수단이었던 시대는 이미 지났습니다. 오늘날, 진리란 하나의 명령입니다. 그리고 구원으로 가는 길은, 그 길을 여러분에게 제시하고 여러분을 그곳으로 밀어 주는 붉은 창입니다. 형제 여러분, 바로 여기에 만물에다가 선과 악, 분노와 연민, 페스트와 구원을 마련하신 하느님의 자비가 마침내 드러나고 있는 것입니다. 여러분을 괴롭히는 그 재앙이 도리어 여러분을 향상하고, 여러분에게 길을 제시하는 것입니다.

　아주 오래전에, 아비시니아의 기독교도들은 페스트 속에서 영생에 다다를 수 있도록 신이 주신 유효한 방법을 보았습니다. 병에 걸리지 않은 사람들은 확실한 죽음을 얻기 위해서 일부러 페스트 환자들의 홑이불을 몸에 감곤 했습니다. 아마도 구원에 대한 그토록 미친 듯한 열망은 그다지 바람직한 것이 아닐지도 모릅니다. 거기에는 그야말로 오만에 가까운, 유감스러운 조급함이 나타나 보입니다. 하느님보다도 더 서둘러서는 안 되며, 어쨌든 하느님이 이룩해 놓으신 영구한 질서를 앞당기려 한다는 건 이단으로 가는 것입니다. 그러나 적어도 이 예는 나름대로 교훈을 지니고 있습니다. 우리가 보다 더한 통찰력을 지니고 본다면 그것은 모든 고민 속에 가로놓인 저 영생의 황홀한 빛을 보여 주고 있다는 것을 알 수 있습니다. 그것은 확고하게 악을 선으로 변화시키시는 신의 뜻을 말해 주는 것입니다. 오늘도 또다시, 죽음과 고뇌와 아우성의 길을 통해서, 그 빛은 우리들을 본질적인 침묵으로 이끌어 가며, 모든 생명의 원칙으로 이끌어 가고 있습니다. 여러분, 이것이야말로 광대무변한 위안입니다. 나는 이 위안을 여러분에게 가져다주고자 했습니다. 부디 여러분은 이 자리에서 응징의 언사를 듣고 가시는 데에 그치지 않고 여러분을 진정시키는 '말씀'도 잘 듣고 가 주시기 바랍니다."

　파늘루 신부의 말은 끝난 것 같았다. 밖에는 비가 멎어 있었다. 물과 햇빛이 뒤섞인 하늘은 한결 더 젊은 광선을 광장에다 쏟고 있었다. 거리로부터 사람들의 말소리와 차 지나가는 소리와 깨어난 도시의 온갖 기척이 들려오고 있었다. 청중들은 소리를 죽이고 자리를 뜨면서 조심스럽게 소지품을 챙기는 것이었다. 그러나 신부는 말을 다시 계속하여, 페스트가 본래 신이 내리신 것이라는 점과 그 재앙의 징벌적인 성격을 밝힌 이상 자기로서 할 말은 끝났으며, 그처럼 비극적인 주제를 다루면서 장소에 어울리지도 않는 웅변으로 끝을 맺고 싶지는 않다고 말했다. 그가 보기에 모든 일이 누구에게나 명백해진 것 같았다. 그는 다만, 마르세유에 대대적으로 페스트가 창궐했을 때, 그 기록자인 마티외 마레가 지옥에 빠진 것이나 마찬가지로 구원도 희망도 없이 사는 것을 한탄했던 사실만을 언급했다. 아니! 마티외 마레는 장님이었다! 그와는 반대로 파늘루 신부로서는 만인에게 베풀어진 신의 구원과 기독교적 희망을 오늘만큼 느껴 본 적이 한 번도 없었던 것이다. 그는 우리 시민들이 매일같이 겪고 있는 참상과 죽어 가는 사람들의 아우성 속에서도 그리스도의 말이요 또한 사랑의 말인 유일한 말을 하늘을 향해 외치기를 그 어떤 희망보다도 더 원하고 있었다. 그 나머지 일은 신이 하시리라는 것이었다.

그 설교가 우리 시민들에게 어떤 영향을 끼쳤는지 어떤지는 단언하기 어렵다. 예심판사인 오통 씨는 의사 리유에게 자기는 파늘루 신부의 논조를 '전혀 흠잡을 데 없는' 것으로 생각한다고 단언했다. 그러나 모든 사람들이 그렇게 명백한 의견을 가지고 있는 것은 아니었다. 다만 그 설교는 그때까지 막연했던 어떤 생각, 즉 자기들은 미지의 어떤 죄악 때문에 상상도 할 수 없는 감금 상태를 선고받았다는 생각을 절실히 느끼게 했다. 그리고 보잘것없는 생활을 계속해 가며 그 유폐 생활에 적응하는 사람들이 있는가 하면, 반대로 어떤 사람들은 그때부터 오로지 그 감옥에서 탈출하겠다는 생각뿐이었다.

 사람들은 처음에는 외부와 차단당하는 것을 그저 자기네들의 몇몇 가지 습관을 깨뜨리는 임시적인 불편을 받아들이는 정도로 알고 감수했던 것이다. 그러나 여름이 뜨겁게 달아오르기 시작하는 하늘 솥뚜껑 밑에 자신들이 감금된 것이나 다름없음을 돌연 의식하자, 그들은 막연하게

나마 그 징역살이가 자기네 삶을 송두리째 위협하고 있다는 것을 느꼈으며, 저녁때가 되어 서늘한 공기와 더불어 기력을 되찾기라도 하면 그들은 간혹 절망적인 행동으로 몸을 던지기도 하는 것이었다.

무엇보다도 먼저, 그리고 그것이 우연의 일치였든 아니었든 간에, 바로 그 일요일부터 우리 시에는 상당히 전반적이고 상당히 심각한 일종의 공포가 생겨났는데, 혹시나 우리 시민들이 진실로 자기네들의 처지를 의식하기 시작한 것이 아닌가 하는 생각이 들 정도였다. 그런 점에서 보면, 우리 시의 분위기가 약간 변화하기는 했다. 그러나 사실, 분위기가 변한 것인지, 아니면 사람들의 마음속에서 변화가 있었는지, 바로 그것이 문제였다.

설교가 있은 지 불과 며칠 후에, 변두리 동네 쪽으로 가면서 그랑과 함께 그 일에 대해서 논평을 주고받던 리유는, 그네들 앞 어둠 속에서 제자리걸음만 하며 비척거리고 있는 어떤 남자와 마주쳤다. 바로 그때, 날이 갈수록 점점 늦게 켜지는 우리 시의 가로등들이 갑자기 환해졌다. 거리를 거닐고 있는 사람들 등 뒤에 높이 달린 전등이 눈을 감고 소리 없이 웃고 있는 한 남자를 갑작스레 비추어 주었다. 말 없는 홍소(哄笑)로 일그러진 그 허여멀건 얼굴에는 굵은 땀방울이 흐르고 있었다. 그들은 지나쳤다.

"미친 사람이죠." 하고 그랑이 말했다.

리유는 얼른 그랑을 끌고 가려고 그의 팔을 잡았다가 그가 잔뜩 긴장해 떨고 있다는 것을 느꼈다.

"이제 머지않아 이 도시 안에는 미친 사람밖에 안 보일 거예요." 하고 리유가 말했다.

피곤한 탓도 있어서 그는 목이 말랐다.

"뭘 좀 마십시다."

그들이 들어간 조그만 카페에는 카운터 위에 켜 놓은 전등 하나만이 실내를 밝히고 있었는데, 사람들은 불그스름하고 답답한 분위기에 잠긴 채 이렇다 할 이유도 없이 나지막한 목소리로 이야기를 하고 있었다. 카운터에 자리를 잡자 그랑은 놀랍게도 술을 한 잔 청해서 단숨에 마시고 나서 자기는 술이 꽤 세다고 말하는 것이었다. 그러고는 밖으로 나가자고 했다. 밖으로 나오자, 리유는 밤이 신음 소리로 가득 차 있다는 느낌을 받았다. 가로등 위, 어두컴컴한 하늘 어딘가에서 들리는 둔탁한 휘파람 소리는 보이지 않는 재앙이 지칠 줄 모른 채 더운 공기를 휘젓고 있다는 생각을 상기시켰다.

"다행이지, 다행이야." 그랑이 말하는 것이었다.

리유는 그게 무슨 뜻인지 속으로 생각하고 있었다.

"다행히도." 그랑은 말하는 것이었다. "나는 할 일이 있거든요."

"그래요?" 리유가 말했다. "그 점은 다행입니다."

그러고는 그 휘파람 소리를 듣지 않기로 결심하고, 그는 그랑에게 그 일에 만족을 느끼느냐고 물어보았다.

"글쎄요, 제 길로 들어선 것 같습니다."

"앞으로 한참 걸리나요?"

그랑은 생기가 도는 모양으로, 알코올의 뜨거운 열기가 목소리에 섞여 나왔다.

"모르겠습니다. 그러나 문제는 그것이 아니죠, 선생님. 거기에 문제가 있는 것은 절대로 아닙니다."

어둠 속에서 리유는 그가 두 팔을 휘두르고 있다는 것을 알아차렸다. 그랑은 무슨 할 말을 준비하고 있는 듯이 보이더니, 별안간 술술 풀어놓았다.

"내가 원하는 것은 말이죠, 선생님. 원고가 출판사로 넘어가는 날, 그 출판업자가 그것을 읽고 나서 자리에서 일어서며 자기네 사원들에게, '여러분, 모자를 벗으시오!'라고 해 주었으면 하는 것입니다."

그런 난데없는 장담에 리유는 깜짝 놀랐다. 그랑은 모자를 벗는 시늉을 하듯 한 손을 머리로 가져갔다가 팔을 수평으로 뻗었다. 저 높은 곳에서 그 야릇한 휘파람 소리가 더 크게 들리는 것 같았다.

"그럼요." 그랑이 말했다. "작품이 완전무결해야 합니다."

비록 문단의 관례에 대해서는 거의 아는 바가 없었지만, 그래도 리유의 생각에는 일이 뭐 그렇게 간단하게 되어 나갈 것 같지는 않았고, 또 예를 들어서 출판사 사람들도 사무실 안에서는 모자를 안 쓰고 있을 것으로 짐작되었다. 그러나 혹시 또 모를 일이었다. 그래서 리유는 입을 다물었다. 그는 자신도 모르게 페스트가 내는 신비한 소리들에 귀를 기울이고 있었다. 그랑이 사는 동네가 가까워지고 있었는데, 그 지대는 좀 높았기 때문에 가벼운 산들

바람이 그네들을 시원하게 해 주면서 그와 동시에 시내의 온갖 소음을 말끔히 씻어 주고 있었다. 그동안에 여전히 그랑은 말을 계속했지만, 리유는 그 사람이 하는 말을 샅샅이 다 알아들을 수가 없었다. 그는 단지 문제의 작품은 이미 많은 분량에 이르렀으며, 그것을 완전한 것으로 만들기 위해서 저자가 한 고생은 몹시 괴로운 것이었다는 사실만을 알 수 있었다. "며칠 저녁, 몇 주일 동안 꼬박 말 한마디를 붙잡고……, 그리고 때로는 단순한 접속사 하나 때문에." 그랑은 거기서 말을 멈추고 의사의 외투 단추를 잡았다. 말이 떠듬떠듬, 그 고르지 못한 잇새로 새어 나왔다.

"글쎄, 생각 좀 해 보세요, 선생님. 엄밀하게 말해서 '그러나'와 '그리고' 중 어느 것을 택하느냐는 퍽 쉬운 편입니다. 그런데 '그리고'와 '그다음에' 중 어느 것을 택하느냐가 되면 벌써 문제는 더욱 어려워지지요. '그다음에'와 '이어서'가 되면 어려움은 더해집니다. 그러나 뭐니 뭐니 해도 가장 곤란한 것은 '그리고'를 쓸 필요가 있느냐 없느냐를 결정하는 일이죠."

"그렇군요. 알겠어요."라고 리유가 말했다.

그리고 그는 다시 걷기 시작했다. 그랑은 당황한 것 같았지만 다시 본래의 자기로 돌아갔다.

"용서하십시오." 하고 그는 빠른 어조로 말했다. "오늘 저녁엔 내가 왜 이러는지 나도 모르겠어요!"

리유는 그의 어깨를 부드럽게 두드리면서, 자기는 그를 도와주고 싶으며, 그의 이야기가 매우 재미있다고 말했다.

그랑은 좀 기분이 명랑해진 모양으로, 집 앞에 왔을 때 약간 망설이다가, 좀 들어갔다 가면 어떻겠느냐고 의사에게 물었다. 리유는 그러기로 했다.

식당에 들어간 그랑은 리유에게 깨알같이 자잘한 글씨에 온통 삭제한 부분투성이인 종이들이 잔뜩 놓여 있는 탁자에 앉으라고 했다.

"네, 바로 이것이죠." 그랑은 의아한 듯이 자기를 쳐다보는 리유에게 말했다. "그런데 뭘 좀 마실까요? 포도주가 좀 있는데요."

리유는 거절했다. 그는 종잇장들을 바라보고 있었다.

"보지 마세요." 그랑이 말했다. "이건 첫 구절이에요. 어지간히 애먹었습니다. 이만저만 애먹은 게 아니에요."

그랑도 역시 그 모든 종잇장들을 바라보고 있었는데, 그의 손은 거역할 수 없는 힘에 끌리는 듯이, 그중 한 장을 집어 들고 갓도 안 씌운 전등 앞에 대고 비춰 보았다. 종이가 그의 손에서 떨리고 있었다. 리유는 서기의 이마가 땀으로 촉촉한 것을 보았다.

"앉아요." 그가 말했다. "그걸 내게 읽어줘 봐요."

그랑은 리유를 보더니 감사하다는 듯 미소를 지었다.

"네." 하고 그가 말했다. "나도 그러고 싶군요."

그는 여전히 그 종잇장을 바라보면서 잠시 망설이다가 앉았다. 그와 동시에 리유는 일종의 윙윙거리는 소리에 귀를 기울였다. 그 소리는 이 도시가 그 재앙의 휘파람 소리에 대답하는 소리 같았다. 그는 바로 그 순간에 발밑에 펼쳐져 있는 이 도시와, 이 도시가 형성하는 폐쇄된 세계와, 그리고 이 도시가 어둠 속에서 억지로 참고 있는 무시무시한 아우성을 이상할 정도로 뚜렷하게 지각할 수 있었다. 그랑의 목소리가 무디게 높아졌다. "5월의 어느 아름다운 아침나절에, 우아한 말 탄 여인 하나가 기막힌 밤색 암말에 올라앉아 불로뉴 숲 속의 꽃이 만발한 오솔길을 누비고 있었다." 다시 조용해졌다. 그러자 고통받는 도시의 분명치 않은 소음이 또 들려왔다. 그랑은 종잇장을 내려놓고도 여전히 들여다보고 있었다. 잠시 후 그는 눈을 들었다.

"어떻게 생각하세요?"

리유는 처음 부분을 듣고 보니 다음이 어떻게 되나 궁금증이 난다고 대답했다. 그러나 그랑은 그런 식으로 보는 것은 적절하지 못하다고 활기차게 말했다. 그는 손바닥으로 원고를 철썩 쳤다.

"이것은 대충 해 둔 것입니다. 내가 머릿속에 그리고 있는 장면을 완전한 것으로 만드는 데 성공해서 나의 문장이 하나 둘 셋, 하나 둘 셋 하는 말의 발걸음, 그 자체와 딱 들어맞는 보조를 갖추게 되는 때에야 비로소 나머지가 더욱 쉬워질 것이고 특히 처음부터 떠오르는 환상의 정도가 이만저만이 아니어서 아마도 '모자를 벗으시오!' 하는 소리가 나올 수 있을 것입니다."

그러나 그렇게 되기까지에는 아직도 할 일이 많다는 것이었다. 그 문장을 지금 그대로 인쇄에 넘길 생각은 전혀 없다는 것이었다. 왜냐하면, 때로는 그 문장이 만족스럽게 여겨지기도 하지만 그것이 아직도 현실과 완전히 일치하지 않는다는 것을 알고 있으며, 또 어떤 의미에서는 필치의 안이함이 남아 있어, 그것이 아주 두드러지게 나타나지는 않지만 역시 상투적인 문장에 가깝게 하고 있는 것도 사실이기 때문이다. 어쨌든 이상이 그랑이 말한 내용이었는데, 그때 창 밑에서 사람들이 뛰어가는 소리가 들려왔다. 리유는 일어섰다.

"이걸 장차 어떻게 만드는지 두고 보세요." 하고 그랑이 말했다. 그리고 창문 쪽으로 몸을 돌리고서 덧붙였다. "이런 일들이 다 끝나고 난 뒤의 얘기지만요."

그러나 급히 뛰어가는 발소리가 다시 들려왔다. 리유는 벌써 계단을 내려오고 있었는데, 그가 거리에 나섰을 때 두 사나이가 그의 앞을 지나갔다. 분명히 그들은 시의 출입문을 향해서 가고 있었다. 시민들 중 어떤 사람들은 사실 더위와 페스트의 틈바구니에서 이성을 잃은 나머지 벌써부터 폭력으로 흘러서, 관문(關門) 감시의 눈을 속이고 시외로 도망쳐 보려고 애썼던 것이다.

랑베르와 마찬가지로 딴 사람들도 역시 표면화되어 가는 공포의 분위기에서 벗어나려고 — 반드시 더 좋은 성과를 거둔 것은 아니었지만 — 훨씬 더 집요하고 교묘하게 노력하고 있었다. 랑베르는 우선 합법적인 절차를 계속 밟아 갔다. 그의 말에 따르면, 끈기가 결국 모든 것을 이겨 내고 만다는 것이 그의 한결같은 생각이었다. 또 어느 면에서는 요령껏 일을 성사해야 하는 것이 그의 직업이기도 했다. 그래서 그는 엄청나게 많은 관리들과 인사들을 찾아가 보았는데, 그들은 모두 여느 때는 두말할 나위도 없이 유력한 사람들이었다. 그러나 그 문제에 관한 한 그런 능력도 그들에게는 아무 쓸모가 없었다. 대개가 그들은 은행이라든가, 수출이라든가, 또는 청과물이라든가, 또는 포도주의 거래라든가 하는 데에 관해서는 아주 정확하고도 분명하게 정리된 생각이 있는 사람들이었다. 소송이나 보험에 관한 문제에서는 믿을 만한 졸업장이나 의심할 나위 없는 선의가 있음은 물론, 해박한 지식까지 있는 사람들이었다.

더군다나 모든 사람들에게 있어서 가장 인상 깊은 점은 바로 선의였다. 그러나 페스트에 관한 한 그들의 지식은 거의 영점에 가까운 것이었다.

그런데도 랑베르는 기회가 있을 때마다 그들 한 사람 한 사람 앞에서 자기의 사정을 하소연해 보았다. 그의 주장의 핵심은 여전히 자기는 우리 도시와 무관한 사람이며, 따라서 자기의 경우에 대해서는 특별한 검토가 있어야 한다는 것이었다. 대체로 그 신문기자가 만나 본 사람들은 그 점을 쾌히 인정해 주었다. 그러나 그들은, 몇몇 다른 사람들의 경우 역시 같은 성질의 것이어서, 그의 경우는 그가 상상하는 것처럼 그렇게 특수한 사정은 못 된다는 견해를 피력하기가 일쑤였다. 거기에 대해 랑베르는, 그렇다고 해서 자기 주장의 근본이 조금이라도 변하는 것은 아니라고 응수했다. 그러면 사람들은 그에게, 그렇게 되면 일체의 특별 배려를 거부함으로써, 흔히들 몹시 꺼리는 표현으로 이른바 전례라는 것을 만들 위험성을 피하고자 할 때 제기되는 행정적 어려움에 모종의 변화가 생길 수 있는 것이라고 대답하는 것이었다. 랑베르가 의사 리유에게 해 보인 분류에 따르면, 그러한 종류의 이론을 지지하는 사람들이 형식주의자의 범주에 속한다는 것이다. 그런 사람들이 있는가 하면 한편에는 말 잘하는 사람들이 있어서, 청원자인 랑베르에게, 도시의 이런 상태는 오래갈 수 없는 것이라고 장담을 하는 것이었고, 가부간 결정을 지어 달라고 하면 훌륭한 충고들을 아끼지 않으면서, 문제가 다만 일시적인 괴로움에 불과한 것이라고 단정을 내려 놓고 랑베르를 위로하려 드는 것이었다. 또 개중에는 도도한 사람들도 있어서, 찾아가면 사정의 요점을 적어 놓고 가라고 말하면서, 그런 사정에 대해서 장차 결정을 내릴 예정임을 통고하곤 했다. 시시한 친구들은 숙박권을 내주겠다는 둥, 값이 싼 하숙집 주소를 대 주겠다는 둥 하는 말을 하곤 했다. 차근차근한 성격의 사람들은 카드에다 해당 사항을 기입하라고 한 다음 잘 분류해 두는 것이었고, 일이 많아 정신없는 사람들은 두 손을 드는 것이었고, 귀찮아하는 사람들은 외면을 하는 것이었다. 끝으로 가장 수가 많은 전통주의자들은 랑베르에게 다른 기관을 일러 주기도 하고, 혹은 다른 길을 뚫어 보라고 권유하기도 했다.

이처럼 그 신문기자는 사람들 찾아다니기에 지쳐 기진맥진했다. 그는 세금이 면제되니 국채를 신청하라고, 혹은 식민지 군대에 지원하라고 권하는 광고판 앞의 인조 가죽 걸상에 앉아 기다리기도 하고, 혹은 사무원들이 기껏 문서 정리함이나 서류함만큼이나 건성으로 대해 주는 사무실들을 드나들다 보니, 시청이니 도청이니 하는 데가 어떤 곳인지에 대한 정확한 관념을 얻게 되었다. 덕 본 것이 있다면 그것은 랑베르가 입맛이 쓴 어조로 리유에게 말했듯이, 그러고 다니는 통에 진정한 사태를 잊은 채 모르고 지낼 수 있었다는 것이었다. 페스트의 진전 따윈 사실상 그의 생각 밖이었다. 이렇게 해서 세월이 빨리 지나가는 것은 고사하고라도, 시 전체가 처한 그 상황에서는 하루하루 날이 지나갈 때마다, 만약 우리가 죽지만 않는다면, 각자는 시련의 종말에 그만큼 가까워지는 것이라고 할 수 있다. 리유도 그 점이 사실임을 인정치 않을 수 없었지만, 역시 그것은 약간 지나친 일반론이라고 생각지 않을 수 없었다.

어느 한순간, 랑베르는 희망을 품었더랬다. 도청에서 기입되지 않은 신원 조회 서류를 보내면서 그것을 정확하게 기입해 내라는 것이었다. 서류는 신분, 가족 상황, 과거와 현재의 수입, 그리고 이력에 관한 항목으로 분류되어 있었다. 그는 그것이 원 주소지로 송환될 사람들을 대상으로 한 조사라는 인상을 받았다. 어떤 기관에서 얻어들은 — 막연하기는 하지만 — 정보로 그 느낌은 더 확실해졌다. 그러나 몇 가지 구체적인 탐문 끝에, 서류를 보내온 기관을 찾아내는 데 성공했는데, 거기서는 만일의 경우를 위해서 정보들을 수집하는 것이라는 이야기였다.

"어떤 만일의 경우입니까?" 랑베르가 물었다.

그랬더니, 그것은 만약 그가 페스트에 걸려 사망하는 경우, 한편으로는 가족에게 통지하기 위해서이고, 또 한편으로는 병원 비용을 시 예산에서 부담하도록 할 것인가, 또는 그의 친척들의 지불을 기대해도 좋은가를 알자는 데 있다는 것이었다. 분명히 그것은 자기를 기다리고 있는 그 여인과 자기가 완전히 절연된 상태는 아니고, 사회가 그들 일을 걱정해 주고 있다는 사실을 증명하는 것이었다. 그러나 그런 것이 위안은 될 수 없었다. 보다 주목할 만한 것은, 그리고 결국 랑베르도 주목하게 된 것은, 바로 재난이 극에 달한 가운데서도 어떤 기관이 여전히 계속해서 사무를 보고 있으며, 또 그것이 바로 그 사무를 위해서 설치된 기관이라는 그 이유만으로, 종종 최고 당국에서도 모르는 동안에 그런 식으로 까마득한 지난 시절에나 하던 일을 자발적으로 해 나갈 수 있다는 점이었다.

그 이후의 시기는 랑베르에게 있어서는 가장 안이하기도 하고 동시에 가장 곤란하기도 한 기간이었다. 그것은 마비된 기간이었다. 그는 모든 기관을 다 찾아다녀 보았고 모든 교섭을 다 해 보았으므로 그 방면의 해결 가능성은 당분간은 막힌 상태였다. 그래서 할 수 없이 이 카페에서 저 카페로 헤매고 다녔다. 아침에는 어느 테라스에 앉아서 미지근한 맥주 한 잔을 앞에 놓고, 병이 가까운 시일 내에 끝나리라는 무슨 징조라도 찾아볼까 하는 희망을 품고 신문을 읽는 것이었고, 길 가는 사람들의 얼굴을 들여다보고 있다가 그 서글픈 표정에 그만 신물이 나 눈을 돌려 버리는 것이었고, 이미 백 번도 더 본 맞은편 가게들의 간판이나, 이제는 어디에 가도 마실 수 없게 되어 버린 이름난 아페리티프 광고 따위를 읽은 다음에, 그는 몸을 일으켜서 시내의 누런 거리거리를 발끝 가는 대로 걸어 다니는 것이었다. 고독한 산책을 하며 카페로, 거기에서 다시 식당으로 옮겨 다니다 보면 저녁때가 되곤 했다. 바로 어느 날 저녁때, 리유는 어느 카페의 문 앞에서 랑베르가 들어갈까 말까 망설이고 있는 것을 보았다. 그는 결심을 한 모양으로, 홀의 맨 안쪽에 가서 앉았다. 그때는 바로 상부의 명령으로, 카페들이 전등을 가능한 한 늦게까지 켜지 않고 견디고 있는 시각이었다. 황혼이 마치 회색 물결처럼 홀 안을 가득 채웠고, 저물어 가는 하늘의 장밋빛이 유리창에 어리어 있었으며, 식탁의 대리석은 스며드는 어둠 속에서 흐릿하게 빛나고 있었다. 랑베르는 아무도 없는 실내 한가운데서 길을 잃은 유령처럼 보였다. 그래서 리유는 지금이 바로 그가 자포자기하는 시간이라고 생각했다. 그러나 그것은 이 도시에 감금된 모든 포로들이 저마다의 자포자기를 경험하는 순간이기도 했으니, 그 해방을 재촉하기 위해서는 무슨 일인가 하지 않으면 안 되었다. 리유는 돌아섰다.

랑베르는 또한 정거장에서 오랫동안 시간을 보내기도 했다. 플랫폼에의 접근은 금지되어 있었다. 그러나 밖으로 나 있는 대합실 문은 열린 채였고, 또 그늘지고 선선한 곳이었으므로 몹시 더운 날이면 가끔 거지들이 들어와 자리를 잡는 것이었다. 랑베르는 거기에 가서, 옛날 열차 시간표라든가, 가래침을 뱉지 말라는 푯말이라든가, 열차 내의 공안 규칙 따위를 읽어 보곤 했다. 그러다가 그는 한 모퉁이에 자리 잡고 앉는다. 실내는 어둠침침했다. 낡은 무쇠 난로 하나가 구식 살수기(撒水器) 모양의 팔각 그물 울타리 안에, 벌써 몇 달째 싸늘하게 놓여 있었다. 벽에는 광고 서너 장이 방돌이나 칸에서의 자유롭고 즐거운 생활을 선전하고 있었다. 여기서 랑베르는 헐벗음의 밑바닥에서 볼 수 있는 그런 종류의 참혹한 자유의 감촉을 느끼곤 하는 것이었다. 당시 그로서 가장 견디기 힘들었던 이미지는, 적어도 그가 리유에게 말한 바에 따르면, 파리의 그것이었다. 해묵은 돌들과 물의 풍경, 팔레 루아얄의 비둘기들, 북역(北驛), 팡테옹 근처의 인적 없는 구역, 그리고 자기가 그렇게까지 사랑하고 있었을 줄 미처 몰랐던 그 도시의 몇몇 장소들이 어찌나 마음을 사로잡는지 랑베르는 도무지 아무 일도 할 수가 없는 것이었다. 다만 리유가 볼 때 랑베르는 그런 이미지를 그의 사랑의 이미지와 동일시하고 있다는 느낌이었다. 그리고 랑베르가 그에게, 자기는 새벽 4시에 잠에서 깨어나 자기의 도시를 생각하기를 좋아한다고 말하던 날, 의사는 이내 그가 두고 온 여자 생각에 잠기기를 좋아하는 것이라고 자기 경험에 비추어서 어렵지 않게 해석할 수 있었다. 그것은 과연 그가 그 여자를 자기의 것으로 만드는 시간이었다. 보통 새벽 4시까지 사람들은 아무 일도 하지 않으며, 비록 배반의 밤이라 하더라도 그때는 모두들 잠을 잔다. 그렇다, 그 시간에는 모두들 잠을 잔다. 그리고 그것은 안도감을 준다. 왜냐하면 자기가 사랑하는 사람을 끝없이 소유하고 싶다거나, 또는 한동안 헤어져 있어야만 될 경우 다시 만나는 날까지 사랑하는 사람을, 결코 깨어나지 않을 꿈도 없는 깊은 잠 속에 빠뜨려 놓을 수 있으면 좋으련만 하는 것이 안심 못 하는 마음의 가당찮은 욕망이기 때문이다.

설교가 있은 지 얼마 안 가서 더위가 시작되었다. 6월 말이 된 것이다. 그 설교가 있던 날을 인상 깊게 만들어 주었던 철 늦은 비가 내린 다음 날, 여름이 대번에 하늘과 집 위에서 폭발했다. 먼저 뜨거운 강풍이 일더니 하루 종일 불어 대며 벽돌을 모조리 말려 놓았다. 해가 제자리에 박힌 듯 움직이지 않았다. 더위와 햇빛의 끊임없는 물결이 하루 종일 시가에 넘쳐흘렀다. 아케이드로 된 거리와 아파트를 제외하고, 이 도시 안에서 눈부신 햇빛의 반사 속에 놓여 있지 않은 곳이란 하나도 없었다. 태양은 우리 시민들을 거리의 구석구석까지 뒤쫓아 가서, 어디든 멈추어 서기만 하면 후려치는 것이었다. 그 첫더위가 매주 칠백에 가까운 숫자를 기록하는 희생자 수의 급상승과 일치했기 때문에 우리 시는 일종의 절망에 사로잡혔다. 변두리 지역의 평탄한 거리거리와 테라스가 있는 집들 사이에서도 활기가 눈에 띄게 줄었고, 주민들이 항상 문 앞에 나와서 사는 그런 동네에서, 문이란 문은 모두 닫히고 덧문들마저 첩첩이 잠겨 있어서, 햇빛을 막으려고 그러는 것인지 아니면 페스트를 막으려는 것인지 알 수가 없었다. 그래도 몇몇 집에서는 신음 소리가 새어 나왔다. 그전에는 그런 일이 생기면 호기심 많은 사람들이 거리에 나와 서서 귀를 기울이는 모습이 흔히 눈에 띄곤 했다. 그러나 그렇게 오랜 시일을 두고 시달리다 보니 사람마다 심장이 무뎌져 버렸는지, 마치 신음 소리가 인간의 타고난 언어라는 듯이 아랑곳하지 않은 채 스쳐 지나가거나 그 곁에서 살고 있었다.

시의 출입문에서 소동이 벌어지면 헌병들이 무기를 사용하지 않을 수 없었고, 그 때문에 어딘지 어수선한 동요가 생겼다. 확실히 부상자도 있었다. 그러나 더위와 공포로 모든 것이 과장되곤 하는 시내에서는 사망자가 났다는 소문이 떠돌았다. 어쨌든 시민의 불만이 커 가고 있었기에 당국에서도 최악의 경우를 우려했으며, 그 재앙에 억눌려 있던 시민들이 반항에 휩쓸릴 경우에 취할 조치를 신중하게 고려했던 것은 사실이었다. 신문에는 외출을 금지하는 포고문이 거듭 발표되었고, 위반자를 엄벌에 처한다고도 위협하고 있었다. 순찰대가 시내를 돌고 있었다. 사람 그림자도 볼 수 없는 가운데 확확 달아오르는 거리에서, 기마 순찰대가 포도 위에 울리는 말발굽 소리를 먼저 앞세우며 닫힌 창문들이 늘어선 사이로 오는 것을 볼 수 있었다. 순찰대가 지나가고 나면 경계를 늦추지 못하는 침묵이 위협에 처한 시가지를 다시 내리눌렀다. 가끔가다가 최근에 내려진 명령으로 벼룩을 전파할 위험성이 있는 개와 고양이들을 쏘아 죽이는 특별 임무를 맡은 부대의 발포 소리가 들려오곤 했다. 그 메마른 폭발음은 시내의 긴장된 분위기를 조성하는 데 한몫을 했다.

더위와 침묵 속에서, 시민들의 겁에 질린 마음에는 그러잖아도 모든 것이 더욱 심각하게 여겨지는 것이었다. 계절의 변화를 알리는 하늘의 빛깔이나 흙의 냄새가, 처음으로 모든 사람들에게 민감하게 느껴졌다. 모두들 날이 더워지면 전염병이 더 기승을 부린다는 것을 아는지라 두려워하는 중인데, 어느새 여름이 정말 자리 잡는 것을 누가 봐도 다 알 수 있었다. 저녁 하늘을 나는 명매기 울음소리도 도시의 머리 위에서 더욱 가냘프게만 들렸다. 그것은 우리 고장에서 지평선이 멀어지는 6월의 황혼과는 이미 어울리지 않는 울음소리였다. 시장의 꽃들도 이제는 봉오리가 맺힌 상태로는 나타나지 않았다. 그것들은 벌써 활짝 다 피어 버려서 아침에 팔리고 나면 먼지가 켜켜이 앉은 보도 위에 그 꽃잎들이 수북이 떨어지는 것이었다. 봄은 이미 기진해 버렸고, 가는 곳마다 지천으로 피어난 수천 가지 꽃들 속에서 마음껏 무르익었다가, 이제는 페스트와 더위라는 이중의 압력에 차차로 짓눌려 오그라들고 있다는 것을 분명히 알 수 있었다. 모든 시민들에게 있어서 그 여름 하늘은, 그리고 먼지와 권태에 물들어 뿌옇게 변해 가는 그 거리거리는, 시의 분위기를 매일 무겁게 만들고 있는 백여 구의 시체들 못지않게 무시무시한 의미를 내포하고 있었다. 줄기차게 내리쬐는 태양, 졸음과 휴가의 맛이 깃드는 그 시간도 이제는 더 이상 전처럼 물과 육체의 향연을 즐기도록 권유하지는 않았다. 반대로 그것들은 밀폐된 침묵의 도시에서 공허하게 울리고 있었다. 그것들은 행복한 계절들의 그 구릿빛 같은 광채를 잃어버리고 말았다. 페스트가 스며든 태양이 모든 빛깔의 광채를 꺼 버렸으며, 모든 기쁨을 쫓아 버렸던 것이다.

그것이 그 병마가 가져온 엄청난 변혁 중 하나였다. 모든 시민들은 대개 즐거운 기분으로 여름을 맞이하곤 했다. 그때가 되면 도시가 바다를 향해 활짝 열리면서 젊은이들을 해변으로 쏟아 놓는 것이었다. 그런데 그와 반대로 이번 여름에는 가까운 바다로의 접근이 금지되고 육체는 이미 기쁨을 누릴 권리가 없었다. 그러한 조건에서 무엇을 할 수 있단 말인가? 역시 타루가 그 당시 우리들의 생활에 대한 이미지를 충실하게 전달해 주고 있다. 그는 물론 페스트의 전반적인 진행 과정을 더듬어 보면서, 그 병의 첫 고비는, 라디오에서 사망자 수가 매주 몇백이라는 식으로 보도하지 않고 하루에 92명, 107명, 120명이라는 식으로 보도하기 시작한 시점이 계기였다고 지적한다. '신문과 당국은 페스트에 관해서 더할 수 없이 교묘한 속임수를 쓰고 있다. 그들은 130이 910에 비해서 훨씬 적은 수라는 점에서 페스트보다 몇 점 더 앞지른 것이라고 상상하는 모양이다.' 그는 또한 그 전염병이 보여 주는 비장한, 또는 연극 비슷한 면면도 소개한다. 일례를 들면, 덧문을 닫은 채 인기척이 없는 어떤 동네에서, 갑자기 머리 위로 창문을 열어젖히고 큰 소리로 두 번 고함을 지르고 나서는 짙은 그늘에 잠긴 방의 덧문을 다시 닫아걸고 말았다는 어떤 여자의 이야기 같은 것이다. 그리고 또 딴 데서는 박하 정제(錠劑)가 약국에서 동이 났는데, 그것은 많은 사람들이 혹시 걸릴지도 모르는 전염병의 예방에 좋다고 해서 그것을 사 가지고 빨아 먹었기 때문이라는 것이다.

그는 또한 자기가 즐겨 관찰하는 인물들의 묘사도 계속했다. 우리는 고양이와 장난을 하는 그 작달막한 늙은이도 역시 비극 속에서 살아간다는 것을 거기서 알게 되었다. 과연 어느 날 아침에 총소리가 몇 방 나더니, 타루가 묘사했듯이, 납덩어리 총알들이 가래침같이 날아가서 고양이들 대부분을 죽였고, 질겁한 나머지 고양이들도 그 거리를 떠나고 말았다. 바로 그날, 그 작달막한 늙은이는 습관대로 제시간이 되자 발코니에 나타났는데, 적이 놀라는 눈치를 보이더니 몸을 굽히고 길 저 끝까지 골고루 살펴보고 나서 하는 수 없다는 듯 기다리는 것이었다. 그는 손으로 발코니의 철망을 툭툭 두드려 보았다. 그는 또 좀 기다리다가 종잇조각을 조금 찢어서 뿌렸고, 다시 방으로 들어갔다가 나왔다간, 얼마 후에는 갑자기 화가 치민 손놀림으로 창문을 쾅 닫으면서 집 안으로 사라져 버렸다. 그 뒤 며칠 동안 같은 장면이 되풀이되었다. 그러나 그 키 작은 늙은이의 얼굴에는 슬픔과 혼란의 기색이 점점 더 뚜렷이 엿보이는 것이었다. 일주일이 지난 후, 타루는 매일처럼 나타나던 그 늙은이를 기다렸으나 허사였다. 창문들은 충분히 짐작이 가는 슬픔 속에 굳게 닫혀 있었다. '페스트 기간 중에는 고양이에게 침을 뱉지 말 것.' 이것이 타루의 수첩에 적힌 기록의 결론이었다.

다른 한편, 저녁때 돌아올 때면 언제나 로비의 홀에서 이리저리 거니는 숙직원의 침울한 얼굴과 틀림없이 마주치는 것이었다. 그는 누구건 만나기만 하면 자기는 이번 일을 미리 예측하고 있었다고 뇌까렸다. 타루는 그 친구가 어떤 불행한 일이 일어난다는 예언을 한 적이 있음을 인정했지만, 그때는 지진이 일어난다고 했다는 것을 그에게 상기시켰다. 그러자 그 늙은 숙직원은 타루에게 대답했다. "아! 차라리 지진이기나 했더라면! 한 번 와르르 흔들리고 나면 더 이상 아무 말이 없을 텐데……. 죽은 사람 수와 산 사람 수를 헤아리고 나면 그걸로 끝난 거니까요. 그런데 이 망할 놈의 병은 글쎄! 병에 걸리지 않은 사람까지도 생병을 앓게 된다니까."

호텔 지배인의 걱정도 그만 못하지 않았다. 처음엔 도시를 떠날 수 없는 형편이 된 여행객들이 당국에서 시의 폐쇄령을 내리자 호텔에 발이 묶였다. 그러나 전염병이 오래 지속되면서 많은 사람들이 친구 집에 기숙하는 편이 낫다고 생각했던 것이다. 그래서 호텔을 가득 차게 했던 바로 그 이유 때문에 그때부터는 호텔 방이 텅텅 비었다. 왜냐하면 우리의 도시에는 이제 더 이상 새 여행자라고는 없었기 때문이다. 타루는 호텔에 계속 남아 있는 몇 안 되는 숙박자 중 한 사람이었는데, 지배인은 기회만 있으면, 자기에게 최후의 손님에게까지도 기분 좋은 대접을 하고자 하는 욕구가 없었던들 벌써 오래전에 호텔 문을 닫아 버렸을 것이라는 말을 잊지 않았다. 그는 자주 타루에게 그 병이 계속될 기간을 어림잡아 말해 보라고 청하곤 했다. "들리는 말로는." 하고 타루는 지적했다. "이런 종류의 병은 추위와는 상극이랍니다." 지배인은 미치겠다는 듯 펄쩍 뛰었다. "아니, 여기에는 사실상 추위라는 것이 없는데요, 선생님. 어쨌든 그렇다면 아직 몇 달이 더 있어야겠네요." 사실 그는 이 시에 한참 동안 여행자들이 발을 들여놓지 않으리라는 것을 믿어 의심치 않았다. 그놈의 페스트가 관광을 다 망쳐 놓은 것이다.

얼마 동안 보이지 않던 올빼미 신사 오통 씨가 식당에 다시 나타나는 것을 볼 수 있었다. 그러나 이번에는 유식한 강아지 같은 두 아이들만 데리고 왔다. 사정을 알아보니, 아내는 친정어머니를 간호하다가 결국 장례식을 치르고 나서 지금은 그녀 자신이 격리 기간 중이라는 것이었다.

"기분이 안 좋아요." 하고 지배인이 타루에게 말했다. "격리 기간 중이건 아니건, 그 여자는 의심스러워요. 따라서 저 사람들은 다 마찬가지예요."

타루는 그에게, 그런 의미에서라면 모든 사람들이 다 못 미덥다는 것을 지적했다. 그러나 지배인은 아주 단호했고 그 점에 대해서는 지극히 확고한 견해를 가지고 있었다.

"아닙니다, 선생님. 선생이나 나는 못 미더울 데가 없지만, 그네들은 그렇거든요."

그러나 오통 씨는 그 정도로는 달라지지 않았다. 이번 페스트도 그에게는 무력했다. 그는 여전한 태도로 식당에 들어와서 자기가 먼저 앉은 다음 애들을 앞에 앉히고 여전히 점잖고 꾸짖는 듯한 언사로 그 애들을 다스리고 있었다. 다만 어린 아들만은 외모가 달라져 있었다. 제 누이처럼 검은 옷을 입고, 전보다 약간 더 땅땅해진 모습이 마치 자기 아버지의 작은 그림자처럼 보였다. 오통 씨를 좋아하지 않는 숙직원이 타루에게 이렇게 말한 일이 있었다.

"허! 저 사람은 옷을 차려입은 채 거꾸러질 거예요. 그러면 옷을 갈아입힐 필요도 없죠. 곧장 가면 되니까요."

파늘루 신부의 설교에 관한 이야기도 적혀 있었는데, 다만 이러한 주가 달려 있었다. '나는 그 호의적인 열정을 이해한다. 재앙이 시작될 때와 그것이 끝났을 때, 사람들은 으레 약간의 수사(修辭)를 농하는 법이다. 전자의 경우에는 아직 습관을 털어 버리지 못해서 그렇고 후자의 경우에는 습관이 이미 회복되어서 그렇다. 불행의 순간에야 비로소 사람들은 진실에, 즉 침묵에 익숙해진다. 기다려 보자.'

끝으로 타루는 의사 리유와 긴 대화를 했다고 적어 놓았는데, 거기에 대해서 다만 그 대화가 좋은 결과를 가져왔다고만 썼을 뿐이며, 덧붙여서 리유의 어머니의 맑은 밤색 눈에 대해 언급하고, 그처럼 착한 마음이 비쳐 보이는 눈이라면 언제나 페스트를 이기는 힘을 가진 법이라면서 부인에 대한 묘한 단안을 내린 다음에, 끝으로 리유가 돌보고 있는 해수병쟁이 노인에 대해서 상당히 긴 대목을 할애했다.

그는 의사와 환담을 나눈 다음에, 함께 그 노인을 보러 갔다. 노인은 낄낄대기도 하고 두 손을 비비기도 하면서 타루를 맞았다. 그는 완두콩을 담은 냄비 둘을 아래쪽에 놓고, 베개에 기댄 채 침대 위에 앉아 있었다. "아! 또 한 분이 오셨군요." 타루를 보더니 노인은 그렇게 말했다. "세상이 거꾸로 됐소. 환자보다도 의사가 더 많다니. 빨리들 죽어 가니까 그런 거죠, 맞지요? 신부 말이 옳아요. 그래 싸지요." 그다음 날 타루는 아무런 예고도 없이 다시 찾아갔다.

그의 수기에 따르면, 그 해수병쟁이 노인은 본래 잡화상이었는데, 쉰 살이 되었을 때 그 장사도 이제 할 만큼 했다고 판단했더랬다. 그때 자리에 누운 후로 다시는 일어나지 못했다는 것이었다. 그의 해수병은 그래도 일어나서 움직여도 되는 병이었다. 얼마 안 되는 연금 덕분으로 일흔다섯이 되는 오늘날까지 거뜬하게 살아올 수 있었다. 그는 시계만 보면 못 참는 성격이었다. 그래서 사실 집 안을 뒤져 보아도 시계라고는 하나도 없었다. "시계는." 하고 그는 말하는 것이었다. "비싸기만 하고, 어리석은 물건이오." 그는 시간을, 특히 그가 유일하게 중요시하는 식사 시간을, 눈만 뜨면 하나는 비어 있고 다른 하나는 완두콩이 가득 차 있는 두 개의 냄비를 가지고 짐작하는 것이었다. 그는 한결같이 부지런하고 규칙적인 동작으로, 콩을 하나씩 하나씩 딴 냄비에 옮겨 담았다. 이렇게 해서 그는 냄비로 측정되는 하루 속에서 자기의 지표를 찾아냈다. "냄비를 열다섯 번 채울 때마다." 하고 그는 말했다. "한 끼를 먹어야 하죠. 아주 간단합니다."

사실 그의 마누라의 말에 따르면, 그에겐 아주 젊어서부터 그렇게 될 천부의 소질이 엿보였다는 것이었다. 사실 어느 것 하나 그의 흥미를 끄는 것이 없었다. 일도, 친구도, 카페도, 음악도, 계집도, 산책도 다 그랬다. 결코 자기가 사는 도시 밖으로 나가 본 일이 없었다. 다만 어느 날 집안일로 알제에 가지 않을 수 없었는데 오랑 바로 옆 정거장까지 가서는 그만 내려 멈춰 버렸다. 더 이상 모험을 할 수가 없었던 것이다. 그러고는 첫차를 타고 집으로 돌아오고 말았다.

담을 쌓고 지내는 칩거 생활에 놀라는 타루에게 그는, 종교적으로 보면 한 인간에게 있어 앞의 반생은 상승이고 뒤의 반생은 하강인데, 하강기에 있어서 인간의 하루하루는 이미 그의 것이 아닌지라 언제 빼앗기고 말지도 모르는 일이며, 따라서 그 자신은 어떻게도 할 수 없고 그러니까 전혀 아무것도 취하지 않는 것이 바로 최선의 길이라고 대강 설명했다. 또한 그는 모순을 두려워하지 않았다. 그는 조금 뒤에 타루에게 신은 존재하지 않는 것이 분명하다면서, 그 이유는 신이 존재할 경우엔 신부가 필요 없으니까 그렇다고 말했던 것이다. 그러나 그다음에 꺼낸 그의 몇몇 생각을 듣고, 타루는 그의 철학이 그가 속해 있는 교구에서 빈번하게 헌금을 모금하는 것에 대한 그의 기분과 밀접하게 연관되어 있다는 사실을 깨달았다. 하지만 결정적으로 그 노인이 어떤 사람이라는 것을 짐작하게 해 준 것은 그 노인이 자신의 말 상대 앞에서 여러 번 되풀이한 진지한 소원이었는데, 그 소원이란 아주 오래 살다가 죽는 것이었다.

'그는 성자일까?' 하고 타루는 자문했다. 그러고 나서 이렇게 대답했다. '그렇다, 성스러움이라는 것이 온갖 습관의 총체를 의미하는 것이라면 말이다.'

그러나 동시에 타루는, 페스트에 휩쓸린 우리 도시의 하루 생활을 꽤 세세하게 묘사해 보려고 노력함으로써 이번 여름 동안 우리 시민들의 관심사와 생활에 대한 하나의 정확한 생각을 전달하고자 했다. '주정꾼들 이외에는 아무도 웃는 사람이라고는 없다.'라고 타루는 말하고 있었다. '그런데 그들은 또 지나치게 웃는다.' 그러고는 그날의 묘사가 시작되어 있었다.

'새벽이면 산들바람이 아직 인기척 없는 거리를 훑고 지나간다. 밤의 죽음과 낮의 고뇌의 중간에 있는 그 시간에는 페스트도 잠시 일손을 멈추고 숨을 돌리는 듯싶었다. 가게란 가게는 다 문이 닫혀 있다. 그러나 그중 몇 집에는 "페스트로 인해 폐점"이라는 패가 나붙어, 잠시 후에 다른 가게들처럼 문을 열지는 않을 것이라는 사실을 말해 주고 있다. 아직은 신문팔이들이 졸고 있어서 뉴스를 외쳐 대지는 않지만, 그 대신 길모퉁이에 등을 기대고 몽유병자 같은 몸짓으로 자기네 신문들을 가로등 앞에 벌여 놓고 있었다. 이제 곧 첫 전차 소리에 잠이 깨어, 그들은 도시의 거리 거리로 흩어져서 "페스트"라는 글자가 커다랗게 눈에 띄는 신문들을 팔 끝으로 내밀고 다닐 것이다. "페스트는 가을까지 갈 것인가? B 교수는 부정." "하루 동안 사망자 124명. 페스트 발생 94일째인 현재의 집계." 점점 심각해진 용지난 때문에 어떤 간행물들은 부득이 지면을 줄이지 않을 수 없었지만 《역병시보(疫病時報)》라는 또 하나의 신문이 창간되었다. 그 신문은 "병세의 진행 또는 그 후퇴에 관해 빈틈없는 객관성을 유지하면서 시민들에게 보도를 하고, 병의 진행 전망에 대한 가장 권위 있는 증언을 제공하며, 유명 무명을 불문하고 재앙과 투쟁할 의욕이 있는 모든 사람들을 지면을 통해서 격려하고, 주민의 사기를 북돋우며, 당국의 지시를 전달하는, 즉 한마디로 말해서 우리에게 닥쳐오는 불행과 효과적으로 싸워 나가기 위해 모든 사람의 선의를 결집하는 것"을 그 사명으로 내세웠다. 실제로는 그 신문은 얼마 안 가 페스트 예방에 확실한 효력을 발휘한다는 신약품들을 광고하는 데에 그치고 말았다.

아침 6시경, 그 모든 신문들은 개점하기 한 시간 전부터 가게 앞에 늘어서 있는 행렬 속에서, 그다음으로는 교외 방면으로부터 만원이 되어 들어오는 전차들 속에서 팔리기 시작한다. 전차는 유일한 교통수단이 된 탓으로, 승강구 계단과 바깥 난간에 이르기까지 터질 정도로 사람을 싣고 가까스로 달리고 있다. 신기한 일은, 그런 중에도 승객들이 가능한 한 상호 간의 전염을 피하려고 서로 등을 돌리고 있다는 것이다. 정류장에서마다 전차가 남녀 승객을 무더기로 쏟아 놓으면, 그들은 급히 흩어져 저 혼자가 된다. 번번이 기분이 좀 언짢다 해서 싸움이 벌어지곤 하는데, 그런 언짢은 기분은 만성적이 되고 말았다.

첫 전차가 지나간 후 도시는 차츰차츰 잠에서 깨어나고, 첫 맥주홀들이 문을 여는데 카운터에는 "커피 매진", "설탕 지참" 등의 패가 붙어 있다. 이윽고 상점들이 열리면 거리가 활기를 띤다. 이와 동시에 태양이 중천으로 솟아오르고, 더위가 차츰차츰 7월의 하늘을 납빛으로 만든다. 이때가 바로 아무 할 일 없는 사람들이 한길에 나가 보는 시간인 것이다. 대부분은 자기네의 사치를 과시해 보임으로써 페스트를 쫓아 보내고자 애를 썼다. 매일 11시경만 되면 중심가에는 청춘 남녀들의 행렬이 밀려드는데, 이 행렬에서 사람들은 커다란 불행의 도가니 속에서도 자라나는 삶에 대한 열정을 느꼈다. 질병이 확대되면 도덕도 역시 헐렁해질 것이다. 우리는 무덤 근처에서 벌어지던 그 밀라노의 사투르누스 축제를 여기서도 다시 보게 될 판이다.

정오가 되면 식당들은 눈 깜짝할 사이에 만원이 된다. 이내 자리를 못 얻은 사람들이 문전에 무리를 이룬다. 하늘은 극도에 다다른 더위로 그 빛을 잃는다. 식사를 하려는 사람들은 햇볕으로 바짝바짝 타는 길가의 커다란 회전 차양의 그늘 속에서 차례를 기다리고 있다. 식당이 만원이 되는 것은, 식당에서 식사 문제가 간단히 해결되기 때문이다. 그러나 식당에서도 전염에 대한 불안은 여전히 남는다. 함께 식사하는 사람들은 자기네 수저를 꼼꼼하게 닦느라고 시간을 많이 소비한다. 얼마 전만 해도 몇몇 식당에서는 "우리 식당에서는 식기를 끓는 물에 소독합니다."라는 광고를 붙였다. 그러나 차츰 그들은 일체의 광고를 중지했다. 왜냐하면, 그렇게 하니까 손님이 너무 많이 몰려오기 때문이었다. 게다가 손님들은 돈을 흥청망청 쓴다. 고급 또는 고급이라 여겨지는 술, 가장 비싼 안주, 그렇게 시작해서 걷잡을 수 없는 경주가 벌어진다. 또 어떤 식당에서는 한 손님이 속이 불편해진 나머지 얼굴이 새파랗게 되어 일어서서는 비틀거리며 급히 문 쪽으로 나간 탓에 그곳이 발칵 뒤집힌 일도 있는 모양이다.

  2시경이 되면 이 도시는 차츰 한산해진다. 그 시각이야말로 침묵과 먼지와 햇볕과 페스트가 거리에서 서로 만나는 시각이다. 잿빛의 커다란 집들을 따라 끊임없이 더위는 흐른다. 오랜 감금의 시간은 인구가 많아 시끄러운 이 도시에 벌겋게 불이 붙는 저녁때가 되어야 끝난다. 더위가 시작된 처음 며칠 동안은 가끔, 까닭은 알 수 없으나 저녁때면 인기척이 드물었다. 그러나 이제는 선선한 기가 돌기만 하면 희망까지는 못 돼도 일종의 안도감이 찾아든다. 그러면 모든 사람들이 거리로 나와서 지껄이기에 열중하거나 싸우거나 혹은 정염에 불타는 눈으로 서로 쳐다보기도 한다. 그리고 7월의 붉은 하늘 아래 쌍쌍의 남녀들과 소음을 가득 실은 도시는 숨 가쁜 밤을 향해서 표류한다. 매일 저녁, 영험을 받았다는 한 노인이 펠트 모자에 나비

넥타이를 매고 큰 거리로 나와 군중 틈으로 뚫고 다니며 "하느님은 위대하시다. 그에게로 오라." 하고 되풀이해 외쳤으나 헛수고일 뿐이었다. 모든 사람들은 그와 반대로 그들이 잘 알지도 못하는 그 무엇, 아마도 신보다 더 긴요하게 여겨지는 그 무엇을 향해 발길을 재촉한다. 초기에 그들이 이번 질병도 딴 질병이나 다름없는 흔한 것이리라고 생각했을 때에는, 종교도 제자리를 차지하고 있었다. 그러나 그것이 심상치 않다는 것을 알았을 때, 그들은 향락이라는 것에 생각이 미쳤던 것이다. 낮에 사람들 얼굴에 그려져 있던 그 모든 고뇌는 뜨겁고 먼지투성이인 황혼 녘이 되면 일종의 흉포한 흥분이나 모든 시민을 열에 들뜨게 하는 서투른 자유로 낙착되고 만다.

그리고 나도 그들과 마찬가지다. 그래, 어쨌단 말이냐! 나 같은 인간에게는 죽음쯤은 아무것도 아니다. 그것은 그들이 옳다는 것을 말해 주는 하나의 사건에 불과하다.'

타루가 자기의 수기에서 말하고 있는 면담은 타루 자신이 리유에게 요청했던 것이었다. 타루를 기다리던 날 저녁, 의사는 식당 한구석에서 의자에 얌전히 앉아 있는 자기 어머니를 쳐다보고 있었다. 어머니는 집안일을 다 끝내면 바로 거기서 하루해를 보내는 것이었다. 그는 두 손을 포개어 무릎에 얹고 기다렸다. 리유는 과연 어머니가 기다리는 것이 아들인 자기인지 확실하게 알 수는 없었다. 그러나 어쨌든 자기가 나타나면 어머니의 얼굴에 어떤 변화가 생기는 것이었다. 고달픈 일생이, 그녀의 얼굴에 침묵으로 새겨 놓은 그 모든 것이, 그때면 생기를 띠는 듯싶었다. 그러고는 또다시 침묵에 잠기는 것이었다. 그날 저녁 그 여자는 창 너머로, 이제는 인기척이 없어진 거리를 내다보고 있었다. 밤의 불빛은 3분의 2가량 줄어들었다. 그래서 이따금 아주 희미한 불빛이 그 도시의 어둠 속에서 몇 가닥 빛을 반사했다.

"페스트가 기승을 부릴 동안에는 전기를 내내 제한할

모양이지?" 리유의 어머니가 말했다.

"아마 그럴 거예요."

"겨울까지 계속 그러지나 말았으면 좋으련만. 그렇게 되면 너무 쓸쓸할 거야."

"그럼요." 리유가 말했다.

그는 어머니의 시선이 자기 이마에 와 닿는 것을 느꼈다. 그는 지난 며칠 동안의 불안과 과로 탓에 자기 얼굴이 여윈 것을 알고 있었다.

"일이 잘 안 됐니, 오늘은?" 리유의 어머니가 물었다.

"아! 늘 그래요."

늘 그렇다! 즉, 파리에서 보내온 새 혈청은 처음 것보다 효력이 덜한 듯싶었으며, 통계 수치는 상승하고 있었다. 예방 혈청을 감염자 가족들 이외의 사람들에게 접종할 가능성은 여전히 없었다. 그 사용을 일반화하자면 대량생산이 필요했다. 멍울들은 딱딱하게 굳어지는 계절이라도 만났는지 대부분이 칼을 대도 잘 찢어지지 않았고 그 때문에 환자들은 견딜 수 없이 아파했다. 그 전날 밤부터, 그 병의 새로운 유형을 보여 주는 사례가 둘이나 생겼다. 이제 페스트는 폐장성(肺臟性)으로까지 확대되었던 것이다. 바로 그날 열린 어느 회합에서, 기진맥진한 의사들은 갈피를 잡지 못하는 지사를 상대로, 입에서 입으로 옮겨지는 폐장성 페스트의 전염을 막기 위해서 새로운 조치를 요구하고 승낙을 받아 냈던 것이다. 늘 그렇듯이, 여전히 아무것도 알 수가 없었다.

그는 어머니를 보았다. 밤색의 아름다운 눈동자를 바라보니 애정으로 가득 찼던 옛 시절이 리유의 마음속에 되살아났다.

"무서우세요, 어머니?"

"내 나이가 되면 과히 무서운 게 없단다."

"해는 길고, 저는 집에 붙어 있을 틈이 없으니 말씀이에요."

"네가 꼭 돌아올 줄 알고 있으니 기다리는 것쯤은 괜찮다. 그리고 네가 집에 없을 때, 나는 네가 무엇을 하고 있는지 생각해 본단다. 네 처한테서 무슨 소식이라도 있었니?"

"네, 다 잘되고 있대요, 지난번 전보를 보면요. 그러나 저를 안심시키려고 하는 말인 줄 알고 있어요."

초인종이 울렸다. 의사는 어머니에게 미소를 짓고 문을 열러 갔다. 침침한 층계참에 서 있는 타루는 회색 옷차림 탓에 커다란 곰처럼 보였다. 리유는 방문객을 그의 사무용 책상 앞에 앉혔다. 자신은 안락의자 뒤에 그냥 서 있었다. 그들은 방 안에 유일하게 켜진 사무용 책상 위의 전등을 사이에 두고 마주 보고 있었다.

"저는 선생님하고," 타루는 대뜸 이렇게 말했다. "솔직하게 이야기할 수 있을 것 같습니다."

리유는 말없이 고개를 끄덕거렸다.

"보름이나 한 달 후가 되면 선생님은 이곳에서 아무 쓸모가 없어지실 겁니다. 사태가 사태인 만큼 역부족인 거죠."

"사실 그렇습니다." 하고 리유가 말했다.

"보건위생과의 조직이 잘못되어 있습니다. 선생님에게 인원과 시간이 부족합니다."

리유는 또 한 번 그것도 사실임을 시인했다.

"나는 일반 구조 작업에 성한 남자들을 강제로 참가시키기 위해서 도청에서 일종의 민간 봉사대를 조직할 계획이라는 말을 들었습니다."

"잘 알고 계시군요. 그러나 이미 불만이 대단해서 지사가 주저하고 있습니다."

"왜 자원봉사자들을 모집하지 않나요?"

"해 봤지요. 그러나 결과가 신통치 않았어요."

"이렇다 할 확신도 없이 그냥 관리들이 하는 방식대로 모집했던 거겠죠. 그들에게 부족한 것은 바로 상상력입니다. 그들에겐 결코 이 재앙의 규모에 맞설 만한 능력이 없어요. 그래서 그들이 상상해 낸 대책이란 것은 겨우 두통 감기약 수준에 불과한 겁니다. 만약 그들이 하는 대로 맡겨 두었다가는 그들은 결국 손들고 말 거예요. 우리도 함께 죽겠죠."

"그럴지도 모르죠." 하고 리유가 말했다. "다만 말씀드려야 할 것은, 그래도 그들은 죄수들을 쓸까 하는 생각도 했습니다. 말하자면 저 험한 일 같은 데에 말입니다."

"그것은 일반인이 했으면 더 좋겠는데요."

"나 역시 그렇게 생각해요. 그러나 왜 이런 것이 문제가 되지요?"

"나는 사형선고라면 질색입니다."

리유는 타루를 쳐다보았다.

"그래서요?" 하고 그는 말했다.

"그래서 나는 자원 보건대를 조직하는 구상을 해 보았습니다. 제게 그 일을 맡겨 주시고, 당국은 빼 버리기로 합시다. 게다가 당국은 할 일이 태산 같습니다. 여기저기 친구들이 있으니, 우선 그들이 중심이 되어 주겠죠. 그리고 물론 나도 거기에 참가하겠습니다."

"잘 알았습니다." 리유가 말했다. "물론 기꺼이 받아들이겠습니다. 특히 의사가 하는 일에는 여러 사람의 협조가 필요합니다. 그 착상을 도청에서 수락하도록 만드는 것은 제가 책임을 지겠습니다. 사실 도청으로서는 찬밥 더운밥 가릴 때가 아닙니다. 그러나……."

리유는 생각을 해 보았다.

"그러나 이런 일을 하다가 생명을 잃을지도 모릅니다. 잘 아시겠지만요. 그러니 좌우간 일단 알려는 드려야지요. 잘 생각해 보셨나요?"

타루는 회색빛이 도는 침착한 눈으로 그를 보고 있었다.

"파늘루의 설교를 어떻게 생각하세요, 선생님?"

자연스럽게 질문이 나왔고, 리유도 자연스럽게 거기에 대답했다.

"나는 너무나 병원 안에서만 살아서 집단적 처벌 같은 것은 좋아하지 않습니다. 그러나 당신도 알다시피, 기독교 신자들은 현실적으로는 절대로 그렇게 생각하지 않으면서 가끔 그런 식으로 말을 하더군요. 보기보다는 좋은 사람들이죠."

"그래도 선생님은 파늘루 신부처럼 페스트에도 그것대로의 유익한 점이 있어서 사람의 눈을 뜨게 하고, 사람으로 하여금 생각하게 한다고 여기시겠죠!"

리유는 답답해서 머리를 흔들었다.

"이 세상의 모든 병이 다 그렇죠. 그러나 이 세상의 모든 고통에 있어서 진실인 것은 페스트에 있어서도 역시 진실입니다. 하기야 몇몇 사람을 위대하게 만드는 구실도 하겠죠. 그러나 그 병으로 해서 겪는 비참과 고통을 볼 때, 체념하고서 페스트를 용인한다는 것은 미친 사람이나 눈먼 사람이나 비겁한 사람의 태도일 수밖에 없습니다."

리유는 어조를 높였다고 할 수도 없었다. 그러나 타루는 그를 진정시키려는 듯이 손을 저었다. 그는 미소를 짓고 있었다.

"좋습니다." 어깨를 으쓱하면서 리유가 말했다. "한데, 내가 아까 한 말에 대해 아직 대답을 안 하셨습니다. 잘 생각해 보셨나요?"

타루는 안락의자에서 좀 편안하게 고쳐 앉으면서 머리를 불빛 속으로 내밀었다.

"선생님은 신을 믿으시나요?"

질문은 역시 자연스럽게 나왔다. 그러나 이번에는 리유가 망설였다.

"믿지 않습니다. 그러나 그것은 무엇을 의미하는 것일까요? 나는 어둠 속에 있고, 거기서 뚜렷이 보려고 애쓴다는 뜻입니다. 그러는 것이 유별나다고 생각하지 않은 지가 벌써 오래됩니다."

"그 점이 파늘루 신부와 다른 점이 아닌가요?"

"그렇지 않습니다. 파늘루는 학자입니다. 그는 사람이 죽는 것을 많이 보진 못했습니다. 바로 그렇기 때문에 진리 운운하는 것이죠. 그러나 아무리 보잘것없는 시골 신부라도 자기 교구 사람들과 접촉이 잦고 임종하는 사람의 숨소리를 들어 본 사람이면 나처럼 생각합니다. 그는 그 병고의 유익한 점을 증명하려 하기 전에 우선 치료부터 할 겁니다."

리유가 일어섰다. 그의 얼굴은 이제 그늘 속에 들어가 버렸다.

"그만해 둡시다." 하고 그는 말했다. "대답도 하려고 안 하시니."

타루는 자기 의자에서 움직이지도 않은 채 미소를 지었다.

"대답 삼아 질문이나 하나 할까요?"

이번에는 의사가 미소를 지었다.

"수수께끼를 좋아하시는군요." 그가 말했다. "자, 해 보시죠."

"좋아요." 타루가 말했다. "선생님 자신은 신도 믿지 않으시면서 왜 그렇게까지 헌신적이십니까? 선생님의 답변이 제가 대답하는 데 도움이 될 것입니다."

그늘에서 얼굴을 내밀지도 않은 채 의사는, 그 대답은

이미 했으며, 만약 어떤 전능한 신을 믿는다면 자기는 사람들의 병을 고치는 것을 그만두고 그런 수고는 신에게 맡겨 버리겠다고 말했다. 그러나 이 세상 어느 누구도, 심지어는 신을 믿는다고 생각하는 파늘루까지도, 그런 식으로 신을 믿는 이는 없는데, 그 이유는 전적으로 자기를 포기하고 마는 사람은 없기 때문이며, 적어도 그 점에 있어서는 리유 자신도 이미 창조되어 있는 그대로의 세계를 거부하며 투쟁함으로써 진리의 길을 걸어가고 있다고 생각한다고 말했다.

"아!" 타루가 말했다. "그러면 선생님은 자신의 직업을 그렇게 보고 계시는군요?"

"대충은 그렇습니다." 의사는 다시 밝은 쪽으로 몸을 내밀면서 말했다.

타루는 나직이 휘파람을 불었고 의사는 그를 보았다.

"그럼요." 그는 말했다. "아마 자존심이 대단하다고 생각하시겠죠. 그러나 나는 필요한 정도의 자존심밖에는 없습니다. 정말이에요. 앞으로 무엇이 나를 기다리는지, 이 모든 일이 끝난 다음에는 무엇이 올 것인지 나는 모릅니다. 당장에는 환자들이 있으니 그들을 고쳐 주어야 합니다. 그런 다음에 그들은 반성할 것이고, 또 나도 반성할 것입니다. 그러나 가장 긴급한 일은 그들을 고쳐 주는 것입니다. 나는 힘이 미치는 데까지 그들을 보호해 줄 것입니다. 그뿐이지요."

"무엇에 대해서 말입니까?"

리유는 창문 쪽으로 돌아섰다. 그는 저 멀리 지평선의 보다 더 짙어진 어둠 속에 바다가 있다는 것을 짐작하고 있었다. 그는 다만 피로하다는 느낌뿐이었지만 동시에 묘하다 싶으면서도 우정이 느껴지는 이 사나이에게 좀 더 마음을 털어놓고만 싶은 돌발적이고도 당치 않은 욕구를 억제하느라고 애를 썼다.

"거기에 대해서는 아는 바가 없습니다, 타루. 정말 아는 바가 없어요. 내가 이 직업에 발을 들여놓았을 때, 나는 말하자면 그냥 추상적으로 택했지요. 직업이 필요했고, 이 일도 딴 직업이나 마찬가지로 괜찮은 직업이며, 젊은 사람이 한번 해 볼 만한 직업 중 하나였기 때문이죠. 또 어쩌면 나 같은 노동자의 자식으로서는 특별히 실현하기 어려운 일이기 때문이었는지도 모릅니다. 택하고 났더니 죽는 장면을 보아야만 했지요. 죽기를 거부하는 사람이 있다는 것을 아시나요? 어떤 여자가 죽는 순간에 '안 돼!' 하고 외치는 것을 들은 일이 있나요? 나는 있어요. 그때 나는 절대로 그런 것에 익숙해질 수 없다는 것을 깨달았지요. 그때는 나도 젊었고, 그래서 나의 혐오감은 세계의 질서 그 자체에 대해 솟구치는 것이라고 생각했죠. 그 후 나는 한층 더 겸허해졌어요. 다만, 죽는 것을 보는 일에는 여전히 길들지 못한 채예요. 그 이상은 아무것도 모릅니다. 그러나 결국……."

리유는 입을 다물고 다시 자리에 앉았다. 입안이 마른 듯싶었다.

"결국은요?" 하고 타루가 나직하게 물었다.

"결국……." 의사는 말을 계속하려다가 타루를 물끄러미 보면서 또 주저했다. "당신 같은 사람이면 이해할 수 있는 일이라고 생각하는데, 어떠세요? 그러나 세계의 질서는 죽음에 의해 좌우되는 것이니만큼, 아마 신으로서는 사람들이 자기를 믿어 주지 않는 편이 더 나을지도 모릅니다. 그리고 신이 그렇게 침묵하고만 있는 하늘을 쳐다볼 것이 아니라 있는 힘을 다해서 죽음과 싸워 주기를 더 바랄지도 모릅니다."

"네." 타루가 끄덕거렸다. "이해가 갑니다. 그러나 선생님이 말하는 승리는 언제나 일시적인 것입니다. 그뿐이죠."

리유의 얼굴이 어두워졌다.

"언제나 그렇죠. 나도 알고 있어요. 그러나 그것이 싸움을 멈추어야 할 이유는 못 됩니다."

"물론 이유는 못 되겠지요. 그러나 그렇다면 이 페스트가 선생님에게는 어떠한 존재일지 상상이 갑니다."

"알아요." 리유가 말했다. "끝없는 패배지요."

타루는 잠시 의사를 보고 있다가 일어서서 무거운 걸음으로 문 앞까지 갔다. 리유도 그의 뒤를 따랐다. 의사가 이미 그의 곁에까지 갔을 때 자기 발등을 보고 있는 것 같던 타루가 리유에게 말했다.

"그 모든 것을 누가 가르쳐 드렸나요, 선생님?"

대답이 즉각적으로 나왔다.

"가난입니다."

리유는 자기 사무실 문을 열고 복도로 나와서, 자기도 변두리 구역의 환자 한 사람을 보러 가려고 내려가는 길이라고 타루에게 말했다. 타루가 같이 가자고 청하자 의사도 그러자고 했다. 복도 끝에서 그들은 리유의 어머니와 만났다. 의사는 타루를 소개했다.

"친구입니다." 그가 말했다.

"오!" 리유의 어머니가 말했다. "이렇게 만나서 참 반갑구려."

 그녀와 헤어지자, 타루는 다시 한 번 그쪽으로 뒤를 돌아다보았다. 의사는 층계참에서 자동 스위치를 켜려고 애썼으나 헛수고였다. 계단은 어둠 속에 잠겨 있었다. 의사는 그것이 혹 새로운 절전 조치의 결과인가 하고 속으로 생각했다. 벌써 얼마 전부터 집에서나 거리에서나 모든 것이 뒤틀려 가고 있었다. 그것은 다만 수위들이, 그리고 우리 일반 시민들이 이제는 어떤 것에도 주의를 기울이지 않게 된 데서 오는 것인지도 모른다. 그러나 의사는 더 이상 생각해 볼 시간이 없었다. 뒤에서 타루의 목소리가 울려왔기 때문이다.

"한마디만 더 하겠어요, 선생님. 혹 우스꽝스럽다고 생각하실지는 모르겠습니다만. 선생님은 전적으로 옳으십니다."

 리유는 어둠 속에서 혼자 어깨를 추켜올렸다.

"나는 아무것도 모릅니다, 정말이지. 그런데 당신은 대체 무엇을 알고 계신지요?"

"오!" 하고 타루는 태연하게 말했다. "이제는 별로 모르는 게 없습니다."

의사는 발을 멈추었고, 그 뒤로 타루의 발이 층계에서 미끄러졌다. 타루는 리유의 어깨를 붙들면서 몸을 바로잡았다.

"인생을 다 안다고 생각하십니까?" 리유가 물어보았다.

여전히 침착한 목소리로 어둠 속에서 대답이 들려왔다.

"네."

그들은 길에 나서면서 꽤 늦은 시간이라는 것을 알았다. 아마 11시쯤은 되었을 것이었다. 시가는 조용했고, 단지 바스락거리는 소리만이 가득 차 있었다. 아주 먼 곳에서 구급차 소리가 들려왔다. 그들은 차에 올라탔다. 리유는 시동을 걸었다.

"내일 병원에 와서 예방주사를 맞으셔야 합니다."라고 그는 말했다. "그러나 마지막으로, 그리고 그 이야기에 들어가기 전에, 성하게 살아남을 수 있는 확률은 3분의 1밖에는 안 된다는 사실을 깊이 생각해 보십시오."

"그런 계산은 무의미합니다, 선생님. 다 아시는 일 아닙니까. 백 년 전에 페르시아의 어느 도시에서 페스트가 유행해 시민을 죽였지만, 시체를 목욕시키는 사람만은 살아남았답니다. 매일같이 자기 일을 멈추지 않고 해 왔는데도요."

"그는 3분의 1의 기회를 얻었던 것이죠, 그뿐입니다." 하고 갑자기 무딘 목소리로 리유가 말했다. "그러나 사실 그 문제에 대해서는 배울 게 아직도 많군요."

이제 그들은 변두리 지역으로 들어서고 있었다. 인적이

없는 거리에서 헤드라이트가 환하게 빛을 발했다. 그들은 멈췄다. 리유는 자동차 앞에서 타루에게 들어가겠느냐고 물었고 타루는 그러겠다고 했다. 하늘의 반사광이 그들의 얼굴을 비추고 있었다. 리유는 갑자기 정다운 웃음을 터뜨렸다.

"그런데, 타루." 그가 말했다. "뭣 때문에 이런 일에 발 벗고 나서지요?"

"나도 모르죠. 아마 나의 윤리관 때문인가 봐요."

"어떤 윤리관이지요?"

"이해하자는 것입니다."

타루는 집 쪽으로 몸을 돌렸다. 그래서 그들이 그 해수병쟁이 노인 집에 들어설 때까지 리유는 그의 얼굴을 볼 수가 없었다.

타루는 그 이튿날부터 일에 착수해서 우선 제1진을 모았는데, 계속 여러 팀이 뒤따라 편성될 모양이었다.

서술자는 그래도 이 보건대를 실제 이상으로 중요시할 생각은 없다. 반면에 우리 시민의 대부분이 오늘날 서술자의 입장이 된다면 그 역할을 과장하고 싶은 유혹에 넘어갈 위험이 있는 것은 사실이다. 그러나 서술자는 차라리 훌륭한 행동에다 너무나 지나친 중요성을 부여하다 보면 결국에 가서는 악의 힘에 대해 간접적이며 강렬한 찬사를 바치게 되는 것이라고 믿는 편이다. 왜냐하면, 그런 훌륭한 행동이 그렇게도 대단한 가치를 지니는 것은 그 행위들이 아주 드문 것이고, 인간 행위에 있어서 악의와 무관심이 훨씬 더 빈번하게 원동력이 되기 때문이라는 말밖에는 되지 않을 테니까 말이다. 그런 것은 서술자가 공감할 수 없는 생각이다. 세계의 악은 거의가 무지에서 오는 것이며, 또 선의도 총명한 지혜 없이는 악의와 마찬가지로 많은 피해를 입히는 수가 있는 법이다. 인간은 악하기보다는 차라리 선량한 존재지만 사실 그것은 문제가 되지 않는다. 그러나 인간들은 다소간 무지한 법이고 그것은 곧 미덕 또는 악덕이라고 불리는 것으로서, 가장 절망적인 악덕은 자기가 모든 것을 다 알고 있다고 믿고서, 그러니까 자기는 사람들을 죽일 권리가 있다고 인정하는 따위의 무지의 악덕인 것이다. 살인자의 넋은 맹목적인 것이며, 가능한 한의 총명을 다하지 않으면 참된 선도 아름다운 사랑도 없는 법이다.

바로 그러한 이유 때문에, 타루의 덕택으로 실현을 본 우리의 보건대에 대해서는 객관적인 만족감을 느끼며 판단할 필요가 있다. 바로 그런 이유에서, 서술자는 그저 온당한 중요성만을 부여할 뿐 그 의지와 영웅심에 대해 너무나 웅변적인 칭송자가 될 생각은 없다. 그러나 서술자는 페스트가 유린한, 그 당시 우리 모든 시민의 비통하고 까다로운 마음에 대해서는 역사가 노릇을 계속할 것이다.

보건대에 헌신한 사람들은 사실 그 일을 했다고 해서 그렇게까지 대단한 칭찬을 받을 처지는 아니다. 왜냐하면 그들은 해야 할 일이 그것뿐이라는 것을 알고 있었으며, 그런 결단을 내리지 않은 것이야말로 그때 처지로는 오히려 믿을 수 없는 일이었다. 보건대는 우리 시민들이 페스트 속에 더 깊게 파고들도록 도와주었으며, 시민들에게 부분적이나마 질병이 눈앞에 있으니 그것과 싸우기 위해서 마땅히 해야 할 일을 해야 된다는 것을 납득시켰다. 이처럼 페스트는 몇몇 사람들의 의무로 변했기 때문에 이제는 그 본연의 실체, 즉 모든 사람의 문제로 등장하게 되었다.

그것은 좋은 일이다. 그러나 사람들은, 어떤 교사가 둘에 둘을 보태면 넷이 된다고 가르친다고 해서 그에게 찬사를 보내는 것은 아니다. 사람들은 아마도 그가 그 훌륭한 직업을 선택했다는 점에서 그에게 찬사를 던지는 것이리라. 그러므로 타루와 그 밖의 사람들이 구태여 둘에 둘을 보태면 넷이 된다는 것(그 반대가 아니라)을 증명한 것은 칭찬받을 만한 일이라고 해 두자. 그러나 또한 그러한 선의는 그들에게 있어서, 그 교사나 그 교사와 똑같은 마음인 모든 사람과 공통된다는 것도 말해 두자. 그런데 인간의 명예를 위해서는 다행스럽게도 세상에는 그러한 사람들이 생각보다는 수가 많으며, 적어도 그것이 서술자의 신념이다. 하기야 그 사람들은 생명을 잃어버릴 위험을 감수하고 있다고 서술자에게 반박하는 사람이 있을 수도 있다는 것을 잘 알고 있다. 그러나 역사상 둘에 둘을 보태면 넷이 된다고 감히 주장할 수 있는 사람에게도 죽음의 벌을 받는 시간이 반드시 오는 법이다. 교사는 그 사실을 잘 알고 있다. 그리고 문제는 그런 논리의 끝에 어떤 보상 또는 어떤 벌이 기다리고 있는가 하는 것이 아니다. 문제는 둘에 둘을 보태면 과연 넷이 되느냐 안 되느냐 하는 것이다. 그 당시 자기네의 생명을 내걸고 있었던 사람들에게 있어서, 문제는 그들이 페스트 속에 있느냐 아니냐, 페스트와 싸워야 하느냐 아니냐 하는 것이었고 그들은 그 해답을 결정하지 않으면 안 되었다.

그 무렵 우리 시의 수많은 새로운 모럴리스트들은, 아무것도 소용이 없고 무릎을 꿇는 수밖에 없다고 말하면서 돌아다녔다. 타루도 리유도 그들의 친구들도 이런저런 대답을 할 수야 있었지만 결론은 항상 그들이 잘 아는 것이었다. 즉 이런 방법으로든 저런 방법으로든 싸워야 한다는 것이지 무릎을 꿇어서는 안 된다는 결론이었다. 문제는 오로지 될 수 있는 대로 많은 사람들로 하여금 죽는다든가 결정적인 이별을 겪는 것을 막아 주자는 데에 있었다. 그러려면 유일한 방법은 페스트와 싸우는 것이었다. 그 진리는 칭찬을 받을 만한 것은 못 되고 다만 필연적인 귀결이었다.

바로 그런 이유로 해서, 늙은 카스텔이 임시변통으로 구한 재료로 현장에서 혈청을 제조하는 데 자기의 온 신념과 정력을 기울이는 것도 당연한 일이었다. 리유와 그는 그 도시를 휩쓸고 있는 바로 그 세균을 배양해서 만든 혈청이, 외부에서 가져온 것보다 더 직접적인 효과가 있기를 기대했다. 왜냐하면 그 세균들은 종래의 분류에서 본 페스트균과는 약간 달랐기 때문이다. 카스텔은 자기가 만든 첫 혈청이 빨리 완성되기를 바라고 있었다.

또한 바로 그런 이유로, 영웅적인 점이라고는 전혀 없는 그랑이 보건대의 서기 비슷한 역할을 맡아보기로 작정한 것도 당연한 일이었다. 타루가 조직한 보건대 중 일부는 사실 인구 밀집 지역의 예방 보조 작업에 헌신하고 있었다. 사람들은 그런 지역에 필요한 위생 조건을 갖추어 놓으려고 애썼으며, 소독반이 채 다녀가지 않은 헛간이라든가 지하실의 수를 조사했다. 보건대의 다른 팀은 의사의 호별 왕진을 도왔고, 페스트 환자의 운반을 책임졌으며, 나중에는 심지어 전문 요원이 없는 경우 환자나 사망자를 실어나르는 차를 운전하기까지 했다. 이 모든 일에는 등록이나 통계 작업이 필요했는데, 그랑이 그것을 맡아서 했다.

그런 점에서 볼 때, 리유나 타루 이상으로 그랑이야말로 보건대를 살아 움직이게 하는 그 조용한 미덕의 실질적 대표자였다고 서술자는 평가한다. 그는 자기가 지닌 선의로, 주저함 없이 자기가 맡겠다고 말했던 것이다. 그는 다만, 자질구레한 일에 도움이 되고 싶다고 했다. 그 외의 일을 하기에 그는 너무나 늙었다. 오후 6시부터 8시까지 그는 자기 시간을 바칠 수 있었다. 뜨거운 마음으로 리유가 그에게 감사의 뜻을 표시하자, 그는 놀라서 말했다. "제일 어려운 일도 아닌걸요. 페스트가 생겼으니 막아야 한다는 건 뻔한 이치입니다. 아! 만사가 이렇게 단순하면 좋으련만!" 그러고는 자기의 문장 이야기를 다시 꺼내는 것이었다. 가끔 저녁때 그 통계 카드를 기록하는 일이 끝나면, 리유는 그랑과 이야기를 하곤 했다. 결국에 가서는 타루도 그 대화에 끼었는데, 그랑은 점차로 눈에 띄게 기쁜 얼굴로 그의 동지들에게 속마음을 털어놓았다. 리유와 타루는 그 페스트의 와중에서 그랑이 꾸준히 계속하는 그 작업을 흥미 있게 따라가고 있었다. 그들 역시 결국에는 거기에서 일종의 휴식을 얻었다.

"그 말 탄 여인은 어떻게 되었나요?" 하고 타루가 가끔 물어보면 그랑은 한결같이, "달리고 있어요. 달리고 있어요."라고 어색한 미소를 지으면서 대답하는 것이었다. 어느 날 저녁때, 그랑은 자기의 그 말 탄 여인에 대해 '우아한'이라는 형용사를 결정적으로 포기하고, 앞으로는 '날씬한'으로 형용하기로 했다고 말했다. "그것이 더 구체적이거든요."라고 그는 덧붙여 말했다. 언젠가 한번은 그 청중에게 다음과 같이 수정한 그 첫 구절을 읽어 주었다. "5월 어느 화창한 날 아침나절, 어떤 날씬한 여인이 기막힌 밤색 암말을 타고, 불로뉴 숲의 꽃이 만발한 오솔길을 누비고 있었다."

"그렇죠?" 그랑은 말했다. "그 여인이 더 잘 보이죠. 그리고 나는 '5월 어느 화창한 아침나절에'가 더 나은 것 같아요. 왜냐하면 '5월달'이라고 하면 보조가 좀 늘어지거든요."

그 후에 그는 '기막힌'이라는 형용사에 대단히 고심하는 듯이 보였다. 그의 말로는, 그것으로는 별맛이 없어서, 자기가 상상하는 멋진 암말을 대번에 사진으로 찍은 듯이 느껴질 용어를 찾는 중이라는 것이었다. '살이 오른'도 어울리지 않았다. 구체적이기는 하나 멸시조라는 것이다. '윤기가 도는'에 한때 마음이 끌렸으나 리듬이 적당하지 않다는 것이다. 어느 날 저녁때, 그는 의기양양하게 '검은 밤색 털의 암말'이라는 표현을 발견했다고 말했다. 검은 빛깔은 역시 그의 설에 따르면 은근히 우아한 것을 가리킨다는 것이었다.

"그건 안 돼요."라고 리유가 말했다.

"아니, 왜요?"

"'밤색 털의'라는 표현은 말의 품종을 의미하는 것이 아니라 빛깔을 말하는 것이니까요."

"무슨 빛깔을요?"

"아니, 어쨌든 검은빛이 아닌 어떤 빛깔이죠!"

그랑은 아주 풀이 죽어 보였다.

"감사합니다."라고 그가 말했다. "선생님이 계셔서 다행입니다. 그러나 어쨌든 대단히 어려운 일이군요."

"'굉장한'이라고 하면 어떨까요?" 타루가 물었다.

그랑은 그를 쳐다보았다. 그는 생각에 잠겨 있었다.

"그렇군요." 그가 말했다. "그래요!"

그리고 그의 얼굴에 차츰 미소가 되살아났다.

그 후 얼마 만에, 그는 '꽃이 만발한'이라는 말에 골치를 앓는다고 고백했다. 그는 오랑과 몽텔리마르밖에는 아는 고장이 없었기 때문에 가끔 그 두 친구에게, 불로뉴 숲속의 오솔길에 어떠한 모양으로 꽃이 만발해 있는가를 물어보는 것이었다. 정확하게 말해서 불로뉴 숲의 오솔길들이 리유나 타루에게 그처럼 꽃이 핀 인상을 준 일은 없었지만, 그 서기의 확신이 그들의 마음을 흔들어 놓고 있었던 것이다. 그랑은 자기 친구들이 거기에 대해서 확실하게 알지 못하는 것이 오히려 이상했다. "볼 줄 아는 것은 예술가뿐이지요." 그러나 한번은 그가 몹시 흥분해 있는 것을 리유는 보았다. 그는 '꽃이 만발한'을 '꽃으로 가득 찬'으로 바꿔 놓았던 것이다. 그는 두 손을 마주 비볐다. "마침내 훤히 보입니다. 냄새가 납니다. 모자를 벗으십시오, 여러분!" 그는 의기양양하게 자기의 글을 읽었다. "5월 어느 아름다운 아침나절, 한 날씬한 여인이 굉장한 밤색 털의 암말을 타고 꽃으로 가득 찬 불로뉴의 숲의 오솔길을 누비고 있었다." 그러나 큰 소리로 읽다 보니 '꽃, 불로뉴, 숲', 이 세 단어의 속격(屬格)이 귀에 거슬려 그랑은 약간 말을 더듬거렸다. 그는 맥이 풀려서 주저앉았다. 그러다가 그는 의사에게 그만 가 보겠다고 양해를 구했다. 그는 생각을 좀 해 볼 필요가 있었던 것이다.

나중에 안 일이지만, 바로 그 무렵에 그는 직장에서 딴 데 정신이 팔려 있는 사람 같은 증세를 가끔 보여서, 시에서는 감소된 인원으로 태산 같은 일거리들을 처리하지 않으면 안 될 때였으니만큼, 모두들 유감스럽게 여겼다. 그가 속해 있는 과에서는 그것 때문에 골머리를 앓았다. 그래서 국장이 그를 호되게 야단치면서 일을 하라고 봉급을 주는데도, 맡은 일을 완수하지 못한다고 지적했다. '듣자니' 국장이 그에게 말했다. "당신은 담당 사무 외에 보건대에서 자원봉사를 하고 있다는데, 그것은 나와는 상관없는 일이오. 나와 상관이 있는 것은 당신이 맡은 일이오. 그리고 이 가혹한 상황에서 당신이 이바지할 수 있는 첫째가는 방법은 맡은 일을 잘 해내는 것이오. 그렇게 하지 않으면 다른 것은 다 소용이 없는 거요."

"그의 말이 맞습니다."라고 그랑은 리유에게 말했다.

"그래요, 그가 옳아요."라고 의사도 동의했다.

"그러나 정신이 딴 데 가 있어요. 내 글의 끝을 어떻게 처리해야 할지 모르겠어요."

그는 '불로뉴의'를 없애 버릴 생각을 했다. 그래도 누구나 알아들을 수 있을 것 같아서 말이다. 그러나 그렇게 하면 '숲의'라는 구절이 '꽃'에 걸리는 것처럼 되는데, 그것은 실지로는 '오솔길'에 걸리는 것이었다. 그는 또한 다음과 같이 쓸 수 있는 가능성도 검토해 보았다. '꽃으로 가득 찬 숲 속 오솔길.' 그러나 '숲'의 위치가 수식어와 명사 사이를 공연히 분리해 놓고 있는 감이 있어 살 속에 가시가 박힌 듯 느껴졌다. 어떤 날 저녁때에는 사실 그가 리유보다 더 피곤해 보일 정도였다.

그렇다, 그는 그 연구에 송두리째 정신이 팔려 있었기 때문에 피로했다. 그러나 그는 꾸준히 보건대가 필요로 하는 합산과 통계 일을 해냈다. 매일 저녁 그는 꾸준히 카드를 정리하고, 거기에 곡선 도표를 첨부해서, 될 수 있는 대로 정확한 상황도를 제시하려고 심혈을 기울이고 있었다. 리유가 어떤 병원에 가서 일을 하고 있노라면 그랑은 꽤 자주 그리로 찾아가서, 그냥 사무실이건 혹은 진료실이건 간에, 거기 있는 책상 하나를 내 달라고 부탁하는 것이었다. 그는 마치 시청의 자기 책상에 앉듯이 자리를 잡고 앉는 것이었고, 소독약과 병(病) 그 자체에서 풍겨 나오는 냄새로 텁텁해진 공기 속에서, 잉크를 말리려고 서류의 종잇장을 흔들곤 했다. 그럴 때면 그는 말을 탄 여인 생각도 잊어버리고, 오직 필요한 일만 해내려고 고지식하게 애쓰는 것이었다.

그렇다, 인간이 소위 영웅이라는 것의 전례와 본보기를 세워 놓고 싶어 하는 것이 사실이라면, 그리고 반드시 이 이야기 속에 한 사람의 영웅이 있어야 한다면, 서술자는 바로 이 보잘것없고 존재도 없는 영웅, 가진 것이라고는 약간의 선량한 마음과 아무리 봐도 우스꽝스럽기만 한 이상밖에는 없는 이 영웅을 여기에 제시하고자 한다. 그렇게 하면, 진리에겐 그 진리 본연의 것을, 둘 더하기 둘의 합에는 넷이라는 답을, 그리고 영웅주의에는 부차적이라는 본래의 지위, 즉 행복에 대한 강한 욕구 바로 다음에 놓이되 결코 그 앞에 놓일 수는 없는 그의 지위를 부여할 수 있을 것이다. 또, 그렇게 하면 이 연대기에도 그 나름의 성격, 즉 선량한 감정, 말하자면 두드러지게 악하지도 않고 또 흥행물처럼 야비하게 선동적이지도 않은 감정으로 이루어진 기록의 성격을 부여할 수 있을 것이다.

이것은 적어도 페스트에 감염된 이 도시로 외부 세계가 보내오는 후원과 격려를, 혹은 신문에서 읽고 혹은 라디오로 들을 때의 의사 리유의 의견이었다. 공로 또는 육로로 보내오는 구호물자와 함께, 매일 저녁 전파를 타고 혹은 신문에 실려서 동정 또는 찬양으로 가득 찬 논평들이 고립되어 버린 이 도시로 쏟아져 들어오고 있었다. 그런데 그것들의 그 서사시 투 혹은 수상식의 연설 투가 의사에게는 참을 수 없는 것이었다. 물론 그런 따뜻한 마음씨가 거짓이 아님은 알고 있었다. 그러나 그것은 인간이 스스로를 인류 전체와 연결해 주는 그 무엇을 표현하고자 할 때에 쓰는 상투적인 언어로 표현될 수밖에 없었다. 그런데 그런 언어는, 예를 들어 페스트의 소용돌이 속에서 그랑 같은 사람이 무엇을 의미하는지 도저히 설명해 줄 수 없는 까닭에, 그랑이 기울이는 매일매일의 사소한 노력을 표현하는 데는 적합지 않은 것이었다.

때로 자정이 돼서, 그 무렵이면 인적이 끊어진 시가의 깊은 침묵 속에서 잠시 짧은 잠이나마 자 보려고 잠자리에 들 때 리유는 라디오의 스위치를 올려 보곤 했다. 그러면 세계의 저 끝, 수천 킬로미터를 거슬러서 얼굴은 모르지만 우애에 찬 음성들이, 자기들에게도 연대책임이 있다고 서투르게나마 말하려고 애를 썼으며 또 실제로 그 말을 했지만, 사람은 자기 눈으로 볼 수 없으면 어떤 고통을 참으로 나눌 수 없다는 저 가공할 무력감을 그 음성들은 동시에 증명해 보이는 것이었다. '오랑! 오랑!' 호소하는 목소리가 바다를 건너와 보아도 헛수고였고, 리유가 정신을 차리고 귀를 기울여 보아도 헛수고였다. 머지않아 웅변조의 목소리가 높아지면서, 그랑과 그 웅변가를 서로 이방인으로 만들어 놓는 그 본질적인 거리만을 더욱 뚜렷하게 드러내 보여 주는 것이었다. '오랑! 그렇지! 오랑!' 리유는 생각했다. '천만의 말씀. 함께 사랑하든가 함께 죽든가 해야지, 그 이외의 다른 방법은 없어. 그들은 너무 멀리 떨어져 있으니.'

그런데 페스트가 절정에 이르고 그 재앙이 이 도시를 공격해 완전히 삼켜 버리려고 있는 힘을 다 모으는 동안의 이야기로 들어가기 전에 꼭 적어 둘 것이 남아 있는데, 그 것은 가령 랑베르 같은 마지막으로 남은 개개인들이 그들의 행복을 되찾기 위해서, 또 그들이 그 어떤 침해의 손길과 맞서서라도 지키고자 하는 그들 자신의 몫을 페스트로부터 구해 내기 위해서 기울인 절망적이고도 단조롭고 꾸준한 노력들이다. 그것은 바로 그들을 위협하는 굴욕을 거부하려는 그들 나름의 방식이었으며, 또 비록 그 거부가 표면적으로 다른 거부만큼 효과적인 것은 아니었지만 서술자의 의견으로는 그것도 그것대로의 의의가 충분히 있고, 또 그 나름의 허영과 심지어 모순을 내포하고 있는 대로나마 그 당시 우리들 각자의 마음속에 자랑스럽게 깃들었던 그 무엇을 증명해 주기도 했다고 믿을 수 있다.

 랑베르는 페스트에 사로잡히지 않으려고 발버둥치고 있었다. 합법적인 수단으로는 그 도시를 빠져나갈 수 없다는 확증을 얻었기 때문에 다른 수를 써 보기로 결심했다고 그는 리유에게 말한 바가 있다. 그 신문기자는 카페 웨이터로부터 시작했다. 카페 웨이터란 언제나 모든 일에 환한 법이다. 그러나 처음에 그가 물어본 몇몇 웨이터들은 그런 종류의 일을 획책하는 자들을 제재하기 위해 마련된 극히 엄중한 처벌에 특히 정통했다. 한번은 그는 선동자로 오해를 받은 일까지 있었다. 그는 할 수 없이 리유의 집에서 코타르를 만나서 일을 좀 진전시켰다. 그날 리유와 코타르는, 그 신문기자가 관청이란 관청을 다 찾아다녔으나 결국 허탕을 쳤다는 이야기를 또 나누었다. 며칠 후, 코타르는 거리에서 랑베르를 만나자, 그즈음에는 누구하고 만나든 늘 그렇듯이 자연스러운 태도로 그를 대했다.

"여전히 아무 진척이 없나요?" 하고 코타르는 물었다.

"네, 없어요."

"관청에다가 기대할 건 못 돼요. 그들은 도무지 이해해 주려고 안 합니다."

"정말 그래요. 그러나 달리 궁리를 해 보았지만 어렵군요."

"아! 알겠습니다."라고 코타르가 말했다.

그는 어떤 길을 하나 알고 있었다. 그래서 의아해하는 랑베르에게, 자기는 오래전부터 오랑의 모든 카페에 무상출입을 하고 있고 거기에는 친구들이 많이 있어서 그런 종류의 일을 취급하는 어떤 조직이 있다는 것을 알아냈다고 말했다. 사실 코타르는 그때부터 씀씀이가 수입보다 많아져서, 배급 물자의 암거래에 손을 대고 있었다. 그래서 그는 끊임없이 값이 올라가는 담배와 값싼 술을 되넘기곤 하는 과정에서 자그마한 밑천을 버는 중이었다.

"확실한가요?" 랑베르가 물었다.

"그럼요, 나에게 권하는 사람이 있었는걸요."

"그런데 당신은 이용을 안 하셨단 말이죠?"

"의심 마세요." 하고 코타르는 호인 같은 태도로 말했다. "나로 말하면 떠날 의향이 없었기 때문에 그것을 이용하지 않았지요. 내겐 그럴 만한 이유가 있어요."

그는 말없이 있다가 이렇게 덧붙였다.

"내 이유가 무엇인지 물어보고 싶지 않으세요?"

"나하고는 상관이 없는 일일 것 같은데요."

"사실 어떤 의미에서는 당신하고 관계가 없지요. 그러나, 또 딴 의미에서는……. 어쨌든 단 한 가지 명백한 것은, 우리들이 페스트를 옆에 두고 살게 된 날부터 나는 훨씬 지내기 좋아졌다는 것입니다."

랑베르는 그의 말을 앞지르며 말했다.

"그 조직과는 어떻게 선을 댈 수 있을까요?"

"아! 그것은 쉬운 일은 아니죠. 나만 따라오세요." 하고 코타르는 말했다.

오후 4시였다. 무더운 하늘 아래서 우리 도시는 서서히 열기로 익어 갔다. 가게란 가게는 모두 발을 내리고 있었다. 도로는 한적했다. 코타르와 랑베르는 아케이드가 늘어선 길로 들어서서 오랫동안 말없이 걸어갔다. 페스트가 눈에 안 띄는 그런 시간들 중 한순간이었다. 이 침묵, 이 색

채와 움직임의 죽음은, 재앙의 침묵과 죽음인 동시에 여름의 침묵과 죽음일 수도 있었다. 주위 공기가 답답했는데, 위협 때문인지 또는 먼지가 타는 듯한 더위 때문인지 알 수가 없었다. 페스트를 찾아내려면, 관찰하고 깊이 생각해보지 않으면 안 되었다. 왜냐하면 페스트는 음성적인 징후들을 통해서만 비로소 모습을 드러내는 것이기 때문이다. 페스트와 친밀감을 느끼고 있는 코타르는 랑베르에게, 예컨대 여느 때 같으면 복도의 문턱 앞에서 배를 깔고 엎드린 채, 전혀 일 것 같지 않은 바람기를 찾으며 헐떡거리고 있어야 할 개들이 안 보인다든가 하는 사실을 주목하라고 했다.

  그들은 팔미에 대로로 들어서서 연병장을 횡단한 다음 마린 구역 쪽으로 내려갔다. 왼편으로 초록색 칠을 한 카페가 하나 있는데, 두꺼운 노란색 천으로 된 차양을 비스듬히 쳐 놓고 있었다. 이곳에 들어가면서 코타르와 랑베르는 이마의 땀을 닦았다. 그들은 초록색 철판으로 만든 테이블 앞에 놓인 접었다 폈다 하는 정원용 의자에 앉았다. 홀은 완전히 텅 비어 있었다. 파리들이 공중에서 윙윙거렸다. 카운터 위에 놓인 흔들거리는 노란 새장 안에는 털이 몽땅 빠진 앵무새 한 마리가 횃대 위에 힘없이 앉아 있었다. 전투 장면을 그린 낡은 그림들이 벽에 걸려 있었는데, 땟국과 얼기설기한 거미줄에 덮여 있었다. 모든 철판 테이블 위에, 그리고 랑베르 자신이 앉은 테이블 위에까지도 닭똥이 말라붙어 있었다. 어디서 난 닭똥일까 의아해하고 있는데, 침침한 한구석에서 부스럭거리는 소리가 나더니 아주 잘생긴 수탉 한 마리가 껑충대며 나왔다.

그때, 더위가 더 심해지는 것 같았다. 코타르는 웃옷을 벗고, 철판 테이블을 두드렸다. 덩치가 조그마한 사내가 안에서 나오더니 기다란 푸른색 앞치마를 두르고 멀리서 코타르를 보자 인사를 하고는, 발길로 수탉을 한 번 세차게 걷어차서 쫓아 버리고 가까이 와서 수탉이 소란스럽게 꼬꼬댁거리건 말건 신사분께 무엇을 올리리까 하고 물어보았다. 코타르는 백포도주를 청하고 나서 가르시아라는 사람에 대해서 물어보았다. 땅딸보 사내의 말로는, 그 사람이 카페에 오지 않은 지가 벌써 며칠이나 된다는 것이었다.

"오늘 저녁에는 올 것 같소?"

"글쎄요!" 하고 사내가 말했다. "그 사람 속셈까지는 모르겠는뎁쇼. 아니, 선생님께서 그분이 오는 시간을 잘 알고 계시지 않나요?"

"알지. 그러나 그다지 중요한 일은 아니야. 그저 소개해 줄 분이 한 분 계셔서 그러는데."

종업원은 앞치마 자락에다 축축해진 손을 문질렀다.

"아하! 선생님께서도 그 일을 하시는군요?"

"그럼." 하고 코타르가 말했다.

그 땅딸보는 코를 훌쩍거리며 말했다.

"그러면 오늘 저녁에 다시 와 보세요. 제가 그 사람에게 애를 보내겠습니다."

밖으로 나오면서, 랑베르는 코타르에게 그 일이라는 게

무엇이냐고 물어보았다.

"암거래지 뭐겠어요. 그들이 물건을 시의 문으로 통과시킵니다. 그러고 나서는 아주 비싼 값으로 팔죠."

"옳지." 하고 랑베르가 말했다. "서로 짜고 하는군요?"

"바로 그겁니다."

저녁때가 되자 차양은 걷히고, 앵무새는 자기 새장 속에서 재잘거리고, 철판 테이블마다 셔츠 바람의 남자들이 둘러앉아 있었다. 그중 한 사람은 맥고모자를 뒤로 젖혀 쓰고 새까맣게 그은 가슴팍이 드러날 정도로 흰 와이셔츠를 활짝 풀어 헤치고 있었는데, 코타르가 들어오자 벌떡 일어섰다. 반듯하고 햇볕에 그은 얼굴, 검고 작은 눈, 흰 치아에, 반지 두세 개를 끼고 있으며 나이는 서른 살쯤 되어 보였다.

"안녕하슈?" 하고 그가 말했다. "카운터에서 한잔하시죠."

그들은 말없이 한 잔씩 마셨다.

"나갈까요?" 하고 가르시아가 말했다.

그들은 항구를 향해서 내려갔고 가르시아가 무슨 이야기냐고 물었다. 코타르는, 그에게 랑베르를 소개하려는 것은 딱히 사업상 거래 때문이 아니고 '외출'이 목적이라고 말했다. 가르시아는 담배를 피우면서 곧장 걸어가고 있었다. 그는 랑베르를 '그'라고 부르면서 몇 가지 질문을 했다. 마치 옆에 있는 랑베르는 눈에 띄지도 않는 듯싶었다.

"뭐 때문이야?" 가르시아가 물었다.

"프랑스에 아내가 있어."

"아하!"

그리고 잠시 말이 없더니 물었다.

"그 사람 직업이 뭐요?"

"신문기자."

"말이 많은 직업인데."

랑베르는 잠자코 있었다.

"내 친구야." 코타르가 말했다.

그들은 아무 말 없이 걸어가고 있었다. 부둣가까지 왔는데, 거창한 철조망을 쳐 놓아서 접근이 금지되어 있었다. 그러나 그들은, 벌써부터 냄새가 풍겨 오는 정어리튀김을 파는 자그마한 간이식당 쪽으로 향했다.

"아무튼." 가르시아가 결론을 내렸다. "그 문제라면 내가 아니라 라울이야. 그러나 내가 그를 찾아보겠어. 쉽지는 않을 텐데."

"아!" 코타르가 활기를 띠며 물었다. "그럼 그는 숨어 다니나?"

가르시아는 대답이 없었다. 그는 간이식당 근처에서 발길을 멈추더니, 처음으로 랑베르에게로 고개를 돌렸다.

"모레 11시에, 시내 꼭대기에 있는 세관 건물 모퉁이에서 만나시죠."

그는 자리를 뜰 듯하더니 두 사람에게로 다시 돌아섰다.

"비용이 들 텐데." 하고 그는 다짐을 두듯 말했다.

"물론이죠." 하며 랑베르는 고개를 끄덕거렸다.

잠시 후에 신문기자는 코타르에게 감사하다는 말을 했다.

"아, 천만에요!" 그는 유쾌하게 대답했다. "도와드리는 것이 즐겁습니다. 게다가 선생은 신문기자니까 언젠가는 제게 갚을 날이 있겠죠."

그로부터 이틀 후, 랑베르와 코타르는 그 도시의 꼭대기로 뻗어 있는 그늘도 없는 한길을 올라가고 있었다. 세관 건물의 일부분은 의무실로 변해 있었다. 그런데 그 커다란 문 앞에는 사람들이 서성거리고 있었다. 그 사람들은 허락되지 않는 면회를 혹시나 하는 심정에서, 또는 한두 시간 후에는 무효가 되어 버릴 정보나마 얻어 볼까 해서 모인 사람들이었다. 어쨌든 이처럼 사람들이 모여들다 보니 왕래하는 이들이 많았고, 이러한 점에 대한 고려가 가르시아와 랑베르가 만나기로 한 장소 선택과 무관하진 않았다고 추측할 만했다.

"이상하군요." 하고 코타르가 말했다. "그렇게도 떠나려고 고집하시다니. 어쨌든 일이 참 재미있습니다."

"나는 안 그런데요." 랑베르가 대답했다.

"오! 물론 다소 위험부담이 있기는 하죠. 그러나 따지고 보면 페스트 이전에도, 차의 왕래가 잦은 복잡한 네거리를 건너갈 때 그 정도의 위험부담은 있었죠."

그때, 리유의 자동차가 그들이 서 있는 곳 부근에 와서 멎었다. 타루가 운전을 하고 있었고, 리유는 반쯤 졸고 있는 것 같았다. 그는 깨어나서 다들 인사를 시켰다.

"우리는 서로 구면이죠." 타루가 말했다. "같은 호텔에 묵고 있는걸요."

그는 랑베르에게 시내까지 태워다 주겠다고 했다.

"아닙니다. 우리는 여기서 누굴 만날 약속이 있어요."

리유가 랑베르를 쳐다보았다.

"그렇습니다." 하고 랑베르가 말했다.

"아!" 하고 코타르가 놀라는 것이었다. "의사 선생님도 알고 계셨나요?"

"저기 예심판사가 오는군요." 하고 타루는 코타르를 보면서 알려 주었다.

코타르의 안색이 변했다. 오통 씨가 정말 길을 걸어 내려오고 있었다. 힘찬 그러나 정확한 걸음걸이로 그들을 향해서 다가오고 있었다. 그는 그 작은 모임 앞을 지나면서 모자를 벗었다.

"안녕하십니까, 판사님!" 하고 타루가 말했다.

판사는 차 안의 사람들에게 답례를 했고, 뒤에 물러나 있는 코타르와 랑베르를 보고 정중하게 고개를 숙였다. 타루는 그 연금 생활자와 신문기자를 소개했다. 판사는 잠깐 하늘을 바라보다가 한숨을 쉬면서, 참 한심한 시기라고 말하는 것이었다.

"제가 듣기에는, 타루 씨께서는 예방 조치 실시에 전력하고 계시다던데요. 저로서는 뭐라고 치하 드려야 할지 모르겠습니다. 의사 선생께서는 병이 더 퍼질 것으로 생각하십니까?"

리유는 그렇지 않기를 바라야 한다고 말했다. 그랬더니 판사는, 하느님의 뜻은 측량할 수 없는 것이니만큼 희망을 가져야 한다고 되받았다. 타루는 그에게 이번 사건 때문에 일이 바빠졌느냐고 물었다.

"도리어 반갑습니다. 우리가 보통 범이라고 부르는 사건은 줄어들었습니다. 제가 심리할 것이라고는 이번 새 조치를 위반한 중대 범법자들뿐입니다. 기존의 법이 이렇게 잘 지켜진 경우는 거의 없었습니다."

"그것은 상대적으로 볼 때 기존의 법이 분명 훌륭하기 때문에 그런 것이겠지요." 타루가 말했다.

판사는 여태까지 꿈꾸는 듯한 태도와 허공에 매달린 듯한 시선을 바꾸었다. 그리고 싸늘한 표정으로 타루를 훑어보았다.

"그래서 어쨌다는 겁니까?" 하고 그는 말했다. "문제는 법에 있는 것이 아니라 처벌에 있습니다. 우리로서는 어쩔 수가 없습니다."

"저자가 원수 1호야." 판사가 떠나자 곧 코타르가 말했다.

차가 움직이기 시작했다.

잠시 후에 랑베르와 코타르는 가르시아가 오는 것을 보았다. 그는 아무 신호도 없이 그들에게로 가까이 오더니 인사 대신에, "기다려야겠어!" 하고 말했다.

그들 둘레에서는 여자가 대부분인 군중이 입을 굳게 다문 채 기다리고 있었다. 여자들은 거의 전부가 바구니들을 들고 있었는데, 그 속의 식량을 혹시 앓고 있는 친척에게 전할 길이 있지나 않을까 하는 데에 헛된 희망을 걸고 있었으며, 더욱 어처구니없는 일이지만, 앓는 사람들에게 그 식량이 도움이 될지도 모른다는 생각을 하고 있는 것이었다. 정문에는 무장한 파수병이 지키고 있었고, 때때로 야릇한 비명 소리가 정문과 병동 사이에 있는 마당 너머로 들려오는 것이었다. 그러면, 기다리는 사람들 중에서 몇몇이 불안스러운 얼굴로 의무실 쪽을 돌아다보는 것이었다.

세 사나이도 이 광경을 보고 있었는데, 그 등 뒤에서 "안녕하십니까?"라는 분명하고 위엄 있는 목소리가 들려오자 그들은 고개를 돌렸다. 더운데도 불구하고 라울은 아주 깍듯한 정장을 하고 있었다. 키가 크고 건장해 보이는 그는 짙은 빛깔의 더블 정장 차림에, 챙이 위로 둥글게 말려 올라간 모자를 쓰고 있었고, 상당히 창백한 얼굴이었다. 밤색 눈에 야무진 입의 라울은 빠르고 정확하게 말을 했다.

"시내로 내려갑시다." 하고 그는 말했다. "가르시아, 자네는 그만 가 보게나."

가르시아는 담배를 한 대 피워 물고 자리를 떴다. 그들은 중간에서 걸어가는 라울의 걸음걸이에 맞춰서 빠른 속도로 걸었다.

"가르시아한테서 이야기는 들었죠."라고 그는 말했다. "될 수도 있는 일입니다. 그러나 어쨌든 1만 프랑은 들어야 할 겁니다."

랑베르는 좋다고 대답했다.

"내일 나하고 점심이나 같이하시죠. 마린 거리의 스페인 식당에서요."

랑베르가 알았다고 말하자, 라울은 처음으로 미소를 지으며 그의 손을 잡았다. 그가 떠난 후 코타르가, 자기는 못 가겠다고 말했다. 자기는 그다음 날 틈이 나지 않는 데다가 이제는 자기 없이 랑베르 혼자만으로도 충분하다는 것이었다.

그 이튿날 신문기자가 스페인 식당으로 들어갔을 때, 모두의 시선이 그의 얼굴에 집중되었다. 햇볕에 바싹 마른 좁은 골목 아래에 위치한 그 어둠침침한 지하 식당에는 남자 손님들만 드나들었으며, 그것도 대부분은 스페인계 친구들이었다. 그러나 안쪽 식탁에 자리 잡고 앉은 라울이 신문기자에게 손짓을 하고 랑베르가 그쪽으로 방향을 돌리자, 사람들은 호기심을 잃고 다들 먹고 있던 접시로 얼굴을 돌렸다. 라울 곁에는 수염이 텁수룩하고 어깨가 엄청나게 넓고 말상인 데다가 머리숱이 적은, 여위고 키가 큰 사나이가 앉아 있었다. 시커먼 털로 덮인 길고 가느다란 그의 두 팔이 걷어 올린 와이셔츠 소매 밑으로 비어져 나와 있었다. 랑베르를 소개받았을 때, 그 친구는 고개를 세 번 끄덕거렸다. 그의 이름은 한 번도 입에 오르지 않았고 라울은 그를 가리킬 때 그저 '우리 친구'라고만 했다.

"우리 친구가 당신을 도울 수 있을 것 같다고 하는군요. 그는 당신을……."

라울이 말을 중단했다. 웨이트리스가 랑베르의 주문을 받으러 왔던 것이다.

"이 친구가 선생을 우리 동료 가운데 두 사람과 손이 닿게 해 줄 텐데, 그 친구들이 우리가 매수해 놓은 보초병들에게 선생을 소개해 드릴 것입니다. 그러나 그것으로 다 끝나는 것이 아니죠. 보초들이 스스로 절호의 시기를 판단합니다. 가장 간단한 방법은, 보초병들 중에 시의 문 근처에 사는 사람 집에 가서 몇 밤을 묵는 것이죠. 그러나 그 전에, 우리 친구가 필요한 접촉을 시켜 드릴 것입니다. 모든 일이 잘되면, 이 친구에게 비용을 계산해 주면 됩니다."

그의 친구는, 또 한 번 그 말상의 머리를 끄덕였다. 그러면서도 손으로는 여전히 토마토와 피망 샐러드를 쉬지 않고 섞어 가면서 게걸스럽게 먹어 댔다. 그러더니 스페인 억양을 약간 섞어 가며 말했다. 그는 랑베르에게, 이틀 후 아침 8시에 대성당 정문 앞에서 만나자고 제의했다.

"또 이틀 후로군요." 하고 랑베르가 말했다.

"쉬운 일은 아니니까 그렇죠." 하고 라울이 말했다. "그 친구들을 찾아야 되니까요."

그 말상의 사내가 또 한 번 고개를 끄덕였다. 랑베르는 맥이 풀린 어조로 그러마고 했다. 나머지 식사 시간은 뭔가 할 말을 찾으려고 애쓰다가 다 보내 버렸다. 그러나 그 말상의 사내가 축구 선수라는 것을 랑베르가 알고 나서부터 모든 일이 쉬워졌다. 그도 역시 그 운동을 많이 해 왔던 것이다. 그리하여 프랑스 전국 시합, 영국 프로 선수단의 실력, W형 전술에 대한 이야기가 나왔다. 식사가 끝날 무렵, 그 말상의 사내는 아주 신이 나서 랑베르에게 말까지 놓아 가며, 팀에서는 센터하프만큼 화려한 위치는 없다는 것을 납득시키려 했다. "센터하프는 알다시피 선수들에게 게임 역할을 배당하는 사람이란 말이야. 역할을 배당하는 것, 그게 바로 축구라는 거지." 랑베르는 사실 자기는 항상 포워드를 보아 왔지만, 그의 의견에 동조해 주었다. 그 토론은 라디오 소리 때문에 비로소 중단되었는데, 라디오에서는 우선 감상적인 멜로디를 은은하게 되풀이하더니 그 전날의 페스트 희생자는 137명이라고 보도했다. 듣고 있던 사람들 중에 반응을 나타내는 이는 하나도 없었다. 그 말상의 사나이는 어깨를 으쓱하면서 자리에서 일어났다. 라울과 랑베르도 그를 따랐다.

헤어지면서 그 센터하프는 랑베르의 손을 힘껏 쥐었다.

"내 이름은 곤잘레스야."라고 그는 말했다.

그 후 이틀 동안이 랑베르에게는 무한히 길게만 느껴졌다. 그는 리유의 집을 찾아가서 자기 일의 진행을 자세하게 이야기했다. 그러고는 어떤 집으로 왕진을 가는 리유를 따라갔다. 그는 페스트의 징후가 있는 환자가 기다리는 집의 문 앞에서 의사에게 작별 인사를 했다. 복도에서는 사람들이 뛰어가는 소리와 목소리가 들려왔다. 의사가 왔다고 가족에게 알리는 것이었다.

"타루가 늦지 않으면 좋으련만." 하고 리유가 중얼거렸다.

그는 피로해 보였다.

"전염병이 너무 빨리 퍼지지요?" 하고 랑베르가 물었다.

리유는 그런 게 아니라 통계 곡선의 상승 정도가 도리어 좀 덜 급격해졌다고 말했다. 다만 페스트에 대항해 싸우기 위한 수단이 제한되어 있다는 것이었다.

"물자가 모자랍니다."라고 그는 말했다. "세계 어느 나라 군대에서건 물자 부족을 대개는 인력으로 보충하고 있지요. 그러나 우리는 그 인력마저도 부족합니다."

"외부에서 의사들과 보건대원들이 왔는데도요?"

"그렇습니다." 리유가 말했다. "의사 열 명을 포함해서 백여 명의 인원이 왔어요. 보기에는 많습니다. 그런데 그 인원으로는 현재의 병세를 감당하기에도 빠듯합니다. 병이 더 퍼지면 그 인원으로는 불충분합니다."

리유는 안에서 나는 소리에 귀를 기울였다. 그러고는 랑베르에게 미소를 지었다.

"그렇습니다. 선생도 서둘러 일을 성사시켜야 되겠어요."

랑베르의 얼굴에 한 줄기 어두운 그늘이 스쳐갔다.

"아시겠지만." 하고 그가 낮은 목소리로 말했다. "그 때문에 떠나려는 것은 아닙니다."

리유는 자기도 그건 알고 있다고 대답했다. 그러나 랑베르는 계속했다.

"나는 나 자신이 비겁하지는 않다고 생각합니다. 적어도 대부분의 경우에는 말입니다. 그것을 느껴 볼 기회도 있었어요. 단지 도저히 참을 수 없는 생각이 몇 가지 있어요."

의사는 그를 정면으로 보았다.

"부인을 다시 만나실 겁니다." 하고 그는 말했다.

"그럴지도 모릅니다. 그러나 이 상태가 계속되고, 그러는 동안에 그녀가 늙을 거라고 생각을 하면 참을 수가 없어요. 나이가 서른이면 사람은 늙기 시작하는 것이니, 무슨 수라도 써야지요. 제 말씀을 이해하실지 모르겠어요."

리유가 자기도 이해할 것 같다고 중얼거리고 있을 때, 타루가 신바람이 나서 왔다.

"지금 막 파늘루 신부에게 우리와 같이 일을 하자고 부탁했어요."

"그래서요?" 하고 의사가 물었다.

"그는 잠시 생각하더니, 그러마고 하더군요."

"그것 참 기쁜 일이군요." 하고 의사는 말했다. "그가 자기의 설교보다는 더 나은 사람이라는 것을 알게 되니 기쁘군요."

"사람이라는 게 다 그렇습니다." 하고 타루는 말했다. "다만 그들에게 기회를 줘야 합니다."

그는 미소를 짓고 리유를 보면서 눈을 깜박거렸다.

"그것이 인생에 있어서 내가 할 일입니다. 기회를 제공한다는 것 말입니다."

"실례하겠습니다." 하고 랑베르가 말했다. "저는 그만 가봐야겠습니다."

약속한 목요일, 랑베르는 대성당의 정문 아래로 갔다. 8시 오 분 전이었다. 하늘에는 희고 둥근 작은 구름들이 떠다니고 있었는데, 이제 곧 더위가 치솟으면 그것들은 대번에 삼켜질 것이었다. 아련한 습기의 냄새가 아직도 잔디밭에서 올라오고 있었지만, 잔디밭은 보송보송했다. 동쪽에 있는 집들 뒤에서 태양은 광장을 장식하고 있는, 온통 금도 금을 한 잔 다르크의 투구만을 비추고 있었다. 어디선지 8시를 쳤다. 랑베르는 한적한 정문 아래로 몇 걸음 내디뎠다. 어렴풋이 성가의 멜로디가 지하실의 눅눅한 냄새와 향 피우는 냄새를 싣고 성당 안에서부터 들려오고 있었다. 갑자기 노랫소리가 멎었다. 십여 명의 조그만 검은 형체들이 성당에서 나오더니 시가 쪽으로 총총히 타달타달 걸어가기 시작했다. 랑베르는 초조해지기 시작했다. 또 다른 형체들이 큰 계단을 거슬러 올라 정문 쪽으로 다가오고 있었다. 그는 담배를 한 대 피워 물었다가, 어쩌면 장소가 장소니만큼 담배를 피워서는 안 될 것 같다는 생각이 들었다.

8시 15분이 되자, 대성당의 오르간이 은은한 소리로 연주를 시작했다. 랑베르는 어둠침침한 궁륭 밑으로 들어섰다. 잠시 후, 그는 자기보다 먼저 본당에 들어와 있는 조그만 형체들을 알아볼 수가 있었다. 그 그림자들은 한 모퉁이, 시내 어느 아틀리에에서 성급하게 제작한 성 로크 상을 모셔 놓은 일종의 임시 제단 앞에 모여 앉아 있었다. 무릎을 꿇고 있어서인지 그들은 더한층 오그라들어 보였으며, 회색 배경 속에 번져 들어 마치 응고된 그림자의 덩어리처럼, 주위의 안개보다 약간 더 짙을까 말까 싶게 여기저기에 드문드문 떠 있었다. 그 형체들 위로 오르간은 끝없이 변주곡을 울리고 있었다.

랑베르가 밖으로 나왔을 때, 곤잘레스는 이미 계단을 내려가서 시내로 향하고 있었다.

"나는 자네가 가 버린 줄 알았지." 하고 그는 신문기자에게 말했다. "보통 있는 일이니까."

그는 거기서 멀지 않은 곳에서 8시 십 분 전에 그의 친구들과 만나기로 되어 있었는데, 그러나 이십 분을 기다려도 그들은 나타나지 않더라고 변명을 했다.

"무슨 사고가 생긴 게 분명해. 우리가 하는 이런 일이 늘 뜻대로 되는 것은 아니지."

그는 이튿날 같은 시간에 전몰 용사 기념비 앞에서 만나자고 다시 약속을 했다. 랑베르는 한숨을 내쉬며 펠트 모자를 뒤로 젖혀 넘겼다.

"이것은 아무것도 아니라네."라고 웃으면서 곤잘레스는 말했다. "생각 좀 해 보게. 한 골을 넣으려면 그 전에 기습 공격도 하고 패스도 하면서 온갖 작전을 짜지 않는가 말이야."

"그야 물론이지." 하고 랑베르가 말했다. "그러나 축구 시합은 한 시간 반밖에는 안 걸리지."

오랑의 전몰 용사 기념비는 바다를 내려다볼 수 있는 유일한 장소에 있었는데, 그곳은 항구를 내려다보는 낭떠러지를 아주 짧은 거리에 걸쳐서 끼고 도는 일종의 산책로였다. 그 이튿날 랑베르는 약속한 시간보다 일찍 와서, 명예의 전사자 명단을 차근차근 읽고 있었다. 몇 분 후에 두 사나이가 다가와서 무심하게 그를 바라보더니, 산책로의 난간에 가서 팔꿈치를 괴고 텅 빈 쓸쓸한 항구를 정신없이 내려다보는 듯했다. 그들은 둘 다 키가 비슷했고, 푸른 바지에다 소매가 짧은 뱃사람용 재킷을 입고 있었다. 랑베르는 약간 멀리 떨어진 벤치에 걸터앉아서 한가하게 그들을 바라볼 수 있었다. 그리하여 그는 그 사내들이 스무 살 이상은 되어 보이지 않는다는 것을 알아차렸다. 그때 곤잘레스가 변명을 하면서 자기에게로 걸어오는 것이 보였다.

"저기 우리 친구들이 와 있네." 하고 말하고 그 두 젊은이에게로 그를 데리고 가더니, 마르셀하고 루이라고 소개를 했다. 마주 바라보니, 그들은 닮은 데가 많았다. 그래서 랑베르는 그들이 아마 형제인가 보다고 생각했다.

"자아." 하고 곤잘레스는 말했다. "이제 인사도 끝났으니 일을 상의해야지."

그래서 마르셀인지 루이인지가, 자기네들의 경비 차례는 이틀 후에 시작돼서 일주일간 계속되니, 가장 편리한 날을 택해야 한다고 말했다. 그들은 넷이서 서쪽 문을 지키는데, 다른 두 사람은 직업군인이라는 것이었다. 그들을 한패로 끌어넣을 생각은 없다면서, 그들은 믿을 수도 없거니와 그랬다가는 비용이 더 든다는 것이었다. 그러나 어떤 날 저녁에는 그들 둘이 잘 아는 바의 뒷방에 가서 한동안 밤을 지새우는 일도 있다는 것이었다. 마르셀인가 루이인가는 이런 이야기를 하면서, 랑베르에게 문 가까이에 있는 자기네들 집에 와서 묵다가 자기들이 부를 때까지 기다리라는 제안을 했다. 그렇게 되면 통과는 아주 쉽게 되리라는 것이었다. 그러나 빨리 서둘러야 할 것이, 얼마 전부터 시 밖에다가 이중 감시초소를 설치한다는 말이 돌고 있다는 것이었다.

랑베르는 찬성을 하고, 마지막으로 남은 담배 몇 대를

내어서 그들에게 권했다. 둘 중에 아직 입을 열지 않았던 청년이 그때 곤잘레스에게 비용 문제가 해결되었는지, 선금을 받을 수 있는지를 물었다.

"아니야, 그럴 필요 없어. 이 사람은 친구니까. 비용은 출발할 때 다 치르기로 하세." 하고 곤잘레스가 말했다.

그들은 다시 한 번 만나기로 했다. 곤잘레스는 그 다음 다음 날 스페인 식당에서 저녁을 먹자고 제의했다. 거기서 곧장 보초병들의 집으로 갈 수 있다는 것이었다.

"첫날 밤은." 하고 그는 랑베르에게 말했다. "내가 동무를 해주지."

그 이튿날 랑베르는 자기 방으로 올라가는 길에, 호텔의 층계에서 타루를 만났다.

"리유를 만나러 가는 길입니다." 하고 타루가 말했다. "같이 가실까요?"

"방해가 되지 않을지 모르겠네요." 좀 멈칫거리다가 랑베르가 말했다.

"그렇지 않을 거예요. 제게 선생 이야기를 여러 번 하더군요."

신문기자는 생각해 보았다.

"그러면." 하고 그는 말했다. "저녁 식사가 끝난 다음에 시간이 있으시다면, 밤이 늦더라도 호텔의 스탠드바로 두 분이 같이 오십시오."

"그분의 형편과 페스트의 형편에 달린 일이지요."라고 타루는 말했다.

그러나 밤 11시쯤 되어서 리유와 타루가 작고 좁은 스탠드바로 들어왔다. 서른 명가량 되는 손님들이 팔꿈치를 맞대고 큰 소리로 이야기를 하고 있었다. 페스트에 전염된 도시의 침묵 속에서 갓 나온 두 사람은, 귀가 좀 먹먹해서 발을 멈추었다. 그들은 아직도 알코올음료를 파는 것을 보고 그 법석을 이해할 수 있었다. 랑베르는 카운터 끝의 등받이 없는 의자에 올라앉은 채로 그들에게 손짓을 했다. 두 사람은 그의 양쪽에 섰다. 타루는 태연하게 떠들썩한 옆자리 사람을 떠밀었다.

"알코올 싫어하지 않죠?"

"천만에요." 하고 타루가 말했다. "싫어하다뇨."

리유는 자기 잔의 씁쓸한 풀 냄새를 코로 맡아 보았다. 그러한 소란 속에서는 이야기하기도 어려웠다. 그러나 랑베르는 무엇보다도 술 마시기에 정신이 팔린 성싶었다. 의사는 아직 그가 취했는지를 판단하기가 어려웠다. 그들이 앉은 좁은 구석 한쪽에 있는 두 테이블 중 하나에는 어떤 해군 장교가 양팔에 여자를 하나씩 끼고, 얼굴이 새빨갛게 단 뚱뚱보 남자를 상대로 장티푸스 유행 당시의 카이로 이야기를 하고 있었다. "수용소가 있지." 하고 그는 말하는 것이었다. "원주민들을 위해서 수용소를 만들었어. 환자를 수용할 천막을 치고, 둘레에 온통 보초선을 치고 말일세, 가족들이 몰래 민간요법의 약품을 가지고 들어오면 쏘았단 말이야. 참 가혹한 일이었지만 그래도 그것이 옳았어." 또 한 테이블에는 멋쟁이 청년들이 앉아 있었는데,

그들이 주고받는 이야기는 알아들을 수 없었지만, 말소리는 높은 곳에 올려놓은 축음기에서 쏟아져 나오는 「세인트 제임스 인퍼머리」의 박자 속으로 휩쓸려 들고 있었다.

"잘되어 갑니까?" 하고 리유가 목청을 돋우면서 물었다.

"되어 가는 중입니다." 랑베르가 말했다. "아마 일주일 안으로 될 겁니다."

"유감이군요." 하고 타루가 외쳤다.

"왜요?"

타루는 리유를 쳐다보았다.

"오!" 하고 리유는 말했다. "타루의 말은 여기 계시면 우리에게 도움이 될 텐데 아쉽다는 얘기입니다. 그러나 나는 떠나고 싶어 하는 심정을 너무나 잘 이해해요."

타루는 한 잔씩 더 마시자고 제의했다. 랑베르는 자기가 앉았던 걸상에서 내려와서 처음으로 타루를 정면으로 보았다.

"제가 무엇에 도움이 될까요?"

"글쎄……." 하고 타루는 자기 술잔으로 손을 천천히 내밀면서 말했다. "우리 보건대 일에 말입니다."

랑베르는 다시 여느 때의 무뚝뚝한 얼굴로 돌아가서, 다시 자기 걸상에 올라앉았다.

"그런 것을 만들면 유익할 거라고 생각지 않으시나요?" 막 잔을 비운 타루는 이렇게 말하고, 랑베르를 뚫어지게 쳐다보았다.

"대단히 유익하지요." 하고 신문기자는 말하고 그도 술을 마셨다.

 리유는 그의 손이 떨리는 것을 보았다. 이제는 정말 완전히 취했구나 하고 그는 생각했다.

 그 이튿날, 랑베르가 두 번째로 그 스페인 식당에 들어갈 때 그는 입구 문 앞에 의자를 끌어내다 놓고 앉아서 겨우 더위가 고개를 숙이기 시작하는 초록빛과 황금빛의 저녁때를 즐기고 있는 사람들의 조그만 무리의 한가운데를 지나갔다. 그들은 매콤한 냄새가 나는 담배를 피우고 있었다. 식당 내부는 거의 비어 있었다. 랑베르는 안쪽의 식탁에 가서 앉았다. 거기는 그가 처음으로 곤잘레스를 만난 테이블이었다. 그는 웨이트리스에게 사람을 기다린다고 말했다. 7시 30분이었다. 차츰차츰 남자들이 식당 안으로 들어와서 자리를 잡고 앉았다. 음식이 나오기 시작하고, 둥그런 천장 아래는 식기 부딪치는 소리와 귀가 먹먹할 정도로 소란스러운 얘기 소리로 가득 찼다. 8시인데, 랑베르는 여전히 기다리고 있었다. 불이 켜졌다. 새 손님들이 그의 테이블에 와서 앉았다. 그는 식사를 주문했다. 8시 30분에, 그는 곤잘레스도 그 두 젊은이도 오지 않은 가운데 식사를 끝마쳤다. 그는 담배를 여러 대 피웠다. 홀은 서서히 비기 시작했다. 밖은 빨리 어두워지고 있었다. 미지근한 바람이 바다에서 불어와 창문의 커튼을 슬며시 쳐들곤 했다. 9시가 되었을 때, 랑베르는 홀이 텅 비었고 웨이트리스가 의아하게 그를 보고 있는 것을 알아차렸다. 그는 계산을 하고 나왔다. 식당 맞은편 카페의 문이 열려 있었다. 랑베르는 카운터에 걸터앉아서 식당 입구를 감시했다. 9시 30분에, 그는 주소도 모르는 곤잘레스를 어떻게 하면 다시 만날까 하는 부질없는 궁리를 하면서 호텔로 향했다. 여태껏 밟아 온 절차를 다시 밟아야 할 것을 생각하니 가슴이 답답했다.

그가 나중에 리유에게 말한 바에 따르면 바로 그때, 구급차가 질주하는 어둠 속에서 그는 자기와 아내를 갈라놓은 장벽으로부터 어떤 탈출구를 찾기에 열중한 나머지 그동안 줄곧 아내 생각을 잊고 있었다는 사실을 깨달았다. 그러나 또한 바로 그때, 모든 길이 또다시 꽉 막히고 나자, 욕망의 한복판에서 새삼스레 아내의 모습을 되찾게 되었는데, 그것은 너무나도 갑작스러운 고통의 폭발이었기 때문에, 그는 호텔 쪽으로 달음질치기 시작했다. 그 불지짐같이 혹독한 아픔에서 벗어나려는 것이었지만, 그래도 그 뜨거운 아픔은 그의 가슴속에 남은 채 관자놀이를 파먹듯이 쑤셔 대는 것이었다.

그 이튿날 아주 일찌감치, 그는 리유를 만나러 와서 코타르를 어떻게 하면 만날 수 있느냐고 물었다.

"제게 남은 일이라고는," 하고 그는 말했다. "처음부터 다시 그 순서를 밟아 가는 것뿐입니다."

"내일 저녁때 오십시오." 하고 리유가 말했다. "타루가 코타르를 불러 달라더군요. 왜 그러는지 모르겠어요. 그는 10시에 오기로 되어 있어요. 그러니 10시 30분쯤 이곳에 오시죠."

코타르가 그 이튿날 의사 집에 왔을 때, 타루와 리유는 리유의 담당 구역 내에서 일어난 예기치 않은 완치 케이스에 대해서 이야기하고 있었다.

"열에 하납니다. 재수가 좋았죠."라고 타루는 말했다.

"아, 그것은." 하고 코타르가 말했다. "그것은 페스트가 아니었어요."

두 사람은 확실히 그 병은 페스트였다고 단언했다.

"그럴 리가 없어요, 나은 것을 보면 말이에요. 나보다 더 잘 아시겠지만, 페스트라면 용서가 없죠."

"대개는 그렇죠."라고 리유가 말했다. "그러나 좀 더 꾸준히 대항하다 보면 뜻밖으로 놀라운 일도 있습니다."

코타르는 웃고 있었다.

"그럴 것 같지 않은데요. 오늘 저녁 숫자 발표를 들으셨어요?"

호의에 찬 시선으로 그 연금 생활자를 바라보던 타루가, 숫자는 알고 있다, 사태는 심각하다, 그러나 그것이 증명하는 바는 무엇인가? 그것은 바로 강력한 대책이 필요하다는 사실을 증명하는 것이라고 말했다.

"아니! 이미 그런 대책을 세우고 계시면서……."

"그래요, 그렇지만 각자가 자기 나름대로 자신의 대책을 세워야 해요."

코타르는 무슨 말인지 몰라서 타루를 쳐다보고 있었다. 타루는 너무나 많은 사람들이 아무 일도 안 하고 있다, 페스트는 각자의 문제다, 그러니 각자가 자기의 의무를 이행해야 한다고 말했다. 의용대의 문은 모든 사람에게 개방되어 있다는 것이었다.

"그것도 좋은 생각입니다."라고 코타르는 말했다. "그러나 그것은 아무 소용도 없을 겁니다. 페스트가 너무나 억세니 말씀이에요."

"두고 보아야 압니다."라고 타루는 끈기 있는 어조로 말했다. "우리의 할 일을 다하고 나서 말이죠."

그동안 리유는 자기 책상에서 진료 카드를 다시 베끼고 있었다. 타루는 의자에 앉아서 동요하고 있는 그 연금 생활자를 여전히 쳐다보고 있었다.

"왜 우리한테 와서 같이 일하지 않으세요, 코타르 씨?"

코타르는 불쾌하다는 태도로 의자에서 일어나 자기의 둥근 모자를 집어 들었다.

"그건 내 직업이 아닙니다."

그러고는 시비조로 말했다.

"그뿐만 아니라, 난 말이죠, 페스트 안에 있는 게 더 편안해요. 그런데 왜 내가 그것을 저지하는 데 끼어들어야 하는지 알 수 없군요."

타루는 갑자기 진실을 알아냈다는 듯이 이마를 탁 치면서 말했다.

"아! 그랬군요. 내가 깜빡 잊었네요. 그게 아니었더라면 당신은 체포되셨을 테니까요."

코타르는 움찔 놀라서 넘어질 뻔했다는 듯이 의자를 꽉 잡았다. 리유는 글씨 쓰던 손을 멈추고, 심각하고도 흥미 있는 태도로 그를 바라보았다.

"누가 그래요?" 하고 그 연금 생활자는 소리쳤다.

타루는 놀란 듯 말했다.

"아니, 당신이 그랬잖아요. 아니 적어도 의사 선생하고 나는 그렇게 이해했는데요."

그러자 코타르는 걷잡을 수 없는 분노에 사로잡혀서 알아들을 수 없는 말들을 지껄여 대기 시작했다.

"그렇게 흥분하지 마세요." 하고 타루가 덧붙여 말했다. "의사 선생이나 나는 당신을 고발할 사람은 아닙니다. 당신의 사건은 우리하고는 관계가 없습니다. 게다가 우리는 결코 경찰을 좋아해 본 적이 없으니까요. 자, 좀 앉으시죠."

그 연금 생활자는 한동안 머뭇거리다가 자기 의자를 내려다보며 앉았다. 한참 만에 그는 한숨을 내쉬었다.

"그건 다 지난 옛날 이야기입니다." 하고 그는 인정했다. "그걸 다시 끄집어낸 거예요. 나는 다 잊었거니 했는데 어떤 놈이 찔렀죠. 그들은 나를 호출하더니 조사가 끝날 때까지 늘 대기하고 있으라더군요. 그래서 결국 체포되고 말 거라는 것을 알았죠."

"중죄인가요?" 하고 타루가 물었다.

"그건 말하기에 달려 있어요. 하여간 살인은 아닙니다."

"금고형쯤인가요, 아니면 징역인가요?"

코타르는 몹시 풀이 죽어 보였다.

"금고형이겠죠, 재수가 좋으면……."

그러나 잠시 후에, 그는 다시 핏대를 올리며 말했다.

"실수였어요. 누구나 실수는 범하는 법이죠. 생각만 해도 지긋지긋해요. 그것 때문에 잡혀가서 집이며 익숙한 생활이며 모든 친지들과 헤어져야 하다니."

"아하!" 타루가 물었다. "목을 맬 생각을 한 것도 바로 그 때문이었군요?"

"네, 어리석은 짓이었지요, 확실히."

리유가 처음으로 입을 열어 코타르에게, 자기는 그의 불안을 이해하고 있으며 모든 것이 잘될 것 같다고 말했다.

"오! 당장에는 두려울 게 하나도 없다는 걸 난 알아요."

"보아하니." 하고 타루가 말했다. "우리 보건대에는 안 들어오시겠군요."

두 손으로 자기 모자를 뺑뺑 돌리고 있던 코타르는 자신 없는 시선을 타루에게로 돌렸다.

"나를 원망하진 마십시오."

"물론 안 하죠. 그렇지만 적어도." 하고 타루는 미소를 지으면서 말했다. "일부러 병균을 퍼뜨리려고 애쓰지는 말아 주세요."

코타르는, 자기가 페스트를 원한 것이 아니고 그냥 페스트가 그렇게 생겨난 거다, 당장에는 그 덕분에 자기 일이 잘되고 있지만 그것이 제 탓은 아니라고 항의했다. 그리고 랑베르가 문 앞에까지 왔을 때, 그 연금 생활자는 목소리에 있는 힘을 다 넣어서 이렇게 덧붙이는 것이었다.

"게다가, 내 생각으로는 당신들은 결국 아무런 성과도 얻지 못하실 거다 이겁니다."

코타르는 랑베르에게 곤잘레스의 주소를 모른다고 말했지만, 그래도 다시 그 작은 카페에 가 볼 수는 있다는 것이었다. 그래서 이튿날 거기서 만나기로 약속을 했다. 그리고 리유가 소식을 알고 싶다는 뜻을 표시하기에, 랑베르는 주말 밤에 아무 때나 자기 방으로 타루와 함께 와 달라고 초대를 했다.

아침이 되자 코타르와 랑베르는 그 작은 카페에 가서, 가르시아에게 저녁때나 또는 곤란하면 그 이튿날 만나자는 전갈을 남겨 두었다. 그날 저녁, 그들은 가르시아를 기다렸으나 허사였다. 그 이튿날, 가르시아가 와 있었다. 그는 말없이 랑베르의 이야기를 들었다. 그는, 자기는 잘 알지 못하는 일이지만 그래도 자기가 아는 바로는, 호별 검사를 실시하기 위해서 여러 구역 전체에서 이십사 시간 통행이 차단되고 있었다는 것이었다. 곤잘레스와 그 두 젊은이가 차단선을 넘지 못했을 가능성도 있다는 것이었다. 그러나 자기로서 할 수 있는 일은, 고작해야 다시 한 번 그들을 라울과 연결해 주는 것이었는데, 그것도 물론 그 다음 다음 날 안으로는 어렵다는 것이었다.

"보아하니." 하고 랑베르가 말했다. "아주 처음부터 다시 시작해야겠군요."

그 다음다음 날, 어느 길모퉁이에서 라울은 가르시아의 추측을 확인시켜 주었다. 아랫동네의 통행이 차단되었다는 것이었다. 다시 곤잘레스와 접선을 해야만 했다. 이틀 후, 랑베르는 그 축구 선수와 점심을 먹고 있었다.

"참 바보 같은 이야기지." 하고 곤잘레스는 말했다. "서로 다시 만날 방법을 약속해 놓았어야 하는 건데."

랑베르의 의견도 마찬가지였다.

"내일 아침, 우리 애들한테나 가 보세. 가서 일을 조정해 보지."

그 이튿날, 애들은 집에 없었다. 그래서 그들에게 이튿날 정오에 리세 광장에서 만나자고 전갈을 남겨 놓았다. 그러고 나서 랑베르는 돌아왔는데, 그 표정이 표정이었는지라 그날 이후 그를 만난 타루가 충격을 받을 정도였다.

"잘 안 되나요?" 하고 타루가 그에게 물었다.

"자꾸만 처음부터 다시 시작하니 말이에요." 하고 랑베르는 말했다.

그리고 그는 그의 초대를 변경했다.

"오늘 저녁에 와 주세요."

그날 저녁 두 사나이가 랑베르의 방에 들어갔을 때, 신문기자는 누워 있었다. 그는 일어서서, 미리 준비해 두었던 술잔 두 개에 술을 따랐다. 리유는 자기 잔을 받으면서 그에게 일은 제대로 되어 가느냐고 물었다. 신문기자는 완전히 한 바퀴 돌아서 원점으로 오기도 했는데, 머지않아 마지막 단계의 약속을 할 것이라고 말했다. 그는 술을 마시고 덧붙였다.

"물론 그들은 오지 않을 테지요."

"그렇게 단정을 내릴 필요는 없죠." 하고 타루가 말했다.

"아직 이해를 못 하셔서 그래요." 하고 랑베르는 어깨를 으쓱 올리면서 대답했다.

"무엇 말입니까?"

"페스트 말입니다."

"아하!" 하고 리유가 말했다.

"그렇습니다. 아직도 잘 이해 못 하고 계세요. 페스트란 바로 처음부터 다시 시작하는 게 특징이란 걸 말입니다."

랑베르는 방 한구석으로 가서 조그만 축음기의 뚜껑을 열었다.

"그 곡이 뭐예요?" 하고 타루가 물었다. "나도 아는 곡인데요."

랑베르는 이 판이 「세인트 제임스 인퍼머리」라고 대답했다. 판이 반쯤 돌아갔을 때, 멀리서 총소리가 두 번 들려왔다.

"개 아니면 탈주자로군." 하고 타루가 말했다.

잠시 후 판이 다 돌아가자, 구급차 소리가 뚜렷하게 들리며 점점 커지다가 호텔 방 창 밑을 지나 점점 작아지더니, 마침내 아주 그쳤다.

"이 판은 재미가 없어요." 하고 랑베르가 말했다. "게다가 오늘은 벌써 열 번이나 들었으니 말이에요."

"그렇게 그 곡이 좋으세요?"

"아닙니다. 이것밖에 가진 게 없어서요."

그리고 잠시 후에 말했다.

"자꾸 다시 시작하는 것이 특징이라니까요."

그는 리유에게 보건대 일은 어떻게 되어 가느냐고 물었

다. 현재 다섯 개 반이 활동하고 있는데, 몇 개 반이 더 조직되길 바라고 있었다. 신문기자는 자기 침대 위에 앉아서, 손톱 손질에 몰두하고 있는 듯이 보였다. 리유는 침대가에 웅크리고 있는 그의 자그마하고 힘 있게 생긴 실루엣을 살피고 있었다. 문득 그는 랑베르가 자기를 바라보는 것을 알아차렸다.

"그런데 선생님." 하고 그가 말했다. "저도 그 조직에 대해 많이 생각해 봤습니다. 제가 같이 일을 안 하고 있는 것은 저에게도 그만한 이유가 있기 때문입니다. 다른 일 같으면, 아직도 제 몸을 바칠 수 있을 것 같아요. 저는 스페인 전쟁에 종군한 일도 있어요."

"어느 편이었죠?"라고 타루가 물었다.

"패배한 사람들 편이었죠. 그러나 그 후 나는 좀 생각한 바가 있었어요."

"무슨 생각이죠?"라고 타루가 물었다.

"용기라는 것에 대해서 말입니다. 이제 나는 인간이 위대한 행동을 할 수 있다는 것을 압니다. 그렇지만 만약 그 인간이 위대한 감정을 품을 수 없다면 나는 그 인간에 대해서 흥미가 없습니다."

"인간이 마치 온갖 능력을 다 갖춘 것처럼 말씀하시네요." 하고 타루가 말했다.

"천만에요. 인간은 오랫동안 고통을 참거나 오랫동안 행복해질 능력이 없습니다. 그러므로 인간이란 가치 있는 일은 아무것도 할 수 없습니다."

그는 두 사람을 쳐다보다가 계속 말했다.

"이것 보십시오, 타루. 당신은 사랑을 위해서 죽을 수 있으세요?"

"모르겠어요. 그러나 아마 그럴 수는 없을 것 같군요. 지금은……."

"바로 그것이죠. 그런데 당신은 하나의 관념을 위해서는 죽을 수 있습니다. 눈에 빤히 보입니다. 그런데 나는 어떤 관념 때문에 죽는 사람들에 대해선 신물이 납니다. 나는 영웅주의를 믿지 않습니다. 나는 그것이 쉬운 일이라는 것을 알고, 그것은 살인적인 것임을 배웠습니다. 내가 흥미를 느끼는 것은, 사랑하는 것을 위해서 살고 사랑하는 것을 위해서 죽는 일입니다."

리유는 신문기자의 말을 주의 깊게 듣고 있었다. 줄곧 그를 바라보면서 리유는 부드럽게 말했다.

"인간은 하나의 관념이 아닙니다, 랑베르."

랑베르는 침대에서 펄쩍 뛰며 일어났다. 얼굴은 흥분으로 상기되어 있었다.

"관념이죠, 하나의 어설픈 관념이죠. 인간이 사랑에게서 등을 돌리는 그 순간부터 그렇죠. 그런데 바로 우리들은 더 이상 사랑할 줄 모르게 되고 만 겁니다. 단념합시다, 선생님. 사랑할 수 있기를 기다립시다. 그리고 정말 그것이 불가능하다면, 영웅 놀음은 집어치우고 전반적인 해방을 기다리십시다. 나는 그 이상은 더 나가지 않겠어요."

리유는 갑자기 피로를 느낀 듯이 일어섰다.

"옳은 말씀이에요, 랑베르. 절대로 옳은 말씀이에요. 그러니 무슨 일이 있더라도 지금 하시려는 일에서 마음을 돌려놓고 싶지는 않습니다. 그 일이 내 생각에도 정당하고 좋은 일이라 여겨지니까요. 그러나 역시 이것만은 말해 두어야겠습니다. 즉, 이 모든 일은 영웅주의와는 관계가 없습니다. 그것은 단지 성실성의 문제입니다. 아마 비웃음을 자아낼 만한 생각일지도 모르나, 페스트와 싸우는 유일한 방법은 성실성입니다."

"성실성이 대체 뭐지요?" 하고 랑베르는 돌연 심각한 표정으로 물었다.

"일반적인 면에서는 모르겠지만, 내 경우로 말하면, 그것은 자기가 맡은 직분을 완수하는 것이라고 알고 있습니다."

"아!" 하고 랑베르는 화를 내며 말했다. "나는 어떤 것이 내 직분인지를 모르겠어요. 아마 내가 사랑을 택한 것은 정말 잘못일지도 모르겠군요."

리유는 그를 마주 보았다.

"아닙니다." 그는 이렇게 힘주어 말했다. "조금도 잘못한 것은 없습니다."

랑베르는 생각에 잠긴 눈으로 그들을 바라보고 있었다.

"두 분께서는 아마 그런 모든 일에서 조금도 손해 보실 것이 없을 겁니다. 유리한 편에 선다는 것은 쉬운 일이니까요."

리유는 자기 잔을 비웠다.

"자." 하고 그가 말했다. "우리에겐 할 일이 있어서요."

그가 나갔다.

타루도 그의 뒤를 따랐다. 그러나 나가려는 순간에 막 생각이 난 듯이 신문기자에게로 몸을 돌리며 말했다.

"리유의 부인이 여기서 수백 킬로미터 떨어진 요양소에 있다는 것을 아시는지요?"

랑베르는 뜻밖이라는 시늉을 했다. 그러나 타루는 이미 나가 버렸다.

이튿날 꼭두새벽에 랑베르는 의사에게 전화를 걸었다.

"내가 이 도시를 떠날 방도를 찾을 때까지 함께 일하도록 허락해 주시겠어요?"

잠시 저쪽 수화기에서 침묵이 흐르더니 이윽고, "좋아요, 랑베르. 감사합니다."라는 말이 들려왔다.

3부

 이와 같이 매주일 계속해서 그 페스트의 포로들은 저마다 재주껏 발버둥을 쳤다. 그리고 그들 중 랑베르를 포함한 몇몇은 보다시피 아직도 자유인으로서 행동하고 있었으며, 아직도 선택의 자유가 있다고 상상하기까지 했다. 그러나 실상 8월 중순쯤에는 페스트가 모든 것을 뒤덮어 버린 상태였다고 말할 수 있었다. 그때는 이미 개인적인 운명 같은 것은 있을 수 없었고, 다만 페스트라는 집단적인 역사적 사건과 모든 사람들이 공통으로 느끼는 여러 가지 감정밖에는 없었다. 가장 뚜렷했던 것은 생이별과 귀양살이의 감정이었다. 거기에는 공포와 반항이 내포되어 있었다. 그러므로 서술자는 그 더위와 질병이 절정에 달한 이때쯤 전반적인 시각에서, 그리고 그 예를 들어 가면서, 죽지 않고 살아 있는 우리 시민들의 난폭함, 사망자의 매장, 헤어져 지내는 애인들의 고통 같은 것을 묘사하는 것이 적절하다고 생각하는 바이다.

 그해가 반쯤 지나갔을 때, 페스트에 휩싸인 그 도시에

여러 날 동안 바람이 불었다. 바람은 오랑 시민들이 특히 두려워하는 것인데, 그 이유인즉, 이 시가 세워진 곳이 고원 위인지라 바람은 아무런 자연적인 장애도 만나지 않아 더할 수 없이 거칠게 거리거리로 불어치기 때문이다. 몇 달 동안 시가를 시원하게 적셔 줄 비 한 방울 내리지 않았던 터라 도시는 뿌연 먼지를 뒤집어쓰고 있었는데, 그것이 바람을 받아 비늘처럼 벗겨졌다. 이처럼 바람은 먼지와 종잇조각의 물살을 불어 올려 전보다 더 드물어진 산책객들의 다리를 때리는 것이었다. 그들은 몸을 앞으로 굽히고 손수건이나 손으로 입을 가린 채 급히 길을 지나가는 것이었다. 여태까지는 저녁때면 매일, 어쩌면 마지막이 될지도 모르는 그날 하루를 되도록 길게 끌어 보려고 사람들이 많이 무리를 지어 모여 있었는데, 이제는 자기들 집으로 또는 카페로 걸음을 재촉하며 돌아가는 몇몇 작은 무리들을 만날 수 있을 뿐이었다. 심지어 며칠 동안, 이 계절에는 훨씬 더 일찍 찾아드는 황혼 무렵이 되면 거리에 인적이 끊어지고, 바람만이 계속적으로 울음 같은 소리를 곳곳에 토해 놓는 것이었다. 여전히 눈에는 보이지 않은 채 물결이 높아진 바다로부터 해초와 소금 냄새가 올라왔다. 먼지가 덮여 뿌옇게 되고 바다 냄새로 절은 그 인적 없는 도시는, 바람만 윙윙대며 불어치는 가운데 마치 불행하게 신음하는 하나의 섬과도 같았다.

　여태껏 페스트는 도심지보다는 인구밀도가 높고 살기가 불편한 외곽 지대에서 더 많은 희생자를 내 왔다. 그러나 페스트는 돌연 번화가에 더 근접해 와서 자리를 잡는 듯싶었다. 주민들은 바람이 전염병의 씨를 날라 온 것이라고 못마땅해했다. '바람이 카드를 마구 섞어서 파투를 놓았다'고 호텔 지배인은 말하고 있었다. 그러나 어쨌든 간에 중심가 사람들은 밤중에, 그것도 점점 더 자주, 페스트의 음울하고도 맥 빠진 호출 소리에 반항하듯 창문 앞으로 달려 지나가는 구급차의 사이렌 소리를 바로 지척에서 들으면서 자신들의 차례가 왔다는 것을 알 수 있었다.

같은 시내에서도 특히 피해가 심한 구역을 격리하고 직무상 불가피하다고 생각되는 사람 이외에는 외출을 금하는 조치가 내려졌다. 그때까지 그 지역에 살던 사람들로서는 그러한 조치가 유난스럽게 자기네들에게만 불리하게 취해진 일종의 약자 학대라고 생각하지 않을 수 없었다. 그래서 모든 경우에 있어서 그들은 자신들과 비교해 보면서 다른 지역의 주민들을 마치 무슨 자유민처럼 생각하고 있었다. 반면에 다른 지역 주민들은 곤란한 순간에 부닥쳐도, 다른 사람들은 그래도 자기네들보다 덜 자유롭다는 것을 상상하고는 어떤 위안을 얻는 것이었다. '항상 나보다 더 부자유한 사람이 있다'는 것은 그 무렵에 품을 수 있는 유일한 희망을 요약하는 표현이었다.

거의 같은 시기에, 특히 시의 서쪽 문 근처 별장 지역에 다시 화재가 빈발하는 현상이 나타났다. 조사 결과, 예방 격리에서 돌아온 사람들이 상사(喪事)와 불행에 눈이 뒤집혀서, 페스트를 태워 죽여 버린다는 환상으로 자기네 집에다 불을 지르곤 했던 것이다. 맹렬한 바람 탓에 여러 지역 전체를 끊임없는 위험 속에 몰아넣는 그와 같은 불상사가 빈번했으므로 그러한 짓을 막는 것이 여간 힘든 게 아니었다. 당국에서 실시하는 가옥 소독만으로 모든 전염의 위험을 제거하기에 충분하다는 것을 아무리 설명해 주어도 소용이 없어서, 마침내는 그런 순진한 방화자들에 대해서 극히 엄한 형벌을 내리겠다는 법령을 공포하지 않으면 안 되었다. 그런데 아마도 그 불행한 사람들을 겁주는 것은 감옥에 가게 된다는 두려움이 아니라 모든 시민들에게 공통된 확신, 즉 시의 감옥에서 확인된 극히 높은 사망률로 보건대 투옥형은 결국 사형이나 마찬가지라는 확신이었다. 물론 그러한 믿음이 전혀 근거가 없는 것도 아니었다. 자명한 이유에서이긴 하지만, 페스트는 특별히 군인이라든가 수도승이라든가 죄수들처럼 단체 생활을 하는 사람들을 악착같이 공격하는 것 같았다. 왜냐하면 피검자들은 격리 상태에 있긴 하지만, 감옥이란 하나의 공동체니까 말이다. 또 그것을 똑똑히 증명이라도 하듯, 우리 시의 감옥에서는 죄수 못지않게 많은 간수들이 그 병에 희생을 당했다. 페스트라고 하는 저 꼭대기 지점에서 내려다보면 형무소장에서부터 말단 죄수에 이르기까지 모든 사람들은 유죄 선고를 받은 처지였으니, 아마 사상 처음으로 감옥 안에 절대적인 정의가 이루어진 셈이었다.

당국은 그런 평등한 세계 속에 위계질서를 도입하려고 직무 수행 중에 순직한 간수들에게 훈장을 수여하려는 구상을 해 보았지만 허사였다. 계엄령이 선포되어 있었고, 또 어떤 각도에서 보면 그 간수들은 동원된 것이나 마찬가지이기 때문에, 사후추증(死後追贈)으로 전공(戰功) 훈장을 주었다. 그러나 죄수들이야 아무런 항의를 하지 않았지만 군부에서는 그 일을 그리 좋게 생각하지 않았으며, 일반 대중의 머릿속에 유감스러운 혼동을 일으킬 우려가 있다는 당연한 지적으로 의사 표시를 했다. 당국은 그들의 요구를 고려해, 가장 간단한 방법은 간수들에게 방역 공로장을 주는 것이라는 착상을 해냈다. 그러나 먼저 받은 사람들의 경우에는 이미 엎질러진 물이었으므로 그들에게서 훈장을 회수한다는 것도 생각할 수 없는 일이었는데, 군 관계자들은 여전히 자기네들의 견해를 고집했다. 또 한편 방역 공로장으로 말하면, 질병의 창궐 시기에 그런 훈장 하나 받아 보았댔자 대단한 것이 아니었기 때문에, 전공 훈장의 수여로 얻을 수 있었던 사기 진작의 효과를 얻지 못한다는 것이 난점이었다. 요컨대 모든 사람들이 다 불만이었다.

게다가 형무소 당국은, 교회 측이나 그보다는 차이가 훨씬 덜 나지만, 군 당국과 똑같은 조처는 취할 수가 없었다. 사실 시내에 단 두 개 있는 수도원의 수도승들은 신앙심이 두터운 가정에 임시로 분산 숙박하도록 조치가 내려졌다. 이와 마찬가지로, 사정이 허락할 때마다 소규모의 부대들이 병영에서 분리되어 학교나 공공건물에 주둔하도록 조처가 이루어졌다. 이처럼 외관적으로는 포위된 상태

속에서의 연대책임을 시민들에게 강요하던 질병은 동시에 전통적인 결합 형태를 파괴하고 개개인을 저마다의 고독 속으로 돌려보내고 있었다. 그것은 혼란을 초래했다.

이러한 모든 상황은 설상가상으로 바람까지 겹쳐서, 어떤 사람들의 정신에도 불을 댕겨 놓았다고 볼 수 있다. 시의 문들은 밤에 몇 번씩이나, 그것도 이번에는 무장한 소규모 집단에게 습격을 받았다. 총격전이 벌어졌으며 부상자가 생겼고 도망자도 있었다. 감시초소들이 강화되자 그러한 시도는 이내 중지되었다. 그러나 그러한 시도가 있었다는 사실 자체만으로도 시내에 일종의 혁명과 비슷한 분위기를 조성해, 몇 건의 폭력 사건을 야기하기에 충분했다. 보건상의 이유로 폐쇄되었거나 화재가 난 집들이 약탈을 당했다. 사실 그런 행위가 계획적인 것이었다고 추측하기는 어려웠다. 대개의 경우 여태껏 점잖았던 사람들이 돌발적인 기회에 비난받을 만한 일을 저질렀으며, 그런 행위에 이어서 이내 딴 사람들이 흉내를 냈던 것이다. 그리하여 슬픔이 극에 달해 얼이 빠진 집주인이 보고 있는 앞에서, 아직도 불타고 있는 집으로 정신없이 뛰어드는 미치광이들도 있었다. 집주인이 가만히 있는 것을 보자 구경꾼들도 그들이 하는 짓을 따라 했고, 그래서 그 어두운 거리에는 꺼져 가는 불길과 어깨에 걸머진 물건, 또는 가구들로 해서 생긴 일그러진 그림자들이 화재의 불빛을 받으며 사방으로 도망치는 모습을 볼 수 있었다. 그러한 불미스러운 사건들로 말미암아 당국은 부득이 페스트령을 계엄령과 동등하게 다루어, 거기에 입각한 법률을 적용했던 것이다. 절도범 두 명이 총살되었다. 그러나 이것이 딴 사람들에게 충격을 주었는지 어떤지는 모르겠다. 왜냐하면 그렇게 사망자가 많은 판국에 그 두 명의 사형 집행쯤은 거의 눈에 띄지도 않았으니 말이다. 그것은 마치 바다에 떨어뜨린 물 한 방울과 같았다. 그리고 사실 당국이 개입할 엄두도 못 내는 가운데 그와 비슷한 광경은 상당히 자주 거듭되었던 것이다. 모든 사람들에게 충격을 준 듯싶은 유일한 조치는 등화관제 제도였다. 밤 11시부터 완전한 암흑 속에 잠겨 버린 시가는 마치 돌덩이처럼 되어 버렸다.

달이 떠 있는 하늘 아래, 시가는 집들의 희끄무레한 벽과 곧게 뻗은 거리들만이 늘어서 있을 뿐, 한 그루 나무의 검은 그림자가 반점을 찍어 놓는 법도 없었고 산책하는 사람의 발걸음 소리나 개 짖는 소리로 동요되는 법도 없었다. 그 적막한 대도시는 이미 활기를 잃어버린 육중한 입방체들을 모아 놓은 덩어리에 지나지 않았고, 단지 그 사이에서 잊힌 자선가들이나 영원히 청동 속에 갇혀 질식해 버린 그 옛날 위인들의 흉상만이 돌이나 쇠로 만든 그 인공의 얼굴을 통해, 한때는 인간이었던 것들의 몰락한 영상을 상기시키려고 애쓰고 있을 뿐이었다. 그 볼품없는 우상들은 답답한 하늘 밑, 생명이 사라진 네거리 한가운데에서 군림하고 있었는데, 그 투박하고 무감각한 모습들은 우리가 발을 들여놓은 요지부동의 시대, 또는 적어도 그 최후의 질서, 즉 페스트와 돌과 어둠에 압도되어 모든 음성이 침묵으로 돌아가고 만 어느 지하 묘지의 질서를 상당히 잘 보여 주고 있었다.

그러나 밤은 또한 모든 사람들의 가슴속에도 있었으며, 매장에 관해 떠도는 전설 같은 진실도 우리 시민들을 안심시킬 만한 것이 못 되었다. 매장 이야기를 하지 않고 지나갈 수 없는 것이 서술자의 입장이기에 민망스럽기 짝이 없다. 이 점에 관해서 서술자를 나무랄 수도 있다는 것을 잘 알지만, 그러나 서술자의 유일한 변명은 그 기간 중 내내 매장이 끊이지 않았다는 것과, 또 매장에 대한 걱정이 모든 시민에게 있어서 불가피한 일이었던 것과 마찬가지로, 어떤 의미에서는 서술자에게 있어서도 역시 불가피했다는 점이다. 어쨌든 이것은 서술자가 그런 종류의 의식에 취미가 있기 때문이 아니다. 도리어 반대로 서술자는 살아 있는 사람들의 사회, 그중 한 예를 들면 해수욕 같은 것을 더 좋아한다. 그러나 결국 해수욕은 금지되었고, 살아 있는 사람들의 사회는 날마다 죽은 사람들의 사회에서 설 자리를 빼앗길까 봐 전전긍긍하는 판이었다. 그것은 자명한 사실이었다. 물론 그 죽음의 사회를 안 보려고 애써 눈을 가림으로써 그것을 거부할 수도 있지만, 그러나 자명한 일이란 무서운 힘이 있어서 모든 것을 앗아 가고야 마는 법이다. 예를 들어서 여러분이 사랑하는 사람들을 매장해야만 할 경우, 여러분은 무슨 방법으로 그 매장을 거부할 수 있겠는가?

그런데 초기에 우리의 장례식의 특색을 이루고 있었던 것은 바로 그 신속성이었다. 모든 형식은 간소화되었으며, 일반적인 경향으로 볼 때 장례식은 폐지되었다. 환자들은 가족과 멀리 떨어진 곳에서 죽었으며 밤샘 의식은 금지되었으므로, 결국 저녁나절에 죽은 사람은 송장이 되어 혼자 밤을 넘기고, 낮에 죽은 사람은 지체 없이 매장되었다. 물론 가족에게 통보는 하지만, 알려 봤댔자 대부분의 경우 그 가족도 만약 병자 곁에서 살았던 사람이라면 예방 격리를 당하고 있었던 터라 발이 묶여 있었다. 가족이 그 고인과 함께 살고 있지 않을 경우에는 그들은 지정된 시각, 즉 시체의 염이 끝나고 입관되어 묘지로 떠나려는 시각에나 와 볼 수 있도록 되어 있었다.

가령 그러한 절차가, 리유가 종사하는 그 임시 병원에서 행해졌다고 하자. 그 건물에는 본관 뒤에 출구가 하나 있었다. 복도로 면해 있는 커다란 창고에는 관들이 들어 있었다. 가족들은 바로 그 복도에서 이미 뚜껑이 닫힌 관 하나를 보게 된다. 이내 사람들은 가장 중요한 일로 들어가는데, 그것은 즉 여러 가지 서류에 가족 대표의 서명을 받는 것을 말한다. 그것이 끝나면 시신을 자동차에 싣는데, 여느 유개 화물차를 사용할 때도 있고, 대형 구급차를 개조한 것을 사용할 때도 있다. 가족들이 아직까지도 운행이 허가되고 있는 택시를 하나 얻어 타고 나면 차들은 전속력으로 변두리 길을 달려서 묘지에 도착한다. 묘지 문 앞에서 헌병이 차를 세우고, 그것이 없으면 우리 시민들은 이른바 '마지막 거처'조차도 얻을 수 없는 공식 통과증에다 고무도장을 한 번 누르고 옆으로 비켜선다. 그러면 차들은 수많은 구덩이가 메워지기를 기다리고 있는 한 네모진 터 앞에 도착한다. 신부 한 명이 시신을 맞이한다. 성당 안에서 장례식을 치르는 것은 금지되어 있기 때문이다. 기도를 올리는 동안에 내려온 관이 밧줄에 감긴 채 끌려 내려가 구덩이 밑바닥에 털썩 놓이면 신부가 성수채를 흔들어 대는데, 벌써 첫 흙이 관 뚜껑 위에 튄다. 구급차는 소독약의 살포를 받기 위해서 조금 먼저 떠나 버리고, 삽날이 흙을 찍어 던지는 소리가 차차 무뎌져 가는 속에서 가족들은 택시 안으로 들어가 버린다. 십오 분 후에 가족들은 제집에 돌아가 있는 것이다.

이와 같이 해서 모든 일은 정말 최대한의 신속성과 최소한의 위험성을 바탕으로 진행되었다. 아마도, 적어도 초기에는, 분명히 이런 식의 처리가 가족으로서 느끼는 자연스러운 감정을 해친다고들 보았던 것 같다. 그러나 페스트의 유행 기간 중, 그러한 감정의 고려는 염두에도 둘 수가 없었다. 즉, 모든 것을 효율성을 위해서 희생했던 것이다. 게다가 비록 처음에는, 격식을 갖추어 땅에 묻히고 싶다는 욕망이 우리가 생각하는 이상으로 널리 퍼져 있었기 때문에 시민들은 그러한 처리 방식에 마음 괴로워하기도 했지만, 그 후에는 다행히도 식량 보급 문제가 어렵게 되어 주민들의 관심은 보다 더 직접적인 문제 쪽으로 쏠렸다. 먹기 위해서는 줄을 서야 하고 수속을 밟아야 하고 서식을 갖취야 하는지라 그런 일에 골몰하다 보니 사람들은 자기네 주위에서 어떻게들 죽어 가는지, 또는 앞으로 자기네들이 어떻게 죽어 갈는지를 생각해 볼 겨를이 없었다. 그리하여 고통스럽게 느껴져야 마땅할 물질적인 곤란이 나중에는 오히려 고마운 일로 여겨지게 된 것이다. 그리고 만약 질병이 이미 우리가 본 것처럼 그렇게 만연하지만 않았더라면, 그런대로나마 모든 것이 잘되었을 것이다.

왜냐하면 관이 더욱 귀해지고, 수의를 만들 감과 묏자리도 모자라게 되었으니 말이다. 무슨 수가 있어야만 했다. 가장 간단한 것은, 역시 효율성 때문이었지만, 장례식을 합동으로 하고 혹 필요에 따라서는 묘지와 병원 사이의 왕래를 여러 번으로 늘리는 방법이었다. 그래서 리유가 담당한 부서의 경우, 당시 그 병원에는 관이 다섯 개가 있었다. 그것이 다 차면 구급차가 싣고 간다. 묘지에 가면 관을 비우고, 무쇠빛 시신들은 들것에 실려서 이런 용도에 쓰려고 지은 헛간 속에서 차례를 기다리는 것이다. 관들은 소독액이 뿌려져서 다시 병원으로 운반된다. 그리고 이러한 작업이 필요한 횟수만큼 되풀이되는 것이었다. 그러니까 조직은 무척 잘되어 있는 셈이어서 지사는 만족을 표명했다. 심지어 그는 리유에게, 따지고 보면 옛적의 페스트 기록에서 볼 수 있는 것과 같이 검둥이들이 끌고 가는 시체 운반 수레보다는 이것이 더 낫다고까지 말했다.

"네, 그렇습니다." 하고 리유는 말했다. "매장 방식은 전과 마찬가지입니다만, 우리들은 그래도 카드를 작성하고 있지요. 발전된 것은 의심할 여지가 없습니다."

그러한 행정 면의 성공에도 불구하고, 현재의 절차에 따른 그 불쾌한 성격 때문에 도청은 부득이 친척들로 하여금 장례식을 멀리하게 해야만 했다. 단지 묘지 정문 앞에까지 오는 것은 허용했지만, 그나마도 공식적인 것은 아니었다. 왜냐하면 최종 단계의 의식에 관련된 사정이 좀 달라졌기 때문이었다. 당국은 묘지 맨 끝에, 유향 나무들로 뒤덮인 빈터에다가 엄청나게 큰 구덩이 두 개를 마련했다. 남자용 구덩이와 여자용 구덩이였다. 이러한 점에서 보면 행정 당국은 예의를 갖춘 셈이었다. 여러 가지 사태의 압력으로 급기야는 그 마지막 수치심까지 팽개치고서 체면 따위는 아랑곳하지 않은 채, 여자 남자 가리지 않고 뒤범벅으로 포개어 묻어 버리기 시작한 것은 훨씬 뒤의 일이었다. 다행히도 그런 극도의 혼란은 그 재앙이 최종 단계에 이르렀을 때만 나타난 것이었다. 지금 우리가 언급하는 이 시기에는 구덩이가 구별되어 있었고, 도청에서는 그 점을 몹시 중요시했다. 그 구덩이 밑바닥마다 아주 두껍게 입혀 놓은 생석회가 김을 뿜으며 부글부글 끓고 있었다. 또 구덩이의 가장자리에는 같은 생석회가 산더미처럼 쌓인 채 거품을 대기 속에서 터트리고 있었다. 구급차의 왕복이 끝나면, 들것들이 줄을 짓고 거기에 담긴 벌거벗겨지고 약간 뒤틀린 시신들을 거의 나란히 붙여 구덩이 밑바닥으로 쏟아붓고, 그 위에 생석회를, 다음에는 흙을 덮는다. 그러나 그것도 다음에 들어올 손님을 위해서 일정한 높이까지만 덮고 만다. 다음 날 가족들은 일종의 장부에 서명을 하도록 호출되는데, 이 점은 가령 사람과 개와의 사이에 있을 수 있는 차이를 나타내는 것이다. 즉, 확인이라는 게 항상 가능하니까 말이다.

그런 모든 작업을 하려면 사람이 필요했는데, 언제나 모자라기 일보 직전에 있었다. 처음에는 정식으로 채용되었고, 나중에는 임시로 채용되었던 위생 직원과 무덤 파는 인부들이 페스트로 많이 죽었다. 아무리 조심을 해도, 어느 날엔가 전염은 되고 마는 것이다. 그러나 잘 생각해 보면, 가장 놀라운 것은 질병의 전 기간을 통해서 그런 일을 하는 데 필요한 인력은 결코 모자라지 않았다는 사실이다. 위기는 페스트가 그 절정에 도달하기 바로 직전이었다. 그때 의사 리유가 불안해한 것은 그럴 만한 근거가 있었다. 간부건, 또 그가 말하는 막노동꾼이건 인력이 충분하지는 못했다. 그러나 정작 페스트가 도시 전체를 사실상 장악해 버리고 나자 그때부터는 과도함 자체가 아주 편리한 결과를 가져왔다. 페스트는 모든 경제생활을 파괴했고, 그 결과 엄청난 숫자의 실업자가 생겨났던 것이다. 대부분의 경우 그 실업자들은 간부직을 위한 충원 대상은 못 되었지만, 막일에 관한 한 그들 덕에 일이 쉽게 되었다. 그 시기부터는 사실 곤궁이 공포보다 더 절박하다는 사실을 늘 눈으로 볼 수 있었고, 위험성의 정도에 따라서 보수를 지불하게 마련이고 보니 그 점은 더욱 명백해졌다. 보건과에서는 취업 희망자의 리스트를 마련해 놓을 수가 있었고,

그래서 어디서 결원이 생기기만 하면 그 리스트의 첫머리에 올라 있는 사람에게 통지를 하곤 했는데, 그 사람들은 그 사이에 자기 자신들이 결원되었을 경우를 제외하고는 언제나 출두하게 마련이었다. 유기 또는 무기 죄수들을 활용하기를 오랫동안 주저해 왔던 지사도, 이렇게 해서 그러한 극단적 조치에까지 가는 것을 피할 수 있었다. 실업자들이 있는 한은 견딜 수 있다는 생각이었다.

이럭저럭 8월 말까지는, 우리 시민들은 예의 바르게는 아니더라도 적어도 행정 당국이 자기들의 의무를 다하고 있다고 의식하기에 충분할 만큼 질서 있게 그들의 최후의 거처로 갈 수 있었다. 그러나 마침내 최후의 수단에 호소하게 된 이야기를 하기 위해서는 그 후에 일어난 사건들을 좀 앞질러 말하지 않을 수 없다.

8월에 접어들자, 사실상 페스트가 통계 그래프의 꼭대기 평행선상에서 요지부동으로 기승을 부리면서 누적한 희생자들의 수는 이 시의 조그만 묘지가 제공할 수 있는 한계를 훨씬 초과하고 있었다. 담 한쪽을 헐고 시체들을 위해 그 옆 터를 넓혀 놓았다 해도 소용이 없어서 이내 다른 방도를 강구하지 않을 수 없었다. 우선 밤에 매장을 하기로 결정했는데, 그것은 확실히 여러 가지 번거로운 고려를 생략할 수 있도록 해 주었다. 구급차에는 점점 더 많은 시체를 포개어 쌓을 수 있게 되었다. 그리고 변두리 지대에서는 등화관제 시간 이후에도 볼 수 있는, 규칙을 위반하며 밤늦게 다니는 산책객들(또는 직업상 나다닐 수밖에 없는 사람들)은, 때때로 광채 없는 사이렌 소리를 울려 대며 밤의 후미진 거리를 전속력으로 달리는 길쭉한 백색의 구급차들을 만나곤 했다. 시신들은 서둘러서 구덩이 속에 내던져졌다. 아직 완전히 구덩이 속으로 쏟아져 들어가기도 전에 벌써 삽에 퍼 담긴 석회가 시체의 얼굴을 짓이겼고, 이어서 이제는 더욱더 깊게 파인 구덩이 속에, 이름 없는 흙이 그 위를 덮어 버리는 것이었다.

그러나 얼마 지난 후엔, 또 다른 곳을 물색해서 더욱 넓게 잡지 않으면 안 되었다. 지사령으로 영대(永代) 묘지의 소유권을 수용하고 거기서 발굴된 유골은 전부 화장터로 보냈다. 머지않아 페스트 사망자들까지도 화장터로 보내야만 했다. 그러니 시(市) 문 밖 동부 지역에 있는 옛 화장터를 이용하지 않으면 안 되었다. 경비 초소도 더 멀리 이동시켰다. 한 시청 직원이, 전에는 해안선을 따라 운행되었으나 이제는 쓸모가 없어져 버린 전동차를 이용하도록 건의함으로써 당국의 일은 훨씬 수월해졌다. 그렇게 하기 위해 유람차와 전기 기관차의 좌석을 뜯어내어 내부를 개조하고, 또 선로를 화장터에까지 우회하도록 만들어서 화장터가 하나의 시발점이 되었다.

그래서 늦여름 내내, 그리고 가을비 속에서도, 매일같이 한밤중이면 승객 없는 전동차의 괴상한 행렬이 바다 위 저 중턱으로 덜거덕거리면서 지나다니는 광경을 볼 수 있었다. 시민들도 마침내는 그 내막을 알게 되었다. 그리고 순찰대가 임해 도로에 접근을 금지하고 있었지만, 흔히 몇

몇 무리의 사람들이 파도치는 바다를 굽어보며 솟아 나온 바위 틈에 숨어 있다가 전동차가 지나갈 때면 유람차 안에 꽃을 던지곤 했다. 그럴 때면 사람들은 전동차가 꽃과 시체를 싣고 여름밤 속을 더한층 심하게 흔들리며 달리는 소리를 듣곤 했다.

아무튼 처음 얼마 동안은, 아침 녘이 되면 시의 동쪽 구역 머리 위에는 짙고 구역질 나는 김이 떠도는 것이었다. 의사들은 누구나 그 김이 불쾌하기는 하지만 인체에는 조금도 해롭지 않을 것이라는 의견이었다. 그러나 그 동네의 주민들은 그렇게 해서 페스트가 하늘로부터 자기네들에게 달려드는 것이라고 생각한 나머지, 그 동네에서 떠나 버리겠다고 위협을 했고, 부득이 복잡한 도관 수송 장치를 해서 그 김을 다른 곳으로 뿜게 하고 나서야 진정했다. 바람이 몹시 부는 날에만 동쪽 지역에서 풍겨 오는 어렴풋한 냄새가, 그들로 하여금 자신들이 새로운 질서 속에 자리 잡고 있으며, 또 페스트의 불길이 매일 저녁 자기들이 바치는 공물을 집어삼키고 있다는 것을 상기시키는 것이었다.

이러한 것들이 그 질병이 가져온 극단적인 결과였다. 그러나 질병이 그 후 더 기승을 부리지 않는 것은 다행한 일이었다. 왜냐하면 각 기관의 기발한 대응책이나 도청의 처리 능력이나 나아가서는 화장장의 소화 능력이 감당할 수 없는 상황이 될 수도 있다고 가정할 수 있기 때문이다. 그렇게 되면 당국은 시체를 바다로 내던져 버리는 것과 같은 절망적인 해결 방법도 고려하고 있다는 것을 리유는 알고 있었다. 그래서 그는 푸른 바닷물 위에 일어나는 시체들의 징그러운 거품을 쉽사리 상상했다. 또 만약 통계 숫자가 계속해서 상승한다면 어떠한 조직도, 그것이 제아무리 우수한 것이라 해도, 거기에 견딜 수는 없을 것이고, 도청이라는 것이 있는데도 사람들은 첩첩이 죽어서 쌓일 것이고, 거리에서 썩을 것이고, 또 공공장소에서는 죽어 가는 사람들이 당연한 증오심과 어리석은 희망이 뒤섞인 심정에서 살아남은 사람들을 붙잡고 매달리는 꼴을 보게 되리라는 것을 그는 알고 있었다.

어쨌든 그러한 종류의 자명한 일 또는 걱정 탓에 우리 시민들은 마음속에서 귀양살이의, 그리고 생이별 상태의 감정을 지워 버릴 수가 없었다. 그 점과 관련해, 서술자는 여기서 예컨대 옛날이야기에서 나오는 그것처럼 용기를 북돋아 주는 영웅이라든가 빛나는 행동과 같은, 아주 굉장한 구경거리라고는 아무것도 소개할 것이 없으니 얼마나 유감스러운지 모르겠다. 그 까닭은, 재앙만큼이나 보잘것없는 구경거리는 없기 때문이다. 무시무시한 불행은 오래 끌기 때문에 오히려 단조로운 것이다. 그런 나날을 겪은 사람들의 기억 속에서는, 페스트를 겪는 그 무시무시한 나날들이 끝없이 타오르는 잔혹하고 커다란 불길처럼 보이는 것이 아니라, 차라리 발바닥 밑에 놓이는 모든 것을 짓이겨 버리는 끝날 줄 모르는 답보 상태 같아 보이는 것이었다.

아니다. 페스트는 그 병이 유행하던 초기에 의사 리유를 성가시게 따라다녔던, 그처럼 사람을 흥분시키는 굉장한 이미지와 아무 관계가 없었다. 페스트는 무엇보다도 용의주도하고 빈틈없으며 그 기능이 순조로운 하나의 행정사무였다. 그렇기 때문에, 한마디 삽입해서 말하자면, 아무것도 배반하지 않기 위해서, 서술자는 객관성이라는 것을 고집해 왔던 것이다. 서술자는 이야기가 어느 정도 일관성을 갖추어야 한다는 기본적인 필요성에 관한 것들 이외에 예술적인 효과를 위해서 무엇이건 덧붙이려는 생각은 거의 하지 않았다. 그리고 지금은 그 객관성 자체가 서술자로 하여금 다음과 같이 말하도록 요구한다. 즉, 그 시기의 커다란 고통, 가장 심각한 동시에 가장 보편적인 고통은 바로 생이별의 감정이었으며 페스트의 그 단계에 나타나는 생이별의 감정에 대해 새로운 기록을 남겨 놓는 것이 양심적으로 필요 불가결한 것이라 할지라도, 그 당시에 있어서 고통 자체는 그것의 비장감을 상실하고 있었다는 사실도 또한 부정할 수 없는 것이다.

우리 시민들, 적어도 그 생이별로 말미암아 가장 심한 고통을 받았던 사람들은 그러한 상황에 길들어 버렸던 것일까? 꼭 그렇다고 말하기는 어렵다. 육체적으로나 정신적으로나, 그들은 감정의 메마름 때문에 괴로워했다고 말하는 편이 더 정확한 표현일 것이다. 페스트의 초기 단계 때는 잃어버린 사람을 뚜렷이 기억할 수 있어서 그들이 없음을 애석해했다. 그러나 사랑하는 그 얼굴, 그 웃음, 나중에 생각해 보니 비로소 그이가 행복을 느끼고 있었다는 것을 알 수 있는 그런 어느 날의 일, 이런 모든 것들은 뚜렷하게 생각이 나지만, 그런 것을 다시 그려 보는 바로 그 시간에, 또한 그때 이후 그렇게도 먼 곳이 되어 버린 그 장소에서, 상대방은 무엇을 하고 있는지를 상상하기란 대단히 힘들었다. 요컨대 그 시기에, 그에게는 기억력은 있었지만 상상력은 부족했다. 페스트가 2단계에 접어들자 그들은 기억력조차도 상실해 갔다. 그 얼굴을 잊어버린 것이 아니라, 결국은 같은 이야기지만, 그 얼굴에서 살이 없어져 그 얼굴을 자기들의 마음속에서 알아볼 수가 없게 된 것이다. 그래서 페스트가 발생한 처음 몇 주 동안은 사랑을 느끼고 싶어도 이제는 허깨비밖에는 상대할 대상이 없기 때문에 괴로워하는 경향이 있었지만, 그 후에는 그들은 추억 속에 간직해 왔던 미세한 얼굴들마저 잊어버림으로써, 그 허깨비는 전보다 더 살이 빠져 버린 모습이 될 수도 있다는 사실을 깨달은 것이었다. 그 길고 긴 생이별의 세월을 겪고 나자 그들은 둘이서 누리던 그 무르녹은 정분도 이제는 더 이상 상상할 수가 없었으며, 또 언제든지 손을 얹어 놓을 수 있었던 상대가 어떻게 자기 곁에 살고 있었던가도 더 이상 상상할 수가 없었다.

 이러한 점에서 볼 때, 그들은 빈약한 것이기 때문에 그만큼 더 큰 위력을 발휘하는 페스트의 지배 속에 들어갔다고 말할 수 있다. 우리의 도시에서는 이제는 아무도 거창한 감정을 품지 못했다. 모든 사람들은 단조로운 감정만 느끼고 있었던 것이다. "이젠 끝날 때도 되었는데." 하고 시민들은 말하곤 했다. 왜냐하면 재앙이 계속되는 기간 중에 집단적인 고통이 끝나기를 바라는 것은 당연한 일이었고, 또 실제로 그들은 그것이 끝나기를 바랐기 때문이다. 그러나 이 모든 말들은, 초기에 있었던 열정이나 안타까운 감정은 찾아볼 수 없는 채, 다만 우리에게 아직도 뚜렷이 남아 있는, 저 빈약하기 짝이 없는 이성이 비쳐 보이는 말들이었다. 처음 몇 주일간의 그 사나운 충동이 사그라지자 낙담이 뒤따랐는데, 그 낙담을 체념으로 해석하는 것은 잘못일지 모르지만, 그러나 역시 일종의 일시적인 동의가 아니라고는 할 수 없었다.

우리 시민들은 보조를 맞추었고, 흔히 사람들이 말하듯이 적응하고 있었는데, 그것은 달리 어쩔 도리가 없기 때문이었다. 물론 그들에게는 아직 불행과 고통의 태도가 남아 있었지만, 더 이상 그것을 예리하게 느끼지는 않았다. 사실 예를 들어서 의사 리유가 지적했듯이, 불행은 바로 그 점에 있는 것이며, 또 절망에 습관이 들어 버린다는 것은 절망 그 자체보다 더 나쁜 것이라고 할 수 있었다. 전에는 생이별 상태에 있는 사람들이 실제로 불행하지는 않았다. 그들의 고통 속에는 이제 방금 꺼져 버린, 어떤 섬광 같은 것이 담겨 있었던 것이다. 그런데 이제는 길모퉁이에서, 카페나 친구네 집에서, 평온하고도 무심한 표정을 한 사람들을 볼 수 있었는데, 게다가 또 어찌나 따분해하는 눈길인지 시 전체가 마치 하나의 대합실만 같았다. 직업이 있는 사람들도 그들의 일을 페스트와 똑같은 보조로, 즉 소심하고 눈에 띄지 않게 해 나가는 것이었다. 모두들 겸손해졌다. 처음으로 그들 생이별당한 사람들은 거리낌 없이 헤어져 있는 사람 얘기도 하고, 제삼자 같은 말투를 쓰기도 하고, 자기들의 생이별 상태를 전염병의 통계 숫자와 똑같은 시각에서 검토해 보기도 했다. 그때까지는 자기들의 고통을 한사코 집단적인 불행과 떼어서 생각해 왔지만 이제는 두 문제를 섞어서 생각해도 좋다고 여기게 되었다. 기억도 희망도 없이, 그들은 현재 속에 자리를 잡고 있었다. 사실 모든 것이 그들에게는 현재로 변해 버렸다. 페스트는 모든 사람들에게서 사랑의 능력을, 심지어 우정을 나눌 힘조차도 빼앗아 가 버리고 말았다는 사실도 말해야겠다. 왜냐하면 연애를 하려면 어느 정도의 미래가 요구되는 법인데, 우리에게는 이미 현재의 순간 이외에는 남은 것이 없었기 때문이다.

물론, 이 모든 것이 그렇게 절대적인 것은 결코 아니었다. 왜냐하면 모든 생이별당한 사람들이 그러한 상태에 이르렀던 것은 사실이지만, 모두가 같은 시각에 거기에 도달했던 것은 아니고, 또한 일단 그 새로운 심리 상태 속에 자리를 잡았다가도 섬광과 같은 명징함이나 미련이나 급격한 각성 등으로 말미암아 사람들이 더 싱싱하고 더 고통스러운 감수성을 되찾기도 했다는 것을 덧붙여 두어야겠다. 그렇게 되자면, 잠시 현실을 잊고서 마치 페스트가 물러가 버리기나 한 것처럼 미래의 계획을 세워 보는 방심의 순간들이 필요했다. 이리하여 그들은 무슨 은총의 도움을 입었는지 대상도 없는 질투심이 예기치 않게 솟아올라 가슴을 쥐어뜯는 것을 느끼기도 하는 것이다. 또 다른 사람들은 주중의 어떤 날, 물론 일요일 그리고 토요일 오후 같은 때면(왜냐하면 이런 날들은 지금은 여기 없는 사람과 함께 지내던 시절에 어떤 의식을 위해 할애하곤 하던 날들이니까) 갑자기 생생한 감정이 되살아나는 것을 느끼면서 무감각했던 마비 상태에서 깨어나곤 했다. 또는, 하루해가 저물어 갈 무렵 어떤 형언하기 어려운 우수가 밀려와 그들의 마음을 사로잡으면서 어쩌면 무뎌진 기억이 되살아날 것만 같다는 기대를 품기도 하지만 그 기대가 항상 충족되는 것은 아니었다. 저녁 나절의 그 시간은 신자들에게는 자기반성의 기회였지만, 반성할 것이라고는 공허밖에 없이 감금 생활이나 귀양살이를 하는 사람들에게는 가혹한 것이었다. 그 시간이 오면 그들은 잠시 엉거주춤하게 있다가, 결국은 무기력 상태로 돌아가서 페스트 속에 틀어박혀 버리고 마는 것이었다.

이미 짐작했겠지만, 그것은 결국 그들이 지닌 가장 개인적인 것의 포기를 의미하는 것이었다. 페스트의 초기에 그들은 남이 보면 하등의 존재 가치가 없지만 자신들에게는 너무나도 중요한 자질구레한 일들이 너무나 많은 데 놀랐고, 거기에서 개인 생활이라는 것을 체험했다. 그런데 이제는 그와 반대로 남들이 흥미를 보이는 것밖에는 흥미를 느끼지 않고 일반적인 관념만을 품었으며, 사랑조차도 그들에게는 가장 추상적인 모습을 띠게 되었다. 그들은 이제 잠잘 때 꿈속에서밖에는 희망을 품지 못했고, 자신도 모르게 '그놈의 멍울, 이젠 좀 끝장이 났으면!' 하고 생각할 정도로 페스트에 온통 자신을 맡겨 버린 상태가 되었다. 그러나 사실은, 그들은 이미 잠들어 있었으며, 이 기간 전부가 하나의 긴 잠에 불과했다.

도시는 눈을 크게 뜬 채 잠자고 있는 사람들로 가득 차 있었는데, 그들이 실제로 자신의 운명에서 벗어나 보는 것은, 오로지 겉보기에는 다 아문 것으로 보이던 상처가 한밤중에 돌연 다시 쓰라려 오는 그 드문 순간들뿐이었다. 그래서 그들은 벌떡 일어나, 일종의 방심 상태로, 그 도진 상처의 언저리를 어루만지면서, 갑자기 다시 생생해진 그들의 고통을, 또 그것과 더불어 그들의 사랑의 간절한 표정을 한 줄기 섬광 속에서 다시 찾는 것이었다. 아침이 되면 그들은 다시 재앙 속으로, 즉 습관적 삶 속으로 돌아가는 것이었다.

그러나 그 생이별당한 사람들이 어떤 모습을 하고 있었느냐고 묻는 사람도 있으리라. 사실 그 답은 간단하다. 그들은 그냥 보잘것없는 모습이었으니 말이다. 구태여 달리 말해 본다면 그들은 모든 사람들과 같은 모습, 즉 극히 보편적인 모습을 하고 있었다. 그들은 이 도시의 평온한 면과 유치한 소란을 동시에 나누어 지니고 있었다. 냉정한 겉모습을 유지하면서도 비판적 감각의 외모는 상실했다. 예를 들어서, 그들 중 가장 총명한 사람들까지도 모든 사람들과 마찬가지로, 신문이나 라디오방송에서 혹시 페스트가 급속히 끝난다고 믿을 만한 얘깃거리가 나지나 않았나 하고 찾는 척하거나, 허황한 희망을 노골적으로 품거나, 또 어떤 신문기자가 따분한 나머지 하품을 하면서 되는대로 써 놓은 논설을 읽고 근거 없는 공포를 느끼는 것을 볼 수가 있었다. 그런 것 말고는 그들은 맥주를 마시거나 병자를 돌보거나 게으름을 피우거나 뼈가 으스러지게 일을 하는 것이었다. 카드를 정리하는 사람도 없었다. 다시 말하면, 그들은 더 이상 아무것도 선택하는 법이 없었다. 페스트가 가치 판단을 말소해 버린 것이었다. 그러한 것은, 자기가 사는 옷이나 식료품의 질을 더 이상 따지려고 들지 않는 그 태도에서도 알 수 있었다. 사람들은 모든 것을 일괄해서 받아들이는 것이었다.

결국 그 별거당한 사람들은, 초기에 그들을 보호해 주었던 그 야릇한 특권을 잃어버렸다고 말할 수 있다. 그들은 사랑의 에고이즘과 거기서 얻는 혜택을 상실하고 말았던 것이다. 적어도 이제는 사태가 명백해졌고, 재앙은 모든 사람에게 다 관계가 있는 것이 되었다. 우리들은 모두가 시의 문에서 울리는 총소리며, 우리들의 삶 또는 죽음에 박자를 맞추어 주는 고무도장 소리의 한가운데서, 화재와 카드, 공포와 수속 절차 속에서, 굴욕적이면서도 대장에 등록된 죽음과의 약속을 기다리면서, 무시무시한 화장터의 연기와 구급차의 한가한 사이렌 소리 속에서, 자신도 모르는 사이에 저 어처구니없는 재회와 평화의 시간을 똑같이 기다리면서 똑같은 유배의 빵으로 요기를 하고 있는 것이었다. 틀림없이 우리들의 사랑은 여전히 거기에 있었건만, 단지 그것은 무용지물이어서, 지니고 다니기에만 무거울 뿐 우리의 마음속에서는 생기를 잃어, 마치 범죄나 유죄판결과도 같은 불모의 존재였다. 그 사랑은 이미 미래가 없는 인내에 불과했고 좌절된 기대에 불과했다. 그래서 이런 점에서 볼 때, 시민들 중 어떤 사람들의 태도는 시내 곳곳의 식료품 가게 앞에서 줄을 선 그 긴 행렬을 연상케 하는 것이었다. 그것은 끝이 없는, 동시에 환상도 없는 똑같은 체념이었고 똑같은 참을성이었다. 다만 생이별에 관해서는 그 감정을 천배 이상의 단위로 확대해서 생각해야 할 것이다. 여기서 문제가 되는 생이별은 또 하나의 굶주림이긴 하지만 그것은 모든 것을 다 집어삼켜 버리는 굶주림이니 말이다.

어쨌든, 이 시의 생이별당한 사람들이 처한 정신 상태에 대해서 정확한 개념을 얻고자 하는 사람이 혹시 있다면, 저 영원히 되풀이되는 황금색의 먼지 자욱한 저녁이 나무 한 그루 없는 시가지에 내리덮이고 다른 한편에서는 남녀가 거리거리로 쏟아져 나오는 석양 무렵을 다시 한 번 상기할 필요가 있을 것이다.

왜냐하면 이상하게도, 그때 아직 햇빛을 받고 있는 테라스 쪽으로 올라오는 것은, 으레 도시의 언어를 이루게 마련인 차량과 기계 소리들 대신 둔탁한 발소리와 목소리가 빚어내는 거대한 웅성거림뿐이었는데, 그것은 무겁게 덮인 하늘로부터 나오는 윙윙거리는 재앙의 휘파람 소리에 리듬을 맞추는 수천의 구두창들이 고통스럽게 미끄러져 가는 소리였으며, 차츰차츰 온 시가를 가득 채우고 있는, 끝없고 숨 막히는 제자리걸음 소리, 그리고 그 당시 우리의 마음속에서 사랑의 자리에 대신 들어앉은 맹목적인 고집에다가 저녁마다 가장 충실하고 가장 음울한 자신의 목소리를 내던 저 끝없고 숨 막히는 제자리걸음 소리였기 때문이다.

4부

 9월과 10월 두 달 동안, 페스트는 도시 전체를 자기 발밑에 꿇어앉혀 놓았다. 본래 제자리걸음밖에 할 수 없었기에, 인간들 수십만이 끝이 없을 것만 같은 그 여러 주일의 세월 동안에도 여전히 제자리걸음만 하고 있었다. 안개와 더위와 비가 차례로 하늘을 가득 채웠다. 찌르레기와 백설조(百舌鳥)의 무리가 남쪽에서 찾아와서 하늘 높이 조용하게 지나갔다. 그러나 그 새들은 마치 파늘루 신부가 도시의 지붕 위에서 휘파람 소리를 내는 이상한 나무 막대기 같다고 말했던 그 재앙이 그들을 얼씬 못 하게 했다는 듯, 도시를 우회하여 지나갔다. 10월 초에는, 억수 같은 소나기가 거리를 깨끗이 쓸었다. 그리고 그동안 줄곧 그 기막힌 제자리걸음 이외에 더 중요한 일은 아무것도 생긴 것이 없었다.

 그때 리유와 그의 친구들은, 어느 정도로 자기네들이 지쳐 있는가를 발견했다. 사실 보건대 사람들은 더 이상 그 피로를 감당할 수 없었다. 의사 리유는 자기 친구들과 자기 자신의 태도에서 이상야릇한 무관심이 커 가는 것을 발견함으로써 그것을 깨달았다. 예를 들어서, 여태껏 페스트에 관한 모든 뉴스에 대해서 그렇게도 깊은 관심을 보여 주었던 그 사람들이, 이제는 아무것에도 관심을 두지 않았다. 랑베르는 얼마 전부터 자기가 있는 호텔에 설치된 예방 격리소의 관리를 임시로 맡고 있었는데, 자기가 담당하는 사람들의 수효를 환하게 알고 있었다. 그는 갑자기 병세가 나타나는 사람들을 위해서 그가 만들어 놓은 즉각적인 퇴거 절차에 대한 가장 세세한 사항까지도 꿰뚫고 있었다. 예방 격리자들에게 미치는 혈청의 효과에 관한 통계는 그의 머릿속에 아주 잘 기억되고 있었다. 그러나 그는 페스트 희생자의 주간 통계 수치는 알지 못했고, 실제로 페스트가 더 심해지고 있는지 물러나고 있는지는 알지 못했다. 그리고 그는 머지않아 기어코 탈출할 수 있다는 희망을 품고 있었다.

다른 사람들로 말하면, 그들은 밤낮으로 자기네들의 일에 몰두하고 있을 뿐 신문도 보지 않고 라디오도 듣지 않았다. 그리고 혹 누가 어떤 결과를 알려 줄라치면 거기에 흥미가 끌리는 척하면서도, 실제로는 딴 데 정신이 팔린 채 무관심한 태도로 듣고 있었다. 그것은, 고역에 지칠 대로 지쳐서 그저 일상적인 자기 일에 과오나 없으면 그만으로 여기다 보니 결정적인 작전도 휴전의 날도 더 이상 바라지 않게 된 대규모 전쟁의 전투원에게서나 상상할 수 있는 무관심이었다.

그랑은 페스트에 필요한 숫자 계산 업무를 수행하고 있었는데, 아마 그로서도 그 전반적인 결과를 지적한다는 것은 틀림없이 불가능했을 것이다. 피로를 잘 견디는 타루나 랑베르나 리유와는 반대로 그는 건강이 좋았던 적이 한 번도 없었다. 그런데도 그는 시청 보조 직원의 직책과 리유의 사무실 서기 일과 자기 자신의 밤일을 겸하고 있었다. 그래서 그가 두어 가지 고정관념, 즉 페스트가 멎고 나면 적어도 일주일 동안은 완전한 휴가를 얻어서 한번 본격적으로 자기가 현재 하는 일을 '모자를 벗으시오.' 하는 각오로 해 보겠다는 생각으로 간신히 지탱하고 있지만, 사실은 계속된 탈진 상태에 있다는 것을 알 수 있었다. 그는 또한 갑자기 감상적으로 되기도 했다. 그럴 때면 그는 즐겨 리유에게 잔 이야기를 하는 것이었고, 지금 바로 이 순간에 그 여자는 어디에 있을까, 또는 신문을 읽으며 혹 자기 생각을 하고 있을까를 자문하는 것이었다. 그러한 그랑을 상대로 리유는 어느 날 극히 평범한 어조로, 여태껏 하지 않았던 자기 아내의 이야기를 하고 있는 자신에게 놀랐다. 늘 안심시키려는 내용인 아내의 전보에 어느 정도 신빙성을 부여해야 할지 자신이 없어서, 그는 아내가 요양하고 있는 요양소의 담당 의사에게 전보를 쳐 보기로 결심했던 것이다. 그에 대한 답신으로 그는 병세가 악화되었다는 통지와 병세의 악화를 저지하기 위해서 최선을 다하겠다는 약속을 받았다. 그는 그러한 소식을 혼자서만 알고 있었는데, 어떻게 돼서 자기가 그 이야기를 그랑에게 실토하게 되었는지, 피곤 때문이라고밖에는 달리 설명할 수가 없었다. 그 서기가 잔 이야기를 하고 난 다음에 아내에 대해서 물어보기에 리유는 대답을 했던 것이다. "아시겠지만." 하고 그랑이 말했다. "요새는 그런 병은 잘 낫는다더군요." 그래서 리유도 거기에 동의하면서, 다만 별거가 너무 오래 지속되어서, 자기가 곁에 있으면 아내의 병을 극복하는 데 도움이 될 수도 있었을 텐데 지금 아내는 정말 외로워하고 있을 것이라고 말했다. 그러고는 그는 입을 다물었고, 그랑의 물음에 대해서도 피하려는 듯 마지못해 대답했을 따름이었다.

다른 사람들도 같은 형편이었다. 타루가 보다 더 잘 참고 있었지만, 그의 수첩을 보면 그의 호기심이 그 깊이는 조금도 줄어든 것이 없으나, 그 폭은 좁아진 것을 알 수 있었다. 사실 그 기간 내내, 그는 겉으로 보기에는 코타르에 대해서밖에는 흥미가 없는 것처럼 보였다. 그는 호텔이 예방 격리소로 바뀐 후부터 어쩔 수 없이 리유의 집에서 살게 되었는데, 저녁때 그랑이나 의사가 결과들을 발표해도 그는 거의 듣지 않는 것 같았다. 그는 일반적으로 그의 관심을 끌고 있는 시민 생활의 사소한 일로 금방 화제를 돌리곤 했다.

카스텔로 말하면, 그가 리유에게 혈청이 다 준비되었다고 알리러 왔던 날, 때마침 새로 병원에 찾아온, 리유가 보기에도 증상이 절망적이었던 오통 씨의 어린 아들에게 그 첫 시험을 해 보기로 결정한 다음 리유가 그 늙은 친구에게 최근의 통계를 설명해 주고 있었는데, 그때 리유는 상대방이 안락의자에 푹 파묻혀서 깊이 잠들었다는 것을 알아차렸다. 그리고 평소에는 어딘지 부드러우면서도 신랄한 일면 때문에 영원한 청춘이 느껴지던 그 얼굴에 갑자기 맥이 풀리고 반쯤 열린 입술 사이로 침이 한 줄기 흐르면서 피로와 노쇠가 드러나는 것을 보자 리유는 목이 조여드는 듯한 느낌이었다.

그렇게 약해진 면을 보고, 리유는 자기가 얼마나 피곤한가를 판단할 수 있었다. 그의 감성이 통제력을 상실하고 있었다. 대개의 경우에 맺히고 딱딱해지고 메말라 있던 감수성이 때때로 풀어져서, 걷잡을 수 없는 감정 속에 리유를 몰아넣곤 하는 것이었다. 그의 유일한 방비는, 그 딱딱한 상태 속에 피신하여 자신의 내부에 형성되어 있는 그 매듭을 다시 한 번 단단히 졸라매는 것이었다. 그는 그렇게 하는 것만이 계속 견뎌 내기에 가장 좋은 방법임을 잘 알고 있었다. 게다가 그는 환상을 많이 품지도 않았고, 또 피로 때문에 품고 있던 환상마저도 잃어버렸다. 왜냐하면, 언제 끝날지도 모르는 그 기간 중에 자기가 맡은 역할이 이미 병을 고치는 것이 아니라는 것을 알고 있었으니 말이다. 그의 역할은 진단하는 일이었다. 발견하고 보고 기록하고 등록하고, 다음에 선고를 내리고 하는 것이 그의 일이었다. 아내라는 여자들은 그의 손목을 쥐고 울고불고하는 것이었다. "선생님, 저 사람 좀 살려 주세요!" 그러나 그는 살려 주기 위해서 거기에 있는 것이 아니라, 격리를 명령하기 위해서 거기에 있었던 것이다. 그때 사람들의 얼굴에서 읽을 수 있는 그 증오심이 무슨 소용이란 말이냐? "참 인정이 없군요." 하고 누군가 어느 날 그에게 말했다. 천만에, 그는 인정이 있는 사람이었다. 그 인정으로 해서 그는 매일 스무 시간을, 살기 위해서 태어난 사람들이 죽어 가는 광경을 참고 볼 수가 있었던 것이다. 그 인정으로 해서 그는 매일 같은 일을 다시 시작할 수가 있는 것이었다. 이제 그에게는 꼭 그만큼의 인정밖에는 남은 것이 없었던 것이다. 그러니 그 정도의 인정이 어떻게 사람을 살려 주기에 충분할 수 있겠는가?

그렇다, 날마다 자기가 나누어 주고 있는 것은 구원이 아니라 정보뿐이었다. 물론 그런 것을 사람의 맡은 바 직분이라고 할 수는 없었다. 그러나 도대체 그 공포에 휩싸이고 많은 사람이 죽어 가는 그 군중 틈에서, 누가 인간의 직분을 수행할 만큼 여유가 있단 말인가? 피곤하기라도 한 것이 차라리 행복이었다. 만약 리유에게 더 힘이 있었다면, 도처에 퍼져 있는 그 죽음의 냄새는 그를 감상적으로 만들었을 것이다. 그러나 잠을 네 시간밖에 못 잤을 때, 사람이 감상적이 될 수는 없다. 만사를 있는 그대로 보게 된다. 즉 정의의 눈으로, 끔찍하고 바보 같은 정의의 눈으로 보는 것이다. 그리고 다른 사람들, 즉 선고를 받은 사람들도 역시 그것을 충분히 느끼고 있었다. 페스트가 발생하기 이전에는 그는 구세주 같은 대접을 받았다. 알약 세 개와 주사 한 대면 모든 것을 다 바로잡을 수 있었으며, 사람들은 그의 팔을 붙들고 복도까지 따라 나왔다. 그것은 흐뭇한 일이었지만 위험한 일이기도 했다. 이제는 그와 반대로, 그가 병정을 데리고 가서 개머리판으로 문을 두드려야 가족들은 문을 열 생각을 하는 것이었다. 그들은 리유를, 그리고 인류 전체를 자기네들과 함께 죽음으로 끌고 들어가고 싶었던 것이다. 아! 정말이지 인간은 다른 인간들 없이 지낼 수는 없고, 정말이지 그도 이제는 저 불행한 사람들과 마찬가지로 속수무책의 신세이고, 정말이지 그들 곁을 떠나고 나면 그 역시 가슴속에 걷잡을 수 없이 솟구쳐 오르는 동정심의 전율과 똑같은 것을 받을 가치가 있는 그런 인간인 것이었다.

적어도 그러한 것이, 그 끝이 없을 것만 같던 여러 주일 동안 의사 리유가 자기의 생이별 상태에 관한 것과 더불어 마음속에 끓이고 있었던 생각들이었다. 그리고 그것은 또한 그의 친구들의 얼굴에도 그림자로 비쳐서 나타나는 그런 생각들이었다. 그러나 재앙에 맞서서 투쟁을 계속하는 사람들에게 차츰차츰 밀려들고 있는 탈진 상태의 가장 위험한 결과는, 외부의 사건이나 타인의 정서 같은 데에 대한 무관심 속에 있는 것이 아니라, 오히려 그들이 자신도 모르게 빠져들고 있는 무성의에 있는 것이었다. 왜냐하면 그들에게는 당시 절대로 불가결한 것이 아닌 동작, 또 그들에게는 항상 힘에 겨운 듯이 보이는 모든 동작을 애써 회피하려는 경향이 있었기 때문이다. 그처럼 그 사람들은 점점 더 빈번하게 자기 자신들이 규정해 놓은 위생 규칙을 소홀히 하고, 자기 자신들 몸에 실시하기로 했던 수많은 소독 규칙을 잊어버렸으며, 때로는 전염에 대한 예방 조치조차도 취하지 않고 폐장 페스트에 걸린 환자들 곁으로 달려가는 것이었다. 왜냐하면 들어가기 직전에 자기는 이제 곧 감염된 집에 들어간다는 것을 알게 되었다 해도, 어떤 정해진 장소까지 되돌아가서 필요한 소독약을 몸에 뿌린다든가 하는 일은 피곤하기 짝이 없는 일로 여겨졌기 때문이다. 그것이야말로 정말 위험한 일이었다. 왜냐하면 그렇게 되면 페스트와의 투쟁이 도리어 사람들을 페스트에 걸리기 가장 쉽게 해 주는 셈이 되기 때문이다. 그들은 결국 요행에 운명을 걸고 있었던 셈인데, 요행이란 누구도 바랄 수 없는 것이다.

그러나 이 도시에서 지치거나 낙망한 것 같지 않은 사람이 하나 있었다. 만족감의 살아 있는 이미지나 다름없는 그 사람은 코타르였다. 그는 늘 딴 사람들과 접촉을 하면서도 여전히 따로 떨어진 채 홀로 있었다. 그는 타루의 일에 지장을 주지 않는 한 자주 타루를 만나 보기로 했는데, 그것은 타루가 자기의 사건을 잘 알았던 탓도 있었고, 또 한편으로는 타루가 그 자그마한 연금 생활자를 언제나 변함없이 상냥한 태도로 대해 주었기 때문이었다. 그것은 끊임없는 기적이기도 했지만, 타루는 자기가 그토록 힘든 일을 하고 있으면서도 항상 친절하고 자상하게 대해 주었던 것이다. 어떤 날 저녁에는 뼈가 으스러질 정도로 피곤했어도 그 이튿날이 되면 새 기운이 생기는 것이었다. "그 사람하고는." 하고 코타르가 랑베르에게 말하는 것이었다. "그 사람하고는 말이 통해요. 왜냐하면 그는 정말 사나이니까요. 언제나 이해심이 깊어요."

바로 그런 이유로 해서 그 시기의 타루의 수기는 차츰차츰 코타르라는 인물에 집중되고 있었다. 타루는 코타르가 자기에게 고백한 그대로의 이야기, 또는 자기의 해석을 가한 이야기를 통해 코타르의 반응과 고찰의 일람표를 만들려고 했다. '코타르와 페스트의 관계'라는 표제 아래 그 일람표는 수첩의 여러 페이지를 차지하고 있었는데, 서술자는 그것을 여기에 요약해서 소개하는 것이 유익한 일이라고 생각한다. 그 키가 작은 연금 생활자에 대한 타루의 총체적인 의견은 다음과 같은 판단으로 요약되었다. '그는 성장하고 있는 인물이다.' 어쨌든 외관상으로, 그는 기분이 좋은 가운데 성장하고 있었다. 그는 사건이 진행되는 형편에 대해서 불만이 없었다. 그는 가끔 타루 앞에서 다음과 같은 몇 마디로 자기 생각의 밑바닥에 있는 것을 표현하곤 했다. "물론 더 나아지지는 않아요. 그러나 최소한 다른 모든 사람도 함께 당하고 있는 거죠."

타루는 이렇게 덧붙이고 있었다. '물론 그도 다른 사람들처럼 위협을 받고 있다. 그러나 그는 바로 다른 사람들과 함께 위협을 받는 것이다. 그리고 또 단언하는 바이지만, 그는 자기도 페스트에 걸릴 수 있다고는 절실하게 생각하지 않는다. 그는 이런 생각(아주 어리석은 생각도 아니지만), 어떤 큰 병 또는 심각한 번민에 사로잡혀 있는 사람은,

그와 동시에 다른 모든 병과 번민을 면제받는다는 생각으로 살아가는 성싶었다. "가만히 살펴보면," 하고 그는 나에게 말했다. "사람은 여러 가지 병을 한꺼번에 앓을 수 없다는 것을 알 수 있잖아요? 가령, 선생이 중증의 암이라든가 심한 폐병이라든가 하는 위중하고도 불치의 병을 앓는다고 가정해 보십시다. 선생은 절대로 페스트나 장티푸스에 걸리지는 않을 것입니다. 그것은 안 될 말입니다. 사실은 그 정도가 아녜요. 왜냐하면 암 환자가 자동차 사고로 죽는 것은 본 적이 없으실 테니까 말이에요." 사실이건 아니건, 그런 생각이 코타르를 아주 명랑하게 만들어 주고 있다. 그가 원하지 않는 단 한 가지 일은 딴 사람들과 헤어져 있는 일이다. 그는 혼자서 죄수가 되느니보다는 모든 사람과 함께 포위당해 있는 편을 더 좋아한다. 페스트와 함께 있으면 내사(內査)고, 서류고, 카드고, 수수께끼 같은 심리고, 목전에 닥친 체포 같은 것도 있을 수 없다. 알기 쉽게 말하면, 이제는 경찰도 없고 묵은 혹은 새로운 범죄도 없고 죄인이라는 것도 없다. 다만 있는 것은 특사 중에서도 가장 자유재량적인 특사를 기다리는 죄수들뿐이며, 그들 중에는 경찰관 자신들도 포함되어 있다.' 그처럼, 역시 타루의 주석에 따르면, 코타르에게는 시민들이 나타내는 고통과 혼란의 징조를, '계속 떠들어 보십시오. 나는 먼저 다 겪고 났으니까요.'라는 말로 표현될 수 있는 너그럽고 이해성 있는 만족감을 바탕으로 생각할 만한 충분한 근거가 있었다.

'다른 사람들과 떨어져 있지 않기 위한 유일한 방법은 결국 올바른 양심을 지니는 것이라고 아무리 내가 말하더라도, 그는 악의 있는 눈초리로 나를 보면서 이렇게 말하는 것이었다. "만약 그런 조건이라면 어느 누구도 남과 함께 어울려 지낼 수는 없습니다." 그러고는 "염려 마세요, 내가 장담하죠. 모든 사람을 함께 묶어 두는 유일한 방법은 그들에게 페스트를 안겨 주는 것입니다. 선생님 주위를 좀 보세요." 그런데 사실 나는 그가 무슨 말을 하려 하는지, 현재의 생활이 그에게는 얼마나 편안하게 생각되는지도 잘 알고 있는 것이다. 한때는 바로 자기 자신에게 절실했던 여러 가지 반응들인데 어찌 그가 그것들을 재빨리 알아보지 못하겠는가? 세상 사람들을 전부 자기편으로 만들어 보려고 애쓰는 그 노력, 길 잃은 행인에게 간혹 길을 가리켜 줄 때에 사람들이 베푸는 친절과 때로는 그들에게 나타내는 불쾌한 기분, 너도나도 고급 식당으로 몰려들어서는 거기에 들어가서 늦도록 노닥거리는 그들의 만족감, 매일같이 영화관 앞에 모여들어 줄을 짓고, 모든 연예장에서 댄스홀에 이르기까지 만원을 이루었다가 모든 공공장소마다 성난 죄수처럼 풀려 나오는 인파, 모든 접촉에 대해서 느끼는 뜨악한 감정, 그러면서도 한편 사람들을 다른 사람들에게로, 팔꿈치를 팔꿈치에게로, 이성(異性)을 이성에게로 밀고 가는 인간적인 체온에 대한 열망, 코타르는 이 모든 것을 그들보다 먼저 경험했던 것이다. 그것은 명백한 일이다. 여자만은 예외였는데, 그 까닭인즉 코타르같이 생겨 가지고서야……. 그리고 내 생각에는, 그가 매춘부들을 찾아갈 마음의 준비가 다 된 것같이 느꼈다가도 나쁜 취미를 붙여 후에 피해를 입게 될까 봐 단념하고 말았을 것이리라 짐작된다.

결국 페스트는 그에게 좋은 결과를 가져다준 것이다. 페스트는 고독하면서도 고독하기를 원치 않는 사람들을 공범자로 삼는다. 왜냐하면 그는 분명히 하나의 공범자이며, 그것도 즐겨 그러기를 원하는 공범자이기 때문이다. 그는 눈에 띄는 모든 것, 즉 여러 가지 미신, 당치도 않은 두려움, 그 불안한 넋들의 신경과민, 되도록 페스트 이야기는 안 하고자 원하면서 결국에는 그 이야기밖에 안 하게 되는 버릇, 그 병이 두통에서 시작된다는 것을 안 다음부터 머리가 조금 아프기만 해도 미친 사람처럼 되고 새파랗게 질리는 버릇, 그리고 초조해하고 예민한, 요컨대 불안정한 감수성, 망각을 죄로 변형하고 바지 단추 하나만 잃어버려도 안절부절못하는 그들의 감수성, 이 모든 것의 공범자인 것이다.'

타루가 저녁때 코타르와 함께 외출하는 일은 자주 생기곤 했다. 그러고 나서 그는 자기 수첩 속에, 그들이 땅거미가 내릴 때, 혹은 컴컴한 밤중에 어두운 군중들 속에 섞여서 어깨를 나란히 하고, 이따금 전등이 하나씩 희미하게 비춰 주는 희고 검은 무리 속에 휩쓸려 페스트의 냉기를 막아 주는 뜨거운 환락을 찾아가는 그 인간의 행렬 속에 섞여 드는 모습을 적어 넣었다. 코타르가 수개월 전에 공공장소에서 찾고 있던 것, 다시 말하면 그의 꿈이면서도 만족스럽게 맛보지는 못했던 사치와 여유 있는 생활, 즉 거침없는 향락을 이제는 주민들 전체가 추구하고 있는 것이었다. 걷잡을 수 없이 물가가 상승하고 있었지만, 그때만큼 사람들이 돈을 낭비한 적은 없었으며, 또 대부분의 경우 생활필수품이 부족했던 때에, 그때처럼 사치품이 많이 소비된 적은 없었다. 사람들은 실업 상태를 의미할 뿐인 그 시간적 여유가 가져다준 모든 유희들이 배로 늘어나는 것을 볼 수가 있었다. 타루와 코타르는 가끔 꽤 오랫동안 한 쌍의 남녀 뒤를 따라가 보는 일이 있었는데, 전에는 자기들의 관계를 감추려고 애쓰던 그들이 이제는 서로 꼭 껴안고 악착같이 거리거리를 쏘다니며 대단한 열정에서 오는 다소 굳은 방심 상태에 빠진 채 자기네들 주위의 군중들은 거들떠보지도 않는 것이었다. 코타르는 감동했다. "아! 화끈하구먼!" 하고 그는 말하는 것이었다. 그러고는 그는 집단적인 흥분과 거침없이 뿌려지는 팁과, 자기들이 보는 눈앞에서 전개되는 정사(情事) 속에서 얼굴이 환해져서는 큰 소리로 얘길 하곤 했다.

그러나 타루가 보기에, 코타르의 태도에는 거의 악의가 없는 것 같았다. "난 그런 것을 먼저 다 겪고 났지."라고 말하는 그의 말투는 으스댄다기보다는 차라리 불행을 말해주었다. '아마 내 생각엔' 이렇게 타루는 적어 놓았다. '그는 하늘과 도시의 벽 사이에 갇혀 있는 그 사람들을 사랑하기 시작한 것이다. 예를 들어서 그는 할 수만 있다면, 그 사람들에게 그건 그리 무서운 것이 못 된다는 것을 설명해 주고 싶었으리라. "저들이 하는 소리가 들리시죠." 이렇게 그는 나에게 강조하는 것이었다. "페스트가 가고 나면 이걸 해야지. 페스트가 가고 나면 저걸 해야지 하는 소리 말입니다……. 저들은 가만히 있지 못하고 자신들의 생활을 망치는 것이죠. 그리고 저들은 자기들이 얼마나 유리한 입장에 있는 것인지도 모르거든요. 아, 그래, 나는 이렇게 말할 수 있겠어요. 내가 체포되고 나면 이런 것을 하겠다고요? 체포는 하나의 시작이지 끝이 아닙니다. 반면에 페스트는……. 내 생각을 말할까요? 저들은 그냥 일이 되어 가는 대로 가만 놓아두지 않기 때문에 불행한 것이에요. 그리고 내가 말하는 것엔 다 근거가 있어요."

'그의 말에는 사실 근거가 있다'고 타루는 덧붙였다. '그는 오랑 시민들의 모순을 에누리 없이 비판하고 있다. 주민들은 자기들을 서로 가깝게 만들어 주는 따뜻한 것을 절실히 요구하면서도, 동시에 자기들을 서로 멀어지게 만드는 경계심 때문에 그런 요구에 감히 자신을 내맡기지 못하고 있었다. 사람들은 이웃을 믿을 수 없다는 것, 나 자신도 모르게 그의 페스트에 감염될 수 있고, 방심한 틈에 병균이 옮을 수 있다는 것을 너무나 잘 알고 있었던 것이다. 코타르처럼, 사실은 자기가 같이 사귀고 싶은 상대인데도 그 모든 사람이 혹 밀고자일 수도 있다고 생각하며 지낸 사람들은 그 감정을 잘 이해할 수 있었다. 페스트가 불원간 그들 어깨에 손을 얹어 놓을 수도 있고, 혹시 우리가 건

강하고 안전하다고 기뻐하고 있을 때, 은근히 그것이 덤벼들 채비를 하고 있을 가능성이 있다고 생각하는 사람들의 심정은 충분히 이해할 수가 있었다. 될 수 있는 한, 그는 공포 속에서도 편안한 상태로 있으려 한다. 그러나 그는 그 모든 것을 누구보다 먼저 맛보았으니만큼, 내 생각으로는 그는 이 불안의 잔인한 맛을 완전히 그들과 똑같이 느끼지는 못할 것 같다. 요컨대, 아직은 페스트에 걸려 있지 않은 우리들처럼, 그는 자기의 자유와 생명이 매일매일 파괴 직전에 있음을 절실히 느끼고 있다. 그러나 그 자신은 이미 공포 속에서 산 일이 있으니만큼, 이번에는 딴 사람들이 공포를 맛보는 것은 당연하다고 생각한다. 더 정확하게 말해서, 그 공포도 그렇게 되면 오로지 자기 혼자서만 당하는 경우보다는 감당하기에 덜 힘들 것 같았다. 이 점에서 그는 잘못 생각하는 것이고 또 이 점에서 그가 다른 사람들보다 더 이해하기 어려운 것이다. 그러나 결국 이런 의미에서 그는 다른 사람들보다 더 우리가 이해하고자 애써 볼 가치가 있는 대상이다.'

결국 타루의 수기는, 코타르와 페스트에 걸린 사람들에게 동시에 일어난 아주 이상한 의식을 뚜렷이 가시화해 주는 한 얘기로 끝난다. 그 얘기는 그 시기의 어려웠던 분위기를 거의 그대로 재생해 보여 주는바, 서술자가 그것을 중요시하는 것도 바로 그 때문이다.

그들은 「오르페우스와 에우리디케」를 상연하는 시립 오페라좌에 갔다. 코타르가 타루를 초대했던 것이다. 페스트가 시작되던 봄에 이 도시로 공연을 하러 왔던 극단이 병으로 발이 묶이자, 부득이 오페라 극장 측과 협정을 맺고 매주 한 번씩 그 공연을 되풀이하기로 한 것이다. 그래서 몇 달 전부터 금요일마다, 이 시립 극장에서는 오르페우스의 음률적인 탄식과 에우리디케의 힘없는 호소 소리가 울려 나왔다. 그래서 그 공연은 여전히 최상의 인기를 차지했으며, 매번 막대한 수입을 올렸다. 제일 비싼 좌석에 앉은 코타르와 타루는, 시민 중에서도 가장 멋쟁이들로 초만원을 이룬 아래 일반석을 내려다볼 수 있었다. 이제 막 도착한 사람들은, 입장 시간을 놓치지 않으려고 애쓰고 있었다. 무대 전면의 눈부신 조명 아래 악사들이 조용히 악기를 조율하는 동안에, 사람의 그림자들이 자세하게 드러나, 이 줄에서 저 줄로 옮겨 가거나 상냥하게 허리를 굽히곤 하는 모습이 보였다. 점잖은 대화의 나지막한 소음 속에서, 사람들은 몇 시간 전 시의 캄캄한 거리에서는 느끼지 못했던 마음의 안정을 회복하는 것이었다. 정장 차림이 페스트를 쫓아 버렸던 것이다.

1막이 상연되는 동안 내내, 오르페우스는 거뜬히 탄식을 했고, 튜닉을 입은 몇몇 여자들이 오르페우스의 불행을 설명했고, 소가극 형식으로 사랑을 노래했다. 장내에서는 정중한 열기로 이에 반응을 보였다. 오르페우스가 2막의 노래 곡조에서, 악보에는 표시도 되어 있지 않은 떨리는 소리를 섞어서, 약간 지나친 비장미를 갖추고 지옥의 주인을 향해서 자기의 눈물에 감동해 달라고 호소한 것도 거의 눈치채는 사람이 없을 지경이었다. 그로부터 나오는 발작적인 몸짓은, 가장 주의력이 깊다는 사람들에게도 그 가수의 연기를 더욱 빛나게 하는 어떤 세련미의 효과로 보였다.

3막에서 오르페우스와 에우리디케의 이중창(즉 에우리디케가 사랑하는 애인에게서 떠나게 되는 순간이다)이 시작되자, 어떤 놀라움에 장내는 술렁거렸다. 그런데 그 가수는, 마치 이와 같은 관중의 동요만을 기다렸다는 듯이, 더 정확히 말해서 아래층 일반석에서 올라오는 웅성대는 소리가 자기가 느끼던 것을 확인해 주기라도 했다는 듯이 그 순간을 택해서 고대 의상을 입은 채 그로테스크한 몸짓으로 무대 앞쪽으로 걸어 나오더니, 목가적인 무대장치 한복판에 털썩 쓰러져 버리고 말았다. 그 무대장치는 늘 시대착오적인 것이었지만, 관객들이 보기에는 그때 처음으로, 그리고 몸서리나는 방식으로 시대착오적인 것으로 변해 버렸다. 왜냐하면 동시에 오케스트라가 딱 멎고, 일반석의 관객들이 일어서서 천천히 장내에서 나가기 시작했으니 말이다. 처음에는 조용히, 마치 예배장에서 예배가 끝나고 나오듯, 혹은 빈소에서 문상을 하고 나오듯, 여자들은 치마를 여미고 고개를 숙인 채로, 남자들은 동반한 여인들의 팔꿈치를 잡고 보조 의자에 걸리지 않도록 주의하면서 퇴장했다. 그러나 점차로 동작이 급해지고 수군거리는 소리가 고함 소리로 변하는가 싶더니, 관객들이 출구로 몰려 서둘러 대다가 마침내는 고함을 치면서 밀치락달치락했다. 자리에서 일어서기만 했던 코타르와 타루는, 당시 자기들의 삶 자체의 이미지인 그 광경들을 눈앞에서 보면서 그저 외로이 서 있었다. 무대 위에는 전신의 관절들이 풀려버린 광대의 모습으로 분장한 페스트, 그리고 관람석에는 붉은 의자 덮개 위에 잊어버린 채 놓고 간 부채며 질질 늘어진 레이스 세공품들의 모습으로 지금은 아무 쓸모가 없어진 사치. 그것이 바로 그들 삶의 이미지였다.

랑베르는 9월 초순 동안, 리유의 옆에서 열심히 일을 했다. 단지 고등학교 앞에서 곤잘레스와 두 청년을 만나기로 한 날엔 하루 휴가를 청했다.

 그날 정오에 곤잘레스와 그 신문기자는 웃으면서 오는 그 키 작은 두 녀석을 보았다. 그들은, 전번에는 운이 나빴지만 그런 것이야 각오했어야 마땅하다고 말했다. 어쨌든 그 주일에, 그들은 경비 근무 당번이 아니었다. 다음 주일까지 참아야만 했다. 그때 다시 시작해 보자는 것이었다. 랑베르는 자기 생각도 바로 그것이라고 말했다. 곤잘레스는 그러면 다음 월요일에 만날 약속을 하자고 제안했다. 그러나 이번에는 랑베르가 아예 마르셀과 루이의 집으로 가 있기로 했다. "자네하고 나하고 약속을 하지. 혹 내가 안 오거든, 자네가 곧장 저애들 집으로 찾아가게나. 어디 사는지 가르쳐 줄 테니 말이야." 그러나 그때 마르셀인지 루이인지가, 가장 간단한 것은 즉시로 그 친구를 데리고 가는 것이라고 말했다. 까다로운 사람만 아니라면 네 사람이 먹을 것은 있다는 것이었다. 그렇게 하면 그도 다 이해할 것이라고 했다. 곤잘레스는 그것 참 좋은 생각이라고 말했다. 그래서 그들은 항구 쪽으로 내려갔다.

마르셀과 루이는 마린 거리의 맨 끝에, 임해 도로 쪽으로 난 시 문 바로 옆에 살고 있었다. 벽이 두껍고 창에는 페인트칠을 한 나무 덧문이 달려 있으며, 아무 장식도 없는 어둠침침한 방들이 있는 조그만 스페인식 집이었다. 그 청년들의 어머니가 쌀밥을 대접했다. 그 어머니라는 사람은, 웃는 낯에 주름살이 많은 스페인 여자였다. 곤잘레스는 깜짝 놀랐다. 시내에는 벌써 쌀이 동난 상태였기 때문이다. "시 문에서 적당히 마련하지." 하고 마르셀이 말했다. 랑베르는 먹고 마셨다. 그리고 곤잘레스는 이제 그가 진짜 친구라고 말했다. 그동안에 신문기자의 머릿속에는 앞으로 보내야 할 한 주일 생각밖에 없었다.

실상은 두 주일을 기다려야만 했다. 경비 근무의 차례는 사람의 수를 줄이기 위해서 보름씩 교대로 하게 되었기 때문이다. 그리고 랑베르는 보름 동안 몸을 아끼지 않고 쉴 사이도 없이, 어떤 의미에서는 눈을 딱 감고 새벽부터 밤까지 일을 했다. 밤늦게야 그는 잠자리에 들었고 깊은 잠에 빠졌다. 한가로이 지내다가 갑자기 그 고달픈 노역을 치르는 처지로 바뀌는 바람에, 그는 거의 꿈도 기력도 없는 사람이 되었다. 머지않아 있을 탈출에 대해서도 거의 입 밖에 내지 않았다. 단 한 가지 특기할 만한 일이 있다면, 한 주일이 지나고 나서 그는 처음으로 그 전날 밤에 취하도록 술을 마셨다는 이야기를 리유에게 한 것이다. 바에서 나왔을 때, 그는 문득 자기 사타구니 근처가 부어오르는 것같이 느껴졌으며 겨드랑이가 아프고 두 팔을 놀리기가 어려웠다. 그는 페스트라고 생각했다. 그때 그가 할 수 있었던 유일한 반사적인 동작은, 그도 리유와 함께 온당치 않은 짓이라는 것을 인정했지만, 시에서 가장 높은 곳으로 뛰어올라 간 것이었다. 그러고는 여전히 바다는 보이지 않지만 하늘이 좀 더 잘 보이는 그 조그만 광장에서 그는 시의 벽돌담 저 너머로 자기 아내의 이름을 크게 고함쳐 부른 것이었다. 집으로 돌아와서 몸에 아무런 감염 증세가 없음을 발견하자, 그는 그러한 갑작스러운 발작을 일으킨 것이 별로 자랑스럽지 못하더라는 것이었다. 그렇게 행동한 것을 이해할 수 있겠다면서 리유가 덧붙였다. "어쨌든." 하고 그는 말했다. "그런 짓을 하고 싶을 때가 있는 법이죠."

"오늘 아침에 오통 씨가 나보고 당신에 관해서 이야기를 하더군요." 하고 문득 리유는, 랑베르가 막 가려고 할 때 말했다. "그는 나보고 혹 당신을 아느냐고 물었어요. 그러더니 '그럼 암거래꾼들하고 자주 접촉하지 말라고 그 사람에게 충고 좀 하세요. 주목받고 있어요.'라고 하더군요."

"그것이 무슨 뜻일까요?"

"빨리 서둘러야 한다는 말입니다."

"고맙습니다." 리유의 손을 잡으면서 랑베르가 말했다.

문까지 가서 그는 갑자기 몸을 돌렸다. 리유는 페스트

가 발생한 후 처음으로 그가 웃는 것을 보았다.

"그런데 왜 선생께서는 내가 떠나는 것을 말리지 않으시나요? 말릴 방법이 얼마든지 있는데요."

리유는 버릇처럼 된 몸짓으로 고개를 끄덕이고 말했다. 그것은 랑베르의 문제이고 랑베르는 행복을 택한 것이며, 리유 자신은 그에 반대할 뚜렷한 이유가 없다는 것이었고, 그 문제에 관해서 자기는 무엇이 옳고 그른가를 판단할 능력이 없는 느낌이라고 했다.

"그러면서 왜 저에게 빨리 서두르라고 하시나요?"

이번에는 리유가 미소를 지었다.

"아마 나 역시 행복을 위해서 무엇이고 해 주고 싶었기 때문이겠죠."

그 이튿날, 그들은 더 이상 그 일에 대해서 아무 말도 않고 함께 일을 했다. 다음 주에, 랑베르는 마침내 그 조그만 스페인식 집으로 이사를 했다. 거실에다가 그의 침대를 하나 들여놓았다. 젊은이들이 식사를 하러 돌아오는 일도 없었고, 또 그에게 되도록 밖에 나가지 말아 달라고 당부했기 때문에, 그는 대부분의 시간을 거실에서 혼자 보내거나 그들의 어머니인 늙은 스페인 여자와 이야기를 하면서 보냈다. 그 여인은 몸이 야위었고 활동적이었는데, 검은 옷을 입었고 얼굴은 갈색에 주름살이 많았고 머리칼은 아주 깨끗한 흰색이었다. 말이 없는 그 여인은, 랑베르를 바라보며 두 눈에 미소를 가득 담을 뿐이었다.

언젠가는 그 여자는 랑베르에게, 부인한테 페스트를 옮

길까 봐 두렵지 않으냐고 물어보았다. 그의 생각은, 그럴 가능성도 있기야 하겠지만, 따지고 보면 그런 경우란 극히 드문 것이고, 반면에 그대로 도시에 남아 있으면 그들은 영원히 헤어질 위험성이 있을 것 같다고 말했다.

"그분은 상냥하신 모양이죠?" 그 여자는 미소를 지으면서 말하는 것이었다.

"퍽 상냥하죠."

"예뻐요?"

"그런 것 같아요."

"아!" 하고 그 여자는 말하는 것이었다. "그래서 그러시는군요."

랑베르는 잠시 생각해 보았다. 아마 그래서 그럴지도 몰랐다. 그러나 오로지 그것 때문만이라고 할 수는 없었다.

"하느님을 믿지 않으시나요?" 매일 아침 미사에 나가는 그 여자가 말하는 것이었다.

랑베르가 믿지 않는다고 시인을 했더니, 또다시 그 여인은 그래서 그러시는군요 하고 말했다.

"가서 만나셔야 돼요. 잘 생각하셨어요. 그렇지 않으면 뭘 바라고 여기 남아 있겠어요?"

랑베르는 그 나머지 시간에는 아무 장식도 없이 회를 바른 벽 둘레를 빙빙 돌면서, 벽의 못에 걸린 부채들을 어루만지거나 테이블보 끝에 달린 술을 헤아려 보곤 하는 것이었다. 저녁때가 되면 젊은이들이 돌아왔다. 그들은 아직 때가 안 되었다고 말할 뿐, 그다지 말이 많지 않았다. 저녁 식사가 끝난 다음 마르셀은 기타를 쳤고, 그들은 아니스 주(酒)를 마시곤 했다. 랑베르는 생각에 잠긴 것처럼 보였다.

 수요일에 마르셀이 들어오면서, "내일 저녁 자정으로 결정되었어. 준비하고 있으라고." 하고 말했다. 그들과 함께 근무하는 두 사람 중 하나는 페스트에 걸렸고, 여느 때 그와 한방을 쓰던 또 한 사람도 격리 중이라는 것이었다. 그래서 이삼일간은 마르셀과 루이만이 근무를 하게 될 거라는 것이었다. 밤사이에 그들은 마지막 세세한 일들을 준비해 놓을 작정이었다. 이튿날이면 일이 가능할 것이었다. 랑베르가 고맙다고 말했다. "기쁘세요?" 하고 그 어머니가 물었다. 그는 기쁘다고 대답했으나 생각은 딴 데에 있었다.

 이튿날은 하늘도 흐린 데다가 축축하고 숨 막힐 듯한 더운 날씨였다. 페스트에 대한 소식은 좋지 않았다. 그 스페인 노파는 여전히 침착했다. "이 세상엔 죄악이 있어요."라고 그 여인은 말하는 것이었다. "그러니 당연하지!" 마르셀이나 루이처럼, 랑베르도 웃통을 벗어부치고 있었다. 그러나 어떤 짓을 해 보아도 어깻죽지와 가슴팍에 땀이 줄줄 흘렀다. 덧문을 달아 버린 어둠침침한 속에서 그렇게 하고 있으니, 상반신이 거무스름하게 보였고 번들번들했다. 랑베르는 말없이 방 안을 빙빙 돌고 있었다. 오후 4시가 되자 그는 갑자기 옷을 입더니 외출을 하겠다고 선언했다.

 "정신 바짝 차리고 있어, 오늘 자정이야. 준비는 다 잘되어 있으니까." 하고 마르셀이 말했다.

 랑베르는 의사의 집으로 갔다. 리유의 모친은 랑베르에

게 높은 지대의 병원에 가면 리유를 만날 수 있을 것이라고 일러 주었다. 초소 앞에는 여전히 같은 군중들이 서성대고 있었다. "저리들 가요!" 하고 눈을 부릅뜬 한 경관이 소리 질렀다. 사람들은 움직였으나 제자리에서 빙빙 돌 뿐이었다. "기다려야 소용없다니까요." 하고, 땀이 웃옷에까지 밴 경관이 말했다. 다른 사람들의 생각도 마찬가지였다. 그래도 그들은 살인적인 더위를 무릅쓰고 기다리고 있었다. 랑베르가 경관에게 통행증을 내보였더니, 경관은 그에게 타루의 사무실을 가리켜 보였다. 사무실 문은 마당 쪽으로 나 있었다. 그는 사무실에서 나오는 파늘루 신부와 마주쳤다.

약품과 축축한 시트 냄새가 나는 흰색의 더럽고 작은 방에서, 타루가 검은색 나무 테이블 너머에 앉아서 셔츠 소매를 걷어 올린 채 팔뚝에서 흘러내리는 땀을 손수건으로 닦아 내고 있었다.

"아직 있었군요?" 하고 그가 말했다.

"네, 리유한테 이야기할 것이 있어서요."

"그는 병실에 있어요. 그러나 리유에게까지 가지 않고도 해결될 일이면 좋겠는데요."

랑베르는 타루를 바라보았다. 타루는 야윈 모습이었다. 피로 때문에 두 눈과 얼굴이 흐릿하게 풀려 있었다. 그의 튼튼한 두 어깨는 둥그렇게 오그라들어 있었다. 노크 소리가 나더니, 흰 마스크를 쓴 간호사 한 명이 들어왔다. 그는 타루의 책상 위에 카드 한 묶음을 놓았다. 그러고는 마스크 때문에 코가 막힌 소리로 "여섯입니다."라고만 말하고 나가 버렸다. 타루는 신문기자를 보았다. 그리고 카드를 부채 모양으로 펴 들어서 그에게 보여 주었다.

"어때요, 근사한 카드죠? 그런데 그게 아네요. 사망자들이랍니다. 밤사이에 생긴 사망자들이죠."

그의 이마에는 주름살이 잡혔다. 그는 카드들을 다시 간추렸다.

"우리에게 남은 일은 숫자 계산뿐입니다."

타루가 탁자에 한 손을 짚고 일어섰다.

"곧 떠나시게 되었어요?"

"오늘 밤 자정에 떠납니다."

타루는 랑베르에게 자기도 기쁘다고, 몸조심하라고 말했다.

"진심으로 하시는 말씀인가요?"

타루는 어깨를 으쓱해 보였다.

"내 나이가 되면, 싫어도 진심으로 말하지 않을 수 없죠. 거짓말을 한다는 것은 너무나 피곤합니다."

"타루!" 하고 신문기자가 말했다. "죄송하지만 의사 선생을 만나고 싶습니다."

"압니다. 그는 나보다 더 인간적이지요. 갑시다."

"그게 아닙니다." 가까스로 랑베르가 말했다. 그러고는 발을 멈췄다.

타루가 그를 보았다. 그러더니 문득 그를 보고 미소를 지었다.

그들은 벽에 밝은 초록색으로 페인트칠을 하고 마치 수족관 속 같은 빛이 떠돌고 있는 복도를 따라서 걸어갔다. 뒤에 이상한 그림자들이 움직이고 있는 것이 보이는 이중 유리문에 다다르기 직전에, 타루는 벽장들이 잔뜩 달린 좁은 방으로 랑베르를 들여보냈다. 그는 그 벽장들 중 하나를 열고, 소독기에서 흡수성 가제로 만든 마스크 두 개를 꺼내서, 랑베르에게 그중 하나를 내밀며 쓰라고 말했다. 신문기자는 그것이 무엇엔가 쓸모가 있느냐고 물었다. 타루는, 아무 쓸모도 없지만 다른 사람들에게 믿음직한 느낌을 주는 것이라고 대답했다.

그들은 유리문을 밀어 열었다. 넓디넓은 방이었는데, 계절에 아랑곳없이 창문은 모두 꼭꼭 닫혀 있었다. 벽 위쪽에 환풍기가 윙윙거리고 있었는데, 그 날개가 두 줄로 놓인 회색 침대 위에서 찌는 듯하고 빽빽한 공기를 휘젓고 있었다. 여기저기서 둔한 또는 날카로운 신음 소리가 들려와서 하나의 단조로운 비명을 만들어 내고 있을 따름이었다. 흰옷을 입은 남자들이 철책을 붙인 높은 유리벽으로 쏟아져 들어오는 따가운 햇살 속에서 천천히 오가고 있었다. 랑베르는 그 방의 숨 막히는 더위가 너무나도 견디기 힘든 나머지, 신음 소리를 내는 어떤 형체 위로 허리를 굽히고 있는 리유를 가까스로 알아보았다. 의사는 환자의 사타구니를 째고 있었다. 두 간호사가 침대 양쪽에서 환자의 다리를 활짝 벌리게 한 채 꽉 누르고 있었다. 리유는 몸을 다시 일으키고서 조수가 내밀어 준 수술 도구를 쟁반에다 떨어뜨리고는 잠시 우두커니 서서, 붕대로 감기기 시작한 그 남자를 바라보고 있었다.

"별다른 일이 있나요?" 하고 그는 가까이 간 타루에게 물었다.

"파늘루 씨가 예방 격리소의 랑베르 씨 자리를 대신 맡기로 했어요. 그는 벌써 일을 많이 했어요. 남은 것은, 랑베르 씨가 빠진 제3검역반을 다시 편성하는 일이지요."

리유는 고개를 끄덕이며 찬성했다.

"카스텔이 첫 제품을 완성했어요. 시험해 보자더군요."

"아!" 하고 리유가 말했다. "그거 잘되었군요."

"그리고 참, 여기 랑베르 씨가 와 있어요."

리유가 돌아다보았다. 마스크 너머로 신문기자를 보면서 그는 눈을 찌푸렸다.

"이런 데서 뭘 하시오?" 하고 그가 말했다. "지금쯤 다른 곳에 가 있어야 할 텐데요."

타루가 오늘 밤 자정으로 결정되었다고 말하자, 랑베르가 "원칙적으로는요." 하고 덧붙였다.

그들 각자가 이야기를 할 때마다 가제 마스크는 불룩해지면서 입이 닿은 부분이 축축해졌다. 그래서 마치 조각품들끼리의 대화처럼 어딘지 비현실적인 인상을 주었다.

"드릴 말씀이 있어서요." 하고 랑베르가 말했다.

"괜찮으시다면 같이 나가시죠. 타루 씨의 사무실에서 기다려 주세요."

잠시 후, 랑베르와 리유는 의사의 자동차 뒷좌석에 자

리를 잡았다. 타루가 운전을 했다.

"휘발유가 동이 났어요." 시동을 걸면서 타루가 말했다. "내일부터는 걸어 다녀야 해요."

"선생님." 랑베르는 말을 꺼냈다. "나는 떠나지 않겠어요. 그리고 여러분과 함께 있겠어요."

타루는 아무 반응도 보이지 않았다. 그는 여전히 운전을 하고 있었다. 리유는 피로에서 벗어날 수가 없는 것 같았다.

"그럼 부인은요?" 하고 그는 나지막한 소리로 물었다.

랑베르는 다시 한 번 생각해 보았는데 자기 생각에 변함은 없지만 그래도 자기가 이곳을 떠난다면 부끄러운 마음을 지울 수 없을 것 같다고 말했다. 그렇게 되면 남겨 두고 온 그 여자를 사랑하는 것도 거북해지리라는 것이었다. 그러나 리유는 몸을 일으켜 세워 앉으며 무뚝뚝한 목소리로, 그것은 어리석은 일이다, 행복을 택하는 것이 부끄러울 게 무어냐고 말했다.

"그렇습니다." 랑베르가 말했다. "그러나 혼자만 행복하다는 것은 부끄러운 일이지요."

그때까지 한마디도 없던 타루가 고개도 돌리지 않고, 만약 랑베르가 남들과 불행을 같이 나눌 생각이라면 행복을 위한 시간은 결코 못 얻고 말 것이니, 어느 한쪽을 택해야 한다는 것을 지적했다.

"그게 아닙니다."라고 랑베르가 말했다. "나는 늘 이 도시와는 남이고 여러분과는 아무 상관도 없다고 생각해 왔어요. 그러나 이제 볼 대로 다 보고 나니, 내가 원하건 원하지 않건 간에 나도 이곳 사람이라는 것을 알겠어요. 이 사건은 우리들 모두에게 관련된 것입니다."

아무도 대꾸하는 사람이 없었다. 랑베르는 초조한 모양이었다.

"아니, 잘 아시잖아요! 그게 아니라면 이 병원에서 대체 무엇을 하시겠다는 거예요? 그래서 당신들은 선택한 거고, 그리고 행복도 단념한 거잖아요!"

타루도 리유도 여전히 대답이 없었다. 오랜 침묵이 계속된 채로 그들은 리유의 집 앞까지 왔다. 그런데 랑베르는 더욱 힘 있게 아까의 그 질문을 되풀이했다. 그러자 오직 리유만이 그에게로 얼굴을 돌렸다. 그는 가까스로 몸을 일으켰다.

"미안합니다, 랑베르." 하고 그가 말했다. "그러나 나는 잘 모르겠어요. 원하신다면 우리하고 함께 남아도 좋아요."

자동차가 기울어지는 바람에 그는 입을 다물었다. 그러고는 앞을 보면서 말을 이었다.

"이 세상에 자기가 사랑하는 것으로부터 몸을 돌릴 만한 가치가 있는 건 하나도 없어요. 그렇지만 나 역시 왜 그러는지 모르는 채 거기서 돌아서 있죠."

그는 쿠션에 다시 몸을 푹 기대었다.

"그것은 하나의 사실입니다. 그뿐이죠." 하고 그는 지친 듯 말했다. "그것을 그대로 확인해 놓고, 거기서 결론을 끌어내 봅시다."

"무슨 결론을요?" 하고 랑베르가 물었다.

"아!" 리유가 말했다. "병도 고치면서 동시에 그것도 알아낼 수는 없어요. 그러니 되도록 빨리 치료부터 합시다. 그게 가장 급합니다."

자정이 되자 타루와 리유는 랑베르에게 그가 검역을 책임져야 할 지역의 약도를 그려 주고 있었다. 그때 타루가 자기의 손목시계를 보고 나서 고개를 들다가 랑베르와 시선을 마주쳤다.

"탈출하지 않기로 했다는 걸 알리긴 했나요?"

신문기자는 눈을 돌렸다.

"한마디 적어서 보냈어요." 하고 그는 힘들여 말했다. "두 분을 뵈러 오기 전에요."

카스텔의 혈청이 시험된 것은 10월 하순이었다. 사실상 그것은 리유의 마지막 희망이었다. 또다시 실패하는 경우에는 페스트가 다시 몇 달을 더 두고 기승을 부리거나 혹은 아무 이유도 없이 그치거나 양단간에, 도시 전체는 페스트의 변덕에 그냥 놀아나리라는 것을 의사는 확신했다.

카스텔이 리유를 찾아온 바로 그 전날에는 오통 씨의 아들이 발병해서 온 가족이 예방 격리소에 들어가지 않을 수 없었다. 그 어머니는 조금 전 격리소에서 나왔던 터라, 두 번째로 다시 격리되었다. 정해진 규정을 준수하는 판사는 자기 아들의 몸에서 병의 증세를 발견하자마자 리유를 불렀던 것이다. 리유가 왔을 때 그 아버지와 어머니는 침대 발치에 서 있었다. 어린 딸은 멀리 떼어 놓았다. 어린애는 힘이 빠져 있었기 때문에 진찰을 받는데도 가만히 있었다. 의사가 고개를 들었을 때 그는 판사의 시선과, 그의 뒤에서 손수건을 입에 대고 휘둥그레진 눈으로 의사의 일거일동을 주시하는 어머니의 창백한 얼굴과 마주쳤다.

"역시 그거죠?" 판사가 냉담한 목소리로 물었다.

"그렇군요." 리유는 어린애를 보면서 대답했다.

어머니의 두 눈이 더욱 커졌다. 그러나 그 여자는 여전히 입을 열지 않았다. 판사도 입을 다물고 있다가, 이윽고 더 나지막한 소리로 말했다.

"그러면 선생님, 규정대로 해야겠군요."

리유는 여전히 입에 손수건을 대고 있는 어머니의 눈길과 마주치지 않으려고 애썼다.

"곧 됩니다."라고 주저하면서 리유는 말했다. "전화를 걸었으면 하는데요."

오통 씨는 그를 안내하마고 말했다. 그러나 의사는 그의 아내에게로 몸을 돌렸다.

"섭섭하게 됐습니다. 부인께서는 짐을 꾸려 주셔야 할 겁니다. 무슨 일인지는 아실 테니까요."

"네." 하고 그 여자는 고개를 끄덕이면서 말했다. "그러잖아도 하려던 참이에요."

그들과 헤어지기 전에 리유는 혹 무엇이고 필요한 것이 없느냐고 물어보지 않을 수 없었다. 판사 부인은 여전히 묵묵하게 그를 보고 있었다. 그러자 이번에는 판사가 외면을 했다.

"없습니다." 하고 말하고 나서 그는 침을 삼켰다. "하지만 우리 애를 좀 살려 주십시오."

예방 격리는 애당초에는 단순한 형식에 불과했는데, 리유와 랑베르가 그것을 아주 엄격하게 조직화했다. 특히 그들은 한 가족의 구성원들은 반드시 따로따로 격리해야 한다고 주장했다. 만약 그 가족 중 하나가 모르는 사이에 전염이 되었다 해도, 병이 번질 기회를 주어서는 안 되었던 것이다. 리유는 그러한 취지를 판사에게 설명했고, 판사는 좋다고 말했다. 그러나 판사와 그 아내가 서로 마주 보는 눈치로 미루어서, 리유는 그 이별이 그들에게 얼마나 큰 타격인가를 느낄 수 있었다. 오통 부인과 어린 딸은 랑베르가 관리하는 격리 호텔에 수용할 수 있었다. 그러나 그 예심판사에게는 도청 당국이 도로 관리과에서 빌려 온 천막들을 이용해서 시립 운동장에 시설 중인 격리 수용소밖에는 자리가 없었다. 리유가 그 사실을 말하고 양해를 구했다. 그러자 오통 씨가 규칙은 만인에게 똑같이 적용되는 것이므로, 그것에 복종하는 것이 옳다고 말했다.

어린애는 임시 병원에 이송되어, 침대 열 개가 설비되어 있는 옛날의 교실에 수용되었다. 약 스무 시간이 지나자, 리유는 아주 절망적인 케이스라고 판단을 내렸다. 그 작은 몸은 아무런 저항도 못하고 병균에 침식되어 갔다. 고통스러운, 그러나 거의 드러나 보이지 않는 작은 멍울들이 가냘픈 사지의 마디를 움직일 수 없게 만들어 놓고 있었다. 이미 진 싸움이었다. 그렇기 때문에 리유는 카스텔의 혈청을 그 어린애에게 시험해 볼 생각을 한 것이다. 바로 그날 저녁, 그들은 저녁 식사가 끝나자 장시간에 걸쳐서 접종을 실시했지만, 단 한 번의 반응도 그 어린애에게서 얻을 수가 없었다. 그 이튿날 새벽에 그 중요한 실험의 결과를 판단하기 위해서 모두들 그 어린애 곁으로 몰려들었다.

어린애는 마비 상태에서 벗어나, 이불 밑에서 경련하듯이 몸을 뒤틀고 있었다. 의사 카스텔과 타루는 새벽 4시부터 그 곁에 서서, 시시각각으로 병세의 진행 또는 정지를 살피고 있었다. 침대 발치에 서 있는 리유의 곁에 앉은 카스텔은, 표면적으로는 아주 침착한 태도로 오래된 옛날 책을 읽고 있었다. 차츰 햇살이 그 옛 교실 안으로 퍼져 감에 따라서, 다른 사람들도 왔다. 먼저 파늘루가 와서 침대 저편에 자리를 잡고 타루와 마주 보며 벽에 기대어 섰다. 고통스러운 표정이 그의 얼굴에 엿보였고, 몸을 바쳐 일해 온 지난 며칠 동안의 피로가 그 충혈된 이마에 주름살을 그어 놓았다. 이번에는 조제프 그랑이 왔다. 7시였는데, 그 서기는 헐떡거려서 미안하다고 말했다. 자기는 잠시밖에는 머물러 있을 수가 없는데, 혹 무슨 확실한 것을 알게 되었느냐는 것이었다. 리유는 아무 말 없이 그에게, 얼굴을 일그러뜨리며 눈을 딱 감고, 힘껏 이를 악문 채 몸은 꼼짝도 안 하고, 베갯잇도 없는 베개 위에서 좌우로 고개만 움직이고 있는 어린애를 가리켰다. 마침내 날이 밝아서, 방 안쪽 깊숙이 제자리에 그대로 걸려 있는 흑판 위에서 옛날에 썼던 방정식의 자국을 읽을 수 있을 무렵 랑베르가 왔다. 그는 옆 침대 발치에 등을 기대고 담배를 꺼냈다. 그러나 어린애를 한번 슬쩍 보고 나서 그는 담뱃갑을 도로 호주머니 속에 넣었다.

카스텔이 여전히 앉은 채로 안경 너머로 리유를 건너다

보고 있었다.

"애 아버지의 소식은 들으셨나요?"

"아니요." 리유가 말했다. "그는 격리 수용소에 있는걸요."

의사는 어린애가 신음하고 있는 침대의 받침대를 힘껏 움켜쥐고 있었다. 그는 어린 환자에게서 눈을 떼지 않고 있었다. 어린애는 갑자기 몸이 뻣뻣해지더니 다시 이를 악물고 허리께가 약간 휜 채로 천천히 사지를 벌렸다. 군용 모포 아래 벌거벗은 작은 몸에서 털실 냄새와 시큼한 땀 냄새가 올라오고 있었다. 어린애는 차츰차츰 몸을 축 늘어뜨리면서 팔다리를 침대 한가운데로 모으더니, 여전히 눈을 감고 입을 다물고 숨소리를 죽인 채로 숨만 더 가빠진 듯싶었다. 리유는 타루의 시선과 마주쳤다. 타루는 외면했다.

몇 달 전부터 그 무서운 병은 사람을 가리지 않았기 때문에, 그들은 이미 애들이 죽는 것을 수없이 보아 왔다. 그러나 그들이 이날 아침처럼 그렇게 시시각각으로 고통스러워하는 광경을 따라가면서 살펴본 적은 아직 한 번도 없었다. 그런데 물론 그 무죄한 아이들에게 가해지는 고통이 그들에겐 언제나 변함없이 그 실체로서만, 즉 하나의 용납할 수 없는 스캔들로만 보이는 것이었다. 그러나 적어도 그 전까지는, 이를테면 추상적인 격분을 느끼고 있었을 뿐이었다. 왜냐하면 죄 없는 어린애가 그렇게도 오랜 임종의 고통을 느끼는 모습을 똑바로 바라본 일이 한 번도 없었기 때문이었다.

어린애는 마치 누가 위장을 잡아 뜯기라도 하는 듯, 가냘픈 신음 소리를 내면서 다시 몸을 구부렸다. 어린애는 한참 동안 그처럼 몸을 접은 채 마치 그의 연약한 뼈대가 휘몰아치는 페스트의 광풍에 꺾이고 끊임없이 신열이 반복되는 바람에 삐걱거리듯, 오들오들 떨면서 경련과 전율로 흔들거리고 있었다. 그 돌풍이 지나가자 몸이 약간 풀리고 열이 물러가면서 축축하고 독기 있는 모래사장 위에다가 헐떡거리는 그 아이를 내던져 놓는 것이었는데, 편안히 쉬고 있는 그 모습이 벌써 주검과 같았다. 타오르는 듯한 열의 물결이 세 번째로 또다시 밀려와서 그의 몸이 약간 솟아오르는가 싶더니, 어린애는 몸을 바싹 오그렸고 전신을 태워 버릴 듯한 불꽃의 공포에 질려 침대 밑바닥으로 파고들었다가 담요를 걷어차면서 미친 듯이 고개를 저었다. 불타오르듯 뜨거워진 눈꺼풀 밑에서 솟아 나오는 굵은 눈물이 납빛이 된 얼굴 위로 흘러내리기 시작했고, 그 발작이 끝나자 기진맥진해진 아이는 뼈가 드러나 보이는 두 다리와 사십팔 시간 동안 살이 완전히 다 녹아 버린 듯한 두 팔에 경련을 일으키면서, 황폐해진 침대 위에서 십자가에 못 박힌 듯한 괴상한 자세를 취하는 것이었다.

타루는 몸을 굽히고, 그의 두툼한 손으로 눈물과 땀으로 흠뻑 젖은 그 조그만 얼굴을 닦아 주었다. 카스텔은 얼마 전부터 책을 덮고 환자를 바라보고 있었다. 그는 무슨 말을 하려고 시작했으나, 그 말을 끝낼 때까지 간간이 기침을 하지 않을 수 없었다. 목소리가 갑자기 이상하게 나왔기 때문이었다.

"아침에 있는 일시적 해열 현상도 없었잖아요, 리유?"

리유는 없었다고 대답했다. 그러나 어린애는 보통의 경우보다 더 오래 저항하고 있다고 말했다. 파늘루는 벽에 기댄 채 어딘지 약간 맥이 풀린 듯이 보였는데, 그때 들릴까 말까 한 소리로 이렇게 말했다.

"결국 죽는 거면서, 남보다 고통을 더 겪는 셈이지."

리유가 갑자기 그에게로 몸을 돌려 말을 하려고 입을 벌리다가 그만두었다. 자신을 억제하려고 애쓰는 빛이 역력히 보였다. 그러고는 다시 시선을 어린애에게로 돌렸다.

햇빛이 방 안으로 가득 흘러 들어왔다. 다른 침대 다섯 개 위에서는 여러 형체들이 꿈틀거리며 신음하고 있었다. 그러나 다 같이 약속이라도 한 듯이 나직한 신음 소리들이었다. 방의 저 끝에서 고함을 치고 있는 단 한 사람의 환자만이 규칙적인 간격을 두고, 고통이라기보다는 차라리 놀라움을 나타내는 듯한 짧은 탄성을 내지르고 있었다. 마치 환자들 자신에게까지도, 그것은 초기의 공포가 아닌 것처럼 보였다. 심지어 이제는 병에 대한 그들의 태도에서는 일종의 동의 같은 것이 엿보였다. 단지 어린애만이 온 힘을 다해서 발버둥치고 있었다. 리유는 가끔가다가, 딱히 그럴 필요성이 있어서라기보다는 오히려 현재 자기의 무력한 부동 상태에서 벗어나기 위해서 어린애의 맥을 짚어 보곤 했는데, 눈을 감으면 그 요란한 맥박이 자기 자신의 동요와 뒤섞이는 것을 느꼈다. 그때 그는 고통 받는 어린애와

한 몸이 된 것을 느꼈으며, 아직 몸이 성한 자신의 모든 힘을 다해서 그 애를 지탱해 주려고 애쓰는 것이었다. 그러나 순간적으로 일치되었다가도 두 사람의 심장 고동은 다시 엇갈려 어린애는 그만 그에게서 빠져나가는 것이었고, 그러면 그는 그 가느다란 손목을 놓고 자기 자리로 돌아오곤 하는 것이었다.

회칠을 한 벽을 따라서, 햇빛은 장밋빛에서 노란빛으로 변해 갔다. 유리창 뒤에서는 뜨겁게 달아오른 아침이 타닥거리기 시작했다. 그랑이 다시 돌아오겠다고 말하고 갔지만 다른 사람들은 그 말을 제대로 듣는 것 같지도 않았다. 모두들 기다리고 있었다. 어린애는 여전히 눈을 감은 채 약간 진정된 것 같았다. 마치 짐승의 발톱처럼 되어 버린 두 손이 침대 가장자리를 살며시 긁적거렸다. 그 손이 다시 올라가서 무릎 근처의 담요를 긁었고, 갑자기 어린애는 두 다리를 꺾더니 넓적다리를 배 근처에 갖다 대고는 움직이지 않았다. 아이는 이때 처음으로 눈을 뜨고, 앞에 있는 리유를 보았다. 이제는 잿빛의 찰흙처럼 굳어 버리고 만 그 얼굴의 움푹한 곳에서 입이 벌어졌다. 그러더니 곧 한 마디의 비명, 호흡에 따른 억양조차 거의 없이 갑자기 단조로운 불협화음의 항의로 방 안을 가득 채우는, 인간의 것이라기에는 너무나도 이상한, 마치 모든 인간들에게서 한꺼번에 솟구쳐 나오는 것만 같은 비명이 터져 나왔다. 리유는 이를 악물었고, 타루는 고개를 돌렸다. 랑베르는 카스텔 곁의 침대에 가까이 갔고, 카스텔은 무릎 위에 펼쳐져 있던 책을 덮었다. 파늘루는 병 때문에 까맣게 타 버린 채 모든 시대의 비명으로 가득 차 있는 그 어린애의 입을 바라보고 있었다. 그러고는 그가 슬며시 무릎을 꿇더니 나직한, 그러나 그치지 않고 들리는 그 이름 모를 신음 소리들 틈에서도 똑똑히 알아들을 수 있는 목소리로 다음과 같이 말하는 것을 아무도 부자연스럽게 생각하지 않았다.
"하느님이시여, 제발 이 어린애를 구해 주소서!"

그러나 어린애는 계속해서 소리를 질렀고, 그 주변 환자들도 요동을 쳐 댔다. 아까부터 줄곧 방의 저 끝에서 소리를 지르던 그 환자는 앓는 소리의 리듬을 더 빨리해서 마침내는 그도 역시 정말 비명을 지르게 되었고, 한편 다른 환자들도 점점 큰 소리로 신음하는 것이었다. 흐느낌의 밀물이 방 안으로 흘러들어 파늘루의 기도 소리를 뒤덮어 버리고, 리유는 받침 막대에 매달린 채, 피로와 혐오감에 취한 듯이 두 눈을 감았다.

그가 다시 눈을 떴을 때, 타루가 곁에 와 있었다.

"나는 가 봐야겠어요." 하고 리유가 말했다. "더 참을 수가 없어요."

그러나 갑자기 다른 환자들이 입을 다물었다. 그때 의사는 어린애의 비명이 약해진 것을 알아차렸다. 그 비명은 점점 더 약해지더니 급기야는 멎어 버렸다. 그러더니 그의 주위에서 앓는 소리들이, 그러나 나지막하게, 이제 막 끝난 그 싸움의 머나먼 메아리와도 같이 다시 들려오기 시작했다. 싸움은 끝난 것이었으니 말이다. 카스텔은 침대 저

쪽으로 가더니, 이제 모든 것은 끝났다고 말했다. 어린애는 입을 벌린 채로, 그러나 말없이, 흐트러진 담요의 움푹 들어간 곳에서 갑자기 더 작아진 듯한 몸을 웅크리고 얼굴에는 눈물자국을 남긴 채로 누워 있었다.

파늘루가 침대에 다가가서 강복식의 몸짓을 했다. 그리고 그는 자기의 성의(聖衣)를 다시 여미고, 중앙 통로를 지나서 나갔다.

"모든 것을 다시 시작해야 하나요?" 하고 타루가 카스텔에게 물어보았다.

늙은 의사는 고개를 끄덕거렸다.

"아마도 그럴 겁니다." 하고 그는 일그러진 미소를 띠면서 말했다. "어쨌든 오래 견디기는 했어요."

그러나 리유는 이미 방에서 나가고 있었는데, 그 걸음걸이가 이상하게 빠르고, 파늘루 곁을 스쳐 지나갈 때 파늘루가 그를 붙잡으려고 팔을 내밀었을 정도로 심상치 않은 태도였다.

"여보세요, 선생님." 하고 그가 말했다.

리유는 여전히 성이 난 태도로 몸을 돌리더니 격렬한 어조로 내뱉었다.

"허, 이 애는, 적어도 아무 죄가 없었습니다. 당신도 그것은 알고 계실 거예요!"

그러더니 그는 몸을 돌려 파늘루보다 먼저 방문들을 지나 교정의 구석으로 갔다. 그는 나무 두 그루 사이에 있는, 먼지가 켜켜이 내려앉은 벤치 위에 앉아서 벌써 눈 속에까지 흘러 내려온 땀을 씻었다. 그는 가슴을 짓이기는 듯한 매듭을 풀기 위해서 아직도 소리를 내지르고만 싶었다. 더위가 무화과나무 가지들 사이로 서서히 쏟아져 내리고 있었다. 아침나절의 푸른 하늘에는 이내 허여멀건 각막백반과 같은 구름이 덮여 대기는 더 숨 막혔다. 리유는 벤치 등받이에 몸을 깊숙이 기댔다. 그는 나뭇가지들과 하늘을 바라보며 천천히 호흡을 가다듬고, 조금씩 피로를 삼키고 있었다.

"왜 나한테 그렇게 화를 내며 말씀하셨죠?" 하는 소리가 그의 뒤에서 들렸다. "내게도 역시 그 광경은 참을 수 없는 것이었어요."

리유가 파늘루를 돌아다보았다.

"정말 그렇습니다." 그가 말했다. "용서하십시오. 피곤해서 그만 어리석은 짓을 했군요. 이따금 나는 이 도시에서 반항심밖에는 아무것도 느끼지 못할 때가 있습니다."

"이해합니다." 파늘루가 중얼거렸다. "정말 우리 힘에는 도가 넘치는 일이니 반항심도 생길 만합니다. 그렇지만 아마도 우리는 우리가 이해할 수 없는 것을 사랑해야 할지도 모릅니다."

리유가 벌떡 몸을 일으켰다. 그는 그로서 할 수 있는 모든 힘과 정열을 기울여서 파늘루의 얼굴을 바라보고는 고개를 흔들었다.

"아닙니다, 신부님." 하고 그가 말했다. "나는 사랑이라는 것에 대해서 달리 생각하고 있어요. 어린애들마저도 주리를 틀도록 창조해 놓은 이 세상이라면 나는 죽어도 거부하겠습니다."

파늘루의 얼굴에는 당황한 그림자가 스쳤다.

"아! 선생님." 하고 그는 서글프게 말했다. "이제 방금 나는 은총이라고 부르는 것이 과연 무엇인가를 깨달았어요."

그러나 리유는 다시 벤치에 몸을 깊숙이 기대었다. 그는 다시 엄습해 오는 피로의 저 깊숙한 곳에서부터 좀 더 부드럽게 말했다.

"나는 그런 것은 못 가졌다는 걸 잘 알아요. 그러나 그런 문제에 대해 당신하고 토론하고 싶지는 않아요. 우리는 신성모독이나 기도를 초월해서, 우리를 한데 묶어 주는 그 무엇을 위해서 함께 일하고 있어요. 그것만이 중요합니다."

파늘루가 리유의 곁에 와서 앉았다. 그는 감동한 모양이었다.

"그럼요." 하고 그가 말했다. "그럼요, 당신도 역시 인간의 구원을 위해서 일하고 계시거든요."

리유는 웃는 낯을 하려고 노력했다.

"인간의 구원이란 나에게는 너무나 거창한 말입니다. 나에게는 그렇게까지 원대한 포부는 없습니다. 내게 관심이 있는 것은 인간의 건강입니다. 다른 무엇보다도 건강이지요."

파늘루는 머뭇거렸다.

"선생님." 하고 그가 말했다.

그러나 그는 말을 멈추었다. 그의 이마에도 땀이 흘러내리기 시작했다. 그가 "안녕히 계세요." 하고 중얼거리며 일어났을 때, 그의 눈은 반짝거리고 있었다. 그가 가려고 했을 때 생각에 잠겨 있던 리유도 일어서서 그에게로 한 걸음 다가섰다.

"다시 사과합니다."라고 그는 말했다. "다시는 그렇게 화내는 일은 없을 겁니다."

파늘루는 손을 내밀며 서글프게 말했다.

"그렇지만 나는 당신을 납득시키지 못했지요."

"그야 뭐 어떻습니까?" 하고 리유가 말했다. "내가 증오하는 것은 죽음과 불행이라는 것을 당신도 잘 알고 계십니다. 그리고 당신이 원하시든 원하시지 않든 간에 우리는 함께 그것 때문에 고생을 하고, 그것들과 싸우고 있습니다."

리유는 파늘루의 손을 잡았다.

"그렇잖아요?" 그는 파늘루를 보지 않으려고 애쓰면서 말했다. "하느님조차도 이제는 우리를 갈라놓을 수 없습니다."

파늘루는 보건대에 들어온 이후로, 병원과 페스트가 들끓는 장소를 떠나 본 일이 없었다. 그는 보건대원들 틈에서 마땅히 자신이 있어야 한다고 생각되는 자리, 즉 최전선에 나섰던 것이다. 죽는 광경도 안 볼 수가 없었다. 그런데 비록 원칙적으로는 혈청에 의해서 안전이 보장되어 있기는 했지만, 자기 자신이 목숨을 잃을 우려가 아주 없는 것은 아니었다. 표면적으로 그는 언제나 냉정을 잃지 않았다. 그러나 한 어린애가 죽어 가는 것을 오랫동안 지켜보았던 그날부터 그는 변한 것 같았다. 그의 얼굴에 점점 더 짙어 가는 긴장의 빛이 드러나 보였다. 그리고 그가 리유에게 미소를 지으면서, 자기는 지금 '사제가 의사의 진찰을 받을 수 있는가?'라는 주제로 짧은 논문을 쓰고 있노라고 말하던 날, 의사는 그것이 파늘루가 하는 말보다 훨씬 더 심각한 그 무엇을 의미하는 것 같다는 인상을 받았다. 의사가 그 논문의 내용을 알고 싶다고 말하자 파늘루는, 자기가 남자들만이 모이는 미사에서 설교를 할 예정인데, 그 기회에 자기 견해 중 적어도 몇 가지를 제시할 작정이라고 말했다.

"선생님도 오셨으면 좋겠습니다. 그 주제에 관심이 있으실 테니까요."

신부는 바람이 심하게 부는 어느 날 그의 두 번째 설교를 했다. 사실, 청중석에 와 앉은 사람들은 첫 번 설교 때보다 더 드문드문했다. 그것은, 그런 종류의 광경이 우리 시민들에게는 더 이상 새로운 매력을 주지 못하기 때문이었다. 도시 전체가 겪고 있는 그 여러 가지 어려운 환경 속에서는 새로움이라는 단어 자체가 이미 그 뜻을 상실하고 있었다. 게다가 대부분의 사람들은 종교상의 의무를 완전히 저버리거나, 또는 그 의무를 어떤 철저하게 부도덕한 생활에다 억지로 뜯어 맞춰 놓거나 하지는 않는다 하더라도, 꾸준히 교회에 다니는 대신 도저히 말도 안 될 미신에 마음을 맡겨 버리는 것이었다. 그들은 미사에 나가느니보다는 차라리 마스코트가 되는 메달이라든가, 성 로크의 부적 같은 것을 즐겨 몸에 지니고 다녔다.

그러한 예로써, 시민들이 예언을 무절제하게 원용했다는 것을 들 수 있다. 봄이 되자, 사실 사람들은 이제나 저제나 하고 병의 종말을 기다렸다. 그런데 아무도 다른 사람에게 질병이 얼마나 더 계속될지 물어보려고 하지 않았다. 왜냐하면 모든 사람들은 병이 얼마나 더 오래갈지에 대해서는 전혀 알 길이 없다고 생각했기 때문이다. 그러나 날이 지남에 따라서 그 불행에는 정말 끝이 없는 것이 아닌가 하는 두려움이 시작되었고, 그래서 동시에 페스트의 종말이라는 것이 모든 희망의 대상이 되었던 것이다. 그래서 옛날의 마술사들이나 가톨릭교회 성자들의 여러 가지 예언이 이 손에서 저 손으로 떠돌아다녔다. 시중의 인쇄업자들은 그 구미(口味)를 미끼로 해서 한밑천 잡을 수 있다는 것을 재빠르게 눈치채고, 유통 중인 책들을 대량으로 찍어 내어 뿌렸다. 그들은 공중의 흥미가 식을 줄 모르는 것을 보고 시립 도서관 등을 이용해서 야사(野史) 중에서 딸 수 있는 그런 종류의 모든 증언을 찾아내서 그것들을 시중에 퍼뜨려 놓았다. 역사 자체 속에 예언들이 충분히 담겨 있지 않을 때에는 기자들에게 그런 것을 쓰도록 주문했는데, 그들 역시 그 점에 관한 한 과거 몇 세기 동안에 있어 왔던 그들의 모범들 못지않게 능란한 재주를 보여 주었다.

그러한 예언들 중 어떤 것들은 심지어 신문에 연재되기도 했는데, 그것들은 전염병이 안 돌 때 거기에 실렸던 염문 스토리들 못지않게 열심히 읽혔다. 그러한 예언들 중 어떤 것은 그해의 연도나 사망자의 수, 페스트가 계속된 달수 같은 것들을 가산한 괴상한 계산에 근거를 두고 있었다. 또 어떤 것은 역사상 대규모로 발생한 페스트와 비교를 하고, 거기에서 비슷한 점(예언에서는 그것을 불변의 사실이라고 불렀다)을 따서, 그것들 역시 전자에 못지않은 괴상한 계산을 해 가지고, 거기서 현재의 시련에 관한 교훈을 끌어내려는 것이었다. 그러나 시민의 구미를 가장 많이 당긴 것은 두말할 나위도 없이 묵시록의 어법으로 알려 주는 일련의 사건들이었는데, 그 하나하나는 이 도시에서 지금 겪고 있는 사건으로 볼 수도 있었고, 또 그 복잡성 때문에 온갖 다른 해석도 가능한 것들이었다. 매일같이 노스트라다무스와 성 오딜을 들먹였고, 또 번번이 성과를 거두었다. 그런데 모든 예언에서 공통되는 것은, 결국에 가서는 사람들을 안심시켜 준다는 점이었다. 다만 페스트만은 그렇지가 않았다.

그러므로 그러한 미신이 우리 시민들에게는 종교의 역할을 대신하고 있었으며, 바로 그렇기 때문에 파늘루의 설교도 4분의 3밖에는 청중이 차지 않은 성당에서 행해졌다. 설교가 있던 날 저녁 리유가 찾아갔을 때는 성당 입구의 문틈으로 들어오는 바람이 청중들 사이를 제멋대로 흘러 다니고 있었다. 그는 싸늘하고 고요한 성당의 남자들만으로 한정된 청중들 한가운데에 자리를 잡고 앉아서, 신부가 설교대 위로 올라가 선 것을 보았던 것이다. 신부는 첫 번째보다 부드럽고 신중한 말투로 이야기를 했고, 또 몇 번씩이나 청중들은 그의 말투에서 모종의 주저하는 빛을 발견했다. 더 이상한 것은 그가, 이제는 '여러분'이라고 하지 않고 '우리들'이라는 말을 쓰는 점이었다.

그러나 그의 어조는 차츰 확고해져 갔다. 그는 먼저, 여러 달 전부터 페스트가 우리들 가운데 존재해 왔으며, 지금 그것이 우리들의 식탁 또는 사랑하는 사람들의 머리맡에 와 앉고, 우리들의 바로 곁을 따라다니고, 일터에서 우리가 오기를 기다리는 것을 그렇게도 여러 번 보았기에, 지금이야말로 우리는 그것이 끊임없이 우리들에게 말해주는 것을, 그러나 처음에는 놀란 나머지 잘 알아듣지 못했을 수도 있는 것을 아마도 더한층 잘 받아들일 수 있을 것이라는 말로써 설교를 시작했다. 저번에 파늘루 신부가 바로 같은 자리에서 이미 설교한 것은 여전히 변함없는 진실이다 — 적어도 그것이 그의 신념이었다. 그러나 아마도 우리들 누구나 다 그래 본 경험이 있겠지만, 또 자신은 그 점에 대해 스스로 가슴을 치며 후회하지만, 그때는 아무 자비심도 없이 생각을 했고 설교를 했던 것이다. 그래도 모든 일에는 언제나 취할 점이 있다는 사실은 변함없는 진실이다. 가장 잔인한 시련조차도 기독교인에게는 역시 이득이 되는 법이다. 그러니 기독교가 여기서 정말로 추구해야 할 것은 바로 그 이득이며, 그 이득이 어떤 점에 있는 것이며 어떻게 하면 그 이득을 발견할 것인가를 아는 데 있다는 것이 그의 생각이었다.

그때 리유의 주위에서는, 사람들이 자기가 앉은 벤치의 팔걸이 사이에 깊숙이 들어앉아 될 수 있는 대로 편한 자세를 취하려는 것 같았다. 입구의 가죽을 입힌 문 한 짝이 가볍게 덜거덕거렸다. 누군가가 일어나서 그것을 붙잡았다. 리유는 그러한 동요에 마음이 흩어져서 다시 설교를 계속한 파늘루의 말을 거의 듣지 않고 있었다. 그는, 페스트 때문에 생기는 상황을 논리적으로 납득하려 해서는 안 되고, 거기에서 배울 수 있는 것을 배우려고 노력해야 한다는 것이었다. 리유가 막연하게나마 이해한 것은, 페스트에 대해 신부로서는 아무것도 설명할 것이 없다는 것이다. 그가 관심을 집중한 것은, 파늘루가 세상에는 하느님의 뜻에 따라 설명할 수 있는 것과 그렇지 않은 것이 있다고 단언했을 때였다. 물론 세상에는 선과 악이 있고, 또 대체로는 그 둘 사이의 구별은 쉽사리 된다. 그러나 악 그 자체 안에서 문제가 생긴다. 예를 들어서, 명백히 필요한 악이 있고 또 명백히 불필요한 악이 있다. 지옥에 빠진 돈 후안과 어린애의 죽음을 놓고 볼 때 탕아가 벼락을 맞아서 죽는 것은 당연한 일이겠지만, 어린애가 고통을 받는 것은 이해할 수 없으니 말이다. 그리고 사실에 있어서, 어린애의 고통과 그 고통에 따르는 공포, 그리고 거기에서 찾아내야 할 여러 가지 이유보다 이 땅 위에서 더 중요한 것은 없다. 그 밖의 인간 생활에서 신은 우리에게 모든 것을 용이하게 해 주시며, 따라서 거기까지는 종교의 공덕이 별로 느껴지지 않는다. 여기서는 반대로 우리를 고통의 담 밑으로 몰아넣고 계시다. 그리하여 우리는 페스트의 담 밑에 와 있으며 그 치명적인 그늘 속에서 우리의 이익을 찾아낼 필요가 있다. 심지어 파늘루 신부는 그 담을 기어오를 수 있게 해 주는 안이한 우선권조차 누리기를 거부하고 있다는 것이었다. 그 어린애를 기다리는 영생의 환희가 능히 그 고통을 보상해 줄 수 있다고 말하는 것이 그로서는 쉬운 일이겠으나, 실상은 그 점에 대해서 자기는 전혀 아는 바 없다는 것이었다. 사실, 영생의 기쁨이 순간적인 인간의 고통을 보상해 준다고 누가 감히 단언할 수 있단 말인가? 그런 소리를 하는 자가 몸소 육체와 영혼의 고통을 맛본 주님을 섬기는 기독교인이라고는 결코 말할 수 없으리라. 아니다. 신부, 그는 고통의 담 아래 머물러 있을 것이며, 십자가가 상징한바 그 사지가 찢어지는 고통을 충실하게 본받아서 어린애의 죽음을 마주 보고 있을 작정이라는 것이었다. 그리고 그는 오늘 자기의 설교를 듣는 사람들에게 서슴지 않고 이렇게 말하고 싶다는 것이었다. "여러분, 드디어 때는 왔습니다. 모든 것을 믿거나, 모든 것을 부정할 필요가 있습니다. 그런데 대체 우리들 중 누가 감히 모든 것을 부정할 수 있겠습니까?"

신부는 이제 이단자가 되어 가는구나 하고 리유가 생각하는 순간, 신부는 여전히 힘차게 말을 이어서 그 명령, 그 무조건의 요구야말로 기독교인이 받는 이득이라고 강조하는 것이었다. 그것은 또 기독교인의 덕성이기도 하다는 것이었다. 신부는, 자기가 이제 말하려고 하는 덕성의 어떤 점은 과격한 것이어서, 그것이 좀 더 관대하고 좀 더 전통적인 도덕에 젖어 있는 많은 사람들에게 충격을 줄 것임을 알고 있다고 말했다. 그러나 페스트 시대의 종교는 여느 때의 종교와 같은 것일 수 없으며, 비록 하느님은 행복의 시대에는 사람들의 영혼이 안식하고 향락하기를 허용하고 심지어는 바라기까지 하시겠지만, 극도의 불행 속에서는 그 영혼이 과격한 것이 되기를 원하고 계시다는 것이었다. 신은 오늘날 스스로 창조하신 인간에게 은총을 베푸시와,

우리가 부득불 '전체 아니면 무'라는 가장 위대한 덕을 다시 찾아서 실천해야 할 만큼 큰 불행 속에 우리를 빠뜨려 놓았다는 것이다.

어떤 불경한 저술가가 이미 수세기 전에, 연옥이라는 것은 존재하지 않는다고 단정함으로써 교회의 비밀을 폭로한다고 주장한 일이 있었다. 그는 그렇게 말함으로써, 어중간한 상황은 없고 '천당'과 '지옥'밖에는 없으며, 사람은 자기가 선택한 것에 따라서 구원을 받거나 저주를 받는 길밖에는 없다는 것을 암시한 것이다. 파늘루의 생각으로는 그것은 방종한 영혼만이 생각해 낼 수 있는 엄청난 이단이라는 것이었다. 연옥은 엄연히 존재하는 것이기 때문이다. 그러나 아마도 연옥이라는 것을 별로 기대해서는 안 되는 시대, 곧 하찮은 죄를 운운할 수 없는 시대가 있으며, 모든 죄가 죽음을 의미하며 모든 무관심이 죄가 되는 시대가 있다는 것이었다. 그리하여 전체 아니면 무라는 것이었다.

파늘루는 말을 멈췄다. 리유는 그때 밖에서 더욱 심해진 것 같은 바람이 문 밑으로 잉잉대며 새어 드는 소리를 더 잘 들을 수 있었다. 그런데 그때, 신부는 말을 계속하는 것이었다. 즉, 자기가 말하는 무조건 복종이라는 덕성은, 보통 해석하듯 좁은 의미로 보아서는 안 되며, 그것은 속된 체념도 아니고 까다로운 겸손도 아니라는 것이었다. 그것은 굴종이지만, 굴종하는 사람 스스로가 동의하는 굴종이다. 과연 어린애의 고통은 정신적으로나 감정적으로나 굴욕적인 일이다. 그러나 바로 그런 이유로 고통을 감수하고 그 속에 몰입되어야 한다. 바로 그런 이유로 파늘루는 자기가 말하려고 하는 것을 표현하기가 어렵다고 청중들에게 양해를 구하면서, 어쨌든 신이 원하기 때문에 우리는 받아들여야 한다고 말하는 것이었다. 그렇게 함으로써만 기독교인은 아무런 에누리도 하지 않을 것이며, 출구가 완전히 닫혀 버린 가운데 근원적 선택의 자리로 돌아갈 수 있을 것이다. 그는 모든 것을 부정하는 지경에 빠지지 않기 위해서 모든 것을 믿는 쪽을 택할 것이다. 그리고 이 순간에도 여러 교회에서 씩씩한 부인네들이, 환부에 생기는 멍울은 바로 인간의 몸이 감염을 물리치는 과정에서 나타난 요법의 표현임을 깨닫고, '주여, 우리 자식에게도 그 멍울을 베풀어 주시옵소서!'라고 기도하고 있듯이, 비록 그것이 이해할 수 없는 것일지라도, 기독교인은 신의 성스러운 의지에 자신을 내맡길 줄 알아야 할 것이다. '나는 그것을 이해하지만, 그러나 그것을 받아들일 수는 없다'는 말을 할 수는 없다. 우리에게 닥쳐온 받아들일 수 없는 것의 핵심을 향해서, 바로 우리의 선택을 하기 위해 뛰어들어야만 한다. 어린애들이 겪는 고통은 우리들에게 쓴 빵과 같다. 그러나 그 빵 없이는 우리들의 영혼은 정신적인 굶주림으로 죽고 말 것이다.

여기서 파늘루 신부가 말을 쉴 때마다 솟아 나왔던 그 나지막한 소음이 다시 일기 시작했는데, 그때 불현듯 그 설교자는 청중들을 대신해서 묻는 투로, 그러면 우리는 어떻게 처신해야 하는가 하고 힘차게 말을 이었다. 틀림없이 사람들은 숙명론이라는 무서운 말을 입에 담으려 할 것이다. 좋다, 다만 거기다가 '능동적'이라는 형용사를 붙이는 것을 허용만 해 준다면 그 말도 마다하지는 않겠다. 다시 말하지만, 지난번에 이야기했던 아비시니아의 기독교인들 흉내를 내서는 안 될 것이다. 그뿐만 아니라, 기독교인들이 보건대를 향해서 입었던 옷을 벗어 던지며, 신이 내리신 그 병에 대항하려는 불신자들에게 페스트를 옮겨 달라고 기도하면서 하늘을 우러러보며 고함치던 페르시아의 페스트 환자들을 흉내 내도 안 된다. 그러나 반대로, 지난 세기에 전염병이 유행할 때, 혹시 병균이 잠복하고 있을지도 모르는 축축하고 따뜻한 입술이 다른 입술에 닿지 않도록 핀셋으로 성체 빵을 집어서 영성체를 해 주던 카이로의 수도승들을 흉내 내서도 못쓴다. 페르시아의 페스트 환자들이나 그 수도승들은 똑같은 죄를 지었다. 왜냐하면 전자로 말하면 어린애들의 고통 같은 것은 전혀 고려하지 않았기 때문이고, 후자로 말하면 그와 반대로 고통에 대한 극히 인간적인 공포가 너무 지나쳤기 때문이다. 두 경우 다 문제의 핵심을 벗어난 것이다. 모두들 하느님의 목소리를 알아듣지 못했던 것이다. 이외에도 파늘루가 상기시키고자 한 또 다른 예들이 있었다. 마르세유에 발생했다는 대대적인 페스트의 기록에 따른다면, 메르시 수도원의 수도승들 여든한 명 중에서 겨우 네 명만이 살아남았는데, 그 네 명 중에서 세 명은 도망을 쳤다고 한다. 기록자는 여기까지만 적어 놓았다. 그 이상을 적는 것은 그들의 직분에 어긋나는 일이었다. 그러나 파늘루 신부는 그것을 읽으면서, 시체 일흔일곱 구를 목격하고 특히 세 동료들이 도망친 뒤에도 홀로 남아 있던 한 명의 수도승에게 매료되었다는 것이다. 그리고 신부는 설교대의 가장자리를 주먹으로 두드리면서, "여러분, 우리는 남아 있는 한 사람이 되어야 합니다."라고 소리쳤다.

그렇다고 해서 결코 재앙의 무질서 속에서 사회가 이끌어 들인 예방책과 현명한 질서를 거부하라는 것은 아니었다. 무릎을 꿇고서 모든 것을 포기해야 한다고 하는 저 모럴리스트의 말에 현혹되어서는 안 된다. 어둠 속에서 더듬거리면서라도 전진을 계속해야만 하고 선을 행하도록 노력해야 한다. 그러나 그 밖의 것들에 대해서는 어린애의 죽음까지도 신의 뜻에 맡기고 행여 개인의 힘에 의존해 볼 생각을 해서는 안 된다.

여기서 파늘루 신부는, 마르세유에 페스트가 유행했을 때 볼 수 있었던 벨죙스 주교의 고귀한 모습을 상기시켰다. 주교는 페스트가 종식될 무렵에, 이제까지 자기가 할 수 있는 일은 다했으므로 이제는 더 이상 어떻게 해 볼 도리가 없다고 생각하고, 먹을 것을 준비해 가지고 벽을 높이 쌓고 집에 틀어박혔다. 그런데 그를 우상화하고 있었던 주민들은, 고통이 극에 달할 때 나타나는 감정적인 반발로, 주교에 대해 분개한 나머지 주교에게도 전염을 시키기 위해서 그의 집 둘레에 시체를 쌓아 올렸고, 그가 더 확실하게 파멸하기를 바라면서 담 안으로 시체들을 던져 넣기까지 했다. 이처럼 주교는 최후의 약한 마음에서, 자기는 죽음의 세계 한가운데서도 동떨어져 있다고 생각했는데, 실상 죽음은 하늘로부터 그의 머리 위로 떨어져 내리고 있었던 것이다. 우리의 경우도 그와 같은 것이니 페스트와 완전히 격리된 섬이란 없다는 것을 명심해야 할 것이다. 아니다. 중간이라는 것은 없다. 용납할 수 없는 스캔들도 받아들이지 않으면 안 된다. 왜냐하면 우리는 신을 혐오하든가, 그렇지 않으면 사랑하든가 둘 중에 하나를 선택해야 하기 때문이다. 그런데 대체 누가 감히 신에 대한 증오를 택할 수 있단 말인가?

"형제 여러분." 하고 마침내 파늘루는 결론을 짓겠다는 어조로 말했다. "신의 사랑은 몹시 힘든 사랑입니다. 그것은 자신을 전적으로 포기하여 자기 자신을 돌보지 않는 것을 전제로 합니다. 그러나 그 사랑만이 어린애의 고통과 죽음을 지워 줄 수 있습니다. 어쨌든 그 사랑만이 그것을 필요한 것으로 만들어 줄 수 있습니다. 왜냐하면 그것은 이해할 수 없기 때문이며, 그저 바라는 길밖에는 없기 때문입니다. 바로 이것이 여러분과 나누고자 하는 교훈인 것입니다. 바로 이것이, 인간이 보기에는 잔인하지만 신이 보기에는 결정적인 믿음인데, 우리는 거기에 가까이 가야만 합니다. 우리는 그 무서운 이미지에 필적할 수 있어야 합니다. 그 높은 꼭대기에서 모든 것이 서로 융합되고 모든 것이 동등해질 것이고 겉보기에는 정의가 아닌 듯한 것에서 진리가 솟아날 것입니다. 바로 이렇게 하여 프랑스 남부 지방의 수많은 성당에서는 페스트로 쓰러진 사람들이 벌써 수세기 전부터 성당의 내진(內陣)에 깔아 놓은 돌 밑에 잠들어 있으며, 사제들은 그들의 무덤 위에서 설교를 하고 그들이 전파하는 정신은 어린애들의 재도 한몫 낀 그 죽음의 재로부터 솟아나는 것입니다."

리유가 밖으로 나갔을 때, 반쯤 열린 문 사이로 거센 바람이 쏟아져 들어오면서 신자들의 얼굴을 정면으로 후려쳤다. 그 바람은 비 냄새와 축축한 포도 냄새를 실어다가 성당 안에 불어 넣었다. 그래서 신자들은 밖으로 나가기도 전에 거리의 모습을 짐작할 수 있었다. 의사 리유의 앞에서는 그때 막 나온 어떤 늙은 신부와 젊은 부제가 바람에 날리는 모자를 붙잡아 두느라고 애를 먹고 있었다. 늙은 신부는 쉬지 않고 그 설교에 대한 주석을 붙이고 있었다. 그는 파늘루의 웅변에 경의를 표했지만, 그래도 파늘루가 표명한 몇몇 가지 대담한 생각에 대해서는 우려를 나타냈다. 그 설교에는 힘보다는 불안이 더 많이 엿보이는데, 파늘루 같은 나이가 되어서 사제가 불안을 느끼면 안 되는 법이라고 그는 평가했다. 그 젊은 부제는 바람을 피해 고개를 숙이면서, 자기는 늘 파늘루 신부 집을 드나드는 터라 신부의 사상적인 발전을 잘 알고 있다면서 그의 논문은 앞으로 더한층 대담한 것이 될 것이며, 아마도 출판 허가를 얻지 못하게 되리라고 단언했다.

"대체 어떤 사상인가?" 하고 늙은 신부가 물었다.

그들은 성당 앞뜰에 서 있었는데, 바람이 계속 불어서

젊은 부제는 입을 열지 못했다. 말을 할 수 있게 되었을 때, 그는 다만 이렇게 말했다.

"신부가 의사의 진찰을 받는다면 그것은 모순이라는 거죠."

타루는 리유로부터 파늘루의 연설 내용을 듣자, 자기는 전쟁 통에 눈알이 빠져 버린 어떤 청년의 얼굴을 보고 신앙을 잃은 한 신부를 알고 있다고 말했다.

"파늘루의 말이 옳죠." 하고 타루가 말했다. "죄 없는 사람이 눈알을 잃었을 때, 기독교인으로서는 신앙을 잃거나 눈알이 빠지거나 해야 마땅하죠. 파늘루는 신앙을 잃기를 원치 않습니다. 그러니 그는 갈 데까지 갈 거예요. 그가 하고 싶었던 것이 바로 그겁니다."

이러한 타루의 관찰이 그 뒤에 일어난, 그리고 그 당시 파늘루의 행동이 주위 사람들에게 이해하기 어렵다는 인상을 주게 된 불행한 사건들을 해명해 주는 데 얼마간의 도움이 될 수 있는지는 앞으로 각자가 판단해 보기 바란다.

그 설교가 있은 지 며칠 후, 파늘루는 이사하기에 정신이 없었다. 그 당시 시내에는 병세의 기승으로 이사가 끊이지 않았다. 그리고 타루가 호텔을 떠나서 리유의 집에 와야만 했듯이, 신부도 역시 교구에서 배당해 주었던 아파트를 놓아두고, 성당의 신자로서 아직 페스트에 걸리지 않은 늙은 부인 집에 가서 살아야만 했다. 신부는 이사를 하는 동안에 자기의 피로와 불안이 커 가는 것을 느꼈다. 그래서 마침내 그는 자기가 묵는 집 여주인으로부터 존경을 잃었다. 왜냐하면 그 부인이 그에게 성 오딜의 예언이 잘 들어맞는다고 열심히 떠벌리는 이야기를 듣고 신부는 아마도 피로한 탓이었겠지만 아주 가벼운 정도이긴 하나 초조한 빛을 보였던 것이다. 그는 그 후 온갖 애를 써 가면서, 하다못해 호의적인 중립이라도 얻어 볼까 애썼으나 되지 않았다. 그는 나쁜 인상을 주고 말았던 것이다. 그래서 저녁마다, 뜨개질한 레이스 커튼이 치렁치렁 늘어진 자기 방으로 돌아가기 전에, 그는 거실에 앉아 있는 여주인의 등을 우두커니 바라보다가 그 부인이 돌아다보지도 않은 채 쌀쌀한 어조로 그에게 "안녕히 주무세요, 신부님."이라고 하는 밤 인사를 떠올리며 자기 방으로 돌아가야만 했다. 바로 그러한 어느 날 저녁, 신부는 잠자리에 누우려고 하는 순간 머리가 쑤셔 대고 벌써 며칠 전부터 있었던 미열이 손목과 관자놀이로 터져 나오려는 것을 느꼈다.

그 후에 일어난 일은, 그 집 여주인의 이야기를 통해서 겨우 알 수 있었다. 아침에, 그 여자는 습관대로 매우 일찍 일어났다. 그런데 한참 지나도 신부가 그의 방에서 나오지 않자, 오랫동안 망설이던 끝에 그 방문을 두드려 보기로 결심했다. 그녀는 신부가 밤새 한잠도 자지 못한 채 아직도 자리에 누워 있는 것을 보았다. 그는 가슴이 답답해서 고통을 겪고 있었으며, 눈은 몹시 충혈되어 있었다. 부인 자신의 말에 따르면, 자기가 공손하게 의사를 부르자고 제안을 했더니 서운하다 싶을 정도로 거세게 반대하더라는 것이었다. 결국 그 부인은 물러 나올 수밖에 없었다. 신부는 잠시 후에 벨을 눌러서 부인을 불러들였다. 그는 자기가 아까 짜증을 냈던 것을 사과하고, 그것이 페스트일리는 없으며 그런 증세는 조금도 보이지 않고 일시적인 피로에서 온 것일 뿐이라고 말했다. 늙은 부인은 점잖게, 자기가 그런 제안을 한 것은 그런 종류의 불안 때문이 아니었으며 자기는 하느님의 손에 달린 자기 자신의 안전 같은 것은 안중에도 없으나, 다만 자기에게도 부분적으로나마 책임이 있다고 볼 수 있는 신부님의 건강을 생각했을 뿐이라고 대답했다. 그러나 신부가 더 이상 아무 말이 없자 그 부인은(물론 그 부인의 말을 전적으로 믿는다면) 자기의 의무를 다하겠다는 생각에서 의사를 부르자고 다시 한 번 그에게 제안을 했던 것이다. 신부는 또다시 거절을 했다. 그러나 이번에는 뭐라고 열심히 설명을 하는 것이었는데, 그 늙은 부인에게는 종잡을 수 없는 말이었다. 다만 그가 대충 알아들은 바로는, (그것이 바로 이해가 안 가는 대목이었는데) 신부는 진찰이라는 것이 자신의 원칙과 일치하지 않기 때문에 거부한다는 것이었다. 그래서 그 부인은 너무 열이 심하게 나서 생각이 어지러운 탓이라고 결론을 짓고서 탕약을 끓여 주는 것으로 그치고 말았다.

그러한 사태에서 생겨나는 여러 가지 의무를 아주 정확하게 완수하겠다고 늘 명심하고 있었던 그녀는 두 시간마다 규칙적으로 환자의 방에 들어가 보았다. 부인이 가장 눈여겨보았던 것은, 끊임없는 흥분 속에서 신부가 그날을 보낸 사실이었다. 그는 이불을 걷어찼다가 끌어당겼다가

하면서, 줄곧 손은 자기의 축축한 이마에 갖다 대고, 가끔 몸을 일으키고는 마치 쥐어짜듯 축축하고 목 멘 기침을 뱉어 내려고 애를 쓰는 것이었다. 그럴 때면 그는 마치 목구멍 깊숙이 박힌 솜방망이를 뽑아 버릴 수가 없어서 숨 막혀 하는 것 같았다. 그러한 발작을 몇 번 되풀이하고 나면, 그는 완전히 기진맥진해져서 뒤로 나자빠지는 것이었다. 그는 마침내 몸을 다시 반쯤 일으키고 잠시 동안 조금 전보다 더 꼿꼿한 자세로 앉아 정면을 응시하는 것이었다. 그래도 늙은 부인은 또다시 의사를 불렀다가 환자의 기분을 거스를까 봐 주저했다. 겉으로는 요란하지만, 어쩌면 그저 단순한 열병의 순간적인 발작 증세에 지나지 않을는지도 모른다고 생각했다.

그래도 부인은 오후에 신부에게 말을 걸어 보았는데, 대답이라고는 몇 마디 횡설수설하는 소리밖에는 들을 수가 없었다. 부인은 또 한 번 제안을 되풀이했다. 그러나 그때 신부는 몸을 일으키고 숨이 막혀 애쓰면서도 자기는 의사를 원치 않는다고 분명히 말했다. 그제야 부인은 이튿날 아침까지 기다려 봐서 그때도 신부의 병세가 나아지지 않으면 랑스도크 통신사에서 라디오를 통해 하루에 여남은 번씩 되풀이하고 있는 전화번호로 전화를 걸어 보겠다고 생각했다. 언제나 자기의 의무에 충실한 그 부인은 밤에 환자를 찾아가서 밤을 새우면서 돌봐 줄 생각이었다. 그런데 저녁때 신부에게 탕약을 한 차례 새로 먹이고 나서 잠시 누웠던 것이 그 이튿날 새벽에야 겨우 눈을 떴다. 그 부인은 그의 방으로 달려갔다.

신부는 미동도 않고 누워 있었다. 지난밤에는 그토록 벌겋게 열이 나더니 지금은 납빛이 되어 있었는데, 얼굴 모양이 아직도 말짱한 만큼 그것이 더욱 뚜렷이 보였다. 신부는 침대 위에 걸려 있는 여러 가지 빛깔의 진주 장식 샹들리에를 바라보고 있었다. 노파가 들어가자 그는 그녀에게로 고개를 돌렸다. 그 여주인의 말에 따르면, 그때 그의 모습은 밤새도록 고통에 시달려 온몸의 힘이 빠진 나머지 움직일 수가 없는 것같이 보였다는 것이다. 그녀는 그에게 좀 어떠냐고 물어보았다. 그러자, 이상할 정도로 무관심한 투로, 병세는 더해 가나 의사를 부를 필요는 없고 다만 모든 것을 규칙대로 하기 위해서 자기를 병원으로 운반해 주기만 하면 된다고 말했다. 노부인은 질겁하고 전화통으로 달려갔다.

정오에 리유가 왔다. 여주인의 이야기를 듣고 나서 그는 파늘루의 말 그대로 아마 때가 늦은 것 같다고만 대답했다. 신부는 여전히 무관심한 태도로 그를 맞았다. 리유가 진찰을 하고 놀란 것은, 다만 목이 부었고 호흡이 곤란할 뿐 선(腺) 페스트 또는 폐(肺) 페스트의 중요한 증세는 하나도 발견할 수가 없다는 점이었다. 어쨌든 맥박이 너무나 낮게 뛰고 있었고 전반적인 증세도 극히 위험해서 살아날 가망이 거의 없었다.

"페스트의 주요한 증세는 하나도 없습니다." 하고 그는 파늘루에게 말했다. "하지만 뭔가 석연치 않은 점들이 있으므로 역시 격리하는 게 좋을 듯합니다."

신부는 예의상 조금 웃어 보였을 뿐 아무 대꾸도 하지 않았다. 리유는 전화를 걸러 나갔다가 다시 들어와 물끄러미 신부를 내려다보았다.

"제가 곁에 있겠습니다." 하고 그는 부드럽게 말했다.

신부는 약간 생기를 되찾은 듯이 일종의 삶의 정열이 되살아나는 것 같은 눈초리를 의사에게로 돌렸다. 그러고는 가까스로 한마디 한마디 이어 갔는데 그 어조가 슬픈 것인지 아닌지를 분간할 수가 없었다.

"감사합니다."라고 그는 말했다. "그러나 성직자에겐 친구가 없습니다. 그들은 모든 것을 신에게 맡겼으니까요."

그는 침대 머리맡에 놓여 있는 십자가를 달라고 해서 손에 들더니 고개를 돌려 그것을 바라보았다.

파늘루는 병원에서도 입을 열지 않았다. 그는 자기 몸에 가해지는 치료에 대해서 마치 물건처럼 자기를 내맡기고 있었지만, 십자가는 끝내 놓지 않았다. 그래도 신부의 증세는 여전히 애매했다. 리유의 머릿속에는 의문이 끊임없이 일었다. 페스트 같기도 했고 아닌 것 같기도 했다. 하긴 얼마 전부터 페스트는 진찰을 어렵게 만드는 것을 재미로 여기는 듯싶었다. 그러나 파늘루의 경우, 그러한 불확실성도 과히 중요성이 없었다는 것이 그 후의 경과에서 드러났다.

열이 높아졌다. 기침 소리는 점점 더 쇠었고, 그 때문에 온종일 환자는 극도의 고통을 겪었다. 신부는 마침내 저녁에 그의 호흡을 틀어막고 있던 그 솜방망이를 토해 냈다. 그것은 새빨간 것이었다. 그런 발열 상태에서도 여전히 파늘루는 무관심한 눈빛을 유지했다. 그런데 이튿날 아침, 침대 밖으로 몸을 반쯤 늘어뜨리고 죽어 있는 그의 눈에서는 아무 표정도 찾아볼 수 없었다. 그의 카드에는 이렇게 적혔다.

'병명 미상.'

그해 만성절은 여느 때와 달랐다. 날씨는 물론 때에 알맞았다. 갑작스러운 변화가 생겨서, 늦더위가 별안간 선선한 날씨에 자리를 물려주고 사라져 버렸다. 예년과 마찬가지로 지금은 찬바람이 계속적으로 불고 있다. 큼직한 구름들이 이 지평선에서 저 지평선으로 달리면서 집들을 그늘로 덮었고, 그것들이 지나가면 11월의 싸늘하고 노란 햇빛이 다시 그 집들 위를 비추는 것이었다. 그해 처음으로 레인코트가 거리에 등장했다. 고무를 입혀서 번들거리는 천들이 놀랄 만큼 눈에 많이 띄었다. 사실 신문들은, 이백 년 전 남프랑스에 대규모의 페스트가 유행했을 때, 의사들이 자신들을 보호하고자 기름 먹인 옷을 입었다는 사실을 보도한 일이 있었다. 상인들은 그것을 이용해서 유행에 뒤떨어진 팔다 남은 재고품들을 방출했는데, 시민들은 그것에서라도 면역을 얻고자 하는 것 같았다.

그러나 그 모든 계절적인 징후도 묘지를 찾는 사람이 없다는 사실을 잊게 할 수는 없었다. 예년 같으면 전차들은 국화꽃의 은은한 향기로 가득 찼고, 부인네들이 떼를 지어 그들의 친척이 묻혀 있는 무덤에 꽃을 놓으러 가곤 했다. 그날은 사람들이 고인 곁에 가서 그동안 잊은 채 버려두고 지냈던 것에 대한 용서를 빌고자 하는 날이었다. 그러나 이해에는 아무도 죽은 이를 생각하려고 하는 사람이 없었다. 정확히 말해서 그들은 죽은 사람들 생각을 이미 지나치게 해 왔던 것이다. 그러므로 이 이상 더 회한과 우수로 가득 찬 심정으로 그들을 찾아볼 필요는 없었다. 죽은 사람들은 이미 일 년에 한 번씩 산 사람들이 찾아가서 그동안 버려둔 것을 변명해야 할 상대가 아니었다. 그들은 잊어버리고 싶은 틈입자들이었다. 이런 까닭으로 해서 이해의 만성절은 이를테면 슬쩍 넘어가고 말았다. 타루가 보기에 그 언사가 점점 야유조로 변해 가는 것을 알 수 있는 터인 코타르의 말을 빌리면, 매일매일이 만성절이었다.

그런데 실상 페스트의 기세등등한 불꽃은 화장터의 화덕에서 매일같이 더 신바람을 내며 타고 있었다. 사실 날마다 사망자 수가 증가하는 것은 아니었다. 그러나 페스트는 이제 그 정점에 편안히 자리 잡고 앉아서, 착실한 관리처럼 매일매일의 살인에서 정확성과 규칙성을 과시했다. 원칙적으로는, 그리고 당국의 견해로는, 그것은 좋은 징조라는 것이었다. 페스트 진행의 그래프는 끊임없는 상승에 이어서 오랜 안정 상태를 보여 줌으로써, 예를 들어 의사 리샤르 같은 이에겐 바람직한 현상으로 보였던 것이다. "좋아, 훌륭한 그래프야." 그는 이렇게 말하는 것이었다. 그는 병세가 소위 안정 단계에 도달한 것이라 보고 있었다. 앞으로 병세는 쇠퇴 일로밖에 남지 않았다. 그는 그 실적을 카스텔의 혈청 덕분이라고 생각했다. 사실 그 새로운 혈청은 예기치 않았던 성공을 몇 건 거뒀던 것이다. 늙은 카스텔도 이를 부인하지는 않았지만, 페스트는 역사적으로 볼 때 예기치 못했던 여러 가지 재연 케이스들을 내포하고 있었으므로 앞날을 장담할 수는 없다는 의견이었다. 오래전부터 민심이 안정되기를 바라던 도청이었는데, 페스트는 좀처럼 그 길을 열어 주지 않았다. 도청은 그 문제에 대한 의사들의 의견을 듣기 위해서 회합을 열기로 제안했는데, 그때 의사 리샤르가 역시 페스트로, 더구나 병세가 안정 상태를 유지하고 있을 때 사망하고 말았다.

그 충격적인, 그러나 그 무엇의 증명도 될 수는 없는 그 실례 앞에서 행정 당국은 처음에 낙관론을 받아들였을 때 못지않게 모순된 태도를 보이면서 이제는 비관론으로 돌아섰다. 카스텔로 말하면, 그는 자기의 혈청을 힘닿는 한 정성 들여서 준비하는 데만 골몰했다. 어쨌든 이제는 병원이나 검역소로 개조되지 않은 공공장소란 한 군데도 없었지만, 그래도 아직 도청만은 손대지 않은 채 그대로 두고 있었다. 그것은 사람들이 모일 장소가 필요했기 때문이다. 그러나 전체적으로 볼 때, 그리고 그 당시에는 페스트가 비교적 안정된 상태에 있었기 때문에, 리유가 계획했던 조직이 손이 모자라 쩔쩔매는 일은 절대로 없었다. 기진맥진하도록까지 노력을 쏟고 있던 의사들이나 조수들이었지만 그 이상의 노력을 요하는 상황을 상상해 볼 필요는 없었다. 이렇게 말해도 괜찮다면, 그들은 다만 규칙적으로 그 초인적인 일들을 계속해야만 했다. 이미 나타난 폐장성 페스트는 마치 바람이 사람들의 가슴속에 불을 붙여 놓고 부채질을 하듯, 시의 산지사방에서 만연해 있었다. 환자들은 피를 토하며 훨씬 더 빨리 죽어 갔다. 이제는 그 새로운 증세와 더불어 전염성은 더 커질 가능성이 있었다. 사실 그 점에 관해서 전문가들의 의견은 항상 서로 어긋나기만 했다. 그래도 더욱 안전을 기하기 위해서 보건 관계자들은 여전히 소독된 가제 마스크를 하고 호흡하는 것이었다. 얼핏 보면 병이 더 확산되었어야 이치에 맞을 것 같았다. 그러나 선(腺) 페스트의 케이스가 감소되어 갔기 때문에, 통계 곡선은 그대로 수평을 유지하고 있었다.

그래도 시간이 경과하면서 자연적으로 식량 보급이 어려운 지경에 이름에 따라 이 외에도 여러 가지 불안한 문제점들이 있었다. 게다가 투기가 성행해서, 일반 시장에 부족한 가장 긴요한 생활필수품들이 터무니없는 가격으로 팔렸다. 그래서 빈곤한 가정은 무척 괴로운 처지에 놓였지만, 반면에 부유한 가정들은 부족한 것이라곤 거의 없었다. 페스트가 그 역할에서 보여 준 것 같은 효과적 공평성으로 말미암아 시민들 사이에 평등이 강화될 수도 있었을 텐데, 페스트는 저마다의 이기심을 발동시킴으로써 오히려 인간의 마음속에다 불공평의 감정만 심화한 것이었다. 물론 죽음이라는 완전무결한 평등만은 남아 있었지만 그런 평등은 아무도 원하지 않았다. 그리하여 이처럼 굶주림에 시달리는 빈곤한 사람들은, 전보다 더한 향수에 젖어 생활이 자유롭고 빵이 비싸지 않은 이웃 도시들과 시골들을 그리워했다. 물론 논리에 맞지 않는 이야기지만, 자기들에게 식량을 충분히 공급해 주지 못할 바엔 차라리 자기들을 떠날 수 있게 해 주어야 할 것이 아니냐는 것이 그들의 심정이었다. 그래서 마침내 하나의 구호가 생기고 퍼져서, 때로는 그것을 벽에 나붙이기도 했고 때로는 지사가 지나가는 길에서 외치기도 했다. '빵을 달라, 그렇지 않으면 공기를 달라.' 이 풍자적인 문구는 몇몇 데모의 단서가 되었는데, 데모는 곧 진압되었지만 그 심각성은 누가 보아도 부정할 수 없는 것이었다.

물론 신문들은, 그들에게 내려진 절대적인 낙관론의 수칙에 순종하고 있었다. 신문을 보면 현 상황의 현저한 특징은 시민들이 보여 준 '냉철과 침착의 감동적인 모범'이었다. 하지만 꽉 막혀 있는 듯한 도시에서, 그리고 무엇이고 비밀인 채로 유지될 수 없는 그 도시에서, 아무도 공동체가 보여 주고 있는 '모범' 따위에 속는 사람은 없었다. 그리고 문제가 된 그 냉철이나 침착이라는 것에 대해서 정확한 윤곽을 파악하자면, 당국에서 마련한 예방 격리소나 격리 수용소 중 한 군데에 들어가 보는 것으로 충분했다. 마침 서술자는 딴 곳에 볼 일이 있어서 그러한 곳들에 가 보지 못했다. 그 때문에 서술자는 여기서 타루의 목격담을 인용할 수밖에 없다.

사실 타루는 그의 수첩에다가 시립 운동장에 설치된 수용소에 랑베르와 함께 갔던 이야기를 적어 놓았다. 운동장은 시 문 근처에 있었으며, 한쪽은 전차가 다니는 거리에, 또 한쪽은 그 도시가 자리 잡은 고원 끝까지 뻗은 공터에 면하고 있었다. 그곳은 원래 콘크리트로 높은 담이 둘러쳐져 있어서 탈주를 막기 위해서는 출입구 네 군데에 보초병을 세워 두기만 하면 충분했다. 동시에 그 담은 격리당한 사람들을 외부 사람들의 호기심으로부터 보호해 주기도 했다. 그 대신 수용된 사람들은 하루 종일 보이지도 않는 전차가 지나가는 소리를 들어야 했고, 전차 소리와 더불어 더욱 커지는 웅성거림을 들으며 그때가 관공서의 출퇴근 시간이라는 것을 짐작하기도 했다. 그들은 이와 같이 자기들이 도려내진 그 생활이 그들과 불과 몇 미터 떨어진 곳에서 계속되고 있는데도, 콘크리트 담을 경계로 자기들은 서로 다른 두 개의 별보다도 더, 저쪽 세상과는 딴판으로 갈라져 있다는 것을 알았다.

타루와 랑베르가 운동장으로 찾아간 날은 어느 일요일 오후였다. 그들은 축구 선수인 곤잘레스와 같이 갔다. 랑베르가 그를 다시 찾아내서 결국은 수용소의 관리인에게 그를 소개해야만 했다. 곤잘레스는 그 두 사람과 만났을 때, 페스트가 발생하기 전 같으면 시합을 시작하려고 유니폼을 입고 있을 시간이라는 말을 했다. 경기장이 징발되고 난 지금에 와서는 그것은 이미 있을 수 없는 일이었다. 그래서 곤잘레스는 아무것도 할 일이 없어진 사람처럼 보였고, 스스로도 그렇게 느낀 모양이었다. 바로 그런 이유도 있고 해서 그는 그 감시 업무를 주말에만 맡기로 한다는 조건으로 받아들였던 것이다. 하늘은 약간 흐렸다. 곤잘레스는 코를 벌름거리면서, 비도 안 오고 덥지도 않은 이런 날씨가 시합에는 제격이라고 아쉽다는 듯이 말했다. 그는 탈의실의 도찰제(塗擦劑) 냄새며, 무너질 듯 가득 찬 관람석이며, 엷은 황갈색 땅 위를 누비는 산뜻한 빛깔의 팬츠며, 쉬는 시간에 마시는 레몬주스나, 바싹 마른 목구멍을 바늘 수천 개로 콕콕 찌르는 듯한 소다수 같은 것들을 나름대로 상기하는 것이었다. 그 밖에 타루의 기록에 따르면, 교외의 몹시 팬 길을 걸어가는 동안에도 그 선수는 돌만 보면 발길로 차곤 했다. 그는 돌멩이를 똑바로 하수구에 집어넣으려고 애썼는데, 성공하면 "1 대 0"이라고 말하는 것이었다. 그는 담배를 피우고 나면 으레 꽁초를 앞으로 탁 내던지고, 떨어지는 그것을 재빨리 발길로 찼다. 운동장 근처에서 놀고 있던 아이들이 지나가는 사람들을 향해서 공을 보내자, 곤잘레스는 공을 향해 달려가서 정확하게 그것을 차서 돌려보냈다.

마침내 그들은 운동장에 들어갔다. 관람석은 사람들로 꽉 차 있었다. 그러나 운동장은 수백 개의 붉은 천막으로 뒤덮여 있었고 그 속에 있는 침구라든지 보따리 같은 것이 멀리서도 보였다. 관람석은, 몹시 덥거나 비가 오는 날에 수용자들이 그곳으로 피신할 수 있도록 그대로 두었다. 다만 해가 지면 그들은 천막 속으로 되돌아가야만 했다.

관람석 아래에는 새로 설치한 샤워실이나, 예전의 선수용 탈의실을 개조한 사무실, 그리고 병실들이 있었다. 수용자의 대부분은 관람석에 모여 있었다. 다른 사람들은 터치라인 근처를 서성거리고 있었다. 몇몇 사람들은 자기네 천막 입구에 쭈그리고 앉아 멍한 시선으로 두리번거리고 있었다. 관람석에는 많은 사람들이 무언가를 기다리듯 털썩 주저앉아 있었다.

"저 사람들은 낮에는 무엇을 하나요?" 하고 타루가 랑베르에게 물어보았다.

"아무것도 안 하죠."

사실 거의 전부가 두 팔을 축 늘어뜨리고 앉아 빈손을 흔들고 있었다. 그 거대한 인간 집단은 신기하리만큼 조용했다.

"처음 며칠 동안은 글쎄, 서로의 말소리도 안 들릴 지경이었지요." 하고 랑베르가 말했다. "그런데 날이 갈수록 점점 말수가 적어지더군요."

타루의 기록에 따르면 그는 그들의 심정을 이해할 수 있었는데, 초기에는 그들이 겹겹이 둘러쳐진 천막 속에서 파리가 날아다니는 소리를 듣거나, 그러지 않으면 몸을 긁적거리기에 바빴고, 혹 친절하게 자기 얘기를 들어 줄 사람이 있을 때는 자기들의 분노나 공포에 대해 떠들어 대는 모습을 볼 수 있었다고 했다. 그러나 수용소가 초만원을 이루게 된 후부터는 친절하게 말을 들어 줄 사람이 점점 적어졌다. 그래서 결국은 입을 다물고 서로를 경계할 수밖에 없었다. 사실 거기에서는 경계심 같은 것이 잿빛으로 빛나는 하늘로부터 붉은 천막 위로 쏟아져 내리고 있었다.

그렇다, 그들은 모두가 경계하는 표정이었다. 강제로 타인과 격리된 사람들이기 때문에, 전혀 이유가 없는 것도 아니었다. 그래서 그들은 스스로 이유를 찾고는, 두려워하는 사람의 얼굴이 되었다. 타루가 본 사람들은 하나같이 흐린 눈빛을 하고 있었으며, 모두 자기들의 생활을 이루었던 것들에서 격리된 이별의 슬픔 때문에 고민하고 있었다. 그렇다고 해서 항상 죽음만을 생각하고 있을 수는 없었기 때문에 그들은 아무런 생각도 안 하는 것이었다. 그들은 휴가 중이었다. '그러나 가장 나쁜 것은' 타루는 이렇게 쓰고 있다. '그것은 그들이 잊힌 사람들이라는 사실과 그들 역시 그것을 알고 있다는 사실이다. 그들을 아는 사람들도 다른 생각을 해야 하기 때문에 그들 생각을 잊고 있는바, 그것은 충분히 이해할 수 있는 일이다. 그들을 사랑하는 사람들도 역시 그들을 거기서 끌어내기 위한 운동이나 계획에 몰두하고 있었기 때문에, 그들 생각을 잊어버렸던 것이다. 끌어내는 일에 급급해서, 끌어내야 할 사람에 대해서는 잊고 마는 것이다. 그것도 역시 당연한 일이다. 그래서 결국에 가서는, 비록 불행의 막바지에 이른 경우라 할지라도 어떤 사람을 정말로 생각한다는 것은 불가능하다는 것을 알게 된다. 왜냐하면 어떤 사람을 정말로 생각한다는 것, 그것은 어느 순간에도 결코 다른 것에 마음을 빼앗기지 않고, 살림 걱정도 안 하고, 날아다니는 파리도 안 보이고, 밥도 안 먹고, 가려움도 안 느끼는 것이기 때문이다. 그러나 파리라든가 가려움이라든가 하는 것은 언제나 존재한다. 그래서 인생은 살기가 어려운 것이다. 그리고 그들은 그 사실을 너무나 잘 알고 있다.'

그들에게로 돌아온 소장이, 오통 씨가 그들을 만나자고 한다고 전했다. 소장은 곤잘레스를 그의 사무실로 안내해 주고 나서 그들을 관람석으로 데리고 갔다. 홀로 앉아 있던 오통 씨가 관람석에서 일어나 그들을 맞았다. 그는 여느 때와 같은 옷차림을 하고 있었고 하이칼라도 여전했다. 타루는 다만 그의 머리털이 관자놀이의 위쪽에 곤두서 있고, 한쪽 구두끈이 풀려 있는 것을 보았다. 판사는 피곤한 모양이었고, 말하는 동안에 단 한 번도 상대방을 쳐다보지 않았다. 그는 그들에게 만나게 되어서 대단히 기쁘다며, 의사 리유에게 여러 가지 신세를 졌으니 감사하다는 말을 전해 달라고 했다.

두 사람은 잠자코 있었다,

"제발." 잠시 후에 판사는 이렇게 말했다. "필리프가 너무 호된 고생이나 안 했기를 바랍니다만."

타루로서는 그가 자기 아들의 이름을 부르는 것을 듣는 것이 처음이었다. 그래서 그는 어딘가 변했다는 것을 알 수 있었다. 해가 지평선으로 기울었는데, 구름 사이로 햇빛이 비스듬히 관람석을 비추며 그 세 사람의 얼굴을 붉게 물들이고 있었다.

"아닙니다." 하고 타루가 말했다. "안 그렇습니다. 정말 고

생은 별로 안 했어요."

그들이 가고 난 뒤에도 판사는 여전히 햇빛이 비치는 쪽을 바라보고 있었다.

그들은 곤잘레스에게 잘 있으라는 말을 하러 갔다. 그는 감시 교대표를 들여다보고 있었다. 축구 선수는 그들의 손을 잡으면서 웃었다.

"적어도 탈의실만은 도로 찾았죠." 하고 그는 말하는 것이었다. "그거라도 어디예요."

잠시 후, 소장이 타루와 랑베르를 배웅해 줄 때, 관람석에서 커다랗게 찌지직거리는 잡음이 들려왔다. 그러더니 좋았던 시절에는 시합 결과를 알린다든가 팀을 소개하는 데 사용했던 확성기가 코 먹은 소리로, 수용자들은 각자의 천막으로 돌아가서 저녁 식사 배급을 받으라고 알리는 것이었다. 사람들은 천천히 관람석을 떠나서, 신발을 찍찍 끌면서 천막 안으로 들어갔다. 모두가 제자리로 돌아갔을 때, 기차역에서나 볼 수 있는 조그만 전기 자동차 두 대가 천막 사이로 커다란 냄비를 싣고 다녔다. 사람들은 팔을 내밀어서 국자 두 개를 그 두 냄비에 담갔다가 두 개의 식기에 갖다 쏟았다. 차는 다시 움직였다. 다음 천막에서도 같은 일이 되풀이되는 것이었다.

"과학적이군요." 하고 타루가 소장에게 말했다.

"그렇습니다." 하고 소장은 그들의 손을 잡으면서, 만족스러운 듯 대답했다. "과학적입니다."

황혼이 깃들고 하늘이 벗겨졌다. 부드럽고 신선한 햇빛

이 수용소를 비춰 주고 있었다. 저녁의 평화 속에서 스푼과 접시 부딪히는 소리가 도처에서 들렸다. 박쥐들이 천막 위에서 푸드덕거리더니 갑자기 사라졌다. 전차 한 대가 벽 저 너머에서 전철기(轉轍機) 위를 지나가느라고 삐걱거렸다.

"판사가 가엾군." 문턱을 넘어서면서 타루가 중얼거렸다. "뭘 좀 도와줘야겠는데. 그러나 판사를 어떻게 돕는담?"

시중에는 이러한 수용소가 몇 군데 더 있었는데, 서술자는 민망하기도 하려니와 직접적인 정보가 없기 때문에 더 이상 언급할 수가 없다. 그러나 확실히 말할 수 있는 것은, 그러한 수용소의 존재라든가 거기서 나는 사람 냄새라든가 황혼 속에서 들리는 확성기의 커다란 소리라든가 담에 가려진 것의 신비, 누구나가 질색을 할 장소에 대한 공포 같은 것들이 우리 시민들의 마음을 무겁게 짓누르고, 모든 사람이 그러잖아도 느껴 오던 혼란과 불안감을 더욱 가중하고 있었다는 것이다. 행정 당국과의 분규와 알력은 더욱 심해졌다.

11월 하순이 되자 아침에는 기온이 상당히 내려갔다. 억수 같은 비가 몇 차례 퍼부어서 아스팔트 길을 깨끗이 씻어 내고 하늘을 맑게 닦아 내어 반짝이는 거리 위로 구름 한 점 없는 하늘을 보여 주었다. 힘을 잃은 태양이 매일 아침 시가지 위에 번득거리는 냉랭한 햇살을 퍼뜨리고 있었다. 저녁때가 되면 반대로 공기는 오히려 훈훈해지곤 했다. 바로 그런 때를 골라서 타루는 의사 리유에게 자기의 속마음을 조금씩 털어놓기 시작했다.

타루는 어느 날 저녁 10시경에, 지루하고 고달픈 하루를 보내고 나서 그 해수쟁이 영감 집에 저녁 왕진을 가는 리유를 따라갔다. 구시가의 집들 위로 하늘이 부드럽게 빛나고 있었다. 산들바람이 어두운 네거리를 거슬러 소리 없이 불어오고 있었다. 고요한 거리에서 올라오자마자 그 두 남자는 노인의 수다와 맞닥뜨리게 되었다. 노인은 그들에게, 못마땅한 것이 너무나 많다, 수지맞는 것은 늘 똑같은 놈들이다, 그릇을 너무 밖으로 내돌리면 결국 깨지고 만다, 이러다가는 결국 — 이 대목에서 그는 손을 비볐다 — 무슨 소동이 일어나고 말 거라는 식으로 떠들어 댔다. 의사가 치료를 하고 있는 동안에도, 노인은 여러 가지 일에 대해서 그치지 않고 설명을 늘어놓는 것이었다.

위층에서 누군가 걸어 다니는 소리가 들렸다. 늙은 마누라가 타루의 궁금해하는 표정을 보고, 이웃집 여자들이 테라스에 나와 있는 것이라고 설명했다. 그 설명을 듣고 그들은, 그 위로 올라가면 전망이 좋고 집들의 테라스가 서로 한쪽이 통해 있어서, 그 동네 여자들은 제집 밖으로 나가지 않고도 쉽사리 남의 집을 방문할 수 있다는 사실을 동시에 알게 되었다.

"그렇습니다." 하고 노인이 말했다. "올라가 보십시오. 거기는 공기가 좋답니다."

테라스에는 아무도 없었고, 의자만 세 개 놓여 있었다.

한쪽으로는 테라스가 줄지어 보였으며, 그 끝에는 컴컴하고 울룩불룩한 덩어리가 드러나 있었는데, 그것이 첫 번째 산언덕임을 알아볼 수 있었다. 또 한편으로는 몇몇 거리와 보이지 않는 항구 너머로, 하늘과 바다가 어렴풋이 고동치며 뒤섞여 있는 수평선이 내다보였다. 그것은 몹시 가슴 설레게 만드는 것이었다. 그들이 낭떠러지라고 알고 있는 그 너머에서는, 어디서 오는지도 모를 불빛 한 줄기가 규칙적으로 깜박이고 있었다. 지난봄부터 해협의 등대가, 다른 항구들로 항로를 돌리는 선박들을 위해서 계속 불빛을 비춰 주고 있었던 것이다. 바람에 쏠리고 닦인 하늘에서는 맑은 별들이 반짝이고, 등대의 머나먼 불빛이 가끔가다가 거기에 순간적으로 회색빛을 섞어 주곤 하는 것이었다. 미풍이 향료와 돌의 냄새를 실어 왔다. 주위는 완전한 침묵에 잠겨 있었다.

"좋군요." 리유가 앉으면서 말했다. "마치 여기는 페스트가 절대로 올라오지 못할 곳 같군요."

타루는 그에게 등을 보이고 바다를 보고 있었다.

"네." 얼마 후에 그가 말했다. "좋군요."

그는 의사 곁에 와 앉아서 유심히 그를 보았다. 불빛이 하늘에서 세 번 나타났다. 길의 안쪽 깊숙한 곳으로부터 접시 부딪히는 소리가 그들에게까지 들려왔다. 집 안에서 문이 닫히는 소리가 났다.

"리유!" 하고 타루는 아주 자연스러운 어조로 말했다. "내가 어떤 사람인지 한 번도 알려고 하지 않으셨지요? 나한테 우정을 느끼십니까?"

"네." 하고 리유가 말했다. "당신에게 우정을 느끼고 있지요. 그러나 아직까지 우리에겐 시간이 없었죠."

"좋습니다, 그렇다면 안심입니다. 그럼 이 시간을 우정의 시간으로 할까요?"

대답 대신 리유는 그에게 미소를 지어 보였다.

"자, 그럼……."

멀리 어떤 거리에선가 자동차 한 대가 축축한 도로 위로 오랫동안 미끄러지고 있는 모양이었다. 자동차가 멀어지자, 그 뒤로 알 수 없는 고함 소리들이 멀리서 터져 나와 침묵을 깨뜨렸다. 그다음에 침묵은 하늘과 별의 온 무게를 싣고 그 두 사람을 다시금 내리눌렀다. 타루는 일어서서, 여전히 의자에 몸을 깊이 묻고 있는 리유의 맞은편 난간에 걸터앉았다. 그의 모습은 하늘에 새겨 놓은 육중한 덩어리로밖에는 보이지 않았다. 그는 아주 오랫동안 이야기를 했다. 그가 한 이야기를 적어 보면 대략 다음과 같다.

"간단히 말하자면 리유, 나는 이 도시와 전염병을 만나기 훨씬 전부터 페스트로 고생한 사람입니다. 그것은 말하자면, 나도 이곳의 모든 사람과 마찬가지란 얘기죠. 그러나 세상에는 그런 것을 모르는 사람들도 있고, 그런 상태에서도 좋다고 살아가는 사람들도 있고, 또 그런 것을 알면서 거기서 어떻게든 빠져나가 보려고 애쓰는 사람들도 있어요. 나는 항상 빠져나가려고 했어요.

젊었을 때, 나는 결백하다는 생각을 품었어요. 말하자

면, 전혀 생각이라고는 하지 않았던 거나 마찬가지죠. 나는 고민하는 성격도 아니었고, 사회 진출도 적당하게 이루어졌어요. 머리도 괜찮았고, 여자들도 곧잘 따랐고, 모든 것이 순조로웠죠. 혹 가다 불안감이 생기기도 했지만 이내 잊고 말았어요. 그런데 어느 날 나는 반성하기 시작했어요. 이제는…….

미리 말해 두지만, 나는 당신처럼 가난하지는 않았어요. 우리 아버지는 차장검사로 계셨는데 그만하면 좋은 자리지요. 그러나 아버지는 본시가 호인이어서 그런 티가 나지 않았어요. 어머니는 단순하고 겸손했어요. 나는 언제나 변함없이 어머니를 사랑해 왔지요. 그러나 그 이야기는 안 하는 편이 더 좋겠어요. 아버지는 나를 애지중지하셨어요. 그래서 나를 이해하려고 애쓰셨다고까지 나는 생각하고 있어요. 지금 생각해 보면 틀림없다 싶은데, 밖에서는 바람도 꽤 피우신 모양이지만 그렇다고 해서 내가 그것 때문에 조금이라도 분개하는 것은 아닙니다. 아버지는 의당 함 직한 일이나 하시지 남의 눈에 충격적으로 보이는 행동은 하지 않았으니까요. 간단히 말해서, 그렇게 특출한 인물은 아니었어요. 돌아가시고 난 지금 생각해 보면, 성인처럼 살지도 않았지만 그렇다고 악인도 아니셨던 것 같아요. 뭐 그저 그런 중간이었죠. 그뿐이에요. 그리고 그런 유형의 인물에게서 사람들은 적당한 애정, 오래 유지해 갈 수 있는 애정을 느끼죠.

그래도 아버지에겐 한 가지 특징이 있었습니다. 그는 늘

『철도 여행 안내』란 책을 머리맡에 두고 읽곤 했습니다. 그렇다고 별로 여행을 자주 가시는 것도 아니고, 다만 휴가 때 땅을 조금 가진 브르타뉴에나 가 보실 정도였어요. 그러나 그는 파리에서 베를린 사이를 오가는 열차의 출발 및 도착 시간이라든가, 리용에서 바르샤바까지 가려면 어디서 몇 시 몇 시에 갈아타야 되는가, 이 수도에서 저 수도까지는 몇 킬로미터라든가 이런 것들을 정확하게 알고 계셨어요. 브리앙송에서 샤모니까지는 어떻게 가면 되는지 말하실 수 있으세요? 역장이라도 그런 물음에는 쩔쩔맬 겁니다. 아버지는 달랐어요. 거의 매일 저녁 그 점에 대한 지식을 풍부히 하려고 공부를 하셨고 그것을 아주 자랑으로 여기고 계셨어요. 나도 재미를 단단히 붙여서 자주 아버지에게 질문을 던져 보곤 했어요. 그러고는 아버지의 대답을 책에서 찾아보고, 그것이 틀림없다는 것을 확인하고는 좋아했지요. 그런 자질구레한 연습 덕분에 우리 부자간의 정은 매우 두터워졌습니다. 왜냐하면 나는 아버지에게 아주 성의가 가상한 청중의 한 사람이 되어 드렸기 때문입니다. 나로서는 철도에 관한 해박한 지식도, 다른 어떤 것에 대한 해박한 지식과 마찬가지로 가치가 있다고 생각했습니다.

그러나 이러다가는 그 정직한 분을 너무나 중요한 인물로 만들까 두렵군요. 결국 아버지는 내 결심에 대해서 간접적인 영향을 미쳤을 뿐이니 말입니다. 기껏해야 내게 어떤 기회를 만들어 주신 것뿐입니다. 내가 열일곱 살 때, 아버지는 나더러 자신의 논고를 들으러 오라고 하셨어요. 그 사건은 중죄 재판소에서 공판을 받는 어느 중대 사건이었는데, 아버지는 필시 그날 자신의 가장 훌륭한 모습을 보여 줄 수 있을 것으로 생각하신 모양이죠. 또한 젊은 사람의 상상력을 자극하기에 적합한 그러한 의식을 통해, 나도 아버지 자신이 택한 길로 들어가게 하려는 생각이었다고 믿습니다. 나는 그러겠다고 했죠. 아버지가 좋아하실 것 같기도 했고, 또 우리 가족들에게 하시던 것과 다른 역할을 하시는 것을 보고 듣고 싶다는 생각도 들었거든요. 그 이상은 아무 생각도 없었어요. 그전까지만 해도 나는 법정에서 일어나는 일은 7월 14일의 사열식이라든가, 어떤 상장 수여식 같은 것과 마찬가지로 자연스럽고도 불가피한 것으로 늘 생각했지요. 극히 추상적인 관념이었는데도 그것이 그리 거리끼지는 않았어요.

그러나 그날, 내가 간직하게 된 유일한 이미지, 그것은 죄인의 이미지뿐이었습니다. 나는 그 사람이 사실 죄가 있다고 생각했지만 그것이 무엇이었는가는 거의 문제가 아니었어요. 그러나 그 머리털이 빨간 키 작고 가엾은 남자는 모든 것을 인정하기로 결심을 했는데, 자기가 저지른 일과 이제 자기에게 가해질 일에 너무나도 겁을 먹은 표정이어서, 얼마 후에 내게는 그 사람밖에 아무것도 보이는 것이 없게 되었습니다. 그는 마치 너무 강한 햇빛을 받고 겁먹은 올빼미처럼 보였습니다. 넥타이의 매듭도 와이셔츠의 칼라 단추를 끼운 곳에 반듯하게 매여 있지 않았어요.

그는 오른손 손톱을 깨물고 있었어요. 하여튼 더 이상 자세히 설명하지는 않겠지만 그가 살아 있는 사람이라는 건 아셨을 겁니다.

그러나 그때까지 나는 그를 '피고'라는 편리한 개념을 통해서밖에는 생각지 않았다는 것을 문득 깨달았어요. 그때 내가 아버지 생각을 아주 잊었다고는 말할 수 없지만 무엇인가가 내 배를 꽉 졸라매고 있는 기분이어서 그 형사 피고인 외에는 아무것에도 주의를 기울일 수가 없었습니다. 거의 아무것도 귀에 들리지 않았어요. 나는 사람들이 멍청하게 살아 있는 그 사람을 죽이려 한다는 것을 느끼자 물결처럼 밀려오는 굉장한 본능을 억제할 수가 없어 거의 맹목적인 고집으로 그 남자 편을 들고 있었습니다. 내가 정신을 다시 차린 것은 아버지의 논고가 시작되었을 때입니다.

붉은 옷을 입은, 호인도 못 되고 다정한 사람도 못 되는 아버지의 입에서는 굉장한 말들이 우글거리고 있다가 마치 뱀처럼 줄을 이어 튀어나오는 것이었습니다. 그리고 그때 나는 아버지가 사회의 이름으로 그 남자의 죽음을 요구하고 있다는 것을, 그리고 심지어는 그 남자의 목을 자르라고 요구한다는 것을 깨달았어요. 사실 아버지는 이렇게 말했을 뿐이었어요. '그의 목은 마땅히 떨어져야 합니다.' 그러나 결국 그게 그거 아니겠어요? 결국 아버지는 그 남자의 목을 차지하셨으니까요. 다만 그때 하수인이 아버지가 아니었을 뿐이지요. 그리고 그 후, 나는 특히 이 사건만은 결론이 날 때까지 방청을 했는데, 그 불행한 남자에 대해서, 아버지는 도저히 느껴 보지도 못하실 아찔할 만큼의 친밀감을 느꼈어요. 그래도 아버지는 관례에 따라서, 사람들이 정중하게 소위 최후의 순간이라고 부르는 것에 참석했을 겁니다. 그 순간이야말로 가장 비열한 살인이라고 불러야 할 겁니다.

그때부터 나는 『철도 여행 안내』만 보아도 끔찍해서 구역질이 났습니다. 그때부터 나는 법이니 사형선고니 형의 집행이니 하는 것에 대해 혐오감과 함께 관심을 갖게 되었습니다. 그리고 아버지가 벌써 몇 차례나 그러한 살인 현장에 입회해 왔고, 그리고 그가 아침 일찍 일어나는 날이 바로 그런 날이었다는 것을 알았을 때 나는 현기증을 느꼈습니다. 그렇습니다. 아버지는 그런 경우엔 자명종을 틀어 놓곤 했습니다. 나는 감히 그런 말을 어머니에게 하지는 못했지만, 어머니를 더 주의해서 관찰했어요. 그리고 내가 알아낸 것은, 부모님 두 분 사이에는 이제 아무것도 없고, 어머니는 그저 체념의 생활을 하고 계시다는 것이었습니다. 그런 것으로 어머니는 용서해 줄 수 있었습니다. 그때 나는 그런 식으로 말을 하곤 했죠. 후에 안 일이지만, 어머니는 용서받아야 할 것이 하나도 없었습니다. 왜냐하면 어머니는 결혼할 때까지 내내 가난에 시달렸고 가난에서 체념을 배웠으니 말입니다.

아마 선생은 내가 곧 집에서 뛰쳐나왔다고 말할 것을 기대하고 계실 겁니다. 아닙니다. 나는 그대로 몇 달, 아마

거의 일 년은 더 집에 머물러 있었죠. 그러나 내 마음은 병이 들어 있었습니다. 어느 날 저녁, 아버지가 일찍 일어나야겠으니 자명종을 가져오라고 말했어요. 나는 그날 밤, 한잠도 못 잤습니다. 그 이튿날 아버지가 돌아왔을 때, 나는 집을 떠나고 없었습니다. 바로 말씀드리자면, 아버지는 나를 찾으셨죠. 그래서 나는 아버지를 보러 갔어요. 가서 아무런 설명도 안 하고 침착하게, 만약 나를 강제로 돌아오게 하면 자살해 버리겠다고 했어요. 결국 아버지가 졌어요. 왜냐하면 본래 성격이 온순한 편이셨으니까요. 그리고 제 손으로 벌어먹는다는 어리석음에 대해(아버지는 나의 행동을 그렇게 해석하셨는데, 나는 그 오해를 굳이 풀어 드리려 하지 않았지요) 연설을 늘어놓고 수천 가지 주의를 주고, 진정에서 우러나오는 눈물을 눌러 참더군요. 그 후, 그 후라야 아주 오랜 후의 일이지만, 나는 정기적으로 어머니를 만나러 집에 들르곤 했는데 그때 아버지도 뵀었지요. 그런 관계로 그는 만족했던가 봐요. 나로서는 아버지에게 별로 원한을 품고 있지도 않았고, 다만 마음속에 얼마간의 슬픔을 느꼈을 뿐이었어요. 아버지가 돌아가시자 나는 어머니하고 같이 살았는데, 어머니가 돌아가시지만 않았다면 지금도 모시고 있었을 겁니다.

내가 그 첫출발 시절 이야기를 길게 늘어놓은 것은, 그것이 모든 것의 첫출발이었기 때문입니다. 앞으로는 좀 더 빨리하겠어요. 나는 열여덟 살 때 그 안락한 생활에서 벗어나면서 이내 가난의 맛을 알았습니다. 나는 먹고살기 위해서 별별 짓을 다 했지만 그런대로 성공을 한 셈이었어요. 그러나 나의 흥미를 끄는 것은 사형선고였습니다. 나는 그 붉은 머리털을 한 올빼미 씨하고 결말을 지어 보고 싶었죠. 그래서 결과적으로 나는 소위 정치 운동을 하게 되었어요. 나는 결코 페스트 환자가 되고 싶지 않았어요. 그뿐이죠. 내가 살고 있는 사회는 사형선고라는 기반 위에 서 있으니, 그것과 투쟁함으로써 살인 행위와 싸우겠다고 생각했어요. 나는 그렇게 믿었고, 다른 사람들도 그렇게 말했으며, 또 대체로 그것은 진실이었습니다. 그래서 나는 내가 좋아하는 사람들, 내가 변함없이 좋아하는 사람들하고 함께 일을 시작했어요. 나는 그 일에 오래 종사했고, 유럽의 각 나라 중에서 내가 더불어 투쟁하지 않은 곳이라곤 없을 정돕니다. 자아, 다음 이야기로 들어가겠어요.

물론 우리들도 역시 때에 따라서는 사형선고를 내리고 있다는 것을 나는 알고 있었어요. 그러나 그런 몇몇 사람의 죽음은 더 이상 아무도 사람을 죽이지 않는 세계로 이끌어 가기 위해서 필요한 일이라고 말하는 사람들이 있었어요. 어떤 의미에서는 그것도 진실이었으나, 어쨌든 나로서는 그런 종류의 진실을 받아들일 수는 없었던 것 같습니다. 확실한 것은, 내가 주저하고 있었다는 사실입니다. 그러나 나는 그 올빼미 씨 생각을 했고, 언제나 계속할 것 같았어요. 내가 사형집행을 구경한 그날(그것이 헝가리에서의 일이었어요)이 될 때까지는 말입니다. 그날, 어린애였던 나를 휘어잡았던 바로 그 현기증이 어른이 된 나의 눈을 캄캄하게 만들었어요.

 혹 사람을 총살하는 것을 보신 일이 있으신가요? 못 보셨겠죠, 물론. 그것은 대개 초청받은 사람들에게만 보여 주게 되어 있고, 참석자는 미리 선정돼 있으니까요. 그 결과 선생님 같은 분들의 지식은 그림이나 책에 국한되어 있습니다. 눈가리개, 말뚝, 한참 떨어져 서 있는 병사들. 천만에, 그런 것이 아닙니다. 총살형 집행반은 뜻밖에도 사형수로부터 일 미터 오십 센티 거리에 자리 잡고 있다는 것을 아시나요? 사형수가 두 걸음만 앞으로 나가면 가슴에 총부리가 부딪치는 것을 아시나요? 그렇게 가까운 거리에서 사격수들이 심장 근처를 집중 사격하면, 굵직한 탄환들이 한데 뭉쳐서 주먹이라도 들어갈 만한 구멍을 뚫어 놓는 걸 아시나요? 모르십니다. 선생님은 모르시지요. 그런 자세한 내용은 아무도 이야기해 주지 않으니까. 인간의 잠이라는 것은, 페스트 환자들이 느끼는 생명보다도 더 신성한 것입니다. 선량한 사람들이 잠자는 것을 막아서는 안 됩니다. 그걸 막으려면 어느 정도의 악취미가 있어야 하는 법이지요. 누구나 다 아는 것이지만, 취미란 애써 고집을 부리지 않는 것을 말하지요. 그러나 나는 그 무렵부터 잠을 잘 자지 못했습니다. 악취미를 버릴 수가 없었고, 여전히 고집을 부리고 있었습니다. 다시 말해서, 늘 그 생각만 하고 지냈단 말입니다.

 그때, 나는 깨달았습니다. 나야말로 나의 온 힘과 정신을 기울여 바로 그 페스트와 싸운다고 생각하며 살아온 그 오랜 세월 동안 내가 끊임없이 페스트를 앓고 있었다는 것을 말입니다. 나는 내가 간접적으로 인간 수천 명의 죽음에 동의했다는 것, 필연적으로 그러한 죽음에 이르도록 만든 행위나 원칙들을 선(善)이라고 인정함으로써 나 자신이 그러한 죽음을 야기하기까지 했다는 것을 알았습니다. 딴 사람들은 그런 것으로 속을 썩이는 것 같지 않았고, 적어도 자발적으로 그런 이야기를 꺼내는 일은 결코 없었습니다. 그러나 나는 목구멍이 착 달라붙는 것같이 괴로웠어요. 나는 그들과 같이 있으면서도 외로웠어요. 내가 나의 께름칙한 마음을 표시할라치면, 그들은 나에게 지금 때가 어떤 때인지 잘 생각해야 한다고 말하는 것이었고, 흔히 감동적인 이유들을 내세워 아무리 해도 소화되지 않는 것을 내게 삼키도록 하는 것이었습니다. 그러나 나는 저 거물급의 페스트 환자들, 붉은 제복을 입은 사람들 역시 그런 경우에 나름대로의 그럴듯한 이유가 있는 것이고, 만약 내가 불가항력이라는 이유로 군소 페스트 환자들이 주장하는 요구를 용인한다면, 거물급들의 요구도 물리칠 수 없게 될 거라고 대답했습니다. 그들은 나에게, 붉은 제복이 옳음을 인정하는 태도는 곧 그들에게 사형선고를 전적으로 일임하는 거라고 지적하는 것이었습니다. 그러나 그때 나는 이렇게 생각했습니다. 일단 한번 양보하면 끝도 없이 양보를 해야 한다고 말입니다. 역사는 내 생각이 옳다는 것을 증명해 주었습니다. 오늘날에는 누가 더 많이 죽이는지 경쟁하는 것 같으니 말이에요. 그들은 모두가 살인에 미친 듯이 열중해 있습니다. 달리 어쩔 도리가 없기 때문이지요.

어쨌든 나의 문제는 이치를 따지는 것이 아니었습니다. 나의 문제는 그 붉은 머리털을 한 올빼미였고 그 더러운 모험이었습니다. 페스트균에 감염된 저 더러운 입들이 쇠사슬에 매인 어떤 남자를 향해서 너는 죽는다고 선고를 내리고, 그 남자가 두 눈을 뜬 채로 살해당할 그날을 기다리며 몸서리치는 고뇌의 여러 밤을 보낸 다음, 결국 죽음을 맞이하도록 모든 조치가 취해진 그러한 더러운 모험 말입니다. 나의 문제는 가슴에 뻥 뚫린 그 구멍이었습니다. 그래서 나는 이렇게 생각하곤 했어요. 그래도 최소한 나로서는 그 진저리 나는 도살 행위에 대해 단 한 가지라도, 오직 한 가지라도 정당성을 부여하는 것은 절대로 거부하겠다고요. 그렇습니다. 나는 더 뚜렷하게 사리를 깨달을 때까지 고집스럽게 맹목적인 태도를 지켜 나갈 겁니다.

그 이후로 내 마음은 변하지 않았습니다. 오랫동안, 나는 부끄러워했어요. 아무리 간접적이라 하더라도, 또 아무리 선의에서 나온 것이었다 하더라도 나 역시 살인자 측에 끼어들었다는 것이 정말 부끄러웠습니다. 시간이 지나감에 따라서 내가 깨달은 것은, 다른 사람들보다 나은 사람들조차도, 오늘날의 모든 논리 자체가 잘못되어 있기 때문에, 사람을 죽게 하는 위험을 무릅쓰지 않고서는 이 세상에서 몸 한번 마음대로 움직일 수 없다는 것이었습니다. 그렇습니다. 나는 여전히 부끄러웠고, 우리들 모두가 페스트 속에 있다는 것을 깨달았습니다. 그래서 나는 마음의 평화를 잃어버리고 말았습니다. 나는 오늘날도 그 평화를 되찾아서, 모든 사람을 이해하고 그 누구에게도 치명적인 원수가 되지 않으려고 애쓰고 있습니다. 나는 다만, 이제 다시는 페스트에 전염되지 않으려면 반드시 해야만 할 일을 해야 한다는 것을, 그것만이 우리들로 하여금 평화를 되찾을 수 있게 해 준다는 것을, 평화가 아니라면 적어도 떳떳한 죽음을 바랄 수 있게 해 준다는 것을 알고 있습니다. 그것이야말로 인간을 편하게 만들어 주는 것이며, 비록 인간을 구원해 주지는 못한다 하더라도 최소한 그들에게 되도록 해를 덜 끼치며, 때로는 약간의 선까지 행하도록 해 줄 수 있는 것입니다. 그래서 나는 직접적이건 간접적이건, 좋은 이유에서건 나쁜 이유에서건 사람을 죽게 만들거나 또는 죽게 하는 것을 정당화하는 모든 걸 거부하기로 결심했습니다.

또한 그렇기 때문에, 이번 이 유행병이 내게 가르쳐 준 것은 아무것도 없습니다. 있다면 당신들 편에 서서 그 병과 싸워야 한다는 것뿐입니다. 내가 확실히 알고 있는 것은(그렇습니다, 리유. 아시다시피 나는 인생 만사를 다 알고 있지요), 사람은 제각기 자신 속에 페스트를 지니고 있다는 것입니다. 왜냐하면 세상에서 그 누구도 그 피해를 입지 않는 사람은 없기 때문입니다. 그리고 늘 스스로를 살펴야지 자칫 방심하다가는 남의 얼굴에 입김을 뿜어서 병독을 옮겨 주고 맙니다. 자연스러운 것, 그것은 병균입니다. 그 외의 것들, 즉 건강, 청렴, 순결성 등은 결코 멈춰서는 안 될 의지의 소산입니다. 정직한 사람, 즉 거의 누구에게도 병독을 감염시키지 않는 사람이란 될 수 있는 대로 마음이 해이해지지 않는 사람을 말하는 것입니다. 그런데 결코 해이해지지 않기 위해서는 그만한 의지와 긴장이 필요하단 말입니다. 그렇습니다, 리유. 페스트 환자가 된다는 것은 피곤한 일입니다. 그러나 페스트 환자가 되지 않으려고 발버둥치는 것은 더욱더 피곤한 일입니다. 바로 그렇기 때문에 모든 사람이 다 피곤해 보이는 것입니다. 왜냐하면 오늘날에는 누구나가 어느 정도는 페스트 환자니까요. 그러나 페스트 환자 노릇을 그만하려고 애쓰는 몇몇 사람들이, 죽음 이외에는 그들을 해방해 줄 것 같지 않은 극도의 피로를 체험하고 있는 것도 바로 그 때문입니다.

그러다 보니 나는 내가 이 세상에 대해서 아무 쓸모가 없다는 것, 죽이는 것을 단념한 그 순간부터 나는 결정적인 추방을 선고받은 인물이 되었다는 것을 알게 되었습니다. 역사를 만드는 것은 다른 사람들입니다. 나는 또한 내가 그 사람들을 표면적으로 비판할 수 없다는 것도 알고 있습니다. 나에게는 이성적인 살인자가 될 자질이 없으니까요. 그러니까 그것은 우월성이 아닙니다. 그러나 이제 나는, 본래 있는 그대로의 내가 되기로 했고 겸손이라는 것을 배웠습니다. 다만 나는 지상에 재앙과 희생자들이 있으니 가능한 한은 재앙의 편을 들기를 거부해야 한다고 말하렵니다. 아마 좀 단순하다고 보실지도 모릅니다. 단순한

지 어떤지 나는 잘 모르지만, 아무튼 그것이 진실이라는 것을 알고 있습니다. 나는 너무 여러 가지 이론들을 들어서 머리가 돌아 버릴 뻔했고, 그 이론들 때문에 실제로 다른 사람들은 살인 행위에 동의할 정도로 머리가 돌아 버렸어요. 그래서 나는 인간의 모든 불행은 그들이 정확한 언어를 쓰지 않는 데서 온다는 것을 깨달았습니다. 그래서 정도를 걸어가기 위해 정확하게 말하고 행동하기로 마음먹었습니다. 따라서 나는 재앙과 희생자가 있다고만 말할 뿐, 그 이상은 더 말하지 않습니다. 그렇게 함으로써 비록 나 자신이 재앙 그 자체가 되는 일이 있다 할지라도 그것에 동조하지는 않을 겁니다. 나는 차라리 죄 없는 살인자가 되길 바랍니다. 보시다시피 이건 그리 큰 야심은 아닙니다.

물론 제3의 범주, 즉 진정한 의사로서의 범주가 필요하겠지만, 그러나 이런 것은 그리 흔하게 볼 수 있는 것이 아니고, 더구나 그것은 아마도 어려운 일일 겁니다. 그래서 나는 어느 경우에는 희생자들 편에 서서 그 피해를 되도록 줄이기로 마음먹는 것입니다. 희생자들 가운데서 나는 적어도 어떻게 하면 제3의 범주, 즉 마음의 평화에 도달할 수 있는가를 탐구할 수는 있습니다."

타루는 이야기를 맺으면서, 다리 한쪽을 흔들다가 테라스 바닥을 가볍게 탁탁 치는 것이었다. 잠시 동안 묵묵히 있던 의사는 몸을 약간 일으키면서 타루에게, 마음의 평화에 도달하기 위해서 걸어야 할 길이 어떤 것일지 생각해 본 것이 있느냐고 물었다.

"물론 그건 공감이죠."

멀리서 구급차의 사이렌이 두 번 울렸다. 조금 전만 해도 희미했던 그 아우성 소리가, 시 경계선 근처의 돌이 많은 언덕 가까이로 몰려가고 있었다. 동시에 무슨 폭발 소리 같은 것이 들려왔다. 그러다가 다시 조용해졌다. 리유는 등댓불이 두 번 깜빡거리는 것을 보았다. 산들바람이 거세어지는 것 같더니 이와 때를 같이해서 소금 냄새를 실은 바람이 바다로부터 훅 불어왔다. 이제는 낭떠러지에 부딪치는 둔탁한 소리가 뚜렷이 들려왔다.

"결국." 하고 솔직한 어조로 타루가 말했다. "내 관심사는, 어떻게 하면 성인(聖人)이 되는가 하는 것입니다."

"그러나 신은 안 믿으시면서?"

"바로 그렇기 때문이죠. 오늘날 내가 아는 단 하나의 구체적인 문제는 사람은 신 없이 성인이 될 수 있는가 하는 것입니다."

갑자기 아까 고함 소리가 들려오던 곳에서 큰 불빛이 솟아오르더니, 바람결 흐름을 거슬러 어렴풋한 함성이 그 두 사람에게까지 들려왔다. 불빛은 곧 침침해지고, 멀리 테라스 끝의 불그스레한 빛만이 남았다. 바람이 그친 뒤에도 사람들의 고함 소리가 뚜렷하게 들려오다가, 이어서 사격 소리와 군중의 함성이 들렸다. 타루가 일어서서 귀를 기울였다. 그 이상은 아무것도 들리지 않았다.

"또 시의 문에서 싸움이 붙었군요."

"이제는 끝난 모양입니다." 하고 리유가 말했다.

타루는, 절대로 끝나지 않았으며 아직도 희생자가 남아 있을 것이라고, 순서가 그렇게 되어 있기 때문이라고 중얼거렸다.

"그럴지도 모르죠." 하고 의사가 대답했다. "그렇지만 말입니다. 나는 성인들보다는 패배자들에게 더 연대 의식을 느낍니다. 아마 나는 영웅주의라든가 성자 같은 것에는 취미가 없는 것 같아요. 내가 관심을 두고 있는 것은 그저 인간이 되겠다는 것입니다."

"그럼요, 우리는 같은 것을 추구하고 있어요. 다만 내가 야심이 덜할 뿐이죠."

리유는 타루가 농담하는 줄 알고 그의 얼굴을 보았다. 그러나 하늘에서 내려오는 어렴풋한 빛 속에 선 그의 얼굴에는 어떤 비애와 진지함이 담겨 있었다. 바람이 다시 일기 시작했고 리유는 피부에 그 미지근한 감촉을 느꼈다. 타루는 몸을 움직였다.

"우리들이 우정을 위해서 무엇을 하면 좋을지 아세요?" 하고 그가 물었다.

"좋으실 대로 합시다." 리유가 말했다.

"해수욕을 하는 거죠. 미래의 성인에게 그것은 어울리는 쾌락입니다."

리유는 미소를 짓고 있었다.

"우리가 가진 통행증이면 방파제까지 갈 수 있어요. 정말이지 페스트 속에서만 살아야 한다는 건 너무 바보 같아요. 물론 인간은 희생자들을 위해서 싸워야 하죠. 그러나 사실 아무것도 사랑하지 않게 되고 만다면 투쟁은 해서 뭣하겠어요?"

"그럼요." 리유가 말했다. "자, 갑시다."

잠시 후 자동차는 항구의 철책 앞에 와서 멎었다. 달이 떠 있었다. 우윳빛 하늘이 도처에 엷은 그늘을 던지고 있었다. 그들 뒤에서는 시가지가 층계를 이루고 있었고, 거기서 불어오는 후덥지근하고 병든 바람이 그들을 점점 더 바다 쪽으로 밀어 대고 있었다. 그들이 신분증을 보초에게 보여 주자, 보초는 오랫동안 그것을 들여다보았다. 그들은 초소를 통과해서 큰 통들이 뒤덮인 둑 너머로, 포도주와 생선 냄새가 나는 속을 뚫고 방파제를 향해서 갔다. 거기에 이르기도 전에 요오드 냄새와 해초 냄새가 바다가 가까이 있다는 것을 알려 주었다. 그리고 파도 소리가 들려왔다.

바다는 커다란 덩어리를 이루고 있는 방파제 밑에서 부드럽게 철썩거렸는데, 그들이 그 위를 기어 올라가자 비로드처럼 톡톡하고, 짐승처럼 유연하고 매끄러운 바다가 나타났다. 그들은 바다를 향한 채 바윗돌 위에 자리를 잡고 앉았다. 물이 부풀어 올랐다가 다시 서서히 주저앉곤 했다. 바다의 그 고요한 호흡에 따라 기름을 바른 것 같은 반사광이 물 위에 나타났다가 사라지곤 했다. 그들 앞에, 밤은 무한히 가로놓여 있었다. 손바닥 밑에 바윗돌의 울퉁

불퉁한 감촉을 느끼는 리유의 마음속에 이상한 행복감이 가득 차올랐다. 타루에게로 고개를 돌리자 그는 친구의 침착하고 심각한 얼굴에서도 그 어느 것 하나, 심지어는 그 살인 행위까지도 잊지 않고 있는, 똑같은 행복감을 알아볼 수 있었다.

그들은 옷을 벗었다. 리유가 먼저 물에 몸을 던졌다. 처음에는 차갑던 물이, 다시 떠올랐을 때는 미지근하게 느껴졌다. 몇 번 평영을 하고 나니, 그날 저녁 바다는 여러 달을 두고 축적된 열을 대지로부터 옮겨 받아 아직도 가을 바다의 따뜻한 온도를 그대로 지니고 있는 것을 알 수 있었다. 그는 규칙적으로 헤엄을 쳤다. 발을 풍덩거릴 때마다 그의 뒤에는 하얀 물거품이 남고, 두 팔을 따라 흘러내린 물이 다리로 흘렀다. 무겁게 풍덩 하는 소리로 타루가 뛰어든 것을 알았다. 리유는 물 위에 드러누워서 움직이지 않고 달과 별들로 가득 찬 하늘을 바라보았다. 그는 길게 숨을 쉬었다. 그러자 밤의 침묵과 고요 속에서 물 튀기는 소리가 신기하게도 점점 뚜렷하게 들려왔다. 타루가 가까이 오자, 이윽고 그의 숨소리까지 들렸다. 리유는 몸을 뒤집어서 자기 친구와 나란히 같은 리듬으로 헤엄을 쳤다. 타루는 그보다 더 힘차게 전진하고 있었다. 그래서 그는 좀 더 속력을 내야 했다. 몇 분 동안 그들은 같은 리듬, 같은 힘으로 세상을 멀리 떠나, 단둘이서 마침내 도시와 페스트에서 해방이 되어서 전진했다. 리유가 먼저 멈추었다. 그리고 그들은 천천히 되돌아왔다. 다만 도중에 한순간,

그들은 얼음처럼 싸늘한 물결을 만났다. 그들 두 사람 다 그러한 바다의 기습에 겁을 먹은 듯 아무 말도 없이 서둘러 헤엄쳤다.

 그들은 다시 옷을 주워 입고, 말 한마디 입 밖에 내지 않은 채 발길을 돌렸다. 그러나 그들은 똑같은 심정이었고, 그날 밤의 추억은 달콤한 것이었다. 멀리 페스트의 보초병이 보일 때 리유는, 타루도 역시 자기처럼, 페스트가 조금 아까 잠시 동안이나마 우리들을 잊고 있어서 좋았는데 이제 또다시 시작이군, 하고 속으로 생각하고 있다는 것을 알 수 있었다.

그렇다. 다시 시작해야만 했다. 페스트는 누구든지를 너무 오랫동안 잊어버리는 법이 없었다. 12월 내내, 페스트는 우리 시민들의 가슴속에서 타올랐고, 화장터의 화덕에 불을 질렀고, 맨손의 허깨비 같은 사람들로 수용소를 가득 채우는 등, 어쨌든 멎을 줄 모르고 그 끈덕지고도 발작적인 걸음으로 전진했다. 당국은 날씨가 추워지면 병세가 수그러들 것으로 예상했지만, 오히려 페스트는 며칠 동안 계속된 겨울의 첫추위에도 물러갈 줄 모른 채 기승을 떨었다. 더 기다려야만 했다. 그러나 사람이란 기다림에 지치면 아예 기다리지 않게 되는 법이다. 그래서 우리들의 도시 전체는 미래의 희망 없이 살고 있었다.

의사로 말하면, 그가 누릴 수 있었던 평화와 우정의 그 덧없는 한순간 역시 내일의 약속은 없는 것이었다. 병원이 또 하나 생겼으므로 이제 리유가 대하는 사람이라고는 환자밖에는 없게 되었다. 그런 중에도 페스트는 점점 폐장성의 형태를 띠어 가는 반면, 환자들은 어느 정도 의사에게 협조하는 경향을 보이고 있음을 알 수 있었다. 그들은 초기의 허탈과 광태에서 벗어나 자기들의 이익에 관해서 좀 더 올바른 생각을 품게 된 듯싶었으며, 자기들을 위해서 가장 이로울 수 있는 것을 스스로 요구했다. 그들은 줄곧 마실 것을 요구했으며 모두들 따뜻한 것을 원했다. 의사로서는 피곤하기는 예나 마찬가지였지만, 그래도 그러는 경우를 만나면 덜 고독하다는 느낌이 들었다.

12월 말경, 리유는 아직도 수용소에 있는 예심판사 오통 씨로부터 편지를 한 통 받았는데, 그의 격리 기간이 끝났는데도 당국은 자기의 입소 날짜를 확인할 수가 없다며 부당하게 자기를 아직도 수용소에 억류해 두고 있는데, 그것은 착오에서 나온 것이라는 사연이었다. 얼마 전에 수용소에서 나온 그의 아내가 도청에 항의를 했는데, 거기서는 절대로 착오란 있을 수 없다고 오히려 큰소리치더라는 것이었다. 리유는 곧 랑베르에게 중재를 부탁했다. 그랬더니 며칠 후에 오통 씨는 퇴소했다. 실제로 착오가 있었던 것이어서 리유도 적이 화가 났다. 그러나 오통 씨는 그동안에 여윈 몸으로 힘없이 손을 들고는 한 마디 한 마디에 힘을 주어 가면서, 누구에게나 실수는 있을 수 있다고 말했다. 의사는 그가 어딘지 달라졌다고만 생각했다.

"어떻게 하시겠어요, 판사님? 처리할 서류들이 잔뜩 기다리고 있을 텐데요." 하고 리유가 말했다.

"그래도 할 수 없죠. 휴가를 얻을까 합니다." 하고 판사가 말했다.

"정말 좀 쉬셔야죠."

"그것이 아닙니다. 나는 다시 수용소로 돌아갈까 합니다."

리유는 깜짝 놀랐다.

"아니, 어제 막 거기서 나오셨잖아요!"

"제 말뜻을 이해하지 못하시는군요. 수용소에는 자원봉사 사무원 자리가 있다고 들었습니다."

판사는 그의 둥근 눈을 이리저리 굴리며, 손으로 한쪽 머리칼을 꼭꼭 눌러 모양을 바로잡았다.

"말하자면, 나도 뭔가 일을 좀 하려는 것입니다. 게다가 어리석은 이야기 같지만, 내 자식 놈하고 헤어져 있다는 고통도 덜 느끼게 될 테고요."

리유는 그를 바라보았다. 그 딱딱하고 멋없는 눈에 갑자기 부드러운 빛이 깃든다는 것은 있을 수 없는 일이었다. 그러나 그의 두 눈은 더 흐릿해졌으며, 그 금속과 같은 맑은 빛은 말끔히 사라져 버렸다.

"물론이죠." 하고 리유가 말했다. "원하시는 거니, 제가 알아봐 드리겠습니다."

의사는 정말 그 일을 알아봐 주었다. 그리고 페스트에 휩쓸린 그 도시의 생활은 크리스마스까지도 그 상태를 지속했다. 타루는 여전히 그 효과적인 침착성을 가는 곳마다 발휘했다. 랑베르는 리유에게, 그 두 젊은 보초 덕분으로 자기 아내와의 비밀 서신 왕래의 길을 열어 놓았다는 이야기를 했다. 가끔가다가 아내의 편지를 받는다는 것이었다. 그는 리유에게도 그 방법을 이용하라고 권했고 리유는 그것을 받아들였다. 그는 여러 달 만에 처음으로 편지를 썼는데 여간 힘이 들지 않았다. 그동안에 아주 잊어버린 말도 있었다. 편지는 발송되었다. 답장을 받는 데 시간이 오래 걸렸다. 한편 코타르는 장사가 잘되었고, 그가 벌인 자질구레한 투기들이 그를 부자로 만들었다. 그랑만이 그 축제 기간 중에 별반 재미를 보지 못했다.

그해의 크리스마스는 복음서의 명절이라기보다 차라리 지옥의 명절이었다. 텅 비고 불이 꺼진 가게들, 진열장 속에 있는 모형 초콜릿이나 빈 상자들, 음울한 얼굴들을 실은 전차들, 어느 것 하나 과거의 크리스마스를 연상시키는 것이라곤 없었다. 전 같으면 부자건 가난한 사람이건 모두 한데 모여서 지내던 그 명절도, 이제는 때가 꾀죄죄한 가게 내실에서, 일부 특권층이 금력으로 장만하는 고독하고도 부끄러운 몇 가지 즐거움 이외에는 있을 수가 없었다. 성당들은 감사의 기도보다는 차라리 탄식으로 가득 찼다. 음침하고 얼어붙은 시내에서는 몇몇 아이들이 어떤 위협에 직면해 있는지도 모르고 뛰어놀고 있었다. 그러나 아무도 감히 그 애들에게, 인류의 고통만큼이나 오래되었으면서도 젊은 날의 희망만큼 신선한 선물을 가득 실은 그 옛날의 신이 찾아오시는 이야기를 해 주지는 못했다. 모든 사람의 마음속에는 이제 극도로 늙고 극도로 음울해진 희망, 심지어는 사람들로 하여금 그냥 가만히 죽어 가지도 못하게 하는 희망, 삶에 대한 단순한 아집에 불과한 그런 희망밖에는 남아 있지 않았다.

그 전날 밤, 그랑은 약속 시간을 어겼다. 불안해진 리유는 새벽에 일찍 그의 집에 갔으나 그를 만나지 못했다. 모두의 마음에 경계심이 생겼다. 랑베르가 11시경에 병원에 와서 그랑이 초췌한 얼굴로 거리를 헤매고 있는 것을 보았는데 이내 놓치고 말았다고 리유에게 알려 주었다. 의사와 타루는 차를 타고 그를 찾으러 나갔다.

정오에 날씨가 싸늘한 가운데 차에서 내린 리유는 그랑이 나무를 거칠게 깎아서 만든 장난감들로 가득 찬 어느 진열장 앞에 바싹 달라붙어 있는 것을 멀리서 보았다. 그 늙은 서기의 얼굴에는 끊임없이 눈물이 흘러내리고 있었다. 그 눈물은 리유의 마음을 흔들었다. 왜냐하면 그는 그 눈물의 원인을 알고 있었고, 자기도 역시 목구멍 깊숙한 곳에서 그것을 느끼고 있었기 때문이다. 리유도 역시 크리스마스 날, 어느 가게 앞에 있는 그 불행한 사나이의 약혼과, 그 남자의 품에 기대면서 기쁘다고 말하던 잔의 모습을 머리에 떠올려 보았다. 미칠 듯한 그랑의 가슴에, 머나먼 그 세월의 밑바닥으로부터 잔의 그 신선한 목소리가 되살아났음이 분명했다. 리유는 늙어 버린 그 사내가 울면서 그 순간에 무슨 생각을 하고 있는지를 알고 있었다. 그리고 자기도 그 늙은이와 마찬가지로, 사랑이 없는 이 세계는 죽은 세계와 다를 바 없으며, 사람에게는 언제고 반드시 감옥이니 일이니 용기니 하는 것들에 지친 나머지 한 인간의 얼굴과 애정 어린 황홀한 가슴을 요구하는 때가 찾아오게 마련이라는 생각을 하고 있었던 것이다.

그러나 그랑은 유리에 비친 리유를 알아보았다. 여전히 울음을 그치지 못한 채 그는 돌아서서 진열장 유리에 등을 기대고 리유가 다가오는 것을 보았다.

"아! 선생님, 아! 선생님." 하고 그는 말하는 것이었다.

리유는 도무지 말이 나오지 않아서 대답 대신 고개를 끄덕거렸다. 그 슬픔은 리유 자신의 슬픔이었고, 그때 그의 마음을 괴롭히는 것은 모든 인간이 다 같이 나누고 있는 고통 앞에서 문득 치솟는 견딜 수 없는 분노였다.

"그래요, 그랑." 하고 그가 말했다.

"그녀에게 편지를 쓸 시간을 갖고 싶습니다. 그녀가 잘 알 수 있도록……. 그래서 후회 없이 행복하게 살도록……."

리유는 거의 강제로 그랑을 앞세우고 걸었다. 그랑은 끌려가듯이 걸어가면서 여전히 이렇게 중얼거리는 것이었다.

"이건 너무 오래 계속돼요. 이젠 차라리 될 대로 되라는 생각이 들어요. 할 수 없죠. 아! 선생님! 내가 겉으로는 침착해 보이겠죠. 그러나 그저 정상적이 되기 위해서만도 엄청난 노력이 필요했어요. 그런데 이제는 너무 힘이 들어요."

그는 사지를 부들부들 떨면서, 환장한 사람 같은 눈을 하고 말을 멈추었다. 리유가 그의 손을 잡았다. 손은 불에 덴 듯 화끈거렸다.

"돌아가야지요."

그러나 그랑은 그에게서 빠져나가서 몇 발짝을 뛰어가더니, 멈춰 서서 두 팔을 벌리고 앞뒤로 휘청거리기 시작했다. 그는 제자리에서 빙그르르 돌더니 차디찬 보도 위에 쓰러졌다. 얼굴은 여전히 흘러내리는 눈물로 지저분했다. 지나가던 사람들이 멀리서 바라보다 그 자리에 멈춰 선 채 감히 다가오지 못하고 있었다. 리유는 그 노인을 두 팔로 부축하지 않을 수 없었다.

그랑은 이제 그의 침대 속에서 호흡조차 힘들어했다. 이미 폐가 감염이 되었다. 리유는 생각에 잠겨 있었다. 그랑에게는 가족이 없다. 그를 병원으로 보내서 무엇하랴? 타루하고 둘이 돌봐 주는 게 낫지.

그랑은 살빛이 파리해지고 눈에서는 광채가 사라진 채, 베개에 머리를 푹 박고 있었다. 그는 타루가 궤짝 부스러기로 벽난로에 지펴 놓은 가느다란 불길을 바라보고 있었다. "영 안 좋게 되어 가는걸요."라고 그는 말하는 것이었다. 그리고 불길이 타오르는 듯한 그의 폐 속으로부터, 그가 말을 할 때마다 빠지직거리는 야릇한 소리가 새어 나왔다. 리유는 그에게 말을 하지 말라고 타이르고, 자기는 이만 가 보겠다고 말했다. 야릇한 미소가 환자의 얼굴에 떠오르더니, 미소와 함께 일종의 애정 같은 것이 드러나 보였다. 그는 가까스로 눈을 깜박거렸다. "만약 내가 이 지경에서 벗어난다면, 모자를 벗고 경의를 표해야지요, 선생님!" 그러나 그는 곧 허탈한 상태에 빠지고 말았다.

리유와 타루가 몇 시간 후에 다시 와 보니, 환자는 침대에서 반쯤 몸을 일으키고 있었다. 리유는 그의 얼굴에서 그의 몸을 불태우고 있는 병세의 진전을 보고 덜컥 겁이 났다. 그러나 환자는 훨씬 정신이 또렷해져서 그에게 이

상스럽게도 허전한 목소리로, 서랍에 넣어 둔 원고를 갖다 달라고 부탁했다. 타루가 그 종이 뭉치를 갖다 주자, 그는 그것들을 보지도 않고 꼭 껴안았다가, 다음에는 그것들을 의사에게로 내밀면서 자기에게 읽어 달라는 몸짓을 했다. 그것은 오십여 페이지 남짓한 얄팍한 원고였다. 리유는 그것을 뒤적거려 보았는데, 그 종이 뭉치에는 전부 동일한 문장을 수없이 다시 베끼고 고치고, 가필 또는 삭제한 것들뿐이라는 것을 알았다. 끊임없이 5월달이니 승마의 여인이니 숲의 오솔길이니 하는 말들이 쏟아져 나와서 여러 가지 방법으로 배열되어 있었다. 그 작품에는 또한 여러 가지 설명이 붙어 있었다. 어떤 때는 엄청나게 긴 것이 있는가 하면, 정정문(訂正文)도 들어 있었다. 그러나 마지막 페이지 끝에는 정성 들인 글씨로 아직 잉크 빛도 선연하게 '나의 사랑스러운 잔, 오늘은 크리스마스요······.'라는 말이 쓰여 있고, 그 위에는 앞의 그 문장의 최종적인 문안이 공들여 쓴 글씨로 적혀 있었다. "읽어 주십시오."라고 그랑이 말했다. 그래서 리유가 읽었다.

"5월의 어느 아름다운 아침에, 어떤 날씬한 여인이 눈부신 밤색 암말에 몸을 싣고, 꽃이 만발한 사이를 뚫고 숲의 오솔길을 누비고 있었다······."

"그것이던가요?" 하고 열에 뜬 목소리로 노인은 말했다.

리유는 그에게로 시선을 돌리지 않았다.

"아!" 하고 그가 흥분해서 말했다. "나도 알아요. 아름다운, 아름다운, 적절한 표현이 못 돼요."

리유는 이불 위에 놓인 그의 손을 잡았다.

"놔두십시오, 선생님. 난 이제 시간이 없을 겁니다……."

가까스로 그의 가슴이 부풀어 오르더니 그는 별안간 소리를 질렀다.

"그것을 태워 버리십시오!"

의사는 망설였다. 그러나 그랑이 하도 무서운 말투로, 그리고 하도 괴로운 목소리로 그 명령을 되풀이하는 바람에, 리유는 거의 꺼져 가는 불 속에 그 종잇장들을 던졌다. 방 안은 밝아지고 그 짧은 한순간의 열이 방을 데웠다. 의사가 환자에게로 돌아왔을 때 그는 등을 돌리고 누워 있었는데, 그의 얼굴이 거의 벽에 닿을 지경이었다. 타루는 그런 광경과는 아무 상관도 없다는 듯이 창밖을 내다보고 있었다. 리유가 혈청 주사를 놓은 다음 타루에게 그랑이 밤을 못 넘기겠다고 말하자, 타루는 자기가 남아 있겠다고 자청했다. 의사는 그러라고 했다.

밤새도록 그랑이 죽어 가고 있다는 생각이 리유의 머릿속을 떠나지 않았다. 그러나 그 이튿날 아침에, 리유는 그랑이 침대 위에 일어나 앉아서 타루와 이야기하고 있는 것을 보았다. 열은 가셨다. 그는 다만 전반적인 쇠약 증세를 보일 뿐이었다.

"아! 선생님." 하고 그는 말하는 것이었다. "내 잘못이었어요. 하지만 다시 시작하겠어요. 다 외우고 있거든요. 두고 보세요."

"기다려 봅시다." 하고 리유가 타루에게 말했다.

그러나 정오가 되어도 아무런 변화가 없었다. 저녁때가 되자 그랑은 살아났다고 봐도 괜찮았다. 리유는 그 회생을 이해할 수가 없었다.

그러나 거의 같은 시기에 리유에게 여자 환자가 한 사람 인도되어 왔는데, 리유는 그 환자의 병세가 절망적이라고 보고 병원으로 오자마자 격리해 버렸다. 그 처녀는 완전히 혼수상태였고 폐장 페스트의 온갖 증세를 다 나타내고 있었다. 그러나 이튿날 아침 열은 내려 있었다. 의사는 그래도 역시 그랑의 경우나 마찬가지로 아침나절의 일시적인 병세 완화 현상이라고 생각했다. 경험에 따르면 그것은 나쁜 징조라고 생각할 수도 있었다. 그런데 낮이 되어도 열은 올라가지 않았다. 저녁때 겨우 이삼 부 올라갔을 뿐이고 이튿날 아침에는 열이 말끔히 가서 있었다. 처녀는 쇠약하기 했지만, 침대에 누워서 자유롭게 호흡을 하고 있었다. 리유는 타루에게, 그 여자는 모든 법칙을 깨뜨리고 살아난 것이라고 말했다. 그러나 일주일 동안에 리유의 관할구역에서 그와 같은 일이 무려 네 건이나 생겼다.

같은 주말에 그 늙은 해수병 환자는, 몹시 흥분한 기색을 드러내면서 리유와 타루를 맞이했다.

"됐어요." 하고 그는 말하는 것이었다. "그놈들이 다시 나와요."

"누가요?"

"쥐 말이에요, 쥐!"

지난 4월 이후로 죽은 쥐는 단 한 마리도 볼 수가 없었다.

"그러면 다시 시작된다는 건가요?" 하고 타루는 리유에게 물었다.

노인은 손을 비비고 있었다.

"놈들이 뛰어다니는 것을 꼭 봐야 한다니까요! 정말 기분 만점이죠."

그는 살아 있는 쥐 두 마리가 거리로 난 문으로 해서 자기 집으로 들어오는 것을 보았던 것이다. 이웃 사람들의 말로는, 그들 집에서도 그놈들이 다시 나타났다는 것이었다. 여기저기 서까래 위에서 몇 달을 두고 잊고 살았던 바스락 소리가 다시 들려오고 있었다. 리유는 매주 초에 실시되는 총괄적 통계의 발표를 기다렸다. 통계는 병세의 후퇴를 표시하고 있었다.

5부

 비록 그렇게 갑작스러운 병세의 후퇴가 예기치 않았던 일이기는 했지만, 우리 시민들은 선뜻 기뻐하지 않았다. 여태껏 겪어 온 몇 달 동안이, 해방에 대한 그들의 욕망을 증가시켜 준 만큼 그들에게 조심성이라는 것도 가르쳐 주었으며, 이 전염병이 불원간 끝난다는 기대는 점점 덜 품도록 길을 들여 놓았던 것이다. 그러나 그 새로운 사실은 모든 사람들의 입에 오르내렸고, 따라서 내색은 하지 않아도 사람들의 마음속 깊은 곳에는 커다란 희망이 꿈틀거리고 있었다. 그 나머지 모든 일은 부차적인 것이 되고 말았다. 새로운 페스트 환자들이 생겼다 해도 통계 숫자가 내려가고 있다는 엄청난 사실에 비긴다면 별로 의미가 없었다. 공공연하게 떠들어 대지는 않았지만 누구나 건강한 시절을 은근히 기다리고 있다는 징조가 나타났는데, 그것은 바로 우리 시민들이 그때부터는 비록 무관심한 듯한 표정으로나마, 페스트가 퇴치되고 난 후에 세워야 할 생활 계획에 대해서 즐겨 이야기를 나눈다는 사실이었다.

과거 생활의 온갖 편의가 대번에 회복될 수는 없으며, 파괴하기가 건설하기보다 훨씬 쉽다는 생각에 모든 사람들이 거의 동의하고 있었다. 다만 사람들은 식량 보급만은 좀 개선될 것이며, 또 그렇게 되면 가장 심각한 근심은 덜 수 있으리라고 보고 있었다. 그러나 사실은, 그러한 미온적인 고찰 밑바닥에는 동시에 무절제한 희망이 걷잡을 수 없이 꿈틀대고 있었는데, 그 정도가 심한 나머지 시민들도 그 사실을 자각할 때가 있어, 그럴 때면 그들은 부랴부랴 무절제한 희망을 지워 버리고 아무래도 해방은 오늘내일에 올 것은 아니라고 자신을 타이르는 것이었다.

사실상 페스트는 그다음 날로 당장 끝나지는 않았다. 그러나 겉보기에 의당 사람들이 이성적으로 기대했던 것보다는 더 빨리 약화되어 가고 있었다. 정월 초순에는 추위가 보통이 아닌 맹위를 떨치며 버티고 있어서, 도시의 하늘은 그대로 얼어붙은 성싶었다. 그러면서도 그때만큼 하늘이 푸르렀던 적은 없었다. 며칠 동안을 두고 내내 싸늘하면서도 활짝 갠 채 요지부동인 찬란한 하늘이 계속적으로 쏟아붓는 광선으로 온 도시가 가득했다. 페스트는 그 깨끗해진 대기 속에서 삼 주일 동안 계속적인 하강 상태에 있었다. 페스트로 말미암은 시체의 수가 점점 줄어들면서, 페스트는 힘을 잃어 가는 듯싶었다. 수개월 동안 축적해 놓았던 힘을 단시일 안에 거의 전부 잃고 있었다. 그랑이나 리유가 돌보았던 그 처녀처럼 완전히 점찍었던 미끼를 놓쳐 버린다든지, 또 어떤 동네에서는 이삼일간 병세가 기승을 부리는가 하면 또 다른 동네에서는 완전히 사라진다든지, 월요일에는 희생자의 수를 부쩍 늘려 놓았다가 수요일에는 거의 대부분의 환자를 다시 살려 준다든지 하는 식으로 그처럼 숨을 몰아쉬거나 허둥지둥 서둘러 대는 꼴을 보면 마치 페스트는 신경질과 싫증으로 붕괴되고 있는 것 같아 보였으며, 그것 자체에 대한 자제력과 동시에 그의 힘의 바탕이었던 그 수학적이며 위풍당당한 효율성마저 상실해 가고 있는 듯싶었다. 카스텔의 혈청은 갑자기 여태껏 한 번도 거둘 수 없었던 성공을 여러 차례 이루게 되었다. 전에는 아무런 성과도 얻지 못했던, 의사들의 몇몇 조치들 하나하나가 갑자기 확실한 효과를 거두는 듯도 했다. 이번에는 페스트 쪽에서 몰리게 되었고, 갑작스럽게 힘이 약해진 그 덕에 여태껏 그것을 향해 겨누었던 무딘 칼날에 힘이 생긴 것처럼 보였다. 다만 가끔가다가 병세가 완강해지면서 일종의 맹목적인 폭발을 일으키는 가운데 틀림없이 완쾌할 것으로 기대했던 환자를 서너 명씩 앗아 가곤 했을 뿐이다. 그들은 페스트에 운이 나쁜 사람들, 희망에 가득 찼을 때 살해당한 사람들이다. 격리 수용소에서 나온 오통 판사가 바로 그런 경우였는데, 사실 타루는 그에 대해서 운이 나빴다고 말했지만, 그 말이 판사의 죽음을 생각해서 하는 말인지, 판사가 살았을 때를 생각해서 하는 말인지 알 길이 없었다.

그러나 전체적으로 말해서, 전염병은 모든 분야에서 물러가고 있었으며, 도청의 발표도 처음에는 소극적이고 은

근한 희망이나 줄 뿐이었지만 마침내 승리가 확보되었으며, 병은 그 정위치를 버린 채 퇴각하고 있다는 확신을 대중의 마음속에 심어 주기까지 했다. 사실 그것이 과연 승리인지 아닌지는 단정하기 어려웠다. 사람들은 다만, 페스트가 들이닥쳤을 때처럼 사라져 가고 있다는 것만은 확인하지 않을 수 없었다. 병에 대응하는 전략이 변한 것은 아니었다. 어제까지는 효과가 없었던 전략이 오늘은 뚜렷이 효과를 나타냈다. 다만 병이 제풀에 힘을 다 잃어버렸거나 아니면 제 목적을 달성했으니까 물러가는 것이리라는 느낌이었다. 말하자면 병은 소기의 임무를 다한 것이었다.

그럼에도 불구하고 시내에서는 아무 변화도 보이지 않았다. 낮에는 언제나 조용한 거리가, 저녁만 되면 늘 같은 군중 — 다만 이제는 코트와 목도리를 두른 사람이 대부분인 군중 — 으로 가득 차는 것이었다. 영화관과 카페는 여전히 수지가 맞았다. 그러나 좀 더 자세히 보면, 사람들의 얼굴은 한결 더 느긋해지고 간혹 미소까지 떠오르는 것을 볼 수 있었다. 그리고 그럴 때는 여태까지 누구 한 사람 거리에서 웃는 이가 없었던 것을 확인하는 기회였다. 사실 몇 달 전부터 그 도시를 뒤덮고 있었던 어두운 베일에 이제 막 조그마한 구멍이 생겨났는데 사람들은 제각기 월요일마다 라디오 보도를 통해서 그 구멍이 자꾸 커져 가고 있으며, 결국에 가서는 숨을 쉴 수 있으리라는 것을 확인할 수가 있었던 것이다. 그것은 아직 극히 부정적인 안도 감이어서 노골적인 표현으로 나타나지는 않았다. 이전 같으면 기차가 떠났다든지 배가 들어왔다든지, 또는 자동차의 운행이 다시 허가될 것 같다는 소식을 들을 때 믿을 수 없다는 마음이 앞섰을 것이다. 그런데 정월 중순경에 이르러서는 그러한 발표를 했더라도 아무도 놀라지 않았을 것이다. 그것은 별로 대단한 것이 아닐지도 모른다. 그러나 그러한 사소한 뉘앙스는 사실상 시민들이 희망을 향해 가는 과정에 굉장한 진전이 있었음을 나타내는 것이었다. 아닌 게 아니라 가장 보잘것없는 것이나마 주민들에게 희망이란 것이 가능해진 그 순간부터 이미 페스트의 실질적인 지배는 끝났다고 말해도 좋을 것이다.

그렇긴 하나 정월달 내내, 우리 시민들이 모순된 반응을 보였다는 것도 거짓 아닌 사실이다. 정확히 말해서, 그들은 흥분과 의기소침의 단계를 교차로 겪었다. 그리하여 통계 숫자가 가장 희망적인 결과를 보여 주었던 바로 그 시점에 새로운 몇 건의 탈주 기도가 보고되는 일까지 생겼다. 당국도 그것에 크게 놀랐고, 감시초소들까지도 놀랐다. 탈주의 대부분이 성공했으니 말이다. 그러나 사실은 그 시기에 탈주를 하는 사람들은 본능적인 감정대로 움직인 것이다. 어떤 사람들은 페스트에서 벗어날 길이 없다는 심각한 회의에 빠져 있었다. 그들의 마음속에는 희망이라는 것이 더 이상 뿌리를 내릴 수가 없었다. 페스트의 시대가 끝난 그때에도, 그들은 여전히 페스트를 기준으로 삼아 살고 있었다. 그들은 사건의 흐름을 따라잡을 수 없었던 것이다. 반대로 어떤 사람들, 특히 그때까지 사랑하는 사람과 생이별한 채 살아왔던 사람들 중에서 많이 볼 수 있는 현상이었지만, 오랜 세월에 걸친 유폐와 낙담을 겪고 난 다음 그렇게 일어난 희망의 바람이 어떤 열광과 조바심에 불을 질러 놓은 탓인지, 그들은 어쩌면 죽어 버릴지도 모른다거나, 그리던 사람과 다시 못 만나게 되어 그 오랜 고생이 아무 보람도 없이 될지도 모른다는 생각 때문에 갑작스러운 공포감에 사로잡히고 마는 것이었다. 그들은 여러 달 동안 눈에 보이지 않는 인내력을 바탕으로, 감금과 귀양살이에도 불구하고 꾸준히 기다리면서 참아 왔는데, 이렇게 불쑥 나타난 한 가닥 희망은 공포나 절망에도 끄떡하지 않았던 것을 하루아침에 무너뜨려 버리는 것이었다. 페스트의 걸음걸이를 끝까지 따라갈 수가 없게 된 그들은 그것보다 앞서려고 미친 사람들처럼 서둘러 댔던 것이다.

그런데 바로 같은 시기에 낙관주의의 자연 발생적인 징후가 몇 가지 나타났다. 물가의 현저한 하락 현상이 나타난 것도 그런 징후의 하나다. 순수하게 경제적 견지에서 보면, 그러한 동태는 설명할 길이 없었다. 곤란한 사정은 늘 같은 것이었고, 검역 절차는 시의 문에서 계속되고 있었으며, 식량 보급의 개선은 부지하세월이었다. 그러한 동향은, 마치 페스트의 쇠퇴에 따른 반향이 도처에 파급되고 있는 듯한, 순전히 정신적인 현상이었던 것이다. 그와 동시에 전에는 집단생활을 하다가 질병 때문에 떨어져 살지 않으면 안 되었던 사람들 사이에 낙관주의가 깃들기 시작했다. 시내의 두 수도원이 다시 제자리를 잡기 시작했고, 공동생활도 다시 할 수 있었다. 군대의 경우도 마찬가지로, 군인들이 텅 비어 있던 병사(兵舍)로 다시 모여들기 시작했다. 그들은 정상적인 주둔 생활로 복귀한 것이다. 그러한 사소한 일들이 괄목할 만한 징후들이었다.

주민들은 1월 25일까지 그렇게 은근한 흥분 속에서 지냈다. 그 주일에 통계 수치가 어찌나 낮아졌는지 도 당국은 의사 협회의 자문을 거쳐서 질병은 저지된 것으로 간주할 수 있다는 발표를 했다. 사실 발표문에서는 덧붙여 말하기를, 반드시 시민들도 찬동해 마지않으리라 기대하는 터이지만 신중을 기하려는 취지에서 시 문은 향후 이 주일간 폐쇄 상태를 유지할 것이며, 예방 조치는 일 개월간 더 계속될 것인데, 그 기간 중에 위험이 재발할 듯한 징후가 조금이라도 보일 경우에는 '현상' 유지 조치는 계속될 것이며, 조치들은 소급해서 강화될 것이라고 했다. 그러나 모든 사람들은 그 추가 항목을 형식적인 수사로 간주하는 데 의견들이 일치했다. 그래서 1월 25일 저녁에는 희색이 넘치는 흥분이 시가를 가득 채웠다. 지사는 전반적인 기쁨에 동조하기 위해서 건강 시대 때와 마찬가지로 등화관제를 해제하라는 지시를 내렸다. 그러자 우리 시민들은 차고 맑은 하늘 아래, 불이 환하게 켜진 거리로 떠들썩하게 무리를 지으며 웃으면서 쏟아져 나왔다.

물론 많은 집들은 아직 덧문을 닫은 채로 있었고, 어떤 가족들은 다른 사람들의 환호하는 소리가 가득한 긴 밤을 고요한 침묵 속에서 보냈다. 그러나 그처럼 상중에 있는 사람들의 경우에도, 또 다른 가족이 목숨을 빼앗기지나 않을까 하는 두려움이 마침내 사라졌기 때문이건, 자기 자신의 목숨 보전이라는 감정에 매달려 전전긍긍하지 않아도 되기 때문이건 간에 깊은 안도감을 엿볼 수 있는 것이었다. 그러나 널리 퍼진 기쁨과 가장 아랑곳없는 가족들은 두말할 필요도 없이, 바로 그 순간에도 병원에서 페스트와 싸우고 있는 가족, 또 예방 격리소나 자기 집에서 재앙이 다른 사람에게서 손을 뗀 것과 같이 자기들에게서도 손을 떼고 멀리 떠나 버리기를 바라는 가족들이었다. 그 가족들 역시 희망을 품고 있었던 것은 사실이지만, 그래도 그들은 희망을 예비로 간직해 두고자 했고 정말 그 권리를 얻게 될 때까지는 그것을 퍼내다가 쓰기를 스스로 금지하고 있었다. 그리하여 그들에게는 단말마의 고통과 기쁨의 중간 지점에서 그렇게 기다리고 그렇게 묵묵히 밤을 밝힌다는 것이 모두들 기뻐 환호하는 그 한가운데서는 더욱 잔혹하게만 느껴지는 것이었다.

그러나 그런 예외들이 있다고 해서 다른 사람들의 만족에 그 어떤 손상이 있었던 건 아니다. 아마도 페스트는 아직 다 끝나지는 않았으며, 페스트가 장차 그 사실을 증명해 보일 것이다. 그러나 모든 사람들의 머릿속에서는 이미 몇 주일을 앞당겨서 기차가 끝없이 긴 철로 위로 기적 소리를 내면서 지나가고 선박들이 햇빛에 반짝이는 바다를 가르며 나아가고 있었다. 이튿날이 되어 사람들의 마음이 진정되면 의혹은 되살아날 것이다. 그러나 당장에는, 도시 전체가 이제까지 돌의 뿌리를 박고 서 있던 그 어둡고 움직임 없는 밀폐된 장소를 떠나기 위해 부르르 떨리는가 싶더니 마침내는 생존자들을 만재한 채 전진하기 시작하는 것이었다. 그날 저녁, 타루와 리유도, 랑베르와 다른 사람들도, 군중 틈에 섞여 걸어가고 있었는데, 그들 역시 땅에 발이 닿지 않는 것만같이 느껴졌다. 대로에서 벗어난 지 오래되었는데 타루와 리유의 귀에 여전히 그 기쁨의 소리가 그들 뒤를 따라오며 들렸고, 심지어는 그들이 인적 없는 골목길로 덧문이 닫힌 창문들을 따라 걸어가고 있을 때에도 그 소리는 들려오고 있었다. 그런데 피로 때문인지 그들은 그 덧문들 뒤에서 아직도 계속되는 그 괴로움을, 거기서 좀 더 먼 곳의 거리거리를 메우고 있는 기쁨과 분리해 생각할 수가 없었다. 다가오는 해방은 웃음과 눈물이 뒤섞인 모습을 하고 있었다.

웅성대는 소리가 더 크고 더 즐겁게 울려 퍼지자, 타루는 멈춰 섰다. 어둠침침한 보도 위에 어떤 형체 하나가 가볍게 달음질을 치고 있었다. 고양이였다. 지난봄 이후로 처음 보는 것이었다. 고양이는 잠시 동안 길 한복판에 서서 망설이더니 한쪽 발을 핥고 그 발을 재빨리 제 오른쪽 귀에 문지르고 나서 다시 소리 없이 달려가 어둠 속으로 사라져 버렸다. 타루는 미소를 지었다. 그 작달막한 노인도 역시 기뻐했을 것이다.

그러나 페스트가 물러나서, 말없이 자신이 나왔던 알 수 없는 어떤 야수의 굴로 다시 기어 들어갈 무렵, 도시 안에는 그 퇴각에 당황해하는 사람이 하나 있었다. 타루의 수첩에 적힌 바에 따르면 그는 코타르였다.

사실 말이지, 그 수첩은 통계 숫자가 하강하기 시작할 무렵부터 자못 이상하게 변해 가고 있다. 피로 탓인지는 몰라도, 그 수첩의 글씨가 읽기 어려워지고, 화제가 너무 빈번히 이리저리 비약하고 있다. 게다가 처음으로 그 수첩에는 객관성이 결여된 개인적인 판단이 끼어들고 있다. 그래서 코타르의 경우에 관한 상당히 긴 대목 도중, 그 고양이와 희롱하는 늙은이에 대한 짧은 보고가 섞여 있다. 타루의 말을 믿는다면, 페스트는 그 늙은이에 대한 그의 깊은 관심을 조금도 앗아 가지는 못했다. 그 늙은이는 전염병이 생긴 후에도 그 이전에 그의 흥미를 끌었던 것이나 마찬가지로 흥미를 끄는 인물이었는데, 타루 자신이 품고 있는 호의에 문제가 생긴 것은 아니었으나 어쨌든 불행하게도 더 이상은 그의 흥미를 끌지 못하게 되었다. 그런데 그가 다시 그 늙은이를 보려고 했으니 말이다. 그 1월 25일 저녁이 지난 며칠 후에 그는 그 좁은 길 한 모퉁이에 자리 잡고 서 있었다. 고양이들은 전과 다름없이 그곳에 한데 모여서 따뜻한 양지에 몸을 녹이고 있었다. 그러나 여느 때의 그 시간이 되어도 덧문은 굳게 닫힌 채로 있었다. 타루는 그 후 단 한 번도 그 문이 열리는 것을 보지 못했다. 그는 기이하게도 결론을 내리기를, 노인 쪽에서 기분이 아주 상해 버렸거나 아니면 죽었거나 한 것이며, 만약 기분이 아주 상한 것이라면 그것은 노인이 자기는 옳은데 페스트가 자기에게 몹쓸 짓을 한 것이라고 생각한 때문이겠으나, 만약 죽었다면 그 노인에 관해서도 해수쟁이 노인의 경우와 마찬가지로 그가 과연 성인이었던가 아니었던가를 생각해 볼 필요가 있다고 적어 놓았다. 타루는 그 노인을 성인이라고는 생각하지 않았다. 그러나 그 노인의 경우에는 어떤 '징후'가 있다고 평가하고 있었다. 수첩에는 이렇게 적혀 있었다. '아마도 우리는 성스러움의 근사치까지밖에는 갈 수 없는 모양이다. 그렇다면 겸손하고 자비스러운 어떤 악마주의로 만족해야만 할 것이다.'

여전히 코타르에 관한 관찰 속에 뒤섞인 채, 수첩 속에는 여기저기 분산되어 있는 수많은 고찰이 발견되었는데, 그중 어떤 것들은 이제는 회복기에 들어서 아무 일도 없었다는 듯이 다시 일을 시작한 그랑에 관한 것이며, 또 어떤 것들은 의사 리유의 모친을 묘사한 것들이었다. 한집에 살고 있는 관계로 그 여인과 타루 사이에 있었던 얼마간의 대화와 그 늙은 부인의 태도, 미소, 페스트에 대해 그녀가 한 말 같은 것들이 자세하게 적혀 있었다. 타루는 특히 리유 부인의 자신을 내세우지 않으려는 태도, 모든 것을 단순한 말로 표현하는 그 솜씨, 고요한 거리로 난 창문을 특히 좋아해서 저녁때가 되면 그 창 앞에 약간 몸을 꼿꼿이 세우고 두 손을 가만히 놓은 채 주의 깊은 시선으로, 황혼이 방 안으로 가득히 들어와 부인의 자태를 잿빛 광선 속에 하나의 그림자로 만들었다가, 그 잿빛 광선이 차차 짙어지면서 움직이지 않는 그림자를 녹여 버릴 때까지 조용히 앉아 있는 모습, 이 방에서 저 방으로 갈 때의 유연한 동작, 타루 앞에서는 한 번도 분명하게 드러내 보인 적이 없기는 하나 부인의 행동이나 언사에서 그런 빛을 알아볼 수 있는 선량함, 끝으로 타루에 따르건대 부인은 언제나 생각하지 않고서도 모든 것을 다 알고 있으며 그처럼 고요하게 어둠 속에 묻혀 있으면서도 그 어떤 광선과도, 심지어는 그것이 페스트의 광선이었을 경우에라도, 어깨를 펴고 떳떳이 겨루어 나갈 수 있다는 사실 같은 것을 특히 강조하고 있었다. 그런데 여기서 타루의 글씨에는 이상한 쇠퇴의 증세가 나타나고 있었다. 그 뒤에 계속되는 몇몇 줄은 읽기가 어려웠고, 또 그 쇠퇴의 새로운 증거를 보여 주기라도 하듯, 그 마지막 말들은 처음으로 개인적인 내용이었다. '나의 어머니가 역시 그러했다. 나는 바로 그러한 어머니의 자신을 내세우지 않는 태도를 좋아했고, 어머니야말로 내가 늘 한편이 되고 싶었던 그런 여자였다. 팔 년 전에 어머니가 돌아가셨다고 할 수는 없다. 그저 어머니가 평소보다도 더 많이 자신의 존재를 숨기셨을 뿐이다. 그래서 내가 뒤를 돌아다보았을 때, 어머니는 이미 거기에 안 계셨던 것이다.'

그러나 우리는 코타르 이야기로 다시 돌아갈 필요가 있다. 코타르는 통계 숫자가 하강하기 시작한 후로 이 핑계 저 핑계를 대 가며 리유를 여러 차례 방문했다. 그러나 사실상 그는 매번 리유에게 질병 진행에 대한 예측을 물어보는 것이었다. "그냥 이런 식으로 갑자기, 아무 예고도 없이, 질병이 끝날 거라고 생각하세요?" 그는 그 점에 대해서 회의적이었다. 적어도 그는 회의적이라고 공언했다. 그러나 자꾸 되풀이해서 물어보는 것을 보면 생각보다는 확신이 굳지 못한 모양이었다. 정월 중순에 리유는 상당히 낙관적인 태도로 대답을 했다. 그런데 번번이 그 대답들은 코타르를 기쁘게 해 주기는커녕 불쾌감의 표시로부터 낙담에 이르는 여러 가지 다양한 반응을 불러일으켰다. 그래서 그 후부터 의사는 그에게 통계상으로 나타난 희망적인 징조에도 불구하고 아직은 섣불리 승리를 외칠 단계는 못 된다고 말하게끔 되었다.

"다시 말하면." 하고 코타르가 전망을 말했다. "아무것도 알 수 없다는 것인가요? 오늘내일로 다시 터질 수도 있단 말씀이군요?"

"그렇죠. 퇴치 속도가 가속화할 수 있는 것과 마찬가지로 반대의 경우도 예상할 수 있죠."

모든 사람이 불안해하는 그 불확실성이 분명히 코타르의 마음을 진정시켜 주었다. 그래서 그는 타루가 보는 앞에서 자기 동네의 상인들과 이야기를 주고받는 가운데 리유의 의견을 널리 선전하려고 애썼다. 사실 그것은 하기 어려운 일이 아니었다. 왜냐하면 초기의 승리의 열광이 사라지자 많은 사람들의 머릿속에는 의심이 되살아나서, 도청의 발표에 흥분했던 마음에 그늘을 드리웠기 때문이다. 코타르는 그처럼 시민들이 불안해하는 것을 보고 안도감을 느끼곤 했다. 그리고 지난번처럼 낙심도 했다. "그럼요." 라고 그는 타루에게 말했다. "결국은 시 문이 열리고 말 테죠. 그러면 두고 보세요. 모두들 나 같은 건 알 바 아니라는 듯 버릴 겁니다."

1월 25일까지는 모든 사람들이 다 그의 정신 상태가 불안정하다는 것을 알아차렸다. 여러 날을 두고 그렇게 오랫동안 동네 사람들이며 친지들과 타협을 하려고 애써 오던 그가 완전히 그들과 사이가 틀어지고 말았다. 적어도 표면적으로는 그 당시 그는 이 세상과 아주 절연된 듯싶었다. 그러더니 이윽고 야만인처럼 생활하기 시작했다. 다시는 그를 식당에서도 극장에서도 그가 좋아했던 카페에서도 볼 수 없었다. 그런데 그러면서도 그는 질병이 유행하기 전의 절제 있고 이름 없는 생활로 되돌아갈 수 없는 성싶었다. 그는 자기 아파트 속에 완전히 틀어박혀 살면서 식사는 근처 식당에서 시켜다 먹곤 했다. 다만 저녁때면 그는 숨어 다니듯이 외출을 해서, 필요한 물건들을 사 가지고는 가게에서 나와 사람 없는 거리로 뛰어 들어가는 것이었다. 그럴 때 타루가 그와 마주친 적도 있지만, 그에게서는 그저 짤막한 한두 마디 말밖에 얻어들을 수 없었다. 그러다가는 밑도 끝도 없이 사교적이 되어 페스트에 관해서 수다를 떨고 남의 의견에 장단을 맞추고 저녁마다 군중 틈에 끼어서 신명나게 휩쓸려 다니는 그를 볼 수 있었다.

도청의 발표가 있었던 날, 코타르는 완전히 행방을 감추었다. 타루는 이틀 후에 거리를 헤매고 있는 그를 만났다. 코타르는 그에게 교외까지 같이 가 달라고 부탁을 했다. 그날 하루 일로 유난히 피로했던 타루는 어물어물했다. 그러나 코타르는 마구 졸라 댔다. 그는 몹시 흥분한 모양이어서 종잡을 수 없는 몸짓을 해 가며 큰 소리로 마구 떠들어 댔다. 그는 타루에게 도청의 발표로 정말 페스트가 물러갔다고 생각하느냐고 물었다. 타루는 물론 행정적인 발표 그 자체가 재앙을 멎게 하지는 못하지만, 그래도 예기치 않은 사고를 제외하고는 질병이 끝나 간다고 생각할 수 있다고 대답했다.

"그렇죠." 하고 코타르가 말했다. "예기치 않은 사고를 제외하고 그렇죠. 그런데 예기치 않은 경우는 언제나 있는 법이죠."

타루는 아닌 게 아니라 시 문 개방까지 이 주일간 기간을 둠으로써 도에서도 어느 정도 예기치 않은 경우에 대비하고 있다는 점을 일깨워 주었다.

"참 잘했어요."라고 여전히 우울하고 흥분한 어조로 코타르가 말했다. "일이 되어 가는 꼴로 봐선 도청은 공연히 헛소리를 한 것이 될지도 몰라요."

타루는 그럴 수도 있지만, 역시 머지않아 시 문이 열려서 정상적인 생활로 복귀할 것에 대비해 두는 것이 나을 거라고 말했다.

"그렇다고 칩시다." 하고 코타르가 말했다. "그렇다고 쳐요. 그러나 정상적인 생활로의 복귀란 무엇을 의미하는 거지요?"

"영화관에 새 필름이 들어온다는 걸 의미하죠." 웃으면서 타루가 말했다.

그러나 코타르는 웃지 않았다. 그는 페스트가 그 도시에 아무 변화도 일으키지 않을 것인지, 모든 것이 전과 같이, 즉 아무 일도 없었던 것처럼 다시 시작될 수 있을지를 알고 싶어 했다. 타루는 페스트가 그 도시를 변화시킬 수도 있고 안 시킬 수도 있으며, 시민들의 가장 강한 욕망은 현재도 또 앞으로도 마치 아무 일도 없었던 것처럼 행동하려는 것이라고 말했다. 따라서 어떤 의미에서는 아무런 변화도 생기지 않을 테지만, 그러나 딴 의미에서는 비록 충분한 의지가 있더라도 모든 것을 잊을 수는 없으며, 페스트는 적어도 사람들의 마음속에라도 그 흔적을 남길 것이라고 생각한다고 말했다. 그러자 그 키 작은 연금 생활자는, 자기는 마음 같은 것에는 관심이 없다, 그런 것은 신경을 쓴다 해도 맨 끝으로나 신경을 쓸 것이다, 하고 잘라 말했다. 자기에게 관심이 있는 것은, 혹 도시의 조직 자체가 변하지 않을는지, 예를 들어서 모든 기관이 과거와 같이 기능을 발휘할 것인지 하는 문제라고 했다. 그래서 타루로서 거기에 대해서는 아는 바 없다는 것을 시인하지 않을 수가 없었다. 그의 생각에 따르면, 질병 기간 중에 엉망이 된 그러한 기관들이 다시 움직이려면 애로가 많을 거라는 것이었다. 새로운 문제들이 수없이 생김으로써 적어도 종전의 기관들의 재편성이 필요해질 걸로 믿는다고 말했다.

"아!" 하고 코타르가 말했다. "그렇겠군요. 사실 모두가 모든 일을 전부 다시 시작해야 되겠죠."

그 두 산책객은 코타르의 집 앞에 다다랐다. 코타르는 활기를 띠면서 낙관적인 생각을 하려 애쓰는 것이었다. 그는 무(無)에서 다시 출발하기 위해서 과거를 청산하고 새롭게 살아 보려는 도시를 상상하고 있었다.

"그럼요." 하고 타루가 말했다. "어쨌든 당신도 아마 형편이 좀 나아질 거예요. 어떤 의미로는 새 생활이 시작되는 것이니까요."

그들은 문 앞까지 와서 악수를 했다.

"옳은 말씀이에요." 코타르는 점점 더 흥분해서 그렇게 말하는 것이었다. "뭐든지 무에서 다시 출발한다는 것은 참 좋은 일이죠."

그런데 복도의 어둠 속에서 두 남자가 불쑥 나타났다. 타루가, 저치들이 뭣 때문에 왔는지 모르겠다고 말하는 옆 사람의 소리를 미처 들을 겨를도 없이 벌써 사복형사처럼 보이는 그 사내들은, 코타르에게 틀림없이 당신 이름이 코타르냐고 물어보는 것이었다. 그러자 코타르는 일종의 신음 소리 같은 탄성을 지르면서 몸을 홱 돌려, 그 사내들이나 타루가 어떻게 해 볼 틈도 없이 어둠 속으로 사라져 버렸다. 놀라움이 좀 가시자 타루는 그 두 남자에게 왜 그러느냐고 물어보았다. 그들은 공손하고 친절한 태도로, 조사할 일이 있어서 그런다고 말하고, 태연스럽게 코타르가 간 방향으로 가 버렸다.

집에 돌아와서, 타루는 그 당시의 장면을 기록해 놓고는 곧(글씨가 그것을 증명했다) 자기의 피로감을 언급했다. 그는 덧붙여서, 자기에게는 아직도 할 일이 많이 남아 있으며, 그렇다고 해서 마음의 준비를 게을리해서는 안 된다고 적은 다음, 과연 자기는 마음의 준비가 되어 있는가를 자문했다. 끝으로, 낮과 밤의 어떤 시간이 되면 인간이 비겁해지곤 하는데, 자기가 두려워하는 것은 바로 그 시각이라고 그는 대답 대신 적어 놓았다. 타루의 수첩은 여기서 끝나 있었다.

시의 문들이 열리기 며칠 전인 그 다음다음 날, 의사 리유는 기다리는 전보가 와 있지나 않을까 해서, 정오에 집으로 돌아왔다. 그 당시에도 그의 하루하루는 페스트가 맹위를 떨치던 때 못지않게 고단했지만, 결정적인 해방에 대한 기대가 그의 피로감을 모두 다 씻어 버렸다. 이제 그는 희망을 품고 있었고, 또 희망을 품게 된 것을 기뻐했다. 항상 의지의 긴장을 늦추지 않은 채로 살 수는 없는 노릇이다. 투쟁을 위해서 묶어 놓았던 힘의 다발을 자연스레 솟아나는 감정 속에서 하나하나 풀어 간다는 것은 참으로 즐거운 일이다. 만약 고대하던 전보 역시 반가운 것이라면 리유는 즐겁게 새 출발을 할 수 있을 것이다. 그는 모두가 새 출발을 해야 된다는 의견이었다.

그는 수위실 앞을 지나갔다. 새로 온 수위가 유리창에 얼굴을 바싹 갖다 대고 그에게 미소를 지었다. 리유는 계단을 걸어 올라가면서 피로와 가난으로 파리해진 그의 얼굴을 머릿속에 그려 보았다.

그렇다, 추상이 끝나면 새 출발을 하리라. 그리고 좀 더 재수가 좋으면······. 그런데 마침 그가 방문을 열고 있는데 모친이 그를 마중 나와서 타루 씨가 몸이 좋지 않다고 말했다. 그는 아침에 일어났으나 외출할 기력이 없어 이제 막 자리에 다시 누웠다는 것이었다. 리유의 어머니는 불안해했다.

"뭐 별거 아니겠죠." 하고 아들이 말했다.

타루는 다리를 쭉 뻗고 누워 있었다. 그의 머리는 베개 속에 푹 파묻혔고, 튼튼한 가슴의 윤곽이 두꺼운 이불 밑으로 드러나 보였다. 열이 있었고 골치가 아파서 괴로워하고 있었다. 그는 리유에게 증세가 확실하진 않지만 페스트의 증세 같기도 하다고 말했다.

"아니, 아직 확실한 증세는 없어요." 그를 진찰하고 나서 리유가 말했다.

그러나 타루는 갈증이 나서 견딜 수 없어 했다. 복도에서 의사는 자기 모친에게, 아마도 페스트의 시초인 것 같다고 말했다.

"오!" 하고 어머니는 말했다. "그럴 수야 없지, 지금 와서!" 그리고 곧 이어서 말했다.

"그냥 집에서 치료하자."

리유는 생각에 잠겨 있었다.

"저에게는 그럴 권리가 없어요."라고 그가 말했다. "그렇지만 시 문도 곧 개방될 겁니다. 어머니만 안 계시다면 아마 제가 제 몫으로 누리는 첫 번째 권리를 행사할 수도 있었을 거예요."

"베르나르야." 하고 어머니는 말했다. "우리 둘 다 집에 있게 해 주렴. 나는 예방주사를 맞은 지 얼마 되지 않았지 않느냐?"

의사는 타루도 예방주사는 맞았지만, 아마 너무 피곤했기 때문에 마지막 혈청 주사 맞을 차례를 빼먹었고, 또 몇 가지 주의 사항을 잊어버렸을 것이라고 말했다.

리유는 이미 자기의 진료실에 가 있었다. 그가 방으로 돌아왔을 때, 타루는 그가 커다란 혈청 앰풀을 들고 있는 것을 보았다.

"아, 역시 그거군요." 하고 그가 말했다.

"아니요, 어쨌든 예방 삼아서 하는 거예요."

타루는 대답 대신에 말없이 팔을 내밀고, 자기 자신이 다른 환자들에게 놓아 주었던 그 오래 걸리는 주사를 꾹 참고 맞았다.

"오늘 저녁에 결과를 봅시다." 하고 말하고 나서 리유는 타루를 정면으로 바라보았다.

"격리는 어떻게 되는 거죠, 리유?"

"페스트인지 아닌지도 전혀 확실치 않은걸요."

타루는 억지로 웃어 보였다.

"혈청 주사를 놓아 주면서 격리 지시를 안 내리시는 것은 처음 보는데요."

리유는 얼굴을 돌렸다.

"어머니와 내가 간호하겠어요. 여기가 더 나을 겁니다."

타루가 입을 다물었다. 주사액 앰풀을 정리하고 있던 의사는 환자가 무슨 말을 하면 곧장 돌아서려고 기다리고 있었다. 마침내 그는 침대 쪽으로 걸어갔다. 환자는 그를 보고 있었다. 환자의 얼굴은 피곤해 보였으나, 잿빛의 두 눈은 침착해 보였다. 리유가 그에게 미소를 지었다.

"될 수 있으면 푹 잠을 자 둬요. 곧 돌아올 테니."

의사가 문 앞까지 갔을 때 타루가 그를 불렀다. 그는 타루 쪽을 돌아다보았다.

그러나 타루는 자기가 하려는 말의 표현 자체를 망설이는 것 같았다.

"리유." 하고 마침내 그는 또박또박 말을 꺼냈다. "사실대로 말해 주세요. 그럴 필요가 있어요."

"약속하지요."

타루는 그 두툼한 얼굴을 일그러뜨리며 웃었다.

"고마워요. 나는 죽고 싶지 않아요. 그러니 싸워 보겠어요. 그러나 지는 판이면 깨끗하게 최후를 마치고 싶어요."

리유는 머리를 숙이고 그의 어깨를 잡았다.

"아니요."라고 리유는 말했다. "성자가 되려면 살아야죠. 싸우십시오."

낮 동안 혹독했던 추위는 좀 풀렸지만, 그 대신 오후에는 우박이 섞인 소나기가 억세게 쏟아졌다. 황혼 녘에는 하늘이 좀 개는 듯하더니, 추위는 더 뼈저리게 혹심해졌다. 리유는 어두워서야 집에 돌아왔다. 그는 외투도 벗지 않고 친구의 방으로 들어갔다. 리유의 모친은 뜨개질을 하고 있었다. 타루는 옴짝달싹도 하지 않은 모양이었다. 그러나 열 때문에 허옇게 된 그의 입술은 그가 지금도 계속 투쟁하고 있음을 말해 주었다.

"좀 어때요?" 하고 의사가 물었다.

타루는 침대 밖으로 나온 그 두툼한 어깨를 약간 으쓱해 보였다.

"그런데……." 그는 말했다. "아무래도 내가 질 것 같아요."

의사는 그에게로 몸을 굽혔다. 끓는 듯이 뜨거운 피부 밑에서 임파선들이 단단해져 있었고, 그의 가슴은 보이지 않는 대장간의 풀무 소리를 내면서 요란스레 뛰고 있었다. 타루는 이상하게도 두 가지 증세를 나타내고 있었다. 리유는 일어서면서 혈청이 아직 효력을 나타낼 겨를이 없었다고 말했다. 그러나 타루의 목구멍 속에서 뜨거운 열이 솟아올라서 뭔가 몇 마디 하려던 말마저 녹여 버리고 말았다.

리유와 그의 모친은 저녁을 먹고 나서 환자 곁에 와서 앉았다. 타루에게 밤은 싸움 속에서 시작되었고, 리유는 페스트와의 고달픈 투쟁이 새벽녘까지 계속될 것임을 알았다. 타루의 단단한 두 어깨와 넓은 가슴은 그의 최선의 무기는 아니었다. 그보다는 차라리 아까 리유가 바늘 끝으로 뽑아냈던 그 피, 그리고 그 핏속의 영혼보다도 더 내밀한 그 무엇, 그 어떤 과학의 힘으로도 밝힐 수 없는 그 무엇이야말로 최선의 무기였다. 그리고 그로서는 자기 친구가 싸우고 있는 것을 보고만 있어야 했다. 그가 해 보려고 하는 일, 가령 화농을 촉진시킨다든지 강심제를 주사한다든지 하는 따위의 일은 몇 달을 두고 실패를 거듭했기 때문에 그 효과가 어느 정도인지 그는 알고 있었다. 사실상 그의 유일한 할 일은, 자극을 받아야 비로소 그 모습을 드러내는 요행의 기회를 만들어 주는 일뿐이었다. 그런데 그 요행이라는 것이 반드시 필요했다. 왜냐하면 다시 한 번 더 페스트는, 그것을 물리치기 위해 세웠던 전략들을 따돌리기 위해서 열중하고 있었기 때문이다. 페스트는 전혀 예기치 않았던 곳에 나타나는가 하면, 굳게 뿌리를 박았던 곳에서 홀연히 자취를 감춰 버리기도 하는 것이었다. 한 번 더 페스트는 한사코 사람들을 어리둥절하게 하려고 열심이었다.

타루는 요지부동인 채 투쟁하고 있었다. 밤새도록 단 한 번도 고통의 엄습에 몸부림으로 대응하지 않고 다만 그 육중한 몸과 철저한 침묵으로 싸우고 있었다. 그는 단 한 번도 입을 열지 않았다. 말하자면 그는, 그런 방식으로 이제는 단 한 순간도 방심할 여유가 없음을 고백하고 있는 셈이었다. 리유는 투쟁의 경과를, 다만 친구의 눈에서밖에는 달리 더듬어 볼 길이 없었다. 떴다 감았다 하는 그 눈, 안구를 바싹 조이며 달라붙는가 하면 반대로 축 늘어지곤 하는 눈꺼풀, 그 무엇인가를 뚫어지게 바라보는가 하면 리유와 그의 어머니에게로 옮겨지는 시선 같은 것으로 말이다. 의사가 그 시선과 마주칠 때마다 타루는 몹시 애를 써서 미소를 짓는 것이다.

한순간 거리에서 급히 뛰어가는 발소리들이 들려왔다. 발소리는 멀리서 으르렁거리는 천둥소리에 쫓기는 것 같더니, 이번에는 그 천둥소리가 차츰 가까워지면서 마침내 거리는 빗줄기가 착착 뿌리는 소리로 가득 찼다. 비가 또다시 오기 시작한 것이다. 그 비에 우박이 섞여서 도로를 후려쳤다. 창문들 앞에서 커다란 포장들이 물결치듯 휘날렸다. 방 안의 그늘에서 비에 잠시 정신이 팔렸던 리유는 머리맡에 놓인 램프 불빛에 비치는 타루를 다시 건너다보았다. 리유의 모친은 뜨개질을 하면서, 때때로 고개를 들어 유심히 환자를 바라보곤 했다. 의사는, 이제 할 수 있는 일은 다해 본 셈이다. 비가 멎자 방 안의 침묵은 더욱 짙어지고, 어딘지 눈에 보이지 않는 전쟁의 소리 없는 소용돌이만이 그곳에 가득했다. 수면 부족으로 신경이 날카로워진 의사는 그 침묵의 저 끝에서 질병이 기승을 부리는 동안 내내 그를 따라다녔던, 그 부드럽고 규칙적인 휘파람 소리가 들리는 것 같은 착각에 빠졌다. 그는 어머니에게 그만 가서 누우라고 눈짓을 했다. 어머니는 고갯짓으로 싫다고 했다. 그녀는 눈을 빛내며 바늘 끝으로 뜨개질하던 것의 코를 조심스럽게 헤아려 보는 것이었다. 리유는 일어서서 환자에게 물을 먹이고, 다시 제자리에 돌아와서 앉았다.

행인들은 비가 뜸한 틈을 타서 급히 보도를 걸어가고 있었다. 이내 그들의 발소리가 줄어들더니 멀어져 갔다. 의사는 처음으로, 밤늦게까지 산책객들이 가득하고 구급차의 사이렌 소리가 안 들리는 그 밤이 옛날의 밤과 비슷하다는 것을 느꼈다. 그것은 페스트에서 해방된 밤이었다. 그리고 추위와 햇빛과 군중에게 쫓긴 질병이 시내의 어둡고 깊은 곳들에서 빠져나온 다음 이 따뜻한 방 속에 숨어들어 와서 타루의 맥없는 몸을 향해 최후의 맹공격을 가하고 있는 듯싶었다. 재앙은 더 이상 이 도시의 하늘을 휘저어 대고 있지 않았다. 그것은 이제 방 안의 무거운 공기 속에서 나직이 색색거리고 있었다. 리유가 몇 시간 전부터 듣고 있던 것이 바로 그 소리였다. 그는 그곳에서도 페스트가 멎고, 그곳에서도 페스트가 패배를 선언하기를 기다려야만 했다.

리유는 동이 트기 조금 전에 모친에게 몸을 굽히고 말했다.

"8시에 저하고 교대하시게 어머님은 주무셔야죠. 주무시기 전에 소독을 하세요."

리유 부인은 일어나서 뜨개질을 하던 것을 챙기고 침대 쪽으로 갔다. 타루는 벌써 얼마 전부터 눈을 감고 있었다. 그 단단한 이마 위에는 머리칼이 땀으로 엉겨 붙어 있었다. 부인이 한숨을 쉬었다. 그랬더니 환자는 눈을 떴다. 부드러운 얼굴이 자기를 굽어보고 있는 것을 보자, 끓어오르는 열에 시달리는 중에도 애써 짓는 미소가 다시 그 얼굴에 떠올랐다. 그러나 눈은 이내 감기고 말았다. 리유는 혼자 남게 되자 방금까지 모친이 앉았던 안락의자에 가서 앉았다. 거리는 잠잠했고, 이제는 캄캄한 침묵만이 가득 차 있었다. 아침의 싸늘한 기운이 방 안에 감돌기 시작했다.

의사는 깜빡 잠이 들었다. 그러나 새벽의 첫 자동차 소리가 그를 잠에서 끌어냈다. 그는 진저리를 치고 타루를 보았다. 그는 병세가 일시적으로 가라앉아서 환자도 잠들어 있음을 알아차렸다. 나무와 쇠로 된 마차 바퀴 소리가 아직 멀리서 들려오고 있었다. 창문에는 아직도 밤의 어둠이 남아 있었다. 의사가 침대 가까이 다가가자 타루는 마치 아직 잠에서 깨어나지 않았다는 듯이 무표정한 눈으로 그를 보고 있었다.

"잠이 들었죠, 그렇죠?" 하고 리유가 물었다.

"네."

"숨쉬기는 좀 편해졌어요?"

"네, 좀. 그게 어떤 의미가 있는 건가요?"

리유는 입을 다물었다. 그러고는 잠시 후에 말했다.

"아뇨, 타루. 물론 아무 의미도 없죠. 아침에 나타나는 일시적 차도라는 걸 잘 알잖아요."

타루가 고개를 끄덕거렸다.

"고마워요."라고 그는 말했다. "언제나 그처럼 정확하게 대답해 주세요."

리유는 침대 발치에 걸터앉았다. 그는 바로 곁에, 이미 죽은 사람의 사지처럼 딱딱하고 긴 환자의 다리를 느낄 수 있었다. 타루의 숨소리는 더 높아졌다.

"열이 또 나는 모양이에요. 그렇죠, 리유?" 그는 숨 가쁜 목소리로 말했다.

"네. 그러나 정오가 되면 결말이 나겠죠."

타루는 눈을 감았다. 자신의 힘을 가다듬는 듯싶었다. 그의 얼굴에 피로한 표정이 뚜렷이 나타났다. 그의 몸 깊숙한 어느 곳에서 이미 꿈틀거리기 시작한 열이 어서 온몸으로 올라오기를 그는 기다리고 있었다. 그가 눈을 떴을 때, 시선은 흐릿했다. 자기 곁에 구부리고 서 있는 리유를 보고서야 겨우 눈빛이 밝아졌다.

"물을 마셔요."라고 리유가 말했다.

그는 물을 마시고, 고개를 축 떨어뜨렸다.

"지루하군요." 하고 그가 말했다.

리유가 그의 팔을 잡았지만 타루는 시선을 돌린 채 더 이상 반응을 나타내지 않았다. 그러자 갑자기 내부에 있는 무슨 둑이라도 무너진 듯이 그의 이마에까지 열기가 뚜렷하게 밀어닥치기 시작했다. 타루가 시선을 의사에게로 돌리자 의사는 긴장한 얼굴로 그에게 용기를 내라는 시늉을 해 보였다. 타루는 다시 미소를 지어 보이려고 노력했으나, 미소는 굳은 턱과 뿌연 거품으로 시멘트 칠을 한 듯한 입술 밖으로 나오지 못하고 말았다. 그러나 아직도 그 굳은 얼굴에서 두 눈만은 온통 용기의 광채로 빛나고 있었다.

7시에 리유의 어머니가 방 안으로 들어왔다. 의사는 사무실로 가서 병원에 전화를 걸어 자기의 대리 근무자를 바꿔 달라고 부탁했다. 그는 또 자기의 진료를 나중으로 연기하기로 하고, 진찰실의 긴 의자 위에 잠시 드러누웠다. 그러나 그는 이내 일어나서 방으로 돌아왔다. 타루는 리유의 어머니 쪽으로 고개를 돌리고 있었다. 그는 의자에 앉아서 두 손을 모아 무릎에 얹고 있는 그 조그마한 그림자를 보고 있었다. 그가 하도 강렬하게 바라보았기 때문에 부인은 그의 입술에 손가락을 갖다 대었다가 일어나서 머리맡 전등을 껐다. 그러나 커튼 뒤에서 햇살이 강하게 스며들기 시작했고, 잠시 후에 환자의 얼굴 모습이 어둠 속에서 떠올랐을 때, 부인은 환자가 여전히 자기를 바라보는 것을 볼 수 있었다. 그 여자는 그에게로 몸을 굽혀서 베개를 고쳐 주고, 몸을 일으키면서 축축하게 젖은 채 한데 엉킨 머리칼 위에 잠시 손을 얹었다. 그때 부인은 멀리서 들려오는 듯한 어렴풋한 목소리가 자기에게 고맙다고 하면서, 이제 모든 것이 잘되었다고 말하는 소리를 들었다. 다시 그 여자가 자리에 앉았을 때 타루는 눈을 감고 있었다. 입술을 굳게 다물고 있으면서도 그 기진맥진한 얼굴은 다시 미소를 짓는 것처럼 보였다.

정오가 되자 열은 절정에 달했다. 일종의 내장성 기침이 환자의 몸을 뒤흔들었고 환자는 피를 토하기 시작했다. 임파선은 더 이상 부어오르지 않았다. 그러나 여전히 없어지지는 않고 관절의 오금마다 나사처럼 단단히 박혀 있어서 리유는 절제 수술이 불가능하다고 판단했다. 타루는 열과 기침 사이사이에 아직도 간간이 자기의 벗들을 바라보는 것이었다. 마침내 눈을 뜨는 횟수도 드물어졌다. 그리고 햇빛 속에 드러난 황폐해진 그의 얼굴은 그때마다 더욱더 창백해졌다. 폭풍에 휩쓸린 그의 온몸은 발작적으로 경련하더니 이제는 그의 모습을 번쩍번쩍 비추던 번개도 점점 드물어졌고, 타루는 그 폭풍 속으로 서서히 표류해 가고 있었다. 리유 앞에는 미소가 사라진 채 이제는 무기력해져 버린 하나의 마스크밖에는 남은 것이 없었다. 그에게 그렇게도 친근했던 그 인간의 모습이, 지금은 창끝에 찔리고 초인간적인 악으로 불태워지고 하늘의 증오에 찬 온갖 바람에 주리 틀리면서 바로 그의 눈앞에서 페스트의 검은 물결 속으로 빠져들어 갔지만, 그로서는 이 난파를 막는 데 속수무책이었다. 그는 다시 한 번 빈손과 뒤틀리는 마음뿐, 무기도 처방도 없이 기슭에 머물러 있어야만 했다. 그리고 마침내는 자신의 무력함을 한탄하는 눈물이 앞을 가려 리유는 타루가 갑자기 벽 쪽으로 돌아누워 마치 몸 한구석에서 가장 근원적인 어떤 줄 하나가 툭 끊어지기나 한 것처럼 힘없는 신음 소리를 내며 숨을 거두는 것조차 보지 못했다.

그 후의 밤은 투쟁의 밤이 아니라 침묵의 밤이었다. 세계로부터 단절된 그 방에서, 이제는 옷을 얌전히 입은 시신을 굽어보며 리유는 벌써 여러 날 전, 발아래 페스트가 아우성치는 테라스 위에서, 시의 문이 습격당한 직후에 느꼈던 그때의 정적이 떠도는 것을 의식했다. 그는 그때에도 이미, 그냥 죽게 내버려 두고 온 사람들의 침대에 감돌고 있던 그 침묵을 생각했다. 그것은 어디서나 똑같은 휴지부였으며, 똑같이 장엄한 막간이었고, 전투 뒤에 언제나 찾아오는 똑같은 진정 상태였다. 그것은 패배의 침묵이었다.

그러나 지금 그의 친구를 에워싸고 있는 침묵으로 말하면, 그것은 너무나도 진하고 페스트에서 해방된 도시와 거리의 침묵과 너무나도 긴밀하게 일치하는 침묵이었기 때문에, 리유는 이번에야말로 정말 결정적인 패배, 전쟁을 종식시키면서 평화 그 자체를 치유할 길 없는 고통으로 만들어 버리는 그런 패배라는 것을 절실히 느끼고 있었다. 의사는 결국 타루가 평화를 다시 찾았는지 어떤지 알 수 없었다. 그러나 적어도 그때, 그는 자기 자신에게 다시는 평화가 있을 수 없다는 것, 또 아들을 빼앗긴 어머니라든지 친구의 시체를 묻어 본 적이 있는 사람에게 다시는 휴전이라는 것이 없다는 것을 알 것 같았다.

밖은 여전히 추운 밤이었고, 맑고 싸늘한 하늘에는 별들이 꽁꽁 얼어붙어 있었다. 어둠침침한 방에서도 유리창을 얼리는 추위와 북극의 밤으로부터 불어오는 매서운 바람을 느낄 수 있었다. 침대 곁에는 리유의 어머니가 언제나와 다름없이 낯익은 자세로 오른쪽에 머리맡의 전등 불빛을 받으면서 앉아 있었다. 리유는 불빛에서 멀리 떨어져 방 한가운데 놓인 안락의자에 앉아서 기다리고 있었다. 아내 생각이 머리에 떠올랐지만 그럴 때마다 그는 그 생각을 뿌리치곤 했다.

저녁이 되자 통행인들의 발소리가 추운 밤공기를 타고 또렷하게 들려왔다.

"할 일은 다 마쳤니?"라고 어머니가 말했다.

"네, 전화를 걸었어요."

그래서 두 사람은 다시 침묵의 밤샘을 시작했다. 리유의 어머니는 이따금 자기 아들을 바라보았다. 어머니의 시선과 마주치면 그는 미소를 지어 보였다. 밤의 익숙한 소음이 거리에서 거듭 들려왔다. 비록 아직 허가는 나지 않았지만, 많은 차량들이 다시 운행되고 있었다. 차들은 빠른 속력으로 포장도로를 핥고 사라졌다가 다시 나타나곤 했다. 사람들의 말소리, 고함쳐 부르는 소리, 다시 돌아온 침묵, 말굽 소리, 커브를 도는 전차 두 대가 삐걱거리는 소리, 분명치는 않지만 웅성대는 소리, 그리고 다시 밤의 숨소리.

"베르나르야."

"네?"

"고단하지 않으냐?"

"아뇨."

그때 그는 어머니가 무슨 생각을 하고 있는지를 알았고, 또 어머니가 자기를 사랑하고 있다는 걸 느꼈다. 한편, 한 인간을 사랑한다는 것은 대수로운 일이 아님을, 적어도 사랑이라는 것이 자신의 표현을 발견할 수 있을 만큼 충분히 강력한 것이 못 된다는 것을 그는 알고 있었다. 그래서 그의 어머니와 그는 언제나 침묵 속에서 서로를 사랑할 것이다. 그러고는 어머니는 ─ 혹은 그는 ─ 일생 동안 자기네들의 애정을 그 이상으로는 드러내 보이지 못한 채 죽을 것이다. 마찬가지로, 그는 타루의 바로 곁에서 살아왔는데도, 자신들의 우정을 정말 우정답게 체험할 시간도 미처 갖지 못한 채 그날 저녁에 타루는 죽어 갔던 것이다. 타루는 자기 말마따나 내기에 졌던 것이다. 그러나 그 자신, 리유가 이긴 것은 무엇이었던가? 단지 페스트를 겪었고, 그리고 그것에 대한 추억을 가진다는 것, 우정을 알게 되었으며 그것에 대한 추억을 가진다는 것, 애정을 알게 되었으며 언젠가는 그것에 대한 추억을 갖게 되리라는 것, 그것만이 오로지 그가 얻은 점이었다. 인간이 페스트나 인생의 노름에서 얻을 수 있는 것이라고는 그것에 관한 인식과 추억뿐이다. 타루도 아마 그런 것을 내기에 이기는 것이라고 말했던 모양이다!

또다시 자동차가 한 대 지나갔고, 리유의 어머니는 의자 위에서 약간 몸을 움직였다. 리유가 어머니를 보고 미소를 지었다. 그는 아들에게 자기는 피곤하지 않다고 말했다. 그러고는 곧 말을 이었다.

"너, 산으로 휴양 좀 가야겠구나. 거기로 말이다."

"그래야 할까 봐요, 어머니."

그렇다, 거기 가서 그는 휴양을 할 예정이었다. 가고말고. 그 역시 기억의 한 구실이 될 것이다. 그러나 내기에 이긴다는 것, 그것이 결국 이런 것을 말하는 것이라면, 단지 자기가 알고 있는 것, 추억에 남는 것만을 지니고 살아갈 뿐, 희망하는 것은 다 잃어야 되니, 그 얼마나 괴로운 일이랴. 타루는 아마 그렇게 살아왔던 모양이어서 환상이 없는 생활이 얼마나 메마른 생활인가를 잘 알고 있었던 것 같다. 희망 없이 마음의 평화는 있을 수 없는 법이다. 그런데 아무도 단죄할 권리를 인간에게 주지 않았던 타루, 그러면서도 누구도 남을 단죄하지 않을 수 없으며, 심지어는 희생자가 때로는 사형 집행인 노릇을 하게 됨을 알고 있었던 타루는 분열과 모순 속에서 살아왔던 것이며, 희망이라곤 전혀 알지 못했던 것이다. 그래서 성스러움을 추구하고, 인간에 대한 봉사에서 마음의 평화를 찾으려고 했던 것일까? 사실 리유는 그런 것에 대해서 아무것도 아는 것이 없었고 그런 것은 아무래도 좋았다. 타루에 대해서 자기가 앞으로 간직할 유일한 이미지는, 자기 자동차의 핸들을 두 손으로 확 움켜잡고 운전하고 있는 한 남자의 이미지이거나, 이제는 움직이지 않고 뻗어 있는 그 육중한 육체에 대한 이미지이리라. 삶의 체온과 죽음의 이미지, 그것이 바로 인식이었던 것이다.

그다음 날 아침, 자기 아내가 죽었다는 소식을 의사 리유가 담담한 심정으로 받아들인 것도 아마 그런 이유에서였으리라. 그는 자기 진료실에 있었다. 그의 어머니가 뛰다시피 들어와 그에게 전보 한 장을 건네주고는 배달부에게 팁을 주려고 도로 나갔다. 어머니가 돌아왔을 때, 아들은 전보를 펼쳐 들고 있었다. 어머니가 그를 바라보았다. 그러나 그는 창 너머로, 항구 위에 밝아 오는 찬란한 아침을 뚫어지게 보고 있었다.

"베르나르야!" 하고 어머니가 말했다.

의사는 넋이 나간 표정으로 어머니를 바라보았다.

"무슨 전보냐?" 하고 어머니가 물었다.

"그거였어요." 의사는 솔직히 털어놓았다. "일주일 전이었군요."

리유의 어머니는 창으로 고개를 돌렸다. 의사는 아무 말도 없었다. 그리고 그는 자기 어머니에게 울지 말라고 하고, 이렇게 될 줄은 알고 있었지만 그래도 몹시 가슴 아프다고 말했다. 그런 말을 하면서 그는 다만 자신의 고통이 새삼스러운 것은 아니라는 것을 알고 있었다. 이것은 여러 달 전부터, 그리고 이틀 전부터 계속되어 왔던 똑같은 아픔이었다.

시의 문들은, 2월의 어느 화창한 날 아침, 시민들과 신문과 라디오와 도청의 발표문이 환호하는 가운데 마침내 열렸다. 그러므로 서술자에게 남은 일은, 비록 자신은 거기에 완전히 섞여서 기뻐할 자유가 없었던 사람들 중 하나이긴 했지만, 시의 문이 개방되던 기쁜 순간의 기록자가 되는 일이다.

밤과 낮에 걸쳐서 성대한 축하 행사가 마련되었다. 동시에 기차는 역에서 연기를 뿜기 시작했고, 한편 머나먼 바다로부터 항해해 온 배들은 어느새 우리 시의 항구로 뱃머리를 돌렸고, 제각기 그날이 생이별을 애달파했던 모든 사람들의 역사적인 재회의 날이라는 것을 분명히 보여 주고 있었다.

여기서 그토록 수많은 우리 시민들 가슴속에 깃들어 있었던 생이별의 감정이 어떻게 변했을까 하는 것은 쉽게 상상할 수 있을 것이다. 낮 동안에 우리 시에 들어온 열차도 시에서 나간 열차들 못지않게 많은 승객을 싣고 있었다. 모두들 이 주일간의 유예 기간 중에 그날을 위해 좌석을 예약해 놓고는 마지막 순간에 가서 도청의 결정이 변경되지나 않을까 겁을 먹고 있었던 것이다. 시로 들어오는 여객들 중에는 그러한 불안을 완전히 버리지 못한 사람도 있었다. 왜냐하면 그들은 대개가 자기와 가까운 관계에 있는 사람들의 소식은 알고 있었지만 다른 사람들이나 시 자체가 어떻게 되었는가는 전혀 몰랐고, 시는 아마도 무서운 꼴이 되었으리라고 상상하고 있었던 것이다. 그러나 그것은 그 기간의 고통에 정열이 모두 불타 버리지 않은 사람들의 경우에나 맞는 이야기였다.

열정적인 사람들은 사실 자신들의 고정관념에 사로잡혀 있었던 것이다. 그들에게 있어서는 단 한 가지만이 변했다. 즉, 귀양살이의 몇 달 동안에는 될 수 있으면 시간이 어서 흘러가라고 앞으로 떠밀어 보고만 싶었고 시간이 빨리 가라고 고집스럽게도 재촉하고 또 재촉하고만 싶었는데, 벌써부터 우리가 사는 도시가 눈에 보이고 기차가 멈추기 위해 브레이크를 걸기 시작하자 이번에는 반대로 시간이 속도를 늦추고 그대로 움직이지 않은 채 머물러 주기를 바라는 것이었다. 그들의 사랑하는 마음에서 볼 때 잃어버린 세월인 그 여러 달 동안의 삶에 대해 마음에 품고 있었던 막연하면서도 동시에 격렬한 감정 때문에, 그들은 기쁨의 시간이 기다림의 시간보다 곱절은 더디게 흘러가야 한다는 일종의 보상을 막연하게나마 요구하게 되었던 것이다. 그리고 랑베르의 아내는 벌써 몇 주일 전부터 그 소식을 듣고 필요한 절차를 밟아 오늘 이 도시에 도착할 참이었는데, 그러한 입장의 랑베르처럼 방 안에서나 플랫폼에서 기다리고 있는 사람들도 똑같은 초조감과 똑같은 혼란에 빠져 있었다. 왜냐하면 페스트가 몇 달 동안이나 계속됨으로써 추상이 되어 버렸던 사랑이나 애정이 그것의 구체적 실현 매체인 육체적인 존재와 맞닥뜨리는 순간을 랑베르는 가슴을 졸이며 기다리고 있었기 때문이다.

그는 페스트가 번지던 초기의 자기 자신, 단숨에 그 도시를 탈출해서 사랑하는 그 사람을 만나러 달려가고 싶었던 자신으로 돌아가기를 원했는지도 모른다. 그러나 이젠 그것이 불가능하다는 것을 그도 알고 있었다. 그는 변했다. 페스트는 그의 마음속에 방심이라는 것을 불어넣어 주었던 것이다. 그는 전력을 다해서 그 방심을 부정하려 했지만, 그것은 마치 막연한 불안과도 같이 그의 마음속에 계속 살아남았다. 어떤 의미에서는 페스트가 너무나 별안간에 끝난 것 같은 생각이 들어서 그는 얼떨떨했다. 행복은 전속력으로 다가오고 있었고, 일들은 기대하던 것보다 더 빨리 진행되고 있었다. 랑베르는 모든 일이 일순간에 복구될 것이고, 기쁨은 음미해 볼 겨를도 없이 닥쳐온 불지짐 같은 것이라는 사실을 깨달았다.

사실 모든 사람들은, 정도의 차이는 있었지만 결국 랑베르와 마찬가지였다. 그러므로 그 모든 사람들에 대해서 이야기할 필요가 있다. 저마다 각자의 개인 생활을 다시 시작하는 그 플랫폼에서, 그들은 아직도 함께 나누었던 공동생활을 느끼면서 서로 눈짓과 미소를 교환하는 것이었다. 그러나 기차의 연기를 보자마자, 그들 귀양살이의 감정은 정신을 차릴 수 없는 기쁨의 소나기에 휩싸여 갑자기 꺼져 버리는 것이었다. 기차가 멈춰 섰을 때, 이제는 그 모습조차 아물아물해진 몸과 몸 위로 서로의 팔이 기쁨에 넘치면서도 인색하게 휘감기는 순간, 대개는 바로 같은 플랫폼에서 시작되었던 그 끝없는 이별은 같은 곳에서 순식간에 종말을 고했다. 랑베르 자신은 자기를 향해서 달려오는 그 모습을 미처 볼 겨를도 없었는데, 그 여자는 벌써 그의 품 안에 뛰어들어 있었다. 그래서 그녀를 품 안에 가득 껴안은 채, 정다운 머리털밖에는 보이지 않는 그 머리를 꼭 끌어당기고, 현재의 행복에서 오는 것인지 아니면 너무나 오랫동안 억눌러 참았던 고통에서 오는 것인지 알 수 없는 눈물을 줄줄 흘리면서, 그는 그 눈물 때문에 지금 자기의 어깨에 파묻혀 있는 그 얼굴이 과연 자기가 그렇게 꿈에도 잊지 못하던 얼굴인지, 아니면 전혀 알지 못하는 타인의 얼굴인지를 확인해 볼 수 없을 것 같다는 생각을 하고 있었다. 좀 있으면 자기의 의심이 참된 것인지를 알게 될 것이다. 당장에는 그도 자기 주위의 사람들처럼, 페스트가 오든지 가든지 사람의 마음은 조금도 변할 것이 없다고 믿고 싶었다.

그들은 모두 서로를 꼭 껴안고 자기들 밖의 세계와는 전혀 관계가 없다는 듯이, 겉으로는 페스트에 승리한 듯한 얼굴로, 모든 비참함을 잊어버린 채, 그리고 역시 같은 기차를 타고 왔지만 아무도 마중 나온 사람이 없는 것을 보고서야 그 오랜 동안의 무소식이 그들 마음속에 빚어 놓았던 두려움을 현실로 확인해야만 하는 그런 사람들을 잊어버린 채, 집으로 돌아갔다. 그 잊힌 사람들, 이제 동반자라고는 아주 생생한 고통밖에는 없게 된 사람들, 또 그 순간 사라져 간 사람의 추억밖에는 매달릴 곳이 없는 사람에게 있어서는 사정이 전혀 달라서, 이별의 슬픔은 절정에 달했다. 이름도 없는 구덩이에 허망하게 묻혀 버렸거나, 또는 잿더미 속에서 녹아 없어진 사람과 더불어 모든 기쁨을 잃어버린 어머니들, 배우자들, 애인들에게 페스트는 여전히 계속되고 있었다.

그러나 누가 그러한 고독을 생각해 주겠는가? 정오가 되자, 태양은 아침부터 대기 속에서 싸우고 있던 찬바람을 정복하고, 끊임없이 강렬한 햇빛의 물결을 온 시가에 쏟아붓고 있었다. 낮은 정지되어 있었다. 산언덕 꼭대기에 있는 요새의 대포들은 움직이지 않는 하늘에 끊임없이 포성을 울렸다. 도시 전체가 밖으로 쏟아져 나와서, 고통의 시간은 종말을 고했지만 망각의 시간은 아직 시작도 되지 않은 그 벅찬 순간을 축복하고 있었다.

사람들은 광장마다 모여서 춤을 추었다. 교통량은 지체 없이 현저하게 증가해, 수가 늘어난 자동차들은 사람들이 밀려든 거리거리를 간신히 통과하고 있었다. 시내의 모든 종들이 오후 내내 힘껏 울렸다. 종들은 푸르른 황금빛의 하늘을 그들의 진동으로 가득 채워 놓았다. 과연 교회들에서는 감사 기도를 올리고 있었다. 그러나 동시에 오락의 장소들은 터질 듯한 성황을 이루었으며, 카페들은 앞일은 걱정도 하지 않은 채 마지막 남은 술을 다 털어 내놓는 것이었다. 카운터 앞에는 한결같이 흥분한 사람들의 떼가 밀려들고 있었다. 그리고 그들 중에는, 구경거리가 되는 것도 두려워하지 않고 부둥켜안고 있는 쌍쌍들도 있었다. 모두들 소리치거나 웃고 있었다. 그들은 저마다 자기 영혼의 불빛을 낮게 줄여 놓고 살아온 지난 몇 달 동안에 비축되었던 생명감을, 마치 그날이 자기들의 생환 기념일인 양 마음껏 즐기고 있었다. 이튿날이 되면 다시금 본래의 생활이 그 자체의 조심성과 더불어 시작될 것이었다. 그러나 그날 그 순간에는 근본이 서로 다른 사람들끼리 서로 팔꿈치를 비벼 대면서 친밀감을 느끼고 있었다. 죽음 앞에서도 사실상 실현되지 못했던 평등이, 해방의 기쁨 속에서 적어도 몇 시간 동안은 실현되고 있었다.

그러나 그 평범하고 요란스러운 기쁨이 모든 것을 다 말해 주는 것은 아니었으니, 저녁 무렵에 랑베르와 어깨를 나란히 하고 거리거리를 쏘다니던 사람들 중에는 흔히 마음속에 더 미묘한 행복감을 감춘 채 겉으로는 덤덤한 태도만 드러내 보이는 사람들도 있었다. 실제로 수많은 연인들과 수많은 가족들이 겉보기에는 그저 평화스러운 산책객으로밖에는 안 보였다. 그런데 사실 그들 대부분은 자신들이 고통을 겪었던 이곳저곳을 찾아 미묘한 순례를 하고 있는 것이었다. 그것은 새로 온 사람들에게, 페스트의 역력한 또는 숨어 있는 흔적, 그 역사의 발자취를 보여 주기 위해서였다. 어떤 사람들은 안내자의 역할을 맡아서 많은 것을 목격한 사람, 페스트와 함께 지낸 사람의 역할을 하는 데 만족했고, 아무런 공포심도 일으키지 않은 채로 위험했던 이야기를 하는 것이었다. 그러한 즐거움은 해로운 것은 아니었다. 그러나 어떤 사람들의 경우에는 그것은 더 소름이 끼치는 행정(行程)이어서, 어떤 애인은 추억의 달콤한 불안 속에 빠져서 동반한 여자에게 이렇게 말하는 것이었다. "바로 여기였어. 그 당시 나는 당신을 그렇게도 원했는데 당신은 없었지." 그 정념의 편력자들은 그때 자신들이 어떤 존재인지를 깨달을 수 있었다. 그들은 자신들이 한데 섞여 걷고 있는 그 소용돌이 한가운데서 속삭임과 속내 이야기의 작은 섬을 이루고 있었던 것이다. 네거리의 떠들썩한 오케스트라보다도 정말 해방을 알리는 것은 바로 그들이었다. 말도 없이 서로 꼭 껴안은 채 황홀한 얼굴로 걸어가는 그 쌍쌍의 남녀들이야말로 그 소용돌이의 한가운데서 행복한 사람 특유의 의기양양함과 부당함을 감추지 못한 채 이제 페스트는 끝났다고, 공포의 시기는 이미 지나갔다고 확인해 주는 것이었다. 그들은 우리가 한때는 경험했던 저 어처구니없는 세계, 사람 하나 죽이는 것쯤은 파리 한 마리의 죽음 정도로 여겼던 그 무지한 세계, 저 뚜렷이 규정된 야만성, 저 계산된 광란, 현재가 아닌 모든 것 앞에서의 무시무시한 자유를 가져왔던 저 감금 상태, 제풀에 죽어 넘어지지 않는 모든 자를 아연실색하게 하던 저 죽음의 냄새, 이런 것들을 그들은 태연하게, 자명한 사실들에도 불구하고 부정하고 있었다. 그리고 그들은 마침내, 매일매일 어떤 사람들은 화장터의 아궁이에 켜켜이 쌓여 이글거리는 연기가 되어서 증발해 버리고, 한편 나머지 사람들은 무력함과 공포의 쇠사슬에 묶여 자기 차례를 기다리고 있던 그 어리벙벙한 민중이었다는 것을 부정하고 있었다.

어쨌든 그것이, 그날 오후가 다 지날 무렵 변두리 구역 쪽으로 가 보려고 교회당의 종소리와 대포 소리와 음악 소리와 귀가 멍멍해질 정도의 아우성 속을 혼자 걸어가고 있던 리유의 눈에 띈 광경이었다. 그의 직업은 아직도 계속되고 있었다. 환자에게는 휴가라는 것이 없으니 말이다. 도시 위로 내리쬐는 화창한 햇볕 속에, 옛날과 다름없이 불고기 냄새와 아니스 주의 냄새가 피어올랐다. 그의 주위에서는 즐거운 얼굴들이 고개를 젖히고 하늘을 우러러보고 있었다. 남자들과 여자들이 서로서로 불타는 듯이 화끈 달은 얼굴을 하고, 욕정의 모든 흥분과 긴장에 떨면서 부둥켜안고 있었다. 그렇다, 이제 페스트는 공포와 더불어 끝났으며, 그처럼 부둥켜안은 팔들은 사실상 페스트가 귀양살이와 이별의 동의어였음을 말해 주는 것이었다.

처음으로 리유는 몇 달 동안을 두고 행인들의 얼굴에서 읽을 수 있었던 그 비슷한 분위기에 이름을 붙일 수가 있었다. 이제 그는 주위를 둘러보는 것만으로 충분했다. 비참과 곤궁을 겪으면서 페스트의 종말에 다다랐을 때 그 모든 사람들은 그들이 이미 오래전부터 맡아 온 역할의 제복을 걸치게 되고 만 것이었다. 처음에는 얼굴이, 그리고 지금은 복장이, 부재와 멀리 두고 온 고향을 다 말해 주고 있는 터인, 망명객으로서의 역할 말이다. 그들은 페스트가 시 문을 폐쇄한 그 순간부터 오직 이별의 상태 속에서 살아왔으며, 모든 것을 잊게 해 주는 인간적인 체온으로부터 차단된 채 지내 왔던 것이다. 정도는 다르나마 도시의 구석구석에서, 그 남자들과 여자들은 사람마다 각기 그 성질은 다르지만 모든 사람에게 있어서 한결같이 불가능한 것인 어떤 결합을 열망하면서 지냈다. 그들 대부분은 곁에 있지 않은 사람을 향해서 뜨거운 체온과 애정을 달라고, 혹은 습관을 돌려 달라고 전력을 다해서 외치고 있었다. 어떤 사람들은, 흔히 자기도 모르는 사이에, 사람들과의 우정이 끊어진 상태가 되어 버렸음을, 더 이상 편지나 기차나 배 같은 평범한 수단을 통해서 남들과 어울릴 수가 없게 되었음을 괴롭게 여기고 있었다. 보다 더 드문 경우지만 그 밖의 사람들, 가령 타루 같은 사람들은 뭐라고 뚜렷하게 정의를 내릴 수는 없지만 그들에게 정말로 바람직한 것으로 보이는 그 어떤 것과의 결합을 간절히 바라고 있었다. 그리고 그것을 달리 부를 말을 찾지 못해, 그들은 그것을 때로는 평화라고 부르기도 했다.

리유는 계속해서 걸어가고 있었다. 그가 앞으로 나아갈수록 군중의 수가 점점 많아지고 소란도 더 심해져서, 그가 가고자 하는 변두리 구역이 자꾸 그만큼씩 뒷걸음을 치는 것 같았다. 그도 차츰차츰 그 소란스러운 커다란 집단 속으로 융화되어 감에 따라, 적어도 그들이 외치는 소리의 일부는 자기 자신의 고함 소리인 양 더 잘 이해되기도 했다. 그렇다, 모든 사람들이 육체적으로나 정신적으로나 하나같이 괴로운 휴가, 도리 없는 귀양살이, 결코 채울 길 없는 갈증으로 다 함께 고통을 당했던 것이다. 그 산더미처럼 쌓인 시체들, 구급차의 사이렌 소리, 운명이라고 불러 마땅한 경고, 공포에 떨면서 맴도는 제자리걸음, 그들의 마음속에 치밀어 오르던 무서운 반항, 이러한 모든 것들의 틈바구니에서도 하나의 거대한 기운이 결코 그치지 않은 채 누비고 다니면서 공포에 싸여 있는 사람들에게 그들의 진정한 조국을 다시 찾아야 한다고 경고하듯이 말해 주고 있었던 것이다. 그들 모두에게 있어서, 진정한 조국은 그 질식해 있는 시가의 담 저 너머에 있었다. 그 조국은 언덕 위의 그 향기로운 덤불 속에, 바다 속에, 자유로운 고장들과 따뜻한 사랑의 무게 속에 있었다. 그리고 그들은 바로 그 조국을 향해서, 그 행복을 향해서 돌아가고 싶었으며, 그 밖의 모든 것들에 대해서는 등을 돌리고 싶었던 것이다.

그 귀양살이와 그 결합에 대한 욕구 속에 내포되어 있는 의미가 무엇인가에 대해 리유는 전혀 아는 바가 없었다. 그는 사방에서 떠밀고 말을 걸어 오는 군중들 틈에서도 여전히 걸음을 옮겨 가서 차츰차츰 덜 붐비는 거리로 나서면서, 그런 것들에 의미가 있다거나 없다거나 하는 것은 과히 중요한 일이 못 되며, 차라리 사람들의 희망이 과연 어떠한 대답을 얻게 되었는지에 대해 알아볼 필요가 있다는 생각을 하는 것이었다.

그는 이제부터 어떠한 대답이 나올는지를 알고 있었으며, 그가 거의 인적이 없는 변두리 구역의 초입에 들어설 무렵, 더욱 뚜렷이 그것을 알 수 있었다. 자기 자신의 보잘 것없음을 아는지라 다만 자신들의 사랑의 보금자리로 돌아가기만을 바라던 사람들은 간혹 그 보람을 찾았다. 물론 그중 몇몇은 기다리고 있던 사람을 빼앗기고서 여전히 고독하게 시가를 쏘다니고 있었다. 그러나 어떤 이들은 두 번 생이별을 당하지 않은 것만으로도 다행이라고 여겨야 될 형편이었다. 가령 그 질병이 퍼지기 이전에 자기네의 사랑을 단번에 이룩해 놓지 못하고 있다가, 원수 같았던 애인들 사이를 마침내는 결코 끊을 수 없도록 맺어 주는 어려운 화합을 벌써 몇 해를 두고 맹목적으로 추구해 온 사람들도 있었으니 말이다. 그런 사람들은 리유 자신과 마찬가지로 경솔하게도 시간이 해결해 주리라고 믿었다. 그런데 그들은 영원히 헤어지지 않으면 안 되었다. 그러나 의사가 바로 그날 아침에 헤어지면서 "용기를 내시오. 지금이야말로 정신을 바짝 차려야 할 때지요."라고 말했던 랑베르, 그 랑베르 같은 사람들은 아주 잃어버렸다고 믿었던 사람을 망설임도 없이 다시 찾았던 것이다. 그로써 그들은 적어도 당분간은 행복할 것이다. 이제 그들은 인간이 언제나 욕구를 느끼며, 가끔씩은 손에 넣을 수도 있는 것이 있다면, 그것은 바로 인간에 대한 애정이라는 것을 알게 되었다.

    반대로, 인간을 초월해, 자기로서는 상상조차도 할 수 없는 그 어떤 것을 지향하고 있던 사람들은 결국엔 어떤 대답도 얻지 못했다. 타루는 그가 말하던 소위 마음의 평화라는 어려운 것에 도달한 듯싶었지만, 그러나 그는 그것을 죽음 속에서, 이미 그에게는 아무런 소용이 없어지고 말았을 때에 가서야 겨우 발견했던 것이다. 반대로 다른 사람들, 즉 집집의 문턱에서 기울어 가는 햇볕을 받으며, 서로를 힘껏 껴안은 채 정신없이 마주 보고 있는 사람들이 그들의 바라던 바를 손에 넣을 수 있었다면, 그것은 그들이 자기 힘으로 얻을 수 있는 것만을 요구했기 때문이다. 리유는 그랑과 코타르가 사는 거리로 접어들면서, 적어도 가끔씩은 기쁨이라는 게 찾아와서 인간만으로, 인간의 가난하지만 동시에 엄청난 사랑만으로 만족을 느끼는 사람들에게 보람을 주는 것은 정당한 일이라는 생각을 하고 있었다.

이 연대기도 끝이 가까웠다. 이제 베르나르 리유는 자기가 이 연대기의 서술자라는 것을 고백해야 할 때가 되었다. 그러나 이 연대기의 마지막 사건들을 서술하기 전에 그는 적어도 자기가 여기에 개입하게 된 까닭을 설명하고, 또 그가 객관적인 증인의 어조로 기록하고자 애썼다는 것을 밝히고자 한다. 페스트가 설치던 동안 내내, 그는 직책상 우리 시민의 대부분을 만나 봤고, 따라서 그들이 느낀 내용을 수집할 수 있는 위치에 있었다. 그야말로 자기가 보고 들은 바를 보고하기에는 적절한 자리에 있었던 것이다. 그러나 그는 되도록 그것을 신중한 태도로 전달하고자 했다. 그는 대개의 경우, 어디까지나 자기 눈으로 볼 수 있었던 것 이상의 일들은 보고하지 않도록, 그리고 페스트 시절을 함께 겪어 온 사람들이 마음에 품고 있지도 않았던 생각들을 억지로 만들어 내서 이야기하지 않도록, 우연히 혹은 불행한 인연으로 일단 자기의 손에 오게 된 텍스트만을 활용하도록 노력했다.

모종의 범죄 사건이 생겨서, 그가 증인으로 불려 갔던 일이 있었는데, 그때에도 그는 선의의 증인이 마땅히 갖추어야 할 조심성 있는 태도를 버리지 않았다. 그러면서도 동시에 정직한 마음의 법칙에 따라 그는 단호하게 희생자의 편을 들었고 자신과 같은 시민들이 공유하고 있는 유일한 확신, 즉 사랑과 고통과 귀양살이 속에서 그들과 한 덩어리가 되고자 했다. 이리하여 자신과 같은 시민들의 불안이라면 그 어떤 것도 그가 그들과 나누어 겪지 않은 것이라고는 없고, 어떤 상황도 동시에 그 자신의 상황이 아닌 것이라고는 없었다.

그는 충실한 증인이 되기 위해서, 특히 조서, 문헌, 그리고 소문 같은 것들을 보고해야만 했다. 그러나 그가 개인적으로 말하고 싶었던 것, 즉 자신의 기대라든지 자신의 시련이라든지 하는 것에는 입을 다물어야만 했다. 혹 그런 것을 이용하는 일이 있었다면, 그것은 다만 우리 시민들을 이해하고 또 이해시켜 보려는 의도에서 그랬던 것이고, 대개의 경우, 그들이 막연하게 느끼기만 하고 있던 것에다가 어떤 형태를 부여해 보려는 의도에서 그랬던 것이었다. 사실 말이지, 이러한 이성적인 노력이 그에게는 조금도 힘들지 않았다. 페스트 환자 수천 명의 목소리에다 자기 자신의 고백도 직접 섞어 넣어 보고 싶은 유혹을 느꼈을 때도 그는 자기의 괴로움 중 그 어느 것 하나도 동시에 다른 사람들의 괴로움이 아닌 것이 없으며, 혼자서 고독하게 슬픔을 겪어야 하는 일이 너무나 잦은 세계 속에서 그러한 사정은 오히려 다행이라는 생각에서 참았던 것이다. 확실히 그는 모든 사람들에 관한 이야기를 해야만 했다.

그러나 시민들 중 적어도 한 사람만은, 의사 리유로서도 두둔할 수 없는 입장이었다. 그는 언젠가 타루가 리유에게 이렇게 말한 적이 있는 바로 그 사람이었다. "그 사람의 유일하고도 진정한 죄악은, 어린아이들 그리고 인간들을 죽이는 것에 대해서 마음속으로 옳다고 긍정했다는 점입니다. 그 외의 것은 나도 이해가 가요. 그러니 그 외의 것은 용서하지 않을 수가 없어요." 이 기록이 그 무지한 마음, 즉 고독한 마음을 품었던 그 사람에 대한 이야기로 끝난다는 것은 온당한 일이다.

축제 분위기로 요란한 큰 거리를 빠져나와서, 그랑과 코타르가 살고 있는 골목으로 들어섰을 때, 의사 리유는 마침 경찰관들이 쳐 놓은 바리케이드 때문에 발길을 멈출 수밖에 없었다. 생각도 못 했던 일이었다. 부산한 축제의 소리가 멀리서 들려오는 까닭에 그 동네는 더욱더 조용한 것 같았으므로, 아예 인기척이 없으리라고 상상했던 것이다. 그는 신분증을 내보였다.

"안 됩니다, 선생님." 하고 경관이 말했다. "어떤 미친놈이 시민들에게 총질을 합니다. 그렇지만 잠깐만 여기에 계십시오. 수고를 끼칠 일이 생길지도 모르겠어요."

그때 리유는 그랑이 자기 쪽으로 오는 것을 보았다. 그랑 역시 아무것도 모르고 있었다. 사람들이 가지 못하게 해서 보니까, 자기 집에서 누가 총을 쏘더라는 것이었다.

멀리, 과연 싸늘해진 태양의 마지막 광선을 받아 노랗게 빛나는 아파트 정면이 보였다. 그 주위에는 커다란 텅 빈 공간이 생겨 맞은편 인도에까지 뻗어 있었다. 차도 한가운데에는 모자 하나와 더러운 헝겊 조각이 뚜렷하게 보였다. 리유와 그랑은 아주 저 멀리, 길 건너에도 자기들을 막고 있는 선과 나란히 경찰의 차단망이 또 하나 쳐 있고 그 뒤로 동네 사람들이 빠른 걸음으로 오가는 것을 볼 수 있었다. 잘 보니까, 아파트 맞은편 건물의 문 안에 찰싹 달라붙어서 권총을 겨누고 있는 경관들도 알아볼 수 있었다. 아파트의 덧문은 모두 닫혀 있었다. 그러나 삼 층의 덧문 하나가 반쯤 떨어져서 가까스로 매달려 있었다. 거리는 쥐 죽은 듯이 조용했다. 시내 중심가에서 음악 소리가 단편적으로 들려올 뿐이었다.

한순간 그 집 맞은편의 어떤 건물에서 권총 소리가 두 번 울리더니 아까의 그 떨어질 듯 매달린 덧문에서 파편 몇 개가 튀었다. 그러고는 다시 잠잠해졌다. 멀리서 보고 있자니 한낮의 소란스러운 거리를 지나와서 맞닥뜨린 이 광경이 리유에게는 좀 비현실적으로 느껴졌다.

"코타르의 방 창문이에요." 갑자기 몹시 흥분해서 그랑이 말했다. "아니, 코타르는 달아났는데."

"왜 총을 쏘나요?" 하고 리유가 경관에게 물었다.

"그를 붙잡아 두고 시간을 벌려는 겁니다. 우리는 필요한 장비들을 싣고 오는 자동차를 기다리는 중이에요. 저 건물 문으로 들어가려고만 하면 쏘아 대니 말입니다. 경관이 한 명 총에 맞았습니다."

"저 사람은 왜 총을 쏘는 걸까요?"

"모르겠어요. 사람들이 거리에서 즐기고 있었어요. 첫 방을 쏘았을 때는 사람들도 영문을 몰랐죠. 두 번째 총성이 나고서야 아우성이 일어났고, 부상자가 생겼고, 그래서 모두들 도망쳤죠. 미친놈이라니까요, 글쎄!"

다시 조용해지자, 일 분 일 분이 지루하게 느껴졌다. 문득 거리의 저편에서 개 한 마리가, 리유로서는 정말로 오래간만에 보는 개 한 마리가 튀어나왔다. 더러운 스패니얼 종으로 아마도 그동안 주인이 숨겨 두었던 놈일 텐데, 그놈이 벽을 따라서 껑충껑충 뛰어오고 있었다. 개는 문 앞에까지 와서 멈칫거리다가 엉덩이를 땅에 대고 앉더니, 뒤로 벌렁 나자빠져 벼룩을 물어뜯는 것이었다. 경관들이 호루라기를 불며 개를 불렀다. 개는 고개를 들더니 천천히 길을 건너가서 모자의 냄새를 맡기 시작했다. 바로 그때 권총 소리가 또 삼 층에서 울렸다. 그러자 개는 얇은 헝겊 조각처럼 뒤집혀 맹렬히 네 발을 휘젓다가 몇 번 길게 경련을 일으키고 나서 마침내 옆으로 쓰러지고 말았다. 그에 호응해서 맞은편 문에서 총성 대여섯 발이 울리며 그 덧문을 산산조각으로 부수어 놓았다. 다시 조용해졌다. 태양이 약간 기울어져서 그늘이 코타르의 창으로 가까워지고 있었다. 의사 뒤에서, 브레이크 소리가 나직이 울렸다.

"왔군." 하고 경관이 말했다.

경관들이 그들 등 뒤로부터 밧줄과 사다리 한 개, 기름

먹인 천으로 싼 길쭉한 보따리 두 개를 가지고 나타났다. 그들은 그랑의 집 맞은편 건물들을 끼고 도는 골목으로 들어갔다. 잠시 후에 그 집들의 문 안에서 모종의 동요가 직접 보였다기보다는 느낌으로 짐작되었다. 그리고 사람들은 기다리고 있었다. 개는 더 이상 움직이지 않았다. 그러나 지금 그 개는 거무스름한 액체 속에 잠겨 있었다.

갑자기 경관들이 들어가 있던 집들의 창으로부터 기총 소사가 시작되었다. 사격이 계속되면서, 목표물이던 그 덧문은 또다시 문자 그대로 산산조각이 나고 그 뒤로 검은 표면이 노출되었지만, 리유와 그랑이 서 있는 곳에서는 그 속에서 아무 모습도 분간할 수가 없었다. 그 총성이 멎자, 또 다른 기관총 소리가 좀 더 떨어진 집으로부터 다른 각도에서 따닥따닥하고 울렸다. 탄환이 아마 창의 어느 쪽으로 뚫고 갔는지 그중 한 방에 벽돌 파편이 날았다. 바로 그때, 경관 세 명이 달음박질로 길을 건너가서 아파트 문으로 빨리듯 들어갔다. 거의 동시에 또 다른 세 명이 급히 뛰어 들어가면서 기관총 소리는 멎었다. 또다시 사람들은 잠시 기다렸다. 총성이 아득하게 두 번 건물 안에서 울렸다. 이윽고 무슨 소란한 소리가 나더니, 집 안에서부터 셔츠 바람의 작달막한 남자가 연방 소리소리 지르면서 끌려 나왔다기보다는 안겨서 나오는 것이 보였다. 기적이라도 일어난 듯 거리의 덧문들이 모두 열리고 창문마다 호기심에 찬 사람들이 잔뜩 내려다보고 있었다. 한편 수많은 사람들이 집집마다에서 쏟아져 나와 바리케이드 앞으로 몰려

들었다. 잠시 길 한복판에서 그제야 발을 땅에 붙이고 두 팔을 뒤로 비틀린 채 경관에게 잡혀 있는 그 작달막한 사나이의 모습이 보였다. 그는 소리치고 있었다. 경관 하나가 유유히 그에게로 다가가서 마음먹고 주먹으로 두 번 힘껏 후려쳤다.

"코타르로군요." 하고 그랑이 중얼거렸다. "미쳤나 봐요."

코타르는 쓰러졌다. 경관이 땅 위에 누워 있는 그 사내에게 힘껏 발길질을 했다. 그러자 당혹한 사람들 한 무리가 동요하기 시작하면서 의사와 그의 늙은 친구에게로 다가왔다.

"길을 비키시오!"라고 경관이 말했다.

리유는 그 사람들의 떼가 몰려가는 쪽으로 시선을 돌렸다.

그랑과 의사는 해가 저물어 가는 황혼 속에서 자리를 떴다. 마치 그 사건이 잠자는 듯 마비 상태에 빠져 있던 그 동네를 흔들어 깨우기나 한 것처럼, 그 외진 거리에도 다시 기쁨에 찬 군중의 웅성거리는 소리가 넘쳐 나고 있었다. 그랑은 집 앞에서 의사에게 작별 인사를 했다. 그는 일을 할 예정이었다. 그러나 막 집으로 올라가려다가 그는 리유에게, 자기는 잔에게 편지를 썼으며, 지금 아주 마음이 기쁘다고 말했다. 그리고 그는 예의 그 문장을 새로 쓰기 시작했다는 것이었다. "전부 없앴죠. 형용사들은 전부요." 라고 그는 말했다.

그리고 짓궂은 미소를 지으며 그는 모자를 벗어 들고 정중하게 고개를 숙여 보였다. 그러나 리유는 코타르 생각을 하고 있었다. 코타르의 얼굴을 후려갈기던 소리가 그 해수쟁이 영감 집을 향해 가는 도중 내내 그의 귀에 들려오는 것만 같았다. 아마도 죄인에 대해 생각하는 것이 죽은 사람에 대해 생각하는 것보다 더 괴로운 일인지도 모른다.

리유가 늙은 환자의 집에 도착했을 때, 벌써 하늘은 깜깜해져 있었다. 방 안에서는 먼 곳에서 자유를 만끽하는 사람들의 떠들썩한 소리가 들려오고, 노인은 여전히 한결같은 기분으로 콩 옮겨 담는 일을 계속하고 있었다.

"기뻐하는 것도 당연하지."라고 그는 말하는 것이었다. "세상을 살아가려면 그런 것들도 다 필요하지요. 그런데 선생님의 친구분은 어떻게 되셨어요?"

폭발음이 몇 번 그들의 귀에까지 들려왔다. 그러나 그것은 평화로운 소리였다. 애들이 폭죽놀이를 하고 있는 것이었다.

"죽었습니다." 의사는 영감의 쿨럭거리는 가슴에 청진기를 대면서 그렇게 말했다.

"아!" 하고 그 노인은 좀 기가 막힌다는 듯이 소리를 냈다.

"페스트로 죽었지요."라고 리유가 덧붙였다.

"그랬군요." 잠시 후에 노인이 말했다. "언제나 제일 좋은 사람들이 가 버리는군요. 그게 인생이죠. 하지만 그이는 자기가 원하는 것을 다 알고 있는 분이었죠."

"왜 그런 말씀을 하시지요?" 청진기를 집어넣으면서 리유가 말했다.

"그냥요. 그분은 그저 무의미한 말은 하지 않으셨어요. 어쨌든 나는 그분이 좋았어요. 그냥 그랬다 이겁니다. 딴 사람들은 '페스트예요. 페스트를 이겨냈다고요.' 하고 난리를 치죠. 좀 더 봐주다간 훈장이라도 달라고 할 판이죠. 그러나 페스트가 대체 무엇입니까? 그게 바로 인생이에요. 그뿐이죠."

"찜질을 규칙적으로 해야 합니다."

"오! 염려 마세요. 나는 아직 멀었습니다. 나는 다른 사람들이 다 죽는 것을 보고 죽을 거예요. 나는 살아남는 방법을 알고 있단 말입니다."

멀리서 기쁨의 외침 소리가 그의 말에 대답하는 듯이 들려왔다. 의사는 방 한복판에 우뚝 섰다.

"테라스로 좀 나가 보면 안 될까요?"

"왜 안 되겠어요. 거기 가서 그들을 좀 보시겠다는 거죠, 그렇죠? 좋을 대로 하세요. 하지만 그들은 늘 똑같아요."

리유는 계단 쪽으로 갔다.

"그런데 선생님, 페스트로 죽은 사람들을 위해서 기념비를 세운다는 게 정말인가요?"

"신문에 그렇게 났더군요. 석주(石柱)를 세우거나 동판을 붙일 거라고요."

"그럴 줄 알았다니까. 그리고 연설들을 하겠죠."

노인은 목이 비틀리는 소리로 웃어 댔다.

"여기 앉아서도 훤히 들리죠. '고인이 되신 분들께서는……' 그다음에는 한턱 잡수시겠죠."

리유는 벌써 계단을 올라가고 있었다. 광대하고 싸늘한 하늘이 집들 위에 펼쳐지고, 언덕 기슭에는 별들이 부싯돌처럼 단단해져 가고 있었다. 그날 밤은 그가 타루와 더불어 페스트를 잊어 보려고 그 테라스 위로 올라왔던 그날 밤과 별로 다를 게 없었다. 그러나 오늘은 파도 소리가 그 때보다 훨씬 요란스레 낭떠러지 아래에서 들려오고 있었다. 공기는 가을의 미지근한 바람에 실려 오던 찝찔한 맛이 없어지고, 더욱 잔잔하고 가벼웠다. 그동안에도 시내에서 들려오는 웅성거리는 소리가 파도 소리를 내면서 여전히 테라스 밑에 와서 부딪쳤다. 그러나 그 밤은 해방의 밤이지 반항의 밤은 아니었다. 멀리서 어두우면서도 불그레한 빛이, 그곳에 불빛 찬란한 대로와 광장이 있다는 것을 말해 주고 있었다. 이제 그렇게 해방된 밤 속에서 욕망은 아무런 구속을 받지 않게 되었다. 리유의 발밑에까지 으르렁거리며 밀려오는 것은 바로 그 욕망의 소리였다.

어둠침침한 항구로부터 공식적인 축하의 첫 불꽃이 솟아올랐다. 온 도시는 길고 은은한 함성으로 그 불꽃들을 반기고 있었다. 코타르도, 타루도, 그리고 리유가 사랑했으나 잃고 만 남자들과 여자들도, 사자(死者)들도, 범죄자들도 모두 잊혔다. 노인의 말이 옳았다. 인간들은 늘 똑같은 것이다. 그러나 그것이 그들의 힘이고 순진함이기도 하다. 그런 점에서 리유는 모든 슬픔을 넘어서 자신이 그들과 통한다는 것을 느낄 수 있었다. 더 힘차고 더 긴 함성이 테라스 밑에서 발밑에까지 밀려와 오래도록 메아리치는 가운데, 온갖 빛깔의 불꽃 다발들이 점점 그 수를 더해 가며 하늘 높이 솟아오르는 것을 바라보며 의사 리유는, 입 다물고 침묵하는 사람들의 무리에 속하지 않기 위하여, 페스트에 희생된 그 사람들에게 유리한 증언을 하기 위하여, 아니 적어도 그들에게 가해진 불의와 폭력에 대해 추억만이라도 남겨 놓기 위하여, 그리고 재앙의 소용돌이 속에서 배운 것만이라도, 즉 인간에게는 경멸해야 할 것보다는 찬양해야 할 것이 더 많다는 사실만이라도 말해 두기 위하여, 지금 여기서 끝맺으려고 하는 이야기를 글로 쓸 결심을 했다.

그러나 그래도 그는 이 연대기가 결정적인 승리의 기록일 수는 없다는 것을 알고 있었다. 이 기록은 다만 공포와 그 공포가 지니고 있는 악착같은 무기에 대항해 수행해 나가야 했던 것, 그리고 성자가 될 수도 없고 재앙을 용납할 수도 없기에 그 대신 의사가 되겠다고 노력하는 모든 사람들이 그들의 개인적인 고통에도 불구하고 아직도 수행해 나가야 할 것에 대한 증언일 뿐이다.

시내에서 올라오는 환희의 외침 소리에 귀를 기울이면서, 리유는 그러한 환희가 항상 위협을 받고 있다는 사실을 상기하고 있었다. 왜냐하면 그는 그 기쁨에 들떠 있는 군중이 모르는 사실, 즉 페스트균은 결코 죽거나 소멸하지 않으며, 그 균은 수십 년간 가구나 옷가지들 속에서 잠자고 있을 수 있고, 방이나 지하실이나 트렁크나 손수건이나 낡은 서류 같은 것들 속에서 꾸준히 살아남아 있다가 아마 언젠가는 인간들에게 불행과 교훈을 가져다주기 위해서 또다시 저 쥐들을 흔들어 깨워서 어느 행복한 도시로 그것들을 몰아넣어 거기서 죽게 할 날이 온다는 것을 알고 있었기 때문이다.

산문들

"삶이라는 꿈속에, 여기 한 인간이 있어,
죽음의 땅 위에서 자신의 진리들을 발견했다가 다 잃고 나서
숱한 전쟁들과 아우성들, 정의와 사랑의 광란,
그리고 또 고통을 거쳐,
죽음 그 자체가 행복한 침묵인 저 평온한 조국으로
마침내 돌아온다."

—알베르 카뮈

* 이 서문은 알베르 카뮈가 사망하기 일 년 전인 1958년, 『안과 겉』의 재출간을 기념하여 쓴 것이다. 「안과 겉」은 카뮈의 생전에 출판된 그의 작품들 중에서 사실상 최초로 발표된 것이니 가히 첫 작품이라 할 만하다. 빛과 어둠, 죽음과 태양 등으로 끊임없이 변주를 거듭하는 삶의 '안'과 '겉' — 이 두 가지의 뗄 수 없는 상관관계는 알베르 카뮈가 다루는 필생의 주제다. 따라서 이 작품을 이해하지 못하고 카뮈를 이해하는 것은 불가능하다. "이 극단한 의식의 극한점에서 모든 것이 하나로 융합되면서 나의 생은 송두리째 버리든가 받아들이든가 해야 할 하나의 덩어리처럼 생각되는 것이었다." 이것이 카뮈의 해답이며, 안과 겉은 '하나'의 덩어리인 것이다.(김화영)

알베르 카뮈의 『안과 겉』
서문

그러나 인생 자체에 관해서는 지금도 『안과 겉』에서
서투르게 말했던 것보다 더 많이 알지는 못한다.
"삶에 대한 절망 없이는 삶에 대한 사랑은 없다."

이 책에 수록된 에세이들은 1935년과 1936년 사이에 (그때 내 나이 스물두 살이었다.) 쓴 것으로, 그 일 년 후 알제리에서 매우 적은 부수로 출간되었다. 그 초판은 오래전부터 절판되어 구할 수 없는 상태였지만 나는 늘 『안과 겉』을 다시 찍어 내는 것을 거절해 왔다.

나의 고집에 무슨 불가사의한 까닭이 있는 것은 아니다. 이 글들 속에 표현된 내용 중 어느 것 하나 부인하는 바 아니지만, 그것들의 표현 형식이 나에게는 늘 미숙하다고 여겨졌었다. 예술에 대하여 나도 모르는 사이에 품게 된 선입관들 때문에(이에 관해서는 뒤에 설명하겠다.) 나는 오랫동안 이 책의 재판을 찍어 낼 엄두를 내지 못했던 것이다. 이 말은, 얼핏 생각하면 대단한 자존심의 발로 같아 보여서, 만일 그렇다면 내가 나의 다른 글들은 나무랄 데 없이 만족스럽다고 여기는 듯한 인상을 줄지도 모른다. 전혀 그런 뜻이 아니라는 것을 구태여 밝힐 필요가 있을까? 다만 다른 글들의 미숙함을 모르는 것이 아니지만 『안과 겉』

의 서투른 면이 나에게는 유독 마음에 걸리는 것이다. 나의 마음에 가장 깊숙이 닿아 있는 주제를 다루는 터에 그 표현의 미숙함 때문에 그 주제가 다소 잘못 표현되고 있음을 인정하는 수밖에 그 까닭을 달리 설명할 길이 없다. 이 글의 문학적 가치의 문제를 일단 지적해 두었으니, 이제 나는 이 조그만 책이 지닌 증언으로서의 가치가 나에게는 말할 수 없이 크다는 것을 숨김없이 말할 수 있다. 나는 분명 '나에게는'이라고 했다. 왜냐하면 이 책은 내 앞에서 증언하고 있고, 나만이 그 깊이와 어려움을 알고 있는 터인 어떤 성실성을 다름 아닌 나에게 요구하기 때문이다. 왜 그러한가를 나는 여기서 말해 보려 한다.

브리스 파랭*은 자주 이 소책자에는 내가 쓴 것들 중에서 가장 훌륭한 글이 실려 있다고 주장하지만 그의 판단은 옳지 않다. 내가 이렇게 말하는 것은 — 파랭의 공정함을 아는 만큼 — 남들이 어이없게도 지금의 나보다 과거의 내가 더 낫다고 할 때면 어느 예술가나 다 느끼게 마련인 안타까움 때문이 아니다. 그렇지 않다. 그는 잘못 생각한 것이다. 천재가 아닌 한, 스물두 살에는 글을 어떻게 써야 하는지 겨우 알까 말까 하는 법이니 말이다. 그러나 기교를 싫어하는 슬기로운 사람이요 연민(憐憫)의 철인인 파랭의 말이 무엇을 의미하는지 나는 잘 안다. 그가 말하고

---

* Brice Parain(1897-1971). 프랑스의 철학자. 갈리마르 출판사에서 『언어의 본질과 기능에 관한 연구』, 『플라톤의 고로수 시론』 등 다수의 저서를 펴냈다.

자 하는 바인, — 그리고 그의 말은 옳다 — 서투르게 쓴 이 책 속에는, 그 뒤에 나온 다른 모든 책들보다 더 진정한 사랑이 담겨 있다는 것이다.

예술가는 그처럼 저마다 일생을 두고 그의 됨됨이와 그가 말하는 것에 자양을 공급해 주는 단 하나뿐인 샘을 내면 깊은 곳에 지니고 있다. 그 샘이 고갈되면 작품은 말라비틀어지고 쪼개져 버리는 것을 목격하게 된다. 그것은 눈에 보이지 않는 지하수가 더 이상 적셔 주지 못하게 된 예술의 메마른 땅의 모습이다. 머리털이 빠지고 메말라서, 그루터기만 남은 밀밭같이 변하면 예술가는 침묵, 아니면 살롱 출입에나 — 결국 둘 다 마찬가지지만 — 어울리는 처지가 된다. 나의 경우, 나의 샘은 『안과 겉』속에, 내가 오랫동안 몸담아 살아온 그 가난과 빛의 세계 속에 있다는 것을 알고 있다. 그 세계의 추억이 지금도, 모든 예술가들을 위협하는 두 가지 상반되는 위험, 즉 원한과 자기만족으로부터 나를 지켜 주고 있는 것이다.

우선 가난이 나에게 불행이었던 적은 한 번도 없다. 빛이 그 부(富)를 그 위에 뿌려 주는 것이었다. 심지어 나의 반항들까지도 그 빛으로써 환하게 밝아졌었다. 나의 반항은 언제나 모든 사람들을 위한, 모든 사람들의 삶이 빛 속에서 향상되도록 하기 위한 반항이었다는 것을 나는 거짓 없이 말할 수 있다. 그러나 나의 마음이 자연스럽게 그러한 종류의 사랑에 기울어져 있었는지는 확실하지 않다.

때와 장소가 나를 도왔다. 나의 타고난 무관심을 고칠 수 있도록 나는 빈곤과 태양의 중간에 놓인 것이다. 빈곤은 나로 하여금 태양 아래서라면, 그리고 역사 속에서라면 모든 것이 다 좋다고 믿지 못하도록 만들었다. 태양은 나에게 역사가 전부가 아니라는 것을 가르쳐 주었다. 삶을 변화시키는 것은 좋다. 그러나 내게는 신과도 같은 세계를 변화시키는 것은 안 된다. 아마도 그렇기 때문에 나는 지금 몸담고 있는 이 편치 못한 직업 세계로 들어섰고, 멋모르고 곡예사처럼 줄 위에 올라탄 채, 목표에 이를 수 있다는 확신도 없이, 힘겹게 앞으로 나아가고 있는 것이리라. 다시 말해서 나는 예술가가 된 것이다. 거부가 없이는, 그리고 동의가 없이는 예술이란 있을 수 없다는 것이 사실이라면 말이다.

아무튼 나의 어린 시절 위로 내리쬐던 그 아름답고 후끈한 햇볕 덕분에 나는 원한이란 감정을 품지 않게 되었다. 나는 빈곤 속에서 살고 있었으나 또한 일종의 즐거움 속에서 살고 있었던 것이다. 나는 무한한 힘을 나 자신 속에서 느끼고 있었다. 다만 그 힘을 쏟을 곳을 찾아내기만 하면 될 것이었다. 그러한 나의 힘들을 가로막는 장애는 가난이 아니었다. 아프리카에서 바다와 태양은 돈 안 들이고 얻을 수 있는 공짜다. 장애가 되는 것은 오히려 편견과 어리석음이었다. 그리하여 나로서는 '카스티야 기질'을 발휘할 기회가 얼마든지 있었고, 그 기질이 끼친 해독이 여간 많은 게 아니었다. 나의 벗이요 스승인 장 그르니에도 그 점을 꼬집곤 하는데, 그의 생각이 옳은지라 그 점을 고쳐 보려고 노력하였으나, 타고난 천성은 곧 숙명임을 깨닫고는 단념해 버렸다.

그렇다면 샹포르*가 말했듯이, 자신의 성격상 감당하지 못할 원칙들을 스스로에게 강요하려 들기보다는 차라리 스스로의 교만함을 인정하고 그것이 보람되게 쓰이도록 애써 보는 편이 나을 것 같았다. 그러나 마음속으로 자문해 본 결과, 내게도 많은 약점들이 있지만 우리 사이에서 가장 흔히 발견되는 결점, 뭇 사회와 뭇 주의(主義)의 진정한 암적 존재, 즉 시기심만은 한 번도 그 속에 모습을 드러낸 적이 없었다는 것을 나는 증언할 수 있다.

그러한 다행스러운 면역(免疫)의 공적은 나의 몫이 아니다. 그것은 무엇보다도, 거의 모든 면에서 궁핍하기 짝이 없었지만 거의 아무것도 부러워하지 않았던 나의 집안 식구들 덕택이다. 글도 읽을 줄 모르던 그 가족은, 오직 그 침묵과 신중함과 천부의 질박한 자존심만을 통해서 나에게 가장 드높은 가르침을 주었으며, 그 가르침은 지금껏 지속되고 있다. 그리고 나 자신 너무나 눈앞의 감각에 열중해 있어서 미처 다른 것을 꿈꿀 틈이 없었다. 지금도 나는 파리에서 엄청나게 부유한 삶을 목도할 때면, 거기서 내가 느끼게 되는 격원감에는 일말의 동정심이 깃들어 있

---

* 니콜라스 샹포르(Nicolas Chamfort, 1741-1794). 프랑스의 작가로 비극적 위트를 구사하는 것으로 유명하다.

다. 세상에는 불공평한 일이 많이 있지만 아무도 언급하지 않는 것이 하나 있는데 그것은 바로 기후의 불공평이다. 나는 자신도 모르게 오랫동안 그러한 불공평의 수혜자였다. 열혈 박애주의자가 이 글을 읽고 퍼부어 대는 비난의 소리가 들리는 것만 같다. 내가 노동자들은 부유하고 부르주아는 가난하다는 식으로 생각하게 함으로써 더 오랫동안 노동자들을 노예 상태로 붙잡아 둔 채 부르주아의 권세를 보존하게 하려는 저의를 갖고 있다고 말이다. 아니다, 그런 말이 아니다. 그와 반대로, 성년에 이르러서야 비로소 내가 우리네 도시들의 저 살벌한 변두리 동네에서 처음으로 발견한 바이지만, 가난에 더하여 하늘도 희망도 없는 생활이 거기에 겹쳐질 때, 그때야말로 결정적인, 차마 눈뜨고 볼 수 없는 불공평이 완성되는 것이다. 정말이지 그러한 사람들이 궁핍과 추악함이라는 이중의 굴욕으로부터 벗어나도록 모든 노력을 아끼지 말아야 한다. 나는 노동자들이 사는 거리에서 가난하게 태어났지만, 그 써늘한 변두리 지역들을 목도하기 전까지는 진정으로 불행이 어떤 것인지 알지 못했다. 아랍 사람들의 극빈조차도, 머리 위에 이고 있는 하늘이 다르고 보니 그것에 비교될 것이 못 된다. 그러나 변두리 공장 지대들을 눈으로 보고 나면, 우리는 자신이 영원히 오염된 느낌을 지울 수 없고, 자신이 그들의 삶에 책임이 있음을 느끼게 된다.

내가 앞서 말한 것은 그래도 여전히 변함없는 사실이다.

나는 이따금, 나로서는 상상조차 할 수 없이 큰 재산 속에 파묻혀 사는 사람들을 만난다. 그러나 그런 큰 재산을 부러워할 수 있다는 사실을 이해하자면 노력이 필요하다. 오래전 일이지만, 일주일 동안 나는 이 세상의 행복을 마음껏 누리며 살아 본 적이 있다. 우리는 바닷가에서 지붕도 없이 잠을 잤고, 나는 과일로 양식을 삼으면서 매일같이 반나절은 인적이 없는 바다에서 지냈다. 그때 나는 하나의 진리를 배웠는데, 그 진리는 안락이나 안정의 징후들이 나타나기만 하면 그런 것들을 빈정거림과 불쾌감, 그리고 때로는 분노로써 맞이하도록 강요하는 것이었다. 지금 나는 내일에 대한 걱정 없이, 그러니까 다시 말하면 특혜받은 자로서 살고 있기는 하지만, 나는 소유할 줄을 모른다. 내가 가진 것, 내가 애써 가지려고 하지 않았지만 나에게 주어진 것 중 어느 것도 나는 간직할 줄을 모른다. 그것은 낭비벽 때문이라기보다는 다른 어떤 종류의 인색함 때문인 것 같다. 재물이 지나치게 많아지기 시작하면 즉시 사라져 버리고 마는 자유에 나는 인색한 것이다. 가장 큰 사치들 중에서 최대의 사치는 나의 경우 언제나 일종의 헐벗음과 일치하는 것이었다. 나는 아랍 사람들, 또는 스페인 사람들의 저 아무 꾸밈없는 헐벗은 집을 좋아한다.

내가 몸담아 살고 일하기를 좋아하는 곳(그리고 더 드문 일이겠지만, 나로서는 거기서 죽어도 괜찮다고 여겨지는 곳)은 호텔 객실이다. 나는 한 번도 집안 생활이라고 불리는 것(그것은 내면 생활과는 오히려 정반대의 것이지만)에 빠져들 수가 없었다. 이른바 부르주아적이라고 하는 행복은 나에게는 따분하고 두렵기까지 하다. 하기야 그러한 적응 능력 결핍은 전혀 뽐낼 것이 못 된다. 그것은 나의 좋지 못한 결점들을 길러 주는 데 적지 않은 몫을 했다.

아무것도 부러워하지 않는다는 것, 그것은 나의 권리다. 그러나 나는 다른 사람들의 부러워하는 심정에 생각이 미치지 못할 때가 있어서, 그것이 나에게서 상상력을, 즉 남에 대한 친절을 앗아가 버린다. 사실 나는 나 개인적 용도로 만들어 둔 좌우명이 하나 있다. "큰일에 임해서는 자신의 원칙들을 세워 그에 따를 것이되, 작은 일에는 그저 자비심이면 족하다." 슬픈 일이지만 사람은 타고난 천성의 결함을 메우기 위해서 좌우명을 만드는 것이다. 나의 경우, 내가 말하는 자비심이란 차라리 무관심이라 불러 마땅하다. 그 효과는, 짐작이 가겠지만, 별로 신통한 것이 못 된다.

그러나 나는 다만 빈곤하다고 해서 반드시 시기심이 생기는 것은 아니라는 점을 강조하고 싶을 따름이다. 심지어 그 뒤에, 중병에 걸려 잠시 동안 살아갈 힘을 잃고, 그로 인하여 내 속의 모든 것이 온통 변해 버렸을 때에도, 그 때문에 맛보았던 눈에 보이지 않는 장애와 전에 없던 허약함에도 불구하고, 나는 공포감과 낙담은 경험했어도 한 번도 원망이란 것은 알지 못하고 지냈다. 그 병은 틀림없이 내가 이미 받고 있던 속박들에다가 또 다른 속박을, 그것도 가장 가혹한 구속을 덧보태 주었다. 그러나 그 병은 결국 저 마음의 자유를, 인간적인 이해관계들에 대한 저 홀가분한 거리 두기를 조장했고, 그것은 항상 내가 원한의 마음을 품지 않도록 막아 주었다. 파리에서 살게 된 뒤로 나는 이 특전이 아주 대단한 것임을 알게 되었다. 그런데도 나는 이 특전을 무제한으로, 유감없이 누릴 수 있었고, 적어도 지금까지는 그것이 나의 삶 전체를 환히 비추어 주었다. 예컨대 예술가로서의 나의 삶은 찬미 속에서 시작되었다. 이것은 어떤 의미에서는 지상 천국이라고도 할 만하다.(다들 알다시피, 그와는 반대로, 오늘날 프랑스에서 문단에 데뷔하기 위해서는, 그리고 심지어 거기서 퇴장하기 위해서도, 어떤 한 예술가를 골라서 야유를 퍼붓는 것이 관례로 되어 있다.) 그와 마찬가지로 한 인간으로서의 나의 열렬한 감정도 무엇에 '적대적'으로 발휘된 적은 한 번도 없었다. 내가 좋아한 사람들은 언제나 나보다 더 낫고 더 훌륭했다. 그러므로 내가 겪었던 빈곤은 나에게 원한을 가르쳐 준 것이 아니라 반대로 어떤 변함없는 충직함, 그리고 말없는 끈기를 가르쳐 주었던 것이다. 내가 그것을 잊어버리는 일이 있었다면 그 책임은 오로지 나에게, 또는 나의 결점들에 있는 것이지, 내가 태어난 그 세계에 있는 것이 아니다.

내 직업을 수행하는 데 있어서 내가 결코 자기만족에 빠지지 않도록 해 준 것 역시 그 시절의 추억이다. 여기서 나는, 작가들이 보통은 이야기하지 않고 지내는 것을 가능한 한 솔직하게 말해 보려 한다. 어떤 이는 성공작이다 싶은 한 권의 책이나 한 페이지의 글을 앞에 놓고 만족감을 느끼기도 하는 것 같지만, 내가 이야기하려는 것은 그것조차도 아니다. 많은 예술가들이 그런 만족감을 맛보는지 어떤지 나는 알지 못한다. 나로서는 다 쓴 글 한 페이지를 다시 읽어 보면서 한 번이라도 기쁨을 느껴 본 적이 있었던 것 같지 않다. 심지어 — 내 말이 곧이곧대로 받아들여지지 않을 것을 각오하고 하는 말이지만 — 내 책들 중 어떤 것들이 호평을 받을 때면 나는 항상 뜻밖이어서 놀라곤 했다는 것을 고백하는 바이다. 물론 우리는 그러한 성공에 익숙해져 버린다. 그것도 상당히 추하게. 그러나 오늘날까지도, 내가 그 진가를 인정하는 몇몇 생존 작가들에 견주어 보면 나 자신은 아직 풋내기에 지나지 않는다고 느껴지는 것이다. 그런 가장 으뜸가는 작가들 중 한 사람은 벌써 이십 년 전에 내가 이 에세이를 헌정한 바 있는 바로 그분*이다. 물론 작가에게는 삶의 보람으로 삼는 기쁨들이 있고 그 기쁨만으로 더 없는 충족감을 얻을 수 있다. 그러나 나의 경우, 그러한 기쁨과 마주치게 되는 것은 착상이 떠오르는 때, 주제가 모습을 드러내고, 돌연 눈이 밝아진 감수성 앞에서 작품의 윤곽이 그려지는 순간, 상상력과 지성이 완전한 하나로 융합되는 저 감미로운 순간이다. 그러한 순간들은 홀연히 나타났다가는 또 홀연히 사라져 버린다. 그러고 나면 뒤에 남는 것은 실제의 글쓰기, 다

* 장 그르니에(원주).

시 말해서 길고 긴 고역이다.

또 다른 면으로 보면 예술가에게는 허영심에서 맛보는 즐거움도 있다. 작가의 직업은, 특히 프랑스 사회에서는, 대부분 허영심의 직업이다. 사실 이건 경멸적인 의미로 하는 말이 아니고, 그 점을 별로 유감스럽게 여기지도 않는다. 이 점에 있어서 나도 다른 사람들과 다를 바 없다. 어느 누가 과연 이 우스꽝스러운 결함으로부터 자유롭다고 할 수 있겠는가? 따지고 보면, 시기와 조롱을 피할 수 없는 사회이고 보면, 우리 작가들은 언젠가 반드시 비웃음을 받는 가운데 그런 한심한 즐거움의 대가를 참혹하게 치르기 마련이다. 그런데 이십 년의 문학 생활을 통해서 나의 직업이 그런 즐거움을 맛보게 해 준 적은 별로 없었고, 그것도 시간이 지날수록 점점 줄어들기만 했다.

내 직업의 공적인 수행에 있어서 언제나 나를 안이한 자기만족에 빠지지 못하게 하고, 그토록 영합을 거절하게 만든 것도 — 그런 거절 덕분에 내게 언제나 친구만 생긴 건 아니었다 — 바로 『안과 겉』에서 엿볼 수 있는 진실들의 기억들이 아닌가? 치하나 찬사를 모른 채 무심히 지나치면 치하하는 사람들 쪽에서는 자기를 우습게 여긴다고 넘겨짚는다. 이쪽은 단지 스스로에 대하여 자신이 없을 뿐인데. 마찬가지로 만약 내가 문단 생활을 통해서 흔히 보았듯 신랄함과 영합적인 태도를 적당히 섞어서 보여 주었더라면, 그리고 다른 많은 사람들처럼 과시욕을 한껏 드러내기라도 했더라면 나는 좀 더 많은 공감을 얻을 수 있었을 것이다. 요컨대 나도 남들처럼 놀이의 규칙을 지킨 것이 되니 말이다. 그러나 어쩌랴, 내겐 그런 놀이가 통 재미가 없으니! 뤼방프레나 쥘리앵 소렐*의 야망이 내 눈에는 너무 소박하고 겸손해 보여서 어리둥절해질 때가 많다. 니체, 톨스토이, 또는 멜빌의 야망은 그들의 실패 그 자체 때문에 내 가슴을 뒤흔든다. 내심 깊은 곳에서 나는 결국, 가장 가난한 이들의 삶이나 정신의 위대한 모험들을 대할 때에야 비로소 머리가 숙여질 따름이다. 그 두 가지 삶들 사이에 오늘날에는 웃음거리일 뿐인 하나의 사회가 자리 잡고 있다.

오만하게도 "파리 장안의 명사"라고 불리는 이들을 빠짐없이 다 마주치게 되는 유일한 장소인 연극의 '개막 공연'에 이따금 찾아가 앉아 있노라면, 내게는 극장의 객석이 홀연히 사라져 버리고, 눈앞에 보이는 모습 그대로의 세계가 존재하지 않는 것 같은 인상을 받을 때가 있다. 내게 실제 현실로 보이는 것은 오히려 다른 사람들, 무대 위에서 절규하고 있는 저 위대한 모습들이다. 그럴 때 놀라 달아나 버리지 않으려면, 그 관객들 역시 저마다 자기 자신과 만나기로 약속되어 있다는 사실을, 그들도 그 점을 잘 알고 있으며 아마도 잠시 후면 그 만남이 이루어지게 된다는 사실을 상기할 필요가 있다. 그렇게 생각하

---

* 대혁명 이후 근대적 인물의 전형들로, 발자크의 소설 『잃어버린 환상』과 스탕달의 『적과 흑』에 등장하는 야망과 출세 지상주의적 주인공이다.

자, 관객들 하나하나가 다시금 형제처럼 친근하게 느껴진다. 사회가 갈라 놓는 사람들을 고독이 하나로 결합시켜 주는 것이다. 그렇다는 것을 알면서 어떻게 세상 사람들의 비위를 맞추고, 하잘것없는 특권을 얻으려고 안달하고, 모든 책의 모든 저자들에게 찬사를 바치기에 급급하며, 호의적인 비평가에게 대놓고 감사를 표한단 말인가? 무엇 때문에 적수의 호감을 사려고 애쓰고, 더욱이 프랑스 사회가 페르노*나 연애 잡지**만큼이나 즐겨 쏟아 놓는 (적어도 저자 앞에서는 말이다. 일단 저자가 자리를 뜨고 나면……) 그 치하와 찬탄의 말들을 무슨 낯으로 받아들인단 말인가? 나로서는 결코 못할 노릇이다. 어쩔 수 없는 사실이다. 아마도 거기에는 그 좋지 못한 자존심이 상당 부분 작용하고 있을 것이다. 그 자존심이 내 속에서 차지하는 정도와 영향력이 어떤지 나는 잘 알고 있다. 그러나 만약 문제가 그것뿐이라면, 오직 내 허영심에 걸린 문제라면, 칭찬의 말을 들을 때마다 매번 거북한 느낌을 받는 대신 그 반대로, 피상적일망정 그 말을 즐길 수 있을 것 같다. 그런데 그게 아니다. 내가 나와 같은 입장의 사람들과 공통적으로 갖는 허영심, 그것은 많은 부분 진실

---

* 페르노(Pernod)는 아니스를 주 원료로 하는, 프랑스 사람들이 즐겨 소비하는 증류주다.

** 연애 잡지(la presse du coeur)는 프랑스에서 1948-1955년 사이에 인기를 끌었던 잡지, 신문들로 주로 그림, 사진 소설, 실화, 경험담, 연애 에피소드를 실었다.

을 담고 있는 어떤 종류의 비평들에 특히 반응을 나타내는 것 같다. 칭찬하는 말을 들을 때면, 나 자신이 익히 알고 있는 터인 그 멍청하고 탐탁지 않은 표정을 짓게 되는 것은 내가 도도해서가 아니라, (일종의 선천적 결함인 양 내 속에 깊이 뿌리내린 저 무심함과 동시에) 그럴 때 찾아드는 어떤 기이한 감정, 즉 '그게 아닌데······.' 하는 느낌 때문이다. 아니다, 그게 아니다. 그렇기 때문에 이른바 명성이라고 하는 것은 때로 어찌나 받아들이기가 어려운지, 그 명성을 잃어버리는 행동을 하면서 짓궂은 쾌감 같은 것을 느낄 정도다. 그와 반대로, 그토록 여러 해가 지난 뒤에 이번 재판을 펴내기 위하여 『안과 겉』을 다시 읽어 보노라니, 어떤 페이지들에서는 그 서투른 글솜씨에도 불구하고, 나는 본능적으로 그래, 바로 이거야 하고 알게 된다. 이것, 즉 그 노파, 어떤 말없는 어머니, 가난, 이탈리아의 올리브나무들 위로 쏟아지는 빛, 고독하지만 사람다운 사랑, 나 자신의 눈에 진실을 말해 주고 있다고 믿어지는 그 모든 것 말이다.

이 책의 글들을 썼던 시절 이래 나는 나이를 먹고 많은 일들을 경험했다. 나 자신에 대하여 깨달은 바가 있어서 나의 한계들, 그리고 모든 약점들을 거의 다 알게 되었다. 사람들에 대하여 깨달은 바는 별로 많지 않다. 그것은 나의 호기심이 그들의 반응보다는 그들의 운명 쪽에 더 쏠리고, 운명들은 흔히 되풀이되기 때문이다. 그러나 나는 적어도 그들이 존재한다는 것을 깨달았고, 이기주의는 아예 부인될 수 있는 것은 아니지만 그것이 통찰력 있는 이기주의가 되도록 노력해야 한다는 것을 알게 되었다. 자기 자신을 즐긴다는 것은 불가능한 일이다. 그럴 수 있는 소질을 다분히 타고났음에도 불구하고 나는 그것이 불가능하다는 것을 안다. 나로서는 잘 모르는 일이긴 하지만 만약 고독이라는 것이 존재한다면, 우리는 가끔 무슨 낙원인 양 그것을 꿈꿀 권리가 있을지도 모른다. 누구나 그러하듯 나도 때로 고독을 꿈꾼다. 그러나 우두커니 지키고 있는 두 천사가 내가 그 안으로 들어가는 것을 언제나 막았다. 한 천사는 친구의 얼굴을 하고 있고, 또 한 천사는 적의 모습을 하고 있다. 그렇다. 나는 그 모든 것을 안다. 또 대체로 사랑의 대가가 어떤 것인지도 알게 되었다. 그러나 인생 자체에 관해서는 지금도 『안과 겉』에서 서투르게 말했던 것보다 더 많이 알지는 못한다.

"삶에 대한 절망 없이는 삶에 대한 사랑은 없다."

이렇게 나는 그 글 속에서 다소 엄숙한 어조로 썼다. 그 당시 나는 내가 얼마나 옳은 말을 하는지 모르고 있었다. 그때만 해도 아직 진정한 절망의 시간들을 경험해 보지 못했던 것이다. 그 뒤 나에게도 그러한 시간들이 닥쳐와 나의 내면에서 모든 것을 파괴할 수는 있었으나, 그래도 그 걷잡을 수 없는 삶의 의욕만은 파괴하지 못했다. 『안과 겉』의 가장 어두운 페이지들에서까지도 터져 나오는 풍요롭고도 동시에 파괴적인 그 열정을 나는 아직도 주체하지 못한 채 괴로워한다. 전 생애를 통해서 우리가 진실로 사는 것은 몇 시간에 불과하다고 말한 사람도 있다. 그 말은 어떤 의미에서는 맞고 또 어떤 의미에서는 틀리다. 왜냐하면 이 책에 수록된 에세이들 속에서 독자들이 느끼게 될 그 굶주린 열정은 그 뒤에도 나를 떠난 일이 없었고, 결국 그것은 최상의 면에서나 최악의 면에서나 인생 바로 그 자체이기 때문이다. 물론 나는 그 열정이 내 마음속에 자아내는 최악의 것을 고쳐 보고 싶었다. 누구나 그렇게 하듯 나 역시 도덕의 힘을 빌려 내 천성을 이럭저럭 고쳐 보려고 노력했다. 유감스럽게도 그것은 나에게 가장 비싼 대가를 요구했다. 사람이란 의욕만 가지면 — 나에게도 의욕은 없지 않다 — 가끔 도덕에 입각하여 처신할 수가 있지만 진정으로 도덕적 존재가 되지는 못한다. 실제로는 정열의 인간이면서 도덕을 꿈꾼다는 것은, 정의를 부르짖는 바로 그 순간, 불의에 빠져드는 것이 된다. 내 눈에는 이따금 인간이란 살아 움직이는 불의 같아 보인다 — 내가 바로 그렇다는 말이다. 그럴 때 내가 이따금 쓰는 글 속에서 생각이 잘못되었거나 거짓말을 한 것 같다고 느끼게 되는 것은 어떻게 하면 나의 불의를 정직하게 알릴 수 있는지 그 방법을 모르기 때문이다. 물론 나는 한 번도 내가 정의롭다고 말한 적은 없다. 다만 그렇게 되려고 노력해야 한다는 것, 또한 그것은 고통이요 불행이라는 것을 말한 적이 있을 뿐이다. 그러나 거기에 그리 큰 차이가 있을까? 스스로의 삶에 있어서 정의에 입각하여 살아갈 능력도 없는 사람이 진정으로 정의를 설파할 수 있는가? 하다못해 정의롭지 못한 사람들의 미덕인 명예에 입각하여 살 수만이라도 있다면! 그러나 우리가 사는 세계는 이 명예란 말을 외설스럽다고 여긴다. 귀족적이란 말은 문학에서나 철학에서나 욕설에 속하는 것이 되었다. 나는 귀족이 아니다. 나의 대답은 이 책 속에 있다. 나의 가족, 나의 스승들, 나의 혈통은 거기 드러난 그대로다. 그리고 그들을 통해서 나를 모든 사람들과 맺어 주는 것도 그 속에 나타나 있다. 그렇지만, 그렇다, 나는 명예가 필요하다. 그것 없이 지낼 수 있을 만큼 나는 위대하지 못하기 때문이다.

아무래도 좋다! 나는 다만 이 책을 쓴 뒤로 나는 많이 걸었으나 그다지 많이 발전하진 못했다는 것을 말하고 싶었을 따름이다. 앞으로 나아가는 줄 알았는데 기실 뒤로 물러나고 있을 때가 흔히 있었다. 그러나 결국은 나의 결점, 나의 무지, 나의 의지는 내가 『안과 겉』과 함께 열기 시작했던 옛날의 그 길로 언제나 되돌아오게 만들었다. 그 뒤 내가 행한 모든 것에는 그 옛길의 자취가 보이는가 하면 지금도 나는, 가령 알제의 어떤 아침이면, 그때와 똑같은 가벼운 도취감을 맛보며 그 길을 걸어간다. 사정이 그렇다면 대체 왜 오랫동안 이 빈약한 증언의 재판을 내는 것을 거부했던가? 첫째, 다시 말하거니와, 다른 사람들에게 도덕적이거나 종교적인 거부감이 있는 것과 마찬가지로 나의 마음속에는 예술적 거부감이 있기 때문이다. '그러는 게 아니다'라는 생각, 그러한 금기가, 자유로운 천성을 타고난 아들인 나에게는 아주 인연이 먼 것이지만, 어떤 준엄한 예술적 전통에 감탄을 금하지 못하는 노예로서의 내 마음속에 굳게 자리 잡고 있는 것이다. 아마도 그 경계심은 또한 나의 뿌리 깊은 무절제를 겨냥하고 있어서 그런 점에서 유익한 것이기도 하다. 내 마음속의 무질서, 어떤 격렬한 본능들, 자칫 내가 빠져들 수도 있는 분별 없는 무절제를 나는 익히 잘 알고 있다. 예술 작품이 제대로 만들어지려면 우선 영혼의 저 알 수 없는 힘들을 이용해야 한다. 그러나 그 분류와 같은 힘들의 물높이가 더욱 높아지도록 주위에 둑을 쌓아 물길을 유도하는 일도 해야 한다. 내가 쌓아 올린 둑들이 오늘날까지도 아직은 너무 높은지도 모른다. 그래서 이따금 그런 경직된 면도 드러나고……. 다만 내 실제 됨됨이와 내가 하는 말 사이에 균형이 이루어지게 되는 날, 그날에는 아마도 — 이런 말을 감히 쓸 용기가 나지 않지만 — 내가 꿈꾸는 작품을 이룰 수 있을 것이다. 여기서 내가 말하고 싶었던 것은, 그 작품이 어느 모로 보든 『안과 겉』과 흡사하리라는 것, 그리고 그 작품은 어떤 형태의 사랑에 대하여 말하리라는 것이다. 따라서 독자들은 이 젊은 시절의 에세이를 내가 나 혼자만의 것으로 간직해 두었던 두 번째 이유를 이해할 수 있을 것이다. 우리에게 가장 귀중한 비밀들, 그걸 우리는 너무나 서투른 솜씨로, 그리고 뒤죽박죽인 채로 내보이는 것이다. 또 우리는 그것들을 너무나 부자연스럽게 꾸민 모습으로 드러내기도 한다. 그러니 그것들에 모종의 형식을 부여할 능력을 갖춘 전문가가 되어, 끊임없이 그 비밀의 목소리를 들려주는 가운데 자연스러움과 기교를 대략 같은 분량으로 배합할 수 있을 때까지, 즉 존재할 수 있게 될 때까지 기다리는 편이 낫다. 왜냐하면 모든 것을 동시에 할 수 있다는 것이야말로 참으로 존재하는 것이기 때문이다. 예술에 있어서는 모든 것이 동시에 오든지 그렇지 않으면 아무것도 오지 않든지 할 뿐이다. 불꽃이 없이는 빛도 없다. 어느 날 스탕달은 외쳤다. "진정으로 나의 영혼은 타오르지 않으면 견디지 못하고 괴로워하는 불이다." 그 점에서 스탕달과 닮은 사람들은 오로지 그 불꽃 속에서만 창조해야 마땅할 것이다. 불꽃의 정점에서 절규가 곧바로 솟아올라 그의 말들을 창조하고, 이번에는 그 말들이 다시 절규를 되받아 반향하는 것이다. 나는 지금, 우리 모두가, 스스로 예술가라고 확신을 가질 수는 없지만 그래도 다른 것일 수는 없다고 굳게 믿는 우리 모두가, 마침내 진실로 살게 되기 위해서 하루하루 기다리고 있는 것이 무엇인지에 대해서 얘기하고 있는 것이다.

아마도 부질없어 보이지만, 아무튼 그렇게 기다려야 하는 문제라면, 이제 와서 이 책을 다시 펴내도 좋다고 승낙하는 이유는 무엇인가? 첫째로, 독자들이 찾아낸 이유가 나를 설득할 수 있었기 때문이다.* 다음으로, 예술가의

---

* 그 이유는 간단하다. "이 책은 이미 존재하지만 극히 적은 부수뿐이

생애에는, 상황을 점검하여 자신의 중심으로 다가가서 마침내 그 중심에서 스스로를 가눌 수 있도록 노력해야 하는 때가 반드시 오기 때문이다. 오늘이야말로 바로 그럴 때이며 그 점에 대해서 나는 더 이상 말할 필요가 없다. 하나의 언어를 구축하고 신화들에 생명을 불어넣으려는 그토록 많은 노력에도 불구하고 만약 내가 어느 날엔가 『안과 겉』을 다시 쓰는 데 성공하지 못한다면, 나는 결국 아무것에도 성공하지 못한 것이나 마찬가지다. 이것이 나의 막연한 믿음이다. 하여튼 내가 그 일을 이루고 말 것이라고 꿈꾸어 보고, 한 어머니의 저 탄복할 만한 침묵, 그리고 그 침묵과 균형을 이루는 정의, 혹은 사랑을 찾으려는 한 인간의 노력을 다시 한번 더 그 작품의 중심에 두겠다고 상상해 보는 것을 방해할 것은 아무것도 없다. 삶이라는 꿈속에, 여기 한 인간이 있어, 죽음의 땅 위에서 자신의 진리들을 발견했다가 다 잃고 나서 숱한 전쟁들과 아우성들, 정의와 사랑의 광란, 그리고 또 고통을 거쳐, 죽음 그 자체가 행복한 침묵인 저 평온한 조국으로 마침내 돌아온다. 그리고 또 여기…… 그렇다, 적어도 나의 그것만은 근거도 확실하게 알고 있나니, 바로 이 추방의 시간에도, 인간이 이룩하는 작품은, 예술이라는 우회의 길들을 거쳐서, 처음으로 가슴을 열어 보였던 두세 개의 단순하고도 위대

어서 서점에서 비싼 값에 팔렸다. 왜 오직 부유한 독자들만이 그 책을 읽을 권리가 있단 말인가?" 사실 왜?(원주)

한 이미지들을 다시 찾기 위한 기나긴 행로에 다름 아니라고 꿈꾸어 보지 못하게 방해할 것은 아무것도 없다. 그렇기 때문에 아마도 나는 노력과 창작 생활의 이십 년을 거치고 나서도, 여전히 나의 작품은 아직 시작조차 하지 않았다고 생각하며 살아가고 있는 것이리라. 이 책의 재판을 내는 기회에 내가 쓴 글의 처음 페이지들로 되돌아가는 순간부터 여기에 적어 두고 싶었던 것은 무엇보다도 바로 그것이다.

1958년

알베르 카뮈

부조리한 인간*

"인간은 인간 자신의 목적이다.
그의 하나밖에 없는 목적이다.
그가 무엇인가가 되고자 한다면
그것은 바로 삶 속에서다."

―「부조리한 인간」중에서

* 이 글은 카뮈 「부조리한 인간」의 일부를 수록한 것이다.

> "스타브로긴은 믿는다 해도
> 자기가 믿는다는 것을 믿지 않는다.
> 그는 믿지 않는다 해도
> 자기가 믿지 않는다는 것을 믿지 않는다."
> ─표도르 도스토옙스키, 『악령』

 "나의 영역은 시간이다."라고 괴테는 말했다. 이것이야말로 부조리한 말이다. 부조리한 인간이란 실제로 어떤 인간인가? 영원을 부정하지는 않지만 영원을 위해 아무것도 하지 않는 자다. 그가 영원에 대한 향수를 조금도 느끼지 않아서가 아니다. 그러나 그는 향수보다는 자신의 용기와 이성 쪽을 택한다. 용기는 그에게 구원을 호소하지 않은 채 살아가고 자신이 가진 것만으로 자족하는 것을 가르쳐 주며, 이성은 그의 한계를 가르쳐 준다. 시한부의 자유와 미래가 없는 반항과 소멸하고 말 의식을 확신하는 그는 자신이 사는 시간 속에서 모험을 추구한다. 그곳에 그의 영역이 있고 그의 행동이 있다. 그는 이 행동을 자신의 판단 이외의 그 어떤 판단에도 맡기지 않는다. 그에게 있어 보다 큰 삶이란 저세상에 가서의 다른 삶을 뜻하는 것이 아니다. 만약 그런 삶을 기대한다면 그것은 염치없는 바람일 것이다. 그렇다고 내가 여기서 이른바 후세(後世)라는 터무니없는 영원을 말하는 것도 아니다. 롤랑 부인은 자신을 후세에 맡겼다. 그런 불찰로 따끔한 맛을 보았다. 후세는 즐겨 그의 말을 들먹이지만 그에 대해 판단하는 것은 까맣게 잊어버린다. 후세 사람들은 롤랑 부인에 대해 아무런 관심이 없는 것이다.*

  도덕에 관해 길게 논하자는 것은 아니다. 나는 사람들이 도덕에 대해 잘 알면서도 나쁜 행동을 하는 것을 보았다. 정직한 사람은 규칙 따위를 필요로 하지 않는다는 것을 나는 매일같이 확인한다. 부조리한 인간이 용납할 수 있는 도덕은 단 하나밖에 없으니 그것은 신에게서 분리되지 않는 도덕, 즉 당연히 요구되는 도덕이다. 그러나 부조리의 인간은 바로 신 밖에서 살고 있다. 그 밖의 도덕들(배덕주의도 포함해서)로 말하면 부조리의 인간은 그런 것들이 기껏해야 자기변명이라고밖에 보지 않는다. 그러나 그에게는 변명할 것이 아무것도 없다. 나는 여기서 그의 무죄라는 원리에서 출발한다.

  이 무죄는 무서운 것이다. "모든 것이 허용된다."라고 이반 카라마조프는 외친다. 이 말에서 역시 그 나름의 부조

---

* 롤랑 부인은 파리에서 유명한 살롱을 열고 지롱드 당의 정치 사상에 많은 영향을 끼치며 자신의 남편을 내무장관으로 만들었으나 과격파의 미움을 받아 교수형에 처해졌다. 감옥에서 「내무 장관의 아내인 시민 롤랑이 불편부당한 후세인들에게 보내는 호소문」을 써서 남겼다. 괴테는 『잠언집』에서 이 호소문에 관해 언급하면서도 롤랑 부인의 이름은 무시했다.

리가 느껴진다. 그러나 이 말을 천박하게 해석하지 않는다는 조건하에서 그렇다. 과연 사람들이 똑똑히 주목해 보았는지 모르겠지만 그것은 해방과 기쁨의 외침이 아니라 하나의 쓰라린 확인인 것이다. 인생에 의미를 부여해 줄 어떤 신이 있다는 확신은 벌받지 않고 악을 행할 수 있는 능력보다 훨씬 매혹적이다. 그러니 선택은 어렵지 않을 것이다. 그러나 선택의 여지가 없으면 여기서 쓰라림이 시작된다. 부조리는 해방하는 것이 아니라 서로를 묶어 잇는다. 부조리가 무슨 행동이든 다 허용하는 것은 아니다. 모든 것이 허용된다는 것은 아무것도 금지된 것이 없다는 뜻이 아니다. 부조리는 다만 그의 행위들의 결과에 한결같은 가치를 부여할 따름이다. 부조리는 범죄를 저지르라고 권하지 않는다. 만약 그렇다면 그것은 우스꽝스러운 일이 될 것이다. 다만 부조리는 후회에 그것 본래의 무용성을 회복시켜 놓는다. 마찬가지로 모든 경험 간에 차이가 없다면 의무의 경험도 다른 경험 못지않게 정당하다. 사람은 어쩌다 기분이 내켜서 덕이 높은 사람이 될 수도 있는 것이다.

모든 도덕은, 어떤 행위에는 그 행위를 정당화하거나 무효화하는 결과들이 뒤따른다는 생각을 바탕으로 성립된다. 부조리에 투철한 정신은 다만 이와 같은 결과들을 침착한 태도로 고려해야 한다고 판단한다. 그는 대가를 치를 준비가 되어 있다. 다시 말해 그가 볼 때 책임지는 사람은 있을 수 있으나 죄인은 없는 것이다. 기껏해야 그는 미래의 행동을 위한 토대로 과거의 경험을 이용하는 데 동의할 수 있을 것이다. 시간은 또 다른 시간을 살 수 있게 해 주고 삶은 또 다른 삶에 도움이 될 수 있을 것이다. 제한적인 동시에 가능성으로 가득한 이 영역 속에서 그의 명석한 정신을 제외한 내면의 모든 것이 그에게는 예측 불가능한 것으로 보인다. 그렇다면 합리성이 결여된 이런 질서로부터 어떤 규칙이 생겨날 수 있겠는가? 그에게 교훈적이라고 여겨질 수 있는 단 하나의 진리는 결코 형식적인 것이 아니다. 그것은 인간들 속에서 생동하며 전개되는 진리다. 따라서 부조리의 정신이 추론의 끝에 이르러 찾을 수 있는 것은 결코 윤리적 규칙들이 아니라 인간의 삶을 구체적으로 보여 주는 예증들과 숨결이다. 이제부터 다룰 몇 가지 이미지는 바로 그런 것들이다. 이 이미지들은 부조리의 추론을 이어 가면서 거기에 부조리한 정신의 자세와 그 이미지들의 열기를 부여하게 될 것이다.

어떤 예를 들어 보인다고 해서 그 예가 반드시 따라야 할 예는 아니며(부조리의 세계에서라면 더군다나) 그러한 구체적 예시들이 반드시 어떤 모범이라는 의미는 아니라는 점을 구태여 길게 설명할 필요가 있을까? 루소를 읽고 짐승처럼 네 발로 걸어야 한다는 결론을 이끌어 낸다거나 니체를 읽고 제 어머니는 학대하는 게 좋다는 결론을 이끌어 낸다는 것은 유별난 소명 의식을 필요로 할 뿐더러 모든 차이를 고려하더라도 우스꽝스러운 일이 될 것이다. "부조리해질 필요가 있다. 속아 넘어가서는 안 된다."라고 현대의 어느 작가는 쓴다. 우리가 이제부터 논의할 태도들은 그것들과 정반대되는 태도들을 고려하며 생각할 때 비로소 온전한 의미를 지니게 된다. 우체국 수습 직원과 정복자는, 만약 둘이 똑같은 의식을 지니고 있다고 한다면 서로 다를 바 없다. 이런 점에서 볼 때 모든 경험은 서로 차이가 없다. 그중에는 인간에게 유익한 것들도 있고 인간에게 해가 되는 것들도 있다. 인간이 의식적이라면 이 경험들은 유익한 것이 된다. 그렇지 않다면 그것은 전혀 중요한 것이 되지 못한다. 즉 어떤 인간이 패배할 경우 심판의 대상이 되는 것은 패배한 정황이 아니라 패배한 인간 자신이다.

내가 선택한 사람들은 오직 자신을 남김없이 소진하는 것을 목표로 삼는 사람들 혹은 그들이 스스로를 남김없이 소진한다는 것을 내가 의식하는 사람들뿐이다. 그뿐 더 이상의 의미는 없다. 지금으로서는 사고나 삶이나 다름없이 미래를 박탈당한 어떤 세계에 대해서만 이야기하고자 한다. 인간을 일하고 분주하게 움직이도록 하는 모든 것은 희망을 이용한다. 그러므로 단 한 가지 거짓되지 않은 사고는 열매를 기대하지 않는 불모의 사고다. 부조리의 세계에서 어떤 개념이나 삶의 가치는 그것의 불모성에 의해 측정된다.

연극

"연극, 이것이 바로 내가 왕의 의식을 낚아챌 덫이다."라고 햄릿은 말한다. '낚아채다'는 딱 맞는 말이다. 왜냐하면 의식은 순식간에 지나가 버리거나 움츠러드니 말이다. 의식은, 그것이 허공을 날고 있을 때, 저 스스로에게 순간적으로 눈길을 던지는 그 측정할 수 없는 찰나에 낚아채야 한다. 일상적 인간은 걸음을 멈추고 꾸물거리는 것을 좋아하지 않는다. 반대로 모든 것이 그를 재촉한다. 그러나 동시에 그 자신보다 그의 관심을 끄는 것은 아무것도 없다. 특히 실제의 자신보다 장차 자기가 변해서 될 어떤 존재에 대하여 온통 관심이 쏠려 있는 것이다. 연극에 대한, 공연물에 대한 호기심은 바로 거기서 생겨나는 것이다. 무대 위에서는 숱한 운명이 그에게 제시되어 그는 이 운명들의 쓰라림을 겪지 않은 채 시적 흥취만 즐길 수 있다. 적어도 여기서는 무의식적 인간의 모습을 알아보게 되니 그는 계속해서 무엇인지 모를 희망을 향하여 분주하게 발걸음을 재촉한다. 부조리한 인간은 바로 그 희망이 끝나는 곳에서, 정신이 남의 연기를 감탄하며 구경하기를 멈추고 그 속으로 직접 들어가려고 하는 곳에서 시작된다. 그 모든 삶들 속으로 파고들어 다양한 모습의 삶을 경험하는 것, 이것이 바로 그 삶들을 연기하는 것이다. 그렇다고 일반적으로 배우면 누구나 이런 요청에 응한다거나 누구나 부조리의 인간이라는 말은 아니다. 다만 그들의 운명은 명민한 마음을 매혹하고 끌어당길 수 있는 부조리의 운명이라는 것뿐이다. 지금부터 이야기하려는 것을 오해 없이 이해하기 위해서는 이 점을 분명히 해 둘 필요가 있다.

배우는 필연적으로 소멸하는 것 가운데 군림한다. 다 아는 바와 같이 세상의 모든 영광 중에서 배우의 영광이 가장 덧없는 것이다. 적어도 흔히 주고받는 대화에서는 그렇게들 말한다. 그러나 영광이란 모두 덧없는 것이다. 시리우스의 관점에서 보면 괴테의 작품들도 1만 년 후에는 티끌이 될 것이고 그의 이름은 잊히고 말 것이다. 아마도 몇몇 고고학자들은 언젠가 우리 시대의 '증거들'을 찾으려고 애쓸 것이다. 이런 생각은 늘 교훈적이었다. 깊이 고찰해 보면 이 생각은 우리의 몸부림들을 무관심 속에서 발견할 수 있는 심오한 고귀함으로 환원한다. 특히 그것은 우리의 관심을 가장 확실한 것, 다시 말해 즉각적인 것 쪽으로 향하게 해 준다. 모든 영광 중에서 가장 덜 거짓된 것은 스스로 체험하는 영광이다.

그렇기에 배우는 헤아릴 수 없는 영광, 스스로를 바치고 스스로 체험하는 영광을 선택했다. 모든 것은 언젠가 죽게 마련이라는 사실에서 최선의 결론을 끌어내는 것이 바로 배우다. 배우는 성공하든가 성공하지 못할 뿐이다. 작가는 설사 인정받지 못하더라도 희망을 잃지 않는다. 그는 자신이 어떤 존재였는지 작품이 증언해 줄 것이라고 생각한다. 배우는 기껏해야 우리에게 한 장의 사진을 남겨놓을 뿐, 그의 모습, 동작과 침묵, 짧은 숨결 혹은 사랑의 숨소리는 전혀 우리에게까지 전달되지 않을 것이다. 그에 대한 것이 알려지지 않는다는 것은 곧 연기를 하지 않는다는 것이며, 연기를 하지 않는다는 것은 곧 그가 생명을 부여하여 새로이 살아나게 할 수도 있었을 모든 존재와 더불어 무수히 여러 번 죽는다는 것이다.

*

창조물 가운데서도 가장 덧없는 것들 위에 세워진 영광이 소멸해 버릴 덧없는 영광이라고 한들 무엇이 놀랍겠는가. 배우는 세 시간 동안 이아고*나 알세스트,** 페드르***나 글로스터****가 된다. 그 짧은 시간 동안 그는 50제곱미터의 무대에서 그들을 태어나고 죽게 한다. 부조리

---

* 셰익스피어의 희곡 『오셀로』에 등장하는 인물이다.
** 몰리에르의 희곡 『인간 혐오자』의 등장인물이다.
*** 라신의 희곡 『페드르』의 주인공이다.
**** 셰익스피어의 희곡 『리처드 3세』에 등장하는 공작으로, 후에 리처드 3세가 된다.

가 이토록 훌륭하게 그리고 장시간 동안 구체화되어 나타난 일은 한 번도 없었다. 이 놀라운 인생들, 벽과 벽 사이에서 몇 시간 동안에 자라나고 완결되는 이 하나뿐인 완전한 운명들, 이보다 의미심장한 축도(縮圖)를 어떻게 바랄 수 있겠는가. 무대에서 내려오면 시지스몬도*는 더 이상 아무것도 아니다. 두 시간 뒤면 그가 시내에서 식사하는 것을 볼 수 있다. 인생이 한낱 꿈인 것은 아마도 바로 그때일 것이다. 그러나 시지스몬도에 뒤이어 다른 인물이 나타난다. 복수극을 저지른 뒤 울부짖던 인간은 사라지고 이번에는 마음을 정하지 못한 채 괴로워하는 인간이 등장한다. 이렇듯 뭇 세기와 뭇 정신을 편력하고, 있을 수도 있는 모습의 인간 그리고 실제 모습 그대로의 인간을 모방하다 보면 배우는 여행자라는 또 하나의 부조리의 인물과 합류한다. 여행자와 마찬가지로 그는 무언가를 소진하며 끊임없이 편력한다. 그는 시간의 나그네요, 최상의 경우 숱한 영혼을 편력하며 쫓기는 여행자인 것이다. 만약 양(量)의 도덕이 일용할 양식을 발견한다면 그것은 분명 이 기묘한 무대 위에서일 터이다. 배우가 어느 정도로 이 인물들에게 혜택을 입는지는 말하기 어렵다. 그러나 중요한 것은 그것이 아니다. 문제는 오직 그 무엇으로도 바꿀 수 없는 그 인생들에 그가 얼마만큼 동일화되느냐다. 사실 배우는 그 인생들을 제 몸 안에 지니고 다니기도 하고 그들

---

* 페드로 칼데론 데 라 바르카의 종교극 『인생은 꿈』의 주인공이다.

이 스스로 태어난 시간과 공간의 범위를 약간 넘어설 수도 있다. 그들이 배우에게 바싹 붙어 있어서 배우는 더 이상 무대 위에서의 자신과 분리되지 못한다. 배우는 실제로 잔을 집어들 때 술잔을 들어 올리는 햄릿의 동작을 그대로 하는 수가 있다. 그렇다. 그가 무대 위에서 생생하게 되살린 인물들과 그의 거리는 그리 먼 것이 아니다. 이로써 그는 한 인간이 되고자 하는 존재와 실제의 존재 사이에 경계가 없다는 지극히 의미 깊은 진리를 매월 혹은 매일 유감없이 보여 준다. 더욱 실감나는 모습을 보여 주고자 늘 고심하는 그가 증명해 보이는 것은 바로 어느 정도로 외양이 실재를 만들어 내는가 하는 점이다. 왜냐하면 절대적으로 흉내 내는 것, 자신의 것이 아닌 삶 속으로 가능한 한 깊숙이 들어가는 것, 이것이야말로 그의 예술이기 때문이다. 그의 노력이 종국에 이르면 그의 사명이 무엇인지 밝혀진다. 즉 마음을 다하여 아무것도 아니거나 여러 존재가 되고자 전력투구하는 것이 그것이다. 인물 창조를 위하여 그에게 부여된 한계가 좁으면 좁을수록 더욱 그의 재능이 필요해진다. 오늘 그의 것이 된 모습으로 그는 이제 세 시간 후에 죽을 것이다. 그는 세 시간 동안 한 예외적인 운명을 송두리째 실감하고 그것을 표현하지 않으면 안 된다. 이것이 바로 흔히들 말하는, 자신을 되찾기 위하여 자신을 잃는다는 것이다. 이 세 시간 동안에 그는 객석에서 구경하는 관객이 일생에 걸쳐 가는 출구 없는 길의 종착점까지 가는 것이다.

*

 소멸하는 것의 무언극 광대인 배우는 오직 겉모습에서만 자신을 단련하고 완성한다. 연극의 관습은 오로지 몸짓과 육체로만 — 혹은 육체인 동시에 영혼인 목소리로만 인간의 마음을 표현하고 이해시키도록 되어 있다. 이 예술의 법칙은 모든 것이 확대되어 인간의 육신으로 표현되기를 요구한다. 만약 무대 위에서 우리가 현실에서 사랑하듯이 사랑하고, 그 무엇으로도 대신할 수 없는 마음의 목소리를 사용하고, 현실에서 바라보듯이 바라보아야 한다면 우리의 언어는 남들이 이해할 수 없는 암호의 상태를 면치 못할 것이다. 무대 위에서는 침묵마저 귀에 들려야 한다. 사랑은 어조를 높이고 부동(不動) 그 자체도 눈에 보이는 구경거리가 된다. 육체가 곧 왕이다. 마음으로 바라는 것은 '연극적인 것'이 아니다. '연극적'이란 말은 어쩌다가 평판이 나빠지는 바람에 어떤 미학, 어떤 윤리 전체를 의미하는 것이 되었다. 인간의 삶의 절반은 마음을 드러내지 않고 암시하거나 얼굴을 돌리고 침묵하는 가운데 지나간다. 여기서 배우는 불청객인 틈입자다. 그가 그 사슬에 묶인 영혼을 마술에서 풀어 주자 마침내 온갖 정념이 그들의 무대 위로 쏟아져 나온다. 이 정념들은 온갖 몸짓 속에서 떠들어 대고 오직 외침을 통해서만 살아난다. 이렇듯 배우가 인물들을 형상화하는 것은 겉으로 보여 주기 위함이다. 그는 인물들을 그리거나 조각한다. 그는 그들의 상상적인 모습으로 흘러들어 그들의 환영들에게 자신의 피를 수혈한다. 물론 나는 여기서 위대한 연극에 대해 말하는 것이다. 배우에게 순전히 육체적인 그의 운명을 실현할 기회를 주는 연극 말이다. 셰익스피어를 보라. 이 첫 충동의 연극에서 춤을 리드하는 것은 육체의 광란이다. 이 광란이 모든 것을 설명해 준다. 이것 없이는 모든 것이 붕괴되고 말 것이다. 코델리어를 추방하고 에드거를 정죄하는 난폭한 행동이 없다면 리어 왕은 결코 광기와 만나는 약속 장소에 가지 않았을 것이다. 따라서 이 비극이 광기의 기치 아래 전개된다는 것은 당연한 일이다. 영혼들은 악마들에게 그리고 악마들의 떠들썩한 춤에 내맡겨진다. 자그마치 네 명이나 되는 광인들, 하나는 직업 때문에, 다른 하나는 의지 때문에, 나머지 두 사람은 마음의 고통 때문에 미쳐 버린 것이다. 걷잡을 수 없이 몸부림치는 네 사람의 몸, 똑같은 조건의 형용할 길 없는 네 얼굴이다.

인간의 육체라는 척도만으로는 충분치 않다. 가면과 반장화(半長靴), 얼굴을 본질적인 요소들로 환원시켜서 뚜렷하게 만드는 분장, 과장하는 동시에 단순화하는 의상, 이런 것들의 세계에서는 외관만 남기고 다른 것은 모두 희생된다. 그것은 오로지 눈만을 위하여 만들어진 세계다. 그 무슨 부조리의 조화였을까. 여기서도 인식을 가능하게 하는 것은 육체다. 나는 이아고 역을 스스로 연기해 보지 않고서는 결코 그를 충분히 이해하지 못할 것이다. 그가 하는 말을 귀로 들어 보아야 별 소용이 없다. 나는 그를 눈으로 보는 순간에야 비로소 그를 파악한다. 따라서 배우는 부조리의 인물의 단조로움을 지니게 된다. 그가 그의 모든 주인공을 통하여 거느리고 다니는 낯설면서도 친근한, 독특하고 집요한 그 실루엣 말이다. 여기서도 역시 위대한 연극 작품은 이러한 단일한 톤에 봉사한다. 바로 이 대목에서 배우는 자기모순을 드러내 보인다. 즉 동일하면서도 지극히 다양하고, 단 하나의 육체에 의하여 그토록 많은 영혼이 요약된다는 배우의 모순이 그것이다. 그러나 모든 것을 성취하고 모든 것을 살고자 하는 저 인간, 저 헛된 시도, 저 부질없는 고집, 그것은 부조리의 모순 그 자체다. 그럼에도 항상 자기모순에 차 있는 것이 그의 안에서 통일을 이룬다. 그는 육체와 정신이 서로 만나 껴안는 곳, 온갖 실패에 지친 정신이 그의 가장 충직한 맹우(盟友)에게 되돌아가는 그곳에 있다. 햄릿은 말한다. "피와 판단이 너무나도 기이하게 서로 뒤섞인 나머지, 운명의 손가락이 저 좋을 대로 구멍을 골라 노래 부르게 하는 피리가 되지 않는 사람들은 복 있을지어다."*

---

* 여기서 나는 몰리에르의 알세스트를 생각하게 된다. 모든 것이 지극히 단순하고 명백하고 거칠다. 필랭트 대(對) 알세스트, 엘리앙트 대 셀리멘, 자신의 종말을 향하여 떠밀려 가는 성격의 부조리한 귀결에 송두리째 담긴 주제 전체 그리고 시구(詩句) 자체, 인물의 성격이 보여 주는 단조로움과 마찬가지로 운율상의 강세라곤 거의 찾아볼 수 없는 "약한 시구"가 그러한 것이다.(원주)

*

 배우가 보여 주는 이와 같은 행동을 어찌 교회가 단죄하지 않았겠는가. 교회는 이 예술에 있어서 영혼들을 이단적으로 증식시키는 행위, 온갖 질탕한 감정들의 잔치, 단 하나의 운명만으로 살아갈 것을 거부하고 온갖 무절제 속으로 뛰어드는 정신의 파렴치한 주장을 배척했다. 교회는 그들 가운데 교회가 가르치는 모든 것의 부정인, 현재만을 중시하는 경향과 프로테우스*의 압도적 힘을 금지했다. 영원이란 유희가 아니다. 영원보다 연극을 더 좋아할 만큼 무분별한 정신은 구원의 기회를 잃은 것이다. '도처(到處)'와 '영원' 사이에는 타협점이 없다. 그렇기에 이처럼 천대받는 이 직업은 엄청난 정신적 갈등을 일으킬 수 있다. 니체는 말한다. "중요한 것은 영원한 삶이 아니라 영원한 생동감이다." 실상 모든 드라마는 이 선택에 있다.

 아드리엔 르쿠브뢰르**는 임종의 자리에서 고해 성사와 성체 배령은 하겠다고 했지만 자신의 직업을 부인하기를 거부했다. 이리하여 그녀는 고해의 혜택을 잃어버렸다. 결국 이것은 신의 뜻을 거역하면서까지 자신이 강렬하게 집착하는 것의 편을 든 것이 아니고 무엇이겠는가. 임종에

---

* 포세이돈에게 마음대로 모습을 바꿀 수 있는 능력과 예언의 능력을 받고 돌고래 떼를 지키는 일을 하는 바다의 신이다.

** Adrienne Lecouvreur(1692~1730). 18세기 초반, 프랑스의 대표적인 배우이다.

처한 이 여인은 스스로 자신의 예술이라고 부르는 것에 대한 부정을 눈물로 거부함으로써 일찍이 무대의 조명 아래에서 도달하지 못한 위대함을 입증했다. 이것은 그녀의 가장 아름다운 역할이고 가장 감당하기 어려운 배역이었다. 하늘과 보잘것없는 충실함 중 어느 것을 선택할 것인가, 영원을 포기하고 자신 쪽을 택할 것인가 아니면 신의 뜻에 몰입할 것인가, 이것이 바로 우리가 그 속에서 자기 자리를 맡아야 할 매우 오래된 비극이다.

당시의 배우들은 자신들이 파문당한 존재임을 알았다. 이 직업에 발을 들여놓는다는 것은 지옥을 택하는 것이었다. 그리하여 교회는 그들을 최악의 적으로 보았다. 어떤 문학인들은 분개한다. "아니, 몰리에르에게 최후의 구원을 거절하다니!" 그러나 그것은 합당한 일이었다. 무대 위에서 쓰러져 죽은 그 사람, 송두리째 분산(分散)에 바친 일생을 분장한 얼굴로 마감한 그 사람에게 있어서는 특히 그랬다. 그의 이야기를 할 때면 사람들은 무엇에 대해서든 변명이 되는 천재를 들먹인다. 그러나 천재는 그 어느 것의 변명도 되지 않는다. 바로 변명을 거부하는 것이 천재이기 때문이다.

그러므로 배우는 어떤 벌이 자신에게 약속되어 있는지 알고 있었다고 할 수 있다. 그러나 삶 자체가 그를 위해 준비하는 최후의 징벌에 비한다면 그토록 막연하기만 한 위협들쯤이야 무슨 의미가 있었겠는가. 그가 앞질러 느끼고 전적으로 받아들인 것은 바로 이 최후의 징벌이다. 배우에게나 부조리의 인간에게나 때 이른 죽음은 그 무엇으로도 보상할 수 없다. 죽음이 찾아오지만 않았더라면 그가 편력했을 수많은 얼굴과 수많은 세기의 총화를 보상할 수 있는 것은 아무것도 없다. 그러나 어쨌든 문제는 죽는다는 사실이다. 배우는 분명 도처에 편재하지만 또한 시간이 그를 이끌고 가면서 그 위력을 발휘하니까 말이다.

그러므로 배우의 운명이 무엇을 의미하는지를 느끼기 위해서는 약간의 상상력만 발휘해 보아도 충분하다. 그가 인물들을 구성하고 열거하는 것은 시간 안에서다. 그가 그들을 지배하는 방법을 배우는 것 역시 시간 안에서다. 그가 서로 다른 수많은 삶을 체험하면 할수록 그는 더욱 쉽게 그 삶들과 작별한다. 그가 무대에서, 그리고 이 세상에서 죽어야 할 시간이 온다. 그가 겪으며 살아온 것이 그의 면전에 있다. 그는 똑똑히 본다. 그는 이 모험이 지닌 비통하고도 그 무엇으로도 대신할 수 없는 것을 느낀다. 이제 그는 죽을 줄 알며 또한 죽을 수 있다. 세상에는 늙은 배우들을 위한 양로원들이 있다.

정복

 정복자는 말한다. "그렇지 않다. 내가 행동을 좋아하기 위해서 생각하는 것을 잊어버릴 수밖에 없었다고 믿지는 말라. 오히려 그 반대로, 나는 내가 믿는 것이 무엇인지 완전하게 정의할 수 있다. 왜냐하면 나는 그것을 굳게 믿고 있거니와 확실하고 명확하게 그것을 보고 있으니까 말이다. '이건 내가 너무나 잘 아는 것이어서 말로 표현할 수 없다.'라고 말하는 자를 경계하라." 그들이 표현하지 못한다면 그것은 알지 못하기 때문이고 그게 아니라면 게을러서 겉만 보고 말았기 때문이니 말이다.

 나는 많은 의견을 가지고 있지 않다. 인생의 종말에 이르러 사람은 단 하나의 진리를 확인하기 위해 여러 해를 보냈음을 깨닫게 된다. 그러나 만약 단 하나의 진리라도 명백한 것이기만 하다면 그것을 삶의 지표로 삼기에 족하다. 아무리 생각해 보아도 내게는 분명 개인에 대해 무엇인가 할 말이 있는 것 같다. 그런 것은 거칠게, 아니, 필요하다면 적당히 멸시조로 말하지 않으면 안 된다.

한 인간은 그가 말하는 것들에 의해서보다 침묵하는 것들에 의해서 한결 더 인간이다. 내가 말하지 않고 침묵하려는 것은 많다. 그러나 지금까지 개인에 대하여 판단을 내려 본 사람들은 그 판단의 근거를 확립하기 위해 우리보다는 훨씬 적은 경험을 하고 판단을 내렸다고 나는 굳게 믿는다. 지성, 그 감동적인 지성은 아마도 확인해야 할 것이 무엇인지를 미리부터 예감했을 것이다. 그러나 시대와 그 시대의 폐허와 피는 우리에게 충분할 만큼 자명한 사실들을 보여 준다. 고대인들, 아니, 심지어 우리의 기계 시대에 이르기 전까지의 가장 가까운 과거 사람들은 사회의 덕목과 개인의 덕목을 비교할 수 있었거니와 어느 편이 다른 편에 봉사하도록 되어 있는 것인지 탐구할 수 있었다. 그것이 가능했던 것은 우선 인간의 마음속에 끈질기게 뿌리박고 있는 판단 착오, 즉 인간들이 봉사하기 위해 태어났는가, 아니면 봉사받기 위해 태어났는가에 대한 판단 착오에 근거를 두었기 때문이다. 그것은 또한 사회도 개인도 아직 그들의 수완을 완전히 발휘하지 않은 상태였기 때문에 가능했다.

나는 분별 있는 사람들이, 플랑드르의 피비린내 나는 전쟁의 와중에 태어난 네덜란드 화가들의 걸작을 보고 감탄하거나 끔찍한 30년 전쟁*의 와중에 성장한 슐레지

---

* 1618년에서 1648년까지 독일을 중심으로 유럽의 여러 나라 사이에서 일어난 종교 전쟁을 말한다.

엔의 신비주의자들의 기도문을 읽고 감동하는 것을 보았다. 경탄을 금치 못하는 그들의 눈에는 변하지 않는 영원한 가치가 속세의 소용돌이를 초월한 저 높은 곳에 부유하고 있는 것이다. 그러나 그 후 시대는 변천했다. 오늘날의 화가들은 그러한 평온을 빼앗겨 버렸다. 설사 그들에게 창조자가 갖추어야 할 마음, 즉 메마른 마음이 있다 할지라도 그것은 아무런 쓸모가 없다. 왜냐하면 모든 사람이, 심지어 성인(聖人)까지도 징집, 동원되는 시대이기 때문이다. 이것이 아마도 내가 가장 뼈저리게 느낀 바라고 할 수 있을 것이다. 참호 속에서 하나의 형상이 유산될 때마다, 칼날 밑에서 은유 혹은 기도문 같은 하나의 윤곽이 난도질당할 때마다 영원은 승부에서 한 게임씩 패배하는 것이다. 나는 나의 시대와 분리될 수 없다는 것을 뚜렷이 의식하기에 이 시대와 일체가 되기로 결심했다. 내가 개인을 이토록 소중히 여기는 것은 오로지 개인이 보잘것없고 비천한 존재로 보이기 때문이다. 승리로 끝날 대의란 존재하지 않음을 알기에 나는 패배로 끝날 대의를 귀하게 여긴다. 그것들은 일시적인 승리건 패배건 상관없이 영혼을 송두리째 바칠 것을 요구한다. 이 세계의 운명과의 연대를 느끼는 사람에게는 여러 가지 문명들의 충격이 고통스럽기 짝이 없는 그 무엇으로 느껴지는 것이다. 나는 이 고통을 나의 것으로 삼는 동시에 그 안에서 나의 몫을 맡고자 했다. 나는 확실한 것들을 사랑하기에 역사와 영원 두 가지 중에서 역사 쪽을 선택했다. 역사에 대해서라면 적어도 나는 확신할 수 있다. 나를 짓누르는 이 힘의 존재를 어찌 부정할 수 있겠는가.

관조와 행동 중 어느 하나를 택하지 않으면 안 되는 때가 언제든 찾아오게 되어 있다. 인간이 된다는 것이 바로 그런 것이다. 이 분열의 고통은 끔찍하다. 그러나 자부심을 가진 마음에 중간이란 있을 수 없다. 신이냐 시간이냐, 십자가냐 칼이냐가 있을 뿐이다. 이 세계는 온갖 소용돌이를 초월하는 보다 높은 의미를 지니고 있든가 아니면 그 소용돌이들 외에는 그 어떤 진실도 없든가 둘 중의 하나다. 시간과 더불어 살고 시간과 더불어 죽거나 보다 위대한 어떤 삶을 위해 시간을 벗어나지 않으면 안 된다. 사람은 타협할 수 있다는 것을, 세기 속에 살면서 영원을 믿을 수도 있다는 것을 나는 안다. 이를 가리켜 동의(同意)라고 한다. 그러나 나는 이 말을 혐오한다. 나는 전체 아니면 무(無)를 원한다. 내가 행동을 선택한다고 해서 관조가 내게 미지의 땅과 같은 것이라고 생각하지는 말라. 그러나 관조가 내게 모든 것을 줄 수 없거니와 나는 영원을 갖지 못하기에 시간과 한편이 되고자 한다. 나는 향수도 원한도 고려하고 싶지 않으며 오직 명확하게 보고자 할 따름이다. 분명히 말해 두거니와 내일 당신은 동원될 것이다. 당신에게나 나에게나 그것은 일종의 해방이다. 개인은 아무것도 할 수 없지만 그래도 개인은 모든 것을 할 수 있다. 이 경탄할 만큼 자유로운 처분 가능성 속에서 당신은 왜 내가 개인을 앙양하는 동시에 짓밟는가를 이해한다. 개인을 짓뭉

개는 것은 세계이고 그를 해방시키는 것은 나다. 나는 그에게 그의 모든 권리를 제공한다.

*

정복자들은 행동이 그 자체로는 무용하다는 것을 안다. 유익한 행동이란 단 하나밖에 없다. 즉 인간과 대지를 다시 만드는 행위가 그것이다. 나는 결코 인간들을 다시 만들지 못할 것이다. 그러나 '마치 그럴 수 있는 것처럼' 해야 한다. 왜냐하면 투쟁의 길이 나로 하여금 육체와 마주치게 하기 때문이다. 비록 욕된 것일지라도 육체는 나의 유일한 확신이다. 나는 오직 육체로만 살 수 있다. 피조물의 세계가 나의 조국이다. 바로 그렇기 때문에 나는 이 부조리하고 보람 없는 노력을 선택한 것이다. 바로 그렇기 때문에 나는 투쟁의 편에 선 것이다. 시대가 그런 선택에 응한다는 것은 이미 말한 바 있다. 지금까지 정복자의 위대함이란 지리적인 것이었다. 그것은 정복한 영토의 넓이를 보고 측정할 수 있는 것이었다. 이제는 이 말의 뜻이 달라져 더 이상 승전 장군을 가리키지 않게 되었는데 그것은 우연한 일이 아니다. 위대함은 진영을 바꾸었다. 그것은 항거(抗拒)와 내일 없는 희생 속에 있다. 이 경우 역시 패배 취미로 그렇게 된 것이 아니다. 당연히 승리가 바람직할 것이다. 그러나 승리는 오직 한 가지일 뿐이니 그것은 바로 영원한 승리다. 그것은 나로서는 절대로 거두지 못할 승리다.

그것이 바로 내가 부딪치고 매달리는 부분이다. 현대의 정복자들의 시조인 프로메테우스의 혁명을 위시하여 혁명이란 무릇 신들에게 항거하여 성취되는 것이다. 그것은 주어진 운명에 항거하는 인간의 권리 주장이다. 그러니까 가난한 자의 권리 주장은 하나의 구실일 뿐이다. 그러나 나는 오직 그 정신을 그것의 역사적 행위 속에서만 파악할 수 있고 바로 그 점에서 나는 그 정신에 동조한다. 그렇다고 내가 그것에 안주한다고 생각해서는 안 된다. 본질적인 모순과 맞서서 나는 나의 인간적 모순을 지탱한다. 나는 나의 통찰을 부정하는 것의 한복판에 나의 통찰을 확립시킨다. 나는 인간을 짓누르는 것 앞에서 인간을 찬미하고 그때 나의 자유, 나의 반항, 나의 열정은 그 긴장, 그 통찰 그리고 그 기상천외의 반복 속에서 한 덩어리가 된다.

그렇다, 인간은 인간 자신의 목적이다. 그의 하나밖에 없는 목적이다. 그가 무엇인가가 되고자 한다면 그것은 바로 삶 속에서다. 이제 나는 그것을 너무나도 잘 안다. 정복자들은 이따금 승리하는 것과 극복하는 것에 대해 말한다. 그러나 그것은 항상 '자신을 극복하는 것'이다. 이것이 무엇을 의미하는지 당신들은 잘 안다. 인간은 저마다 어느 순간 자기가 어떤 신과 동등하다고 느낀 적이 있다. 적어도 사람들은 그렇게 말한다. 그러나 그것은 그가 섬광 같은 한순간 인간 정신의 놀라운 위대함을 느꼈다는 것에서 기인한다. 정복자들이란 끊임없이 그러한 절정에서, 그런 위대함을 뚜렷하게 의식하며 살아감을 확신할 수 있을 만큼 자신의 힘을 느끼는 사람들일 뿐이다. 이는 산술의 문제, 즉 많고 적음의 문제다. 정복자들은 가장 많은 것을 할 수 있다. 그러나 그들은, 인간이 원할 때 인간 자신 이상의 것을 할 수는 없다. 그렇기에 그들은 인간적 용광로의 아궁이를 결코 떠나지 않은 채 혁명의 혼 속의 가장 뜨거운 곳으로 깊이 들어간다.

그들은 그곳에서 훼손된 피조물들을 발견하지만 그들이 사랑하고 찬양하는 유일한 가치, 즉 인간과 인간의 침묵을 만난다. 그것은 그들의 헐벗음인 동시에 그들의 부(富)다. 그들에게는 오직 하나의 사치가 있을 뿐이니 그것은 다름 아닌 인간관계의 사치다. 약하고 상처받기 쉬운 이 세계 안에서 인간적인, 오직 인간적인 것에 불과한 것은 무엇이든 보다 뜨거운 의미를 갖게 된다는 것을 어찌 깨닫지 못하겠는가. 긴장된 얼굴들, 위협받는 동지애, 인간들 상호 간의 지극히 강하고 수줍은 우정, 이야말로 진정한 부다. 왜냐하면 그것들은 언젠가 소멸해 버릴 것이기 때문이다. 정신이 그의 능력과 한계, 즉 그의 효력을 가장 깊이 느끼는 것은 바로 그러한 부 가운데서다. 어떤 사람들은 천재를 말했다. 그러나 천재는 너무 성급한 표현이다. 그보다 내게는 지성이라는 표현이 나아 보인다. 이때 지성은 멋진 것이 될 수 있다고 할 수 있다. 지성은 이 사막을 밝혀 지배한다. 지성은 자신의 굴욕적 상황을 알며 그것을 드러내 보인다. 그것은 이 몸과 동시에 죽을 것이다. 그러나 그러함을 안다는 것, 바로 여기에 그의 자유가 있다.

　모든 교회가 우리를 반대한다는 것을 우리도 모르지 않는다. 이토록 팽팽하게 긴장된 마음은 영원을 피한다. 그런데 신의 교회건 정치적 교회건 모든 교회가 영원으로 인도하겠다고 나선다. 행복과 용기, 급료나 정의 같은 것은 그들 교회의 시각에서 보면 부차적인 목적일 뿐이다. 그들이 제시하는 것은 교의(敎義)로, 그것에 복종하지 않으면 안 된다. 그러나 나는 관념이나 영원 따위와는 아무런 관련이 없다. 나의 척도로 잴 수 있는 진리는 손으로 만질 수 있는 것들이다. 나는 이러한 진리와 떨어질 수 없다. 바로 그런 이유 때문에 당신은 나를 바탕으로 삼아 내 위에 아무것도 세울 수 없는 것이다. 정복자의 것으로 영속하는 것은 아무것도 없다. 심지어 그의 독트린마저 영속하지 못한다.

　이런 모든 것의 끝에는 어쨌든 죽음이 있다. 우리는 그것을 안다. 우리는 또한 죽음이 만사를 마감한다는 것도 안다. 그러기에 유럽 대륙을 뒤덮은 이 묘지들, 우리 중 몇몇의 마음에서 떠나지 않는 이 묘지들은 흉물스럽다. 우리는 우리가 사랑하는 것을 아름답게 단장하고, 죽음은 우리에게 혐오감을 자아내고 우리를 진저리치게 한다. 죽음도 정복해야 할 대상이다. 페스트로 인적이 끊어지고 베네치아군에 포위당한 파도바시(市)에서 갇힌 몸이 된 최후의 카라라인은 황량한 궁전의 이 방 저 방을 아우성치며 돌아다녔다. 그는 악마를 부르며 그에게 죽음을 달라고 청했다. 그것은 바로 죽음을 극복하는 하나의 방법이었다. 죽음이 영광을 누린다고 믿는 장소들을 그토록 끔찍한 곳으로 만들었다는 것 또한 서구 특유의 용기의 표시다. 반항인의 세계에서 죽음은 불의를 선동한다. 죽음은 극도의 월권인 것이다.

또 다른 사람들은 역시 타협하지 않은 채 영원을 택했고 이 세상의 헛됨을 고발했다. 그들의 묘지는 수많은 꽃들과 새들에 에워싸인 채 미소 짓고 있다. 그것은 정복자에게 어울리며 그가 배척한 것의 명확한 이미지를 그에게 부여한다. 반대로 정복자는 검은 쇠로 된 무덤 장식이나 이름 없는 구덩이를 택했다. 영원의 사람들 중에서 가장 훌륭한 이들은, 자신들의 죽음의 이 같은 이미지를 안고 살아갈 수 있는 사람들 앞에서 이따금 존경과 연민에 넘친 두려움에 사로잡힌다. 그러나 이런 사람들은 바로 거기에서 그들의 힘과 정당성을 이끌어 내는 것이다. 우리의 운명은 바로 우리 앞에 있다. 우리는 바로 이 운명에 도전하는 것이다. 오만해서가 아니라 오히려 가망 없는 우리의 조건을 뚜렷이 의식하기 때문에 그러는 것이다. 우리 역시 가끔 우리 자신에 대하여 연민을 느낀다. 이것이 우리가 받아들일 수 있을 유일한 동정이다. 당신으로서는 아마도 이해하지 못할, 그리고 그다지 사내답지 못하다고 여겨질 감정이다. 그러나 이를 느끼는 것은 우리 중에서 가장 대담한 사람들이다. 우리는 통찰력 있는 사람들을 사내답다고 부른다. 우리는 통찰과 거리가 있는 힘은 원치 않는다.

**

다시 한 번 말하거니와 이상과 같은 여러 이미지가 제시하는 것은 윤리 도덕이 아니며 판단을 강요하지 않는다. 그 이미지들은 소묘일 뿐이다. 이 소묘들은 단지 어떤 삶의 스타일을 보여 줄 따름이다. 사랑하는 사람, 배우 또는 모험가는 부조리를 연기한다. 그러나 정숙한 사람, 관리 또는 대통령도 원하기만 하면 똑같이 할 수 있다. 그저 알기만 하고 아무것도 은폐하지 않으면 되는 것이다. 이탈리아의 박물관에 가면 이따금 작은 그림 병풍들을 보게 된다. 그것은 단두대가 보이지 않도록 가리기 위해 사제들이 사형수들의 얼굴 앞에 쳐 놓곤 하던 것이다. 온갖 형태의 비약(飛躍), 신 또는 영원으로 빠져들기, 일상적인 것 또는 관념의 환상들에 자신을 맡기기, 이런 모든 병풍들이 부조리를 가린다. 그러나 그런 병풍이 없는 관리들이 있는데 나는 이제 그들에 대해 말하고자 한다.

나는 가장 극단적인 경우의 사람들을 선택했다. 이 정도가 되면 부조리는 그들에게 왕권을 부여한다. 사실 이들은 왕국이 없는 왕자(王者)들이다. 그러나 그들은 다른 사람들에 비해, 모든 왕권이 환상임을 안다는 장점이 있다. 즉, 그들은 알고 있다. 바로 이것이 그들의 위대함이다.

그러므로 그들에 대해 눈에 보이지 않는 불행이니 환멸의 재니 하는 말을 하는 것은 부질없다. 희망이 없다는 것은 절망한다는 것이 아니다. 이 지상의 불꽃들은 천상의 향기에 대등한 가치가 있다. 나도 그 어느 누구도 여기서 그들에 대해 판단을 내릴 수는 없다. 그들은 보다 나은 존재가 되려고 애쓰는 것이 아니라 다만 앞뒤가 맞도록 노력할 따름이다. 만약 지혜롭다는 말이 자신이 갖지 않은 것에 대한 생각에 빠져드는 것이 아니라 자신이 가진 것으로 살아가는 인간에 적용된다면 그런 사람들이야말로 지혜로운 사람들이다. 그들 중 한 사람, 가령 정복자(단 정신의), 돈 후안(단 지식의), 배우(단 지성의)는 그것을 누구보다 잘 안다. 즉, "사람이 양 같은 유순함을 완벽에 이를 만큼 가꾸어 왔다고 해서 지상에서나 하늘에서나 그 어떤 특권을 누릴 자격이 되는 것은 결코 아니다. 아무리 그래 봐야 여전히 뿔이 난 우스꽝스러운 어린양일 뿐이다. ─ 설령 허영에 들뜨지 않고, 심판관 같은 태도로 인하여 추문을 일으키는 일이 없다는 것을 인정한다 할지라도 말이다."

여하간 부조리의 추론에 보다 따뜻한 체온이 담긴 모습을 되찾아 줄 필요가 있었다. 상상력을 발휘해 본다면 시간에 얽매이고 적지(謫地)에 발목 잡힌 또 다른 많은 얼굴들, 미래도 없고 위약하지도 않은 세계의 척도에 따라 살 줄 아는 사람들을 거기에 추가해 볼 수도 있다. 그러면 신 없는 이 부조리의 세계는 분명하게 생각하고 아무런 희망도 갖지 않는 사람들로 가득 찰 것이다. 그런데 나는 아직 그런 인물들 중에서도 가장 부조리한 인물, 즉 창조자에 대해 아직 언급하지 않았다.

반항하는 인간*

"반항은 모든 인간들 위에 최초로
가치를 정립시키는 공통적 토대다.
나는 반항한다, 그러므로 우리는 존재한다."

―「반항하는 인간」 중에서

* 이 글은 카뮈 「반항하는 인간」의 일부를 수록한 것이다.

반항하는 인간이란 무엇인가? '농(non)'*이라고 말하는 사람이다. 그러나 그는 거부는 해도 포기는 하지 않는다. 그는 또한 반항의 첫 충동을 느끼는 순간부터 '위(oui)'라고 말하는 사람이기도 하다. 일생 동안 주인의 명령을 받기만 했던 노예가 돌연 새로운 명령은 더 이상 받아들일 수 없다고 판단한다. 이 '농'의 내용은 어떤 것인가?

그것은 이를테면, '언제까지건 이러고 있을 수는 없다.', '여기까지는 따랐지만 이제 더는 안 된다.', '해도 해도 너무한다.'라는 뜻이며 나아가서는 '넘어서면 안 되는 선이 있다.'라는 의미다. 요컨대 이 '농'은 어떤 경계선이 존재한다는 것을 분명히 한다. 상대편이 경계를 넘어서까지 자신의 권리를 확장하여 그것과 정면으로 맞서 있는 다른 사람의 권리를 제한하게 될 때, '이건 너무 심하다.'라고 느끼는 반

---

* 아니요. 네(oui)의 반대, 부정.

항인의 그런 감정 속에서 우리는 그와 똑같은 한계의 개념을 찾아볼 수 있다. 이처럼 반항의 충동은, 용납할 수 없다고 여겨지는 어떤 침해의 단호한 거부와 동시에 당연한 권리라는 막연한 확신, 더 정확하게 말해서 '이건 내 권리잖아.'라고 하는 반항인의 느낌에 근거해 있다. 반항은 내가 어떤 식으로든 어딘가 옳다는 감정 없이는 성립될 수 없다. 바로 그런 점에서 반항하는 노예는 '농'과 동시에 '위'라고 말하는 사람인 것이다. 그는 경계선을 시인함과 동시에, 그가 경계선의 이쪽 편에 있다고 짐작하고 경계선의 이쪽 안에 간직하고자 하는 모든 것을 긍정한다. 그는 자기 속에 '그렇게 할 가치가 있는' 어떤 것, 사람들이 유의할 필요가 있는 그 무엇인가가 존재한다는 사실을 고집스럽게 증명하려 든다. 어떤 의미에 있어서, 그는 그를 억압하는 명령에 맞서서 그가 인정할 수 있는 한도 이상으로 억압받지 않을 일종의 권리를 대립시킨다.

모든 반항에는 침해자에 대한 반감과 동시에 인간 자신의 어떤 부분에 대한 즉각적이고도 전적인 긍정이 담겨 있다. 반항하는 인간은 그러므로 암암리에 모종의 가치 판단을 개입시키고, 어떤 대가를 치르더라도 위험의 한가운데서 그것을 지킨다. 그때까지 반항하는 인간은 적어도 침묵한다. 설령 부당하다고 판단된다 할지라도 조건을 받아들여야 하는 그 절망 상태에 몸을 내맡기고 있는 것이다. 침묵한다는 것은 사람들로 하여금 자신이 아무것도 판단하지도 욕망하지도 않는다고 믿도록 버려두는 것이며 어떤 경우에는 실제로 아무것도 욕망하지 않는 것이다. 절망이란, 부조리와 마찬가지로, 일반적으로는 모든 것을 판단하고 원하지만 개별적으로는 아무것도 판단하지도 원하지도 않는다. 침묵이 그 점을 잘 말해 준다. 그러나 반항하는 인간이 입을 열어 말하는 순간부터, 그 말이 '농'일 때도 그는 원하고 판단한다. 반항하는 인간이란, 어원적으로 갑자기 뒤로 돌아서며 돌변하는 자다. 그는 주인의 채찍질에 못 이겨 걸어가고 있었다. 그런데 그가 돌연 몸을 획 돌려 주인과 맞선 것이다. 그는 바람직하지 못한 것에다가 바람직한 것을 대립시킨다. 모든 가치가 다 반항을 불러오는 것은 아니다. 그러나 모든 반항의 운동은 암암리에 하나의 가치를 내세운다. 그런데 그것이 적어도 어떤 가치이기는 한 것일까?

아무리 막연한 것일지라도, 의식의 각성은 반항적 운동으로부터 태어난다. 돌연 인간의 내면에, 비록 일시적일망정, 인간이 스스로와 동일화할 수 있는 무엇인가가 있다는 자각이 번쩍이며 찾아드는 것이다. 이러한 동일화는 실제로 이제까지 느껴 보지 못한 것이었다. 반역의 충동이 일어나기 전에 노예는 그 모든 시달림을 그저 당하고만 있었다. 심지어 그의 거부를 유발한 명령보다 더 참기 어려운 명령들조차 거역하지 않고 받아들인 적도 자주 있었다. 그는 인내심을 발휘하여 꾹 참았다. 마음속으로는 아마도 그 명령들을 거부했겠지만 아직 자신의 권리를 의식하기보다는 눈앞의 이해관계에 더욱 신경이 쓰여 침묵하고 있었기 때문이다. 더 이상 견딜 수 없어서 인내심을 잃게 되자 이번에는 반대로, 전에는 감수해 온 모든 것에까지 번져 갈 수 있는 어떤 운동이 시작된다. 이러한 충동은 거의 언제나 과거로 소급하게 마련이다. 노예는 주인의 치욕적 명령을 거부하는 순간, 그와 동시에 노예라는 신분 그 자체를 거부하게 된다. 반항적 운동은 노예로 하여금 단순한 거부를 넘어서 더 멀리 나아가게 한다. 그는 적에게 용인하고 있었던 한계마저 넘어서서 이제는 동등하게 대우받기를 요구한다. 처음에는 인간의 물러설 수 없는 저항이었던 것이 이제는 저항과 동일화되고 저항으로 요약되는 인간 전체가 된다. 단순히 존중받게 하고 싶었던 자기 속의 그 부분을 그는 이제부터 그 밖의 어떤 것보다 더 위에 놓고, 그 어떤 것보다, 심지어 생명보다 더 소중한 것으로 선언하게 된다. 그 부분이 그에게는 최고선(最高善)이 된다. 이전에는 타협 속에 안주하던 노예가 단번에("일이 이렇게 된 바에야…….") '전체' 아니면 '무(無)'라는 극한 속으로 몸을 던진다. 의식이 반항과 함께 태어나는 것이다.

그러나 이 의식은, 아직은 아주 막연한 어떤 전체에 대한 의식인 동시에 인간을 그 전체에 희생시킬 가능성을 예고하는 어떤 '무'에 대한 의식임을 우리는 알고 있다. 반항하는 인간은 전체가 되고자 한다. 그는 자신이 갑자기 의식하게 된 선(善), 또 자신의 인격 속에서 인정받고 존중받기를 바라는 그 선과 전적으로 동일화되거나 그러지 못하면 차라리 무가 되기를, 다시 말해 그를 지배하고 있는 힘에 의해 결정적으로 실추되기를 원한다. 극단적으로 말해서 그는, 그가 이를테면 자유라고 부르게 될 그 배타적이고 궁극적인 인정을 받지 못할 바에는 죽음이라는 최후의 실추를 받아들인다. 무릎을 꿇고 살기보다는 차라리 서서 죽겠다는 것이다.

가치란, 탁월한 저작들에 따르면, "대개 사실에서 권리로, 바라는 것에서 바람직한 것으로 (보통은 누구나 다 같이 바라는 것의 중개에 의해) 옮아감을 의미한다."* 우리가 이미 살펴본 바와 같이 반항에 있어 권리로의 이행은 분명한 사실이다. '그렇게 되어야 할 텐데.'로부터 '나는 그렇게 되기를 바란다.'로의 이행도 마찬가지다. 그러나 아마도 한층 더 분명한 것은 개인적인 것이 이제는 개인적 차원을 넘어 공동의 것인 선(善)이 된다는 생각일 것이다. 흔히들 생각하는 것과는 달리, 그리고 인간의 가장 엄밀하게 개인적인 일면 속에서 생겨나는 것이 반항이긴 하지만, '전체' 아니면 '무'의 출현으로 인하여, 반항이 오히려 개인이라는 관념 그 자체를 다시 생각해 보게 만든다는 사실이 드러난다. 과연 개인이 그의 반항적 운동 과정에서 기꺼이 죽음을 무릅쓰고 또 실제로 죽게 된다면, 그는 그걸 통해서 하나의 선, 즉 자기 개인의 운명을 초월하는 어떤 선을 위하여 스스로를 희생한다는 것을 보여 주는 셈이다. 자

* 랄랑드, 『철학용어사전』.(원주)

기가 수호하는 그 권리를 부정하느니 차라리 죽음의 기회를 더 중요시한다면, 그것은 그가 그 권리를 자기 자신보다 더 상위에 두기 때문이다. 그러니까 그는, 아직 막연하긴 하지만, 적어도 자신이 만인과 공유하고 있다고 여기는 어떤 가치의 이름으로 행동하는 것이다. 모름지기 반항적 행위에 전제되어 있는 긍정은, 그것이 개인을 그가 빠져 있을 것으로 짐작되는 고독으로부터 끌어내어 그에게 행동할 이유를 제공한다는 점에서, 개인을 초월하는 그 무엇에까지 확대된다는 사실을 우리는 알 수 있다. 그러나 일체의 행동에 선행하는 이 가치는 순전히 역사적일 뿐인 철학들 — 그 철학에서는 가치란 행동의 끝에 가서야 비로소 쟁취할 수 있다(과연 그 가치를 쟁취할 수나 있을지 모르겠지만)고 믿는다 — 과 반대된다는 사실에 주목할 필요가 있다. 반항을 분석하다 보면, 희랍인들이 생각했던 바와 같이, 그리고 우리 동시대 사상의 가정들과는 반대로, 적어도 인간에게는 인간 본성이라는 것이 있다는 심증에 이르게 된다. 인간의 내부에 지켜 간직해야 할 항구적인 것이 전혀 없다면, 무엇 때문에 반항을 한단 말인가? 노예가 명령을 거역하고 분연히 일어서는 것은 동시에 모든 인간 존재들을 위한 것이기도 하다. 그가 어떤 명령으로 인하여 자기 내면의 그 무엇인가가 부정된다고 판단할 경우, 그때의 그 무엇은 그 개인에게만 속하는 것이 아니라 모든 인간, 심지어 그를 모욕하고 억압하는 자까지도 포함하는 모든 인간들이 준비된 공동체에 속하게 되는 어떤 일반적 논거인 것이다.*

다음 두 가지의 지적은 그 추론을 뒷받침해 줄 것이다. 우선, 반항적 운동은 그 본질에 있어서 이기적인 운동이 아니라는 사실에 주목할 필요가 있다. 물론 반항적 운동도 이기적인 동기들에 의한 것일 수 있다. 그러나 인간은 억압에 대해서와 마찬가지로 거짓에 대해서도 반항할 것이다. 게다가 그 같은 이기적인 동기에서 출발했지만 자신의 마음 가장 깊은 곳에서 일어나는 충동에 따라 반항하는 인간은 모든 것을 다 내기에 걸기 때문에 아무것도 자신의 것으로 남겨 지니지 않는다. 물론 그는 자신을 존중해 줄 것을 요구하지만, 그 존중은 타고난 인간 공동체와 자신을 동일시한다는 점에서의 존중이다.

다음으로 반항은 오직, 그리고 반드시, 억압당하는 자에게서만 생겨나는 것이 아니라, 타인이 억압의 피해자가 되는 광경을 목격할 때에도 생겨날 수 있다는 사실을 주목할 필요가 있다. 그러므로 이 경우에는 타인과의 동일화가 이루어진다. 그런데 이때의 동일화란, 개인이 상상을 통해서 박해가 자기 자신에게 가해지는 것이라고 느끼는 따위의 속임수, 즉 심리적 동일화가 아니라는 사실을 분명히 해 둘 필요가 있다. 그와는 달리, 우리 자신은 반항도 못한 채 당해 왔던 박해가 타인에게 가해지는 것을 보면 오

---

* 피해자들의 공동체는 피해자와 가해자를 하나로 묶어 놓는 공동체와 동일한 것이다. 그러나 가해자는 자신이 피해자와 하나로 묶여 있다는 것을 알지 못한다.(원주)

히려 견딜 수가 없어지는 경우가 있는 것이다. 러시아 테러리스트들 중 일부가 감옥에서 동지들이 혹독한 매질을 당하는 것을 보고서 항의의 표시로 자살한 사건들은 이 위대한 반항적 운동을 잘 설명해 준다. 그렇다고 이것을 단순한 이익 공동체적 감정에서 오는 것이라고 할 수도 없다. 사실 우리는 우리가 적으로 간주하는 사람들에게 부당한 일이 가해지는 것을 보고서도 반항을 느낄 수 있다. 여기에는 오직 운명의 동일시, 그래서 한편이라는 느낌이 있을 뿐이다. 그러므로 개인은, 그 자체만으로 그가 수호하려 하는 그 가치인 것은 아니다. 그 가치를 구성하기 위해서는 적어도 만인이 필요한 것이다. 인간은 반항함으로써 스스로를 넘어 타인 속으로 들어가게 되며, 이런 관점에서 볼 때 인간의 연대성이란 형이상학적인 것이다. 다만 지금 당장 우리의 관심사는 쇠사슬에 한데 묶인 가운데 태어나는 그런 유의 연대성이다.

우리는 또한 셸러*가 정의한 원한의 개념**과 같은 지극히 부정적인 개념과 비교함으로써, 반항적 행동이 한결같이 추구하는 가치의 긍정적인 면모를 분명히 해 둘 수도 있다. 사실 반항 운동은 그 낱말의 가장 강력한 의미에

---

* 막스 셸러(Max Scheler, 1874~1928). 유태계 철학자로 현상학파의 중진이다. 칸트의 형식주의를 비판하여 실질적 가치 윤리학을 수립하고자 하였으며, 만년에 철학적인 인간학을 제창했다.

** 『원한의 인간(L'Homme du ressentiment)』(NRF).(원주)

서 권리 요구 행위 이상의 것이다. 원한이란 셸러가 적절하게 정의했듯이 자기 중독이요, 밀폐된 병 속에서 무력감이 계속됨으로써 생겨난 불건전한 분비물이다. 그와 반대로 반항은 존재를 터뜨리고 부수어 존재가 밖으로 넘쳐 나도록 돕는다. 반항은 물길을 터 놓아 고여 있던 물이 노한 격류로 변하게 만든다. 셸러 자신은 원한의 수동적인 면을 강조하면서 욕망과 소유에 몰두하는 여성들의 심리학에 있어서 원한이 중요한 자리를 차지한다는 사실을 지적한다. 이와 반대로 반항의 근저에는 넘치는 적극성과 에너지의 원리가 깔려 있다. 원한은 시기심으로 짙게 윤색된 감정이라는 셸러의 지적 또한 옳다. 그러나 사람은 자기가 갖지 못한 것에 대하여 시기심을 느끼는 데 비하여 반항하는 인간은 현재 있는 그대로의 자신을 지키려고 한다. 반항하는 인간은 단지 자신이 갖지 못했거나 남이 빼앗아 간 재산을 요구하는 것이 아니다. 그가 목표하는 바는 자신이 가지고 있는 그 어떤 것을 남들로 하여금 인정하도록 하는 데 있는데, 그 어떤 것이란 대부분의 경우 그에게는 어떤 다른 탐낼 만한 것보다 더 중요한 것으로 이미 인정되어 온 것이다. 반항은 현실주의적인 것이 아니다. 셸러에 따르면 또 원한은 그것이 강자의 마음속에서 자라나는가 아니면 약자의 마음속에서 자라나는가에 따라 출세욕이 되기도 하고 독살스러움이 되기도 한다. 그러나 두 가지 중 어느 경우든 사람들은 현재의 자기가 아닌 다른 것이 되고자 한다. 원한은 항상 자기 자신을 향한 원한이다. 반항하는 인간은 이와 반대로, 그 최초의 충동에 있어서, 남이 있는 그대로의 자기를 건드리는 것을 거부한다. 그는 자기 존재의 한 부분의 온전함을 지키기 위해 투쟁한다. 그는 우선 남을 정복하려 들기보다는 자기를 주장하려고 애쓴다.

결국 원한은 그 원한의 상대가 느꼈으면 하고 바라는 어떤 고통을 생각하며 미리 즐거워하는 것처럼 보인다. 니체와 셸러는 테르툴리아누스*의 글 한 대목이 이러한 감정의 좋은 예라고 보았다. 그 대목에서 작자는, 천상의 복자(福者)들이 맛보는 지극한 기쁨의 원천은 아마도 로마 황제들이 지옥에서 불에 타는 광경을 구경하는 일일 것이라고 독자들에게 말하고 있다. 이런 기쁨은 또한 사형 집행을 구경하러 가는 보통 사람들의 그것이기도 하다. 반항은, 이와 반대로, 그 원리에 있어서 자신의 굴욕을 거부하는 것에 그칠 뿐 타인의 굴욕을 요구하지는 않는다. 반항은 심지어 자신의 온전함이 지켜지기만 한다면 고통 그 자체를 위한 고통까지도 받아들인다.

우리는 그러므로 왜 셸러가 반항적 정신을 원한과 절대적으로 동일시하는지 이해할 수가 없다. 인도주의(그는 인도주의를 인간애의 비기독교적 형태라고 본다.)에 내재하는 원한에 대한 셸러의 비판은 어쩌면 인도주의적 이상주의의

---

* 퀸투스 셉티미우스 플로렌스 테르툴리아누스(Quintus Septimius Florens Tertullianus, 160?~220?). 격렬한 문체와 가르침의 엄격함으로 유명한 기독교 작가이다.

몇몇 막연한 형태들이나 공포 정치의 몇 가지 테크닉에나 적용될 수 있을지 모른다. 그러나 자신의 조건에 대한 인간의 반항, 모든 인간들에게 공통된 존엄성을 수호하기 위해 일어서는 개인의 충동에 관한 한 그것은 부적절한 것이 되고 만다. 셸러는 인도주의에는 세계에 대한 증오가 수반되고 있다는 점을 증명하고자 한다. 개별적 존재들을 일일이 사랑할 필요가 없도록 인류 전체를 사랑한다는 것이다. 몇몇 경우에 있어서는 옳은 말이다. 또 셸러의 눈에는 인도주의가 벤담*이나 루소에 의해 대표된다는 점에서 우리는 그의 생각을 더 잘 이해하게 된다. 그러나 인간에 대한 인간의 뜨거운 열정은 이해관계의 산술적 계산, 혹은 인간 본성에 대한, 그것도 이론적인 믿음이 아닌 다른 것에서 생겨날 수 있는 법이다. 공리주의자들과 에밀의 스승의 대척점에, 예컨대 도스토옙스키가 이반 카라마조프를 통해서 구체적으로 보여 주는 논리, 즉 반항적 충동에서 형이상학적 저항으로 이어지는 논리가 있다. 그것을 알고 있는 셸러는 그 개념을 이렇게 요약한다. "이 세상에 인간 존재가 아닌 다른 존재에다 낭비해도 좋을 만큼의 충분한 사랑은 없다." 비록 이 명제가 옳은 것이라 할지라도, 그것이 전제로 하는 현기증 나는 절망을 그냥 경멸해 버리고 말 수는 없는 일이다. 실상 이 명제는 카라마조프의 반항

---

* 제러미 벤담(Jeremy Bentham, 1748~1832). 영국의 철학자. 공리주의의 대표자이다.

의 가슴을 찢는 듯한 고통의 특징을 간과하고 있다. 이반의 드라마는 그와 반대로, 대상 없는 사랑이 넘친다는 데 있다. 신을 부정하고 나니 그 사랑을 쓸 곳이 없어져 사람들은 너그러운 공모 관계의 이름으로 인간 존재에 그 사랑을 쏟기로 마음먹는 것이다.

요컨대 우리가 지금까지 살펴본 바의 반항적 운동에서는, 마음의 빈곤으로 인하여, 그리고 부질없는 요구를 목적으로 추상적 이상을 택하는 것이 아니다. 반항적 운동은 인간 내면에 있는, 관념으로 환원될 수 없는 그 무엇, 존재하는 일 이외의 다른 어떤 것에도 봉사할 수 없는 그 뜨거운 부분이 존중될 것을 요구한다. 이 말은 곧 그 어떤 반항에도 원한의 감정은 조금도 실려 있지 않다는 것을 의미하는 것일까? 아니다, 원한의 시대를 살고 있기에 우리는 그렇지 않다는 것을 잘 알고 있다. 그러나 우리는 그 개념을 가장 폭넓은 의미로 이해해야만 한다. 그러지 않고는 그 개념의 의미를 배반할 위험이 있다. 그 점에 있어서 반항은 모든 면에서 원한을 넘어서는 것이다. 『폭풍의 언덕』에서 히스클리프가 신이 아니라 자신의 사랑을 택하고, 사랑하는 여인과 결합하기 위해서라면 지옥이라도 좋다고 말할 때, 그것은 짓밟힌 그의 젊음뿐만 아니라 전 생애를 통한 뜨거운 체험에서 터져 나오는 발언이기도 하다. 그와 마찬가지의 충동으로, 놀라운 이단의 열정을 이기지 못한 에크하르트* 선생은 예수 없는 천국보다 예수 있는 지옥이 차라리 낫다고 외친다. 그것은 사랑의 충동 그 자체다. 그러므로 셸러와는 반대로, 반항적 운동을 관통하는, 그리고 원한과 뚜렷이 구별되는 그 정열적인 긍정은 아무리 강조해도 지나침이 없을 것이다. 아무것도 창조하는 것이 없으므로 일견 부정적으로 보이겠지만, 반항은 인간 내면에 존재하는 영구히 수호해야 할 그 무엇을 드러내 보인다는 점에서 지극히 긍정적인 것이다.

그러나 결국 이러한 반항과 그것에 수반되는 가치는 상대적인 것이 아닌가? 사실 시대와 문명에 따라 반항하는 이유는 변하는 것 같다. 분명 힌두교의 최하층 천민, 잉카 제국의 전사(戰士), 중앙아프리카의 원시인, 또는 초기 기독교 교단의 구성원이 모두 반항에 대해 똑같은 생각을 가지고 있었던 것은 아니다. 심지어 바로 이들의 경우에 있어서 반항의 개념은 아예 아무런 의미가 없다고 말해도 별 문제가 없을 것이다. 그렇지만 희랍의 노예, 농노, 르네상스 시대의 용병대장, 섭정 시대의 파리 부르주아, 1900년대의 러시아 지식인, 그리고 우리 시대의 노동자 등은 비록 각기 반항의 이유는 다를 수 있겠지만 반항의 정당성에 대해서만큼은 틀림없이 같은 생각일 것이다. 다시 말해서 반항이라는 문제는 오직 서구 사상 안에서만 정확한 의미를 지니게 되는 것처럼 보인다. 셸러의 말대로, 불평등이 대단히 큰 사회(가령 카스트 제도하의 인도)나 혹은 그 반대로 평

* 마이스터 요한네스 에크하르트(Meister Johannes Eckhart, 1260?~1327?). 독일의 신비주의 신학자. 신플라톤주의에 물든 그의 교리는 사후에 교황 요한 22세에 의해 이단으로 몰렸다.

등이 절대적인 사회(가령 몇몇 원시 사회)에서는 반항적 정신이 표현되기 어렵다는 사실을 주목한다면, 이러한 점은 한층 분명해질 수 있으리라. 한 사회에 있어서, 반항 정신은 이론적 평등이 사실상 심대한 불평등을 은폐하고 있는 집단에서만 가능하다. 반항의 문제는 그러므로 우리 서구 사회의 내부에서만 의미를 지니는 것이다. 이렇게 되면, 반항의 문제는 개인주의의 발전과 상관있는 것이라고 단언하고 싶은 유혹을 느낀다. 다만 앞서 지적한 사항들에 비추어 볼 때 그와 같은 결론을 쉽게 내릴 수 없다는 데 문제가 있다.

명백한 사실의 차원에서 볼 때, 셸러의 지적으로부터 이끌어 낼 수 있는 것은 기껏 정치적 자유의 이론에 의해 우리 사회 내에는 인간에 대한 관념이 인간 내부에서 자라나게 되었으며 아울러 바로 이 자유를 실천하면 할수록 거기에 따르는 불만이 싹튼다는 사실이다. 현실적 자유는 인간이 자유에 대해 가지는 의식에 비례하여 증대되지는 못했다. 이러한 고찰에서 연역해 낼 수 있는 것은 오직 다음과 같은 사실뿐이다. 즉 반항이란 자기 권리에 대한 의식을 가진 가장 명석한 인간의 행위라는 점 말이다. 그러나 여기서 중요한 것은 결코 개인의 권리라고 말할 수 있는 근거는 어디에도 없다. 그와는 반대로, 중요한 것은, 이미 지적한 바 있는 연대성과 관련해 볼 때, 인류가 자신의 모험을 통해 스스로에 대해 갖게 되는 점점 확장된 의식인 것 같다. 사실 잉카 제국의 신민이나 인도의 최하층 천민은 스스로에게 반항의 문제를 제기하지 않는다. 왜냐하면 그 해답은 신성함이므로 그들이 문제를 제기하기도 전에 그 문제는 전통 속에서 이미 해결되어 있었기 때문이다. 신성불가침의 세계에서 반항의 문제를 찾아볼 수 없는 것은, 모든 해답이 한꺼번에 주어져 있기에 사실상 현실적인 문젯거리라고는 전혀 찾아볼 수 없기 때문이다. 형이상학이 신화로 대체된 것이다. 더 이상의 물음은 없고, 오직 영원한 해답과 주석만 있을 뿐인데, 그제야 그 해답과 주석은 형이상학적인 것이 될 수 있다. 그러나 인간이 신성한 것 속으로 들어가기 이전에, 그리고 그 속으로 들어가기 위해서, 혹은 인간이 신성한 것에서 밖으로 나오자마자, 그리고 거기서 밖으로 나오기 위해서 물음과 반항이 있는 것이다. 반항적 인간은 신성한 것 이전이나 이후에 위치하는 인간이며, 인간적인 질서를 요구하는 데 골몰하는 사람이다. 그 질서 속에서 모든 해답들은 인간적인 것, 즉 합리적으로 표현된 것이다. 이 순간부터, 모든 물음과 모든 말은 반항이다. 반면 신성한 것의 세계에서는 모든 말이 은총의 작용이다. 이렇게 하여, 인간 정신의 견지에서 보면 가능한 세계는 오직 두 가지뿐이라고 말할 수 있을 것 같다. 즉 신성한 것의 세계(기독교적 표현을 빌리면 은총의 세계*)와 반항의 세계가 그것이다. 그러므로 한쪽 세계의 사라짐은 다른 한쪽 세계

---

* 물론 기독교 초기 사상에는 형이상학적 반항이 있다. 그러나 그리스도의 부활, 재림의 예고, 그리고 영생의 약속으로 해석되는 신의 왕국 등은 그 반항을 무용한 것으로 만드는 해답이다.(원주)

의 나타남 — 이 나타남이 당혹스런 형태로 이루어질 수도 있지만 — 과 일치한다. 여기서 다시 한번 우리는 '전체'냐 '무(無)'냐의 문제와 마주친다. 반항 문제가 관심사로 떠오르는 것은 오늘날 사회 전체가 신성함에 대해 거리를 두려 한 사실에 기인한다. 우리는 신성이 사라진 역사 속에서 살고 있다. 물론 인간을 반항으로만 요약할 수는 없다. 그러나 오늘날의 역사 속에서 일어나고 있는 그 수많은 분쟁들로 미루어 볼 때 우리는 반항이야말로 인간의 본질적 차원들 중 하나라고 말하지 않을 수 없다. 반항은 우리 시대의 역사적 현실이다. 현실로부터 도피하지 않는 한 우리는 반항 속에서 우리의 가치를 찾아야 한다. 신성한 것과 그 절대적 가치들로부터 멀리 떨어져 나온 인간이 과연 행동의 규칙을 찾아낼 수 있을 것인가? 반항에 의해 제기되는 문제는 바로 이것이다.

우리는 앞에서 이미 반항이 위치하는 그 한계선에서 태어나는 막연한 가치에 대해 주목해 볼 수 있었다. 이제는 우리 시대가 보여 주는 반항적 사상과 행동의 형태들 속에서 그 가치가 발견되는지 물어봐야 하겠고, 만약 거기서 그 가치가 발견된다면 이 가치의 내용이 어떤 것인가를 분명히 밝혀야 하겠다. 그러나 그 이전에, 그 가치의 바탕은 바로 반항 자체라는 사실을 주목할 필요가 있다. 인간들의 연대성은 반항적 운동에 근거를 두고 있고, 또 그 운동은 그것대로 이 상호 결속 관계 속에서만 정당성을 발견한다. 우리는 그러므로 그 연대성을 부정하고 파괴하는 모든 반항은 그와 동시에 반항의 이름을 상실하고, 사실상 살인적 동의와 다름없어진다고 말할 수 있다. 마찬가지로 신성함의 밖에 자리 잡은 연대성은 오직 반항의 차원에서만 생명을 가진다. 여기서 반항적 사상의 진정한 드라마가 예고된다. 인간은 존재하기 위하여 반항하지 않으면 안 된다. 그러나 그의 반항은 그 자체 내에서 발견하게 되는 한계 — 인간들은 그 한계 내에서 서로 결속함으로써 존재하기 시작한다 — 를 지켜야 한다. 반항적 사상에는 그러므로 기억이 필수다. 그것은 항구적인 긴장 상태인 것이다. 반항적 사상이 이룬 과업과 행동들을 추적함으로써 우리는 매번, 그 사상이 그 고귀한 초심(初心)에 충실하고 있는지, 혹시나 권태와 광기로 인하여 압제나 굴종의 도취 속에서 오히려 그 초심을 망각하지는 않았는지 말해야 할 것이다.

그에 앞서 우선, 세계의 부조리와 명백한 불모성을 무엇보다 먼저 뼈저리게 느꼈던 하나의 성찰이 반항적 정신에 의하여 이룩하게 되는 최초의 일보 전진을 주목하자. 부조리의 경험에 있어서 고통은 개인적인 것이다. 반항적 운동을 기점으로 하여 그 고통은 그것이 집단적인 것임을 의식한다. 그 고통은 인간 모두의 모험이다. 이상함의 느낌에 사로잡힌 인간이 최초로 내딛는 진일보는 그러므로 이 이상함을 다른 모든 사람들과 함께 나누어 느낀다는 사실, 그리고 인간의 현실은 그 전체에 있어서 자아로부터의, 그리고 세계로부터의 그 거리감이라는 고통을 겪고 있다는 사실을 인식한다는 것이다. 오직 한 사람만 앓고 있던 병이 집단적 페스트로 변한 것이다. 우리가 겪는 일상적 시련 속에서 반항은 사유의 차원에서의 '코기토(cogito)'*와 같은 역할을 한다. 즉 반항은 원초적 자명함 그 자체인 것이다. 그러나 이 자명함은 개인을 그의 고독으로부터 끌어낸다. 반항은 모든 인간들 위에 최초의 가치를 정립시키는 공통적 토대다. 나는 반항한다, 그러므로 우리는 존재한다.

---

* "나는 생각한다."라는 뜻의 라틴어. 데카르트의 명제 "나는 생각한다, 고로 나는 존재한다."에서 전제가 되는 항, 즉 "의식"(생각하다)을 가리킨다.

시지프 신화*

"마치 호흡과도 같은 이 시간,
불행처럼 어김없이 되찾아 오는 이 시간은
바로 의식의 시간이다. 그가 산꼭대기를 떠나
자신의 소굴을 향해 조금씩 더 깊숙이 내려가는
그 순간순간 시지프는 자신의 운명보다 우월하다.
그는 그의 바위보다 강하다."

—『시지프 신화』중에서

* 이 글은 카뮈 「시지프 신화」의 일부를 수록한 것이다.

신들은 시지프*에게 바위를 산꼭대기까지 끊임없이 굴려 올리는 형벌을 내렸다. 그런데 이 바위는 그 자체의 무게 때문에 산꼭대기에서 다시 굴러떨어지곤 했다. 신들은 무용하고 희망 없는 노동보다 끔찍한 형벌은 없다고 보았는데 그것은 이유 있는 생각이었다.

  호메로스에 의하면 시지프는 인간들 중에서 가장 현명하고 가장 신중한 자였다. 그러나 또 다른 설화에 의하면 그의 직업은 강도였다고 전해진다. 내가 보기에 이것은 서로 모순되는 이야기가 아닌 것 같다. 그가 지옥에서 무용한 노동을 하는 벌을 받은 원인에 관해서는 의견이 구구하다. 첫째로, 그는 신들을 대함에 있어 경솔했다는 비난을 받는다. 신들의 비밀을 누설했던 것이다. 아소포스의 딸 아이기나가 유피테르**에게 납치되었다. 딸의 실종에

---

* 그리스어 발음에 따라 '시지포스'로 표기해야 옳지만 여기서는 카뮈의 언어를 존중하여 '시지프'로 표기한다.
** 흔히 영어식으로 '주피터'라 지칭하는, 로마 신화 최고의 신으로

놀란 그녀의 아버지가 시지프에게 사정했다. 이 납치 사건의 전말을 알고 있던 그는 코린토스*에 물을 대 준다면 아소포스에게 비밀을 가르쳐 주겠다고 했다.** 하늘의 노여움을 사는 한이 있더라도 물의 혜택을 받고 싶었던 것이다. 이로 말미암아 그는 지옥에 떨어지는 벌을 받았다. 호메로스는 또한 시지프가 사신(死神)***을 쇠사슬로 묶어 놓았다는 이야기도 우리에게 전해 준다. 플루톤****은 텅 비고 조용하기만 한 그의 왕국의 정경을 보자 참을 수 없었다. 그는 전쟁의 신을 급파하여 사신을 승리자의 손에서 해방시켰다.

또 전하는 이야기로는 시지프는 죽을 때가 가까워 오자 경솔하게도 아내의 사랑을 시험해 보려고 했다고 한다. 그는 아내에게 명하기를, 자신의 시신을 매장하지 말고 광장 한복판에 내다 버리라고 했다. 시지프는 지옥에 떨어졌다. 이렇게 되자 인간적 사랑에 너무나도 어긋나는 아내의 복종에 분격한 나머지 시지프는 아내를 벌하기 위해 지상으로 되돌아가게 해 달라고 플루톤에게 간청하여 허락을

그리스 신화의 제우스에 해당한다.
* 시지프는 신화에서 고대 그리스의 도시 국가 코린토스를 세운 신으로 알려져 있다.
** 아소포스는 강을 다스리는 신이다.
*** 죽음의 신 타나토스를 가리킨다.
**** 플루톤은 그리스 신화의 '하데스'에 해당하는 라틴어 이름으로 지옥의 신이다.

받았다. 그러나 이 세상의 모습을 다시 보고 물과 태양, 따뜻한 돌들과 바다의 맛을 보자 그는 지옥의 어둠 속으로 되돌아가고 싶지 않았다. 수차례에 걸친 소환, 분노, 경고에도 아랑곳하지 않았다. 다시 여러 해 동안 그는 둥글게 굽은 만과 눈부신 바다 그리고 미소 짓는 대지를 보며 살았다. 이렇게 되자 신들의 판결이 불가피했다. 메르쿠리우스*가 와서 이 뻔뻔스러운 자의 목덜미를 움켜잡아 그를 쾌락에서 끌어낸 다음 굴려 올릴 바위가 준비된 지옥으로 강제로 끌고 갔다.

우리는 이미 시지프가 부조리한 영웅이라는 것을 알아차렸다. 그는 그의 열정뿐 아니라 그의 고뇌로 인해 부조리한 영웅인 것이다. 신들에 대한 멸시, 죽음에 대한 증오 그리고 삶에 대한 열정은 아무것도 성취할 수 없는 일에 전 존재를 바쳐야 하는 형용할 수 없는 형벌을 그에게 안겨 주었다. 이것이 이 땅에 대한 정열을 위해 지불해야 할 대가다. 지옥에서의 시지프에 관해서는 아무것도 전해진 것이 없다. 신화란 상상력으로 거기에 생명을 불어넣으라고 만들어진 것이다. 시지프의 신화에서는 다만 거대한 돌을 들어 산비탈로 굴려 올리기를 수백 번이나 되풀이하느라고 잔뜩 긴장해 있는 육체의 노력이 보일 뿐이다. 경련하는 얼굴, 바위에 밀착한 뺨, 진흙에 덮인 돌덩어리를 떠받

* 유피테르의 아들로 다른 신들의 사자(使者)인 동시에 여행과 상업을 관장하는 신이다. 그리스 신화의 헤르메스에 해당하는 라틴어 이름이다.

치는 어깨와 그것을 고여 버티는 한쪽 다리, 돌을 되받아 안은 팔 끝, 흙투성이가 된 두 손의 온통 인간적인 확실성이 보인다. 하늘 없는 공간과 깊이 없는 시간으로나 측량할 수 있을 이 기나긴 노력 끝에 목표는 달성된다. 그때 시지프는 돌이 순식간에 저 아래 세계로 굴러떨어지는 것을 바라본다. 그 아래로부터 정상을 향해 이제 다시 돌을 밀어 올려야 하는 것이다. 그는 또다시 들판으로 내려간다.

시지프가 나의 관심을 끄는 것은 바로 저 산꼭대기에서 되돌아 내려올 때, 그 잠시의 휴지의 순간이다. 그토록 돌덩이에 바싹 닿은 채로 고통스러워하는 얼굴은 이미 돌 그 자체다! 나는 이 사람이 무겁지만 한결같은 걸음걸이로, 아무리 해도 끝장을 볼 수 없을 고뇌를 향해 다시 걸어 내려오는 것을 본다. 마치 호흡과도 같은 이 시간, 또한 불행처럼 어김없이 되찾아오는 이 시간은 바로 의식의 시간이다. 그가 산꼭대기를 떠나 제신의 소굴을 향해 조금씩 더 깊숙이 내려가는 그 순간순간 시지프는 자신의 운명보다 우월하다. 그는 그의 바위보다 강하다.

이 신화가 비극적인 것은 주인공의 의식이 깨어 있기 때문이다. 만약 한 걸음 한 걸음 옮길 때마다 성공의 희망이 그를 떠받쳐 준다면 무엇 때문에 그가 고통스러워하겠는가? 오늘날의 노동자는 그 생애의 그날그날을 똑같은 작업을 하며 사는데 그 운명도 시지프에 못지않게 부조리하다. 그러나 운명은 오직 의식이 깨어 있는 드문 순간들에만 비극적이다. 신들 중에서도 프롤레타리아요, 무력하고 반항적인 시지프는 그의 비참한 조건의 넓이를 안다. 그가 산에서 내려올 때 생각하는 것은 바로 이 조건이다. 아마도 그에게 고뇌를 안겨 주는 통찰이 동시에 그의 승리를 완성시킬 것이다. 멸시로 응수하여 극복되지 않는 운명이란 존재하지 않는다.

*

 이처럼 어떤 날들에는 시지프가 고통스러워하면서 산을 내려오지만 그는 또한 기쁨 속에서 내려올 수도 있다. 이것은 지나친 말이 아니다. 나는 또한 그의 바위를 향해 되돌아가는 시지프를 상상해 본다. 그것은 고통으로 시작되었다. 대지의 영상이 너무나도 기억에 생생할 때, 행복의 부름이 너무나도 강렬할 때, 인간의 마음속에 슬픔이 고개를 쳐들게 마련이니 그것은 바위의 승리요, 바위 그 자체다. 엄청난 비탄은 감당하기에 너무나도 무겁다. 이것은 우리가 맞이하는 겟세마네의 밤들이다. 그러나 우리를 짓누르는 진리들도 인식됨으로써 사멸한다. 이렇듯 오이디푸스도 처음에는 영문을 알지 못한 채 그의 운명에 복종한다. 그가 알게 되는 순간부터 비극이 시작된다. 그러나 바로 그 순간에 눈멀고* 절망한 오이디푸스는 자기를 이 세

---

* 알지 못한 채 자신의 어머니와 결혼한 오이디푸스는 그 사실을 깨닫자 자신의 눈을 뽑았다.

상에 비끄러매 놓는 유일한 끈은 한 처녀*의 싱싱한 손이라는 것을 안다. 이때 기가 막힌 한마디 말소리가 울린다. "그 많은 시련에도 불구하고 나의 노령과 나의 영혼의 위대함은 나로 하여금 모든 것이 좋다고 판단하게 만든다." 소포클레스의 오이디푸스는 도스토예프스키의 키릴로프와 마찬가지로 이처럼 부조리의 승리에 대한 경구를 제공한다. 고대의 예지가 현대의 영웅주의와 만난다.

부조리를 발견하면 우리는 모종의 행복의 안내서를 쓰고 싶은 유혹을 느끼지 않을 수 없다. "아니, 뭐라고! 이처럼 좁은 길들을 통해서……?" 그러나 세계는 오직 하나뿐이다. 행복과 부조리는 같은 땅이 낳은 두 아들이다. 이들은 서로 떨어질 수 없다. 행복이 반드시 부조리의 발견에서 태어난다고 말한다면 그것은 잘못일 것이다. 부조리의 감정이 오히려 행복에서 태어날 수도 있다. "내가 판단하건대 모든 것이 좋다." 오이디푸스는 이렇게 말한다. 이 말은 신성하다. 이 말은 인간의 사납고 한정된 세계 안에서 울린다. 또 모든 것이 밑바닥까지 다 소진되는 것은 아니며 소진되지도 않았음을 가르쳐 준다. 그리하여 그것은 불만과 무용한 고통의 취미를 가지고 들어온 신을 이 세계로부터 추방한다. 그 한마디가 운명을 인간의 문제로, 인간들 사이에서 처리해야 할 문제로 만드는 것이다.

시지프의 소리 없는 기쁨은 송두리째 여기에 있다. 그

---

* 오이디푸스의 딸 안티고네를 말한다.

의 운명은 그의 것이다. 그의 바위는 그의 것이다. 이와 마찬가지로 부조리한 인간이 자신의 고통을 응시할 때 모든 우상은 침묵한다. 문득 본연의 침묵으로 되돌아간 우주 안에서 경이에 찬 작은 목소리들이 대지로부터 무수히 솟아오른다. 은밀하고 무의식적인 부름이며 모든 얼굴의 초대인 그것들은 승리의 필연적인 이면이요, 대가(代價)다. 그림자 없는 햇빛이란 없기에 밤을 겪지 않으면 안 된다. 부조리한 인간의 대답은 긍정이며 그의 노력에는 끝이 없을 것이다. 개인적인 운명은 있어도 인간을 능가하는 운명이란 없다. 혹 있다면 오직 그가 숙명적이기에 경멸해야 하는 것으로 판단하는 단 한 가지 운명이 있을 뿐이다. 그 외의 것에 관한 한, 인간은 스스로 자신이 살아가는 날들의 주인이라는 것을 안다. 인간이 그의 삶으로 되돌아가는 이 미묘한 순간에 시지프는 자기의 바위를 향하여 돌아가면서 서로 아무런 연관도 없는 이 행위들의 연속을 응시한다. 이 행위들의 연속이 곧 자신에 의해 창조되고 자신의 기억의 시선 속에서 통일되고 머지않아 죽음에 의해 봉인될 그의 운명이 되는 것이다. 이렇게 인간적인 모든 것은 완전히 인간적인 기원을 가지고 있음을 확신하면서, 보기를 원하는 장님 그리고 밤은 끝이 없다는 것을 아는 장님인 시지프는 여전히 걸어가고 있다. 바위는 또다시 굴러떨어진다.

 이제 나는 시지프를 산 아래에 남겨 둔다! 우리는 항상 그의 짐의 무게를 다시 발견한다. 그러나 시지프는 신들을 부정하며 바위를 들어 올리는 고귀한 성실성을 가르친다. 그 역시 모든 것이 좋다고 판단한다. 이제부터는 주인이 따로 없는 이 우주가 그에게는 불모의 것으로도, 하찮은 것으로도 보이지 않는다. 이 돌의 입자 하나하나, 어둠 가득한 이 산의 광물적 광채 하나하나가 그것 자체만으로 하나의 세계를 형성한다. 산정(山頂)을 향한 투쟁 그 자체가 한 인간의 마음을 가득 채우기에 충분하다. 행복한 시지프를 마음에 그려 보지 않으면 안 된다.

허무주의를 넘어서*

"마침내 한 인간이 탄생하는 이 시간,
시대와 시대의 열광을 청춘의 모습 그대로
남겨 두어야 한다. 활이 휘고 활등이 운다."

—「정오의 사상」 중에서

* 이 글은 카뮈 「정오의 사상」의 일부를 수록한 것이다.

그러니까 인간에게는 인간 고유의 중간적 수준에서 가능한 행동과 사상이 있는 것이다. 이보다 더 야심적인 기도는 어느 것이나 다 모순임을 알 수 있다. 절대는 역사를 통해서 도달할 수 있는 것이 아니고 특히 역사를 통해서 창조될 수 있는 것이 아니다. 정치는 종교가 아니다. 그렇지 않다면 정치는 종교재판이 될 수밖에 없다. 어떻게 사회가 절대를 규정할 수 있단 말인가? 아마도 인간 각자는 만인을 위해 그 절대를 탐구하고 있을 것이다. 그러나 사회와 정치는 다만 각자가 이 공통된 탐구의 여가와 자유를 가질 수 있도록 만인의 일들을 조정하는 책무를 지고 있을 뿐이다. 그래서 역사는 더 이상 숭배의 대상으로 내세울 것이 못 된다. 역사는 다만 주의 깊은 반항에 의해 보람되게 만들어야 할 하나의 기회일 뿐이다.

"수확의 강박과 역사에 대한 무관심이 내가 당기는 활의 양쪽 끝이다."라고 르네 샤르는 절묘하게 쓰고 있다. 만약 역사의 시간이 수확의 시간으로 이루어지지 않는다면 역사는 사실상 인간이 더 이상 끼어들 여지가 없는 하나의 잔인하고도 덧없는 그림자에 불과하다. 그 역사에 몸을 바치는 자는 아무것도 아닌 것에 몸을 바치는 셈이며 그 자신조차 아무것도 아닌 것이다. 그러나 스스로의 삶의 시간에 몸 바치는 사람, 그가 지키는 집과 살아 있는 인간들의 존엄에 몸 바치는 사람은 대지에 몸 바치는 사람이니 그는 대지로부터 수확을 얻어 그 수확으로 다시 씨를 뿌리고 양식을 얻는다. 결국 적절한 때에 역사에 반항할 줄 아는 사람들이야말로 역사를 앞으로 나아가게 한다. 그것은 끝없는 긴장, 그리고 르네 샤르가 말하는 저 긴장된 의연함을 전제로 한다. 그러나 참된 삶이란 이 가슴 찢는 고통 한가운데에 있다. 참된 삶은 이 가슴 찢는 고통 그 자체이며, 빛의 화산 위를 비행하는 정신이며 형평에의 열광이며 절도를 지향하는 불굴의 집념이다. 이 기나긴 반항적 모험의 끝에서 우리를 위하여 메아리치는 것, 그것은 극도의 불행 속에서는 무용지물일 뿐인 상투적 낙관의 경구들이 아니라 바다 가까운 곳에서는 미덕일 수도 있는 용기와 지성의 언어다.

  오늘날 어떤 예지도 이보다 더 많은 것을 준다고 자처할 수는 없다. 반항은 끊임없이 악과 맞닥뜨리고 또 이 악을 딛고서 새롭게 비약할 수밖에 없다. 인간은 통제되어야 할 모든 것을 자신의 내부에서 통제할 수 있다. 그는 수정되어야 할 모든 것을 창조 속에서 수정해야 한다. 그런 다음에도 어린애들이, 완전한 사회에서조차, 여전히 부당하게 죽어 갈 것이다. 인간은 최대한으로 노력함으로써 세계의 고통을 산술적으로 감소시키기를 꾀할 수 있을 따름이다. 불의와 고통은 여전히 없어지지 않고 남을 것이고 아무리 제한된 것이라 할지라도 그것들은 여전히 추문임에 변함이 없을 것이다. 드미트리 카라마조프의 "왜?"라는 의문은 계속하여 메아리칠 것이다. 예술과 반항은 오직 최후의 한 사람이 사라질 때에야 비로소 그와 함께 사라질 것이다.

통일에 대한 뜨거운 갈망 속에서도 인간들이 쌓아 놓는 어떤 악이 아마도 없지는 않을 것이다. 그러나 이 무질서한 운동의 출발점에 어떤 다른 악이 있다. 이 악을, 즉 죽음을 대면하면서 인간은 그의 가장 깊은 내면에서 정의를 부르짖는다. 역사적 기독교는 악에 대한 이 같은 항의에 오직 미구에 도래할 왕국, 그다음으로 신앙을 필요로 하는 영생의 예언으로 응답했을 뿐이다. 그러나 고통은 희망과 신앙을 닳아 없어지게 만든다. 그리하여 고통만 홀로 남을 뿐 왜 고통을 당해야 하는지 설명은 없다. 노동하는 대중은 고통과 죽음에 지칠 대로 지친 신 없는 대중이다. 이제부터 우리의 자리는 유식한 옛 박사님들과 새 박사님들과는 거리가 먼, 그들의 곁이다. 역사적 기독교는 역사 안에서 겪는 고통인 악과 살인의 치유를 역사의 저 너머로 미룬다. 현대의 유물론 역시 모든 문제들에 답을 내놓고 있다고 믿는다. 그러나 역사를 섬기는 현대의 유물론은 역사적 살인의 영역을 확장하면서 그와 동시에 그 살인을 정당화하지 못한 채로 방치한다. 그 역시 신앙을 필요로 하는 미래에라면 정당화될지 모르지만. 두 가지 경우 다, 기다리지 않으면 안 되는데, 그렇게 기다리는 동안 죄 없는 사람들이 끊임없이 죽는다. 지난 2000년 동안 이 세계에서 악의 총합이 줄어든 적이 없다. 신의 것이건 혁명의 것이건 그 어떤 재림*도 실현된 적이 없다. 모든 고통에 불의가 달라붙어 있다. 인간들의 눈에 가장 가치 있어 보이는 고통에까지도 불의가 달라붙어 있다. 프로메테우스는 그를 짓누르는 힘들에 고통하며 긴 침묵 속에서 여전히 절규한다. 그러나 프로메테우스는 그동안 인간들이 그에게 등을 돌리고 조롱하는 것도 보았다. 인간의 고통과 운명, 테러와 독선 사이에 끼인 그에게, 독신의 오만에 빠지지 않고 살인으로부터 아직 구할 수 있는 것을 구해 내기 위해서 남은 것은 오직 반항의 힘뿐이다.

이때 반항은 어떤 기이한 사랑 없이는 존재할 수 없다는 것을 우리는 깨닫게 된다. 신에게서도 역사에서도 안식을 얻지 못하는 사람들은, 자신들처럼 도저히 살아갈 수 없는 자들을 위하여, 즉 굴욕당하는 사람들을 위하여 살

---

* parousie: '예수의 재림'을 가리키는 표현으로 신학에서 시간의 종말에 그리스도가 재림하여 최후의 심판을 실현하는 것을 의미하지만 여기서는 신학상의 재림뿐만 아니라 정치적인 면에서 주인과 노예의 투쟁을 종식시킬 계급 없는 사회의 도래에 대한 믿음(신앙)의 암시를 포함한다. 유물론이나 기독교나 다 같이 미래로 미루어진 약속과 그에 따르는 믿음의 요구라는 점에서 공통점을 가지는 동시에 카뮈에게는 비판의 대상이 되고 있다.

수밖에 없는 것이다. 반항의 가장 순수한 충동은 이리하여, 만일 인간들 모두가 다 구원되지 못한다면 단 한 사람의 구원이 무슨 소용이 있겠는가!라는 카라마조프의 비통한 외침으로 귀결된다. 이리하여 오늘날 스페인 감옥에서 가톨릭 죄수들은 영성체를 거부하고 있다. 왜냐하면 어용 사제들이 몇몇 감옥에서 그것을 의무화해 놓았기 때문이다. 십자가에 못 박힌 무죄의 유일한 증인들인 이 사람들 역시 불의와 압제의 대가로 얻어야 하는 것이라면 구원을 거부한다. 이러한 극단적인 너그러움은 곧 반항의 너그러움이다. 그것은 지체 없이 사랑의 힘을 주고 뒤로 미루지 않고 당장에 불의를 거부한다. 그것의 명예로움은 아무것도 계산하지 않는다는 것, 현재의 삶과 현재 살아 있는 형제들에게 모든 것을 나누어 준다는 것이다. 이렇게 함으로써 그것은 앞으로 올 미래의 인간들에게 아낌없이 주는 것이다. 미래에 대한 진정한 너그러움은 현재에 모든 것을 주는 데 있는 것이다.

이로써 반항은 그것이 바로 생의 운동이라는 것을, 살기를 포기하지 않고서는 반항을 부정할 수 없다는 사실을 입증한다. 반항의 가장 순수한 부르짖음은 그때마다 한 존재를 일으켜 세운다. 반항은 그러므로 사랑이요 풍요다. 그렇지 않다면 그것은 아무것도 아니다. 육체로 빚어진 인간보다 추상적 인간을 선호하고 필요할 때면 언제고 인간 존재를 부정하는 명예 없는 혁명, 계산하는 혁명은 바로 사랑을 두어야 할 자리에 원한을 둔다. 반항이 그 너그러운 기원을 망각하고 원한에 오염되면 그 즉시 삶을 부정하고 파괴로 치달아, 조무래기 반역자들의 냉소적 무리를 낳는다. 노예들의 종자인 그 무리들은 결국 오늘날 유럽의 모든 시장들에서 그 무슨 노예의 일이든 몸 바쳐 하겠다고 나선다. 그것은 더 이상 반항도 혁명도 아닌 원한이요 폭정이다. 그리하여 혁명이 권력과 역사의 이름으로 저 과도한 살인 기계로 변할 때 어떤 새로운 반항이 절도와 삶의 이름으로 성스러운 존재감을 드러낸다. 우리는 지금 그 극단에 와 있다. 이 암흑이 끝에 이르렀으니 그래도 하나의 빛이 나타날 수밖에 없다. 우리는 이미 그 빛의 조짐을 느끼고 있으므로 그 빛의 도래를 위하여 투쟁해야 할 뿐이다. 허무주의를 넘어 우리 모두 폐허 가운데서 재생을 준비하고 있다. 그러나 그걸 알고 있는 사람은 거의 없다.

그리고 이미, 실제로, 반항은 모든 것을 다 해결한다고 나서지는 못하지만, 적어도 감당할 수는 있다. 이 순간부터 정오의 빛이 그 역사의 운동 바로 위로 쏟아져 내린다. 태워 버릴 듯 달려드는 그 불덩어리의 주위에서 서로 싸우는 그림자들이 한동안 엎치락뒤치락하다가 사라지자 장님들이 눈꺼풀을 비비며 이것이 역사라고 외친다. 유럽의 인간들은 어둠 속에 던져진 채 빛을 발하는 그 고정점에서 눈을 돌려 버렸다. 그들은 미래를 위하여 현재를 망각하고, 연기처럼 허망한 권력을 위하여 희생자가 된 존재들을 망각하고, 그 무슨 찬란한 도시를 위하여 변두리의 비참을 망각하고, 헛된 약속의 땅을 위하여 일상의 정의를 망각한다. 그들은 개인들의 자유에 절망하고 인류의 기이한 자유를 꿈꾼다. 그들은 고독한 죽음을 거부하고 놀라운 집단적 임종의 고통을 영생이라고 부른다. 그들은 더 이상 있는 그대로의 것을, 세계를, 살아 있는 인간을 믿지 않는다. 유럽의 비밀은 더 이상 삶을 사랑하지 않는다는 것이다. 이 장님들은 유치하게도 단 하루의 삶을 사랑하는 것이 곧 수 세기간의 압제를 정당화하는 것이라고 믿었다. 그래서 그들은 세계의 칠판에서 기쁨을 지우고 그것을 훗날로 미루려 했다. 한계를 인정하지 못하는 초조감, 자신들의 이중적 존재의 부인, 인간됨의 절망이 마침내 그들을 비인간적 과도함 속으로 던져 넣었다. 알맞은 크기의 삶을 거부하고 그들은 그들 자신의 우수성에 내기를 걸어야 했다. 더 나은 방도가 없기에 그들은 스스로를 신격화하였으니 거기서 그들의 불행은 시작되었다. 이 신들은 눈이 먼 것이다. 칼리아예프와 전 세계의 그의 형제들은 이와 반대로 신성을 거부한다. 왜냐하면 그들은 죽음을 가하는 무한의 권력을 거부하기 때문이다. 그들은 오늘날 독창적인 오직 하나의 규칙을 선정해 우리에게 본보기로 제시한다. 즉 사는 법과 죽는 법을 배울 것, 그리고 인간이 되기 위하여 신이 되기를 거부할 것.

사상의 정오에서, 반항하는 인간은 이처럼 인간 공동의

투쟁과 운명을 함께 나누기 위하여 신성을 거부한다. 우리는 일편단심의 땅 이타카*를, 대담하고 검박한 사상, 명철한 행동, 그리고 지자(知者)의 너그러움을 택할 것이다. 눈부신 빛 속에서 세계는 여전히 우리의 최초이자 최후의 사랑이다. 우리의 형제들은 우리와 같은 하늘 아래에서 숨쉬고 있으며 정의는 살아 있다. 이때 기이한 기쁨이 태어나니 그것은 살아가는 것에 도움이 되고 죽는 것에 도움이 된다. 이제부터 우리는 이 기쁨을 뒷날로 미루지 않을 것이다. 고통스러운 대지 위에서 이 기이한 기쁨은 지칠 줄 모르는 가라지요, 쓰디쓴 양식이요, 바다로부터 불어오는 모진 바람이요, 오래되고도 새로운 새벽빛이다. 이 기쁨과 더불어, 수많은 투쟁들을 거치는 동안 우리는 이 시대의 영혼을, 그 어느 것 하나 배제하지 않는 유럽을 새로이 만들리라. 그 유럽은 붕괴 후 십이 년 동안 그의 가장 드높은 양심과 그의 허무주의의 벼락 맞은 이미지인 양 찾아가 보곤 했던, 저 유령 같은 존재 니체도, 착오로 인하여 하이게

---

* 그리스 서해안 이오니아 제도의 한 섬으로 지금은 이타키 혹은 이곳 주민들은 티아키라고 부른다.『일리아스』와『오디세이아』에 의하면 영웅 오디세우스는 이 섬을 다스리다가 트로이 전쟁에 나간다. 트로이를 함락하고 귀향길에 오른 그는 무수한 모험과 고난을 겪느라 무려 십 년이나 항해를 계속한 끝이 비로소 아내가 기다리는 이타카로 돌아오게 된다. 카뮈는 이 아름다운 상징에 매혹되어 이십 대에 가난한 청년의 몸으로 오디세우스처럼 그리스를 여행할 것을 계획하지만 그때 바로 2차 세계 대전의 발발로 꿈을 실현하지 못했다. 그에게 이타카는 항상 그리스 사상 및 감수성의 원천으로 돌아가는 귀향길의 상징이다.

이트 공동묘지*의 무신앙자 구역에 묻혀 있는 저 비정한 정의의 예언자**도, 신격화되어 유리 관(棺) 속에 누워 있는 저 행동가의 미라***도, 유럽의 지성과 에너지가 비참한 한 시대의 오만에 끊임없이 제공했던 것들 중 그 어느 것도 배제하지 않으리라. 모든 사람이 과연 1905년의 희생자들 곁에서 재생할 수 있다. 그러나 만인이 서로서로를 교정해 주고, 햇빛 속에서 그 어떤 한계가 그들 모두를 멈춰 세운다는 것을 이해한다는 조건에서만 재생할 수 있는 것이다. 각자는 타자에게 당신은 신이 아니라고 말해 준다. 여기서 낭만주의는 끝난다. 우리들 저마다 다시금 스스로의 진가를 발휘하기 위하여, 역사 속에서 그리고 역사와 맞서서, 자신이 이미 소유하고 있는 것을, 즉 자신의 밭에서 얻는 빈약한 수확과 저 대지에 대한 짧은 사랑을 획득하기 위하여 팽팽하게 활을 당겨야 하는 이 시간, 마침내 한 인간이 탄생하는 이 시간, 시대와 시대의 열광을 청춘의 모습 그대로 남겨 두어야 한다. 활이 휘고 활등이 운다. 최고조의 긴장이 절정에 이르러 곧은 화살이 더없이 단단하고 더없이 자유롭게 퉁겨져 날아갈 것이다.

---

* 런던 북부에 있는 공동묘지이다.
** 마르크스를 말한다.
*** 레닌을 말한다.

수수께끼*

"평화는 침묵 속에서 사랑하고 창조하는 것인데!
그러나 인내할 줄 알아야 한다.
잠시 뒤면 태양이 입들을 봉해 버린다"

―「수수께끼」중에서

* 이 글은 카뮈 「여름」의 일부를 수록한 것이다.

하늘 꼭대기에서 쏟아진 햇빛의 물결이 우리 주위의 들판에서 거세게 튀어 오르고 있다. 이런 소란에도 모든 것이 잠잠하고, 저 멀리 뤼베롱 산맥*은 내가 끊임없이 귀를 기울여 듣는 엄청난 침묵의 덩어리에 불과하다. 귀를 기울여 들어 보면 멀리서 사람들이 내게로 달려오고 눈에 보이지 않는 친구들이 나를 불러 대니 오래전과 다름없는 나의 기쁨이 점점 커진다. 새삼, 어떤 다행스러운 수수께끼 덕분에 나는 모든 것을 이해할 수 있게 된다.

 세계의 부조리가 어디 있단 말인가? 이 눈부신 햇빛인가 아니면 햇빛이 없던 때의 추억인가? 기억 속에 이토록 넘치는 햇빛을 간직한 내가 어떻게 무의미**를 걸고 내기

---

* 카뮈가 1958년 10월에 매입한 남프랑스 보클뤼즈 지방 작은 마을 루르마랭의 시골집에서 넓은 포도밭 서북쪽 너머로 바라보이는 산줄기다.

** 카뮈가 『시지프 신화』에서 논하고 있는 '부조리'를 두고 하는 말이다.

를 할 수 있었던가? 내 주위에서는 그래서 놀란다. 나도 때로 놀란다. 바로 그 태양이 그렇게 하는 데 도움이 되었다고, 빛이 너무나 강렬한 나머지 우주와 형상들을 캄캄한 눈부심의 덩어리로 응고시켜 버린다고 남들에게, 그리고 나 자신에게 대답할 수도 있을 것이다. 그러나 그건 달리 말할 수도 있겠는데, 내게는 언제나 진리의 빛이었던 이 희고 검은 빛 앞에서 부조리에 대한 내 생각을 간략하게 밝혀 두고 싶다. 내가 너무나 잘 알고 있기에 남들이 부조리에 대하여 마구잡이로 논하는 것은 견딜 수 없다. 그래도 역시 부조리를 이야기하다 보면 우리는 다시 햇빛으로 돌아오게 될 것이다.

어느 누구도 나는 이런 사람이라고 말할 수 없다. 그렇지만 나는 이런 사람이 아니라고는 말할 수 있다. 아직 찾는 중인 사람에게 사람들은 그가 이미 결론을 내렸기를 바란다. 숱한 목소리들이 벌써부터 당신이 찾아낸 건 이것이라고 일러 주지만, 그는 그게 아니라는 것을 안다. 그냥 찾기를 계속하면서 남들은 떠들게 내버려 두라고? 물론이다. 그러나 때로는 자기 방어도 해야 한다. 나는 내가 무엇을 찾고 있는지 모른다. 나는 조심스럽게 그것에다 이름을 붙여 보았다가 앞서 한 말을 취소하고 했던 말을 되풀이하고 전진하다가 후퇴한다. 그런데도 남들은 나보고 결정적인 이름들을, 아니 딱 하나만의 이름을 대라고 오금을 박는다. 그러면 나는 불끈하여 대든다. 이름을 붙인 것은 이미 잃어버린 것이 아닌가? 최소한 내가 말해 볼 수 있는 것은 이런 것이다.

나의 한 친구의 말에 따르면 사람은 언제나 두 가지 성격, 즉 자기의 성격과 자기 아내가 갖다 붙여 주는 성격을 지닌다고 한다. 아내를 사회로 바꾸어 놓아 보라. 그러면 한 작가가 어떤 감수성의 맥락 전체를 지칭하기 위하여 사용한 간결한 표현을 그 표현에 주석을 붙이는 이가 전후 관계를 무시하고 그것만 분리하여, 그 작가가 다른 이야기를 하고 싶어 할 때면, 작가의 코앞에 들이미는 것을 이해하게 될 것이다. 말은 행동과 같은 것이다. "이 아이는 당신의 핏줄이요? — 그렇소. — 그럼 당신 아들이군요? — 그렇게 간단하지 않아요. 그렇게 간단하지 않다고요!" 이리하여 네르발은 어느 몹쓸 밤에 두 번 목을 매달았다. 한 번은 불행한 처지의 자신 때문에! 또 한 번은 어떤 사람들의 삶에 도움이 된다는 그의 전설 때문에.*

아무도 진정한 불행, 그리고 어떤 종류의 행복에 대해서 논할 수 없다. 그러니 나라고 여기서 그걸 시도해 볼 생각은 없다. 그러나 전설이라면 한번 묘사해 볼 수는 있는 일이고 잠시나마 그 전설을 씻어 없앴다고 상상할 수는 있

---

* 시인 제라르 드 네르발(Gérard de Nerval, 1808-1855)은 1855년 1월 26일 파리 비에유 랑테른가(지금은 없어진 길로 오늘날의 샤틀레 극장 근처로 추정된다.)의 하수구를 막는 철책 기둥에 목을 메어 자살한 것으로 알려져 있다. 그러나 후세 사람들은 그가 혼자 밤길을 가다가 살해되었다고 주장하기도 한다.

다. 작가는 대부분 남에게 읽히기 위해 글을 쓴다. (그렇지 않다고 하는 사람들이 있거든 칭찬해 주자. 그러나 그 말을 믿지는 말자.) 그러나 날이 갈수록 우리나라에서는 작가가 '남에게 읽히지 않는다.'라는 그 최종적 인정을 받으려고 글을 쓴다. 실제로 대량의 발행 부수를 자랑하는 신문에 흥미진진한 기삿거리를 제공할 수 있게 되는 순간 작가는 아주 많은 사람에게 알려질 가능성이 얼마든지 있다. 그 사람들은 작가의 이름을 알고 그에 대한 다른 사람들의 글만 읽으면 그걸로 충분하므로 작품은 결코 읽지 않을 것이다. 그는 실제의 그가 아니라 바쁜 신문기자가 그에게 덧씌운 이미지에 따라 알려질(그리고 잊힐) 것이다. 문단에서 명성을 떨치기 위해서 이제는 여러 권의 책을 쓸 필요가 없다. 그냥 석간 신문이 다뤘고 따라서 그다음부터는 그걸 깔고 자면 되는 어떤 작품을 한 편 쓴 것으로 통하기만 하면 충분하다.

크건 작건 이런 명성은 아마도 부당하게 얻은 것이리라. 그러나 어쩌겠는가? 차라리 그런 불편도 유익할 수가 있다는 것을 인정하자. 어떤 병은 오히려 바람직하다는 것을 의사들은 알고 있다. 그런 병들은 그 병이 없었더라면 더욱 심각한 불균형 상태로 전이될 수도 있는 기능 장애를 그 나름으로 상쇄한다는 것이다. 그래서 이로운 변비도 있고 천우신조의 관절염도 있는 것이다. 성급한 말과 판단의 홍수는 오늘날 모든 공적 활동을 경박함의 대양 속에 빠뜨려놓고 있다. 이런 현상은 다른 한편 작가라는 직업을 지나치게 중요시하는 이 나라에서는 적어도 작가가 끊임없이 갖추어야 할 겸손을 가르쳐 준다. 잘 알려진 두서너 가지 신문에 자신의 이름이 난 것을 보는 일은 너무나도 혹독한 시련이어서 마땅히 영혼에 약이 되기 마련이다. 사정이 이러하므로 이 나라 사회는 찬양받을지어다. 자기가 찬양하는 위대함이 아무것도 아니라는 사실을 큰 비용 들이지 않고, 바로 그 찬양 자체를 통하여 날마다 우리에게 깨우쳐 주니 말이다. 그런 사회가 내뱉는 평판의 소리는 떠들썩할수록 더 빨리 소멸한다. 그것은 이 세상의 모든 영광은 지나가는 연기와 같은 것임을 잊지 않으려고 교황 알렉산드르 6세*가 빈번히 자기 앞에 태우게 하던 삼부스러기 불을 생각나게 한다.

그러나 빈정거림은 이쯤 해 두자. 우리의 주제와 관련하여, 예술가는 자기가 자격이 못 됨을 잘 아는 터인 어떤 과분한 이미지가 치과나 이발소 대기실에 굴러다녀도 언짢아하지 말고 감내해야 한다고 말하는 것으로 충분할 것이다. 나는 한창 인기를 끄는 한 작가를 알게 되었는데, 그는 밤마다 몸에 걸친 것이라고는 머리카락뿐인 요정들과 손톱이 새까만 목신(牧神)들이 취기에 들떠 야단법석인 잔치를 주관한다고 알려져 있었다. 그렇지만 그가 책장의 선반

---

* Alexander VI(1436–1503). 스페인 대귀족 보르자 가문 출신. 뇌물, 매관 매직 등 역사상 가장 타락한 교황인 동시에 탁월한 정치적 식견과 업적을 남긴 유능한 교황이었다. 카뮈는 1939년 말의 작가수첩에도 이 교황을 언급하고 있다.(『작가수첩I』(책세상, 1998), 221쪽)

여러 칸을 차지하는 그 많은 작품을 쓸 시간을 어떻게 내는지 한번 자문해 보면 좋았을 것이다. 사실은 그 작가도 그의 다른 동료 작가들과 마찬가지로 날마다 책상에 앉아 오랜 시간 동안 작업하기 위해 밤에는 자고, 간을 보호하려고 광천수를 마신다. 그런데도 사하라 사막 같은 검약과 성마른 결벽증으로 소문난 프랑스의 보통 사람들은 우리 작가들 가운데 누군가가 고주망태로 지내고 세수 같은 건 하지도 말라고 떠들어 댄다며 격분하는 것이다. 이런 사례는 찾기 어렵지 않다. 나는 남들에게 거만하다는 평판을 손쉽게 얻는 탁월한 요령을 개인적 경험을 통해 제공할 수 있다. 실제로 나는 그런 평판의 짐을 지고 있는데 내 친구들은 그게 어지간히도 우스운 모양이다.(나로서는 오히려 얼굴이 붉어질 판이다. 그만큼 그런 평판은 부당한 것이고 그 점, 나 자신도 잘 알고 있다.) 예를 들어, 그다지 평가하지 않는 터인 신문의 주필과 저녁 식사를 같이하는 영광을 사양하기만 하면 된다. 단순히 삼가는 것일 뿐인데 그걸 무슨 영혼의 비뚤어진 결함으로밖에는 상상하지 못한다. 더군다나 그 주필이 내는 만찬을 거절하는 까닭은 실제로 그 주필을 그다지 평가하지 않아서일 수도 있지만 무엇보다 따분한 식사는 딱 질색이어서라고—사실 진짜 파리풍이라는 만찬보다 더 따분한 게 있겠는가?—까지는 아무도 생각해 주지 않을 것이다.

그러니 체념할 수밖에. 그러나 가끔은 쏘는 과녁을 딴 데로 바꿔 볼 수도 있는 법이라고, 그래서 언제까지나 부조리만 그리는 화가일 수는 없지 않겠느냐고, 그 누구도 절망의 문학을 신봉할 수는 없다고 누누이 설명할 수는 있다. 물론 부조리의 개념에 관한 에세이를 쓰거나 이미 써 본 적이 있을 수는 있다. 그러나 사실 불쌍한 자기 누이를 덮치지 않고도 근친상간에 관한 글을 쓸 수 있다. 나는 소포클레스가 일찍이 자기 아버지를 살해하고 어머니를 욕보였다는 기록은 어디서도 본 적이 없다. 작가는 누구나 자신의 책 속에 반드시 자신에 관해 글을 쓰고 자신의 모습을 그린다는 식의 생각은 낭만주의가 우리에게 물려준 유치한 유산들 중 하나다. 그 반대로 예술가가 우선 남들이나 자기 시대, 혹은 친근한 신화들에 관심을 가지는 것은 얼마든지 가능하다. 혹시 자신을 무대에 등장시킨다 해도 자신의 실제 모습을 보여 주는 경우는 예외에 속한다. 한 인간의 작품들은 흔히 자신이 느끼는 향수나 유혹들의 이야기를 되새겨 보는 것일 뿐 자기 자신의 이야기인 경우는 거의 없다. 그 작품이 자서전적인 내용이라고 표방할 경우는 특히 그 반대다.

일찍이 그 누구도 감히 있는 그대로의 자신을 그리겠다고 나선 적이 없다. 오히려 나는 가능한 한 객관적인 작가가 되었으면 좋겠다. 절대로 자기 자신을 객체로 간주하는 일 없이 주제들을 다루는 작가를 나는 객관적이라고 부른다. 그러나 작가 자신과 작가가 다루는 주제를 혼동하는 오늘날의 열병은 작가의 이러한 상대적인 자유를 인정하지 못한다. 이리하여 우리는 부조리의 예언자가 되어 버린다. 하지만 나는 내 시대의 길거리에서 마주친 어떤 생각에 대해서 논해 보았을 뿐이다. 나의 세대의 모든 사람과 함께 나 역시 그 생각을 품어 왔다는 것은 (그리고 또 나 자신의 어느 몫은 지금도 그 생각을 배양하고 있다는 것은) 구태여 말할 필요조차 없다. 다만 나는 그 생각에 대하여 필요한 거리를 유지하면서 그 생각을 다루고 그것의 논리를 규명했을 뿐이다. 그 뒤에 내가 쓴 모든 글은 그 점을 충분히 보여 준다. 그러나 뉘앙스의 차이를 고려하며 이해하는 것보다는 딱 부러진 공식을 들이대는 것이 더 편리한 법이다. 사람들은 공식 쪽을 택했다. 그리하여 나는 당연하다는 듯 부조리의 작가가 되어 버린 것이다.

그러할진대 내가 관심을 가지고 그것에 관하여 글을 쓰기도 했던 경험 속에서 부조리는, 비록 그 기억과 그것에서 느낀 감동이 그 이후의 내 사유 과정을 동반한다 할지라도, 하나의 출발점에 지나지 않는다는 사실을 다시 한 번 더 지적해 본들 무슨 소용이 있겠는가. 마찬가지로, 모든 차이점을 신중히 고려하며 할 말이긴 하지만, 방법론적인 회의 때문에 데카르트가 꼭 회의론자가 되는 것은 아니다. 어쨌든 간에, 세상에 어떤 것도 의미 있는 것은 없다든가 만사에 절망해야 한다는 생각만 하고 사는 것이 어떻게 가능하겠는가? 논리의 밑바닥까지 파고들어가지 않고도 최소한 이런 지적은 할 수 있을 것이다. 즉 절대적인 유물론이란 존재할 수 없다. 왜냐하면 그 말이 성립되기 위해서는 물질 이상의 그 무엇이 존재한다고 말해야 하기 때문이다. 그와 마찬가지로 전적인 허무주의도 존재하지 않는다. 모든 것이 다 무의미하다고 말하는 순간, 우리는 벌써 의미 있는 그 무엇을 표현하는 것이다. 이 세계에 일체의 의미를 부정한다는 것은 결국 모든 가치 판단을 폐지하는 것이 된다. 그러나 산다는 것, 그것의 한 예로 영양을 섭취한다는 것은 그 자체가 하나의 가치 판단이다. 자기가 죽어 가도록 방치하지 않는 그 순간부터 그는 계속해서 사는 쪽을 선택한 것이고, 그리하여 삶의 어떤 가치를, 적어도 상대적인 가치를 인정한 것이다. 절망의 문학이란 결국 무엇을 의미하는가? 절망은 말이 없다. 게다가 두 눈이 말을 하고 있다면, 침묵 그 자체가 어떤 의미를 지닌다. 진짜 절망은 임종의 순간, 무덤, 혹은 심연이다. 절망이 말을 하면, 논리적으로 따지면, 특히 글을 쓰면 그 즉시 형제가 손을 내밀고, 한 그루 나무가 정당성을 얻고 사랑이 태어난다. 절망한 문학은 그 말 자체가 이미 모순이다.

물론 어떤 낙관주의는 내 소관이 아니다. 나는 내 또래 모든 사람과 함께 1차 세계 대전의 북소리를 들으며 성장했고, 우리의 역사는 그때 이후 끊임없이 살인, 불의, 폭력의 연속이었다. 그러나 우리가 목도하는 진짜 비관주의는 한술 더 떠서 숱한 잔혹한 짓과 파렴치의 자행에 있다. 나는 이 명예 훼손과 끊임없이 싸웠고 오직 잔인한 인간들밖에는 미워하지 않는다. 우리가 허무주의의 가장 암담한 어둠에 매몰되어 있을 때에도 나는 다만 그 허무주의를 극복할 근거를 찾으려고 애썼을 뿐이다. 그것은 무슨 미덕의 발로나 보기 드물게 고귀한 영혼이 힘을 발휘했기 때문이 아니라 어떤 빛에 본능적으로 충실했기 때문이었다. 나는 그 빛 속에서 태어났고, 그 빛 속에서 수천 년 동안 인간들은 고통에 시달릴 때까지도 삶을 찬양하도록 배웠다.

아이스킬로스는 자주 절망감을 안겨 준다. 그러면서도 그는 빛을 발하고 우리를 따뜻하게 감싼다. 그의 세계의 중심에서 우리가 만나는 것은 빈약한 무의미가 아니라 수수께끼, 다시 말해 그것이 발하는 눈부신 빛 때문에 잘 판독할 수 없는 어떤 의미다. 그와 마찬가지로 이 헐벗은 세기에 아직도 살아남아 있는, 자격 미달이지만 그래도 고집스럽게 그리스에 충실하려고 애쓰는 후손들에게 우리 역사의 화상(火傷)은 견딜 수 없을 것 같지만, 그들이 그것을 이해하려고 하기 때문에 결국은 그것을 견뎌 내게 된다. 비록 캄캄한 어둠뿐일지라도 우리의 작품의 중심에는 저 무궁무진한 태양이 빛을 발하며 오늘 벌판과 구릉들을 가로지르며 고함친다.

그런 다음에 삼 부스러기 불을 태울 수 있다. 우리가 남의 눈에 어떻게 보이건, 부당하게 얻건 그게 무슨 대순가? 우리가 실제로 어떤 존재이며 마땅히 어떤 존재가 되어야 하는가의 문제만으로도 우리의 삶을 가득 채우고 있는 힘을 다 바치기에 충분하다. 파리는 놀라운 동굴이어서 거기 사는 사람들은 제 그림자가 그 안쪽 벽에 비쳐 흔들리는 모습을 보고 그것이 유일한 현실인 줄 안다.* 이 도시가 소비하는 이상하고 덧없는 명성도 마찬가지다. 그러나 파리에서 멀리 떨어진 곳에서 우리는, 빛이 우리 등 뒤에 있으니, 그 빛을 정면으로 바라보려면 우리의 인연들을 뿌리치고 돌아서야 한다는 것을, 그리고 우리가 죽기 전에 해야 할 책무는 모든 말들을 동원해서 그 빛을 명명하려고 노력하는 것임을 배웠다. 아마도 예술가는 저마다 자신의 진실을 찾고 있을 것이다. 그가 위대한 예술가라면 각 작품은 그가 진리에 가까워지도록 할 것이다. 아니 적어도, 언젠가는 모든 것이 모여들어 불타오를 그 중심, 즉 파묻힌 태양인 중심에 더욱 가까운 곳을 맴돌 것이다. 그가 보잘것없는 예술가라면 각 작품은 그를 진실에서 멀어지게 할 것이다. 그럴 경우 중심은 도처에 있고 빛은 해체된다. 그러나 예술가의 집요한 탐구를 도와줄 수 있는 쪽은 오로지 그를 사랑하는 사람들, 또 그들 자신을 사랑하고 창조하면서 자신의 정열 속에서 모든 정열의 척도를 찾아내고 그리하여 판단할 수 있는 사람들이다.

그렇다, 이 모든 소음들…… 평화는 침묵 속에서 사랑하고 창조하는 것인데! 그러나 인내할 줄 알아야 한다. 잠시 뒤면 태양이 입들을 봉해 버린다.

(1950)

---

* 플라톤의 동굴 신화에 대한 암시다.

알베르 카뮈 연보

일생의 스승, 루이 제르맹과 장 그르니에를 만나다

1913년   알제에서 동쪽으로 195킬로미터 떨어진 몽도비에서 포도원 관리로 일하는 아버지 뤼시앵 카뮈와 그의 아내 카트린 사이에서 11월 7일, 알베르 카뮈 출생한다.

1914년   독일이 프랑스에 선전 포고(1차 세계 대전)를 하고 아버지 카뮈는 알제리 원주민 보병으로 징집당해 프랑스 본토에 투입된다. 어머니는 남편이 입대하자 두 아들과 함께 알제의 동쪽 연병장 거리에 있는 리옹가 17번지 친정으로 이주한다. 카뮈 부인은 친정 어머니 생테스 부인 밑에서 동생 에티엔 및 조제프와 함께 가난한 생활을 한다. 10월 마른 전투에서 부상당한 아버지 뤼시앵 카뮈 사망. 문맹인 어머니는 빈약한 종신 연금을 받으며 가

	정부로 일해 집안 살림을 꾸려 나간다.
1921년	카트린 카뮈와 그의 가족은 리옹가 17번지에서 93번지로 이사한다.(시내에서 떨어져 있어서 집세가 저렴하기 때문이다.) 권위적인 동시에 희극적인 외할머니 생테스가 회초리를 들고 집안의 질서를 잡는다. 그녀의 딸 카트린은 말수가 적고 사고 능력이 온전치 못하다. 카뮈는 산문집 『안과 겉』에서 오직 말 없는 눈길로 애정을 표시할 뿐인 어머니의 침묵을 감동적으로 증언한다.
1923년	동네 공립학교에서 카뮈는 2학년 담임인 교사 루이 제르맹의 눈에 들어 무료 개인 교습을 받으며 중고등부 장학생 시험을 준비한다. 그는 일생 동안 이 스승에 대한 감사의 마음을 잊지 않았고, 1957년 12월 노벨 문학상 수상 기념 연설인 「스웨덴 연설」을 스승에게 헌정했다.
1924년	카뮈의 첫 영성체. 장학생으로 선발된 그는 알제의 그랑 리세에 입학한다.
1925~1928년	고등학교 친구들과 어울리면서 그는 자기 집의 가난을 더욱 뚜렷하게 의식한다. 훗날 그는 이 점을 수치스럽게 생각했다고 고백한다. 학생 대부분이 백인들로 아랍인은 드물었다. 그러나 축구 덕분에 아랍인 친구들과

	어울리면서 같은 팀의 우정을 맛볼 기회를 얻었다. 여름이면 그는 알제 중심가 철물점의 점원, 해변 대로변 선박 회사의 사원으로 일하여 생활비를 보탠다.
1929년	알제 번화가인 미슐레 거리 근처에 살고 있는 이모부 귀스타브 아코(앙투아네트 이모의 남편)가 놀라울 정도로 훌륭한 책들을 소장한 서재를 갖고 있었다. 카뮈는 그의 서재에서 처음으로 앙드레 지드를 발견한다.
1930년	바칼로레아 시험 제1부에 합격하여 가을 학기에 철학반으로 진급한다. 철학 교사 장 그르니에가 그에게 결정적인 영향을 끼치게 된다.

공산당에 가입하고 '노동 극단'을 창단하다

1932년	3월에 《쉬드》에 「새로운 베를렌」을, 5월에 「제앙 릭튀스 — 가난의 시인」을, 6월에 「세기의 철학」(베르그송론)과 「음악에 대한 시론」을 발표한다. 바칼로레아 제2부에 합격한다. 장 그르니에의 권유로 앙드레 드 리쇼의 소설 『고통』을 읽는다. 『일기』를 읽고 지드를 더 잘 이해하게 된 그는 그 어떤 작가보다 지드를 높이 평가한다. 장 그르니에 덕분에 프

	루스트를 발견하고 프루스트는 그에게 '예술가'의 표상이 된다. 10월에는 그랑제콜 입시 준비반에 들어간다.
1933년	독일에서 히틀러가 권력을 장악하자 카뮈는 반파시스트 운동 조직인 암스테르담-플레옐에서 활동을 시작한다. 4월, 『안과 겉』에 수록될 산문 「아이러니」의 초고인 「용기」를 쓴다. 5월, 장 그르니에가 짧은 에세이집 『섬』을 출판한다. 카뮈는 1959년 이 책의 신판에 서문을 쓴다. 10월, 「지중해」와 「사랑하는 존재의 상실」을 쓴다. 「죽은 여자 앞에서(보라! 그 여자는 죽었다……)」, 「신과 그의 영혼의 대화」, 「모순들(삶을 받아들이고……)」, 「가난한 동네의 병원」(무스타파 병원에 입원했던 때의 기억) 등의 글도 이 무렵에 쓴 것으로 추정된다. 건강상의 이유로 고등사범학교 입시 준비, 즉 대학교수가 되는 꿈을 접고 알제 문과대학에서 수학하며 장 그르니에와 르네 푸아리에 교수의 강의를 수강한다.
1934년	1~5월, 여러 미술 전시회 평을 《알제 에튀디앙》에 발표한다. 다시 두 번째 폐가 감염된다. 6월 16일, 스무 살의 매력적이고 바람기 있는 모르핀 중독자 시몬 이에와 결혼한다.

1935년　　　　『안과 겉』을 집필하면서 철학 학사 과정을 마친다. 5월, 『작가수첩』을 쓰기 시작한다. 6월, 철학 학사 학위를 취득한다. 8월, 화물선을 타고 튀니지까지 가려고 했으나 건강 문제로 여행을 중단하고 돌아온 뒤 알제 서쪽으로 68킬로미터 떨어져 있는 로마 유적지 티파사에서 사나흘을 보낸다. 이 장소를 기리는 글이 『결혼』의 첫 번째 산문 「티파사에서의 결혼」이다.

8월 혹은 9월, 프레맹빌과 장 그르니에의 설득에 따라 공산당에 입당하여 이슬람교도 계층을 파고드는 선무 공작을 담당한다. 가을에는 친구들과 함께 '노동극단'을 창단한다.

집필과 배우로 활약, 잡지 지면을 통해 정치 신념을 밝히다

1936년　　　　5월, 카뮈는 논문 「기독교적 형이상학과 신플라톤 철학: 플로티노스와 성 아우구스티누스」로 철학 고등 디플롬을 받는다. 7월 17일, 스페인 내전 시작. 아내와 친구 이브 부르주아와 더불어 중부 유럽으로 여행을 떠나 인스브루크, 잘츠부르크에 이른다. 그곳에 우체국 유치 우편으로 도착한 편지를 열어 보게 되면서 아내 시몬에게 마약을 공급해 주는 의사가 그녀의 정부라는 사실을 알게 된 카뮈는 그녀와 헤어지기로 결심한다. 여름 동안은 교직이나 언론계에서 새 일자리를 구할 계획을 세운다. 시몬과 헤어지는 것은 기정 사실화되었으나 법적인 이혼은 1940년 2월에야 확정된다. 11월, 카뮈는 라디오 알제 극단의 배우로 발탁된다.

1937년 1월, 카뮈는 『작가수첩』에 '칼리굴라 혹은 죽음의 의미, 4막극'이라고 적는다. 2월 8일, 카뮈가 주동하여 세운 알제 문화원에서 「원주민 문화. 새로운 지중해 문화」를 강연한다. '노동극단'이 3월에 아이스킬로스의 「사슬에 묶인 프로메테우스」와 벤 존슨의 「에피코이네」, 푸슈킨의 「돈 후안」을, 4월에 쿠르틀린의 「아치 330」을 무대에 올린다. 4월, 군중 집회에서 카뮈는 일정한 수의 알제리 이슬람교도들에게 프랑스 시민권을 부여하는 것을 골자로 하는 블룸-비올레트 법안을 지지한다. 5월 10일《안과 겉》출간. 8월, 『행복한 죽음』을 위한 구상 계획을 세운다. 8~9월, 재발한 폐결핵 치료와 요양을 위하여 알제를 떠난다. 파리, 마르세유를 거쳐 사부아, 오트잘프 지방, 뒤랑스강을 굽어보는 고산 지대인 앙브

렁에 체류한다. 그 후 이탈리아의 피사, 피렌체, 제노바, 피에솔레 등을 여행하고 알제리로 돌아와 『행복한 죽음』 집필을 계속한다. 10월, 오랑현에서 교사직을 제안받았으나 거절한다. 한편 공산당이 국제적 전략상 반식민주의 운동을 우선순위에서 제외하기 시작하자 카뮈는 공산당에서 탈당한다. 가을에 오랑 출신의 여성 프랑신 포르를 처음 만난다. '노동극단'을 해체하고 '에키프 극단'을 조직한다.

1938년 산문집 『결혼』을 완성하고 희곡 「칼리굴라」를 위한 메모를 하는 한편 『행복한 죽음』을 포기하지 않은 채 장차 『이방인』에 활용될 단편적인 텍스트들을 작가 수첩에 메모한다. 철학적 에세이를 집필할 계획으로 니체, 키르케고르, 멜빌의 작품들을 읽는다. 5월, '에키프 극단'이 도스토옙스키의 『카라마조프가의 형제들』을 각색 상연하고 카뮈는 이반 카라마조프 역을 맡는다. 『작가수첩』에 메모해 둔 한 대목("양로원에서 노파가 죽다.")이 훗날의 『이방인』을 예고한다. 10월, 폐결핵 후유증으로 인한 공직 부적격이라는 신체 검사 결과로 철학 교수 자격 시험에 응시하려던 계획이 좌절된다. 새로운 일간지 《알제 레퓌블리캥》의 편집 기자로 활동하는 동시에 '독서 살롱' 난에 문학 작품에 대한 일련의 서평들을 싣는다.

|1939년| 3월, 알제를 방문한 앙드레 말로와 첫 만남을 갖는다. 4월, 오랑을 여행하고, 1938년에 적은 부수의 한정판으로 출판한 『결혼』을 5월 알제 샤를로 출판사에서 정식 출간한다. 7월 25일, 크리스티안 갈랭도에게 이제 막 「칼리굴라」를 탈고했고 『이방인』 집필을 시작할 것이라는 내용의 편지를 보낸다. 9월 3일, 당국의 검열로 인하여 《알제 레퓌블리캥》 발행을 중지하고 15일 자로 《수아르 레퓌블리캥》으로 제명을 바꾼다. 카뮈는 이 신문에 알제리의 정의와 스페인 공화파를 옹호하는 글들을 싣는다.

결혼과 해고, 갈리마르 출판사에서 『이방인』 출판이 결정되다

1939년   1월, 《수아르 레퓌블리캥》이 발행 금지 처분을 받자 카뮈는 다시 오랑에 체류하며 철학 가정 교사로 생활한다. 3월 14일, 알제리를 떠나 파리로 가서 파스칼 피아의 추천으로 《파리 수아르》 편집부에서 일한다. 4월 5일, 「모리스 바레스와 '후계자들'의 다툼」을 《라

뤼미에르》에 발표한다. 5월 1일, "이제 막 내 소설을 끝냈소……. 아마도 내 일은 다 끝난 것 같지 않소."(프랑신 포르에게 보낸 4월 30일자 편지)는 아마도 『이방인』을 두고 한 말인 듯하다. 6월 초, 독일군의 파리 점령이 임박하자 카뮈는 《파리 수아르》 편집부 사람들과 함께 클레르몽페랑으로, 보르도로, 다시 클레르몽페랑으로 피난을 간다. 12월 3일, 리옹에서 프랑신과 결혼. 《파리 수아르》의 감원에 따라 카뮈는 해고당한다.

1941년 카뮈 부부는 오랑의 아르제브가에 있는, 포르 집안에서 빌려준 아파트에서 생활하며 물질적 어려움에 직면한다. 2월 21일, 『시지프 신화』를 탈고 후 다음과 같이 메모한다. "세 가지 '부조리'를 끝내다."(『작가수첩』) 『이방인』의 원고를 받아 읽은 장 그르니에가 그에게 미온적인 칭찬의 말을 전한다. 카뮈는 건강상의 이유로 기차 여행이 어려워 주저하지만 결국 알제로 간다. 파스칼 피아와 말로는 『이방인』의 원고를 받아 읽고 열광적인 반응을 보인다. 그들과 나중에는 장 폴랑 덕분에, 이 소설과 『시지프 신화』가 갈리마르 출판사 편집 위원회의 손으로 넘어간다. 7월, 전염병 티푸스가 알제리, 특히 오랑 지역에 창궐하여 소설 『페스트』의 창작에 부분적인 영향을 끼친다. 11월 15일, 말로에게 『이방인』을 읽어 준 것에 대한 감사의 편지를 보낸다. 11월, 갈리마르 출판사 편집 위원회가 드디어 『이방인』의 출판을 결정한다.

카뮈 저서 중 가장 대중에게 사랑받은 『페스트』가 출간되다

1942년   『페스트』를 염두에 두고 멜빌의 『모비 딕』을 다시 읽는다. 1~2월, 『작가수첩』에 "반항에 대한 에세이"를 쓰려는 계획이 등장하나, 2월에 폐결핵이 재발된다. 5월 19일, 『이방인』이 갈리마르 출판사에서 나온다.(인쇄는 4월 21일) 당시에는 '수인들' 혹은 '추방당한 사람들'이라는 제목을 가졌던 소설 『페스트』를 위하여 메모를 한다. 9~10월, 『작가수첩』에 '가난한 어린 시절'에 대한 메모가 등장하는데 이는 『최초의 인간』의 몇몇 주제들을 예고한다. 10월, 『시지프 신화』가 갈리마르 출판사에서 출간된다.(9월 22일 인쇄 완료). 검열을 염려하여 카뮈는 카프카와 관련된 장을 삭제하는데 이 부분은 1943년 여름 리옹에서 비밀로 출간된 잡지 《아르발레트》에 별도로 발표되었다가 1945년판 『시지프 신화』에 '보유' 편으로 편입되었다.

1943년 6월, 「파리 떼」 리허설 때 장폴 사르트르와 시몬 드 보부아르를 만난다. 7월, 「칼리굴라」를 개작한다. 10월, 갈리마르 출판사에 「오해」와 「칼리굴라」 원고를 보낸다. 비밀 지하 조직 '콩바(Combat)'와 접촉한다. 11월, 갈리마르 출판사의 출판 편집 위원에 임명된다. 카뮈는 전국 레지스탕스 위원회 책임자 클로드 부르데를 만나 비밀 지하 신문 《콩바》의 활동에 가담하게 되고 이듬해 초 신문 편집국의 주된 책임을 담당한다.

1945년 9월 5일, 알베르와 프랑신 카뮈 사이에서 쌍둥이 남매인 딸 카트린과 아들 장이 태어난다.

1946년 8월, 방데 지방에 가서 미셸 갈리마르의 어머니 집에 머물며 소설 『페스트』를 탈고한다.

12월 1일, 부조리와 반항의 관계에 대한 성찰을 글로 쓴다. 이것은 『반항하는 인간』의 1장 초안이 된다. 카뮈 부부와 자녀들은 마침내 파리 제6구, 세기에가 18번지 아파트의 세입자가 된다. 그러나 카뮈의 건강 때문에 1947년 초까지 가족은 이탈리아 국경 지방의 마을 브리앙송에 체류한다.

1947년 3월 17일, 파스칼 피아가 《콩바》에서 사임함

	에 따라 카뮈가 신문의 운영을 맡는다. 6월 10일, 갈리마르 출판사에서 『페스트』를 출간한다.(5월 24일 인쇄 완료) 이 책은 카뮈의 저서들 중 상업적으로 성공한 최초의 작품(7월에서 9월 사이에 9만 6000부 판매)으로 비평가상을 수상했다.
1948년	2월 28일, 다비드 루세와 알트만이 주도하여 민주혁명연합(R.D.R.)을 창설한다. 3월 초, 알제리 오랑에 머무는 가족과 합류한다.
1949년	1월, 사르트르와 마찬가지로 카뮈 역시 R.D.R.와 거리를 둔다. 6월 30일, 마르세유에서 남아메리카로 출발하는 여객선에 승선하여 여러 날 동안 순회 강연을 하게 된다. 남아메리카에 체류하는 내내 카뮈는 신체적으로 고통스러운 나날을 보냈다. 그는 그것이 감기라고 여겼으나 프랑스에 돌아오자 자신의 폐가 심각하게 손상된 것을 확인하고 두 달 동안의 휴식과 치료를 강요받는다. 이 여행 동안 『정의의 사람들』을 마지막으로 수정한다.

『반항하는 인간』이 계기가 된 사르트르와의 논쟁

1950년	1월, 고산 요양을 위하여 알프마리팀 지방의

	그라스 근처 카브리에 체류 후 서서히 건강이 호전된다. 2월, 갈리마르 출판사에서 『정의의 사람들』이 출간된다.
1951년	10월 18일, 갈리마르 출판사에서 『반항하는 인간』이 출간된다.
1952년	5월, 가스통 라발이 『반항하는 인간』에 대하여 쓴 글들에 대한 회답을 《리베르테》에 발표한다. 사르트르로부터 카뮈의 『반항하는 인간』에 대한 서평을 의뢰받은 프랑시스 장송이 《르 탕 모데른》에 격렬하고 모욕적인 글을 발표하자, 카뮈는 8월, 《르 탕 모데른》에 프랑시스 장송이 아니라 이 잡지의 '발행인' 장폴 사르트르 앞으로 보내는 6월 30일 자 카뮈의 반론 편지를 발표한다. 사르트르가 그 편지에 회답함으로써 두 사람의 우정은 깨진다.
1953년	갈리마르 출판사에서 『시사평론 II, 1948~1953년 연대기』를 출간한다. 이 해에 그는 도스토옙스키에 대한 메모를 계속하며 『악령』의 각색을 계획한다.
1955년	1월, 11일, 『페스트』를 분석한 글에 대해 롤랑 바르트에게 답하는 편지를 쓴다. 카뮈의 서문을 붙인 로제 마르탱 뒤 가르의 전집이 갈리마르 출판사의 플레이아드판으로 출간

	된다.
1956년	5월, 갈리마르 출판사에서 『전락』이 출간된다.

노벨 문학상 수상과 함께 찾아온 불안 증세, 그리고 자동차 사고

1957년	10월 16일, "오늘날 우리 인간 의식에 제기되는 여러 문제를 조명하는 중요한 문학 작품"이라는 선정 이유와 함께 노벨 문학상 수상 소식을 접한다. 프랑스 작가로는 아홉 번째이며 최연소(마흔네 살)였다. 12월, 연말과 그 이듬해 초에 걸쳐 심각한 불안 증세를 보인다.
1958년	1월, 1957년 12월 10일의 연설과 14일의 강연을 한데 모은 『스웨덴 연설』(갈리마르)이 출간된다. '프랑스령 알제리'를 고수하는 사람들과 알제리 독립을 주장하는 사람들을 다 같이 멀리하면서 카뮈는 이제부터 일체의 공식적 입장 표명을 자제하고 알제리를 구성하는 두 공동체의 권리를 다 함께 보호하는 연방국가적 해결책의 희망에 매달린다.
1959년	1월 30일, 도스토옙스키 원작, 카뮈 각색의 「악령」이 앙투안 극장에서 상연된다. 11월 15일, 카뮈는 다시 루르마랭에 체류하며 『최

초의 인간』의 집필에 열중하다.

1960년 1월 3일, 미셸 갈리마르가 운전하는 자동차에 편승하여 루르마랭의 시골 집에서 파리로 출발. 미셸의 아내 자닌과 그녀의 딸 안이 동승했다. 프랑신 카뮈는 그 전날 기차를 타고 파리로 돌아갔다. 도중에서 일박을 하고 1월 4일, 욘 지방 몽트로 근처 빌블르뱅에서 자동차 사고로 카뮈는 즉사하고 미셸 갈리마르는 닷새 뒤 사망한다. 9월, 어머니 카트린 카뮈가 알제의 벨쿠르에 있는 자택에서 사망한다. 알베르 카뮈는 남프랑스 루르마랭 마을의 공동묘지에 묻혔다. 후일 아내 프랑신 카뮈 역시 같은 묘지에 묻혔다.

디 에센셜 키워드
정의의 사람들

1판 1쇄 찍음 2025년 3월 6일
1판 1쇄 펴냄 2025년 3월 20일

지은이 알베르 카뮈
옮긴이 김화영
발행인 박근섭·박상준
펴낸곳 (주)민음사

출판등록   1966. 5. 19. 제16-490호
주소   서울특별시 강남구 도산대로1길 62(신사동)
           강남출판문화센터 5층 (우편번호 06027)
대표전화   515-2000 | 팩시밀리 515-2007
홈페이지   www.minumsa.com

ⓒ 김화영, 2025. Printed in Seoul, Korea

ISBN 978-89-374-2861-6 (03860)